ELIZABETH JANE HOWARD

Seelenstürme

Roman

Aus dem Englischen von
Regina Winter

Die Originalausgabe erschien 1993 unter dem Titel
»Confusion«
bei Macmillan, London

Umwelthinweis:
Alle bedruckten Materialien dieses Taschenbuches
sind chlorfrei und umweltschonend.
Das Papier enthält Recycling-Anteile.

Blanvalet Taschenbücher erscheinen im Goldmann Verlag,
einem Unternehmen der Verlagsgruppe Bertelsmann

Deutsche Erstveröffentlichung Oktober 1998

Umschlaggestaltung: Design Team München
Umschlagillustration: John Singer Sargent
Satz: deutsch-türkischer fotosatz, Berlin
Druck: Elsnerdruck Berlin
Verlagsnummer: 35028
MD · Herstellung: Heidrun Nawrot
Made in Germany
ISBN 3-442-35028-X

1 3 5 7 9 10 8 6 4 2

Für meine Brüder,
Robin und Colin Howard

Stammbaum der Familie Cazalet

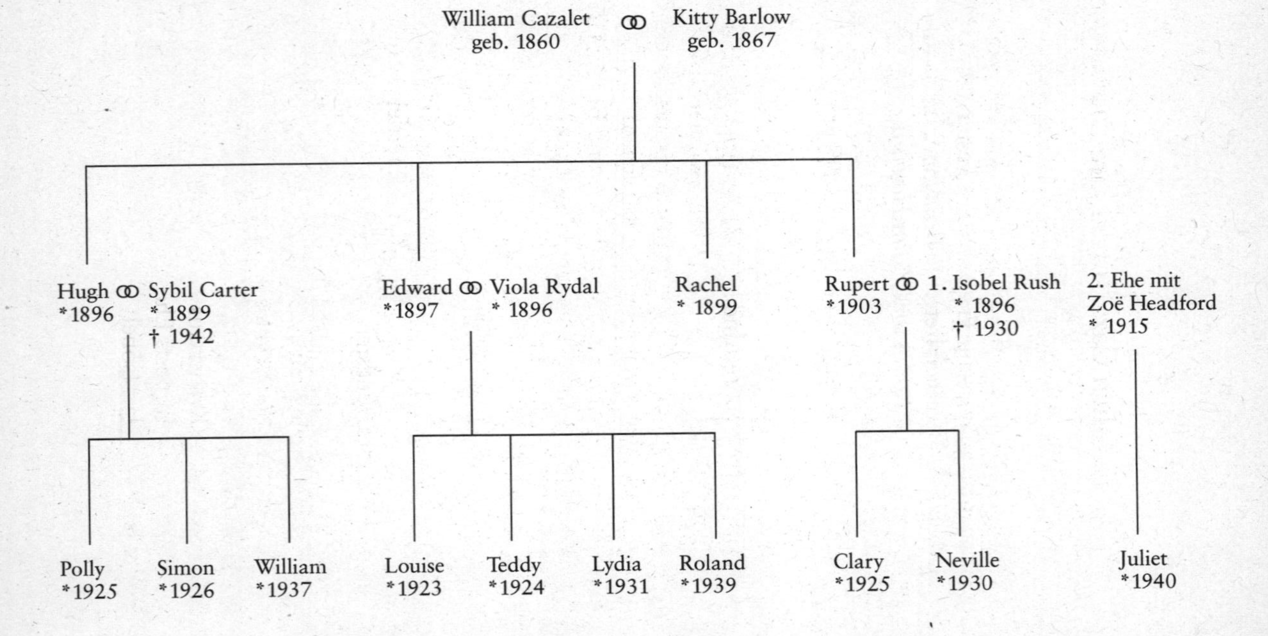

Die Familien Cazalet und ihre Dienstboten

William Cazalet (der Brig)
Kitty (die Duchy), seine Frau
Rachel, ihre unverheiratete Tochter

Hugh Cazalet, ältester Sohn
Sybil, seine Frau
Polly
Simon
William (Wills)
} ihre Kinder

Edward Cazalet, zweiter Sohn
Villy, seine Frau
Louise
Teddy
Lydia
Roland (Roly)
} ihre Kinder

Rupert Cazalet, jüngster Sohn
Zoë, seine zweite Frau (Isobel starb bei Nevilles Geburt)
Clarissa (Clary)
Neville
} Kinder aus Ruperts Ehe mit Isobel
Juliet

Jessica Castle (Villys Schwester)
Raymond, ihr Mann
Angela
Nora
Christopher
Judy
} ihre Kinder

Mrs. Cripps (Köchin
Ellen (Kinderfrau)
Eileen (Erstes Dienstmädchen)
Dottie und Bertha (Dienstmädchen)
Edie und Lizzie (Küchenhilfen)
Tonbridge (Chauffeur)
McAlpine (Gärtner)
Wren (Pferdeknecht)

Vorwort

Das Folgende ist für jene Leser gedacht, die »Sommertage« und »Septemberhimmel«, die beiden ersten Bände dieser Chronik, nicht kennen.

William und Kitty Cazalet, im Familienkreis als der Brig und die Duchy bekannt, sind zu Beginn des Krieges in ihr Landhaus in Sussex gezogen, nach Home Place. Der Brig ist inzwischen praktisch blind und fährt nur noch selten nach London, um im Familienunternehmen, einer Holzimportfirma, nach dem Rechten zu sehen. Die alten Cazalets haben drei Söhne und eine unverheiratete Tochter, Rachel.

Der älteste Sohn, Hugh, ist mit Sybil verheiratet; sie haben drei Kinder: Polly, Simon und William (Wills). Polly wird zu Hause unterrichtet, Simon ist im Internat, und Wills ist erst vier Jahre alt. Sybil ist schon seit Monaten sehr krank.

Edward ist mit Villy verheiratet und hat vier Kinder mit ihr. Louise, die Älteste, ist im Augenblick eher damit beschäftigt, sich in Michael Hadleigh zu verlieben – einen erfolgreichen Porträtmaler, älter als sie und derzeit bei der Marine – als damit, sich ihrer Karriere beim Theater zu widmen. Teddy will zur Luftwaffe. Lydia wird zu Hause unterrichtet, und Roland (Roly) hat gerade laufen gelernt.

Rupert, der jüngste Sohn, gilt seit Dünkirchen, 1940, als in Frankreich vermißt. Er war mit Isobel verheiratet, mit der er zwei Kinder hatte, Clary, die zusammen mit ihrer Cousine Polly unterrichtet wird (die beiden wollen allerdings unbedingt nach London und dort endlich unabhängig leben), und Neville, der die Woche über in einem Internat nahe

Home Place untergebracht ist. Isobel starb bei Nevilles Geburt, und Rupert hat einige Zeit später Zoë geheiratet, die erheblich jünger ist als er. Kurz nachdem er vermißt gemeldet wurde, kam ihre Tochter Juliet zur Welt. Rupert hat sie nie gesehen.

Rachel lebt nur für andere, was ihre beste Freundin, Margot Sidney (Sid), eine Geigenlehrerin, die in London wohnt, manchmal nur schwer verstehen kann.

Edwards Frau, Villy, hat eine Schwester, Jessica, verheiratet mit Raymond Castle. Sie haben vier Kinder. Angela, die Älteste, wohnt in London und ist recht anfällig für unglückliche Liebesaffären; Christophers Gesundheit ist ziemlich angegriffen; er lebt sehr zurückgezogen mit seinem Hund in einem Wohnwagen und arbeitet auf einem Bauernhof. Nora ist Krankenschwester, und Judy ist noch im Internat. Die Castles haben vor kurzem ein kleines Vermögen und ein Haus in Surrey geerbt.

Miss Milliment ist die alte Gouvernante der Familie; sie hat schon Jessica und Villy unterrichtet und widmet sich nun Polly, Clary und Lydia.

Mit Diana Macintosh, einer Witwe, verbindet Edward eine langjährige Affäre. Diana ist schwanger.

Sowohl Edward als auch Hugh besitzen Häuser in London, aber nur Hughs Haus im Ladbroke Grove wird zur Zeit genutzt.

»Septemberhimmel« schloß mit der Nachricht, daß Rupert am Leben ist, und mit dem Angriff der Japaner auf Pearl Harbour. »Seelenstürme« beginnt im März 1942, kurz nach Sybils Tod.

Erster Teil

Polly

März 1942

Das Zimmer war eine Woche lang abgeschlossen gewesen, das Kattunrollo vor dem Südfenster noch heruntergezogen; es filterte das Licht pergamentfarben. Es war kalt, die Luft abgestanden. Polly ging zum Fenster und zog an der Schnur; das Rollo schnappte nach oben. Es wurde heller, aber nicht wärmer – das Licht schien weiterhin grau, der Himmel war stürmisch und wolkenverhangen. Sie blieb einen Augenblick am Fenster stehen. Unter der Schuppentanne blühten die Osterglocken – ein unangemessen freundlicher Anblick – und warteten darauf, vom Märzwetter durchweicht und gebrochen zu werden. Sie ging zur Tür und verriegelte sie. Sie hätte jetzt keine Störung ertragen. Sie würde sich einen Koffer aus dem Ankleidezimmer holen und dann den Kleiderschrank und die Schubladen der Rosenholzkommode neben dem Frisiertisch ausräumen.

Sie holte den größten Koffer, den sie finden konnte, und legte ihn aufs Bett. Man hatte ihr eigentlich beigebracht, Koffer nie auf Betten zu legen, aber dieses war nicht bezogen und sah unter der Abdeckung so flach und trostlos aus, daß es nichts auszumachen schien.

Als sie den Schrank öffnete und die lange Reihe dicht gehängter Kleider sah, schreckte sie plötzlich davor zurück, sie zu berühren – es war, als willige sie damit endgültig in diesen Abschied ein, in dieses Verschwinden, das für immer sein sollte, in diese Reise, die allein und gegen den Wunsch aller angetreten worden war, vor nun schon einer Woche. Sie konnte die Sache mit der Ewigkeit einfach nicht begreifen: Es war schon möglich, sich vorzustellen, daß jemand ging, aber daß diese Person nicht wiederkommen sollte ... Diese Kleider würden nie wieder getragen werden, nutzten ihrer ehemaligen Besitzerin nichts mehr und konnten andere nur noch bedrücken, oder besser gesagt: einen anderen. Sie tat dies für ihren Vater, damit er, wenn er mit Onkel Edward zurückkam, nicht durch solch banale, trostlose Kleinigkeiten erinnert würde. Sie nahm ein paar Bügel heraus: kleine Wirbel von Sandelholzduft bildeten sich, umwehten sie, vermischt mit einem schwachen Duft, der sie an das Haar ihrer Mutter erinnerte. Dieses grün-weiße Kleid hatte sie im vorletzten Sommer getragen, als sie zusammen nach London gefahren waren; der haferbeige Tweedmantel mit dem passenden Rock war ihr immer irgendwie zu eng oder zu weit; dieses sehr alte grüne Kleid hatte sie oft angehabt, wenn sie den Abend allein mit Dad zu Hause verbrachte; die Pannesamtjacke mit den Makasitknöpfen hatte sie immer als ihre »Konzertjacke« bezeichnet; das olivgrüne Leinenkleid stammte aus der Zeit, als sie mit Wills schwanger gewesen war – Gott, das bedeutete, daß es schon fünf Jahre alt war. Sie hatte offenbar alles aufgehoben, auch Sachen, die ihr schon lange nicht mehr gepaßt hatten, Abendkleider, die sie seit Kriegsbeginn nicht mehr getragen hatte, und einen Wintermantel mit einem Eichhornkragen, an den Polly sich überhaupt nicht erinnern konnte ... Sie holte alles heraus und legte es aufs Bett. Ganz am Ende hing ein abgetragener grüner Seidenkimono über einem Goldlamékleid, einem von Dads sinnloseren Weihnachtsgeschenken, einmal – recht widerwillig – getragen, und dann nie wieder. Keine besonders schönen Kleider, dachte Polly traurig. Die Abendkleider wirkten verwelkt, weil sie schon so lange nicht mehr gebügelt worden waren; die Tageskleider waren alt und schäbig, glänzten oder waren formlos geworden. Sie waren allenfalls noch für einen Wohltätigkeitsbasar gut, wohin Tante Rach sie auch bringen würde, »obwohl du selbstverständlich behalten kannst, was immer du möchtest, Liebes«. Aber Polly wollte nichts behalten, und selbst wenn, hätte sie es nie anziehen können, wegen Dad.

Nachdem sie die Kleider eingepackt hatte, stellte sie fest, daß im Kleiderschrank noch Hüte und Schuhe waren. Sie würde einen weiteren Koffer brauchen. Es gab nur noch einen – mit den Initialen ihrer Mutter darauf, »S.V.C.« – »Sybil Veronica«, hatte der Geistliche bei der Beerdigung gesagt: wie seltsam, einen Namen zu haben, der nur bei der Taufe und bei der Beerdigung benutzt wurde. Das schreckliche Bild ihrer Mutter, im Sarg und mit Erde bedeckt, tauchte vor ihrem geistigen Auge auf, wie schon so oft in dieser Woche; es war ihr unmöglich, von einer Leiche nicht als einem Menschen zu denken, der Licht und Luft brauchte. Sie hatte während der Gebete und des Erde-Schaufelns stumm und erstarrt dagestanden, auch als ihr Vater eine Rose auf den Sarg warf, und gewußt, wenn alles erledigt war, würden sie sie hier zurücklassen – auf ewig kalt und einsam. Aber das hatte sie niemandem sagen können: Man hatte sie die ganze Zeit wie ein Kind behandelt und ihr bis zum Ende diese ach so tröstlichen Lügen erzählt, von möglicher Genesung, wenig Schmerzen und schließlich – ohne den Widerspruch auch nur wahrzunehmen – von Erlösung, von Gnade (wieso Gnade, wenn sie doch angeblich keine Schmerzen gehabt hatte?). Und sie war *kein* Kind mehr, sie war fast siebzehn. Also war sie jetzt, nach diesem letzten Schock – denn natürlich hatte sie all die Lügen glauben *wollen* –, starr vor Ärger, vor *Wut* darüber, daß man sie nicht für reif genug erachtet hatte, mit der Wahrheit konfrontiert zu werden. Sie hatte sich den Umarmungen entwunden, war Küssen ausgewichen, hatte jegliche Freundlichkeit, jegliche Rücksichtnahme ignoriert. Sie war nur erleichtert, daß Onkel Edward Dad für zwei Wochen mitgenommen hatte; so hatte sie Gelegenheit, alle anderen Erwachsenen unterschiedslos zu hassen.

Als die Frage aufgetaucht war, hatte sie erklärt, *sie* wolle das Zimmer ihrer Mutter ausräumen, und jede Hilfe konsequent abgelehnt. »Wenigstens *das* kann ich wohl tun«, hatte sie gesagt, und Tante Rach, die anfing, etwas mehr Verständnis zu zeigen als die anderen, war einverstanden gewesen.

Auf dem Frisiertisch lagen die silbernen Bürsten ihrer Mutter und ein Hornkamm, eine Kristalldose mit Haarnadeln, die sie zuletzt nicht mehr gebraucht hatte, weil sie das Haar kurz trug, und ein kleiner Ringständer mit einigen wenigen Ringen darauf. Auch ihr Verlobungsring war dabei: ein Cabochon-Smaragd, umgeben von kleinen Diamanten, in einer Platinfassung. Sie betrachtete ihren eigenen Ring – auch ein Smaragd –, den Dad ihr im letzten Herbst geschenkt hatte. Er hat mich tatsächlich gern, dachte sie, ihm ist einfach nicht klar, wie alt ich bin. *Ihn* wollte sie nicht hassen. All das Zeug vom Frisiertisch war nicht für einen Basar geeignet. Sie beschloß, es in eine Schachtel zu packen und einige Zeit aufzubewahren. Nur die Tiegel mit Cold Cream, Puder und Rouge würde sie wegwerfen, in den Papierkorb.

In der Kommode lag die Unterwäsche. Zwei Arten Nachthemden; welche, die Dad ihr geschenkt und die sie nie getragen hatte, und andere, die sie selbst gekauft und dann auch benutzt hatte. Die von Dad waren aus reiner Seide und Chiffon, mit Spitze und Bändern, zwei grüne und eines aus mokkabraunem Satin. Die sie selbst gekauft hatte, waren meist aus Batist oder Biber und mit kleinen Blümchen bedruckt – Beatrix-Potter-Nachthemden. Sie wühlte weiter: BHs, Strumpfhalter, Unterhemden, Hemdhöschen, Unterröcke aus Strickstoff, alle in einem schmuddeligen Pfirsichton; Seiden- und Wollstrümpfe, ein paar Hemdblusen und Dutzende von Taschentüchern in einem Behälter, den Polly vor Jahren genäht hatte, Patchwork auf Tussoreseide. Ganz hinten in der Wäscheschublade lag eine kleine Tasche, wie ein Kulturbeutel, mit einer Tube darin, auf der »Volpar-Gel« stand, und einer kleinen Schachtel mit einem merkwürdigen runden Gummiring. Sie packte die Sachen wieder in die Tasche und warf diese in den Papierkorb. Und dann fand sie eine flache, rechteckige Pappschachtel, in der in ausgebleichtem Seidenpapier ein halbkreisförmiger Kranz lag, aus Silberblättern und verwelkten Blüten, die ihr unter den Händen zerfielen. Auf dem Schachteldeckel stand, in der Handschrift ihrer Mutter, ein Datum: »20. Mai 1920«. Das muß ihr Brautkranz gewesen sein, dachte sie und versuchte, sich an das komische Hochzeitsfoto auf dem Frisiertisch ihrer Großmutter zu erinnern, auf dem ihre Mutter ein äußerst merkwürdiges schlauchförmiges Kleid ohne Taille trug. Sie stellte die Schachtel beiseite, weil sie es nicht fertigbrachte, etwas wegzuwerfen, das jemand so lange gehütet hatte.

In der untersten Schublade lagen Babysachen. Das Taufkleid, das Wills als letzter getragen hatte – aus zartestem weißen Batist, von Tante Villy mit Kleeblättern bestickt –, ein Beißring aus Elfenbein, ein paar winzige Mützchen, eine Rassel aus Silber und Korallen, die irgendwie indisch aussah, mehrere blaßrosa Kleidchen, die nie getragen worden und vermutlich für das Baby bestimmt gewesen waren, das gestorben war, und ein großer, sehr dünner gelblicher Kaschmirschal. Sie wußte nicht, was sie damit anfangen sollte, und beschloß schließlich, die Babysachen ebenfalls aufzubewahren, bis sie sich dazu durchringen konnte, eine der Tanten zu fragen, was damit zu tun sei.

Wieder ein Nachmittag vorüber. Bald war es Zeit für den Tee, und danach würde sie Wills übernehmen, mit ihm spielen, ihn baden und ins Bett bringen. Er wird wie Neville werden, dachte sie, nur schlimmer, denn er ist schon vier und wird sich noch lange an sie erinnern; Neville hat seine Mutter überhaupt nicht gekannt. Bisher hatte niemand Wills erklären können, was geschehen war. Natürlich hatten es alle versucht, auch Polly. »Weg«, wiederholte er immer wieder, »tot und im Himmel?«, aber er suchte weiterhin nach ihr – unter Sofas und Betten, in Schränken und, wann immer es ihm gelang, sich davonzuschleichen, in ihrem leeren Zimmer. »Flugzeug«, hatte er gestern gesagt, nach dem Satz mit dem Himmel. Ellen hatte ihm erzählt, seine Mutter sei im Himmel, aber er hatte das mit Hastings verwechselt und zur Bushaltestelle laufen wollen. Er weinte nicht, aber er war sehr still. Er saß auf dem Boden und schubste lustlos seine Autos herum, spielte mit dem Essen, aber aß nichts und schlug nach allen, die ihn in den Arm nehmen wollten. Polly tolerierte er, aber Ellen schien der einzige Mensch zu sein, den er wirklich um sich haben mochte. Irgendwann wird er sie vergessen, dachte Polly. Er wird sich kaum daran erinnern können, wie sie ausgesehen hat; er wird zwar wissen, daß er seine Mutter verloren hat, aber nicht mehr, was für ein Mensch sie war. Das schien ihr eine traurige Aussicht, und sie wollte lieber nicht weiter darüber nachdenken. Was die Frage aufwarf, ob nicht über etwas nachzudenken ebenso schlimm war wie nicht über etwas zu sprechen – sie wollte auf keinen Fall wie ihre schrecklichen Verwandten sein, die sich so verdammt anstrengten weiterzuleben, als sei nichts geschehen. Sie hatten nicht darüber gesprochen, bevor es passiert war, und sie taten es auch jetzt nicht; sie glaubten nicht an Gott – jedenfalls ging keiner von ihnen je zur Kirche –, aber mit Ausnahme von Ellen, die sich um Wills kümmern mußte, waren alle zur Beerdigung gegangen, hatten gebetet, Lieder gesungen, waren in einer langen Reihe auf den Friedhof gezogen, wo schon ein Loch gegraben war, und hatten zugesehen, wie zwei sehr alte Männer den Sarg hinabließen. »Ich bin die Auferstehung und das Leben«, sagte der Herr, »und wer an mich glaubt, soll nicht sterben.« Aber *sie* war nicht religiös gewesen, und die anderen auch nicht, soviel Polly wußte. Was sollte das Ganze also? Sie hatte über das Grab hinweg Clary angesehen, die zu Boden gestarrt und auf den Knöcheln ihrer Hand herumgebissen hatte. Auch Clary war nicht imstande darüber zu reden, aber wenigstens benahm sie sich nicht, als sei nichts geschehen. Dieser schreckliche letzte Abend – nachdem Dr. Carr dagewesen war und ihrer Mutter eine Spritze gegeben hatte, hatte man sie zu ihr gelassen. (»Sie ist bewußtlos«, hatten sie gesagt, »sie spürt jetzt nichts mehr.« Als wäre das eine *Verbesserung.*) Sie hatte dagestanden und den flachen, angestrengten Atemzügen gelauscht und gewartet und gewartet, daß ihre Mutter die Augen öffnete, damit sie etwas sagen könnte oder wenigstens Gelegenheit zu einem schweigenden Lebewohl hätte ...

»Gib ihr einen Kuß, Poll«, hatte ihr Vater gesagt, »und dann geh bitte wieder.« Er saß auf der anderen Seite des Betts und hielt die Hand ihrer Mutter, die er, die Handfläche nach oben, auf seinen schwarzen Seidenstumpf gelegt hatte. Sie hatte sich vorgebeugt, die trockene Stirn geküßt und war wieder gegangen.

Draußen hatte Clary gestanden, sie an der Hand genommen und zu ihrem gemeinsamen Zimmer geführt, und dort hatte sie sie umarmt und geweint und geweint; aber Polly war so wütend gewesen, daß sie nicht hatte weinen können. »Du hast dich wenigstens von ihr verabschieden können!« hatte Clary immer wieder gesagt, weil sie sie unbedingt trösten wollte. Aber das war ja genau der Punkt – oder einer der Punkte: Sie hatte sich eben *nicht* verabschieden können; sie hatten gewartet, bis ihre Mutter sie nicht mehr erkannt, ja nicht einmal mehr gesehen hatte ... Sie hatte sich aus Clarys Umarmung gelöst und erklärt, sie wolle nach draußen gehen, allein sein, und Clary hatte das sofort akzeptiert. Sie hatte ihre Gummistiefel und den Regenmantel angezogen und war hinaus in den eiskalten Nieselregen gegangen, in die Dämmerung, den Abhang hinauf bis zu dem kleinen Tor, das zum Wäldchen hinter dem Haus führte.

Sie war bis zu dem großen umgestürzten Baum gegangen, bei dem Wills und Roly immer irgendwelche geheimnisvollen Spiele spielten, und hatte sich darauf gesetzt, ganz dicht an die herausgerissenen Wurzeln. Sie hatte geglaubt, hier weinen, ganz normal trauern zu können, aber es waren nur laute Seufzer der Wut und der Hilflosigkeit gekommen. Sie hätte eine Szene machen sollen, aber wie hätte sie das angesichts der Trauer ihres Vaters tun können? Sie hätte darauf bestehen sollen, sie schon am Morgen zu sehen, nachdem Dr. Carr gesagt hatte, er werde am Nachmittag noch einmal kommen – aber wie hätte sie wissen können, was er vorhatte? *Sie* mußten es gewußt haben, aber wie üblich hatten sie ihr nichts gesagt. Als sie Simon aus der Schule zurückgeholt hatten, hätte sie wissen müssen, daß ihre Mutter jeden Augenblick sterben konnte. Er war an dem Morgen angekommen, und *er* hatte sie gesehen. Dann hatte sie Wills sehen wollen, und man hatte ihr gesagt, das sei genug bis zum Nachmittag. Aber der arme Simon hatte auch nicht gewußt, daß es das letzte Mal sein würde. Er hatte überhaupt nichts geahnt – er hatte sie nur für sehr krank gehalten und ihnen während des gesamten Mittagessens von der Mutter eines Freundes erzählt, die beinahe an einem Blinddarmdurchbruch gestorben war und sich wunderbarerweise wieder erholt hatte. Und nach dem Essen hatte Teddy ihn mit auf eine lange Radtour genommen, von der sie noch nicht zurück waren. Wenn ich mit ihr gesprochen hätte, dachte sie, wenn ich *irgendwas* gesagt hätte, hätte sie mich vielleicht gehört. Aber dazu hätte sie mit ihr allein sein müssen. Sie hatte ihr sagen wollen, daß sie sich um Dad kümmern würde, und um Wills, und vor allem hatte sie sagen wollen: »Ist alles in Ordnung? Kannst du es ertragen zu sterben, was immer das auch heißen mag?« Vielleicht hatten sie ihre Mutter genauso betrogen. Vielleicht war sie einfach nicht mehr aufgewacht – hatte den Augenblick ihres Todes selbst nicht erlebt. Bei diesem schrecklichen Gedanken waren ihr schließlich die Tränen gekommen. Als sie zum Haus zurückgekommen war, hatte man ihre Mutter bereits weggebracht.

Seit damals hatte sie keine Träne mehr vergossen – sie hatte irgendwie das schreckliche Abendessen durchgestanden, bei dem niemand etwas hatte essen wollen, und beobachtet, wie ihr Vater versuchte, Simon aufzuheitern, indem er ihn nach seiner Schule fragte. Und dann hatte Onkel Edward Geschichten aus *seiner* Schulzeit erzählt; an jenem Abend waren alle bemüht gewesen, sich auf sicherem Boden zu bewegen, hatten jämmerliche und harmlose Witzchen gemacht, über die man nicht lachen konnte und die nur dazu gedacht waren, weitere Minuten totzuschlagen und den Anschein normalen Lebens aufrechtzuerhalten; und obwohl sie die versteckte Zuneigung und Sorge hinter all dem hatte erkennen können, hatte sie sich geweigert, sie zu akzeptieren. Am Tag nach der Beerdigung hatte Onkel Edward ihren Vater und Simon mit nach London genommen; sie hatten Simon in einen Zug zurück zur Schule gesetzt. »Muß ich wirklich wieder hin?« hatte er gefragt, aber nur einmal, denn sie hatten geantwortet, aber selbstverständlich, er dürfe die Prüfungen nicht versäumen. Archie, der zur Beerdigung gekommen war, hatte nach dem Essen vorgeschlagen, auf dem Boden des Morgenzimmers Patiencen zu legen, »du auch, Polly«, und natürlich hatte Clary mitgemacht. Es war eiskalt gewesen, weil das Feuer ausgegangen war. Simon hatte das nichts ausgemacht – er meinte, in der Schule sei es genauso, überall eiskalt, nur im Krankenzimmer nicht, aber dahin komme man nur, wenn man schlimmen Ausschlag habe oder so gut wie tot sei; aber Clary hatte ihnen Strickjacken geholt, und Archie hatte sich in einen alten Wintermantel des Brig gewickelt, den Schal umgebunden, den Miss Milliment gestrickt und der den Armeeanforderungen nicht genügt hatte, und die Handschuhe angezogen, die die Duchy manchmal trug, wenn sie Klavier übte.

»In dem Büro, wo ich arbeite, ist es immer glühend heiß«, sagte er, »deshalb bin ich ganz verweichlicht. Und jetzt brauche ich noch einen Spazierstock. Ich kann mich nicht hinhocken wie ihr anderen.« Also setzte er sich auf einen Stuhl, das Bein steif ausgestreckt, und Clary wendete die Karten um, auf die er deutete.

Das gewährte ihnen eine Art Aufschub: Archie spielte mit solcher Leidenschaft und Entschlossenheit, daß alle sich davon anstecken ließen, und als Simon ein Spiel gewann, wurde er vor Freude ganz rot. »Verdammt!« sagte Archie. »Verdammt noch mal! Noch eine Runde, und ich hätte alles abgeräumt.«

»Du bist kein besonders guter Verlierer«, bemerkte Clary liebevoll; sie selbst war auch nicht besonders gut, was das anging.

»Aber ein wunderbarer Gewinner. Doch, dann kann ich wirklich nett sein, und da ich normalerweise gewinne, erkennt kaum jemand meine schlechten Seiten.«

»Du kannst eben nicht *immer* gewinnen«, sagte Simon. Es war merkwürdig, aber Archie brachte sie mit seinem Verhalten hin und wieder dazu, *ihm* solche Erwachsenensätze an den Kopf zu werfen.

Aber später, als Polly aus dem Bad kam, wartete Simon draußen auf der Galerie auf sie.

»Du hättest ruhig reinkommen können. Ich hab' mir nur die Zähne geputzt.«

»Das wollte ich gar nicht. Ich dachte nur – könntest du einen Moment mit in mein Zimmer kommen?«

Sie folgte ihm den Flur entlang zu dem Zimmer, das er normalerweise mit Teddy teilte.

»Also, es ist ...«, begann er unsicher, »du wirst doch niemandem davon erzählen oder lachen oder so?«

Selbstverständlich nicht.

Er zog die Jacke aus und fing an, die Krawatte aufzubinden.

»Ich hab' was draufgeklebt, damit der Kragen nicht so weh tut.« Als er sein graues Flanellhemd aufknöpfte, sah sie, daß sein Hals mit Stückchen grauen Pflasters versprenkelt war. »Du mußt die Pflaster abmachen«, sagte er.

»Das wird aber weh tun.«

»Am besten ganz schnell«, sagte er und senkte den Kopf.

Sie fing vorsichtig an, aber bald wurde ihr klar, daß das wirklich nicht half, und etwa ab dem siebten Pflaster hatte sie eine Methode entwickelt: Sie zog die Haut mit zwei Fingern straff, packte das Pflaster mit Daumen und Zeigefinger der anderen Hand und riß es ab. Ein ganzer Schwarm entzündeter Pickel kam auf diese Weise zum Vorschein; vielleicht waren es auch kleine Furunkel, sie wußte es nicht so genau.

»Also, wahrscheinlich muß man sie ausdrücken. Das hat Mum immer gemacht, und dann hat sie so ein tolles Zeug draufgetan, davon sind sie manchmal einfach weggegangen.«

»Du solltest richtiges Pflaster mit Gaze draufmachen.«

»Ich weiß. Sie hat mir eine Schachtel davon mitgegeben, als ich in die Schule gefahren bin, aber ich hab' es aufgebraucht. Und natürlich kann ich sie nicht selbst ausdrücken – ich kann sie ja nicht mal sehen. Dad konnte ich einfach nicht fragen. Ich dachte, du würdest mir vielleicht helfen.«

»Natürlich. Weißt du, was sie draufgetan hat?«

»Ein wunderbares Zeug«, meinte er vage. »Könnte es Wick gewesen sein?«

»Das ist gegen Erkältung. Warte mal. Ich hole ein bißchen Watte und richtige Pflaster und was sonst vielleicht noch gut sein könnte. Es dauert nicht lange.«

Im Medizinschränkchen im Bad fand sie eine Rolle Pflaster und Gaze, aber ansonsten nur Friar's Balsam, und die Flasche war fast leer. Sie würde sich damit behelfen müssen.

»Ich kriege auch wieder ein Gerstenkorn«, sagte er, als sie zurückkam. Er saß auf dem Bett, im Schlafanzug.

»Was hat sie damit gemacht?«

»Sie hat mit ihrem Ehering drübergerieben, und manchmal sind sie weggegangen.«

»Ich kümmere mich erst mal um die Pickel.«

Das war eine ekelhafte Angelegenheit und wurde nicht gerade besser dadurch, daß sie wußte, wie weh sie ihm tat. Ein paar der Pickel näßten, aber andere hatten einfach harte, glänzende gelbe Köpfe, die schließlich aufbrachen und eiterten. Er zuckte nur einmal zusammen, aber als sie sich entschuldigte, meinte er nur: »Mach einfach weiter. Hol so viel raus, wie du kannst.«

»Könnte dir die Hausmutter nicht dabei helfen?«

»Lieber Gott, nein! Sie kann mich sowieso nicht ausstehen und meckert nur. Die einzigen, die sie mag, sind Mr. Allinson – der Sportlehrer –, weil er überall Muskeln hat, und ein Junge namens Willard, weil sein Vater ein Lord ist.«

»Aber Simon! Ist es so schrecklich da?«

»Ich hasse es.«

»Aber zwei Wochen, dann kommst du wieder heim.«

Sie schwiegen beide.

»Aber es wird anders sein«, sagte er schließlich, und sie sah, wie ihm Tränen in die Augen traten. »Es geht ja gar nicht um die blöde Schule oder um den Krieg«, sagte er und drückte sich die Fingerknöchel auf die Augen, »es ist nur das dumme Gerstenkorn. Dauernd tränen einem die Augen davon. Das habe ich oft.«

Sie legte ihm den Arm um die knochigen Schultern. Es zerriß ihr fast das Herz, daß er sich so schrecklich einsam fühlte.

»Klar, wenn man sich daran gewöhnt hat, daß man jede Woche einen Brief von jemandem bekommt, und dann hört das auf, ist es am Anfang wahrscheinlich ein bißchen komisch. So würde es vermutlich jedem gehen«, meinte er so bemüht neutral, als spräche er von den Problemen eines anderen. Doch dann brach es aus ihm heraus: »Aber sie hat nie was davon *gesagt*! Zu Weihnachten schien es ihr so viel besser zu gehen, und das ganze Trimester über hat sie mir geschrieben und es nie mit einem Wort erwähnt!«

»Mir hat sie auch nichts gesagt. Ich glaube nicht, daß sie mit irgend jemandem darüber gesprochen hat.«

»Aber ich bin nicht irgend jemand!« setzte er an und hielt inne. »Du natürlich auch nicht, Poll.« Er griff nach ihrer Hand und drückte sie, ein wenig zittrig noch. »Du warst toll mit den blöden Pickeln.«

»Leg dich ins Bett, sonst frierst du noch.«

Er suchte in den Taschen seiner Hose, die auf dem Boden lag, förderte ein unbeschreibliches Taschentuch zutage und putzte sich die Nase.

»Poll! Bevor du gehst – ich möchte dich noch was fragen. Ich muß immer wieder daran denken – und ich kann nicht ...« Er hielt inne, und dann sagte er langsam: »Was *passiert* jetzt mit ihr? Ich meine, ist sie einfach nicht mehr da? Oder ist sie woanders? Das klingt vielleicht idiotisch, aber die ganze Sache – Tod und so –, ich kann es mir einfach nicht *vorstellen.*«

»Ach, Simon, das kann ich doch auch nicht! Ich versuche es die ganze Zeit, aber es gelingt mir nicht.«

»Meinst du«, er wies mit dem Kinn zur Tür, »*die* wissen es? Ich meine, sie sagen uns sowieso nie was, also ist es vielleicht eine von den Sachen, von denen sie glauben, daß man nicht darüber reden sollte.«

»Das hab' ich mich auch schon gefragt«, meinte sie.

»In der Schule reden sie natürlich dauernd über den Himmel, weil alle so tun, als wären sie furchtbar fromm – du weißt schon, jeden und jeden Tag beten und besondere Gebete für die Ehemaligen, die im Krieg gefallen sind, und sonntags hält der Rektor eine Rede über Patriotismus und christliches Soldatentum und Reinheit des Herzens und Sich-unserer-Schule-würdig-Erweisen, und wenn ich zurückkomme, wird er mir auch was vom Himmel erzählen, aber alles, was sie darüber sagen, kommt mir so idiotisch vor, daß ich mir nicht vorstellen kann, wieso irgend jemand ausgerechnet dorthin wollen sollte.«

»Du meinst, Harfe spielen und weiße Flügel und so?«

»Und die ganze Zeit *glücklich* sein«, schnaubte er. »So,

wie ich es sehe, werden die Leute irgendwann einfach zu alt zum Glücklichsein, und *sie* sind sowieso dagegen und zwingen einen pausenlos, Dinge zu tun, von denen es einem nur schlechter geht. Zum Beispiel schicken sie einen ins Internat, obwohl man es zu Hause so gut haben könnte. Und dann muß man auch noch so tun, als gefiele es einem. Das macht mich wirklich fertig. Du mußt die ganze Zeit machen, was sie wollen, und auch noch so tun, als fändest du es gut.«

»Du könntest es ihnen vielleicht sagen.«

»Denen an der Schule? Bloß nicht!« rief er entsetzt. »Wenn man in der Schule was in dieser Richtung sagt, bringen sie einen praktisch um!«

»Es sind doch bestimmt nicht alle Lehrer so schlimm.«

»Ich rede ja gar nicht von den Lehrern. Ich rede von den Jungs. Alle versuchen sie, wie die anderen zu sein. Na ja«, sagte er schließlich, »ich dachte einfach, ich sollte dich fragen – wegen dem Sterben und so.«

Sie hatte ihn schnell umarmt und war dann hinausgegangen.

Und jetzt würde sie auch noch an Simon schreiben müssen, bevor sie mit Wills spielte, weil sie sich vorgenommen hatte, ihm jede Woche einen Brief zu schicken. Sie zog die Rollos im Zimmer ihrer Eltern wieder herunter und nahm die Schachtel mit den Kleinigkeiten mit in das Zimmer, das sie mit Clary teilte. Als sie den Flur entlang zur Galerie ging, vernahm sie die üblichen Geräusche: Die Duchy spielte Schubert, auf dem Grammophon im Spielzimmer lief die inzwischen völlig verkratzte Platte vom »Picknick der Teddybären«, derer weder Wills noch Roly je müde wurde, der Brig hatte das Radio eingeschaltet, wie immer, wenn er niemanden zum Reden finden konnte, und die Nähmaschine rasselte, weil jemand – vermutlich Tante Rach – in der Mitte durchgeschnittene Laken an den Seiten wieder zusammennähte, eine ungeheuer langweilige Arbeit. Es war Freitag, der Tag, an dem Dad und, seit er wieder für die Firma arbeitete, auch Onkel Edward für gewöhnlich nach Hause kamen, nur heute würde es anders sein, weil Onkel Edward Dad mit nach Westmoreland genommen hatte. Davon abgesehen machen alle einfach weiter, als sei nichts geschehen, dachte sie wütend, als sie nach Briefpapier suchte und beschloß, den Brief im Bett zu schreiben, weil es dort ein kleines bißchen wärmer war als sonst überall (das Feuer im Wohnzimmer wurde nach dem Tee nicht mehr angezündet – eine weitere Sparmaßnahme der Duchy).

Sie hatte sich vorgenommen, einen möglichst langen Brief zu schreiben. »Hier sind die Neuigkeiten über alle, in der Reihenfolge des Alters«, schrieb sie, und das bedeutete, daß sie mit der verbliebenen Großtante anfangen mußte:

> Die arme alte Bully hat beim Frühstück *schon wieder* mit dem Kaiser angefangen; sie ist total im falschen Krieg. Außer über ihn – den Kaiser, meine ich – redet sie über lauter Leute, die kein Mensch kennt, was die Unterhaltung mit ihr ziemlich schwierig macht. Und sie bekleckert sich selbst mit wertvollem Essen wie Eiern und so, alles landet auf ihrer Strickjacke, so daß Tante Rach sie ständig waschen muß. Es ist komisch, wir sind alle daran gewöhnt, daß Miss Milliments Sachen so aussehen, aber bei Bully wirkt es einfach erbärmlich. Die Duchy gibt ihr kleine Näharbeiten zu tun, aber sie erledigt immer bestenfalls die Hälfte davon [sie hatte hinzufügen wollen: »Tante Flo fehlt ihr ganz schrecklich«, aber dann entschied sie sich, das wegzulassen]. Der Brig fährt jetzt dreimal in der Woche nach London ins Büro. Er hat versucht, überhaupt nicht mehr hinzufahren, aber dann hat er sich so gelangweilt, daß Tante Rach nichts mehr eingefallen ist, was sie mit ihm anfangen könnte; jetzt nimmt sie ihn im Zug mit und bringt ihn ins Büro, und einmal in der Woche läßt sie ihn dort und geht einkaufen. An den anderen Tagen plant er seine neue Baumplantage, die er auf dem Weg zu dem

Wald anlegen will, in dem ihr, du und Christopher, euer Lager hattet, oder er hört Radio oder läßt sich von Miss Milliment oder Tante Rach vorlesen. Die Duchy nimmt nicht viel Notiz von ihm (wobei ich nicht glaube, daß ihm das etwas ausmacht), sie übt einfach weiter Klavier, kümmert sich um ihren Garten und legt Menüs fest, obwohl jetzt so viel rationiert ist, daß Mrs. Cripps sicher längst alles auswendig weiß. Aber mir ist aufgefallen, daß alte Leute ihre Gewohnheiten nicht mehr ändern, selbst wenn diese Gewohnheiten dir oder mir sehr langweilig vorkommen. Tante Rach tut all das, was ich schon erzählt habe, aber außerdem ist sie auch schrecklich nett zu Wills. Tante Villy hat sich schwer in die Rotkreuzarbeit gestürzt und arbeitet außerdem im Pflegeheim; ich meine, sie arbeitet richtig, nicht wie Zoë, die einfach nur hingeht und sich mit den armen Patienten unterhält. Zoë ist wieder ziemlich dünn geworden und verbringt ihre ganze Zeit damit, ihre Kleider zu ändern und neue für Juliet zu nähen. Clary und ich haben das Gefühl, hier festzusitzen. Wir wissen nicht, was wir mit uns anfangen sollen. Clary meint, wenn Louise mit siebzehn weggehen durfte, sollten wir das auch dürfen, und ich habe ihr gesagt, daß sie uns doch nur auf die Kochschule schicken werden, auf der Louise war, aber Clary ist der Ansicht, selbst das würde unseren Horizont erweitern, der (so behauptet sie jedenfalls) hier ungeheuer eingeengt wird. Andererseits haben wir den Eindruck, daß Louises Horizont sich alles andere als erweitert hat, seit sie draußen in der Welt gewesen ist. Sie denkt immer nur an Theaterstücke und Schauspielerei und versucht, Engagements für Hörspiele bei der BBC zu bekommen. Unter uns gesagt, sie ist ziemlich unbeliebt bei der ganzen Familie; alle finden, sie sollte lieber zum weiblichen Hilfskorps gehen. Inzwischen sind auch Brennstoffe rationiert – nicht daß das für *uns* einen großen Unterschied machen würde, Kohlen werden ja sowieso nur im Küchenherd ver-

wendet. Simon, wenn du zurückkommst, gehe ich mit dir zu Dr. Carr, denn ich wette, er kann was gegen deine Pickel tun. Und jetzt muß ich aufhören. Ich habe Ellen versprochen, Wills zu baden, weil es für sie wegen ihres Rückens immer so anstrengend ist, sich über die Wanne zu beugen.
Deine Dich liebende Schwester
Polly

Na gut, dachte sie, kein besonders interessanter Brief, aber besser als nichts. Ihr wurde klar, daß sie eigentlich nicht viel von Simon wußte, weil er immer im Internat und in den Ferien viel mit Christopher oder Teddy unterwegs gewesen war. Jetzt war Christopher auf diesem Bauernhof in Kent, und Teddy hatte sich vor ein paar Tagen zur Luftwaffe gemeldet, also würde Simon in den Ferien niemanden mehr haben. Seine Einsamkeit, die sie schon am Abend der Beerdigung so betroffen gemacht hatte, erschütterte sie – es war schrecklich, daß sie von ihm nur wußte, was ihn traurig machte. Normalerweise hätte sie mit Dad darüber gesprochen, aber auch das war jetzt schwierig, wenn nicht unmöglich: Während der vergangenen Wochen schien ihr Vater sich weiter und weiter von allen entfernt zu haben, und als ihre Mutter tatsächlich gestorben war, war er ihr wie schiffbrüchig vorgekommen – gestrandet in einem Meer der Trauer. Aber es gab ja noch Clary, die immer Ideen hatte, und auch wenn die meisten nichts taugten, war schon die schiere Menge beeindruckend.

Clary war im Kinderzimmer und fütterte Juliet – eine langwierige und ziemlich undankbare Aufgabe. Das kleine Tablett vor dem Kinderstuhl, das Lätzchen und Juliets kleine, dicke, lebhafte Hände waren voller Toastkrümel und Sirup, und wenn Clary versuchte, ihr ein Bröckchen in den Mund zu stecken, wandte die Kleine sich energisch ab. »Runter«, sagte sie wieder und wieder. Sie wollte zu Wills und Roly, die mit Autos ihr derzeitiges Lieblingsspiel spielten, genannt »Unfall«. »Trink wenigstens noch ein bißchen Milch«, sagte Clary und hielt ihr den Becher hin, aber Juliet griff danach, kippte die Milch aufs Tablett und patschte dann in der klebrigen Masse herum.

»Das ist sehr ungezogen, Jules. Gibst du mir mal eine Windel oder so was? Also, Kleinkinder sind wirklich das *letzte*. Es hat keinen Zweck, ich brauche einen nassen Waschlappen. Paßt du mal einen Moment auf sie auf?«

Polly setzte sich zu Juliet, aber sie beobachtete Wills. Sie hatte bemerkt, wie er von seinen Autos aufgeschaut hatte, als sie hereingekommen war, und wie der Hoffnungsschimmer in seinem Blick einer Ausdruckslosigkeit gewichen war, die schlimmer war als Verzweiflung. Wahrscheinlich geht es ihm jedesmal so, wenn jemand zur Tür hereinkommt, dachte sie; wie lange wird das noch so weitergehen? Als Clary zurückkam, setzte Polly sich auf den Boden zu ihrem Bruder. Er hatte das Interesse am Spiel verloren und hockte einfach da, zwei Finger im Mund, und mit der anderen Hand zupfte er sich am Ohrläppchen. Er sah sie nicht an.

Bisher hatte sie gedacht, daß der Tod ihrer Mutter wahrscheinlich für Simon am schlimmsten war, weil niemand in der Familie seine Trauer auch nur bemerkte; aber jetzt fragte sie sich, ob es nicht Wills am schwersten getroffen hatte, weil der Kleine nicht einmal imstande war, seiner Verzweiflung Ausdruck zu verleihen, und weil er einfach nicht verstand, was mit seiner Mutter passiert war. Aber andererseits verstehe ich das ja auch nicht, dachte sie, und Simon ebensowenig – und *sie* tun auch nur so, als würden sie es verstehen.

»Ich glaube, Religionen sind nur erfunden worden, damit die Leute sich um das Sterben nicht so viel Gedanken machen«, bemerkte Clary, als sie an jenem Abend ins Bett gingen. Diese – für Polly reichlich verblüffende – Anmerkung erfolgte, nachdem sie sich lange über Simons Trauer unterhalten hatten und darüber, wie sie ihm die Ferien angenehmer machen könnten.

»Meinst du?« Sie war erstaunt über ihre eigene leicht schockierte Reaktion.

»Ja. Ja, das glaube ich wirklich. Die Indianer mit ihren Ewigen Jagdgründen, das Paradies, der Himmel oder noch eine Runde als ein anderes Wesen – ich weiß nicht, was es noch für Möglichkeiten gibt, aber ich wette, damit haben alle Religionen angefangen. Die Tatsache, daß alle mal sterben müssen, hilft einem überhaupt nicht weiter. Also *mußten* sie irgendwas erfinden, eine Art Zukunft.«

»Du glaubst also, daß wir einfach verlöschen – wie Kerzen?«

»Ehrlich, Poll, ich habe keine Ahnung. Aber schon die Tatsache, daß die Leute nicht darüber reden, zeigt doch, wieviel Angst sie haben. Und es gibt diese schrecklichen Ausdrücke wie ›von uns gehen‹: Und wohin gehen sie, verflixt noch mal? Keiner weiß das. Wenn sie es wüßten, würden sie es doch sagen.«

»Du meinst also nicht …« Sie zögerte, es auch nur auszusprechen. »Du meinst nicht, daß sie es eigentlich *wissen*, daß es aber zu schrecklich ist, darüber zu reden?«

»Nein. Nicht daß ich *unserer* Familie in so einer Sache über den Weg trauen würde. Aber es hätte bestimmt jemand darüber geschrieben. Denk doch mal an Shakespeare und das unentdeckte Land und die Rücksicht, die Elend läßt zu hohen Jahren kommen. *Er* wußte erheblich mehr als alle anderen, und wenn er darüber etwas gewußt hätte, hätte er es gesagt.«

»Ja, nicht wahr?«

»Es könnte natürlich sein, daß er an der Stelle nur beschreibt, was Hamlet gewußt hat, aber bei Leuten wie Prospero – den hätte er ganz bestimmt als jemanden dargestellt, der sich damit auskennt.

»Aber er hat immerhin an die Hölle geglaubt«, bemerkte

Polly. »Und es wäre ein bißchen viel verlangt, das eine zu akzeptieren und das andere nicht.«

Aber Clary meinte leichthin: »Er hat sich einfach der herrschenden Meinung angeschlossen. Ich glaube, das war für ihn nur eine Möglichkeit, die Leute dazu zu bringen, daß sie taten, was er wollte.«

»Clary, eine Menge ernst zu nehmender Leute haben daran geglaubt!«

»Auch ernst zu nehmende Leute können sich irren.«

»Wahrscheinlich.« Sie hatte das Gefühl, daß bei diesem Gespräch schon vor Minuten etwas schiefgegangen war.

»Überhaupt«, meinte Clary und zog sich ihren ziemlich zahnlosen Kamm durchs Haar, »hat Shakespeare vielleicht doch an den Himmel geglaubt. Was ist denn mit: ›Gute Nacht, mein Fürst! Und Engelscharen singen dich zur Ruh?‹ – diese dumme Jules hat mir Sirup ins Haar geschmiert –, wenn man es nicht nur für eine höfliche Art halten soll, sich von seinem besten Freund zu verabschieden?«

»Ich weiß nicht. Aber ich bin ganz deiner Meinung. Ich glaube nicht, daß sonst noch jemand wirklich daran glaubt. Und das bedrückt mich ziemlich. Jedenfalls in letzter Zeit.« Ihre Stimme zitterte ein wenig, und sie schluckte.

»Poll, mir ist etwas ziemlich Wichtiges bei dir aufgefallen, und ich würde es dir gern sagen.«

»Was denn?« Sie fühlte sich plötzlich ein wenig in die Enge gedrängt – und furchtbar müde.

»Es geht um Tante Syb. Deine Mutter. Die ganze Woche bist du traurig gewesen, um ihretwillen und wegen deines Vaters und wegen Wills und Simon. Ich weiß, daß es dir damit ernst ist, weil du so ein guter Mensch bist und viel weniger eigensüchtig als ich. Aber du bist überhaupt nicht um deinetwillen traurig gewesen. Ich weiß, *daß* du es bist, aber du läßt es nicht zu, weil du glaubst, daß die Gefühle anderer Leute wichtiger sind als deine eigenen. Das sind sie aber nicht. Das wollte ich sagen.«

Einen Augenblick lang traf Pollys Blick auf den der grauen Augen, die sie im Frisierspiegel ansahen, dann fing Clary wieder an, an ihrem Haar zu zerren. Sie hatte schon den Mund geöffnet, um zu sagen, Clary verstehe eben nicht, wie das für Wills oder Simon sei, und sie habe unrecht – aber dann versank alles in einer Flut von Trauer: Sie schlug die Hände vors Gesicht und weinte um alles, was sie selbst verloren hatte.

Clary blieb schweigend stehen, dann holte sie ein Handtuch und setzte sich Polly gegenüber auf ihr eigenes Bett und wartete einfach, bis die Tränen mehr oder weniger versiegt waren.

»Das ist besser als drei Taschentücher«, sagte sie. »Ist es nicht komisch, daß Männer, die so gut wie nie weinen, diese riesigen Taschentücher haben, und unsere reichen gerade mal, um sich einmal ganz vorsichtig die Nase zu putzen, wo wir doch viel öfter weinen? Soll ich uns ein bißchen Würfelbrühe machen?«

»Gleich. Ich hab' heute nachmittag ihre Sachen weggepackt.«

»Ich weiß. Tante Rach hat es mir gesagt. Ich habe dir keine Hilfe angeboten, weil ich dachte, du wolltest niemanden dabeihaben.«

»Da hast du recht, Clary, aber du bist nicht irgend jemand.« Sie bemerkte, wie Clary plötzlich errötete. Und da sie wußte, daß ihre Cousine solche Dinge immer zweimal hören mußte, sagte sie: »Wenn ich jemanden hätte dabeihaben wollen, dann wärst du es gewesen.«

Als Clary mit den dampfenden Tassen zurückkehrte, unterhielten sie sich über rein praktische Dinge, zum Beispiel darüber, wie sie beide – und Simon – Archie in den Ferien besuchen könnten, obwohl er doch nur zwei Zimmer und ein Bett hatte.

»Nicht, daß er uns eingeladen hätte« sagte Clary, »aber wir sollten auf sämtliche albernen Gegenargumente vorbereitet sein.«

»Wir könnten auf seinem Sofa schlafen – wenn er eins hat – und Simon im Bad.«

»Oder wir könnten Archie bitten, daß erst Simon zu ihm kommen darf und wir zu einer anderen Zeit. Oder du könntest mit Simon hinfahren.«

»Aber du möchtest doch sicher auch mitkommen?«

»Ich könnte ja vielleicht ein andermal fahren«, antwortete Clary – ein wenig zu gleichgültig, wie Polly fand. »Aber Lydia und Neville gegenüber sollten wir es lieber nicht erwähnen, sonst wollen die auch noch mit.«

»Auf keinen Fall. Aber ich würde lieber mit dir zusammen hinfahren.«

»Ich werde Archie fragen, was er für das beste hält«, antwortete Clary.

Wieder war die Atmosphäre umgeschlagen.

Danach weinte Polly öfter – und fast immer dann, wenn sie es am wenigsten erwartete, was schwierig war, weil sie nicht wollte, daß die anderen es sahen. Aber im allgemeinen schienen sie es nicht zu bemerken. Sie und Clary erkälteten sich fürchterlich, was ganz gut war, und lagen im Bett und lasen sich gegenseitig aus »Eine Geschichte von zwei Städten« vor, weil sie mit Miss Milliment gerade die Französische Revolution durchnahmen. Tante Rach organisierte, daß Tonbridge die Kleider ihrer Mutter beim Roten Kreuz ablieferte. Nachdem ihr Vater eine Woche mit Onkel Edward weg war, fing sie an, sich um ihn zu sorgen: Würde er weniger traurig sein, wenn er zurückkehrte (aber das war doch wohl unmöglich, nach so wenigen Tagen?), und, vor allem, wie sollte sie mit ihm umgehen?

»Mach dir keine Sorgen«, sagte Clary. »Er wird natürlich immer noch sehr traurig sein, aber am Ende wird er darüber hinwegkommen. Bei Männern ist das so. Denk doch nur an meinen Vater.«

»Meinst du etwa, er würde eine andere heiraten?« Eine schockierende Vorstellung.

»Weiß ich nicht, aber es wäre schon möglich. Wahrscheinlich liegt das mit dem Wiederverheiraten auch in der Familie – weißt du, wie Gicht oder Kurzsichtigkeit.«

»Ich glaube nicht, daß unsere Väter einander besonders ähnlich sind.«

»Natürlich sind sie einander nicht *vollkommen* ähnlich. Aber in vielen Dingen schon. Denk bloß an ihre Stimmen. Und daran, daß sie dauernd die Schuhe wechseln müssen, weil sie so schmale Füße haben. Aber das wird wahrscheinlich noch ewig dauern. Poll, ich wollte ihm keinen Vorwurf machen. Ich denke, so was ist einfach menschlich. Wir können nicht alle wie Sidney Carton sein.«

»Das will ich hoffen! Dann wäre ja bald niemand mehr übrig.«

»Ach so, du meinst, wenn wir *alle* unser Leben für andere opfern würden. Aber die anderen wären doch immer noch da, du Dummchen.«

»Nicht, wenn wir es alle täten ...« Und schon war ein Spiel im Gang. Es basierte auf einer rhetorischen Frage, die Ellen Neville stellte, wenn er sich beim Essen schlecht benahm: »Wenn allen auf der Welt zur selben Zeit übel würde, könnte das ziemlich interessant werden. Wahrscheinlich würden wir alle absaufen«, hatte er nach einigem Nachdenken verkündet, und jetzt erinnerte Clary Polly daran und zog damit die ganze Situation ins Lächerliche. Aber kaum hatten sie sich auf das Spiel eingelassen, fiel ihnen beiden unabhängig voneinander auf, daß es seinen Reiz verloren hatte, daß diese Art Scherze sie nicht länger zum Kichern brachte. »Wir sind rausgewachsen«, stellte Clary bedrückt fest. »Jetzt können wir nur noch aufpassen, daß wir solchen Unsinn nicht zu den Kleinen sagen, zu Wills oder Jules oder Roly.«

»Es muß doch auch noch andere Dinge geben«, sagte Polly und fragte sich gleichzeitig, was um alles in der Welt das sein könnte.

»Aber natürlich. Der Krieg wird zu Ende gehen, und Dad wird nach Hause kommen, und dann können wir endlich machen, was wir wollen, weil wir zu alt sind, als daß sie uns noch rumscheuchen könnten, und es wird Weißbrot geben und Bananen und Bücher, die nicht schon alt aussehen, wenn man sie kauft. Und du wirst dein Haus haben, Poll – stell dir das vor!«

»Manchmal tue ich das«, antwortete sie. Und manchmal fragte sie sich, ob sie nicht auch aus dem Haus herausgewachsen war, ohne jedoch, soweit sie das beurteilen konnte, in etwas anderes hineingewachsen zu sein.

Die Familie

Frühjahr 1942

»Fährst du nach London, Tante Rach?«

»Ja. Wie um alles in der Welt hast du das erraten?«

»Du trägst deine London-Sachen«, antwortete Lydia und fügte nach einem weiteren forschenden Blick hinzu: »Um ehrlich zu sein, du siehst *netter* aus, wenn du sie nicht anhast. Ich hoffe, es stört dich nicht, daß ich das angesprochen habe.«

»Überhaupt nicht. Du hast wahrscheinlich recht. Es ist eine Ewigkeit her, daß ich mir etwas Neues gekauft habe.«

»Ich finde aber, du hast in diesen Sachen noch nie am besten ausgesehen. Du gehörst wahrscheinlich zu den Leuten, die eine Uniform tragen sollten, damit sie immer gleich aussehen. Dann würde einem nur auffallen, ob deine Augen traurig sind oder nicht.« Sie lungerte vor Rachels offener Zimmertür auf dem Flur herum und beobachtete ihre Tante beim Kofferpacken. »Kleider machen dich älter«, sagte sie schließlich. »Anders als bei Mummy. Ich finde, ihre Sachen machen sie jünger – die schöneren jedenfalls.«

»Tritt nicht gegen die Fußleiste, Schatz, sonst blättert die Farbe ab.«

»Viel ist sowieso nicht mehr davon übrig. Dieses Haus verfällt immer mehr. Ich wünschte, ich könnte nach London mitkommen.«

»Liebes, was würdest du denn da tun wollen?«

»Archie besuchen, wie die anderen. Die hatten vielleicht Glück! Er würde mich ins Kino mitnehmen und zu einem gewaltigen, aufregenden Abendessen, und ich könnte den

Schmuck tragen, den ich zur Taufe bekommen habe; wir könnten Steak essen und Schokoladenkuchen und Crème de Menthe trinken.«

»Ist das dein Lieblingsessen?« Sie konnte sich nicht entscheiden, ob sie Pantoffeln mitnehmen sollte oder nicht.

»Das wäre es, wenn ich es je bekommen würde. Archie hat erzählt, auf seinem Schiff hatten sie jeden Tag Fleisch. Es ist schon schlimm, Zivilist zu sein, aber ein Zivilisten*kind* ... In Restaurants ist das ja wohl anders. Es ist wirklich furchtbares Pech, in einer Gegend zu wohnen, wo es keine Restaurants gibt. Du trägst auch kein Make-up, nicht wahr? *Ich* werde das später tun. Ich werde dunkelroten Lippenstift haben, wie ein Filmstar, und einen weißen Pelzmantel, außer im Sommer. Und dann lese ich schlüpfrige Bücher.«

»*Was* für Bücher?«

»Ach, du weißt schon, unanständige. Ich werde sie in meiner Freizeit dutzendweise verschlingen.«

»Apropos Freizeit, solltest du nicht bei Miss Milliment sein?«

»Wir haben Ferien, Tante Rach. Man sollte doch meinen, das wäre dir aufgefallen. Ach ja! Und ich werde Archie bitten, mit mir zu Madame Tussaud zu gehen, in die Schreckenskammer. Du kennst sie wahrscheinlich schon?«

»Wahrscheinlich, aber das muß Jahre her sein.«

»Welche Schrecken gibt es denn da? Weil, das würde ich ganz gern vorher wissen. Neville tut so, als wäre er schon dort gewesen. Er sagt, der Boden trieft vor Blut, aber Blut interessiert mich eigentlich nicht besonders. Und er sagt, man hört Geräusche, Stöhnen von Gefolterten, aber er ist nicht besonders wahrheitsliebend, also verlasse ich mich besser nicht auf das, was er sagt. Wie ist es denn nun?«

»Es ist eine Ewigkeit her, daß ich dort gewesen bin, Schäfchen, ich erinnere mich nicht mehr. Nur noch an ein Tableau, das darstellt, wie Maria Stuart hingerichtet wird.

Aber ich nehme an, Mummy wird dich irgendwann in den Ferien mit nach London nehmen.«

»Das bezweifle ich. Sie nimmt mich höchstens mit nach Tunbridge Wells – zum Zahnarzt. Weißt du, was bei Mr. Abalone ziemlich albern ist? Wenn man in sein Zimmer kommt, steht er immer am Stuhl, und dann macht er zwei Schritte vorwärts, um einem die Hand zu schütteln. Der Teppich hat schon zwei abgewetzte Stellen, weil er immer zwei Schritte macht, und das sieht ziemlich schäbig aus; wenn er seine Schritte ein bißchen anders machen würde, würde so etwas erst gar nicht passieren. Man sollte doch meinen, daß jemand, der intelligent genug ist, in anderer Leute Zähne Löcher zu bohren, so etwas weiß, findest du nicht? Ich habe es auch erwähnt, obwohl, wenn du mich fragst, mit dem Krieg und allem sind seine Chancen, einen neuen Teppich zu bekommen, ziemlich gering. Aber er hat nur gesagt: ›Aha, aha‹, also war mir klar, daß ihm das ganz egal ist.«

»Die wenigsten Leute nehmen Ratschläge an«, meinte Rachel zerstreut. Wie oft hatte sie Sid schon angefleht, sich nicht nur von Broten zu ernähren und eine Untermieterin aufzunehmen, die wenigstens zu den Haushaltungskosten beitragen und vielleicht auch ein wenig kochen würde. »Ich habe das Haus lieber für mich. Dann haben *wir* es auch für uns, wenn du mich besuchst«, war alles, was Sid auf ihre Vorhaltungen antwortete. Heute, heute abend, würden sie sich tatsächlich wieder einmal sehen. Vielleicht sollte ich kochen lernen, dachte sie. Villy hat es immerhin geschafft, aber Villy ist auch ausnehmend gut darin, sich vollkommen neue Dinge beizubringen.

»Wieso nimmst du so viele Taschentücher mit? Hast du Angst, daß es in London traurig wird?«

»Nein. Aber die Duchy hat mir beigebracht, daß man für ein Wochenende immer sechs mitnimmt, und ein Dutzend, wenn man eine ganze Woche wegbleibt. Das ist mir einfach zur Gewohnheit geworden. Man brauchte jeden Tag ein frisches, selbst wenn man das vom Vortag nicht benutzt hatte.«

»Dann würdest du für einen Monat achtundvierzig Taschentücher brauchen. Und wenn du für drei Monate ...«

»Nein, nein, dann würde man sie ja waschen. Und jetzt sieh mal, ob du Eileen für mich finden kannst.«

»Na gut.«

Als sie allein war, nahm sie ihre Liste zur Hand. Auf einer Seite hatte sie notiert, um was sie sich noch kümmern sollte, bevor sie das Haus verließ. Auf der anderen stand, was sie in London erledigen mußte, nachdem sie ihre Arbeit im Büro hinter sich gebracht hatte, wo sie in einem kleinen, dunklen Zimmer saß, rechnete und sich die Klagen der Angestellten anhörte, die in ihr eine perfekte Zuhörerin gefunden hatten. Wenigstens würde der Brig sie nicht begleiten, denn seine Erkältung hatte sich zu einer Bronchitis ausgewachsen und Dr. Carr hatte ihm verboten, das Haus zu verlassen, solange es ihm nicht besser ging. Miss Milliment würde ihn beschäftigen. Er gab eine Anthologie über Bäume heraus, und sie war so maßgeblich an der Arbeit beteiligt, daß Rachel eigentlich der Ansicht war, man müsse sie als Mitherausgeberin nennen. Um Tante Dolly würden sich die Duchy und Eileen kümmern müssen, was bedeutete, daß die Arbeit Eileen zufiel, denn Tante Dolly versuchte, eine vollkommen unrealistische Unabhängigkeit von ihrer Schwester zu bewahren, und ließ es nicht zu, daß die Duchy ihr half. Also würde Eileen stundenlang nach Kleidungsstücken suchen müssen, die Tante Dolly anziehen wollte. Rachel wollte Eileen noch warnen und ihr sagen, daß viele dieser Suchaktionen fruchtlos bleiben würden, da Tante Dolly oft nach Dingen verlangte, die sie schon seit Jahren nicht mehr besaß. »Am besten ist es, wenn Sie sagen, die Sachen seien in der Wäsche«, erklärte sie Eileen. »Das Gedächtnis der armen Miss Barlow ist auch nicht mehr das, was es einmal war. Und dann wählen Sie einfach aus, was Sie für passend halten.«

»Ja, M'm.«

»Und ihre Medizin: Sie ist ganz versessen darauf, sie einzunehmen, was bedeutet, daß sie oft nach einer zweiten Dosis verlangt, weil sie die erste schon vergessen hat. Am besten geben Sie sie ihr zum Frühstück und räumen dann alles weg – Sie können sie in mein Zimmer bringen. Und abends bekommt sie eine von den gelben Pillen.«

»Und was ist mit dem Bad, M'm? Soll ich es für sie vorbereiten?«

»Ich glaube, sie wäscht sich lieber auf ihrem Zimmer.« Rachel wollte erst gar nicht versuchen, Tante Dollys tiefe Aversion gegen Bäder zu erklären – die Tante behauptete, baden sei gefährlich und ihr Vater habe ihr verboten, öfter als einmal in der Woche in die Wanne zu steigen. »Sie wird nach den Neun-Uhr-Nachrichten zu Bett gehen, also brauchen Sie nicht lange zu warten. Ich danke Ihnen, Eileen. Ich weiß, daß ich mich auf Sie verlassen kann.«

Wieder etwas erledigt. Was für ein Theater, und das wegen nur zwei Nächten, dachte sie, aber wenn ich erst einmal im Zug sitze, werde ich Zeit haben, mich auf zwei schöne Abende zu freuen. Sie und Sid waren seit Wochen vom Pech verfolgt gewesen. Zunächst natürlich wegen der armen Sybil, und dann war der Brig krank geworden, und auch die Duchy hatte sich schrecklich erkältet, was bedeutet hatte, daß sie sich von ihm fernhalten mußte. Und Simon war gekommen, weil Ferien waren, und außerdem hatte sie sich Sorgen um Polly gemacht – es war schlichtweg unmöglich gewesen, das Haus länger zu verlassen, als ihre Arbeit im Büro es verlangte. Aber irgendwie schien Sid nicht zu verstehen, daß sie ihrer Familie verpflichtet war – und dem Haus, das durfte man nicht vergessen – und daß diese Verpflichtungen *vor* dem Vergnügen kamen. Ihr letzter Streit über dieses Thema, in einer Teestube in der Nähe von Rachels Büro, wohin Sid auf ein erbärmliches Sandwich gekommen war, war ziemlich quälend verlaufen, und danach hatte sie geweint – obwohl sie das Sid natürlich nie erzählt hätte. Der einzige Ort, an dem das überhaupt möglich gewesen war, war das schreckliche Damenklo im fünften Stock des Bürogebäudes, wo das Toilettenpapier aus in Streifen geschnittenen Ausgaben des *Evening Standard* bestand, die man mit einer Schnur an der Wand befestigt hatte, und wo das Rohr zum Spülkasten undicht war. Entweder nahm Sid an, daß sie unbedingt zurück nach Home Place *wollte*, um sich um Wills und Tante Dolly und den Brig zu kümmern (was in gewisser Weise ja auch stimmte, sie wollte einfach das tun, was sie für richtig hielt), oder, noch schlimmer, sie behauptete, sie, Sid, sei Rachel gleichgültig, und manchmal, wie in jener Teestube, warf sie ihr beides vor. Sie wußte, daß Sid einsam war, daß ihr ihre Tätigkeit als Geigenlehrerin fehlte – auch wenn sie seit einiger Zeit wieder ein, zwei Privatschüler hatte, die ihr halfen, ihre kläglichen Finanzen aufzubessern – und daß sie sich in der Sanitätsstation die meiste Zeit langweilte, aber andererseits konnte man in Kriegszeiten ja nichts anderes als ein langweiliges und anstrengendes Leben erwarten. Und das war noch das wenigste. Wenn sie daran dachte, mit wieviel Zuversicht Clary auf ihren Vater wartete, von dem man natürlich nichts mehr gehört hatte, seit der Franzose Pipette O'Neil diese kleinen Zettel mitgebracht hatte, oder daran, wie sehr Hugh von Sybils Tod erschüttert war und daß Villy jetzt damit zurechtkommen mußte, daß ihr Sohn zum Jagdflieger ausgebildet wurde und sie immer weniger von Edward sah; wenn sie an den armen kleinen Wills dachte und an Polly und Simon, die alle auf ihre Art versuchten, mit dem Verlust der Mutter zu leben ... wenn sie an all diese Dinge dachte oder auch nur an eines davon, hatte sie das Gefühl, daß Einsamkeit und Langeweile oder auch ihre eigene Erschöpfung damit kaum vergleichbar waren oder auch nur verdienten, daß man sich darüber beschwerte. Manchmal sind ihr die anderen einfach egal, dachte sie, als ihre Überlegungen zu Sid zurückkehrten, und das war ein ernst zu nehmender Vorwurf. Sie machte sich auf die Suche nach der Duchy und fand sie im Wohnzimmer, wo sie an dem mit Zeitungen abgedeckten Kartentisch saß und Porzellan klebte.

»Ich fahre jetzt, Duchy. Soll ich dir irgendwas aus London mitbringen?«

»Nein, es sei denn, du findest dort ein Küchenmädchen.«

»Will Edie uns verlassen?«

»Mrs. Cripps hat mir gesagt, daß sie Luftwaffenhelferin werden will. Sie ärgert sich so sehr darüber, daß Edie wie erstarrt ist, und schon ist einer von den Copeland-Tellern kaputtgegangen. Wie sie immer sagt: Edie zerbricht nur das Allerbeste.«

»Hast du schon mit Edie gesprochen?«

»Noch nicht. Aber ich finde, ich habe einfach nicht das Recht, sie zu bitten, daß sie hierbleiben soll. Ich bewundere eigentlich, daß sie dem Land dienen will. Sie ist direkt von der Schule zu uns gekommen und hat das Dorf nie verlassen. Ich finde, sie ist sehr mutig. Aber Mrs. Cripps ist natürlich außer sich. Ich werde einen Ersatz finden müssen, verflixt noch mal, aber Gott weiß wie. Hat Mrs. Lines immer noch ihre Agentur? Die war ziemlich gut – in Kensington, erinnerst du dich? Vielleicht findet man dort jemanden. Immerhin sind Küchenmädchen im allgemeinen noch nicht in dem Alter, in dem man eingezogen wird. Und jetzt geh, Schatz, oder du verpaßt deinen Zug. Aber du könntest bei Mrs. Lines vorbeischauen, *falls* sie die Agentur noch betreibt, und sie fragen. Wenn du Zeit dazu hast.«

»Mache ich. Und vergiß nicht, Tonbridge daran zu erinnern, daß er den Klavierstimmer abholen soll.«

»Keine Sorge.«

Wenigstens hat sie mich nicht gebeten, etwas aus dem Army & Navy Store zu besorgen, dachte sie. Die Duchy kaufte immer nur in ausgewählten Geschäften und war davon überzeugt, daß alle anderen nichts taugten. Sie kaufte alles Tuch für den Haushalt bei Robinson & Cleaver, ihre eigene Kleidung, selten genug, bei Debenham & Freebody; Stoffe bei Liberty und praktisch den gesamten Rest im Army & Navy, in der Victoria Street, ziemlich weit von Rachels üblicher Route abgelegen! Da die Duchy seit Kriegsbeginn nicht mehr in London gewesen war, verließ sie sich vollkommen auf ihre Schwiegertöchter und Rachel, die sie mit ihren bescheiden und anspruchsvoll gleichermaßen ausgewählten Gütern versorgten.

»Haben Sie Ihre Gasmaske, Miss?«

»Danke, Tonbridge, ich habe sie eingepackt.«

Als sie sich auf dem Rücksitz niedergelassen hatte und Tonbridge ihr die alte flilzgefütterte Felldecke über die Knie legte, mußte sie daran denken, was für eine Ausnahmesituation so ein Krieg doch war; der Gegensatz zwischen der Gasmaske und der Felldecke schien ihr symbolisch für das gesamte derzeitige Leben. Zumindest für das Leben so nutzloser Leute wie mich, die zu Hause hocken bleiben, dachte sie dann. Ich tue gar nichts Nützliches, außer banalen Kleinigkeiten, die jeder andere wahrscheinlich besser erledigen würde. Die Depression, die sie befallen hatte, als ihr klargeworden war, daß ihr geliebtes Babyhotel keine Zukunft hatte, überkam sie erneut. Das Hotel war nach London zurückgekehrt, kurz nach dieser Münchner Angelegenheit, aber dann hatte der Mangel an Geld und Schwesternschülerinnen dem Ganzen ein schleichendes Ende bereitet. Die Oberschwester war in den Ruhestand gegangen, um sich um ihren alten Vater zu kümmern, ihre Nachfolgerin hatte sich nicht bewährt, und während des Blitzkriegs hatten sie die Einrichtung gerade noch rechtzeitig geschlossen, denn das Gebäude – zu diesem Zeitpunkt glücklicherweise schon leer – hatte einen Volltreffer abbekommen. Aber das war das letzte, genaugenommen das einzige Mal gewesen, daß sie so etwas wie einem Beruf nachgegangen war. Jetzt war sie dreiundvierzig, zu alt, um noch einberufen zu werden, und nicht in der Lage – oder nicht bereit –, sich für irgend etwas freiwillig zu melden. Ihr blieb nur, ihre Eltern und alle anderen Familienmitglieder, die sie brauchten, zu unterstützen. Und ihre lieben Eltern würden eines Tages sterben, und sie würde frei sein, mit Sid zusammenleben. Sie würde sich um Sid kümmern können, sie glücklich machen, sie an die erste Stelle setzen und alles mit ihr teilen. Aber das war eine Zukunft, über die sie mit der Freundin nicht sprechen konnte; die Tatsache, daß alles vom Tod ihrer Eltern abhing, machte es vollkommen unmöglich, die Aussicht auch nur zu erwähnen, geschweige denn, ausführlicher darüber zu reden.

Im Zug beschloß sie, Sid ein Grammophon zu schenken, etwas, das ihre Freundin sich nie hatte leisten können. Diese Idee bewirkte, daß es ihr plötzlich wieder besserging; es würde so viel Spaß machen, zusammen Platten auszusuchen, und Sid würde etwas haben, das ihre Einsamkeit milderte. Sie würde ein gutes Gerät kaufen, eines mit großem Schalltrichter und Dornnadeln, die den Platten angeblich nicht so schadeten wie die stählernen. Sie würde in der Mittagspause in die Oxford Street gehen, zu HMV, und eines aussuchen, dann konnte sie es vielleicht schon am Abend im Taxi zu Sid mitnehmen. Eine wunderbare Idee – beinahe eine Lösung.

»Ehrlich, Liebling, wenn ich das Baby habe, muß ich mir eine andere Wohnung suchen. Ganz abgesehen davon, daß das Cottage zu klein für die Jungen ist, reicht es ja nicht mal für Jamie und ein Baby. Und die arme Isla wird uns nicht ewig beherbergen können.«

Sie erwähnte nicht, daß ihre Schwägerin sie in den Wahnsinn trieb, weil sie wußte, daß es ihn nur verlegen machte, wenn Leute nicht miteinander auskamen.

Sie aßen in einem kleinen zypriotischen Restaurant in der Nähe des Piccadilly Circus, das er als ruhig und angenehm beschrieben hatte. Inwiefern es angenehm sein sollte, hätte sie nicht zu sagen gewußt, aber ruhig war es tatsächlich. Die einzigen Gäste außer ihnen waren ein paar bedrückt aussehende amerikanische Offiziere. Das Menü hatte aus ziemlich zähen Lammkoteletts mit Reis und Dosenerbsen bestanden. Es war nicht die Art Restaurant, in die er sie üblicherweise ausführte, und sie fragte sich, wie schon beim Eintreten, ob es ihm unangenehm war, mit einer so eindeutig schwangeren Frau gesehen zu werden. Sie hatte erklärt, sie könne keinen Wein trinken, und nun brachte der Kellner eine Karaffe und goß Wasser in ihr Glas. Es war lauwarm und schmeckte nach Chlor. Der harte Stuhl, auf dem sie saß, war ausgesprochen unbequem. An der Wand, die in einem ziemlich schmutzigen Gelb gestrichen war, hing ein Plakat mit einem unmöglich blauen Himmel, einem Berg mit einer Ruine und einem grimmig lächelnden griechisch-othodoxen Priester im Vordergrund. Der Kellner erschien wieder, diesmal mit kleinen Täßchen türkischen Kaffees, und stieß die Vase mit den drei Papiernelken um, die auf ihrem Tisch stand. Mit großer Geste richtete er sie wieder auf und stellte, mit einem wohlwollenden Lächeln in Richtung ihres Bauchs, einen Unterteller mit zwei Stückchen türkischen Konfekts vor sie hin. »Eine Aufmerksamkeit des Hauses«, sagte er, »für Madame.«

»Tut mir leid, Schatz«, sagte Edward. »Das war kein großes Essen. Aber ich dachte, wir gehen lieber irgendwohin, wo es ruhig ist, wo wir uns unterhalten können. Dieser Kaffee ist einfach gräßlich. Ich würde ihn an deiner Stelle gar nicht erst anrühren.«

Wir haben doch gar nicht viel miteinander gesprochen, dachte sie.

»Was ist denn mit Schottland?« fragte er nun.

»Dort könnte ich nie wohnen! Und sie wollen mich auch nicht.«

»Ich dachte, du hättest gesagt, sie hätten dich eingeladen.«

»Das war direkt nach Angus' Tod. Damals fühlten sie sich dazu verpflichtet. Sie wären entsetzt gewesen, wenn ich ja gesagt hätte.« Sie spürte, wie Panik in ihr aufstieg. Hatte er etwa vor, sie *jetzt* sitzenzulassen?

»Ich dachte, es wäre vielleicht eine zeitweilige Lösung für die älteren Jungen«, sagte er.

Sie verdrängte den Gedanken an andere Motive, die er möglicherweise hatte, und sagte: »Na ja, das könnte schon sein. Aber es würde auch bedeuten, daß ich die beiden kaum zu sehen bekäme.«

Sie schwiegen.

»Liebling, ich komme mir so *nutzlos* vor! Es ist einfach eine fürchterliche Situation. Ich sollte mich um dich kümmern – und kann es nicht.«

Erleichterung durchflutete sie. »Das weiß ich doch. Und ich verstehe es auch.«

Seine Miene hellte sich auf. »Ich weiß, daß du mich verstehst. Du bist ein wunderbarer Mensch.« Er setzte dazu an, ihr zum hundertsten Mal zu erklären, wieso er Villy auf keinen Fall verlassen konnte, aber zum Glück brachte der Kellner die Rechnung, und Edward zahlte, während sie sich auf die Suche nach der Toilette machte. Nachdem sie ihr Gesicht wieder ein wenig in Ordnung gebracht hatte – sie sah im Augenblick wirklich nicht besonders gut aus, und sie hatte es am Morgen mit dem Make-up übertrieben –, spürte sie, daß Selbstmitleid wie dichter Nebel auf sie eindrang. Sie hatten keinen Platz, an den sie hätten gehen können, keinen Ort, wo sie die Zeit bis zur Abfahrt ihres Zuges hätten verbringen können; die Dauerwelle, die sie heute früh in der Brook Street hatte machen lassen (ihre Ausrede gegenüber Isla), sah zu kraus und künstlich aus und machte überhaupt nicht den Eindruck, als könne sich das je ändern; ihr Rücken schmerzte von dem unbequemen Stuhl, und ihre Füße in ihren besten Schuhen waren geschwollen. Der Gedanke, wenn das Baby kam, mit einem Taxi zur Klinik fahren zu müssen, *ihm* vielleicht nicht einmal mitteilen zu können, daß es soweit war, und dann von Isla besucht zu werden und sich anzuhören, wie sie sich stundenlang über die Ähnlichkeit des Kindes mit Angus und der gesamten Familie Macintosh ausließ, machte sie erst wütend und ließ sie dann in Verzweiflung versinken.

Und dann diese schreckliche Unsicherheit, wie es weitergehen sollte – wo sollte sie wohnen und wie eine Wohnung finden? Sie war beinahe im achten Monat ... Es war einfach alles zu viel. Sie war umgeben von Schweigen und Einsamkeit und Lügen ... Nein, das war nicht gut, sie durfte einfach nicht aufgeben; sie beschloß, unerschütterlich und guten Mutes zu sein, nur ein ganz klein wenig hilflos, was die praktischen Dinge anging. Energisch puderte sie sich noch einmal die Nase und kehrte zu ihm zurück.

»Ich habe mir überlegt«, sagte sie vergnügt, »daß es am besten wäre, wenn ich mir eine Wohnung in London suchte. Vielleicht sogar ein kleines Haus. Ich weiß noch nicht genau, wie ich es anstellen werde, aber ich bin sicher, das wäre die Lösung. Was meinst du, wo sollte ich mich umsehen?«

Sie unterhielten sich eine Weile lebhaft darüber, während er sie zur Vigo Street fuhr, wo er vor Harvey und Gore anhielt, um ihr ein Geschenk zu kaufen.

»Amethyste«, sagte er. »Ich bin sicher, Sie werden ein paar schöne Amethyste für uns finden, Mr. Green.« Und Mr. Green, der der Meinung war, Mr. Cazalet fehle zur absoluten Vollkommenheit eigentlich nur ein Titel, rieb sich die Hände und präsentierte eine Reihe abgewetzter Lederschachteln, auf deren leicht zerdrückter Samtbespannung diverse Broschen, Anhänger, Kolliers und Armbänder lagen, alle mit Amethysten in Goldfassungen, manche mit Perlen oder Diamanten und eines mit winzigen Türkisen, das Edward besonders gefiel. »Leg es mal an«, sagte er.

Sie wollte kein Kollier – wo um alles in der Welt sollte sie es tragen? –, aber sie knöpfte den Mantel auf und den Kragen ihrer Bluse und entblößte ihren Hals, der sich zum Glück, aber auch zu ihrer Demütigung als zu dick für das Kollier erwies. Mr. Green erklärte, man könne hinten eine Kette anbringen, um es zu vergrößern, aber Mr. Edward lehnte das ab und meinte, sie solle etwas anderes versuchen. Sie hätte am liebsten einen Ring gehabt, aber sie spürte, daß es falsch gewesen wäre, darum zu bitten. Ihr fiel plötzlich wieder ein, wie sie damals in der Lansdowne Road gewesen waren und er ihr Villys Schmuckkästchen ins Auto gereicht hatte; das Kästchen war aufgegangen und der gesamte Inhalt herausgekippt, diese Erinnerung bedrückte sie und ließ sie neidisch werden. Einen Augenblick lang fragte sie sich wütend, ob er vielleicht einen ganzen Harem von Frauen unterhielt, die alle Kinder von ihm hatten – und ob dieser Speichellecker von einem Juwelier schon daran gewöhnt war, daß er hier mit unterschiedlichen Frauen auftauchte ...

»Liebling? Sieh doch mal, was hältst du davon?«

Es war wieder ein Kollier, diesmal mit immer kleiner werdenden ovalen Steinen in Goldfassungen, schwer und schlicht und schön. Sie setzte sich, er legte es ihr an und bewunderte es, und dann fragte er, ob es ihr gefalle, und sie bejahte.

»Wenn Madam sich nicht vollkommen sicher ist ...« Mr. Green verfügte über jahrelange Erfahrung mit Frauen, denen Schmuck geschenkt wurde, den sie nicht wollten oder der ihnen nicht gefiel, oder die ein bestimmtes Stück bekamen, obwohl ihnen doch ein anderes erheblich besser gefiel.

»Es ist nur, daß ich nicht weiß, wann ich es eigentlich tragen soll.«

Aber er sagte nur: »Unsinn, Liebling, natürlich wirst du es tragen.« Und als Mr. Green sich zurückzog, um den Schmuck einzupacken, beugte Edward sich zu ihr und flüsterte: »Zum Beispiel im Bett«, und sein Schnurrbart streifte ihr Ohr.

»Na ja, es stellt jedenfalls eine gute Alternative zu den kargen Kriegsnachthemden dar«, gelang es ihr zu sagen.

»Liebling, du hast doch keine Kriegsnachthemden!«

»Nein, aber bald werde ich welche bekommen. Die Regierung hat angeordnet, daß es keine Stickerei mehr auf der Wäsche geben soll.«

»Diese Mistkerle! Vielleicht sollten wir dir noch ein wenig Wäsche kaufen, bevor es keine mehr gibt.«

»Man braucht Marken dafür, Schatz, und wer hat heutzutage schon Marken übrig?«

Er hatte den Scheck ausgeschrieben, und Mr. Green kehrte mit einem sorgfältig versiegelten kleinen Päckchen zurück. »Ich hoffe, es wird Madam Freude bereiten«, sagte er.

Vor dem Laden blieb sie stehen und sagte: »Liebling, ich danke dir. Was für ein wunderbares Geschenk!«

»Schön, daß es dir gefällt. Aber jetzt bringe ich dich lieber zum Zug.«

Sie fuhren durch die Bond Street zum Piccadilly und an der ausgebombten Kirche vorbei, um die eingeschalte Erosstatue herum und zum Haymarket. »Malta erhält das Georgskreuz« war die Schlagzeile der Zeitungen. An den Gebäuden um den Trafalgar Square hatte man die Fenster des untersten Stockwerks mit Sandsäcken geschützt. Vor Charing Cross ging ein alter Mann auf und ab, der sich ein Schild auf den Rücken gebunden hatte: »Das Ende der Welt ist nahe« stand darauf. Schwärme von Staren flogen auf. Edward und Diana verabredeten, daß sie in der nächsten Woche wieder nach London kommen sollte, er würde sie zum Essen ausführen und ihr bei der Wohnungssuche helfen.

»Liebling, ich wünschte, ich könnte dich selbst zurückfahren. Aber Hugh rechnet damit, daß er freitags mit mir fahren kann – du kennst das ja.«

»Schon in Ordnung, Liebling. Das verstehe ich doch.«

Sie verstand es, aber das hieß nicht, daß es ihr nichts ausmachte.

»Du bist das verständnisvollste Mädchen der Welt«, sagte

er, als er ihr in den Zug half und ihr die Zeitung reichte, die er für sie gekauft hatte. »Ich fürchte, es gab keine *Country Life* mehr.«

»Keine Sorge, ich kann mich ja über Malta und das Georgskreuz informieren.«

Er beugte sich vor, um ihr einen Kuß zu geben, und als er sich wieder aufrichtete, fing er an, in seinen Taschen herumzusuchen. »Das hätte ich beinahe vergessen.« Er zählte ihr drei halbe Kronen in den Schoß.

»Liebling! Wofür soll das denn sein?«

»Für dein Taxi, weil ich dich nicht heimfahren kann.«

»Das ist viel zuviel! Es wird höchstens zwei kosten.«

»Die dritte ist das Edward-Kreuz für Tapferkeit«, sagte er. »Dafür, daß du dieses reichlich schreckliche Mittagessen durchgestanden hast – und alles. Ich muß mich beeilen, ich bin schon wieder zu spät dran.«

Tränen traten ihr in die Augen. »Fort mit dir«, sagte sie.

Als der Zug langsam über die Brücke rumpelte, schaute sie aus dem Fenster (inzwischen waren noch andere Fahrgäste im Abteil) und versuchte, sich Klarheit über ihre widersprüchlichen Gefühle für ihn zu verschaffen. Groll, ja sogar Zorn, weil sie ein Kind von ihm haben würde, ohne daß er sich öffentlich dazu bekennen konnte, die ganze finanzielle Unsicherheit, die Wohnungssuche, die Aussicht, dort allein mit vier Kindern zu leben – sie hatte nicht die geringste Ahnung, wie sie das Schulgeld für drei Jungen aufbringen sollte, von dem neuen Baby ganz abgesehen. Angus' Eltern hatten einen kleinen Betrag für den Ältesten angeboten, aber sie hatten selbst kein Geld, sie waren nur, was Schulen anging, ebenso engstirnig wie Angus – etwas anderes als Eton kam nicht in Frage. Und sie war frustriert: Diese Affäre dauerte nun schon vier Jahre – sogar länger als vier Jahre –, und er war keinen Schritt näher daran, seine Frau zu verlassen und sie zu heiraten, wenngleich auch Diana das nicht immer gewollt hatte. Am Anfang hatte sie sich ganz einfach Hals über Kopf in ihn verliebt, er war der attraktivste Mann, dem sie je begegnet war, und Angus taugte, wie ihr damals aufgefallen war (erstaunlich, daß sie das nicht schon früher bemerkt hatte), im Bett überhaupt nichts. Er war nur ungeheuer romantisch gewesen und hatte sich in sie verliebt, weil sie ihn an eine Schauspielerin erinnerte, die er einmal in einem Stück von Barrie gesehen und bewundert hatte, aber auf Sex ließ er sich nur selten ein, und wenn, dann war es eine übereilte, peinliche Angelegenheit im Dunkeln, als zeige er dadurch eine bedauerliche, aber nicht zu leugnende Schwäche, in die er sie so wenig wie möglich verwickeln wollte. Auch Edward schien Sex vor allem für eine Männersache zu halten; nachdem der erste Überschwang verflogen war, mußte sie sich eingestehen, daß er auf ihre Bedürfnisse nicht so sorgfältig einging, daß es wirklich befriedigend gewesen wäre, aber er *genoß* es so eindeutig und so intensiv, daß sie sich in einer eher mütterlich-nachsichtigen Haltung wiederfand. Er zog sie aus und bewunderte sie, er vergaß nie, hinterher zu erklären, wie wunderbar es gewesen sei, wie hinreißend sie sei, so daß es ihr leichtfiel, sich zurückzulehnen und nicht an England, sondern an ihn zu denken. Und bei vielen anderen Gelegenheiten hatten sie es wirklich schön miteinander gehabt. Abgesehen von den Restaurantbesuchen, den Tanzabenden, den Geschenken und dem Gefühl, daß das Zusammensein mit ihm wie ein Geburtstag war – und behauptete er nicht immer, er habe einen pro Monat? –, war es sein Begehren, was sie anzog, die offensichtliche Tatsache, daß er für viele Frauen attraktiv war, es aber vorgezogen hatte, seine Zeit mit *ihr* zu verbringen, was ihr ein Gefühl von Macht und Identität verlieh. Natürlich hatte sie sich hin und wieder gefragt, wie treu er tatsächlich sei, aber ihre langsam heranreifenden langfristigen Pläne mit ihm waren wichtiger gewesen. Es war ihr ratsam erschienen, etwaigen weiteren Affären Edwards – die er ohnehin nie eingestanden hätte – gegenüber nachsichtig zu sein. Seit Angus'

Tod waren die Gründe, die für eine Ehe mit Edward sprachen, so verwirrend und unangenehm komplex geworden, daß sie die Gedanken daran jedesmal, wenn sie auftauchten, bündelte und in eine dunkle Ecke schob, unter dem Schutzschirm dessen, was sie sich selbst gegenüber als ihre unsterbliche Liebe zu ihm bezeichnete. Selbstverständlich war er ihre große Liebe: Sie hatte ein Kind von ihm, wenn nicht gar zwei, sie hatte sich vier Jahre lang geduldig für ihn bereit gehalten, ihr ganzes Leben hatte sich um ihn gedreht, um seine An- und Abwesenheiten, seine Bedürfnisse und Einschränkungen. Sie hatte nie einen anderen angesehen, und jetzt war sie zweiundvierzig und, so empfand sie es jedenfalls, nicht mehr in der Lage, einen Neubeginn zu wagen. Sie war ihm zutiefst und unwiderruflich ergeben. Wenn sich, wie jetzt, ein winziger, aber teuflischer Zweifel meldete, daß an der ganzen Geschichte irgend etwas irgendwie nicht stimmen konnte, verbannte sie ihn: Wenn etwas nicht stimmte, war sie fest entschlossen, es zu übersehen. Sie liebte Edward, und mehr wollte sie gar nicht wissen.

»Und – *hast* du es ihr gesagt?«

»Ich konnte nicht, alter Junge – ich konnte einfach nicht. Ich hatte es wirklich vor, aber aus diversen sehr guten Gründen war es einfach nicht zu machen.« Und dann, als er die Miene seines Bruders sah, anklagend und ungläubig, fügte er hinzu: »Um Himmels willen, sie wird jeden Moment niederkommen ...«

»Das hast du mir nie gesagt!«

»Aber jetzt sage ich es dir. Ich darf sie einfach nicht aufregen. Und überhaupt«, meinte er kurz darauf, »weiß sie Bescheid. Ich habe sie nie angelogen.«

Sie schwiegen. Er hatte es immerhin bis Lea Green geschafft, ohne daß dieses leidige Thema berührt worden wäre, indem er hektisch über eine geschäftliche Sache geredet hatte, über die sie sich nicht einig waren. Aber er hatte gewußt, daß Hugh ihn fragen würde. Genau wie er jetzt wußte, wie die nächste Frage lauten würde.

»Ist das Kind von dir?«

»Ja.«

»O Gott! Was für ein Durcheinander.« Dann fiel Hugh auf, daß sein Bruder mit einer Hand eine Zigarette aus dem Päckchen fischte, während die andere, mit der er das Lenkrad umklammerte, zitterte, und er fügte mit einer gewissen Anstrengung hinzu: »Armer alter Junge. Das muß ein Alptraum für dich sein!« Schließlich gab er sich einen weiteren Ruck, denn er konnte sich nicht vorstellen, daß er ein Kind mit jemandem haben könnte, wenn dem nicht so wäre: »Du mußt sehr verliebt in sie sein.«

Und Edward antwortete dankbar: »Jede Wette! Und das schon ziemlich lange.«

Danach, während sie auf das Haus zufuhren, in dem Sybil nun nicht mehr weilte, schwieg Hugh.

»Meine liebe Miss Milliment, wann ist denn *das* passiert?«

»Oh, ich glaube, kurz vor Weihnachten. Ich weiß jedenfalls, daß noch bemerkenswert viele Beeren an der Stechpalme hingen, und die Schneeglöckchen vor der Stalltür waren noch nicht draußen, also glaube ich, es war ungefähr um diese Zeit. Ich habe meinen Koffer als Stütze benutzt, und einige Zeit hat das auch gut funktioniert, bis er dann unglücklicherweise nachgegeben hat.«

Das hatte er tatsächlich. Sobald Villy Miss Milliments Zimmer im Stallcottage betreten hatte, war ihr deutlich geworden, daß nicht nur das Bett der Gouvernante (dessen Zusammenbruch der Grund für ihre Anwesenheit war) ihrer Aufmerksamkeit bedurfte, sondern sämtliche Möbel, um genau zu sein, alles, was Miss Milliment besaß. Die Tür des Kleiderschranks hing schief an einem letzten Scharnier und gewährte einen Blick auf Miss Milliments Kleider, dieselben, mit denen sie zwei Jahre zuvor hier eingetroffen war und die nicht nur eindeutig einer Säuberung bedurften, sondern auch vermutlich zum Teil nicht mehr zu flicken waren. Das Zimmer war damals eilig möbliert worden, die Duchy hatte dafür gesorgt, aber ihre viktorianische Auffassung von Schlafzimmern, die von Kindern oder Dienstboten bewohnt wurden, brachte mit sich, daß ein solches Zimmer nie mehr enthielt als das Notwendigste und daß die Möblierung aus Stücken bestand, die man unter anderen Umständen weggeworfen hätte. Villy erinnerte sich, Miss Milliment einmal gefragt zu haben, ob sie eine Nachttischlampe habe und einen Tisch, an dem sie schreiben könne, und als Miss Milliment beide Fragen verneint hatte, hatte sie dafür gesorgt, daß die betreffenden Gegenstände ins Cottage gebracht wurden. Aber sie war nie selbst hergekommen, um sich alles anzusehen. Jetzt schämte sie sich dafür.

»Es tut mir so leid, liebe Viola, daß ich so lästig falle.«

»Aber das tun Sie doch gar nicht! Es ist alles meine Schuld.« Sie kniete neben dem Bett und versuchte, das abgebrochene Bein aus dem Koffer hochzustemmen; es hatte den Deckel des Koffers durchbrochen, woraufhin die Matratze ungemütlich fast bis zum Boden gerutscht war. »Es muß schrecklich unbequem gewesen sein; ich kann mir nicht vorstellen, daß Sie auch nur eine Minute schlafen konnten.« Sie konnte das Bein kein Stück bewegen, und von Schuldgefühlen getrieben, rief sie: »Das hätten Sie mir längst sagen müssen!«

»Das hätte ich wohl. Aber es ist auf keinen Fall Ihre Schuld, Viola. Ich kann nicht erlauben, daß Sie es so betrachten.«

Und Villy hatte für Sekundenbruchteile das Gefühl, wieder im Schulzimmer zu sein, wo Miss Milliment es immer sofort bemerkt hatte, wenn ihre Äußerungen nicht in Einklang mit ihren Gefühlen standen.

Sie verbrachte den Rest des Tages damit, Miss Milliments Zimmer neu zu möblieren. Dazu mußte sie es zunächst mit der Duchy aufnehmen. Es gab genügend Möbel aus Pear Tree Cottage, die sie jederzeit hätte verwenden können, ohne ihre Schwiegermutter fragen zu müssen, aber es hatte sich peinlicherweise auch herausgestellt, daß die Dienstboten Miss Milliments Zimmer nie saubergemacht hatten, sie hatten nur jede Woche frische Laken für sie am Treppenabsatz bereitgelegt. Ihre sonstige Wäsche war ignoriert worden, und Villy hatte das düstere kleine Badezimmer voller stockfleckiger, feuchter Unterwäsche und Strümpfe gefunden, die Miss Milliment selbst gewaschen hatte; die hauswirtschaftlichen Fähigkeiten der Gouvernante waren allerdings dank ihrer Leibesfülle, ihrer Kurzsichtigkeit und ihrer mangelnden Erfahrung in solchen Dingen vernachlässigbar: Das Zimmer war extrem schmutzig und roch nach alten Kleidern.

»Ich werde jetzt alles saubermachen, Duchy, aber ich finde wirklich, eines der Mädchen sollte ihr von nun an das Bett machen und Staub wischen und so weiter.«

Die Duchy war ärgerlich und klingelte nach Eileen. »Dienstboten waren schon immer schwierig, wenn es um Gouvernanten ging«, sagte sie.

»Ich hätte nicht gedacht, daß Dottie und Bertha alt genug sind, um schon Erfahrungen mit einer anderen Gouvernante gemacht zu haben.«

»Nein, aber es ist einfach eine Tradition. Sie haben es sicher von Mrs. Cripps oder Eileen gehört. *Du* solltest dich jedenfalls nicht damit abgeben, Liebe, die Mädchen können dem Zimmer einen Frühjahrsputz verpassen.«

»Ehrlich gesagt würde ich das lieber selbst tun.« Sie erwähnte nicht, daß es ihr unangenehm war, Miss Milliments erbärmliche Armut vor anderen zu enthüllen, aber die Duchy verstand.

»Vielleicht wäre es wirklich besser so«, sagte sie. »Ach,

Eileen, würden Sie bitte Dottie und Bertha zu mir schicken?«

Das Mittagessen in der Küche verlief entsprechend angespannt. Dottie und Bertha waren aufgebracht und trotzig: Niemand hatte ihnen gesagt, daß sie im Cottage putzen sollten, woher hätten sie das denn wissen sollen? Ihr habe auch niemand mitgeteilt, daß sie für die Gouvernante kochen solle, meinte Mrs. Cripps, aber es sei ja wohl selbstverständlich, daß man sich um alle im Haus zu kümmern habe. Eileen verkündete wiederholt, das alles habe ja nichts mit ihr zu tun und sie wolle sich auch nicht in anderer Leute Angelegenheiten einmischen, aber irgendwie tue ihr die arme alte Dame leid. Bertha brach in Tränen aus und schluchzte; immer gebe man ihr an allem die Schuld! Tonbridge erinnerte daran, daß draußen Krieg herrsche und daß er demzufolge selbstverständlich mit den Möbeln zur Hand gehen werde, obwohl das eigentlich nicht seine Aufgabe sei. Edie sagte überhaupt nichts. Immer, wenn sie in den vergangenen Tagen auch nur den Mund aufgemacht hatte, war Mrs. Cripps ihr sarkastisch gekommen und hatte Bemerkungen gemacht über Leute, die andere einfach im Dreck sitzen ließen – für ein bißchen Abenteuer und um sich mit einer Uniform aufzutakeln. In vier Wochen werde ich weg sein, sagte sie sich immer wieder, und dann werde ich mich hier nie wieder sehen lassen. Von Madams Teller einmal abgesehen, hatte sie eine Puddingschüssel zerbrochen, zwei Tassen und einen Krug, den Madam als Blumenvase benutzte – weil sie jedesmal erschrocken zusammenfuhr, wenn Mrs. Cripps nach ihr rief, und ihr die Gegenstände einfach aus der Hand fielen. Sie tranken Tee und schwiegen einander mißmutig an.

Bis zum Mittagessen hatte Villy das Zimmer vollständig ausgeräumt; Miss Milliments Besitz lag auf einem Laken auf dem Boden des benachbarten kleinen Schlafzimmers, und Villy holte sich Seife, einen Schrubber und einen Eimer. Erst jetzt fiel ihr auf, daß der elektrische Boiler im Badezimmer nicht mehr funktionierte und die arme Miss Milliment Gott weiß wie lange ohne heißes Wasser ausgekommen war. Sie ging zurück ins Haus und rief einen Elektriker an, borgte sich Ellens elektrischen Kessel aus dem Kinderzimmer und machte sich an die unangenehme Aufgabe, den Boden zunächst zu fegen und dann zu schrubben. Der Zustand von Miss Milliments Garderobe entsetzte sie, und sie beschloß, mit der Gouvernante nach Hastings oder nach Tunbridge Wells zu fahren und ihr ein paar neue Sachen zu kaufen. Miss Milliment mußte inzwischen eine Menge Kleidermarken angesammelt haben, und wenn es in den Läden nichts mehr gab, was ihr paßte, würden sie eben Stoff kaufen und etwas nähen lassen. Sybil hätte mir dabei geholfen, dachte sie, und wieder einmal spürte sie, wie sehr die Schwägerin ihr fehlte. Es war ihr nie gelungen, eine engere Beziehung zu Zoë zu entwickeln, und natürlich hatte sie die Duchy und Rachel gern, aber mit Sybil hatte sie schwatzen können, über ihre Kinder und ihre eigene Jugend, über die frühen Tage ihrer Ehen und manchmal über die Zeit, bevor sie in die Familie Cazalet eingeheiratet hatten. Sybils Bruder war im Krieg umgekommen, ihre Mutter war in Indien gestorben, als Sybil drei gewesen war, und sie war praktisch von einer ergebenen Ayah und den Dienstboten ihres Vaters aufgezogen worden. Als sie zehn gewesen war, hatte ihr Vater sie und Hubert wieder nach England gebracht, um sie dort der Obhut seiner verheirateten Schwester anzuvertrauen, und die hatte sie bald in Internate geschickt, wo beide schrecklich unter Heimweh litten. Die Ferien waren nur besser gewesen, weil die Geschwister einander gehabt hatten – mit ihren Cousins und Cousinen waren sie nie zurechtgekommen. »Wir hatten unsere Geheimsprache, Urdu, die sie natürlich nicht verstehen konnten, deshalb konnten sie uns nicht ausstehen, und meine Tante hat uns die Schuld daran gegeben.« Sie erinnerte sich an Sybils trockene, typisch englische Stimme, mit der sie all das erzählt hatte; und dann hatte sie hinzugefügt, daß sie viel öfter Urdu als Englisch gesprochen hätten, das sie als eine fremde, langweilige Erwachsenensprache betrachteten. Aber als Villy nachfragte, ob Sybil Urdu immer noch beherrsche, hatte diese verneint – seit dem Tod ihres Bruders hatte sie es nie wieder gesprochen. Hubert war kurz vor dem Waffenstillstand gefallen; Sybil war tief in Trauer gewesen, als sie Hugh kennengelernt hatte.

Sie war Sybil in jenen letzten Wochen sehr nahe gekommen, seit jenem Morgen, an dem sie in ihr Zimmer gekommen war, um zu fragen, ob sie im Bett frühstücken wolle, und die Schwägerin schluchzend gefunden hatte.

»Mach die Tür zu«, hatte Sybil gerufen. »Ich will nicht, daß mich jemand hört.« Villy hatte die Tür geschlossen, sich auf Sybils Bett gesetzt und sie im Arm gehalten, bis sie nicht mehr weinte und schließlich sagte: »Ich dachte, ich würde wieder gesund – aber das stimmt nicht.« Sie hatten beide geschwiegen, und dann hatte Sybil Villy angesehen, auf eine Art, der sie nicht hatte ausweichen können, und gefragt: »So ist es doch, oder?« Bevor Villy sich zu einer Antwort hatte durchringen können, hatte Sybil gesagt: »Nein, sag es mir nicht, ich will es nicht wissen. Ich habe Hugh versprochen, daß ich – nur, weil ich ein paar schlechte Nächte hatte ... um *Himmels willen*, Villy, erzähl ihm bloß nicht, daß ich so deprimiert war. Sag *gar nichts* – zu *niemandem.*« Und sie, die doch wußte, daß Hugh es wußte, ihm aber ein ähnliches Versprechen gegeben hatte, hatte sich nur den Windungen dieses ehelichen Labyrinths anpassen können. Sie hatte mit Dr. Carr gesprochen, damit er die beiden veranlaßte, miteinander zu reden und sich der Wirklichkeit zu stellen, wie sie es ausgedrückt hatte, und jetzt erinnerte sie sich an seine Antwort: »Oh, Mrs. Cazalet, sie stellen sich der Wirklichkeit durchaus, jeder für sich. Aber sie denken beide, daß sie es für den anderen tun. Ich werde mich da auf keinen Fall einmischen. Beide glauben, dies sei das letzte, was sie dem anderen geben könnten.« Also hatte sie ebenfalls geschwiegen.

Der Arzt hatte noch hinzugefügt, daß sie Sybil wirklich hervorragend pflegte.

Sie hatte ihr Bestes getan. Es hatte sich als sehr nützlich erwiesen, daß sie vor dem Krieg an einem Tag in der Woche für das Rote Kreuz in einem Krankenhaus gearbeitet hatte. Sie wußte, wie man bettlägerige Patienten wusch, sie umdrehte, auf die Bettpfanne setzte, all das war nach und nach notwendig geworden, und Sybil hatte ihre Pflege der bemühten, aber ungelenken Fürsorge anderer vorgezogen ...

Sie hatte das Gefühl gehabt, gebraucht zu werden, und so war es, wenngleich in geringerem Maß, auch jetzt. Sie konnte sich kaum vorstellen, daß Miss Milliment einer anderen von ihrem Bett oder dem kaputten Boiler erzählt hätte. Aber sicher wäre eine andere dagewesen: Edward hätte eine andere geheiratet, die seine Kinder bekommen, Dienstboten eingestellt und Menüs angeordnet hätte und die mit ihm auf Partys gegangen wäre. Nur, daß es jetzt keine Partys mehr gab, und wenn sie Edward sah, was selten genug vorkam, waren sie kaum je allein. Nicht daß sie sich das besonders wünschte; im vergangenen Jahr war ihr aufgefallen, daß Edward inzwischen weniger versessen aufs Bett war, was sie als Erleichterung empfand. Manchmal passierte es natürlich noch, aber sie konnte sich durchaus vorstellen, daß es irgendwann überhaupt nicht mehr dazu kam. Wenn sie sich dieser Tage in ihr Schlafzimmer zurückzogen, hatten sie einander kaum mehr etwas zu sagen: Sie führten wenig ergiebige Gespräche über die Kinder; sie hatte ihn mehrmals dazu bringen wollen, Louise ordentlich die Meinung zu sagen, wie unverantwortlich es sei, sich weiter auf ihre Theaterkarriere zu konzentrieren – es gab ohnehin schon zu viele Schauspielerinnen –, wo sie besser etwas für ihr Vaterland tun sollte. Er hatte sich entzogen, versucht, das Thema zu wechseln, und einmal, als sie ärgerlich geworden war, einfach gesagt, Louise werde sowieso mit zwanzig eingezogen, was nur ein Jahr hin sei, wieso sie vorher nicht noch ein bißchen Spaß haben solle? Was sie für eine ausgesprochen verantwortungslose und leichtfertige Haltung gegenüber der eigenen Tochter erachtete.

Louise ... sie war wirklich kaum mehr zu bändigen. Sie bestand darauf, in London zu wohnen, wo, obwohl sie ständig behauptete, demnächst ein Engagement bei einem Theater zu bekommen, nie etwas geschah. Sie hatte zwei kleine Rollen in Hörspielen gehabt, aber ansonsten redete sie immer nur von Terminen, bei denen sie vorsprechen müsse, und Leuten, die sie kennengelernt habe und die ihr vielleicht eine Rolle beschaffen würden. Und wie sie herumlief: Das Haar fiel ihr offen über den Rücken, sie trug *Hosen*, und meistens war sie viel zu stark geschminkt. Villy hatte eine Idee gehabt, die ihr sehr vernünftig erschienen war, nämlich, Louise bei Jessica im Haus ihrer Großeltern in St. John's Wood unterzubringen, aber zu ihrem Ärger waren weder Louise noch (und das war erheblich überraschender) Jessica einverstanden gewesen. Jessica hatte alle möglichen Ausreden gefunden, deren wichtigste gewesen war, daß sie die Verantwortung nicht übernehmen wolle, und Louise hatte erklärt, das könne sie einfach nicht aushalten; sie werde mit ihrer Freundin Stella zusammenziehen und tun und lassen, was sie wolle. Und bevor Villy auch nur hatte Widerspruch einlegen können, hatte Edward die dreißig Schilling Miete aufgebracht, und Louise war umgezogen. Und Gott wußte, was die beiden dort trieben – die ganze Nacht wach bleiben und nie anständig kochen. Und dann war da noch dieser Michael Hadleigh. Seine Mutter, Lady Zinnia, hatte einmal angerufen und sie gebeten, nicht zuzulassen, daß ihr Sohn Louise das Herz breche, was, wie sie hinzugefügt hatte, schon mit so manchem jungen Mädchen passiert sei.

Aber was um alles in der Welt kann ich dagegen tun? hatte Villy sich gefragt. Sie hatte zwiespältige Gefühle, was Michael anging: Einerseits war Louise viel zu jung für eine ernsthafte Bindung, andererseits schien er verdammt viel passender als diese schrecklichen Schauspieler, mit denen sie in Devon zu tun gehabt hatte. Aber er war viel zu alt für sie, und außerdem war sie viel zu jung, für jeden – noch. Die Sache würde ihr wahrscheinlich eher den Kopf verdrehen als ihr das Herz brechen, überlegte Villy bitter. Herzen waren im geheimen (und zu ihrem Schrecken) ein wunder Punkt für sie, und wie das bei wunden Punkten so ist, dachte sie viel darüber nach. Es war in London zu einem Vorfall gekommen, den sie selbst jetzt – Wochen später – noch so schockierend fand, daß sie kaum in der Lage war, darüber nachzudenken, und jedesmal, wenn sie es doch tat, spaltete sich ihre Erinnerung in eine Version, wie wunderbar es hätte sein können, und eine, wie es tatsächlich gewesen war.

Es hatte natürlich mit Lorenzo zu tun. Er hatte eine seiner seltenen Postkarten geschickt (in einem Umschlag) und sie zu einem Konzert eingeladen, das er in einer kleinen Kirche in London dirigieren sollte und bei dem, wie er schrieb, eines seiner kleinen Chorstücke uraufgeführt würde. Sie war entzückt. Zu ihrer Überraschung hatte er sie gebeten, ihn zu Hause anzurufen und ihm mitzuteilen, ob sie kommen könne – das wäre wegen der (selbstverständlich unbegründeten) Eifersucht seiner Frau normalerweise unmöglich gewesen, da die arme Mercedes sich schon über die harmlosesten Telefongespräche, die ihr Gatte führte, schrecklich aufregte. Aber dann stellte sich heraus, daß Mercedes im Krankenhaus war, »also werde ich dich nach dem Konzert zum Abendessen einladen können«, hatte er gesagt. Das bedeutete, daß sie die Nacht in London verbringen würde. Zunächst erwog sie, bei Jessica zu übernachten, aber als sie in St. John's Wood angerufen und niemanden erreicht hatte, überlegte sie es sich noch einmal. Wenn sie *dort* übernachtete, würde Jessica sicher mit zum Konzert kommen wollen, und das würde alles verderben. Sie würde Hughs Gästezimmer benutzen. Sie würde frühmorgens hinfahren, ein wenig einkaufen, vielleicht mit Hermione zu Mittag essen und dann zu Hughs

Haus gehen und dort baden und sich für das Konzert umziehen. Sie hatte mit Rachel und Zoë abgesprochen, daß die beiden sich um Sybill kümmern sollten, hatte sich von Hugh einen Hausschlüssel geben lassen und sich tagelang der Vorfreude hingegeben. Ein Abend mit Lorenzo, ein Konzert, Abendessen allein mit ihm (bisher war es ihnen nur einmal gelungen, zusammen Tee zu trinken, damals, als er so reizend gewesen war, sie noch den halben Weg nach Sussex im Zug zu begleiten), endlich genug Zeit, um ihre gleichermaßen romantische und verzweifelte Situation zu diskutieren – die Tatsache, daß sie lebenslang anderen verpflichtet waren und daß der Anstand ihnen verbot, etwas dagegen zu unternehmen. Sie verbrachte zwei Abende damit, Kleider auszuprobieren, entschied, daß nichts angemessen sei, und plante einen Besuch bei Hermione ein. Immerhin hatte sie seit Rolys Geburt nichts Neues mehr gekauft. Sie rief Hermione an, die entzückt war über den perfekt gewählten Zeitpunkt – sie hatte gerade ihre neue Sommerkollektion hereinbekommen – und hinzufügte, sie werde für ein Mittagessen sorgen. Diese Tage der Vorfreude machten Villy erst deutlich, wie tief sie in den Alltagspflichten versunken war, wie zermürbt von notwendigen, aber gleichwohl banalen Einzelheiten und wie sehr sie das alles ermüdete. Drei Tage lang war sie voller Energie und Entschlußkraft und freute sich auf jede Stunde, die sie der Begegnung mit Lorenzo näher brachte. Sie hatte Edward selbstverständlich mitgeteilt, daß sie nach London kommen werde und was sie vorhatte, und er war sehr nett gewesen – hatte erklärt, er wünsche ihr einen schönen Abend, und ihr dann fünfundzwanzig Pfund gegeben, damit sie sich ein Kleid kaufen könne, »das dir zwar am besten gefällt, von dem du aber das Gefühl hast, du könntest es dir nicht leisten«. Alle waren ausgesprochen nett. »Ich muß schon sagen, du siehst wirklich *strahlend* aus«, stellte Lydia fest, als Villy ihr die gespaltenen Spitzen ihres langen Haars schnitt. »Ich dachte immer, Erwachsene hätten ein angenehmes Leben, aber bei dir ist es anders, nicht wahr? Meistens hast du nicht mal ein *bißchen* Spaß. Ich glaube, einen so guten Charakter zu haben kann auch ein Nachteil sein. Mum! Erinnerst du dich an diesen schrecklichen, sehr, sehr alten Lippenstift, den du immer nur fürs Theater benutzt hast, diesen ganz dunkelroten in der Goldhülle, von dem nur noch ein halber Zentimeter übrig ist?«

»Wie kommt es, daß du so viel über meinen Lippenstift weißt?«

»Ich hab' ihn nur zufällig gesehen. Irgendwann mal. Als ich zufällig in der Nähe des Frisiertischs stand. Also, ich hab' mich gefragt, ob du ihn mir *leihen* könntest. Du benutzt ihn gar nicht mehr, und Louise hat gesagt, er hätte sowieso die falsche Farbe für deinen Hautton.«

»Wozu brauchst du ihn denn?« Selbst Louises Bemerkung machte ihr im Augenblick nichts aus.

»Zum Üben. Ich meine, eines Tages, und das wird gar nicht mehr lange dauern, werde ich so was auch brauchen, und dann möchte ich nicht wie eine Anfängerin aussehen. Also habe ich gedacht, ich könnte ein bißchen üben, am Abend, wenn niemand was davon merkt.«

Warum nicht? dachte sie. Auch die Kinder hatten nicht mehr viel Spaß; keine Geburtstagsfeiern mit Zauberern mehr, keine Ausflüge nach London. »Aber wirklich nur am Abend, bevor du badest«, sagte sie.

»Das verspreche ich dir ganz fest.« Das bedeutete, daß sie öfter würde baden müssen, als ihr lieb war, aber das war es wahrscheinlich wert.

Schließlich kam der Donnerstag morgen. »Du hast dir diesen Ausflug wirklich verdient«, sagte Sybil, als sie zu ihr hineinschlüpfte, um sich zu verabschieden. »Schade, daß du nicht mit Hugh zu Abend essen kannst, aber du wirst sicher mit ihm frühstücken. Und dann kannst du mir ganz ehrlich sagen, ob Mrs. Carruthers sich wirklich gut genug um ihn kümmert.«

»Du brauchst dir keine Sorgen zu machen«, versicherte Rachel. »Genieße deinen Ausflug!«

»Das werde ich!« rief sie. Sie war so vergnügt – ganz anders als sonst.

Es war ein wunderschöner Tag. Die Sonne schien, der Himmel war klar, mit kleinen, rasch vorüberziehenden Wolken, in den Gärten glitzerten die Forsythien. Sie nahm den Pendlerzug nach London; er war voll, und die meisten Leute lasen die Morgenzeitung. »Prinzessin Elizabeth meldet sich zum Kriegsdienst«, las sie über jemandes Schulter. Ich muß mir ein Parfum kaufen, dachte sie. Ihr Coty L'Origan hatte sich dunkelbraun verfärbt und roch nur noch, als sei es einmal Parfum gewesen. Sie trug ein sehr altes schwarz-weißes Kleid, das sie noch vor dem Krieg bei Hermione gekauft hatte; aus irgendeinem Grund hatte sie, wenn sie dorthin ging, immer das Gefühl, etwas anziehen zu müssen, das sie irgendwann dort gekauft hatte. Sie besaß auch keine vernünftigen Strümpfe mehr, hatte aber ein paar alte beigefarbene eingepackt, falls sie nicht dazu kommen würde, sich neue zuzulegen. Beige paßt zu allem, dachte sie, wenngleich ein wenig unsicher; helle Strümpfe waren in ihren Jugendtagen modern gewesen, und sie hatte sich nie so recht zu anderen durchringen können. Ihre Mutter hatte immer behauptet, die Pfirsichtöne, die sie vor dem Krieg bevorzugt hatte, seien furchtbar *gewöhnlich*: Junge Damen trügen helles Beige, die älteren Hellgrau. Hermione trug fleischfarbene, aber sie gehörte auch zu den Frauen, die jede Art Strümpfe tragen konnten – sogar schwarze – und trotzdem schick und gepflegt aussahen. Sie mußte – nicht zum erstenmal – an den Tag denken, an dem Diaghilev ihr auf die Knie getippt und gesagt hatte: »Pas mal, ma petite, pas mal.« Wenn man bedachte, daß er die Knie einer Frau für den häßlichsten Teil ihrer Anatomie hielt, war das wirklich ein hohes Lob gewesen. Aber natürlich ließen sich die Leute für gewöhnlich über Knöchel aus, und ihre waren eindeutig nicht der Rede wert. Lorenzo allerdings, der seinen glühenden Blick nie von ihrem Gesicht nahm, würde all das überhaupt nicht bemerken. Ihre Beziehung, dachte sie (damals), war buchstäblich von Höherem geprägt.

Der Besuch bei Hermione war wunderbar und nur von Überlegungen getrübt, wie viele Kleidermarken sie noch hatte, obwohl Hermione nebenbei erwähnte, man könne die Marken vielleicht ein wenig weiter strecken als vorgeschrieben. »So etwas tun wir natürlich nur für unsere besten und liebsten Kundinnen, nicht wahr, Miss MacDonald?« Und Miss MacDonald, die wahrscheinlich kaum Kleidermarken brauchte, weil sie offenbar ständig – nun schon seit Jahren – dasselbe Nadelstreifenkostüm trug, lächelte gehorsam und sagte: »Selbstverständlich, Lady Knebworth.« Villy probierte Dutzende von Kleidern an – nun ja, wahrscheinlich nur ein Dutzend, aber einige zog sie ein zweites Mal über, so daß es ihr wie Dutzende vorkam. Hermione schien zu wissen, wie ausgehungert sie nach Neuem war, und ermutigte sie, auch Sachen anzuprobieren, die sie eigentlich nicht für passend hielt. »Ich muß vernünftig sein!« sagte sie immer wieder, als sie über eine bezaubernde dunkelblaue Chiffonbluse strich, die am Hals mit einer lockeren Schleife gebunden wurde.

»Nun, meine Liebe, wenn du das marineblaue Kostüm nimmst – und das *mußt* du tun, du siehst traumhaft darin aus –, kannst du die Bluse dazu tragen, sie würde für den ganzen Sommer ausreichen, und irgendwo haben wir noch eine hinreißende Hemdbluse, ziemlich streng geschnitten, mit Manschettenknöpfen, die du im Herbst dazu tragen könntest. Und im Winter tut es jeder alte Kaschmirpulli …«

Sie kaufte das Kostüm. Und ein Crèpekleid in der Farbe von Champignons, das mit einem mattorangefarbenen Samtband besetzt war und Schulterpolster und Glockenärmel hatte. Sie kaufte sowohl die Bluse mit der Schleife als auch die Hemdbluse und schließlich noch eine Sommerjacke beziehungsweise einen kurzen Mantel in einem weichen, silbrigen Ton, der zwischen Blau und Grau lag. Und Hermione *schenkte* ihr zwei Paar Strümpfe, die fein waren wie Spinnweben; sie erklärte, sie seien aus Nylon und stammten aus Amerika. »Amerikaner sind so verblüffend großzügig – ich werde geradezu von ihnen *überrannt*«, erklärte sie. Und sie zeigte ihr, wie man diese Kostbarkeiten anzog, was sehr hilfreich war, denn das Material war so dünn, daß Villy fürchtete, es würde reißen, wenn sie es nur berührte. »Man dreht den Fuß halb nach außen, so wie jetzt, und auf jeden Fall solltest du dich hinsetzen, wenn du sie anziehst. Aber sie sind wunderbar, sie halten länger als unsere. Ich hab' nie verstanden, wieso nackte Beine patriotisch sein sollen – besonders bei der garstigen Rocklänge, die dieser Tage vorgeschrieben ist.«

Der Morgen kostete sie vierundvierzig Pfund – Hermione zeichnete ihre Ware immer in Guineen aus –, aber sie fühlte sich danach eher freudig erregt als verschwenderisch. »Miss MacDonald wird alles für dich einpacken, während wir essen.«

Sie gingen in ein kleines Restaurant, das Hermione als ihr Stammlokal bezeichnete. Man schien sie dort sehr gut zu kennen, und die Bedienung eilte beflissen herbei. »Vergiß die Karte«, sagte Hermione. »Sie werden uns etwas viel Netteres bringen, wenn wir uns nicht um die Karte kümmern.«

Als Vorspeise gab es eine Art Paté – »Sie wird vermutlich aus Feldmäusen oder Igeln hergestellt, aber sie schmeckt vorzüglich« –, gefolgt von Forelle und einem Salat. Hermione ließ sich die Fischköpfe für ihre Katze einpacken, eine Streunerin, die miauend am Hyde Park gesessen hatte. »Voller Würmer und Flöhe, aber so ein Schatz! Die arme Miss MacDonald ist schrecklich allergisch gegen Katzen, aber dagegen kann man nichts machen.« Hermione war dafür bekannt, zu Haustieren freundlicher zu sein als zu ihren Angestellten, obwohl sie von beiden gleichermaßen verehrt wurde.

»Führt Edward dich heute abend groß aus?« fragte sie beim Kaffee.

»Er ist nicht hier, er mußte nach Liverpool, glaube ich, und sich eine Holzlieferung ansehen. Ich bin zum Konzert eines Freundes hier.« Das letztere hatte sie so gleichmütig wie möglich verkündet, aber sie spürte, wie sie rot wurde.

Hermione sah sie aus kühlen grauen Augen an. »Wie schön«, sagte sie.

Nach dem Essen erklärte Villy, sie wolle noch ein wenig in der Bond Street einkaufen und werde die Kleider nachher mit dem Taxi abholen. Sie kaufte Make-up, eine neue Puderquaste aus Schwanendaunen in einem Chiffontuch und einen Eau-de-Cologne-Stift, mit dem Sybil sich die Stirn einreiben konnte. Es gab kein Parfum außer Lavendelwasser, dem einzigen Duft, den ihre Mutter bei jungen Mädchen akzeptiert hatte. Aber heute fühle ich mich wie ein junges Mädchen, dachte sie. Es war merkwürdig und angenehm, daß ein Besuch in London auch ohne eine ermüdende Einkaufsliste für die ganze Familie stattfinden konnte: Lauflernschuhe für Wills und Roly, Sommerunterhemden für Tante Dolly, komplizierte Aufträge von der Duchy (wie zum Beispiel Kleiderhüllen), BHs für Clary und Polly und für die Männer Rasierklingen, die dieser Tage besonders schwer zu bekommen waren – mit all diesem Zeug hätte sie normalerweise den ganzen Tag zugebracht, bis zur Erschöpfung. Sie würde sich das verstaubte Haus in der Lansdowne Road gar nicht erst ansehen, und sie würde auch nicht mit Louise zu Mittag essen und Gespräche führen, bei denen sie nur Fragen stellte, die Louise doch nicht beantworten wollte. Und sie würde *nicht* zu Jessica nach St. John's Wood hinausfahren, was ohnehin nur zu Kritik an ihrer Schwester geführt hätte – Jessica schien einer ganzen Reihe freiwilliger Beschäftigungen nachzugehen, die sie ausüben konnte oder auch nicht, wie es ihr gerade paßte – und schließlich zu Unmut und Neid. Statt dessen kaufte sie Geschenke: einen mokkafarbenen Strohhut mit Kornblumen, Butterblumen und Mohn für Lydia, Jaqmar-Tücher für Rachel und Zoë, Lavendelwasser für die Duchy, Pralinen für Tante Dolly und Spielzeugautos für Wills und Roly.

Als sie später im Taxi saß – sie hatte die Einkäufe von Hermione abgeholt und fuhr gerade die Bayswater Road entlang, wobei sie bemerkte, wieviel schöner Kensington Gardens doch aussah, nachdem man die Geländer links und rechts der Pfade weggenommen hatte – fiel ihr auf, daß sie nichts für die Mädchen gekauft hatte; das würde sie am nächsten Morgen noch erledigen müssen.

Der Taxifahrer half ihr, die Schachteln und Päckchen ins Haus zu bringen. »Heute ist für einige anscheinend Weihnachten«, sagte er. »Was wird bloß der Herr Gemahl dazu sagen? Ach ja, so sind die Frauen. Die Herren verdienen's, und die Damen geben es mit beiden Händen wieder aus. Also wirklich! Danke, Madam.«

Hughs Haus war aufgeräumt und leidlich sauber, aber es wirkte trotzdem vernachlässigt, eben wie ein Haus, das selten benutzt wird. Das Gästezimmer war im obersten Stockwerk, und darunter, auf dem Treppenabsatz, gab es ein Bad. Nachdem sie gebadet und das blaue Kostüm und die Chiffonbluse angezogen hatte, kam sie zu dem Schluß, daß sie jetzt etwas Alkoholisches brauchte. Da der Beginn des Konzerts näher rückte und damit die Stunde, zu der sie Lorenzo sehen sollte, wurde sie langsam nervös. Es würde Hugh bestimmt nichts ausmachen, wenn sie sich von seinen Vorräten bediente, er hatte sogar beteuert, wie leid es ihm tue, daß er nicht rechtzeitig für einen Aperitif aus dem Büro zurück sein könne.

Im Wohnzimmer waren die Fensterläden geschlossen. In der Hausbar standen diverse Flaschen, die nicht so aussahen, als wären sie in letzter Zeit auch nur berührt worden;

die meisten waren beinahe leer, aber Villy fand noch ein wenig Gin und eine klebrige Flasche mit Angostura, also machte sie sich einen Pink Gin und nahm das Glas mit nach oben, um im Bad Wasser hinzuzugeben. Mit dem Glas und einer Zigarette bewaffnet, machte sie sich an ihr neues Make-up. Sie übertrieb es, wischte alles mit Cold Cream wieder ab und fing von vorne an. Der zweite Versuch gelang erheblich besser. Ihr wurde bewußt, daß sie ihr Gesicht seit langem nicht mehr richtig betrachtet hatte (und solche Betrachtung bedeutete für sie immer Kritik). Jetzt sah sie, daß ihre Lippen sehr viel dünner geworden waren, wahrscheinlich, nachdem man ihr praktisch alle Zähne gezogen hatte, und daß die Linien von ihren Nasenflügeln zu den Mundwinkeln nicht nur ausgeprägter waren, sondern inzwischen auch über die Mundwinkel hinausreichten, was ihr einen mißbilligenden Ausdruck verleih. Sie lächelte, aber das Lächeln wirkte künstlich, was es ja auch war – sie hatte keinen Grund zum Lächeln. Ihre Augen und die Wangenknochen waren immer noch dieselben, und selbstverständlich war ihr Haaransatz immer noch eine klare Linie, wenn auch ein winziges bißchen unsymmetrisch. Ihr Haar war weißer, was besser aussah als diese Austernschalenfarbe, die es jahrelang gehabt hatte, und beruhigend dick und naturgewellt. Sie war nie eine klassische Schönheit gewesen wie Jessica. Diese unbefriedigenden Überlegungen wurden von der plötzlichen Angst unterbrochen, im Ladbroke Grove kein Taxi mehr zu erwischen und dann zu spät zum Konzert zu kommen.

Aber sie erwischte eins und kam nicht zu spät.

Das Konzert war gut besucht, die Kirche beinahe voll, und der Chor saß bereits in einem Halbkreis um den Bereich, in dem das Orchester Platz nehmen sollte. Die Chorsänger trugen weiße Oberteile und lange schwarze Röcke oder Hosen. Alle sahen müde aus, aber da sich die meisten Chöre aus Amateuren zusammensetzten, konnte man davon ausgehen, daß viele der Sänger bereits einen langen Arbeitstag hinter sich hatten, und außerdem war das Licht von den hohen Messingkandelabern nicht gerade schmeichelhaft. Villy warf einen Blick auf das Blatt, auf das in violetter Tinte das Programm gedruckt war. Purcell, Bantock, Clutterworth, las sie, *Die Versuchung des Heiligen Antonius*. Die Instrumentalisten – nicht viele, es war ein Kammerorchester mit kleinster Besetzung – nahmen jetzt ihre Plätze ein, und dann erschien *er*, im schwarzen Frack und mit weißer Krawatte. Kurz brandete Applaus auf, und als er sich umdrehte, um sich zu verbeugen, glaubte sie, er habe sie erkannt, aber sie war nicht sicher.

»Selbstverständlich habe ich dich sofort gesehen, mein guter Engel«, sagte er, und wieder drückte er ihre Hand so fest, daß sie empfindlich ihre Ringe spürte. Sie saßen inzwischen in einem Taxi – endlich allein.

»Wohin führst du mich?« fragte sie, ganz aufgeregt bei dem Gedanken an ein Super bei Kerzenlicht in einem diskreten Restaurant.

»Ah! Du wirst schon sehen, du wirst schon sehen.«

Sie lächelte nachsichtig, er war aufgeregt wie ein kleiner Junge – oder wie sie selbst.

Als das Taxi anhielt und er den Fahrer bezahlte, bemerkte sie, daß sie in der Curzon Street waren, ganz nahe bei Hermiones Geschäft, am Eingang zum Shepherd Market. Es wäre wirklich zu seltsam, dachte sie, wenn er dasselbe Restaurant gewählt hätte, in dem ich schon mittags gegessen habe.

»Reich mir die Hand, meine Liebe.«

Er führte sie durch einen Torbogen in eine enge Gasse – alles war dunkel –, durch einen Hauseingang, der offen gestanden hatte, er hatte jedenfalls keinen Schlüssel gebraucht, und schließlich zwei Treppen hinauf.

»Wohin bringst du mich denn nun?« sagte sie und versuchte, einfach nur neugierig und amüsiert zu klingen, aber sie hörte sich selbst, und es machte überhaupt nicht diesen Eindruck.

»Endlich haben wir Gelegenheit, miteinander allein zu sein, mein Engel«, antwortete er und schloß eine Tür im zweiten Stock auf. Er schaltete das Licht an; es war ein kleines, enges Zimmer, dessen Fenster verdunkelt waren. Sie sah einen Tisch, zwei Stühle und einen großen Divan ohne Decke. Auf dem Tisch standen zwei Chiantiflaschen mit Kerzen, Teller und Gläser, es gab einen Kamin mit einer Gasuhr daneben und einem Sims mit verstaubten Postkarten. In einer Ecke bemerkte sie ein sehr kleines Waschbecken mit einem elektrischen Boiler und daneben ein Ablaufbrett mit diversem ungespülten Geschirr. Er zündete sofort ein Streichholz an und entfachte das Kaminfeuer und die Kerzen auf dem Tisch; dabei huschte er so hektisch umher, daß kleine Staubwolken vom Teppich aufwirbelten.

Sie blieb unsicher neben der Tür stehen, wo er ihre Hand losgelassen hatte; sie war ziemlich verwirrt, beinahe ratlos, und außerdem schlichtweg enttäuscht. Sie hatte sich ein gemütliches, bezauberndes, romantisches Restaurant für ihr *Tête-à-tête* ausgemalt, nicht diese schäbige kleine Einzimmerwohnung mit der schalen und leichte Übelkeit erregenden Luft, aber er war so glücklich und aufgeregt, daß es beinahe lächerlich wirkte, wie er seinen Gastgeberpflichten nachkam: Er zog eine Papierserviette von einem Teller und enthüllte eine kleine Pastete und ein paar Tomaten, er eilte zum Waschbecken, wo auf dem Abtropfbrett eine Flasche in einem Eimer stand, und als er den Draht vom Flaschenhals entfernte, bemerkte Villy, daß es sich um Champagner handelte. Jetzt kam er zum Tisch zurück, nahm das Taschentuch heraus, mit dem er sich am Ende des Konzerts die Stirn gewischt hatte, wickelte es um die Flasche – »Reich mir ein Glas, Liebste, am Ende verschütte ich noch etwas« – und lockerte den Korken, bis er mit einem sanften Ploppen herauskam. »Ha, *ha*!« rief er triumphierend. Er füllte beide

Gläser bis zum Rand und fiel auf ein Knie, um ihr eines davon zu reichen. »Endlich! sagte er und starrte sie mit glühender Begeisterung an, die ihr erregend und vertraut zugleich erschien.

»Setz dich, meine Liebste.« Wieder hatte er ihre Hand ergriffen und führte sie zum Diwan. »Hier ist es bequemer als auf diesen Küchenstühlen.«

Er setzte sich neben sie. »Auf uns«, flüsterte er. Sie tranken. Der Champagner war zwar nicht gerade warm, aber doch alles andere als kalt. Sie saß am Kopfende des Diwans und registrierte, daß Laken und Kissenbezug eindeutig grau waren. Plötzlich kam ihr in den Sinn, daß ihm ein Restaurant vielleicht zu teuer und das hier die beste Alternative war, die er sich leisten konnte, und sie erklärte, wie großartig es sei, seine Uraufführung mit Champagner feiern zu können. »*Unsere* Uraufführung«, sagte er und goß nach. Sie verstand nicht so recht, was er meinte – wollte er *Die Versuchung* etwa ihr widmen? (ein berauschender Gedanke) –, erwiderte sein Lächeln und stimmte zu, als er vorschlug, sie solle ihre Jacke ausziehen; es wurde tatsächlich ziemlich warm im Zimmer. Wohnte er hier, während seine Frau im Krankenhaus lag, und wie ging es ihr überhaupt?

Nein, nein, er wohne nicht hier, er habe sich das Zimmer einfach für diesen Abend ausgeliehen, von einem guten Freund, der auf Tournee sei. Mercy lasse irgendwas mit ihren Nebenhöhlen machen, fügte er hinzu, nichts Ernstes, aber sie habe Probleme damit gehabt.

»Aber das alles können wir heute abend hinter uns lassen. Heute sind wir vollkommen frei. Oh, Geliebte, wenn du nur wüßtest, wie sehr ich diesen Abend herbeigesehnt habe! Setz dein Glas ab, und laß mich zärtlich zu dir sein!« Und er griff nach ihrem Glas, stellte es auf den Boden, nahm ihren Kopf zwischen seine Hände und bedeckte ihr Gesicht mit Küssen. Er begann auf sehr romantische Art mit ihrer Stirn, dann waren die Augen an der Reihe, aber als er ihren Mund erreichte, wurde sie langsam nervös und fürchtete, er könne sich hinreißen lassen.

»Wir müssen ...«, gelang es ihr zu sagen, aber er unterbrach sie mit erstaunlich kräftigen Lippen und drückte sie gleichzeitig nach hinten, so daß sie jetzt halb auf dem Bett lag. »Wir können ja danach essen«, sagte er.

Erst jetzt wurde ihr klar, was er vorhatte – der eigentliche Grund, aus dem er sie in dieses schreckliche kleine Zimmer gebracht hatte. Denn plötzlich war nicht nur das Zimmer, sondern die ganze Sache schrecklich: Es entstand ein höchst unwürdiges Gerangel, als sie sich ihm entzog, sich aufsetzte, ihn an die Verantwortung erinnerte, die sie beide anderen gegenüber hatten und daran, daß sie sich doch *einig* gewesen waren, daß ihnen nichts anderes übrigblieb, als es zu ertragen. Zu Anfang reagierte er nur, als halte er sie für schüchtern, ja, für kokett, wie er vermutete (und was sie überhaupt nicht schmeichelhaft fand); aber als sie erklärte, sie hätten doch immer gewußt, daß ihre Liebe platonisch bleiben müsse, erwiderte er, seiner Ansicht nach sei das nur eine Folge des Mangels an Gelegenheit gewesen. Es sei schließlich nicht so, als wollten sie zusammen *durchbrennen*; er gestehe ihr gern zu, daß dies unmöglich sei, aber deshalb störe es doch niemanden, wenn man ein bißchen Spaß habe, vor allem, solange keiner etwas davon erfahre. »Ich bin einfach verrückt nach dir«, fügte er hinzu.

»Ich liebe Edward«, erwiderte sie. Diese Halbwahrheiten machten es keinem von ihnen leichter. Er wurde langsam ärgerlich, und *sie* – sie hatte das Gefühl, alles sei zerstört, von reinster, romantischer Verehrung zu purer Begierde erniedrigt. Es war widerwärtig; man mußte sich ihn nur ansehen – ein kleiner, verschwitzter, schmollender Mann, wie hatte sie ihn je für edel und charmant halten können? Und sie war verwirrt, verzweifelt, als ihr klar wurde, daß der größte Teil ihrer Beziehung nur in ihrer Phantasie stattgefunden hatte. Er war nicht der Mann ihrer Träume, würde es nie sein können. Und nun wollte sie nur noch gehen – so schnell wie möglich dieses Zimmer verlassen.

Er machte es ihr nicht leicht. Er wechselte zwischen Bitten, sie möge doch noch etwas essen oder trinken, und Anklagen – nichts in ihrem Verhalten habe ihn darauf vorbereitet, daß sie ihn nicht möge – hin und her, und dann kehrte er, was noch schlimmer war, zu dem Thema zurück, wieviel Spaß man doch zusammen haben könne. Das verletzte sie, und gleichzeitig machte es sie wütend: Die Idee, daß sie jemals Objekt vergänglicher Launen sein sollte, stand in so heftigem Widerspruch zu ihrem Selbstbild, daß es ihr plötzlich leichtfiel, aufzuspringen, sich förmlich zu verabschieden und ihm zu verbieten, sie zum Taxi zu begleiten.

Es dauerte einige Zeit, bis sie aus Shepherd Market heraus fand, wo es trotz der Dunkelheit diverse Kellerclubs zu geben schien und Huren, die sich in gleichmäßigen Abständen unter den Straßenlampen postiert hatten, und aus einiger Entfernung war Gesang zu hören, mit jenem angestrengten Crescendo, das auf Betrunkene schließen ließ. Es war sehr kalt, und überall zweigten Seitenstraßen ab – an einer Ecke wäre sie beinahe mit zwei amerikanischen Offizieren zusammengestoßen, die stehengeblieben waren, um sich Zigaretten anzuzünden; nur deshalb konnte sie sehen, wen sie vor sich hatte.

»Entschuldigung, Lady«, sagte einer von ihnen, »dürfen wir Sie zu einem Glas einladen?«

»Nein danke«, erwiderte sie, und dann trieb sie etwas hinzuzufügen: »Ich bin auf der Suche nach einem Taxi«, woraufhin der andere vorschlug: »Brad! Suchen wir der Lady ein Taxi.«

Und das taten sie. Sie gingen mit ihr bis zum Green Park, warteten, bis ein leeres Taxi kam, winkten es heran und hielten ihr die Tür auf.

»Ich danke Ihnen sehr«, sagte sie; sie hätte am liebsten geweint über diese unerwartete Freundlichkeit.

»Gute Fahrt.« Sie sahen ihr nach, als sie davonfuhr.

Im Taxi betete sie, daß Hugh schon im Bett sein möge oder vielleicht – es war noch früh – noch gar nicht zu Hause. Aber natürlich war er da, beflissen, ihr etwas zu trinken einzuschenken und sie nach ihrem Abend zu fragen und mit ihr den nächsten Schritt in Pollys Ausbildung zu besprechen. Es war nach Mitternacht, als sie endlich vorgab, müde zu sein, und ins Bett flüchten konnte, wo sie hoffte, nach all dem Whisky gnädig einschlafen zu können. Und das geschah auch, aber nur zu bald erwachte sie wieder und stellte fest, daß erst zwei Stunden vergangen waren. Der Whisky nach dem Champagner auf nüchternen Magen war ihr schlecht bekommen: Sie hatte schrecklichen Durst, der Kopf tat ihr weh, und als sie das Licht einschaltete und die Treppe zum Bad hinunterstolperte, wurde ihr so übel, daß sie sich übergeben mußte. Auf die Übelkeit folgte ein Gefühl der Demütigung, und sie saß zitternd im Bett, trank Wasser und ging bedrückt noch einmal jede ekelhafte Einzelheit des Abends durch. Natürlich gab sie sich selbst die Schuld, so naiv, so vertrauensvoll gewesen zu sein, aber ihm nahm sie alles noch viel mehr übel, weil er mit ihr geflirtet und es als Liebe bezeichnet hatte; weil er sich als Scharlatan erwiesen hatte, wie sie es bei sich nannte. »Ein bißchen Spaß – ganz im geheimen und vollkommen harmlos«, als spielte es keine Rolle, daß er ihr Liebe vorgegaukelt hatte! Er, von dem sie geglaubt hatte, er verstehe und schätze sie, achtete sie in Wirklichkeit nicht mehr als jede andere Frau, die er für zugänglich hielt. Sie weinte, und es fiel ihr schwer, weil sie so wütend und verletzt war. Monatelang hatte sie in einer Traumwelt gelebt, ein geheimes Leben, das sie nur deshalb hatte genießen können, weil seine Verwirklichung vollkommen unmöglich gewesen war. Die Überzeugung, an der sie immer gelitten hatte – daß ihr Leben eine Tragödie sei, weil das wichtigste Element darin fehlte –, kehrte nun mit all ihrer ernüchternden Macht zurück. Einander zu lieben und entsagen zu müssen war eine Sache; zu entdecken, daß die erschreckenden Unterschiede in den Gefühlen, die sie füreinander hegten, das, was sie für Liebe hielt, vollkommen ausschlossen, eine andere. Es war offensichtlich geworden, daß er nur Begierde für sie empfand, etwas, das sie als eine Schwäche vieler Männer entdeckt, das ihr selbst aber nie etwas bedeutet hatte.

Der Gedanke, er habe von ihr erwartet, daß sie sich ausziehen und in dieses Bett mit seinen schäbigen, gebrauchten Laken schlüpfen würde, tauchte immer wieder auf und erfüllte sie mit Wut und Scham. Wieso hatte sie nicht schon, als sie dieses schreckliche kleine Zimmer betrat, gewußt, was er vorhatte? Selbstverständlich hatte auch er einmal gesagt, daß ihre Gefühle füreinander »nie zu etwas führen« könnten, aber in ihrem Hinterkopf lauerte nun das Wissen, daß dies nur ein einziges Mal geschehen war, an jenem Tag, als sie zusammen in Charing Cross Tee getrunken hatten und er sie einen Teil des Heimwegs im Zug begleitet hatte; alle anderen Andeutungen zu diesem Thema waren in den Gesprächen gefallen, die sie erfunden hatte. Das war am schwersten zu ertragen, denn sie kam sich so *dumm* vor …

Immerhin, dachte sie, als der Zug langsam aus dem Bahnhof und über den Fluß rumpelte, wird niemand es je erfahren. Es handelte sich ja wohl kaum um eine Episode, die *er* gern anderen anvertrauen würde.

»Ich hab' dich viel zu lange wach gehalten«, hatte Hugh beim Frühstück gesagt (Tee und Toast, den er unter dem Grill ziemlich verbrannt hatte, und die leuchtend gelbe Margarine, die Mrs. Cripps zu Hause zum Kochen benutzte). »Ich fürchte, es ist keine Marmelade mehr im Haus.«

Am Bahnhof hatte er sich eine ihrer Kleiderschachteln unter den Arm geklemmt und ihren Koffer mit seiner gesunden Hand getragen. »Sag Sybil, daß ich morgen abend runterkomme«, hatte er gesagt, als der Zug sich in Bewegung setzte. Dann hatte er ihr sein so liebenswertes, melancholisches Lächeln geschenkt und hinzugefügt: »Und Gott segne dich für deine Pflege.«

Das hatte ihr Tränen in die Augen getrieben. Wenigstens bin ich zu *etwas* gut, dachte sie, als ihr einfiel, in welch anderer Stimmung sie am Tag zuvor über diese Brücke gefahren war.

Lydia kam mit Tonbridge zum Bahnhof, um sie abzuholen. »Ich wollte die erste sein, der du begegnest«, sagte sie. »Lieber Himmel, Mummy, du siehst aber müde aus! Hattest du einen schönen Tag?«

»Ja, danke.«

»Also, wenn du mich fragst, scheinen Ausflüge dir nicht gut zu bekommen. Du hast viel besser ausgesehen, bevor du gefahren bist.«

»Sei nicht albern, Schatz. Ich habe nur nicht besonders gut geschlafen.«

»Jedenfalls bin ich schrecklich froh, daß du wieder da bist.«

Sie war gerührt. Hier war noch ein Mensch, der sie brauchte. »Demnächst sagst du noch, daß Home Place ohne mich nicht dasselbe ist.«

Aber Lydia erwiderte sofort: »An Home Place ändert sich nichts. *Ich* bin anders.«

Clary

Sommer 1942

»Findest du nicht auch, Archie, daß Politiker manchmal ganz besonders albernes Zeug von sich geben? Ich meine, sonst käme doch niemand auf die Idee, Leuten Flohhüpfen beizubringen – jedenfalls nicht Millionen erwachsener amerikanischer Männer. Ich habe überhaupt so meine Zweifel, was öffentliche Äußerungen angeht. Sie hören sich meistens so an, als würde jemand besonders schwerhörigen Leuten etwas sehr Langweiliges zuschreien, findest du nicht?«

Es war ein durch und durch erwachsener Abend gewesen, und sie wollte nicht, daß er glaubte, sie sei zu erwachsener Konversation nicht imstande – besonders da Polly praktisch überhaupt nichts beitrug: Sie lächelte einfach nur und suchte sich etwas zu essen aus und aß es dann. Sie sah schrecklich hübsch aus in ihrem hellgelben Kleid mit Spitzenkragen und einer kleinen schwarzen Taftschleife mit langen, flatternden Bändern.

»Aber Harry Hopkins ist auch ein ziemlich alberner Name für einen Politiker. Es klingt eigentlich, als gehörte er viel eher in so etwas wie Ridgways ›Späte Freuden‹.«

»Das stimmt. Es war aber nett, nicht wahr?«

»O *ja*! War es tatsächlich wie in viktorianischen Zeiten?«

»Ich fürchte, nicht mal ich bin alt genug, um das wirklich einschätzen zu können, aber ja, ich glaube, es ist eine ziemlich gute Imitation. Wer hat dir am besten gefallen, Polly?«

Sie dachte nach, und eine Erdbeere fiel von ihrem Löffel. Allerdings nicht auf ihren Schoß, wie es mir sicher passiert wäre, dachte Clary, sie ist nur wieder auf den Teller gefallen.

»Dieses Lied von der Frau, die so viel Freude an der Freude hat, daß sie unmöglich Nonne sein kann«, erwiderte Polly. »Ich fand, Nuna Davey hat das wunderbar gesungen, und es war wirklich ein witziges Lied.«

»Wir haben eine ziemlich eklige Cousine, die mal Nonne werden wollte«, informierte Clary ihn. Sie hatte sich mit Erdbeereis – das zu den Erdbeeren gehörte – die Bluse bekleckert, selbstverständlich direkt über der Serviette, und davor, bei den *Horsd'œuvres*, war ihr ein Stück Bismarckhering von der Gabel gefallen und an einer anderen Stelle des dunkelblauen Baumwollsamts, den zu tragen Polly ihr geraten hatte, gelandet. »In ganz schlichten Sachen siehst du am besten aus«, hatte sie erklärt, aber jetzt war natürlich auch der positive Effekt der Schlichtheit dahin. Sie fand es sehr schwierig, gleichzeitig zu denken *und* zu reden *und* zu essen; zu Hause konnte man diese Dinge in aller Ruhe abwechselnd tun, aber hier, in diesem vornehmen Restaurant, hatte sie das Gefühl, alles zur gleichen Zeit bewältigen zu müssen. Aber ich habe ja auch keinerlei Übung, dachte sie.

»Ich fand Leonard Sachs auch phantastisch. Wie er immer wieder improvisiert und den Leuten freche Antworten gegeben hat! Am liebsten würde ich jeden Abend hingehen.«

»Aber seit sie Krankenschwester ist, hat sie sich offenbar in einen schwer verwundeten Patienten verliebt, und wenn sie ihn heiratet, kann sie natürlich nicht mehr Nonne werden.« Sie sah Polly streng an, weil diese das Thema gewechselt hatte. Polly lächelte entschuldigend und fuhr sich übers Haar. Sie hatten sich beide Dauerwellen machen lassen – ihre ersten –, als Archie sie nach London eingeladen hatte. Pollys ist ein großer Erfolg, dachte Clary; sie hatte sich das Haar zu einem fülligen Pagenkopf schneiden lassen, mit ein paar zarten, lockigen Stirnfransen. Clarys Haar dagegen war einfach wellig geworden, und sie konnte es nicht ausstehen. Es war komisch: So etwas hatte ihr früher nichts ausgemacht. Sie blickte auf und sah, daß Archie sie anschaute.

»Du hast wahrscheinlich das Gefühl, daß ich das Thema gewechselt habe«, sagte sie, »aber amerikanische Politik interessiert mich einfach nicht besonders.«

»Am besten reden wir gar nicht über den Krieg«, sagte Polly. »Das tun die Leute die ganze Zeit, und es hilft überhaupt nichts. Ein Grund, wieso wir dich ohne die Kinder besuchen wollten, war, daß wir ein sehr ernsthaftes Gespräch mit dir führen müssen.«

Sie stimmte zu: »Und das wäre mit den Kindern unmöglich gewesen.«

»Selbstverständlich ist Simon genaugenommen kein Kind mehr, aber er ist noch in der Schule. Und überhaupt hat er andere Interessen. Aber Neville und Lydia ...« Polly überließ deren hoffnungslose Unreife seiner Phantasie.

»Es wäre einfach ein Kinderausflug gewesen, und so etwas unternehmen wir schon oft genug mit den beiden«, schloß Clary. »Es macht absolut keinen Spaß, das kann ich dir sagen.«

»Also gut«, meinte Archie. »Ich bestelle noch den Kaffee, und dann werden wir nicht mehr unterbrochen. Möchte jemand einen Grand Marnier?«

»Ja bitte«, sagten beide, und dann fügte Clary hinzu: »Siehst du, das ist wieder ein Beispiel. Wenn du uns so etwas in ihrer Anwesenheit angeboten hättest, hätten sie furchtbares Theater gemacht und verkündet, das sei ungerecht und sie wollten auch einen, obwohl sie selbstverständlich viel zu klein dafür sind.«

»*Viel* zu klein«, echote Polly.

Nachdem Kaffee und Grand Marnier serviert waren und Archie beiden Zigaretten angeboten hatte, die sie ablehnten – Polly, weil sie ihrem Vater versprochen hatte, nicht vor ihrem einundzwanzigsten Geburtstag zu rauchen, und Clary, weil sie es einmal probiert hatte und nie wieder wollte –, sagte Polly: »Erklär du es, Clary, du kannst so etwas viel besser als ich.«

Also erklärte sie ihm, daß alle das Gefühl hätten, sie seien langsam zu alt dafür, nur von Miss Milliment unterrichtet zu werden, daß aber, obwohl sich über diesen Punkt alle einig seien, Unfrieden über die möglichen Alternativen herrsche. »Die Duchy meint, wir sollten einfach zu Hause bleiben und mit den Kindern helfen und Französischstunden von einer schrecklichen Person bekommen, die in der Nähe wohnt und Mundgeruch hat und praktisch über alles lacht; Tante Villy und Tante Rach finden, wir sollten auf dieselbe Kochschule gehen wie Louise und Hauswirtschaft lernen, was keine von uns im geringsten interessiert; Pollys Vater meint, wir sollten Schreibmaschine und Kurzschrift lernen, damit wir uns nützlich machen können, wenn wir einberufen werden; Miss Milliment denkt, wir sollten hart arbeiten und versuchen, von einer Universität angenommen zu werden – das ist zumindest etwas, was sie selbst gern getan hätte, alle anderen wollen nur, daß wir dasselbe tun, was sie auch tun *mußten* –; und Tante Dolly denkt, wir sollten einen netten Mann heiraten …« Sie mußte kichern. »Also wirklich! Natürlich hat man sie nur aus Höflichkeit nach ihrer Meinung gefragt …« Jetzt fiel ihr niemand mehr ein. »Das ist das, was *sie* alle denken«, schloß sie.

»Und was möchtet ihr beiden tun?«

Sie schaute Polly an, die sofort sagte: »Du zuerst, Clary.«

Nicht zum ersten Mal an diesem Abend wünschte sie sich, Archie für sich allein zu haben, weil sie nicht das Gefühl hatte, daß Polly dasselbe wollte wie sie. Aber sie tat, was sie konnte.

»Ich möchte einfach ganz viele *Erfahrungen* sammeln. Zu Hause gehen sie mir so langsam aus, weißt du. Ich meine, alles, was ich noch lerne, stammt aus Büchern, was ja ganz interessant ist, aber einfach nicht dasselbe, weil ich nicht weiß, ob ich, wenn mir so etwas zustoßen würde, genauso reagieren würde wie die Leute in Romanen. Polly sagt, sie weiß nicht, wozu sie überhaupt *da* ist, und so langsam frage ich mich das auch. Was mich selbst angeht, meine ich. Wir sind nicht wie Louise, weißt du. Sie wollte immer schon Schauspielerin sein.«

»Du könntest Schriftstellerin werden«, erinnerte Polly sie. »Du hast immer gesagt, daß du das wolltest.«

»Na ja, jetzt bin ich mir nicht mehr so sicher. Ich habe das unangenehme Gefühl, daß eigentlich alles schon geschrieben worden ist. Natürlich schreibe ich, aber das tut Louise auch. Sie schreibt dauernd Stücke, aber für sie ist das nicht das wichtigste. Also bin ich ziemlich durcheinander. Aber daß ich nicht genau weiß, was ich will, bedeutet nicht, daß ich einfach irgendwo hingeschoben werden möchte, zu irgendwas Langweiligem, von dem *sie* denken, es wäre gut für mich. Was sie damit meinen, ist, daß es ungefährlich und langweilig wäre und auf keinen Fall schädlich. Aber an Sicherheit bin ich nicht besonders interessiert.«

»Wir haben uns überlegt«, meinte Polly, »daß wir gern zusammen in einem kleinen Haus in London wohnen möchten, ganz allein.«

»Und wovon wollt ihr leben?« fragte Archie.

»Ach, das wäre einfach. Wir bekommen jetzt beide Nadelgeld. Zweiundvierzig Pfund im Jahr. Wenn wir nichts für Kleider und so was ausgeben, könnten wir davon leicht Essen und Strom zahlen. Und wenn das nicht genügt«, fügte Clary hinzu, als sie Archies Gesicht sah, »könnten wir stundenweise in einem Laden arbeiten.«

»Oder«, warf Polly ein, »du hast doch erzählt, daß Busschaffner zwei Pfund zehn die Woche verdienen, und jetzt, im Krieg, wird man sicher Frauen für solche Arbeiten nehmen.«

»Und Poll sagt, sie möchte auf Partys gehen, weil wir keine mehr erlebt haben, seit wir Kinder waren.«

»*Du* wolltest das aber auch.«

»Nur, um mehr interessante Leute kennenzulernen«, sagte sie.

Später dachte sie, daß Archie sich wirklich als guter Zuhörer erwiesen hatte. Er unterbrach sie nicht und reagierte auf nichts von dem, was sie sagten, verächtlich. Er brachte sie nur dazu, das Für und Wider ihrer Ideen zu erwägen. »Ihr habt mir nur erzählt, was euch an den Vorschlägen der anderen *nicht* gefällt«, sagte er, »und es könnte doch sein, daß euch die Kehrseite der Medaille noch nicht aufgefallen ist.«

Also gingen sie alles noch einmal durch. Sie stimmten darin überein, daß sie nicht zu Hause bleiben wollten, aber Französisch zu lernen konnte nicht schaden, wo auch immer sie schließlich landen mochten. Es *konnte* immerhin auch nützlich sein, kochen zu lernen, aber es ging nicht nur ums Kochen, sondern man lernte auch, wie man Einstellungsgespräche mit Dienstboten führte und schrecklich komplizierte Kleidungsstücke bügelte, wie sie sie nie tragen würden. »Polly möchte sowieso keine Dienstboten in ihrem Haus, wenn sie mal eins hat, und ich werde vielleicht Sozialistin, weil es denen wichtig ist, gerechter zu den Leuten zu sein; wir können immer noch essen gehen oder uns Brote machen, die mögen wir sowieso am liebsten.« Beide konnten sie keine großen Vorteile im Besuch einer Haushaltsschule entdecken. Was Schreibmaschine und Kurzschrift anging, waren ihre Gegenargumente schon schwächer. Archie wies sie darauf hin, daß sie tatsächlich interessantere Jobs bekommen könnten, wenn sie einberufen würden und bereits über diese Qualifikationen verfügten. »Obwohl ich nicht glaube«, wandte Clary ein, »daß sie Frauen wirklich interessante Arbeiten geben. Frauen dürfen zwar im Krieg umgebracht werden, aber selbst dürfen sie niemanden umbringen. Schon wieder eine Ungerechtigkeit.«

»Du weißt ganz genau, Clary, daß du es nie fertigbringen würdest, jemanden zu töten.«

»Darum geht es doch gar nicht. Aber wenn Frauen dieselbe Verantwortung für Kriege hätten, gäbe es vielleicht überhaupt keine. Kriege, meine ich.«

»Eigentlich ist sie praktisch Pazifistin – wie Christopher –, und zum Teil bin ich auch ihrer Meinung«, sagte Polly. »Aber gleichzeitig möchte sie Flugzeuge fliegen und Kommandantin eines U-Boots sein, was – und da wirst du mir zustimmen, Archie – nicht gerade logisch ist.«

»Trotzdem, ich verstehe irgendwie, was sie meint«, erwiderte Archie.

Clary strahlte: der verständnisvollste Mensch, dem sie je begegnet war. »Man darf auch Wünsche für unvorhergesehene Fälle haben«, sagte sie und versuchte, sich so unbemerkt wie möglich die Finger abzulecken, aber dann sah sie, daß die anderen sie anschauten. »Ist es nicht erstaunlich, wie Grand Marnier außen aufs Glas gerät? Verblüffend, daß überhaupt noch was *im* Glas ist.«

Archie meinte, sie sollten einmal davon absehen, wie sie sich das Leben wünschten, und statt dessen in Betracht ziehen, wie es wirklich sei – unter diesen Umständen sei ein Sekretärinnenkurs vielleicht recht nützlich. Die Idee mit der Universität wurde verworfen. »Wir haben nicht mal einen richtigen Schulabschluß«, sagte sie, »und ich habe das Gefühl, daß wir jetzt schon jahrelang das Falsche lernen, was solche Zertifikate angeht.«

»Die arme Miss Milliment möchte nur, daß wir bekommen, was *sie* nicht haben konnte«, sagte Polly. »Sie ist viel klüger als wir. Sie hat uns schon vieles beigebracht«, fügte sie hinzu, »ich fürchte nur, das meiste davon ist nicht geeignet, um damit irgendwelche Prüfungen zu bestehen.«

»Wohin gehen wir jetzt?« fragte sie, als sie aus dem Restaurant traten und in eine dunkle, schmale Straße einbogen.

»Nach Hause, dachte ich. Oder habt ihr noch andere Vorschläge?«

»Ich hatte ein bißchen – aber nur ein winziges bißchen – gehofft, daß wir noch in einen Nachtclub gehen.«

»Ich fürchte, das ist heute abend nicht möglich. Ich bin nirgendwo Mitglied. Aber wenn ihr wirklich wollt, kann ich das werden und euch ein anderes Mal mitnehmen.«

»*So* versessen bin ich auch wieder nicht darauf. Es ist nur, daß Louise dauernd davon geredet hat, sie war nach ›Späte Freuden‹ in einem. Wahrscheinlich könntest du sowieso keine *zwei* Frauen gleichzeitig mitbringen.«

»Warum nicht? Das wäre dann einfach doppelt so nett.«

»Es wäre für diejenige, mit der du gerade nicht tanzt, ziemlich unangenehm«, sagte Polly. »Sie könnte entführt werden.«

»Das würde dann wohl mich erwischen«, sagte Clary sofort. »Ich kann überhaupt nicht tanzen. Irgendwie sehe ich nicht ein, was daran so schön sein soll.«

»Wir sind nicht in einen Nachtclub gegangen«, schrieb sie in ihr Tagebuch. »Aber das ist wahrscheinlich besser so, denn es ist dort offenbar furchtbar langweilig – nur gut für Leute, die viel trinken und verliebt sein wollen.«

Sie sah sich den letzten Satz eine ganze Weile an und fragte sich, wie sich diese Zustände wohl anfühlen mochten. Ihr kam es so vor, als könne man eines davon oder beides überall tun und müsse dafür nicht unbedingt in einen Nachtclub gehen, also mußte noch etwas an diesen Clubs sein, das nie erwähnt wurde. Aha. Wahrscheinlich war auch das Bestandteil der allgemeinen Verschwörung – auch eine Art Club –, zu der weder sie noch Polly zugelassen war und vermutlich auch nie *würde*, solange sie nicht einige jener geheimnisvollen Erfahrungen gesammelt hatten, von denen die anderen nie sprachen, es sei denn untereinander. Das konnte nicht nur mit dem Alter zu tun haben (wie sie früher angenommen hatten): Sie waren jetzt beide siebzehn, und wenn das nicht erwachsen war, was sonst?

Archies Wohnung ist sehr nett [schrieb sie]. Wir haben dort übernachtet. Archie war so freundlich und hat Polly und mir sein Bett überlassen und auf dem Sofa im Wohnzimmer geschlafen, das nicht lang genug für ihn ist, der Arme; beim Frühstück sagte er, sein Hals fühle sich an wie ein Kleiderhaken. Ich habe es ja *gewußt*, es wäre besser gewesen, wenn Polly und ich ihn nacheinander besucht hätten, dann hätten wir jeweils auf dem Sofa schlafen und er hätte sein Bett behalten können. Aber obwohl die Wohnung ziemlich klein ist und bereits möbliert war, hat er sie so verändert, daß sie irgendwie zu ihm paßt. Er hat uns einen Schrank im Flur gezeigt, in den er all das Zeug gestopft hat, das er haarsträubend fand. Einen Lampenschirm mit Segelschiffen drauf, das Pergament dunkel und die Schiffe mokkafarben, und eine ganze Schachtel voller Porzellanhasen, alle hellblau und einer größer als der andere, und einen Teppich mit, wie er es nannte, Post-Picasso-Krakeln in Obstsaftfarben – solches Zeug. Aber Archie hat rote Decken auf die schlimmsten Tische gelegt und ein erstaunliches Bild von einem Maler namens Matthew Shmith gekauft – faszinierende Rottöne und intensives Blau, es zeigt eine ziemlich dicke Person, die schläft. Das hat er über dem Kamin aufgehängt, und dann hat er die Wände selbst gestrichen, in Weiß, was alles viel heller macht. Im Bad steht eine lachsfarbene und schwarze Wanne, was wohl mal sehr modern gewesen ist. Er meint, man könne wirklich nur darüber lachen, aber er hatte Geranienseife von Morny, und das Badewasser war viel wärmer als zu Hause. Zum Frühstück gab es Toast und Dosenfleisch und Tee. Dann mußte Archie ins Büro, bei der Admiralität. Also haben Polly und ich das Frühstücksgeschirr gespült und alles aufgeräumt, und dann sind wir einkaufen gegangen und spazieren, bis es Zeit war, uns zum Mittagessen mit Onkel Hugh in seinem Club zu treffen. Schon wieder Clubs. Seiner heißt In and Out, weil er zwei Einfahrten zum Haupttor hat. Obwohl es im Augenblick keine Luftangriffe auf London gibt, sieht die ganze Stadt sehr staubig und *müde* aus. Wir sind zum Piccadilly Circus gegangen, weil wir sehen wollten, ob es in den Galeries Lafayette etwas Nettes gibt, das wir uns leisten können – Poll hatte dort das gelbe

Kleid gekauft, für fünf Schilling, also lohnt es sich im allgemeinen, mal reinzuschauen. Unterwegs haben wir über Archie geredet, aber nur sehr oberflächlich. Ich habe zum Beispiel gesagt, daß ich mich frage, wie er je einkaufen kann, wenn Marineoffiziere keine Päckchen herumtragen dürfen, und Polly meinte, sie müßten dazu eben Zivil anziehen oder ihre Freundin zum Einkaufen schicken. Ich sagte, ich glaubte nicht, daß Archie eine Freundin habe, und Polly fragte, woher ich das denn wissen wolle, ob er es mir erzählt habe? Tatsächlich hat er nichts dergleichen erwähnt, aber es gäbe doch irgendwelche Anzeichen. Poll wollte sofort wissen, welche Anzeichen ich meinte, und mir fiel nichts ein, mal abgesehen von Cold-Cream-Dosen im Badezimmer. Und natürlich, sagte ich, redeten Leute auch dauernd über die Person, in die sie verliebt sind – man müsse sich nur anhören, wie Louise ununterbrochen über diesen langweiligen Michael Hadleigh spricht, und vielleicht sei Archie überhaupt schon zu alt für Liebesgeschichten. »Er ist *nicht* zu alt!« rief Polly. »Ich finde sogar, daß er für sein Alter ausgesprochen *jung* ist!«
Aber den ganzen Morgen haben wir offenbar beide an Archie gedacht, denn wir haben immer wieder von ihm angefangen – wobei, wenn ich es mir genauer überlege, kam das meistens von Poll. Sie sagte dauernd Sachen wie: Woher nimmt er jeden Abend sein Essen, wo er doch keine Köchin hat, und was macht er an den Wochenenden, an denen er nicht nach Home Place kommt, und was genau tut er bei der Admiralität? All das hätte sie ihn auch selbst fragen können, was ich ihr auch gesagt habe. Danach ist ihr nichts mehr eingefallen.
Beim Einkaufen waren wir nicht besonders erfolgreich. In den Galeries Lafayette gab es diesmal nichts, was uns gefiel; in einem Laden namens Huppert unten an der Regent Street haben wir eine sehr hübsche rosa Seidenbluse gesehen, die Polly sehr gut gefiel, aber sie kostete sechs Pfund,

»eine astronomische Summe für etwas, mit dem man dann nur halb bekleidet ist!« meinte sie traurig. Ich hab' ihr angeboten, ihr die Hälfte des Geldes zu leihen, aber sie meinte, lieber nicht, wir sollten besser sparen, für die Zeit, wenn wir in London wohnen werden. Wir beschlossen, bis zu Onkel Hughs Club, der gegenüber vom Green Park liegt, zu laufen. Es war ein interessanter Spaziergang, vorbei an Fortnum & Mason und einer verlockend aussehenden Buchhandlung und einer ausgebombten Kirche. Auf den Trümmern und auf dem Boden ringsum wuchsen Kreuzkraut und Weiderich. Wir waren zu früh dran, und Polly meinte, wir könnten uns ja noch ein bißchen in den Park setzen und überlegen, wie wir ihren Vater beim Essen überreden könnten, uns nach London ziehen zu lassen. Aber ich sagte, ich wolle ins Ritz gehen, weil es das vornehmste Hotel ist und ich noch nie dort war. »Ich gehe nur aufs Klo«, sagte ich, »und wenn es denen nicht gefällt, daß ich nur deshalb reingehe, werde ich eben noch einen Gin mit Limone trinken.«
Polly war schlicht entsetzt von der Vorstellung, und dann wurde sie wütend. »So was Dummes«, sagte sie. »Man geht doch nicht einfach in ein Hotel ...«
»Genau das tut man. Dafür sind sie doch da!«
»... wenn man nicht dort wohnen will. *Bitte* laß es sein. Ich flehe dich an.«
Also bin ich nicht reingegangen. Statt dessen haben wir uns in den Park gesetzt, uns eine Zeitlang angeschwiegen und dann darüber gesprochen, wie wir an unser Haus kommen könnten. Ich sagte, es könnte eine ganz gute Idee sein, wenn Polly behauptete, sie wolle auf eine Kunstschule gehen, weil schon das Wort Schule einen beruhigenden Effekt auf diese lästigen Erwachsenen zu haben scheint. Polly meinte, die schlimmste Hürde sei, daß Onkel Hugh wolle, daß wir mit ihm und Onkel Edward in seinem Haus wohnen.

Na ja. Das Essen war vorzüglich – Krabbensalat und ein Wein, der Liebfrauenmilch heißt, aus Deutschland natürlich. Onkel Hugh war sehr nett und hat uns wirklich wie Erwachsene behandelt – bis es zum Thema Haus kam; da wurde er ziemlich abweisend und schlug die »Wir-werden-sehen«-Leier an, was nach unser beider weitreichender Erfahrung auf diesem Gebiet gleichbedeutend mit nein ist. Er sagte, wie sehr er sich freuen würde, wenn wir zu ihm zögen, und ich sah, wie Polly weich wurde, was auch mich weich werden ließ; immerhin ist er ihr Vater, und wenn Dad mir einen solchen Vorschlag machen würde, würde ich ihn natürlich annehmen. Selbstverständlich würde ich das. Nur wäre das ganz anders, weil dann ja auch noch Zoë da wäre. Vielleicht könnte sie mit Jules auf dem Land bleiben, dann wären nur Dad und ich in London. Und dann könnte Archie zu uns ziehen ...
Aber zusammen mit Polly in Onkel Hughs Haus zu wohnen wäre natürlich etwas ganz anderes und würde unsere Freiheit sicher gewaltig einschränken, was ich Polly auf dem Rückweg zum Zug auch sagte. Sie meinte, man werde sehen – eine typische Antwort für eine Dame mittleren Alters, sagte ich, und sie mußte zustimmen. Aber sie meinte, wir könnten versuchen, ein paar der anderen einzuspannen. Ich hab' allerdings keine große Hoffnung, daß das zum gewünschten Resultat führt: Tante Villy ist in letzter Zeit ziemlich giftig, Tante Rach kommt offenbar nie auf den Gedanken, daß man auch etwas tun könnte, weil es *Spaß* macht, und Zoë hat keinen wirklichen Einfluß, höchstens auf Jules und diesen armen Piloten, der in sie verliebt ist, wenn man mich fragt. Und die Duchy – in ihrem Alter kann sie ja nichts dafür, daß sie so altmodisch ist – ist sowieso der Ansicht, wir sollten gar nicht nach London ziehen oder irgendwas tun.
Ich habe nicht vor, Kinder zu bekommen, aber für den Fall, daß es doch passieren sollte, habe ich schon einige

> Vorsätze gefaßt, zum Beispiel, nie solche Bemerkungen zu machen wie »man wird sehen«, »das hängt davon ab« oder »alles zu seiner Zeit«. Und es wird *keine* Themen geben, über die man *nicht* sprechen kann, und ich werde sie regelrecht *ermutigen*, ein abenteuerliches Leben zu führen.

Sie las noch einmal durch, was sie geschrieben hatte, um zu sehen, ob es sich für das Tagebuch eignete, das sie für Dad führte. Das meiste schon. Sie ließ einige der Stellen über sich und Polly und Archie aus – und die, in der es darum ging, mit ihm in einem Haus in London zu wohnen, während Zoë auf dem Land blieb. Statt dessen fügte sie noch einiges über die Familie hinzu, damit er so genau wie möglich informiert sein würde.

> Ellen [schrieb sie] wird wirklich langsam alt. Ich nehme an, Rheuma läßt Leute älter wirken, als sie tatsächlich sind, und ich weiß nicht, wie alt Ellen ist – sie sagt, das gehe mich nichts an –, aber sie ist ziemlich steif, und die blonden Stellen in ihrem Haar sind inzwischen ganz verschwunden, es ist nur noch gräulich weiß. Außerdem braucht sie neuerdings eine Brille – Tante Villy ist deswegen mit ihr nach Hastings gefahren –, die sie aber nur beim Nähen aufsetzt. Sie kümmert sich noch viel um Wills und Roly und Juliet, aber Eileen hilft ihr beim Bügeln, weil, wie sie sagt, ihre Beine das nicht mehr aushalten. An ihrem freien Tag legt sie die Beine hoch – nicht gerade eine aufregende Freizeitbeschäftigung. Es muß schlimm sein, alt zu werden, und es ist verblüffend, daß wir die ganze Zeit altern, ohne daß es uns auffällt. Ich wüßte gern, wie sehr ich mich in den zwei Jahren verändert habe, seit Du mich zum letzten Mal gesehen hast, Dad. Ich meine, vom Wachsen mal abgesehen – ich bin jetzt fast zwei Zentimeter größer als Zoë –, komme ich mir nicht sehr verändert

vor. Ich habe mir letzte Woche eine Dauerwelle machen lassen; Polly bekam auch eine, und sie dachte, mein Haar würde dadurch interessanter werden. Das hat aber nicht funktioniert. Statt glatt zu sein und eine extrem langweilige braune Farbe zu haben, ist es jetzt ekelhaft drahtig, und die Wellen endeten in schlaffen Korkenziehern, und jedesmal, wenn ich es gewaschen habe, mußte ich es auf diese schrecklichen Lockenwickler drehen, die aus so etwas wie Blei gemacht sind, das in dicken braunen Strickstoff gewickelt ist, und die weh tun und sich einem in den Kopf bohren, ganz gleich, wie man sich hinlegt. Also bin ich zu der Friseuse in Battle gegangen und habe alles abschneiden lassen. Sie mußte es überall ziemlich kurz schneiden, also sehe ich jetzt ein bißchen wie eine Vogelscheuche aus, weil es nach allen Seiten absteht. Irgendwie klappt es mit mir und der Damenhaftigkeit nicht so recht. Nimm zum Beispiel Make-up. Polly, die *unglaublich* hübsch ist, sieht absolut hinreißend aus, wenn sie Lidschatten und Mascara und Lippenstift und all dieses Zeug benutzt. Bei mir sieht es einfach nur blöd aus. Die Wimperntusche kommt mir in die Augen, und dann fangen sie an zu tränen und alles läuft mir übers Gesicht; der Lidschatten sammelt sich in der Lidfalte, und Lippenstift bleibt keine Sekunde lang drauf. Polly meint, man müsse den Mund aufmachen und das Essen einwerfen wie in einen Briefkasten, aber das vergesse ich immer. Und von Puder glänzt meine Nase nur noch mehr. Ich glaube, ich muß es wie Tante Rach halten und gar kein Make-up benutzen. Also, Dad, trotz deiner verrückten Bemerkung, ich sei schön – damals, als wir Wasser von der Quelle geholt haben –, sieht es irgendwie nicht danach aus. Ich bin nicht wie Polly. Ich wollte gerade schreiben, daß ich den Eindruck habe, sie komme langsam über den Tod ihrer Mutter hinweg, aber das ist so eine sinnlose Phrase. Ich glaube nicht, daß man *je* über so etwas Schreckliches hinwegkommt; es hört nur langsam auf, der wichtigste Gedanke zu sein, aber wenn man sich daran erinnert, empfindet man noch immer dasselbe. Natürlich darf ich nicht vergessen, daß ich gar nicht weiß, was sie fühlt, weil ich nicht sie bin. Aber das macht Leute ja so interessant, findest Du nicht? Die meiste Zeit hat man nicht die geringste Ahnung, was sie empfinden, manchmal hat man eine gewisse Vorstellung, und ich denke, manchmal weiß man es auch. Miss Milliment, mit der ich darüber gesprochen habe, meint, daß Moral oder Prinzipien oder so etwas uns eigentlich alle zusammenhalten sollten, aber so ist es nicht, nicht wahr? Im letzten Monat gab es einen gewaltigen Luftangriff auf eine deutsche Stadt namens Köln (wir bombardieren die Deutschen jetzt die ganze Zeit, aber das war ein besonders großer Angriff mit 1000 Bombern, und alle waren sehr zufrieden und sehr blutrünstig). Aber entweder ist es falsch, Leute umzubringen, oder nicht. Ich verstehe nicht, wie man Ausnahmen von dieser Regel machen kann – dann könnte man ja gleich sagen, es sei doch nicht falsch, und ich finde das alles schrecklich verwirrend. Ich rede mit Archie über solche Dinge, wenn ich mit ihm allein bin, aber als wir ihn in London besucht haben, war ich das natürlich nie. Polly *haßt* es, an den Krieg denken zu müssen, sie regt sich auf und kommt irgendwie vom Thema ab – zum Beispiel, indem sie aufzählt, wie viele Leute wir kennen, die bestimmt niemanden umbringen würden. Als Archie in den Osterferien für ein Wochenende hier war, gab es einen Angriff auf einen Ort namens St. Nazaire – gar nicht weit entfernt von da, wo *Du* warst, Dad, als du mir deinen Gruß geschickt hast –, und ich hatte das Gefühl, daß irgendwas ihn sehr traurig machte, und schließlich hat er es mir gesagt. Sie haben den Zerstörer gegen die Schleusentore gerammt und konnten auf diese Weise nicht vor den Deutschen fliehen, und sie hatten das Schiff vermint, so daß es zu einem bestimmten

Zeitpunkt in die Luft fliegen würde, und dann haben sie lauter deutsche Offiziere zu einem Umtrunk an Bord eingeladen, bevor sie in Gefangenschaft gehen würden (die Engländer meine ich – Schreiben kann wirklich knifflig sein!), und auf diese Weise sind Dutzende von Deutschen mit den Engländern in die Luft geflogen. Archie kannte einen von ihnen. Es ist kaum einer davongekommen. Stell dir nur vor, wie sie alle Gin getrunken und vergnügt getan haben, und dabei haben sie die Minuten gezählt bis zur Explosion. Archie meinte, das sei eine Art von Mut, bei der er sich sehr klein fühle. Er sagt, die Deutschen seien genauso tapfer – es gebe eigentlich keinen Unterschied. Ich glaube das auch, denn ich habe ein sehr gutes Buch gelesen, das »Im Westen nichts Neues« heißt und vom Ersten Weltkrieg handelt, aus der Sicht der Deutschen. Man hätte eigentlich gedacht, nachdem so viele Leute *wußten*, wie furchtbar und widerwärtig und erschreckend Krieg ist, wollte keiner mehr einen Krieg, aber wahrscheinlich liest nur eine Minderheit solche Bücher, und die anderen werden alt, und keiner glaubt ihnen. Meinst Du nicht, daß mit unserer Lebenserwartung etwas nicht stimmt? Wenn wir 150 Jahre alt würden und in den ersten hundert nicht zu sehr alterten, hätte jeder genug Zeit, vernünftig zu werden, bevor er so wird wie Lady Rydal oder zu festgefahren in seinen schlechten Gewohnheiten.

Oh, Dad, ich wünsche mir immer wieder, Du könntest mir antworten. Natürlich wäre es noch besser, wenn Du hier wärst und ins Büro gingst und am Freitag nach Hause kommen und Witze machen würdest. Witze werden hier in letzter Zeit immer weniger gemacht. Das liegt daran, daß du immer der Lustigste warst. *Bist* …

Das hier gerät außer Kontrolle, dachte sie. Ich will nicht, daß Dad sich quält, wenn er nach Hause kommt und das liest.

Sie hörte auf zu schreiben, weil sie merkte, daß sie weinte.

Die Familie

Spätsommer/Herbst 1942

Guter Gott! Sie ist ein bißchen jung, nicht wahr?«

»Neunzehn.«

»Aber er ist doch erheblich älter?«

»Dreiunddreißig. Alt genug, sie im Zaum zu halten.«

»Magst du ihn?«

»Ich kenne ihn kaum. Heute abend werde ich nach Portsmouth fahren, um alles zu besprechen. Tut mir leid, daß ich nicht mit dir essen kann, alter Junge, aber er sticht morgen wieder in See, und das ist die einzige Gelegenheit, ihn zu treffen.«

»Schon gut. Das kann ich verstehen. Viel Glück. Wirst du rechtzeitig zur Besprechung bei der Handelskammer zurück sein? Es wäre mir nämlich ganz recht, wenn ...«

»Das schaffe ich schon. Halb drei, nicht wahr? Ich werde rechtzeitig da sein, um vorher noch mit dir einen Happen zu essen.«

»Gut. Komm in meinen Club. Von dort aus können wir zu Fuß zu der Besprechung gehen.«

»Liebe, wie wahnsinnig aufregend! Natürlich mußt du mich das Kleid machen lassen. Sie wird göttlich aussehen in Spitze, und zum Glück braucht man dafür keine Marken. Wann ist es denn soweit?«

»Ziemlich bald. In vier Wochen. Da hat er ein paar Tage Urlaub, also schien das die vernünftigste Lösung. Könnte ich bei dir übernachten? Ich muß mich mit seinen Eltern treffen, um einiges zu planen, und ehrlich gesagt habe ich ein bißchen Angst davor.«

»Freuen sie sich denn nicht?«

»Doch, ich glaube schon. Ich sagte, ich hielte sie eigentlich noch für zu jung, aber Lady Zinnia scheint das gut zu finden.«

»Sie muß dafür sein, Liebes, da bin ich ganz sicher.«

»Wieso?«

»Wenn sie es nicht wäre, würde die ganze Sache nicht zustande kommen.«

»Oh.«

»Sie liebt Michael über alles. Und *er* ist ein Engel – du wirst ihn mögen.«

»Ich habe ihn natürlich schon kennengelernt. Er ist ein- oder zweimal bei uns unten gewesen.«

»Nein, ich meine den Richter, Peter Storey. Ihren Mann. Ich kannte ihn vor vielen Jahren. Ein reizender Mensch. Wann möchtest du kommen?«

»Sobald du mich unterbringen kannst. Es gibt noch so viel zu tun.«

»Du freust dich doch auch, oder? Ich fühle mich ein bißchen verantwortlich, weil ich die beiden einander vorgestellt habe.«

»Wenn sie nur nicht so schrecklich jung wäre ...«

»Oh, Kitty, du mußt wirklich erleichtert sein. Es sah ja langsam danach aus, aus würde sie genauso eine alte Jungfer wie meine Wenigkeit, nicht?«

»Dolly, mein Schatz, es ist nicht Rachel, die heiratet, sondern Louise.«

»Louise?«

»Edwards älteste Tochter.«

»Das arme mutterlose Kind! Sie ist doch sicher viel zu jung.«

»Nein, Dolly, du meinst Polly. Es geht um Villys und Edwards Tochter – Louise.«

»Aha – aber trotzdem finde ich, daß sie zu jung ist. Und ich werde einen Hut brauchen. Flo war wunderbar, wenn es um Hüte ging. Ich habe immer gesagt, sie konnte aus allem Hüte machen. ›Drückt ihr ein paar Meter Schleife und einen Papierkorb in die Hand, und es kommt immer noch eine überraschende Kreation dabei heraus‹, habe ich immer gesagt. Wirklich ein Talent. Ich hoffe, daß die Verlobungszeit nicht zu lange dauern wird. Die liebe Mama sagte immer, lange Verlobungen seien so *belastend.*«

»Nein, es wird nicht lange dauern.«

»Obwohl ich selbst immer der Meinung war, eine lange Verlobungszeit könne sehr angenehm sein. Man hat das Gefühl, daß die Zukunft gesichert ist, ist aber noch frei von den Problemen einer Ehe, die ja angeblich *sehr* anstrengend sein können. Ich hoffe, sie werden nicht in London wohnen – mit diesen Zeppelinen ist das heutzutage ausgesprochen gefährlich.«

»Aber wieso, um alles in der Welt?«

»Das tut man eben, wenn man ein bestimmtes Alter erreicht hat.«

»Ich bestimmt nicht!«

»Du bist ja auch noch nicht alt genug – noch lange nicht.«

»Hochzeiten sind was für Mädchen.«

»Kann nicht sein. Es gehören ein Mann und eine Frau dazu. Und du wirst auch hingehen müssen, als Cousin, und ich sowieso, schließlich bin ich ihre Schwester, und sehr wahrscheinlich werde ich Brautjungfer.«

»Gibt es auch Kuchen?«

»Der wird dir nicht schmecken, mit Marzipan drin.«

Er stöhnte. »Ich nehme mein Taschenmesser mit.«

»Man nimmt keine Taschenmesser mit auf Hochzeiten,

Neville. Aber du wirst lange Hosen anziehen können. Und es wird Champagner geben.«

»Ich kann Champagner nicht *ausstehen*. Ob es auch Ingwerbier gibt?«

Ganz die Tochter ihrer Mutter, antwortete Lydia herablassend: »Ich habe nicht die *geringste* Ahnung.«

»Und dann hat er dich gefragt?«

»Ja.«

»Und du hast ja gesagt?«

»Ja.«

»Bist du aufgeregt?«

»*Aufgeregt*? Ich weiß nicht. Irgendwo schon ...«

Das Telefon klingelte.

»Wenn das Kit ist oder Freddie, dann möchte ich nicht mit ihnen reden«, rief Stella ihr nach, als sie zum Telefon ging.

Stella hörte, wie sie mit ihrem besten Cockney-Akzent »Ja?« ins Telefon kreischte (am Abend zuvor hatten sie Scharaden gespielt, und sie war unglaublich komisch gewesen als Mutter, deren Kind mit dem Kopf im Nachttopf festklemmte), und dann redete sie ganz normal weiter, aber zu leise, als daß Stella sie hätte verstehen können. Es war Samstag, und sie mußte nicht zu ihrem Schreibmaschinenkurs, also beschloß sie, noch eine Tasse Kaffee zu trinken, bevor sie sich an den widerwärtigen Abwasch vom Vorabend machte.

Louise kam zurück, errötet, aber auch bedrückt.

»Das war die Times«, sagte sie.

»Die Zeitung?«

»Genau. Sie wollten wissen, ob ich wirklich mit Michael Hadleigh verlobt bin.«

»Mein Gott! Ich hab' nicht gewußt, daß er so berühmt ist.«

»Ich eigentlich auch nicht. Hast du mal 'ne Kippe für mich?«

»Leider nicht. Wir haben gestern abend die letzten geraucht. Ich geh' runter und hole welche, wenn du willst.«

»Nein, ich gehe selbst.«

»Und wann werdet ihr heiraten?«

»In etwa vier Wochen. Dann hat Michael ein paar Tage Urlaub.«

»Dann bist du in vier Wochen Mrs. Michael Hadleigh.«

»Ja. Es ist tatsächlich aufregend, aber es fühlt sich auch ...«

Sie hielt inne, weil sie wirklich nicht sicher war.

»Wie fühlt es sich an?«

Es lag etwas Beruhigendes in Stellas vertrauter Neugier, die bei ihr, wie jedesmal, größtmögliche Ehrlichkeit hervorrief. »Ich bin nicht sicher – irgendwie gewaltig, aber auch ein bißchen unwirklich. Als wäre ich zwei Leute gleichzeitig: der einen passiert es, und der anderen könnte so etwas auf keinen Fall passieren. Es ist ziemlich verblüffend, daß jemand mich *tatsächlich* heiraten will, findest du nicht?«

»Nein.«

»Oh. Ich finde schon. Seine Familie ist furchtbar interessant, weißt du. Sie kennen Hunderte berühmter Leute – er könnte jede heiraten.«

»Jeder könnte jede heiraten, du Dummchen. Ich glaube nicht, daß es so funktioniert.«

»Nein, tut es auch nicht. Er sagt, er liebt mich.«

»Sind deine Verwandten froh?«

»Ich glaube schon. Als ich es meiner Mutter erzählt habe, meinte sie nur, ob ich denn nicht zu jung dafür sei! Von allen dummen Fragen ...«

»Und dein Vater?«

»Was der denkt, ist mir gleich. Aber natürlich ist er mit Michael einverstanden, weil dessen Vater im letzten Krieg ein Held war.«

»Er macht es sich ziemlich einfach.«

»Nicht wahr?« Diese Feststellung war ihr neu, leuchtete

ihr aber sofort ein. »›Mon Debris‹ wird mir schrecklich fehlen.« Sie sah sich liebevoll in ihrer schäbigen kleinen Höhle um, dem Teil eines ehemaligen Kohlenkellers, der jetzt die Küche ihrer Souterrain-Wohnung darstellte. »Ich bin gleich wieder da.«

Aber in der Stille, die dem Zufallen der Haustür folgte, wurde Stella von Bildern ihrer Mutter heimgesucht – erloschen, gefangen auf einem samtbezogenen Sofa in einem überheizten Zimmer, dem sie nur in Nostalgie und in die Poesie ihrer Jugend entfliehen konnte – und sie wischte sich unerwartet zornige Tränen ab. Eigentlich ist sie schon längst fort, dachte sie, und sie wird nie zurückkommen.

»Fünf Pfund vom feinsten Mehl – keine Ahnung, wo ich das hernehmen soll, heutzutage ist alles Mehl gleich –, drei Pfund frische Butter – ich kann doch nicht hexen! –, fünf Pfund Rosinen, hast du das gehört, Frank? Zwei Muskatnüsse, Muskatblüten, Gewürznelken, na ja, wenigstens die habe ich, sechzehn Eier, ein Pfund süße Mandeln und anderthalb Pfund Orangeat und Zitronat. Also wirklich, ich sehe keinen Weg, wie ich das schaffen soll – ich bin mit meinem Latein am Ende, das bin ich wirklich!«

»Aber Mrs. Cripps – Mabel –, du könntest doch einen Kriegskuchen backen.« Er fand es immer schwierig, sie Mabel zu nennen, wenn sie ihre Brille trug, die einen dicken Metallrahmen hatte und sie erbost aussehen ließ, selbst wenn sie in guter Stimmung war, und das war im Augenblick nicht der Fall.

»Einen Kriegskuchen? Für Miss Louises Hochzeit? Du mußt verrückt sein, wenn du glaubst, daß ich auch nur im Traum daran denke. Nicht *eine* Sekunde lang«, fügte sie hinzu. «Margarine und Trockenei, wenn doch alle wissen, daß der Kuchen aus diesem Haus kommt? Bekannte und berühmte Leute werden diesen Kuchen essen, Mr. Tonbridge, und ich werde nicht zulassen, daß jemand uns verleumdet. Entweder, ich bekomme die richtigen Zutaten, oder ich backe überhaupt keinen. Und das ist mein letztes Wort zu diesem Thema«, erklärte sie, aber für den Rest des Tages setzte sie ihr Zetern und Grollen fort, ohne daß er oder sonst jemand weitere Vorschläge gewagt hätte.

Es war in der letzten Zeit wirklich nicht einfach gewesen. Sie hatte tatsächlich mit Frank – in Gegenwart anderer nannte sie ihn immer noch Mr. Tonbridge – ein Abkommen getroffen, aber das war vor Weihnachten gewesen, vor mehr als acht Monaten schon, und seine Scheidung von *dieser Person*, Ethyl hieß sie, schien überhaupt keine Fortschritte zu machen. Zum Teil lag das daran, daß die Briefe seines Anwalts – und davon gab es offenbar wenige genug – praktisch nie beantwortet wurden, auch wenn sich einmal ein Mr. Sparrowgrass gemeldet und erklärt hatte, er habe keine Anweisungen von seiner Klientin erhalten und wisse daher nicht, wie er das Verfahren eröffnen solle. »Aber *du* solltest das Verfahren eröffnen«, hatte sie gesagt. »Sie ist dir doch davongerannt, sie ist die Schuldige.« Dann hatte er mit diesem Unsinn angefangen, er wolle sich wie ein Gentleman benehmen und Ethyl Gelegenheit geben, sich von *ihm* scheiden zu lassen. Aber angenommen, sie will gar nicht, hatte Mrs. Cripps im stillen gedacht. Angenommen, sie will das Haus und den Mann, mit dem sie davongegangen ist, *und* Frank dazu, als Sicherheit, falls mit dem anderen was schiefgeht? Sie hatte nicht gewagt, das auszusprechen, aber trotzdem hatte sie das beunruhigt. Er war ihr gegenüber immer so reserviert – legte nicht mal den Arm um sie, nur im Dunkeln und wenn sie allein waren, und wann kam das schon mal vor? Er hatte kein Selbstvertrauen, das erkannte sie deutlich, er mußte in mehr als einer Hinsicht aufgepäppelt werden; aber mit den anderen Sachen war es genau wie mit dem Essen: Sie konnte ihm drei vollständige Mahlzeiten am Tag vorsetzen und endlose Zwischenmahlzeiten, und er nahm kein

Gramm zu, war immer noch so dünn wie früher. Sie wurde indessen auch nicht jünger, und manchmal wünschte sie sich, er wäre ein bißchen männlicher, direkter, so wie die Männer in den Filmen, und wagte sich ein bißchen mehr vor, vielleicht nach einem oder zwei Bier im Pub oder im Kino oder einmal am Abend auf dem Pier in Hastings, wo er bisher bestenfalls ein wenig hektisch an ihr herumgezerrt hatte. Sicher, er wußte viel über den Krieg und die Vergangenheit und all das; ihr war klar, daß er ziemlich klug war, denn die Hälfte von dem, was er sagte, verstand sie überhaupt nicht; er hatte zu allem eine Meinung, wie sie es von einem Mann erwartete, und er hatte ein Radio gekauft, vor dem sie abends saßen, und dann erzählte er ihr, was er über das gerade Gehörte dachte. Aber nichts davon schien irgendwo hinzuführen, und nachdem sie bereits einmal verlobt gewesen war – lange bevor sie angefangen hatte, für die Cazalets zu arbeiten – und er sie im letzten Moment hatte sitzenlassen, etwas, woran sie eigentlich überhaupt nicht mehr dachte, war sie mißtrauisch und nervöser, als es in anderen Dingen der Fall gewesen wäre. Mrs. Fellows, die Köchin, deren Küchenmädchen sie damals gewesen war, hatte sie vor Norman gewarnt, aber sie hatte ja nicht hören wollen – sie hatte einiges mit ihm getan, weil sie jung und dumm gewesen war und es nicht besser gewußt hatte; selbst heute noch wurde sie rot, wenn sie daran dachte. Kein Mann würde sich ihr gegenüber jemals wieder Freiheiten herausnehmen, nicht außerhalb der Ehe, das hatte sie sich geschworen, nachdem sie über die schreckliche Angst, sie könne in anderen Umständen sein, hinweggekommen war. Norman – er war Pferdeknecht gewesen, bei derselben Familie, für die auch sie gearbeitet hatte – war einfach eines Tages zur See gegangen, ohne ein Wort. Es war ein Schock gewesen, und es war noch schlimmer geworden, als sie herausgefunden hatte, daß auch die Tochter des Pförtners sich Hoffnungen auf ihn gemacht hatte. Im Dienstbotenzimmer hatte man gemunkelt, zu viele

Väter zu vieler Mädchen seien hinter ihm hergewesen, und deshalb sei er zur See gegangen. *Ihr* Vater war im Krieg umgekommen – dem vorigen Krieg –, also hätte er niemanden zur Rechenschaft ziehen können, und außerdem war sie hundert Meilen von zu Hause entfernt gewesen. Es war ihre erste Stellung gewesen – sie hatte erst mit vierzehn angefangen zu arbeiten, weil ihre Mutter, mit fünf Kindern und einer Stelle als Köchin im örtlichen Krankenhaus, sie zu Hause gebraucht hatte. Mrs. Fellows war furchtbar streng gewesen, aber sie hatte ihr auch Prinzipien vermittelt, für die sie ihr immer dankbar gewesen war – wie sie nie müde wurde, den Mädchen, die sie selbst ausbildete, zu versichern; aber lieber Himmel, die waren wirklich nicht mehr so wie früher. Die letzte, die Vorgängerin von Lizzie, die Miss Rachel aus London hochgeschickt hatte, war ein richtiges Dämchen gewesen, kein Respekt für die ältere Generation, mit angemalten Fingernägeln, und sie hatte ihre Höschen auf die Wäscheleine gehängt, wo die Männer sie sehen konnten – sie hatte es hier keine vierzehn Tage gemacht. Lizzie, die jetzt aushalf – sie war Edies jüngste Schwester –, wußte wenigstens, wo ihr Platz war, man hörte kaum je ein Wort von ihr, und sie tat, was man ihr sagte, aber sie war sehr langsam und schaffte nicht so viel wie Edie. »Wir alle müssen Zugeständnisse machen, Mrs. Cripps«, hatte Mrs. Cazalet senior gesagt, was sie daran erinnerte, daß sie wegen des Kuchens mit Mrs. Edward sprechen mußte. Sie überließ Frank seinem Puddingstückchen und knöpfte sich die Schuhe zu.

Mrs. Edward, die im Morgenzimmer saß und Listen machte, verstand ihr Problem sofort und erklärte, sie werde alle – Lieutenant Hadleighs Verwandte eingeschlossen – fragen, ob sie etwas von ihren Rationen für den Kuchen beisteuern könnten. Leute, die beim Militär seien, könnten in solchen Angelegenheiten oft helfen, sagte sie, und sie schien auch zu begreifen, daß es schnell gehen mußte, denn so ein Kuchen mußte nach dem Backen einige Zeit ruhen. »Obwohl es auch Leute gibt, die auf künstliche Hochzeitskuchen zurückgreifen – die man nur ansehen und nicht essen kann«, sagte sie.

Mrs. Cripps konnte ihr Entsetzen angesichts einer solchen Idee nur mit Mühe beherrschen und meinte, so etwas sei nicht gut genug für Miss Louise, und als Mrs. Edward ihr zustimmte, brachte sie den Mut auf, ein Wort für Frank einzulegen, der sich wegen etwas aufregte.

»Mr. Tonbridge hat gehofft, er könne die Braut zur Kirche fahren«, sagte sie.

»Oh! Also, ich weiß nicht, Mrs. Cripps, die Hochzeit wird in London stattfinden, wissen Sie, damit die Gäste es einfacher haben.«

Das wußte Mrs. Cripps. Man bekam im Dienstbotentrakt oft genug Gerüchte über diese Hochzeit zu hören, häufig widersprüchlicher Art: Eileen, die bei Tisch bediente, trug ihren Teil dazu bei, Ellen erfuhr einiges von Mrs. Rupert, die Hausmädchen hörten leichtfertige Anspielungen von Clary und Polly. Sie wußte, daß die Zeremonie in Chelsea stattfinden sollte und daß es danach einen Empfang im Claridge's Hotel geben würde; sie wußte, daß eine Lady Knebworth das Kleid und diverse andere Dinge liefern würde und daß Mrs. Lugg aus Robertsbridge einen Teil der Unterwäsche nähte – aus Gardinenstoff, wie Eileen gesagt hatte, aber mit Spitze, die Mrs. Senior beigesteuert hatte. Sie wußte, daß Miss Lydia und Miss Clary und Miss Polly Brautjungfern sein würden und daß Mrs. Rupert ihre Kleider nähte, daß vierhundert Leute eingeladen waren und daß es Fotos in der *Times* gegeben hatte; und in der Zeitung, die Tonbridge immer las, hatte gestanden: »Sohn eines Helden heiratet«. Dottie hatte gemeint, der König und die Königin würden auch kommen, aber sie, Mrs. Cripps, die vor langer Zeit einmal, als sie zweite Köchin in einem viel größeren Haus gewesen war, den Teig für eine Wildpastete zubereitet und ausgerollt hatte, die von einer Jagdgesellschaft verzehrt wurde, zu der auch der Vater Seiner Majestät – Seine Verstorbene Majestät – gehört hatte, war ihr sofort über den Mund gefahren: Ihre Majestäten hätten mitten im Krieg Besseres zu tun, als zu Hochzeiten zu gehen, hatte sie gesagt, und Dottie solle keine Dummheiten von sich geben, die jemandem wie ihr nicht anstünden. Daß die Hochzeit in London stattfinden sollte, war für sie alle eine große Enttäuschung gewesen: Dottie hatte geweint, Bertha hatte aufgehört, ihren Hut und die der anderen aufzuputzen, und Eileen hatte einen ihrer Anfälle von Übelkeit und Kopfschmerzen bekommen. Mrs. Cripps hatte zwar das Gefühl gehabt, Haltung zu bewahren und die anderen mit ihrer Ergebenheit beeindrucken zu müssen, aber auch sie hatte zu Frank gesagt, es sei wirklich eine Schande. Mädchen heirateten immer zu Hause, und wenn das hier nicht Miss Louises Zuhause sei, dann wisse sie wirklich nicht ... Also war es für sie eine freudige Überraschung, nun zu erfahren, daß alle, der gesamte Haushalt, an der Zeremonie teilnehmen sollten; daß sie alle am Morgen in die Stadt fahren würden, daß im Charing Cross Hotel ein Essen für sie bereitstehen und man sie dann mit Taxis zur Kirche bringen würde. »Aber Tonbridge wird an diesem Morgen Mr. und Mrs. Cazalet und Miss Barlow nach London fahren, Mrs. Cripps, also werden Sie für das Personal verantwortlich sein. Das Essen ist für zwölf Uhr bestellt, und Sie werden genügend Zeit haben, bis halb drei zur Kirche zu fahren. Auch Ellen und die beiden Kleinen werden sich Ihnen anschließen.«

«Sehr wohl, Madam.« Sie war erleichtert, denn Ellen kannte sich in London aus.

»Nach dem Empfang fahren Sie mit dem Zug zurück. Ich glaube, es gibt einen um sechs, aber wir haben noch Zeit genug, uns darum zu kümmern.«

Das bedeutete also, daß sie nach der Zeremonie auch noch zum Feiern kommen würden. »Ich bin sicher, das wird alle sehr freuen«, erklärte sie.

»Liebes, an deiner Stelle wäre ich ausgesprochen dankbar. Mit dieser Verbindung wäre sogar unsere arme Mama zufrieden gewesen. Und *sie* hätte Louise sicher nicht für zu jung gehalten. Ich muß ehrlich sagen, ich wünschte, ich könnte mit dir tauschen. Angela macht keinerlei Anstalten, sich zu verloben, und sie ist immerhin letzten Monat dreiundzwanzig geworden. Außerdem wolltest du doch sowieso nie, daß sie zur Bühne geht.«

»Nein, aber er ist vierzehn Jahre älter als sie. Findest du das nicht zuviel?«

»Es bedeutet schlicht und einfach, daß er alt genug ist, für sie zu sorgen. Wie kommst du denn mit seinen Eltern zurecht?«

»Ich glaube, ganz gut. Wir haben wegen der Planung ziemlich oft miteinander zu tun gehabt. Der Richter meinte, wir sollten eine ganz einfache Feier veranstalten, ohne Alkohol. Er hielt das für patriotischer.«

»Lieber Himmel! Und was hat Edward dazu gesagt?«

»Er ist kreidebleich geworden und hat verkündet, wenn *seine* Tochter heirate und so weiter. Natürlich mußte *ich* es ihnen beibringen, aber Lady Zinnia hat es ganz ruhig aufgenommen. Ich glaube, sie hat eine Schwäche für Edward.«

Villy war zum Tee vorbeigekommen, nachdem sie Louise zu einer Anprobe bei Hermione begleitet und diverse Besorgungen in London erledigt hatte. Sie hatte sich vorher angekündigt, also war kein Theater notwendig gewesen wie beim letzten Mal, als sie plötzlich vor der Tür gestanden hatte. Jessica fiel auf, wie merkwürdig es war, daß ihre Schwester Lorenzo mit keiner Silbe erwähnte. Sie war jetzt schon über zwei Stunden da; vom Tee waren sie zum Sherry übergegangen, während sie alle Neuigkeiten durchhechelten, abwechselnd, wie immer, und dann jeweils die andere bedauerten, wie es zum Ritual gehörte. Teddy war mit der Grundausbildung bei der Luftwaffe beinahe fertig und würde nun wahrscheinlich zur weiteren Ausbildung woandershin geschickt werden. »Die richtige Flugausbildung machen sie in Kanada oder Amerika. Ich muß sagen, dem sehe ich mit Schrecken entgegen.«

»Oh, du Ärmste!«

Christopher arbeitete immer noch auf dem Hof des Gemüsebauern. Er hatte sich einen gebrauchten Wohnwagen zugelegt, in dem er mit seinem Hund hauste. »Ich sehe ihn so gut wie *nie*! Er kann London einfach nicht ausstehen.«

»Oh, du Ärmste.«

Lydia kam mit ihren Stunden bei Miss Milliment gut zurecht, aber sie würde eine Zahnspange brauchen, und vermutlich würde ihr ein Zahn gezogen werden müssen, weil ihr Kiefer zu eng war; sie war furchtbar unordentlich und redete ununterbrochen und äffte alle nach. »Und sie hat ein paar schreckliche Wörter aufgeschnappt, wahrscheinlich von Neville; sie sind unglaublich fasziniert vom Tod, wirklich morbid, sie haben den ganzen Sommer über Friedhof gespielt und sich nach Dingen umgesehen, die sie begraben konnten.«

»Liebes, das ist das Alter. Sie ist doch zwölf, ja? Dann wird sich das sicher bald ändern.«

Nora arbeitete als Krankenschwester und hatte sich in einen Flieger verliebt, der sich das Rückgrat gebrochen hatte, als sein Flugzeug abgestürzt war. »Er wird sein ganzes Leben im Rollstuhl sitzen, aber sie ist fest entschlossen, ihn zu heiraten.«

»Liebes! Das hast du mir nie erzählt!«

»Na ja, ich habe anfangs wohl angenommen, es würde zu nichts führen, aber das hat es – es dauert schon fast ein Jahr. Und stell dir vor, *er* ist es, der sich gegen die Hochzeit stellt.«

»Lieber Himmel!« Villy versuchte, das rechte Maß von Entsetzen und Überraschung in ihre Stimme zu legen. »Aber wenigstens würde das ihren Plänen, Nonne zu werden, ein Ende machen.«

»Oh, ich glaube, *darüber* ist sie sowieso hinweg. Dafür ist sie auch viel zu herrisch.«

Eine kleine Pause entstand, und Villy legte sich die dezentesten Worte für die nächste Frage zurecht: »Und *wenn* sie ihn wirklich heiratet – könnten sie Kinder haben?«

»Das habe ich lieber nicht gefragt. Aber ich kann mir nicht vorstellen ...« Sie schwieg, und einige Zeit waren beide mit Überlegungen beschäftigt, denen sie niemals Ausdruck verliehen hätten. Villy steckte sich noch eine Zigarette an, und Jessica goß ihnen Sherry nach.

»Wie geht es Raymond?«

»Oh, er hat sich tief in seiner geheimen Tätigkeit in Woodstock vergraben! Und natürlich ist es tatsächlich geheim, also kann er mir nichts darüber erzählen. Aber er muß schrecklich lange arbeiten, und sie wohnen in einer Art Wohnheim, also müssen sie abends zwangsläufig beieinander sitzen. Es ist eine regelrechte Ironie des Schicksals. Als wir noch kein Geld hatten, wäre er nicht im Traum auf die Idee gekommen, eine feste Stelle anzunehmen – immer wollte er selbständig sein, und immer wieder ist es schiefgegangen, und jetzt, da wir nicht mehr so sparen müssen, hat er tatsächlich eine feste Stelle mit festem Gehalt.«

»Er hatte immerhin diesen Posten an der Schule.«

»Ja, nachdem das mit den Pilzen nicht funktioniert hatte. Aber dabei ging es hauptsächlich darum, Schulgeld für Christopher zu sparen. Ich glaube, er wird zu den Leuten gehören, denen es ziemlich leid tut, wenn der Krieg irgendwann zu Ende geht. Nach Frensham zurückzukehren wird dem Ärmsten reichlich langweilig vorkommen.«

»Aber das Kriegsende scheint noch in weiter Ferne zu liegen«, seufzte Villy. »Michael war letzte Woche an dem Angriff auf Dieppe beteiligt.«

»*Sollte* das denn nun der Beginn der Invasion sein?«

»Offenbar nicht. Nein – Michael hat Edward erzählt, der Angriff habe dazu gedient, herauszufinden, wie es funktioniert, aber es muß die Hölle gewesen sein. In Sussex haben wir den ganzen Tag die Geschütze gehört – schrecklich und unheimlich. Sehen konnten wir natürlich nichts, nur die Flugzeuge. Louise wird viel Angst ausstehen, es scheint, als wollte Michael immer mittendrin sein.«

Jessica seufzte. »Ich nehme an, wir haben ziemliches Glück.«

»*Glück?*«

»Solchen Situationen entgangen zu sein. Ich meine, wir haben Männer geheiratet, die aus dem Krieg *zurückgekommen* sind. Wir mußten uns keine Sorgen machen, ob ihnen etwas passiert.«

»Ich kann nicht behaupten, daß ich mich besonders glücklich schätze«, erklärte Villy steif, und Jessica dachte: Jetzt geht das wieder los – genau wie Mama, alles wird für sie gleich zur Tragödie ...

»Wie geht es Edward?« fragte sie betont forsch.

»Ziemlich gut. Aber er ist todmüde.« Sie schaute auf die Uhr. »Lieber Himmel! Ich muß mich beeilen. Kann ich mir ein Taxi rufen? Ich muß zu Hugh, mich umziehen. Edward und ich essen *chez* Storey – wieder die Hochzeit. Ich danke dir, Liebes. Es war wunderbar erholsam.«

Erholsam? fragte sich Jessica, nachdem Villy gegangen war. Ohne sich im geringsten angestrengt zu haben, würde Villy ihre Tochter erfolgreich verheiraten. Es stimmte, daß Louise sehr gut aussah, aber Angela war ebenfalls sehr hübsch, wenn auch vielleicht nicht so fesselnd; sie hatte gut proportionierte Züge und eine wunderbare Figur, war ein hochgewachsenes Mädchen mit einem Anflug von Unnahbarkeit, den die liebe Mama sehr geschätzt hätte. Aber vielleicht war sie *zu* unnahbar; seit jener unseligen Geschichte mit diesem Mann von der BBC schien sie allein geblieben zu sein. Am Anfang war das eine Erleichterung gewesen, aber allmählich wurde es ein wenig besorgniserregend. Sie arbeitete nicht mehr für die BBC, sondern für das Informationsministerium, was sie bisher vor der Einberufung bewahrt hatte, obwohl sie sich gemeldet hatte. Sie wohnte mit einem anderen Mädchen zusammen, und Jessica bekam sie kaum zu sehen. Ihre Träume von einer Debütantin, die den richtigen Mann heiratete, für *Country Life* fotografiert und danach bei allen passenden Anlässen anzutreffen sein würde, waren verflogen. Jetzt, dachte sie, wäre ich schon froh, Angela überhaupt unter die Haube zu bekommen.

»Und?«

»Wenn du wissen möchtest, wie ich den Abend fand, Zee: sowohl angenehm als auch vernünftig.«

»Wieso angenehm?«

»Sie sind ein nettes Paar. Das Rückgrat der englischen Gesellschaft.«

»Ah! Selbstverständlich hast du recht. Ich habe allerdings immer die etwas dekorativeren, nutzloseren Teile bevorzugt.«

»Aber er ist doch ein attraktiver Mann? Und tapfer. Zwei Ehrenkreuze und die Empfehlung für ein Viktoriakreuz im letzten Krieg.«

»Tatsächlich? Das wußte ich gar nicht.«

»Und sie ist eine sehr nette Frau.«

»Oh, ja. Das sind die meisten Gattinnen. Wie viele nette Gattinnen ich schon aushalten mußte! Gott sei Dank hast du dich aus der Politik zurückgezogen! Das hat die Anzahl der Frauen, die man unbedingt zum Essen einladen muß, deutlich verringert.«

Er strich ihr liebevoll über das wunderbar dicke silberweiße Haar. »Aber, liebste Zee, wenn es nach dir ginge, würden überhaupt keine Frauen zum Essen kommen. Nur du – und eine ganze Welt voll gutaussehender, unterhaltsamer, wagemutiger Männer. Mit bestenfalls ein paar brütenden Glucken im Hintergrund.«

Sie lächelte, aber ihre Augen funkelten. »Und jetzt erzähl mir, was du an diesem Abend vernünftig fandest.«

»Ich glaube, wir haben einen großen Teil dieser lästigen Hochzeitsangelegenheiten besprochen, ohne uns zu streiten oder bitter zu werden, was, wie ich höre, selten der Fall ist.«

»Es war sehr lieb von dir zu sagen, daß du die Hälfte der Kosten für den Empfang tragen würdest.«

»Wir laden so viele Leute ein, daß mir das nur richtig erschien. Er ist dein geliebter Sohn. Und du bist eine der wenigen Frauen, bei denen es keinen Zweck hat, den Spruch anzubringen, daß du einen Sohn verlierst, aber eine Tochter gewinnst.«

Sie zeigte an, daß sie sich von dem Sofa, auf dem sie lag, erheben wollte.

»Und dabei hast du sie doch ganz gern, nicht wahr, Liebling?«

»Die kleine Louise! Aber selbstverständlich mag ich sie. Ich bin ganz entzückt von ihr. So witzig und charmant und so *jung*!«

Jetzt war sie aufgestanden und nahm seinen Arm; langsam traten sie den Weg zu ihren jeweiligen Schlafzimmern an.

»Und ich werde meinen Sohn nicht verlieren«, sagte sie. »Nichts als der Tod könnte das bewirken. Und ich habe nicht vor zu sterben. Dafür bin ich viel zu versessen darauf, meinen Enkel zu sehen.«

Louise

Winter 1942

Wenn sie allein war – das war sie dieser Tage fast ständig – und vollkommen schlaff, versuchte sie, sich selbst zusammenzusetzen, in eine wiedererkennbare Form zu bringen, damit sie *sehen* konnte, was sie war. In der Schauspielschule hatten sie Stunden damit zugebracht, die Eigenschaften von Leuten zu diskutieren – Facetten ihrer Persönlichkeit, Aspekte ihres Wesens, Eigenarten ihres Verhaltens und Temperaments. Sie hatten selbstverständlich über Personen aus Stücken gesprochen und wochenlang »schlechte« Stücke verdammt, in denen nur zweidimensionale Charaktere vorkamen – holzschnittartige Figuren ohne Tiefe. Dann, als sie mit Stella darüber gesprochen und ihr alle Theorien dargelegt hatten, hatte Stella gesagt: »Selbstverständlich, deshalb sind auch Shakespeare und Tschechow die einzigen Autoren mit Genie. Ihre Figuren sind praktisch wie Eier. Von welcher Seite man sich auch nähern mag, ihre Oberfläche ist nie eben, sie biegt immer geheimnisvoll um noch eine Ecke, die nicht mal eine Ecke ist – und trotzdem kann man sich immer die gesamte Form vorstellen ...«

Aber sie kam sich ganz und gar nicht wie ein Ei vor, obwohl sie nicht nur eine Person in einem Theaterstück war; sie fühlte sich mehr wie ein Ausschnitt aus einem Mosaik oder ein Teil eines Puzzles. Sie hatte nicht den Eindruck, anderen Menschen auch nur entfernt *ähnlich* zu sein, und selbst die einzelnen Teile des Mosaiks oder des Puzzles schienen kaum zu ihr zu gehören, sondern eher etwas zu sein, an das sie sich gewöhnt hatte und mit dem sie deshalb zurechtkam. Mrs.

Michael Hadleigh war einer dieser Einzelbestandteile. Die glückliche junge Frau eines berühmten Mannes, der, wenn man Zee glauben wollte, unzählige Herzen gebrochen hatte. Leute schrieben »Mrs. Michael Hadleigh« auf Umschläge; dasselbe hatte unter dem Foto von Harlip gestanden, das kurz nach ihrer Hochzeit in *Country Life* gedruckt worden war; Empfangschefs in Hotels sprachen sie so an. Diese Frau hatte eine aufwendige Hochzeit hinter sich, Fotos von ihr waren in den meisten Tageszeitungen erschienen. »Ich sehe aus wie eine Kartoffel in weißer Spitze!« hatte sie gejammert, weil sie wußte, daß Michaels Verwandte darüber lachen würden. Diese Frau trug eine goldene Uhr, die der Richter ihr zur Hochzeit geschenkt hatte, und einen Ring mit Diamanten und Türkisen – Zees Geschenk anläßlich ihrer Verlobung. Sie besaß neue Koffer und Taschen mit dem Monogramm »L.H.« in Gold auf weißem Leder. Im Claridge's hatte man ihr ein Zimmer zur Verfügung gestellt, in dem sie die weiße Seide hatte aus- und das Kostüm anziehen können, das von Hermione stammte – ein hübscher cremefarbener Tweed mit einem dünnen scharlachroten Überkaro, ein gerade geschnittener, kurzer Rock und eine kurzärmlige Jacke mit hellroten Knöpfen. Sie war aus dem Fahrstuhl getreten, um das Hotel durch den Haupteingang zu verlassen, wo überall ihre Verwandten standen und Leute, die sie nie zuvor gesehen hatte, und dann in den Daimler gestiegen, wo Crawley – der Chauffeur des Richters – auf sie wartete. Sie hatte ihren Mantel vergessen, und Zee hatte Malcolm Sargent geschickt, ihn zu holen. »Der liebe Malcolm wird ihn dir bringen«, hatte sie verkündet, und so war es geschehen. Mrs. Michael Hadleigh war eine Frau, die interessiert von Admirälen betrachtet wurde, die riesige Kisten voller Sachen geschickt hatten, die sicher einmal wertvoll gewesen, aber als Scherbenhaufen angekommen waren. Es war schwierig gewesen, sich dafür zu bedanken, denn in den schlimmsten Fällen hatte man den Scherben nicht einmal mehr ansehen können, was sie ursprünglich gewesen waren. »Ich danke Ihnen sehr für all das hübsche Glas, das Sie uns geschickt haben«, hatte sie einem von ihnen geschrieben. Viele Leute – darunter einige nicht unbedeutende – waren erfreut, Mrs. Michael Hadleigh kennenzulernen, und gratulierten Michael mit unterschiedlichen Graden an Eleganz und Schmeichelei zu seiner reizenden jungen Frau. Manchmal kam sie sich wie ein kleiner Zaubertrick vor, wie das weiße Kaninchen, das er geschickt aus dem Nichts geholt hatte. Mrs. Michael Hadleigh schien nur zum Leben zu erwachen, wenn andere anwesend waren.

Und dann war da die Kindsbraut. Alle sprachen von ihrer Jugend: diverse ältere Marineoffiziere und Michaels Freunde, von denen viele noch älter waren als er. Dasselbe traf für Hatton zu, wo sie, wie sie erst später erfuhr, die Hälfte ihrer Flitterwochen verbringen sollte. »Eine Woche für uns, und dann fahren wir zu Mummy«, hatte Michael gesagt. Und sie *war* wie ein Kind: Pläne wurden ihr in dem betont nachsichtigen, aber auch mahnenden Tonfall nahegebracht, der andeutete, ihr werde doch sicher gefallen, was immer man arrangiert hatte, oder? Es wäre unhöflich gewesen zu widersprechen, also tat sie es nie. Zu der Kindsbraut-Geschichte gehörte auch, daß alle sie lobten – sie war eine *brave* Kindsbraut ... Also hatten sie eine Woche in einem Cottage verbracht, das ihnen eine Patentante Michaels zur Verfügung gestellt hatte, die in einem großen Haus in Norfolk wohnte. Das Cottage war hübsch, mit einem Strohdach und einem großen offenen Kamin im Wohnzimmer, wo sie auch aßen. Lady Moy, die Patentante, hatte jemanden geschickt, der für sie kochte und saubermachte, und als sie an jenem ersten Abend dort eintrafen, hatte schon der verlockende Duft von Brathuhn und einem Holzfeuer im Raum gehangen. Crawley hatte ihre Koffer hereingebracht, sich an die Mütze getippt und war wieder gegangen, und nachdem sie ihnen das Huhn serviert und den Pflaumenkuchen auf dem Servierwagen gezeigt hatte, hatte sich die Köchin, die sich als Mary vorgestellt hatte, gleichfalls verabschiedet. Sie erinnerte sich daran, wie sie gedacht hatte: Das ist also der Anfang meines Lebens als verheiratete Frau – der Teil mit dem »glücklich bis an ihr Lebensende«, und daß sie sich gefragt hatte, wie es wohl weitergehen würde. Und Michael war voll charmanter Bewunderung gewesen, hatte ihr wieder und wieder gesagt, wie reizend sie als Braut ausgesehen habe und wie viele Leute ihm das ebenfalls versichert hätten. »Und jetzt bist du genauso hübsch«, hatte er gemeint, nach ihrer Hand gegriffen und sie geküßt. Später, nachdem er ihnen von dem Weißwein eingeschenkt hatte, den Lady Moy für sie bereitgestellt hatte, sagte er: »Trinken wir auf uns, auf Louise und Michael.« Und sie hatte den Trinkspruch wiederholt und am Wein genippt, und dann hatten sie gegessen und sich über die Hochzeit unterhalten, bis er sie gefragt hatte, ob sie jetzt ins Bett gehen wolle.

Später, als sie aus dem Bett geschlüpft war, um eines der Nachthemden anzuziehen, die ihr Vater ihr geschenkt hatte, als sie vierzehn war, und die immer noch ihre besten waren, hatte sie gedacht, was für ein Glück es war, daß dies nicht das erste Mal gewesen war; immerhin hatte sie gewußt, was passieren würde, und war mehr oder weniger daran gewöhnt. Sie war schon viermal zuvor mit Michael im Bett gewesen. Das erste Mal war schrecklich gewesen, weil es so weh getan hatte, aber sie hatte auch das Gefühl gehabt, sie könne ihm das nicht sagen, weil er offenbar so begeistert war. Die anderen Male war es besser gewesen, weil es nicht mehr weh getan hatte, und einmal war es sogar am Anfang ein wenig aufregend gewesen, aber dann hatte er ihr seine Zunge in den Mund gesteckt, und danach hatte sie sich irgendwie abgeschaltet, und es war nichts mehr passiert. Er schien das jedoch nicht bemerkt zu haben, was sie damals beruhigt hatte, aber im Verlauf ihrer Flitterwochen fand sie es immer merkwürdiger, daß er zwar ständig betonte, wie sehr er sie liebe, und ihr immer wieder erzählte, was er fühle, wenn er mit ihr im Bett sei, daß er aber nicht registrierte, wie es ihr dabei ging. Am Ende fragte sie sich, ob sie diese süße, heftige Erregung – als hätte sich etwas in ihr geöffnet – damals tatsächlich empfunden hatte.

In jener ersten Nacht im Cottage war sie allerdings einfach erleichtert, daß es nicht weh getan und er es offenbar genossen hatte; außerdem war sie plötzlich hundemüde, und sie schlief sofort ein, nachdem sie sich wieder ins Bett gelegt hatte.

Am nächsten Morgen wurde sie davon wach, daß er sie wieder liebte, und dann kamen all die vollkommen neuen Erfahrungen, zusammen zu baden und sich anzuziehen und ein köstliches Frühstück mit Eiern und Honig einzunehmen; danach machten sie einen langen Spaziergang durch den Park, wo es einen See mit Schwänen und anderen Wasservögeln und einen Wald gab. Es war ein wunderbarer Septembermorgen, mild und ruhig. Sie gingen Hand in Hand, sahen einen Reiher, einen Fuchs und eine große Eule, und Michael sprach überhaupt nicht vom Krieg. Später in dieser Woche aßen sie im großen Haus zu Abend, wo Lady Moy und eine Gesellschafterin lebten, umgeben von noblem Verfall. Der größte Teil des Hauses war abgeschlossen, und der Rest wirkte undefinierbar kalt; die Art von Haus, dachte sie, wo man am liebsten nach draußen gehen möchte, um sich aufzuwärmen. Lady Moy schenkte Michael ein wunderbares Paar Purdey-Pistolen, die ihrem Mann gehört hatten, und zwei Aquarelle von Brabazon. »Ich werde sie dir rüberschicken lassen«, sagte sie, »und was dich angeht«, fügte sie, zu Louise gewandt, hinzu, »ich konnte schwerlich ein Geschenk für jemanden aussuchen, den ich nicht kenne. Aber nun, nachdem ich dir begegnet bin – und übrigens, Mikey, ich finde, du hast dir eine ganz reizende Frau ausgesucht –, weiß ich, was ich tun werde.« Sie wühlte in einer großen bestickten Tasche herum und holte eine kleine Uhr aus blauem Email heraus, mit Perlen besetzt und an einer Emailschleife befestigt, die man sich anstecken konnte. »Ich habe sie von meiner Patentante zur Hochzeit bekommen«, sagte sie, »sie geht die meiste Zeit falsch, aber sie ist doch sehr hübsch.«

Während des Essens fragte Lady Moy Michael nach seinem Schiff, und er erzählte ihr ausführlich davon. Sie versuchte, sich dafür zu interessieren, und schließlich nur noch, interessiert auszusehen, denn die Anzahl von Geschützen, mit der ein neues Torpedoboot ausgerüstet sein mußte, war nicht gerade ein Thema, zu dem sie etwas beitragen konnte.

Erst als sie abreisen sollte und Lady Moy sie fragte, was sie als nächstes vorhätten, erfuhr Louise, daß sie die zweite Woche von Michaels Urlaub in Hatton verbringen würden.

»Mummy sehnt sich so sehr danach, uns zu sehen. Und wir dachten, es wäre nett für sie, wenn wir sie besuchten.«

»Das wird es ganz sicher.«

Sie bemerkte, daß Lady Moy sie ansah, aber sie konnte ihren Blick nicht deuten. »Ich muß dir unbedingt auch einen Kuß geben«, sagte die alte Dame, nachdem sie sich von Michael verabschiedet hatte.

Im Dunkeln gingen sie zurück zu ihrem Cottage.

»Du hast mir gar nicht gesagt, daß wir nach Hatton fahren werden.«

»Nein? Doch, ganz bestimmt. Ich bin mir eigentlich ziemlich sicher. Du hast doch nichts dagegen, oder?«

»Nein.« Dabei war sie alles andere als überzeugt.

»Weißt du, Liebling, es geht Mummy überhaupt nicht gut, und sie hat sich so schreckliche Sorgen um mich gemacht, daß ich den Eindruck hatte ..., sie hat dich wirklich sehr gern, weißt du. Sie meinte, sie könne sich keine bessere Mutter für ihren Enkel vorstellen.«

Louise war bestürzt.

»Wir werden doch nicht wirklich einen bekommen, oder?«

Er lachte und drückte ihren Arm. »Liebling, das wirst du als erste wissen. Und man kann nur hoffen.«

»Aber ...«

»Du hast gesagt, du wolltest sechs. Und irgendwann müssen wir ja anfangen.«

Sie machte den Mund auf, um ihm zu sagen, daß sie nicht sofort wollte – nicht jetzt –, und schloß ihn wieder. Er hatte eigentlich nicht geklungen, als habe er es ernst gemeint.

Aber in Hatton wurde das Thema wieder aufgegriffen. An ihrem vierten Tag dort wurde sie unwohl, und obwohl Zee nicht direkt mit ihr darüber sprach, führte das zu diversen Botschaften. Sie hatte ziemliche Bauchschmerzen, wie immer, und Michael war sehr nett zu ihr und brachte sie nach dem Mittagessen ins Bett, mit einer Wärmflasche.

»Du bist so lieb zu mir«, sagte sie, nachdem er sich über sie gebeugt hatte, um sie zu küssen.

»Du bist doch meine Liebste. Ach, übrigens, Zee hat mir einen nützlichen Rat gegeben. Wenn es dir wieder gutgeht, wäre es gut, wenn du jedesmal, nachdem wir uns geliebt haben, die Beine ein bißchen hochlegst, mit einem Kissen. Dann kann das Sperma leichter zum Ei gelangen.«

Sie schluckte. Die Vorstellung, daß er das mit seiner Mutter besprochen hatte, verursachte ihr plötzliche Übelkeit.

»Michael – ich bin noch gar nicht sicher, ob ich so schnell ein Baby will. Ich meine, später selbstverständlich, aber ich möchte mich erst noch ein bißchen ans Verheiratetsein gewöhnen.«

»Aber natürlich möchtest du das«, sagte er herzlich. »Das wird schnell gehen, glaub mir. Und wenn das andere zufällig doch geschieht, dann wird die Natur eingreifen, und du wirst dich schon freuen. Und jetzt hältst du ein hübsches Schläfchen, und ich wecke dich zum Tee.«

Aber sie schlief nicht. Sie lag da, fragte sich, wieso alle wollten, daß sie so schnell ein Kind bekam, und hatte Schuldgefühle, weil sie nicht der gleichen Ansicht war.

Der Rest der Woche verging mit Musik und Versuchen Michaels, sie zu zeichnen – er begann auch ein Ölgemälde –, und Scherzen und Spielen mit Nachbarn und einem Tanz; der Richter las ihnen vor, alle behandelten sie mit liebenswürdiger neckender Nachsicht, und sie war die beliebte, gehätschelte Kindsbraut. Die Gespräche bei den Mahlzeiten waren heiter und belebend und zeigten, daß alle viel belesener waren und ein größeres Vokabular hatten als sie. Sie hatte den Richter – den sie jetzt Pete nannte – gebeten, ihr eine Bücherliste zusammenzustellen.

»Er war *entzückt*«, sagte Michael, als sie sich an diesem Abend zum Essen umzogen. »Du fügst dich wunderbar in meine Familie ein, mein Liebling.«

»Woher weißt du, daß ich ihn gefragt habe?«

»Mummy hat es mir erzählt. Sie war sehr gerührt, daß du dich an *ihn* gewandt hast.«

Immer, wenn Leute zum Essen kamen, fragten sie Michael nach seinem Schiff, und immer antwortete er ihnen sehr ausführlich. Ihr fiel auf, daß Zee ihm jedesmal, wenn er über die Vorzüge von Oelikon-Geschützen gegenüber Bofors oder Rolls sprach, fasziniert zuhörte, als sei dies das erste Mal, daß er sich über dieses Thema ausließ. Insgeheim fand Louise solche Gespräche sehr langweilig, noch langweiliger, als wenn man sich über den Krieg im allgemeinen unterhielt: über die Schlacht um Stalingrad, von der jeden Abend in den Nachrichten berichtet wurde, und die Luftangriffe auf Deutschland.

Während der ganzen Zeit – eigentlich keiner sehr langen Zeit, es waren ja nur zwei Wochen – hatte Aufregung beinahe alle anderen Gefühle in den Hintergrund gedrängt: Sie hatte ihren wunderbaren, strahlenden Michael geheiratet, der, obwohl er so viel älter und so berühmt und tapfer war, sie auserkoren hatte. Es war aufregend, wenn man nie viel von seinem eigenen Aussehen oder Kopf gehalten hatte, wenn man sich selbst nicht für besonders gebildet hielt und wenn einem dann von morgens bis abends beteuert wurde, wie schön, klug und begabt man sei. Es war wie in einem Märchen, und sie war die glückliche Prinzessin, die bereits mit neunzehn das »Glücklich-und-zufrieden-bis-an-ihr-Ende«-Stadium erreicht hatte.

Am Ende der Woche fuhren sie mit dem Zug nach London. Michael mußte sich bei der Admiralität melden, und dann wollten sie sich am Bahnhof Waterloo treffen.

»Und was wirst du jetzt anfangen, Liebling?«

Darüber hatte sie noch gar nicht nachgedacht. »Kein Problem. Ich könnte versuchen, Stella zu erreichen, aber bei Pitman mögen sie es nicht, wenn man eine Schülerin anruft. Wenn ich sie nicht erwische, gehe ich in die National Gallery.«

»Hast du genug Geld dabei?«

»Oh! Nein – nein, ich fürchte nicht.«

Er schob die Hand in die Hosentasche und holte ein Bündel Banknoten heraus. »Da.«

»So viel brauche ich bestimmt nicht.«

»Das weiß man nie. Vielleicht doch. Ich kümmere mich ums Gepäck.«

Sie küßten einander. Es war angenehm (noch wußte sie nicht, *wie* angenehm), sich in dem Wissen zu trennen, daß man einander so bald wieder treffen würde.

Sie versuchte, Stella von einer Telefonzelle aus anzurufen, konnte sie aber nicht erreichen, also ging sie in die National Gallery, wo Myra Hess und Isolde Menges auf zwei Flügeln spielten. In der Pause, als sie sich ein Sandwich kaufte, erspähte sie Sid, die sich mit einem sehr alten Herrn mit dichtem weißen Haar unterhielt; er ging am Stock. Sie wollte sie gerade ansprechen, als sie eine jüngere Frau bemerkte – eigentlich noch ein Mädchen, sie konnte kaum älter sein als Louise selbst –, die am Ende des Sandwichtischs an der Wand lehnte und Sid mit einem Blick so intensiver Hingabe bedachte, daß sie beinahe aufgelacht hätte. Das sind wohl diese Kleinmädchenschwärmereien, von denen Tante Jessica manchmal gesprochen hat, dachte sie. In diesem Augenblick entdeckte Sid sie, lächelte und winkte ihr zu.

Sie wurde dem Mann mit dem weißen Haar als Louise Hadleigh vorgestellt, und der Mann meinte, ja, er erkenne sie wieder. »Sie haben vor ein paar Wochen den Sohn meiner alten Freundin Zinnia Storey geheiratet. Wie geht es Zee? Sie ist jetzt so oft auf dem Land, daß ich sie kaum mehr zu sehen bekomme.«

Als er ansetzte, ihr die Hand zu reichen, ließ er versehentlich den Stock fallen. Sofort sprang das Mädchen, das sich an die Wand gelehnt hatte, vor, bückte sich und hob ihn auf.

»Wie freundlich von Ihnen.«

Das Mädchen errötete – ihre Stirn sah feucht aus, wie Louise bemerkte –, als Sid sagte: »Gut pariert, Thelma.« Sie stellte ihnen das Mädchen als eine ihrer Schülerinnen vor. Dann war die Pause zu Ende, und alle gingen vom Souterrain, wo die Sandwiches serviert wurden, wieder zum Konzert nach oben.

»Bitte grüßen Sie Zee herzlich von mir«, sagte der Mann, und sie lächelte und versprach, das zu tun. Aber da sie Zee nun wer weiß wie lange nicht treffen würde und nicht die geringste Ahnung hatte, wer dieser Mann war, bestand wohl keine Chance dazu.

Nachdem das Konzert und eine erwartungsgemäß beruhigende und anheimelnde Zugabe von »Herz und Mund und Mut und Lachen« vorüber waren, wußte sie nicht, was sie mit sich anfangen sollte. Es hingen keine Bilder mehr in der Galerie, sie waren alle an sichere Orte gebracht worden. Sie trat hinaus auf den Trafalgar Square. Die Sonne schien, aber sie hatte keine Wärme mehr, und das einheitliche Blau des Himmels wurde nur von den glitzernden Sperrballons unterbrochen, die gemächlich und heiter in der Luft trieben – wie riesiges Kinderspielzeug, dachte sie. Sie hatte noch zwei Stunden Zeit bis zum Zug. Michael hatte ihr eine

Menge Geld gegeben, mindestens zehn Pfund, und sie kam sich reich und frei vor – und dann, ganz plötzlich, begann sie sich zu fürchten. Was soll ich jetzt nur anfangen? Warum bin ich überhaupt hier? Wozu bin ich da? Eine Reihe kleiner, spitzer, unverfrorener Fragen, die aus dem Nichts über sie hereinzubrechen schienen und im einzelnen nur deshalb geringfügig wirkten, weil es so furchtbar viele waren. Eine von ihnen zu beantworten – auch nur darüber nachzudenken – wäre mit schrecklichen Gefahren verbunden; sie würde auf keinen Fall versuchen zu antworten, sie mußte sich ablenken, etwas anderes tun. Ich gehe in einen Buchladen und kaufe mir ein paar Bücher, dachte sie, und nachdem sie diesen vernünftigen und praktischen Entschluß gefaßt hatte, stieg sie in den Bus zum Piccadilly, der vor Hatchard's hielt.

Nachdem sie drei Bücher gekauft hatte und mit dem Taxi nach Waterloo gefahren war, ging es ihr besser. Sie mußte jetzt nicht nach Sussex zurückkehren, sich dort von ihrer Mutter kritisieren und vom Rest der Familie zu langweiligen Tätigkeiten anstellen lassen. Sie würde mit ihrem Mann in einen Zug steigen und dann mit dem Schiff zur Isle of Wright fahren, wo sie in einem Hotel wohnen würden – etwas, das sie noch nie zuvor getan hatte. Sie war wieder Mrs. Michael Hadleigh und nicht mehr diese Person, die auf der Treppe der National Gallery so plötzlich von Panik befallen worden war. Es wäre nett gewesen, Stella zu erreichen, aber sie konnte ihr ja schreiben.

Sie merkte schnell, daß das Leben in diesem Hotel und den darauf folgenden anderen Hotels in Weymouth und Lewes überhaupt nicht so war, wie sie es sich vorgestellt hatte. Michael ging um acht Uhr morgens, und sie war den ganzen Tag allein, jeden Tag, und hatte nichts zu tun. Das Gloster Hotel hatte einen besonderen Nachteil, der ihr um so größer erschien, als sie ihn zu Anfang für unglaublichen Luxus gehalten hatte: Es gab sowohl zum Mittag- als auch zum Abendessen Hummer. Hin und wieder stand auch etwas anderes auf der Karte, für gewöhnlich nichts besonders Nettes, aber nach etwa einer Woche nahm sie es, was immer es war. Der Hummer ödete sie an, und sie begann ihn zu hassen. Sie las und ging in der Stadt spazieren, aber es wimmelte nur so von Truppen, und das Gepfeife und die unverständlichen, aber zweifellos unverschämten Bemerkungen führten bald dazu, daß sie nur ungern aus dem Haus ging. Dann, eines Tages, wollte sie beim Gemüsehändler ein paar Äpfel kaufen und verlor ganz plötzlich das Gleichgewicht, ihr wurde schwarz vor Augen, und sie kam am Boden wieder zu sich, umgeben vom Geruch nach Erde und Kartoffelsäcken. Jemand beugte sich über sie, sagte, es werde alles wieder gut, und fragte sie, wo sie wohne, aber es wollte ihr einfach nicht einfallen. Man hatte ihr einen Kartoffelsack unter den Kopf geschoben, und sie hatte eine Laufmasche. Sie trank einen Schluck Wasser, dann ging es ihr wieder besser. »Im Gloster Hotel«, sagte sie. »Kein Problem, ich kann zu Fuß zurückgehen.« Aber eine Frau begleitete sie, ließ sich den Zimmerschlüssel geben und half ihr die Treppe hinauf. »Ich würde mich an Ihrer Stelle ein bißchen hinlegen«, sagte sie, als Louise sich bedankte. Nachdem die Frau gegangen war, legte sie sich aufs Bett, auf die rutschige Tagesdecke. Auf der goldenen Uhr, die der Richter ihr geschenkt hatte, war es halb zwölf. Michael würde erst um sechs zurückkommen. Der Zwischenfall hatte sie erschreckt, und plötzlich überfiel sie furchtbares Heimweh. Sie fing an zu weinen, und nachdem sie sich die Nase mit einem von Michaels großen weißen Taschentüchern geputzt hatte, legte sie sich wieder aufs Bett. Es schien sinnlos aufzustehen.

Danach blieb sie morgens im Bett liegen, schaute zu, wie sich Michael mit – wie ihr schien – herzloser Geschwindigkeit rasierte und anzog, und betete, daß ihn irgend etwas vom Weggehen abhalten würde. Das Schiff, das er übernehmen sollte, ein neues Torpedoboot, lag immer noch im Medina auf Reede, und er interessierte sich leidenschaftlich für jede Einzelheit, die damit zusammenhing. Jeden Abend kam er nach Hause, voller Neuigkeiten über seine Fortschritte (sie hatte gelernt, daß Schiffe weiblich waren, aber für sich nannte sie es immer noch »es«). Sie aßen zusammen, und dann zeichnete er sie, und dann gingen sie ins Bett, und er schlief mit ihr, und es war immer dasselbe, und sie versuchte immer noch, dem etwas abzugewinnen. Sie erzählte ihm nicht, wie einsam und ziellos und genaugenommen gelangweilt sie war, weil sie sich dafür schämte. Im Hotel waren keine anderen Offiziersfrauen untergebracht, die Leute kamen und gingen, sie und Michael schienen die einzigen Langzeitgäste zu sein. Als sie ihm von ihrer Ohnmacht beim Gemüsehändler erzählte, lächelte er und sagt: »Oh, *Liebling* – glaubst du, es könnte …«

»Was?« Sie wußte, was er meinte, aber der Gedanke erschreckte sie so sehr, daß sie Zeit gewinnen wollte.

»Liebling! Ein Baby! Was wir die ganze Zeit schon wollten!«

»Ich weiß nicht. Es könnte sein. Schon möglich. Angeblich werden manche Frauen dann ja ohnmächtig. Und ihnen ist morgens übel. Aber mir ist kein bißchen übel gewesen.«

Kurz darauf lernte sie eine Offiziersfrau kennen, die viel älter war als sie; ihr Mann war Kommandant eines Zerstörers, und sie schlug vor, Louise solle ihr in der Seemannsmission helfen. »Hilfe können wir immer gebrauchen«, sagte sie, »irgendeine Arbeit finden wir schon für Sie, meine Liebe.«

Also half sie von neun bis zwölf entweder in der Kantine aus oder machte endlos Betten. Zu letzterem gehörte es, die alten Laken abzuziehen – die im allgemeinen furchtbar grau waren – und Bierflaschen, einzelne Socken und anderes Zeug aus den Betten zu pflücken. Um diese Zeit fing sie an, sich morgens zu übergeben. Als Marjorie Anstruther sie über ein Waschbecken gebeugt fand, schickte sie sie nach Hause und erklärte, das verstehe sie sehr gut und Louise sei wirklich tapfer gewesen, trotzdem weiterzuarbeiten. Und damit hatte es sich. Sie war tatsächlich schwanger, und nach und nach war sie zu der Ansicht gelangt, daß es so vielleicht am besten sei: Wenn man verheiratet war und sonst nichts zu tun hatte, sollte man eben Kinder bekommen. Obwohl die Aussicht sie immer noch ein wenig ängstigte, gelang es ihr, sich vergnügt zu geben, und bald traf ein Brief von Zee ein, die erklärte, wie sehr sie sich über die Neuigkeiten (die Michael ihr am Telefon mitgeteilt hatte) freue.

Morgens war ihr übel, und manchmal übergab sie sich, und sie verbrachte die Zeit meist im Bett, aber um zwölf Uhr mittags – regelmäßig wie ein Uhrwerk – flog ein deutsches Aufklärungsflugzeug über die Insel in Richtung Portsmouth, und alle Schiffe, die dazu ausgerüstet waren, beschossen es ausgiebig. Sie trafen nie, aber es war jedesmals ein Höllenlärm, und Michael hatte ihr eingeschärft, sich um diese Zeit immer im Erdgeschoß aufzuhalten. Also zog sie ihren Mantel an und schlich nach unten, ertrug den übelkeiterregenden Geruch nach Hummer in der Halle, wo hin und wieder einzelne Glasscherben vom Dach auf den Kachelboden fielen, und las uralte Ausgaben der *Illustrated London News*. Nach etwa einer Viertelstunde entfernte sich der Aufklärer. Dann kehrte sie in ihr Zimmer zurück, und manchmal suchte sie ihre Sachen zusammen und ging ins Bad, das am Ende des Flurs lag. Sie haßte die einsamen Mahlzeiten im Speiseraum des Hotels und ging normalerweise in die Stadt, in eine Bäckerei, wo es Brötchen und sehr feste Pasteten gab, die beinahe nur aus Kartoffeln und Zwiebeln bestanden. Der mitgebrachte Lesestoff war ihr schnell ausgegangen, aber es gab einen Buchladen, und sie verbrachte Stunden dort, aber das schien niemanden zu stören. Sie las Romane von Ethyl Manning, G.B. Stern, Winifred Holtby und Storm Jameson, und dann entdeckte sie eines Tages eine antiquarische Ausgabe von »Mansfield Park«. Es war wie die unerwartete Begegnung mit einer alten Freundin, und sie konnte nicht widerstehen, das Buch zu kaufen. Danach holte sie sich auch die restlichen Bände, obwohl sie sie doch schon komplett zu Hause in Sussex hatte. Diese Bücher trösteten sie mehr als alles andere, und sie las sie alle zweimal. Wenn sie an Stella schrieb, dann meist über ihre Lektüre. »Übrigens, ich bin schwanger!« hatte sie am Ende eines Briefes angefügt. Das Ausrufezeichen sollte es aufregender wirken lassen. Sie dachte daran, Stella zu erzählen, was sie wirklich empfand und wie ihr Leben sich abspielte, aber dann konnte sie sich nicht dazu durchringen. Es hätte bedeutet, ernsthaft über diese Dinge nachzudenken, und sie war zu verwirrt und viel zu unsicher in jeder Hinsicht, um es auch nur zu versuchen. Außerdem fürchtete sie, dadurch eine Klarheit zu gewinnen, die sie nicht würde ertragen können. Solange sie ihre Rolle spielte (und sie war doch wirklich in Michael verliebt – das zeigte sich schon daran, wie sehr sie es haßte, wenn er morgens wegging, und wie sie dann praktisch die Stunden bis zu seiner Rückkehr zählte), hätte sie es als Betrug an ihm empfunden zu behaupten, ihr Leben sei schwierig – oder langweilig. »Intelligente Menschen langweilen sich nie«, hatte Zee während ihrer Flitterwochen in Hatton einmal gesagt. »Findest du nicht auch, Pete?« Und der Richter hatte gemeint, es lasse tatsächlich auf eine gewisse *Beschränktheit* schließen, wenn jemand sich langweile. Auf keinen Fall durfte sie *beschränkt* sein.

Mitte November war Michaels Schiff fertig, und Zee und der Richter kamen für eine Nacht nach Cowes, denn Zee sollte es vom Stapel lassen. Es wurden Zimmer für sie gebucht, und Michael kam früher von der Arbeit zurück, um sie in Ryde von der Fähre abzuholen.

Sie aßen im Royal Yacht Squadron – sehr elegant –, weil Zee einen Admiral kannte, der Mitglied war und sie alle eingeladen hatte.

»Liebe kleine Louise! Du siehst großartig aus. Pete hat dir deine Bücherliste mitgebracht.«

Zum Essen gab es dann den gefürchteten Hummer, und Michael sprach mit nicht enden wollender Begeisterung über sein Schiff. »Ich kann es kaum erwarten, sie zu sehen!« rief Zee, und Louise sah, wie Michael sich in ihrem Enthusiasmus sonnte. Es stellte sich heraus, daß der Admiral, den sie mit Bobbie anredeten, nicht vorgehabt hatte, beim Stapellauf anwesend zu sein, aber am Ende des Abends hatte Zee ihn überredet.

Am nächsten Morgen jedoch hatte Louise nicht nur einen besonders heftigen Anfall von Übelkeit, sondern auch Halsschmerzen und Fieber.

»Armer Liebling! Du solltest lieber im Bett bleiben. Ich kann nicht zulassen, daß du krank wirst. Ich lasse dir etwas zum Frühstück raufschicken.« Nach ziemlich langer Zeit brachte man ihr Tee in einer kochendheißen Kanne, zwei Stücke ledrigen Toasts und einen Klecks grellgelber Margarine. Das war wirklich zuviel. Da passierte endlich einmal etwas, und sie konnte nicht mitgehen, sondern war zu einem weiteren todlangweiligen Tag verdammt, nur noch schlimmer als sonst, weil es ihr so schlecht ging. Sie stand auf, um zur Toilette zu gehen – ein eiskaltes Zwischenspiel, weil das Schlafzimmer nicht geheizt war. Sie zog noch ein Unterhemd und ein paar Socken an, legte sich wieder ins Bett und nahm zwei Aspirin, die sie einschlafen ließen.

Am Abend kam Michael zurück, um zu berichten, daß er an Bord schlafen werde, da er am nächsten Morgen sehr früh seinen Dienst antreten müsse. Zee und der Richter seien bereits abgereist, aber Mummy sei beim Stapellauf hinreißend gewesen, und sie hätten alle sehr vergnügt zusammen gegessen.

»Armer Liebling, du siehst ziemlich erledigt aus. Mrs. Watson meinte, sie habe jemanden raufgeschickt, um nachzusehen, ob du etwas essen wolltest, aber du hättest geschlafen. Soll ich dir was zum Abendessen raufschicken lassen?«

»Könntest du nicht mit mir zusammen essen?«

»Ich fürchte, nein. Man erwartet mich gleich wieder an Bord. Der Flotillenkommandant ißt mit uns.«

»Wann kommst du denn zurück?«

»Wahrscheinlich morgen abend. Aber ich habe dir ja schon gesagt, Liebling, während der Probeläufe wird es ziemlich hektisch zugehen. Ich werde nicht die ganze Zeit an Land schlafen können. Wir haben wirklich großes Glück gehabt, weißt du?«

»Wirklich?«

Er hatte seine Rasiersachen zusammengesucht und stopfte sie in eine brandneue lederne Aktentasche.

»Aber ja doch, Liebling. Meine Nummer eins hat seine Verlobte seit Weihnachten nicht mehr gesehen. Und unser Steuermann weiß noch nicht mal, wie sein jüngster Sohn aussieht, dabei ist der Kleine schon sechs Monate alt. Ich sage ja nicht, daß wir kein Glück haben sollten, ich möchte, daß du das glücklichste Mädchen auf der ganzen Welt bist, aber es schadet nichts, sich einmal klarzumachen, wie gut man dran ist. Die meisten Offiziere können es sich nicht leisten, ihre Frau in einem Hotel unterzubringen. Weißt du, wo mein Schlafanzug ist?«

»Ich glaube nicht.« Sie war so bedrückt bei der Aussicht, eine Nacht *und* einen ganzen Tag allein verbringen zu müssen, daß sie ziemlich mürrisch klang.

»Er muß doch irgendwo sein! Wirklich, Liebling, denk doch mal nach.«

»Normalerweise legt das Zimmermädchen ihn unters Kopfkissen, wenn sie die Betten macht, aber heute früh ist sie nicht gekommen.«

»Na gut, dann nehme ich eben einen neuen.«

Aber als er ihn aus dem Schrank holte, stellte er fest, daß fast sämtliche Knöpfe fehlten.

»Oh, verdammt! Liebling, du hättest die Sachen wirklich mal durchsehen können, als sie aus der Wäscherei kamen. Es ist ja nicht gerade so, daß du viel zu tun hättest!«

»Ich nähe sie dir wieder an, wenn du willst.«

»Es sind ja keine da, die du annähen könntest. Du wirst welche kaufen müssen.«

Er nahm die kleine Anstecknadel mit der Flagge der Royal Yacht Squadron, die ihr der Admiral gestern überreicht hatte, weil Michael zum Ehrenmitglied ernannt worden war. »Ich bin wahrscheinlich der einzige Marineoffizier, der seinen Schlafanzug mit so was verschließt. Und jetzt muß ich mich beeilen.« Er beugte sich hinab, um sie auf die Stirn zu küssen. »Laß dich nicht unterkriegen.« Von der Tür aus warf er ihr noch eine Kußhand zu. »Du siehst aus, als hättest du es sehr gemütlich.«

Als er gegangen und sie sicher war, daß er nicht zurückkommen würde, weinte sie.

Als es ihr besserging, schlug er vor, daß sie für einige Zeit nach Hause fahren solle, während er noch mit der Erprobung des Schiffs beschäftigt sei. »Und wenn ich dann weiß, wo sie mich hinschicken, kannst du wieder zu mir stoßen.«

Sie widersprach ihm nicht. Sie hatte in den vergangenen Tagen fast so schlimm unter Heimweh gelitten wie als Kind; sie hatte im Bett gelegen und sich nach dem vertrauten, heruntergekommenen Haus gesehnt, das immer so voller Leben war, voller Geräusche: das atemlose Quietschen des Teppichkehrers, das kratzige Grammophon im Kinderzimmer, das abwechselnd den »Grashüpfertanz« und das »Picknick der Teddybären« spielte; das gleichmäßige Murmeln, wenn der Brig etwas diktierte, das insektenhafte Surren der Nähmaschine der Duchy, der Geruch von Kaffee und Bügelwäsche und widerspenstigen Holzfeuern und nassem Hund und Bienenwachs ... Sie ging jedes einzelne Zimmer des Hauses und die Menschen darin durch. Alles, was sie bisher entweder gelangweilt oder geärgert hatte, schien das Haus und die Familie jetzt um so liebenswerter zu machen. Tante Dollys Leidenschaft für Mottenkugeln; die Überzeugung der Duchy, daß heißes Paraffin gegen Brandwunden half; Pollys und Clarys Entschlossenheit, sich nicht davon beeindrucken zu lassen, daß sie erwachsener war; Lydias ungeschickte Nachäffereien; Miss Milliment, die ewig gleich aussah und trotzdem auf geheimnisvolle Weise immer älter wurde: ihre Stimme sanfter, ihre Kinne noch weicher, ihre Kleidung von immer mehr uralten Essensresten übersät, nur ihre kleinen grauen Äuglein, vergrößert von ihrer Nickelbrille, blieben überraschend durchdringend. Und dann, ein absoluter Kontrast, Tante Zoë, die in allem, was sie anzog, hinreißend aussah, die auch nach Jahren auf dem Land noch einen unverändert modisch schicken Eindruck machte. Und die liebe Tante Rach, die ihrer höchsten Anerkennung immer mit dem Wort »vernünftig« Ausdruck verlieh: »So ein vernünftiger Hut«, »eine wirklich vernünftige Mutter«, »Ich werde euch etwas wirklich *Vernünftiges* zur Hochzeit schenken«, hatte sie gesagt. »Drei Paar doppelt große Leintücher.« Diese Tücher lagerten zu Hause, zusammen mit vielen anderen Geschenken, und warteten darauf, daß Michael und sie eine eigene Wohnung bezogen, wenngleich Gott allein wußte, wann das der Fall sein würde. Vielleicht lag es nur am Krieg, daß ihr das Leben so merkwürdig vorkam. Auf die Kochschule und dann zum Theater zu gehen war ihr wie ein logischer Schritt von zu Hause weg erschienen, das hatte zum Erwachsenwerden gehört und zur Vorbereitung auf ihre Bühnenkarriere. Aber ihre Heirat hatte alles verändert – und zwar in vieler Hinsicht so, wie sie es nicht hatte voraussehen können. Wenn man verheiratet war, war man viel endgültiger von zu Hause fort. Und was ihre Karriere anging: Es gab nicht nur keinerlei Anzeichen für ein baldiges Ende des Krieges, die Voraussetzung dafür, daß sie ihre Pläne vielleicht wieder aufgreifen könnte – jetzt kam auch noch ihre Schwangerschaft dazu. Ihre Mutter hatte beim Ballett aufgehört, als sie heiratete, und nie wieder getanzt. Zum ersten Mal fragte sie sich, wie das für sie gewesen sein mochte, ob es ihr etwas ausgemacht hatte oder ob sie es einfach vorgezogen hatte zu heiraten. Aber irgendwie wollte sie ihre Eltern in ihre nostalgischen Träumereien von Home Place nicht einschließen; sie konnte es nicht, es war etwas vage Unbehagliches daran, das sie gar nicht präzisieren wollte. Sie wußte nur, daß sie in den Wochen vor ihrer Hochzeit mit ihrer Mutter beinahe ebenso ungern allein gewesen war wie mit ihrem Vater – allerdings nicht aus exakt denselben Gründen. Das hatte sie verwirrt, denn sie hatte deutlich gespürt, wie sehr ihre Mutter sich anstrengte, die Hochzeit zu einem Erfolg zu machen. Sie hatte endlose Geduld an den Tag gelegt, was die Anproben für Louises Brautkleid und ihre wenigen anderen Kleider anging, hatte ihr sogar Kleidermarken *geschenkt* und gefragt, ob sie ihre Freundin Stella als Brautjungfer wolle. Stella selbst war dagegen gewesen – hatte sich sanft, aber hartnäckig geweigert –, also hatte sie unter den anderen Mädchen auswählen müssen und sich schließlich für Lydia und Polly und Clary entschieden. Zoë und ihre Mutter und die Duchy hatten ihnen Kleider aus weißem Gardinenstoff genäht, den ihre Mutter mit Tee gefärbt hatte, so daß er einen warmen cremefarbenen Ton gehabt hatte. In London gab es noch reinseidene Bänder zu kaufen. Tante Zoë hatte die Farben ausgewählt, Rosa, Orange und Dunkelrot, und hatte die Bänder zu breiten Schärpen aneinandergenäht. Die Kleider waren schlicht gewesen, mit hoher Taille, tiefen runden Ausschnitten und einem breiten Volant am Saum – »Wie kleine Gainsboroughs«, hatte der Richter gesagt, als er sie vor der Kirche erblickt hatte. In der kurzen Zeit zwischen ihrer Verlobung und der Hochzeit hatte es schrecklich viel zu tun gegeben, und das meiste davon war ihrer Mutter zugefallen. Aber neben all dem Organisieren, dem Briefeschreiben und den komplizierten Diskussionen hatte sie etwas an ihr gespürt, das sie einfach nicht ertragen konnte: Sie hatte kalt, mürrisch und gereizt darauf reagiert, hatte andere angefaucht, wenn diese vollkommen normale Fragen stellten, und sich dann geschämt, aber aus irgendeinem Grund nicht entschuldigen können. Schließlich hatte sie herausgefunden, was es war: Am Abend vor der Hochzeit hatte ihre Mutter sie gefragt, ob sie »Bescheid wisse«. Sie hatte das sofort bejaht. Ihre Mutter hatte pikiert gelächelt und erklärt, sie habe schon angenommen, daß Louise diese Dinge alle in ihrer gräßlichen Schauspielschule gelernt habe, und hinzugefügt, sie habe sie nicht »unvorbereitet« in die Ehe gehen lassen wollen. Jede dieser Andeutungen hatte die ganze Sache noch ekelerregender erscheinen lassen, und die Andeutungen, das war ihr deutlich geworden, waren nur die Spitze des Eisbergs. In einem Fieber von Wut und Ekel war es ihr vorgekommen, als habe ihre Mutter die ganzen Wochen an nichts anderes gedacht, sich geradezu *ausgemalt*, wie sie mit Michael im Bett war, und die widerwärtigste Neugier in bezug auf etwas entwickelt, das sie überhaupt nichts anging (als heiratete man jemanden nur, um mit ihm ins Bett zu gehen)! Dieser Gedanke hatte allen Äußerungen ihrer Mutter in Louises Augen eine widerwärtige Doppeldeutigkeit verliehen. Ja, sie solle lieber früh zu Bett gehen, sie brauche ausreichend Schlaf, weil sie morgen einen anstrengenden Tag vor sich habe. »Du mußt frisch sein.« Na gut, hatte sie gedacht, nachdem sie schließlich in ihr Zimmer in Onkel Hughs Haus entwischt war, in vierundzwanzig Stunden werde ich meilenweit von ihr entfernt sein. So wird es nie wieder sein müssen.

Sie hatte es geschafft, nie mit ihrem Vater allein zu sein, bis er am Hochzeitstag – sie war gerade fertig angezogen – mit einer halben Flasche Champagner aufgetaucht war. »Ich dachte, wir gönnen uns ein Gläschen«, sagte er, »wir können ein bißchen Mut gebrauchen.« Er sah in seinem Cutaway, mit der hellgrauen Seidenkrawatte und der weißen Rose im Knopfloch, sehr gut aus. Sie war furchtbar nervös, und das mit dem Champagner schien eine gute Idee zu sein.

Er löste den Korken und fing den Schaum in einem Glas.

Er hatte die Gläser auf den Frisiertisch gestellt, und nun bemerkte sie, wie er sie im Spiegel ansah. Als ihm das auffiel, wandte er sich ab und schenkte ihnen ein.

»Hier, bitte, mein Liebling«, sagte er und reichte ihr das Glas. »Du kannst dir gar nicht vorstellen, wieviel Glück ich dir wünsche.«

Sie schwiegen. Dann meinte er: »Du siehst – wirklich schrecklich hübsch aus.« Er klang demütig – beinahe schüchtern.

»Oh, Dad!« Sie versuchte zu lächeln, aber ihre Augen brannten. Sie traute sich nicht, mehr zu sagen.

»Auf meine älteste unverheiratete Tochter«, sagte er und hob sein Glas. Sie lächelten einander an: Die Vergangenheit lag zwischen ihnen wie ein Messer.

Auf ihrem Weg zurück nach Sussex waren ihr diese Szenen wieder eingefallen – als sie allein war, als sie keine ihrer Rollen spielen mußte.

»Fühlst du dich anders, jetzt, da du verheiratet bist?« hatte Clary sie am ersten Tag gefragt.

»Nein, eigentlich nicht«, hatte sie geantwortet – die hochtrabende ältere Cousine.

»Warum nicht?«

Die Schlichtheit der Frage hatte sie verblüfft.

«Warum sollte ich?«

»Na ja – zum Beispiel bist du keine Jungfrau mehr. Du wirst mir wahrscheinlich nicht erzählen, wie es ist?«

»Nein.«

»Das habe ich mir gedacht. Mir wird immer deutlicher, wie sehr Schriftsteller in ihrer Arbeit behindert werden, weil sie immer wieder auf eigene Erfahrungen zurückgreifen müssen. Oder etwas darüber lesen, was ganz anders ist, als wenn es einem jemand erzählt.«

«Du bist viel zu neugierig, geradezu *morbide*. Widerwärtig.«

Aber Clary, die wegen ihrer Neugier schon zahllose Male

angeklagt worden war, konnte sich inzwischen geschickt verteidigen.

»Darum geht es überhaupt nicht. Es ist nur, wenn man sich wirklich für Leute interessiert, dafür, wie sie sich verhalten, gibt es so vieles, was man erfahren will. Zum Beispiel …« Aber Louise hatte gesehen, wie Zoë die Einfahrt entlanggeradelt kam, und machte sich auf den Weg nach unten, um sie zu begrüßen.

»*Also wirklich!* Ich habe genug davon, daß Leute mich anmeckern und dann nicht mal zuhören, wenn ich versuche, es ihnen zu erklären«, beschwerte sich Clary später bei Polly, als sie im Kinderzimmer darauf warteten, daß das Wasser für die Wärmflaschen in Ellens Kessel kochte. »Es geht doch nicht nur darum, ob sie Jungfrau ist oder nicht; ich bin genauso neugierig, was Leute im Gefängnis angeht und Nonnen und König sein und Kinderkriegen und Mord und solche Dinge – *alles*, was mir selbst noch nicht passiert ist oder nie passieren kann.«

»Du könntest nie König werden, aber alles andere ist theoretisch durchaus möglich«, wandte Polly ein; sie war an solche Gespräche gewöhnt.

»Nein – denk doch nur an dein Lieblingslied, daß man zuviel Freude an der Freude hat, um Nonne werden zu können?«

»Ich weiß nicht genau, wieviel Freude ich an der Freude habe«, meinte Polly traurig. »Wir werden nie genug davon bekommen, um das wirklich rausfinden zu können.«

Sie hatte zu Hause nichts von ihrer Schwangerschaft verraten wollen, aber am ersten Morgen war ihr so übel, daß sie nicht zum Frühstück nach unten gehen konnte. Lydia wurde heraufgeschickt, um nachzusehen, was mit ihr los sei.

»Gar nichts. Ich hab' wohl was Falsches gegessen.«

»Ach, du Ärmste! Das liegt wahrscheinlich an diesem

schrecklichen Hackbraten, den es gestern abend gab. Weißt du, was Neville sagt? Er glaubt, daß Mrs. Cripps Mäuse und Igel reintut. Er meint, sie sei vielleicht eine Hexe, weil sie so schwarzes Haar hat und ihr Gesicht praktisch im Dunkeln leuchtet. Vielleicht sogar Kröten, hat er gesagt – gemahlen, weißt du –, er denkt, dieses komische Gelee außen am Braten ist vielleicht – Krötenschleim ...«

»Sei doch still, Lydia!«

»Entschuldige. Ich hab' nur nachgedacht, woran es vielleicht liegen könnte. Soll ich dir Tee raufbringen?«

Aber dann kam ihre Mutter mit Tee und Toast, und sie schien sofort Bescheid zu wissen, ohne daß Louise ein Wort gesagt hätte.

»Oh, Liebling! Wie *aufregend*! Weiß Michael es schon?«

»Ja.«

»Er muß sehr glücklich sein.«

»Das ist er – sehr.«

»Warst du schon beim Arzt?«

»Nein.«

»Also, Dr. Carr ist wirklich sehr gut. Iß den Toast, du brauchst ja nichts draufzutun. Toast und Salzgebäck sind genau das richtige bei Morgenübelkeit. Wie lange ...?«

Etwa seit fünf Wochen, dachte sie. Es kam ihr wie eine Ewigkeit vor.

Am Ende blieb sie fast einen Monat zu Hause, und Dr. Carr bestätigte, daß sie schwanger war. Alle gingen davon aus, daß sie ganz entzückt sei von dieser Aussicht. Der einzige Mensch, dem sie sich beinahe anvertraut hätte, war Zoë. Sie half ihr, Juliet ins Bett zu bringen. »Füttere du sie, während ich aufräume«, hatte Zoë gesagt. Sie waren allein im Kinderzimmer; Wills und Roly wurden gerade von Ellen gebadet.

Juliet saß in ihrem Kinderstuhl. Sie wollte den Löffel selbst halten, was zu großen Schmierereien führte und die Sache erheblich verzögerte. »Nein, Jules allein«, wiederholte sie, wann immer Louise ihr den vollen Löffel aus der Hand nehmen wollte.

»Lieber Himmel! Sie wird noch mal in die Wanne müssen!«

»Ach, ich wische nur das Schlimmste ab. Sie müssen es eben lernen.«

»Ich habe keine Ahnung von Babys.«

Zoë warf ihr einen kurzen Blick zu und wartete, daß sie noch etwas hinzufügte, aber das tat sie nicht. Sie mußte sich in diesen Tagen oft anstrengen, nicht zu weinen.

»Hör mal«, sagte Zoë und setzte sich an den Tisch zu Louise und dem Kind, »ich habe auch keine Ahnung gehabt. Und das macht einem wirklich angst, weil alle anderen offenbar annehmen, daß man Bescheid weiß.«

»Und daß man sich schrecklich freut«, murmelte Louise mit erstickter Stimme.

»Ja.«

»Und du hast dich nicht gefreut?«

»Beim erstenmal nicht – nein. Und dann sagten alle, ich sollte noch ein Kind haben, aber ich wollte nicht.«

»Aber dann hast du doch eins gekriegt.«

»Nicht gleich. Warte mal, Jules, ich mache dich erst noch ein bißchen sauber ... Aber als ich sie dann hatte – es war einfach wunderbar. Na ja, Rupert galt als vermißt, da war sie das einzige, was mir geblieben war. Ich hatte solche Angst gehabt, daß ihm etwas passieren könnte, das war in meiner Vorstellung das Schlimmste auf der Welt, und dann ist es tatsächlich so gekommen – aber gleichzeitig hatte ich auch Jules.«

»Lade!«

»Nein. Erst gehst du aufs Töpfchen.«

Aber damit war Jules nicht einverstanden. Sie warf sich auf den Boden, bog den Rücken durch und ergab sich einem aufwendigen Wutanfall.

Louise sah zu, wie Zoë damit fertig wurde. Schließlich saß

Jules auf dem Topf, ein kleines Stück Schokolade im Mund. »Es läuft immer auf Kompromisse hinaus.«

»Tante Zoë – ich …«

»Es wäre mir viel lieber, wenn du die ›Tante‹ wegließest. Entschuldige! Was wolltest du sagen?«

»Ich wollte nur sagen, daß mir gar nicht klar gewesen ist … wie schrecklich dir zumute war.«

»Wieso auch? Du warst noch ein Kind. Und überhaupt ist es für dich noch viel schwieriger. Ich bin erst schwanger geworden, als ich schon fünf Jahre verheiratet war, und damals war Rupert noch nicht im Krieg. Du mußt mit allem auf einmal zurechtkommen.«

In so mancher Hinsicht war dieses Gespräch tröstlich; in manch anderer dagegen nicht. Vielleicht würde sie, wie Zoë, dem Baby gegenüber anders empfinden, wenn es erst einmal da war; aber andererseits sah sie sich zum erstenmal mit der schrecklichen Möglichkeit konfrontiert, Michael könnte getötet werden.

Als er ein paar Tage später abends anrief, wie er es manchmal tat, sagte er, er könne einen Tag Urlaub bekommen, und versprach, sie in Sussex zu besuchen. »Wir haben Probleme mit der Maschine, und ich kann ein, zwei Tage verschwinden.«

Sie war ganz aufgekratzt, und alle freuten sich für sie. Die ganze Familie traf Vorbereitungen, ihn willkommen zu heißen. Die Duchy ordnete Fasane zum Abendessen an; der Brig verbrachte den Morgen damit, Portwein auszuwählen und zu dekantieren; Lydia stritt sich mit Polly darüber, ob sie ihre Brautjungfernkleider zum Essen anziehen sollten (Polly hielt das für unangemessen, aber Lydia, die ihres am liebsten zum Unterricht, sonntags zum Tee und manchmal insgeheim nach dem Baden angezogen hätte, war fest entschlossen). »Es ist vollkommen passend zum Abendessen«, sagte sie, »und es wird Michael an alte Zeiten erinnern – an seine schöne Hochzeit und so.«

»Du wirst sowieso nicht ins Eßzimmer dürfen«, sagte Polly.

»Werd' ich doch! Louise! Du läßt mich doch, oder? Schließlich bin ich deine Schwester.«

Aber bevor Louise antworten konnte, erklärte ihre Mutter, das sei leider vollkommen unmöglich. Die Fasane würden nicht ausreichen. Tante Dolly werde ein Tablett nach oben bekommen, und Tante Rach habe schon erklärt, sie finde Fasan ein wenig schwer verdaulich und werde sich ans Gemüse halten.

»Könnte ich nicht doch dabei sein und nur ein Ei essen?«

»Nein, das kannst du nicht. Miss Milliment wird im Kinderzimmer essen. Du kannst dich zu ihr setzen.«

»Scheiße! Na vielen Dank.«

»Das genügt, Lydia. Ich habe dir gesagt, du sollst dieses Wort nicht verwenden.«

»Es ist doch nur ein ganz normales Essen«, sagte Clary, nachdem Villy das Zimmer verlassen hatte.

»Für mich nicht. Ich komme sowieso nur selten ins Eßzimmer. Und ich bin die einzige hier, die das aushalten muß. Offenbar hat sich noch niemand klargemacht, daß wir alle bei einem Bombenangriff umkommen könnten, bevor ich auch nur alt genug bin, um ein paar Vorrechte zu genießen. Und dann wäre mein Leben ganz umsonst gewesen.«

Clary und Polly wechselten entnervte, betont erwachsene Blicke, auch wenn sie nach außen hin versuchten, sie zu trösten. Louise hatte jedoch die Spur von Ärger in der Stimme ihrer Mutter wahrgenommen und empfand Mitleid mit ihrer Schwester. Lydia versuchte nur zu erreichen, daß die Regeln geändert wurden – alle Kinder versuchten das, auch *sie* selbst hatte es vor Ewigkeiten versucht. Hier zu Hause hatte sie das Gefühl, älter zu sein, wenn auch nicht ganz so alt wie alle anderen.

Michael traf an diesem Abend mit dem Zug ein, und sie fuhr ihn mit Tonbridge, der sie jetzt mit »Madam« anredete, abholen. Er fuhr so langsam, daß sie fürchtete, sie würden zu spät in Battle ankommen, aber dann waren sie gerade rechtzeitig da. Sie brauchte nur noch eine Minute zu warten, bis der Zug schnaufend einfuhr. Trotz der Verdunklung drangen kleine Streifen gelblichen Lichts aus den Abteilen, als Türen geöffnet wurden und ein paar Fahrgäste in dem vergeblichen Versuch zu sehen, wo sie waren, die dichten Vorhänge beiseiteschoben. An den Bahnhöfen gab es schon so lange keine Schilder mehr, daß die meisten Leute sich daran gewöhnt hatten und einfach abzählten, wie oft der Zug hielt; aber es gab immer ein paar Ortsfremde, die nervös wurden.

»Was für eine Überraschung, Sie hier zu treffen!«

»Ach, ich dachte einfach, wenn ich genug Züge abwarte, kommt irgendwann jemand vorbei, den ich vielleicht kenne.«

Er legte den freien Arm um sie, und dann küßte er sie. »Bin ich froh, dich zu sehen. Und was macht der Wurm?«

»Wer?«

»Unser Kleiner.«

»Dem geht's gut.«

»Mein Liebes! Du hast mir wirklich gefehlt!«

Das Glücksgefühl und die Aufregung kehrten zurück. Er trug einen Mantel, der ein wenig nach Diesel und Salz und Kampfer roch; er hatte den Kragen hochgeschlagen, und das Emblem an seiner Mütze glitzerte leicht in der Dunkelheit, wenn er sich ihr zuwandte. Sie saßen im Wagen, hielten Händchen und führten für Tonbridge ein Erwachsenengespräch.

»Gute Neuigkeiten, nicht wahr? Guter alter Monty.«

»Glaubst du, wir werden den Krieg tatsächlich gewinnen?«

»Na ja«, meinte er, »es sieht so aus, als habe sich das Blatt gewendet. Die Russen halten in Stalingrad durch. Nordafrika ist eindeutig unser bisher größter Sieg. Aber wir haben noch einiges vor uns.«

»Was stimmt denn mit deinem Schiff nicht?«

»Es gibt Probleme mit dem Backbordmotor. Jedesmal, wenn sie glauben, sie haben es geschafft, bleibt er wieder hängen. Also muß jetzt alles noch mal ernsthaft überholt werden. Es gab natürlich auch noch anderes. Aber die Crew macht sich ganz gut. Der kleine Turner hat uns ein bißchen Käse für dich eingepackt, er ist in meinem Koffer. Ich hab' auch eine Dose Butter organisiert, um mich bei euch beliebt zu machen.«

»Das wärst du sowieso«, sagte sie. »Alle sind ganz versessen darauf, dich zu sehen. Lydia wollte dir zu Ehren ihr Brautjungfernkleid anziehen. Meinst du, du könntest Juliet einmal zeichnen? Es wäre so schön für Zoë.«

»Ich könnte es versuchen. Es wird nicht einfach sein, weil sie in dem Alter nicht stillhalten können. Du bist immer noch mein bestes Modell, Liebling. Welche war denn Juliet?«

»Meine kleinste Cousine.«

»Sie war entzückend. Ich werde es versuchen. Allerdings hab' ich nicht viel Zeit.«

»Wann mußt du zurück?«

»Morgen nachmittag, fürchte ich.«

Was er ihr nicht sagte, was sich erst beim Essen herausstellte – praktisch nur durch Zufall, so kam es ihr jedenfalls vor –, war, daß er nicht direkt aufs Schiff zurückkehrte, sondern an einem Bombenangriff auf Deutschland teilnehmen würde. »Sie werden mich in Lympne aufnehmen, das ist hier wohl der nächste Flugplatz, aber er ist teuflisch klein für eine Stirling. Trotzdem, sie meinen, es sei gerade so zu schaffen.« Und als Villy anbot, ihn dorthin zu fahren, sagte er: »Prima. Es wäre schön, wenn mir jemand nachwinkt.«

»Warum um alles in der Welt willst du mit einem Bomber mitfliegen? Man hat es dir doch nicht befohlen, oder?«

»Nein. Ich dachte einfach, es könnte Spaß machen. Und im Augenblick interessiere ich mich ziemlich für Tarnung.

Ich habe ihnen gesagt, es könnte nützlich sein, wenn ich den Flug mitmache. Und sie haben es genehmigt.«

Stolz verbot ihr, die Familie wissen zu lassen, daß ihr dies alles vollkommen neu war, also schwieg sie. Aber sobald sie allein waren und sich zum Schlafengehen auszogen, sagte sie: »Warum hast du mir das nicht erzählt?«

»Ich wollte ja. Ich habe es ja auch getan.«

»Ich kann mir nicht erklären, warum du so etwas tun willst. Du könntest – du könntest ...«

»Nein, Liebling, das ist sehr unwahrscheinlich. Wo war noch mal das Bad, Liebling? Ich hab' ein bißchen den Überblick verloren.«

Sie sagte es ihm, und er ging. Als sie allein war, fielen ihr einzelne Schlagzeilen ein: »Drei unserer Flugzeuge vermißt«, »Zwei Bomber nicht zurückgekehrt«. Er war wahnsinnig, freiwillig so etwas zu tun, und selbstverständlich war es gefährlich. Es war nicht fair, daß er sein Leben aufs Spiel setzte – und in voller Absicht, wie es schien –, nachdem er sie geheiratet hatte und so unbedingt ein Kind haben wollte.

»Weiß Zee davon?« fragte sie, als er zurückkam (das würde ihn vielleicht aufhalten können; sie war sicher, daß Zee dagegen war).

»Ja. Die Vorstellung gefällt ihr natürlich ebensowenig wie dir, Liebling, sie liebt mich eben auch. Aber sie hat mich nur in die Arme genommen und gesagt: ›Du mußt tun, was du willst.‹ Tatsächlich hat sie sogar gesagt«, er mußte lächeln, als er daran dachte, »›ein Mann muß eben tun, was ein Mann tun muß.‹ Sie ist wirklich eine erstaunliche Frau.«

»Du hast sie gestern gesehen? Ist sie nach Cowes gekommen?«

»Nein. Sie hat die Nacht in London verbracht. Sie wollte sich ein Stück von Jack ansehen.«

»Jack?«

»Jack Priestley. Also sind wir hingegangen. Ziemlich gut.

Wir haben beide an dich gedacht und davon gesprochen, wie sehr es dir gefallen würde.«

Das war wirklich zuviel. Er hatte zwei, nein *drei* Tage Urlaub und sich entschlossen, den ersten davon mit seiner Mutter und den dritten mit einem Bombenangriff auf Deutschland zuzubringen. Sie brach in Tränen aus.

»Aber, aber, Liebling«, sagte er, »du darfst dich nicht aufregen. Wirklich, das darfst du nicht. Es ist eben Krieg. Ich werde alles mögliche tun müssen, das nicht ganz ungefährlich ist; so ist das eben in Kriegszeiten. Du mußt lernen, tapfer zu sein.«

Am nächsten Morgen verbrachte er einige Zeit damit, Juliet zu zeichnen, und danach erklärte er Louise einen Code, damit er ihr – falls er in Gefangenschaft geriete – in scheinbar nichtssagenden Briefen Nachrichten über seine Fluchtpläne zukommen lassen konnte. Er schrieb den Code in seiner schönen, klaren Handschrift für sie ab und sagte, sie solle ihn an einem sicheren Ort verwahren. »Falls du ihn nicht auswendig lernen kannst«, sagte er. »Das wäre natürlich das beste.«

Dann gab es Mittagessen – Kaninchenfrikassee und Stachelbeerkompott –, aber es fiel ihr schwer, etwas zu sich zu nehmen, und sie lauschte wie betäubt der unausweichlichen Diskussion, wer mit zum Flugplatz kommen dürfe. Lydia war fest entschlossen, und Wills wollte unbedingt das Flugzeug sehen, aber da sie ohnehin nicht mit Michael allein sein würde, interessierte sie das alles nicht besonders. Michael hatte ein paar Benzinmarken mitgebracht (er hat wohl schon geplant, daß ihn jemand hinfährt, dachte sie); es kam ihr so vor, als seien ihr all seine Pläne fürs Leben unbekannt – bis zu dem Zeitpunkt, da er sie umsetzte. Sie saß mit ihm hinten im Auto, während die Kinder vorn zappelten und schwatzten. Sie war sehr passiv geworden und gab einfach nur allem nach, aber tief drinnen war ihr eiskalt vor Angst. In einer Stunde, dachte sie, wird er weg sein, und vielleicht werde ich ihn nie wiedersehen. Und ihm war offenbar überhaupt nicht bewußt, was das bedeutete. Diese letzte Stunde mit jemandem zu verbringen, der eine Karte las, während vor ihr »Ich sehe was, was du nicht siehst« gespielt wurde, war irgendwie absurd.

Schließlich trafen sie an der windigen, aber von leuchtend grünem Gras bewachsenen Lande- und Startbahn ein, und alle stiegen aus. Es regnete, nicht stark, aber stetig. Michael wurde von einem sehr jungen Mann in Luftwaffenuniform begrüßt, und sie wurden zu einer Baracke geführt, in der es intensiv nach dem Paraffinöfchen stank, das sie ein wenig aufwärmte.

Hier saß ein Offizier, der sich als Kommandant des Flugplatzes vorstellte und hinzufügte, er sei erstaunt, daß eine Stirling hier landen wolle: »Ich muß sagen, ich bezweifle, daß das möglich ist.«

Einen Augenblick lang stellte sie sich vor, die Maschine würde tatsächlich nicht landen können, wieder davonfliegen und Michael nicht mitnehmen können. Aber Sekunden später waren Motorengeräusche zu hören, und überraschend schnell war das Flugzeug da. Es sah gewaltig aus. Es kreiste einmal über ihnen, landete dann am entferntesten Ende der Bahn und kam am anderen Ende schließlich zum Stehen, die stumpfe Nase beinahe schon in der Hecke.

»Gut«, sagte er, »also los. Ich darf sie nicht warten lassen.« Er gab seiner Schwiegermutter einen Kuß, beugte sich dann zu Lydia und küßte sie auf die Wange, was sie rot anlaufen ließ, nickte Wills zu, der fasziniert die Stirling anstarrte, und wandte sich schließlich ihr zu, legte ihr die Hände auf die Schultern und gab ihr einen Kuß auf den Mund – von der Sorte, die schon beinahe wieder vorbei war, ehe sie begonnen hatte. »Halt die Ohren steif, mein Liebling«, sagte er. »Ich rufe dich morgen irgendwann an. Versprochen.«

Ihre Mutter brachte die Kinder zum Wagen; Wills war in

verzweifeltes Geschrei ausgebrochen, als ihm klargeworden war, daß *er* nicht ins Flugzeug steigen durfte. Sie blieb stehen und sah zu, wie Michael in den Bomber kletterte; beobachtete, wie sie hinter ihm die kleine Leiter einzogen, wie die Tür oder Luke oder was auch immer zuklappte und ihn ihrem Blick entzog; sah, wie das riesige, schwerfällige Flugzeug wendete und dann die Startbahn entlangrollte.

»Der Wind kommt von Osten«, sagte der Kommandant. »Sie müssen aufs Meer rausfliegen und dann wenden und uns noch einmal überfliegen. Dann können Sie ihm zuwinken.«

Also wartete sie noch ein paar Minuten und fragte sich, ob er, selbst wenn er sie sehen könnte, wirklich nach unten schauen würde.

Ihre Mutter war sehr freundlich zu ihr, genau auf die richtige Art: Sie machte ihr deutlich, daß sie ihre Situation ebenfalls für schwierig hielt, verfolgte das Thema aber nicht weiter.

Lydia wollte noch in Hastings Tee trinken, »wenn wir schon so weit gefahren sind. Damit es ein richtiger Ausflug wird.«

Villy wandte sich Louise zu, die jetzt vorn neben ihr saß. »Möchtest du das auch, Liebling?«

Sie schüttelte den Kopf. Wie so oft war sie den Tränen gefährlich nahe.

»Dann fahren wir heim.«

Sie kamen in der Abenddämmerung zurück, und an diesem Abend blieb sie bei den anderen, um sich die Neun-Uhr-Nachrichten anzuhören. »Die französische Flotte wurde von ihren Besatzungen im Hafen von Toulon auf Grund gesetzt«, hieß es am Anfang, bald ging es um schwere Bombenangriffe, die am Abend zuvor auf Kiel und Köln geflogen worden waren. Dann wurde ihr klar, daß sie über den Angriff, an dem Michael beteiligt war, nichts hören würde, bis er anriefe. Also hatten die in den Nachrichten als vermißt gemeldeten Flugzeuge nichts mit ihm zu tun. Bald konnte sie die Atmosphäre versteckten Mitgefühls nicht mehr ertragen und floh ins Bett, wo sie sich, wie ihre Familie das genannt hätte, erst mal ordentlich ausweinte. Jetzt fürchtete sie nicht mehr nur, daß Michael sie nicht liebte, sondern auch, daß er umkommen könnte.

Zweiter Teil

Die Familie

Silvester 1942

»Trotzdem, ein glückliches neues Jahr.«

Das Schweigen war so unerträglich, daß sie schließlich sagte: »Liebes, du weißt doch, wie enttäuscht ich selbst bin. Aber vielleicht weißt du es wirklich nicht.«

»Nein, wahrscheinlich nicht.«

»So ist es aber. Nur, ich kann doch die arme alte Dolly nicht allein lassen, wenn niemand da ist, der sich um sie kümmert.«

Niemand! dachte Sid. Das Haus ist bis obenhin voll mit Menschen. Was meint sie mit »niemand«? Laut sagte sie: »Ich nehme an, wenn ich mir ein Bein brechen würde, würdest du herkommen und dich um mich kümmern?«

»Liebling! Das weißt du doch.« Ironie war Rachel fremd. Diese beflissene, teilnahmsvolle Antwort trieb ihr Tränen in die Augen, Tränen der Liebe und des Zorns. Die kleine Atempause – man konnte es ja wohl kaum Urlaub nennen –, in der Rachel zwei Tage bei ihr in London verbringen sollte, würde ihnen versagt bleiben, wie so viele hoffnungsvolle Pläne in der letzten Zeit gescheitert waren. Normalerweise war es der Brig, der alte Despot, der dazwischenkam; jetzt hatte Dolly die Grippe. Es wird immer jemanden geben, um den sich Rachel kümmern muß, eine endlose Folge von Bedürftigen, bis wir schließlich selbst zu alt sind ...

»Du könntest nicht herkommen?«

»Du weißt genau, daß ich Bereitschaftsdienst habe. Ich war Weihnachten nicht dran, also muß ich an Silvester arbeiten.«

»Schon gut, Liebes, das verstehe ich ja. Und ich werde Ende nächster Woche auf jeden Fall vorbeikommen.«

»Das sagst du immer.«

»Ja? Ich meinte eigentlich, daß ich zum Zahnarzt muß. Ich fürchte, daß ich wieder einen Abszeß am Zahn habe. Also hab' ich einen Termin gemacht.«

»Tut es weh?«

»Hin und wieder. Nichts Ernstes. Man kommt mit Aspirin dagegen an. Aber jetzt muß ich aufhören. Villy möchte noch telefonieren. Noch einmal: ein gutes neues Jahr. Warum rufst du nicht dieses arme Mädchen an und lädst sie zum Essen ein?«

Und nachdem sie aufgelegt hatte, dachte Sid: Warum nicht? Sie hatte es so satt, immer wieder enttäuscht zu werden, und war andererseits schon dermaßen daran gewöhnt, so müde, weil endlose Hoffnungen immer wieder frustriert wurden, so erschöpft von der chronischen Eifersucht, die Rachels ihrer Meinung nach übertriebene Selbstlosigkeit immer wieder bei ihr auslöste – und der nagenden Angst, daß sie für die Freundin längst nicht mehr so wichtig war wie früher, oder es überhaupt nie gewesen war –, daß die Vorstellung, den Abend mit jemandem zu verbringen, der sie so eindeutig anbetete, wie Balsam wirkte. Es gab immerhin *eine* Person, die gern mit ihr zusammen war, die es verstehen würde, wenn sie plötzlich zu ihrer Sanitätsstation gerufen würde, die warten würde, bis sie zurückkehrte, und die das bescheidene Festmahl zu schätzen wissen würde, das sie mühsam organisiert hatte, um es mit Rachel zu teilen, und das sie sicherlich allein nie angerührt hätte. Trotzdem war sie unsicher, ob es wirklich so eine gute Idee war, Thelma anzurufen. Es war ganz in Ordnung, ihr kostenlos Geigenunterricht zu geben – soviel war sie dem armen Ding schuldig. Und daß sie sie hin und wieder zu einem Konzert mitnahm, war nichts als Freundlichkeit. Aber sie zum Essen einzuladen würde ihre Beziehung auf eine andere Ebene heben, die sie dann vielleicht nicht würde beibehalten können. Thelma tat ihr leid – und wer hätte nicht so reagiert? Thelmas Eltern waren beide umgekommen: ihr Vater bei einem Konvoi über den Nordatlantik, ihre Mutter bei einem Bombenangriff auf Coventry. Sie hatte offenbar keine anderen Verwandten und schlug sich mit schlechtbezahlten Teilzeitstellen durch. Sie war Sid von einer penetrant mildtätigen Dame vorgestellt worden, die sich um die Kantinen diverser Sanitätsstationen kümmerte. Dieses Mädchen sei zum Putzen zu ihr gekommen, hatte sie erzählt, aber eigentlich sei sie eine begabte Musikerin. Mrs. Davenport war einmal überraschend nach Hause zurückgekehrt und hatte sie erwischt, wie sie *erstaunlich* gut Klavier spielte. Natürlich hatte sie selbst *keinerlei* Ahnung von Musik, aber sie hatte *sofort* festgestellt, daß dieses Kind begabt war ... Und dann hatte das Mädchen ihr erzählt, Klavier sei eigentlich nicht ihr Instrument – sie betrachte sich als Geigerin.

Natürlich hatte Sid sich bereit erklärt, das Mädchen anzuhören – dessen musikalische Begabung sich als nicht weiter bemerkenswert erwies. Aber Thelma war so begeistert gewesen, so begierig zu lernen, und ihr ganzes Selbstgefühl hing so eindeutig von dem Ziel ab, Berufsmusikerin zu werden, daß Sid, der das Unterrichten mehr fehlte, als sie vorausgesehen hatte, sie aufnahm. Thelma war dankbar – rührend und übertrieben dankbar. Sid erhielt zahllose kleine Geschenke – Veilchensträuße, Süßigkeiten, Zigaretten – und dazu einen ununterbrochenen Strom von Karten. Und Thelma übte zwischen den wöchentlichen Stunden ungeheuer intensiv. Als Rachels Nichte geheiratet hatte und Sid zur Hochzeit eingeladen war, hatte Thelma eine ganze Reihe Zeitungsausschnitte über das Ereignis mitgebracht, so daß Sid, deren Interesse an der ganzen Veranstaltung vor allem darin bestanden hatte, Rachel zu sehen, sie an die Freundin weitergeschickt hatte: »Von meiner unermüdlichen kleinen Schülerin«, hatte sie geschrieben. »Ich könnte mir vorstellen, daß irgend jemand in der Familie sich freut, die Artikel zu lesen.« Natürlich tat Thelma ihr leid, aber vielleicht doch nicht so sehr, daß sie Silvester mit ihr verbringen wollte. Nein, sie würde allein essen.

Gerade als sie zu diesem Entschluß gelangt war, klingelte das Telefon, und Thelma fragte, ob sie ein kleines Neujahrsgeschenk vorbeibringen dürfe. Sekunden später hatte Sid sie zu ihrem eigenen Erstaunen nicht nur zum Essen eingeladen, sondern auch vorgeschlagen, wenn sie den Silvesterabend zusammen verbringen wollten, solle Thelma am besten ihr Nachtzeug mitbringen. Da sie in einem Zimmer in der Nähe von Waterloo wohnte und sich kein Taxi nach Hause hätte leisten können, war das nicht mehr als praktisch; ein freundliches Angebot. »Rachel hätte es sicher auch so gemacht«, sagte sie sich. Sie war müde und niedergeschlagen, kam sich ausgesprochen selbstsüchtig vor und hatte gar keine Lust zu feiern. In der ersten Woche des neuen Jahres würde sie vierundvierzig werden, und es sah so aus, als würde sie nie anders als von der Hand in den Mund leben – ohne viel in der Hand zu haben.

»Liebling, das solltest du nicht sagen. Es dauert noch vier Stunden bis zum neuen Jahr.«

»Ich werde es wahrscheinlich jedesmal sagen, wenn ich etwas trinke, und das wird noch oft der Fall sein.«

»War die Woche so schlimm?«

»*Verdammt* schlimm.«

»Wieder wegen Hugh?«

Er nickte. »Ich weiß nicht, was in den alten Burschen gefahren ist. Er war immer schon störrisch wie ein Maulesel, aber in der letzten Zeit hat er sich gegen jede, aber auch jede meiner Entscheidungen gewandt. Und dann bleibt er dabei. Nichts kann ihn überzeugen.«

Bevor Diana antworten konnte, war von oben Jammern zu hören.

»Ich muß raufgehen. Liebling, entspann dich ein bißchen. Trink noch einen Whisky. Es könnte einige Zeit dauern, bis sie schläft. Schlaf doch auch ein bißchen; wir haben bis zum Essen noch eine Menge Zeit. Und würdest du noch ein Scheit aufs Feuer legen?«

Die Scheite lagen in einem großen Korb neben dem großen offenen Kamin. Vorsichtig stand er auf; in diesem Cottage wimmelte es von Balken, und er wollte sich auf keinen Fall den Kopf stoßen. Sie hatte es wirklich sehr gemütlich eingerichtet: das Zimmer, das beinahe das gesamte Erdgeschoß einnahm, beherbergte ein kombiniertes Wohn-Eßzimmer; dann gab es eine winzige Küche mit einem Raeburn-Herd, einem Spülbecken und einer Ablage, und eine Tür führte in eine eiskalte Speisekammer. Das große Zimmer war ziemlich vollgestopft mit einem Sofa, zwei Sesseln – alle reichlich abgewetzt –, einem geschrubbten Tisch, der schon fürs Essen gedeckt war, einem Geschirrschrank ganz hinten neben der Haustür, vor die sie einen alten Teppich gehängt hatte, um die schlimmste Zugluft abzuwehren, einem Laufstall mit Bilderbüchern, Bauklötzen und mehreren Plüschtieren, die in Posen stoischer Entschlossenheit an den Gitterstäben lehnten. Jamies Dreirad stand neben der Tür, zusammen mit seinen Gummistiefeln. Vom Feuer abgesehen, erhellte eine große Petroleumlampe den Raum: Sie stand auf dem Geschirrschrank und erfüllte das Zimmer mit Pfützen goldenen Lichts und geheimnisvollen Schattenflächen. Am Tag war es hier wegen der kleinen, zurückgesetzten Fenster ziemlich dunkel, aber abends entfaltete der Raum seinen Zauber. Es tut gut, hier zu sein, dachte er. Zu Hause würde ich nur Hugh begegnen, und entweder würden wir uns wieder streiten, oder wir würden alles runterschlucken, weil Feiertag ist.

Er goß sich noch einen Whisky ein. Ihm war nicht nach Dösen zumute; er wollte noch einmal alles in Ruhe durchgehen, jetzt, da er vielleicht nicht mehr so wütend war, daß es seine Urteilsfähigkeit trübte. Also gut. Es hatte lange genug gedauert, bis die Versicherung für die Kriegsschäden am Kai gezahlt hatte; es hatte über Monate hinweg Schätzungen, Buchprüfungen und Papierkram jedweder Art gegeben, aber schließlich hatten sie geblecht – und zwar hundert Prozent, sowohl für die Reparaturen als auch für das beschädigte Lagergut. Alles hatte rosig ausgesehen. Aber dann, am Ende des Steuerjahres, war der Firma zusätzliche Umsatzsteuer abverlangt worden, als hätten sie das gelagerte Material tatsächlich verkauft, was bedeutete, daß sie praktisch nichts gewonnen hatten. Bei tatsächlich verkauftem Holz hätten sie angemessenen Profit gemacht, aber das waren *Vorräte* gewesen, beinahe zweihunderttausend Pfund wert; dafür Steuern zu zahlen würde bedeuten, daß sie nicht mehr genug Geld hätten, die Lagerbestände zu erneuern. Er war so verflucht wütend gewesen, daß er sich sofort an einen Anwalt gewandt hatte, obwohl Hugh meinte, das habe keinen Sinn. Sie würden einfach zahlen müssen, hatte er gesagt – wieder und wieder. Der Anwalt war ziemlich zurückhaltend gewesen; er hatte gemeint, wenn sie Widerspruch einlegten, werde das bis vors höchste Gericht gehen, da es sich um einen Präzedenzfall handele oder, im besten Fall, um den Versuch, kein Präzedenzfall zu werden. Er hatte mit dem Alten gesprochen, der vorschlug, mit einem Freund bei der Handelskammer zu reden. »Finde raus, ob so was schon öfter passiert ist oder ob es sich um einen einmaligen Fall handelt«, hatte er geraten. Der Freund des Alten hatte erklärt, das sei zwar eigentlich nicht sein Fachgebiet, aber auch er meine – das deutete er mehr oder weniger an, sie sollten es stillschweigend erdulden. Hugh hatte triumphiert. »Ich hab' dir doch gesagt, das würde uns nur Zeit und Geld kosten«, hatte er gesagt. Aber *er* war nach wie vor der Ansicht, daß für sie zu viel auf dem Spiel stand, als daß sie das einfach so hinnehmen konnten. Dieses Geld stellte ihre Zukunft dar, und angesichts der Tatsache, daß die Preise für Harthölzer ständig stiegen, waren sie ohnehin nicht in der Lage, die

Vorräte, die bei dem Bombenangriff zerstört worden waren, auch nur annähernd wieder aufzustocken. Diese Steuergeschichte brachte das Faß nun zum Überlaufen. Also hatte er an diesem Morgen noch einmal versucht, Hugh zu überreden. Es sei nicht nur das Geld, hatte er gesagt, es gehe auch ums Prinzip: Es war absolut ungerecht von der Regierung, den Schadensersatz für beschädigtes Lagergut in eine Art Zusatzprofit zu verwandeln und wie den Erlös eines erfolgreichen Verkaufs zu behandeln. Hugh schien ihm zuzustimmen, aber dann hatte er von den hohen Gebühren angefangen, die die entsprechend fachkundigen Anwälte kosten würden, von der gewaltigen Zeitverschwendung, der Tatsache, daß sie ohnehin zu wenig Personal hatten und daß es dadurch über Monate Unterbrechungen geben würde. »Und außerdem«, hatte er hinzugefügt, »haben wir keinerlei Erfolgsgarantie. Es könnte sein, daß wir am Ende mit noch weniger dastehen und uns total zum Narren gemacht haben.«

Hugh hatte während dieser Szene an seinem Schreibtisch gesessen und mit einem Briefbeschwerer gespielt, ihn immer wieder hochgehoben und aus zwei Zentimetern Höhe auf den Tisch fallen lassen. Und *dann*, das hatte Edward endgültig rot sehen lassen, hatte er hinzugefügt: »Außerdem habe ich noch mal mit dem Alten darüber gesprochen, und er ist strikt dagegen. Also sind wir zwei gegen einen, fürchte ich.«

»Er war aber bisher alles andere als dagegen.«

»Nun, jetzt ist er es.«

»Du weißt genau, daß du die Sache so dargestellt hast, daß er gar nicht anders konnte als dir zustimmen.«

»Ich habe ihm selbstverständlich gesagt, was ich denke.«

»Es ist wirklich außerordentlich schade, daß du es nötig hast, dich hinter meinem Rücken an ihn zu wenden.«

»Tatsächlich? Ich dachte, du hättest eine besondere Vorliebe dafür, Dinge hinter dem Rücken anderer zu tun.«

Diese versteckte, aber unmißverständliche Anspielung auf

Diana hatte ihn so aufgebracht, daß er aufgesprungen und aus dem Büro gerannt war und die Tür hinter sich zugeknallt hatte. Eine verdammte Unverschämtheit! Seit jenem schrecklichen Gespräch, bei dem Hugh ihn fast dazu überredet hatte, Diana den Laufpaß zu geben, und seit er sich aus offensichtlichen Gründen doch anders entschlossen hatte, strafte Hugh ihn mit einer schweigenden Mißbilligung, die schwer zu ertragen war. Von einem konventionellen Standpunkt aus hatte Hugh natürlich recht. Aber er übersah vollkommen, daß bei so etwas auch Gefühle eine Rolle spielten – sowohl seine als auch die von Diana. Er liebte sie, und sie hatte ein Kind von ihm: Er konnte sie jetzt nicht verlassen. Und über die nächste Zukunft hinaus wollte er nicht nachdenken. Aber Hugh hatte kein Recht, diese Angelegenheit in eine geschäftliche Diskussion einzubringen. Jetzt war *er* unbestreitbar im Recht. Nicht zum erstenmal wünschte er sich, Rupe wäre bei ihnen, aber dann erinnerte er sich, ebenfalls nicht zum erstenmal, daran, daß Rupe immer begeistert seinem jeweiligen Gesprächspartner zugestimmt hatte. Ich werde noch mal mit dem Alten reden müssen, dachte er. Er mußte morgen ohnehin zurückfahren, er hatte sich an diesem Abend nur entziehen können, weil er behauptet hatte, zu einem Fest der Luftwaffe eingeladen zu sein und schlecht absagen zu können. Es war wirklich gut, daß Diana sich am Ende dagegen entschieden hatte, nach London zu ziehen. Dieses Cottage, auf halber Strecke zwischen den Kaianlagen und Sussex, lag viel günstiger – auch wenn er den Verdacht hatte, daß es hier für sie manchmal sehr langweilig war. Aber sie hatte es sich selbst ausgesucht, genauer, einer von Angus' reichen Freunden hatte es ihr beinahe umsonst angeboten; es war einmal das Wildhütercottage auf dem Landsitz seines Vaters gewesen. Gott, was für ein Durcheinander, dachte er. Er *wollte* ja nicht mit Hugh streiten; er hatte den alten Jungen furchtbar gern, und er wußte, er spürte besser als jeder andere, wie tief ihn Sybils Tod getroffen hatte. Das letztemal hatte er sich Hugh wirklich nahe gefühlt, als er nach der Beerdigung mit ihm verreist war. Er wußte selbst nicht, wie er auf Westmoreland gekommen war, er hatte einfach gedacht, es sollte ein Ort sein, an dem sie beide noch nie gewesen waren; aber er hatte nicht mit dem Wetter gerechnet. Es hatte praktisch jeden Tag geregnet. Sie hatten trotzdem lange Spaziergänge gemacht und sich Lunchpakete vom Hotel mitgenommen; abends hatten sie in der Bar Darts gespielt, sich die Radionachrichten angehört, Schach gespielt und waren früh ins Bett gegangen, wenngleich klar war, daß Hugh nicht viel schlief. Am Anfang war er offenbar wie betäubt gewesen, sehr still, hatte nur von Zeit zu Zeit Dinge gesagt wie »Du kannst dir nicht vorstellen, wie dankbar ich dir bin, daß du mir da durchhilfst«, und dann waren ihm Tränen in die Augen getreten, und er hatte wieder geschwiegen. Langsam hatte er dann begonnen, über Sybil zu sprechen, verzweifelte, fiebrige Grübeleien, ob man sie hätte retten können: wenn man das mit dem Krebs früher herausgefunden hätte, wenn sie es ihm nur gleich *gesagt* hätte, als sie sich zum erstenmal schlecht fühlte, wenn sie früher operiert worden wäre ... »Zum Schluß haben wir darüber geredet«, erzählte er. «Ich habe herausgefunden, daß sie schon seit Monaten wußte, wie krank sie war. Eines Abends ist ihr sehr übel geworden; sie hatte sich gezwungen, eine vollständige Mahlzeit zu sich zu nehmen, um mich zu beruhigen. Es war furchtbar für sie, daß ich alles wegputzen mußte, und ich sagte ihr, es sei für mich eine Freude, ein Segen, eine Erleichterung, etwas für sie tun zu können, und als ich ihr ein frisches Nachthemd geholt hatte und ihr hineinhalf, sagte sie, sie wisse, daß sie sterben werde, und sie wisse, daß ich es wisse. ›Ich möchte dir alles sagen können‹, meinte sie, ›weil ich dir bald schon gar nichts mehr sagen kann.‹«

Sie hatten miteinander gesprochen, als hätten sie einander gerade erst kennengelernt, Schicht um Schicht enthüllt, wie Zwiebelschalen, hatte sie gesagt, und wenn sie zu müde zum

Sprechen war, hatte er ihr vorgelesen. Sie hörte am liebsten Gedichte, aber Lyrik hatte ihm nie viel bedeutet. »Um ehrlich zu sein«, hatte er gesagt, »ich hab' das Zeug seitenweise vorgelesen, ohne die geringste Ahnung zu haben, um was es da ging. Aber irgendwie hab' ich mich daran gewöhnt, und manchmal habe ich plötzlich begriffen, was der Bursche sagen wollte und daß es tatsächlich sehr gut war – sehr ausdrucksvoll.« Er hatte ein paar von ihren Lieblingsbüchern mit und arbeitete sich durch, aber, meinte er, das sei nicht dasselbe. Am Ende war sie von den verdammten Schmerzen so schwach gewesen, daß sie nur noch gewollt hatte, daß er bei ihr saß und schwieg. Aber ein paar Tage vor ihrem Tod, als sie gerade eine Spritze bekommen hatte und sich nicht allzu schlecht fühlte, hatte sie gefragt, ob er sich an St. Moritz erinnere, was er natürlich tat, und dann hatte sie gelächelt und gesagt: »Erzähl mir davon«, und das hatte er getan. Danach hatten sie lange geschwiegen. Jetzt erinnerte Edward sich an Hughs Gesicht in diesem Augenblick, an das schattenhafte Lächeln, das erstorben war, bevor es den gequälten Blick erreichen konnte, und er spürte, wie die beschützende brüderliche Liebe zurückkehrte, die er immer für seinen älteren Bruder empfunden hatte. Hugh hatte etwas Aufrechtes, störrisch Weltfremdes, Ehrenhaftes und Unschuldiges an sich, das beschützt werden mußte. Und zur Zeit war es der Starrsinn, mit dem er zu kämpfen hatte. Na gut, er durfte einfach nicht zu ungeduldig sein mit dem alten Jungen.

»Tut mir leid, daß es so lange gedauert hat. Jamie möchte, daß du ihm gute Nacht sagst.« Sie hatte eine Art Hausmantel angezogen, so ein Ding aus dunkelblauem Samt, das ihre klare Haut gut zur Geltung brachte. »Susan schläft jetzt endlich, also paß bitte auf, daß er nicht mehr zu wild wird und Krach macht.«

Jamie lag flach auf dem Rücken, die Decke bis zum Kinn gezogen.

»Hallo, alter Junge.«

»Hallo, alter Junge.« Er dachte einen Moment lang nach und fügte dann hinzu: »Eigentlich bin ich gar nicht alt. Na ja, *alt* schon, aber nicht so alt wie du. Du mußt wirklich schon sehr, sehr, *sehr* alt sein.«

»Ich fürchte, ja.« Jedenfalls fühlte er sich an diesem Abend so.

»Wie alt bist du denn?« fragte Jamie, als habe diese Frage schon lange zwischen ihnen gestanden.

»Sechsundvierzig.«

»*Sechs*undvierzig! Guter Gott!«

»Jamie, ich glaube, so etwas solltest du nicht sagen.«

»Mein Großvater, der in Schottland wohnt, sagt das andauernd. Er hat es sogar gesagt, als beim Frühstück eine Wespe in seiner Marmelade war. Und er sagt es immer, wenn er die Zeitung liest. Also hab' ich es natürlich aufgeschnappt. Mrs. Campbell, die bei den Großeltern kocht, sagt immer, es ist erstaunlich, was ich alles aufschnappe. Wenn man Sachen aufschnappt, kann man gar nichts dafür«, erklärte er.

»Was hältst du denn von deiner neuen Schwester?«

Er tat so, als müsse er nachdenken. »Ich mag sie eigentlich nicht besonders, ich hätte viel lieber einen Hund. Ich mag sie nicht, weil sie so häßlich und so dumm ist.«

»Na ja«, meinte Edward und erhob sich wieder vom Bett, »wahrscheinlich wirst du sie mögen, wenn sie älter ist.«

»Das glaube ich nicht. Liest du mir noch was vor?«

«Heute abend nicht, alter Junge. Ich muß jetzt zum Abendessen.«

»Sag *ihr*, sie soll mir noch gute Nacht sagen. Befiehl es ihr einfach.«

Als er gerade aus dem Zimmer gehen wollte, rief Jamie ihm nach: »Onkel Edward? Wenn ich sie erschießen würde, würde ich dann aufgehängt?«

»Das ist sehr wahrscheinlich.«

»Guter Gott!«

»Er hat natürlich nicht dich gemeint, sondern Susan.«

»Das weiß ich. Er ist schrecklich eifersüchtig, das arme Kerlchen.«

»Aber er würde ihr doch nichts antun, oder?«

»Er könnte es versuchen«, sagte sie. »Du mußt dir vorstellen, wie es für ihn ist. Stell dir zum Beispiel vor«, sie klang sehr vernünftig, »stell dir bloß vor, du würdest mich plötzlich mit nach Home Place nehmen und Villy sagen, daß du sie zwar noch liebst, daß ich aber trotzdem in Zukunft mit euch beiden zusammenwohnen würde. Wie wäre ihr wohl zumute?«

»Sei nicht absurd! Natürlich würde ihr das nicht gefallen.«

»Das ist eine gewaltige Untertreibung. Sie wäre teuflisch eifersüchtig. Ich weiß jedenfalls, daß ich es wäre.«

Im darauffolgenden Schweigen bemerkte sie, daß sein Blick ausdruckslos geworden war; seine Augen sahen aus wie blaue Murmeln.

»Ich fürchte, ich kann da keine Parallele erkennen«, sagte er schließlich.

»Ich meinte nur, daß es Jamie mit Susan so ähnlich gehen muß. Ich hole jetzt das Stew.«

Sie hat erheblich mehr sagen wollen, dachte er. Sie war selten so nahe daran, ihm zu sagen, wie sie empfand. Er wußte, daß er den Stier bei den Hörnern nehmen sollte, aber, wie der gute alte Rupe einmal bemerkt hatte, wenn man das tat, hatte man es immer noch mit dem Rest des Stiers zu tun.

»Ein frohes neues Jahr, kleines Mädchen!«

»Frohes neues Jahr.« Einen Augenblick lang wußte sie nicht, wo sie war, aber sie hatte gelernt, so zu tun als ob, denn sie wußte, daß sie es früher oder später erfahren würde.

»Mann! Was für eine Nacht. Wie geht es dir?«

Sie versuchte, sich aufzusetzen, und ihr Kopf fing an zu dröhnen, als gehöre er zu einer großen, schwerfälligen Maschine. Sie ließ sich wieder aufs Kissen fallen, schloß die Augen und hoffte, das Zimmer würde aufhören zu wackeln.

»Armes Kleines! Bleib einfach liegen, und Onkel Earl bringt dir was.«

Das war es! Er war der Mann, den sie letzte Woche im Astor kennengelernt hatte, während des Streits, den sie mit Joe Bronstein gehabt hatte, weil sie nach Hause gehen wollte und er nicht. Earl war an ihren Tisch gekommen und hatte irgendwie – wie mit Zauberkraft – alles geregelt. Beinahe sofort hatte sie sich in einem Taxi wiedergefunden, vor ihrer Haustür; er hatte sie noch zur Tür begleitet, sich überzeugt, daß sie sicher ins Haus kam, und sie dann in Ruhe gelassen. Am nächsten Morgen war ein großer Rosenstrauß abgeliefert worden mit seiner Karte, auf der Colonel Earl C. Black stand und daneben seine Telefonnummer und eine Nachricht, daß er sie gern wiedersehen würde. Sie hatte von Joe, der sich als so berechenbar erwiesen hatte wie alle anderen – im Bett und, was noch schlimmer war, auch ansonsten –, genug gehabt, und nun war sie hier, wahrscheinlich in seiner Wohnung, obwohl sie sich nicht erinnern konnte, wie sie hierhergekommen war. Es war ja auch ganz gleich. Wenn sie sich nicht rührte und die Augen geschlossen hielt, schien das Klopfen und Schaben in ihrem Kopf nachzulassen …

»… komm, Angiemaus, setzt dich …«

»Was ist denn?«

Er hatte ein Glas mit bräunlich-roter Flüssigkeit in der Hand.

»Ehrlich, ich kann nicht. Mir ist furchtbar schlecht.«

»Ich weiß, Herzchen, aber davon wird es dir bessergehen. Glaub dem alten Earl.« Er legte ihr einen Arm um die Schulter, zog sie hoch und hielt ihr das Glas an die Lippen. Es kann ja kaum noch schlimmer werden, dachte sie und schluckte gehorsam die pfeffrig scharfe, glitschige Mixtur, obwohl sie davon würgen mußte.

»Braves Mädchen«, sagte er. Er setzte das Glas ab und legte ihr seine gestreifte Schlafanzugjacke um die Schultern, die – wie sie erst jetzt feststellte – nackt waren.

»Bleib einfach eine Zeitlang sitzen, dann wird es dir bessergehen. Und dann eine heiße Dusche, und alles ist wieder gut.«

»Hast du vielleicht eine Zahnbürste für mich?«

»Habe ich«, sagte er. «Möchtest du ins Bad, bevor ich dusche?«

Das wollte sie. Sie stand auf und taumelte durchs Zimmer, wobei sie sich fester in die Jacke wickelte – sie reichte ihr beinahe bis zu den Knien.

Als sie zurückkam und anmutig wieder ins Bett stieg, trug er Boxershorts. Sie beobachtete ihn, als er in dem kleinen, beigefarben gestrichenen Schlafzimmer seine Sachen zusammensuchte. Er hatte breite Schultern und einen gewaltigen Brustkorb, der von drahtigen Haaren bedeckt war wie von graugesprenkeltem Gebüsch. Seine Stirn war breit und niedrig, das Kopfhaar grau, aber üppig und wirr abstehend. Seine Brauen wucherten wie eine Hecke, seine muskulösen Arme und die kräftigen Handgelenke waren ebenso behaart wie die Beine. Er muß ziemlich alt sein, dachte sie – mindestens vierzig. Sie versuchte sich zu erinnern, ob sie sich wohl geliebt hatten (sie nannte es immer noch so), aber sie würde ihn nicht fragen. Zu ihrer Überraschung ging es ihr tatsächlich besser. Sie sah, daß ihr Kleid vom vergangenen Abend sorgfältig über einen kleinen Sessel mit Brokatbezug gehängt war.

Er erklärte, jetzt sei es Zeit für die Dusche, und führte sie wieder ins Bad – drehte sogar das Wasser für sie auf. »Hinten an der Tür hängt ein Bademantel«, sagte er, »den kannst du danach anziehen.«

Sie sah furchtbar aus. Der Badezimmerspiegel mit dem

herzlosen kleinen Licht darüber (das Bad hatte kein Fenster) enthüllte ein bleiches Gesicht mit dunklen Ringen von verwischter Wimperntusche unter den Augen und Streifen von Make-up am Hals. Ihr normalerweise glattes und glänzendes Haar sah verfilzt und dunkel aus, als hätte sie die ganze Nacht geschwitzt; ihre Brauen, gezupft, so daß sie sie mit einem Stift betonen mußte, waren nur zwei sichelförmige Schatten. Neben dem Waschbecken, am Handtuchhalter, hing ihre Unterwäsche: Strümpfe, Strumpfhalter und Höschen – alles vor kurzem gewaschen. O Gott! Die Demütigung trieb ihr die Tränen in die Augen. Sie konnte sich an nichts erinnern, nur daran, daß sie in einem Nachtclub gesessen hatten, den sie noch nicht kannte – sie waren ohnehin alle dunkel –, an einem kleinen, wackeligen Tisch, auf dem Gläser und Flaschen standen. »Frohes neues Jahr« hatte er gesagt, und sie erinnerte sich an die tiefe Verzweiflung, die sie befallen und gedroht hatte, sogar ihr Partylächeln zu ersticken; also hatte sie noch mehr getrunken, um sie zu verdrängen. Von allem, was danach passiert war, wußte sie nichts mehr. Sie erinnerte sich nicht einmal daran, betrunken gewesen zu sein, ein ebenso widerwärtiges wie vertrautes Gefühl, aber sie mußte wohl betrunken gewesen sein – sehr betrunken –, wenn sie einen solchen Aussetzer hatte. Ich muß damit aufhören, dachte sie, etwas anderes ausprobieren, hier verschwinden, etwas anderes finden – ein neues Leben. So kann es nicht weitergehen. Aber es erschreckte sie, daß sich praktisch keine Alternative bot; genauer gesagt, sie hätte alles mögliche tun können, ohne daß es wirklich einen Unterschied gemacht hätte. Und zunächst mußte sie irgendwie die folgende Stunde überstehen, sich waschen, wieder zu ihm gehen, sich entschuldigen und nach Hause kriechen, weg von der ganzen erbärmlichen Geschichte. Sie zog die Schlafanzugjacke aus und trat unter die Dusche, die – obwohl das Wasser sie fast verbrannte – irgendwie tröstlich wirkte. In ihrer Wohnung gab es nicht oft heißes Wasser; Carol, das

Mädchen, mit dem sie zusammenwohnte, schien immer gerade das einzige Bad, das der Boiler hergab, selbst genommen zu haben. Während sie sich abtrocknete, dachte sie an die Wohnung. Carol würde noch schlafen, wenn sie dort ankam; sie arbeitete im Palladium und schlief immer bis drei Uhr nachmittags. Angelas Schlafzimmer, das kleinere von zweien, hatte ein Fenster zu einer Ziegelmauer und einem winzigen Hof, auf dem die überquellenden Mülleimer eines Restaurants standen. Im vergangenen Sommer hatten sie furchtbar gestunken. Das war jetzt ihre vierte Wohnung: Die Mädchen, mit denen sie zusammengewohnt hatte, waren einberufen worden, hatten geheiratet, einen Job irgendwo außerhalb Londons gefunden, und da die anderen jeweils die Hauptmieterin gewesen waren, hatte sie es sich nicht leisten können, irgendwo allein wohnen zu bleiben, und war umgezogen. Sie hatte immer noch ihre Stelle bei der BBC – sechs Abende Dienst und drei frei –, und so fand der größte Teil ihres Lebens nach Einbruch der Dunkelheit statt. Die Wohnung hatte eine kleine Kochnische, aber sie machte sich nie die Mühe zu kochen; wenn sie arbeitete, aß sie in der Kantine, und an ihren freien Abenden ließ sie sich ausführen. Sie gab ihren Lohn für Kleider, Make-up, Friseurbesuche und Taxis aus. Die Ankunft der Amerikaner in London hatte bedeutet, daß es immer jemanden gab, der mit ihr ausgehen wollte. Sie fand sie viel umgänglicher als Engländer. Sie waren für gewöhnlich einsam, stellten keine Fragen über ihre Familie, waren großzügig und schenkten ihr wunderbare Nylonstrümpfe, Parfüm, unbegrenzte Mengen von Zigaretten und Alkohol, Dosen mit Butter und Frühstücksfleisch (die sie auf dem Schwarzmarkt gegen Kleidermarken eintauschte) und einmal ein wunderschönes Stück grüner Seide aus New York, aus dem sie sich ein hinreißendes Kleid hatte machen lassen. Die meisten waren verheiratet oder verlobt, und obwohl sie selten freiwillig damit herauskamen, hatte Angela gute Techniken entwickelt, ihnen diese Information zu entlocken. Anfangs hatte sie das beunruhigt, aber das war vorbei. Diese Männer waren meilenweit von einem Heim entfernt, in das sie vielleicht nie zurückkehren würden, abgeschnitten von allem, was sie kannten, und sie wollten einfach ihren Spaß. Ihre Vorstellungen von Spaß haben unterschieden sich nicht allzu sehr voneinander. Auch Angela hatte das Gefühl, meilenweit von zu Hause entfernt zu sein oder, genauer, überhaupt kein Zuhause zu haben; Frensham wurde jetzt zu einem Erholungsheim umgebaut, und seit ihre Mutter sich in die Sache mit Brian eingemischt hatte, war sie nicht wieder in St. John's Wood gewesen. Ihr Vater hatte sich in Woodstock verkrochen; Christopher, der einzige, für den sie so etwas wie Wärme oder Zuneigung empfand, schuftete auf diesem Bauernhof in Sussex – er haßte London, und so bekam sie ihn kaum zu sehen. Sie war im Herbst zur Hochzeit ihrer Cousine gegangen, und es war seltsam gewesen, wieder mit den Cazalets zusammenzutreffen, einfach als Familienmitglied akzeptiert zu werden und mit Christopher und Nora und Judy in einer Kirchenbank zu sitzen. Als sie dort gewartet hatten, daß Louise am Arm von Onkel Edward die Kirche betrat, war ihr plötzlich klargeworden, wie weit sie sich von der Familie entfernt hatte, wie entsetzt sie alle sein würden, wenn sie von ihrem derzeitigen Leben erführen: Sie schlief den ganzen Morgen, hockte dann einige Zeit in ihrem schäbigen kleinen Zimmer, stopfte Strümpfe und bügelte und lackierte sich die Nägel; am Nachmittag badete sie und zog sich an, und Abend für Abend ging sie mit Männern aus, die sie kaum kannte, in Restaurants, in Nachtclubs; sie küßte sie in Taxis, und manchmal nahm sie einen mit nach Hause (aber nicht oft, weil sie sich für ihr Zimmer schämte und nicht wollte, daß jemand es sah) – im allgemeinen zog sie ihre Wohnungen oder die Anonymität eines Hotelzimmers vor.

In den Monaten, nachdem Brian sie verlassen hatte, und nach der Abtreibung hatte sie sich an die Idee von Liebe geklammert; Liebe, die sie schon zweimal so schmerzhaft erfahren hatte – mit Rupert und nun mit Brian –, war immer noch als Ziel, als ihre Rettung erschienen: Wenn sie nur weiter danach suchte, würde es sicher eines Tages passieren. Bis dahin mußte sie irgendwie die Tage und Nächte hinter sich bringen. Ihre Arbeit war einsam, an manchen Tagen sprach sie mit niemandem außer mit den Technikern im Studio und den Leuten in der Kantine, die das Frühstück ausgaben. Sie tanzte gern: Tanzen schuf eine Illusion von Intimität; in einem dunklen Raum bei leiser Musik in den Armen eines anderen zu liegen war eine Art Droge; bewundert und begehrt zu werden tröstete sie, gab ihr das Gefühl, nicht vollkommen wertlos zu sein. Sie hatte gelernt, anderen zu gefallen ... eigentlich jedem – nur nicht sich selbst. Sie ließ sich nicht mit jedem auf alles ein, traf schon ihre Wahl, aber tief drinnen hatte sie das Gefühl, für die Bewunderung zahlen zu müssen, und sie kam damit zurecht, indem sie es nur als Zwischenzustand betrachtete, bis sie endlich diesem wunderbaren, aber noch unbekannten Menschen begegnete, der ihr Leben verändern sollte. Es ist der Krieg, sagte sie sich: Er läßt alles anders werden, schwieriger und, wenn man nicht sehr vorsichtig ist, unaussprechlich langweilig. Aber im Lauf der Monate war der Gedanke an Liebe langsam verschwunden, sie war nicht mehr sicher, was das überhaupt bedeutete, Liebe, und immer noch mußte sie sich durchschlagen. Sie hatte sich vor der Einberufung gefürchtet, aber dann hatte sie die ärztliche Prüfung gar nicht bestanden – etwas mit ihrer Brust, hatten sie gesagt; es hatte sie nicht besonders interessiert, sie war nur zutiefst erleichtert gewesen. Noch eine Woche danach war sie sich wunderbar frei vorgekommen, das Leben hatte plötzlich etwas Strahlendes gehabt, aber bald war sie wieder in diesen Schwebezustand zurückgefallen, in dem nichts wichtig schien, alles nur eine mehr oder weniger langweilige Art, sich durchs Leben zu schlagen.

Er klopfte an die Tür des Badezimmers. »Der Kaffee ist fertig«, sagte er.

Sie hatte sich unter der Dusche das Haar gewaschen und kämmte es aus. Ihr Gesicht, jetzt vom Make up gereinigt, war noch ein wenig gerötet vom heißen Wasser. Sie konnte kaum schlimmer aussehen als vor der Dusche, und außerdem war es ohnehin gleichgültig. Sie würde den Kaffee trinken, ihre klamme Unterwäsche anziehen und das viel zu dünne Kleid und sich von ihm ein Taxi nach Hause bezahlen lassen. So einfach war das.

Er hatte einen kleinen, wackeligen Tisch im Wohnzimmer gedeckt. Es war tatsächlich eine Wohnung, wie sie jetzt feststellte, kein Hotelzimmer, keine Suite. Der Kaffee war sehr stark und gut. Als er ihr die Zuckerdose zuschob und sie den Kopf schüttelte, sagte er: »Nimm welchen. Ich habe nichts zu essen hier, und du hast nichts im Magen. Mach dir keine Gedanken, Schatz. Du hast zu viel von dem Fusel getrunken, das Zeug war wirklich übel. Wir werden dort nicht wieder hingehen.«

»Und was war mit dir? Hast du denn ...«

»Ich habe mich an den Scotch gehalten. Du hattest Gin – das war das Problem.«

»Es tut mir wirklich leid ...«

»Keine Sorge. Es war nur gut, daß es uns nicht beide erwischt hat. Eine üble Spelunke.«

Aber vor ihrem geistigen Auge tauchten die demütigendsten Szenen auf – ohnmächtig zu werden, sich zu übergeben, sich selbst absolut nicht mehr unter Kontrolle zu haben –, und daß sie sich nicht daran erinnern konnte, machte alles nur noch schlimmer ...

»Ich sollte lieber gehen«, sagte sie. »Könntest du mir ein Taxi rufen?«

»Ich habe eine bessere Idee«, sagte er. »Jemand hat mir ein Auto geliehen. Ich bringe dich nach Hause, warte, bis du dich wärmer angezogen hast, und dann fahren wir raus aufs Land – und essen was Anständiges.« Und bevor sie sich dazu äußern konnte, fügte er hinzu: »Falls du dich fragen solltest, ob ich die Situation letzte Nacht ausgenutzt habe, will ich dir nur sagen, daß das nicht der Fall ist.« Er legte eine große, behaarte Hand auf die ihre. »Großes Ehrenwort. Es ist nichts passiert. Okay?«

»Gut«, sagte sie. Sie war immer noch verlegen, aber auch erleichtert: Sie glaubte ihm, was die vergangene Nacht anging – was nicht hieß, daß sie ihm ansonsten über den Weg traute.

»Also gut, jetzt ist es genug mit den guten Wünschen fürs neue Jahr«, sagte Archie. »Wie sieht es mit den Vorsätzen aus?«

Sie waren im Wohnzimmer. Die älteren Familienmitglieder waren schon zu Bett gegangen: Die Duchy und Miss Milliment waren stark erkältet, und Rachel hatte sich mit Zahnschmerzen zurückgezogen, sobald die Glocken von Big Ben das neue Jahr eingeläutet hatten – »Ich kann niemandem einen Kuß geben, meine Lieben, mein Gesicht fühlt sich an wie ein gekochter *Kürbis*«, hatte sie gesagt und versucht zu lächeln, aber sie hatte grausig ausgesehen, wie Clary fand. Edward und Villy waren in London und feierten mit Hermione. So waren nur noch Archie und Hugh übrig und die Kinder – die lange aufbleiben durften, bis hinunter zu Lydia, die versprochen hatte, ins Bett zu gehen, wenn Archie es anordnete. Alle hatten einander umarmt und ein frohes neues Jahr gewünscht.

»Können wir nicht ein paar Scharaden aufführen?« Lydia hoffte, das würde länger dauern, als über Vorsätze zu reden.

»Nein, Archie will unsere Vorsätze wissen. Wie viele müssen wir denn haben? Oder können es so viele sein, wie wir wollen?«

»Ich denke, drei für jeden«, sagte Archie. »Was meinst du, Hugh?«

»Was? Aber sicher, drei. Whisky?«

»Danke.« Lydia griff nach dem Glas und reichte es ihrem Onkel. Sie legte es sehr darauf an, gefällig zu sein, in der Hoffnung, daß nach der Sache mit den Vorsätzen die Scharaden folgen würden.

»Und was für welche?« wollte Neville wissen. »Ich meine, um was soll es dabei gehen?«

»Natürlich *gute* Vorsätze«, sagte Polly. »Zum Beispiel, freundlich zu unseren Feinden zu sein.«

»Was für eine alberne Idee. Sie wären ja nicht meine Feinde, wenn ich freundlich zu ihnen wäre.«

»Na ja, sie sollen schon gut gemeint sein«, sagte Archie. »Ich meine konstruktiv, weißt du, sie sollen einen irgendwie bessern.«

Jemand schlug vor, sie aufzuschreiben, und Lydia eilte zum Kartentisch und holte die alten Blöcke und Stifte hervor, die sonst beim Bridge benutzt wurden.

»Fünf Minuten«, sagte Archie, »und dann kann jeder seine vorlesen.«

»Oder die von anderen«, schlug Clary vor. »O ja – wir könnten die Zettel mischen, und jeder nimmt einen, und wir müssen raten, wessen Vorsätze es sind. Das macht es viel interessanter. O ja, laßt es uns so machen!«

»Also gut«, stimmte Archie zu. »Leg noch ein Scheit aufs Feuer, oder ich werde vor euren Augen zu Eis erstarren.«

In der folgenden Stille war nur das Kratzen der Bleistifte zu hören.

»Ich bin fertig«, sagte Lydia. »Ich hab' mir ganz Wunderbare ausgedacht. Wirklich gut und menschenfreundlich.«

»Dir ist ja wohl klar, daß du dich auch dran halten mußt?« fragte Simon. Er hatte so angestrengt nachgedacht, daß er richtig erhitzt war, aber bei aller Anstrengung war ihm nur: »Miss Blenkinsop küssen« eingefallen, was er lieber verschweigen wollte. Sie war die Kunstlehrerin an seiner Schule – alt natürlich, aber viel jünger als andere Lehrer, und sie sah wirklich prima aus mit ihrem schwarzen Haar und den roten Lippen und den Stirnfransen, die sie immer mit ihrer schmalen weißen Hand, an der sie einen Türkisring trug, zur Seite strich. »Zeichnen lernen«, hatte er aufgeschrieben.

Auch Neville hatte Schwierigkeiten. Er hatte vor, aus seiner schrecklichen Schule auszureißen, aber er konnte sich nicht entscheiden, wohin er wollte. Wenn der Krieg zu Ende war, könnte er vielleicht als Erfinder arbeiten. Bis dahin, überlegte er, würde er gern mit Cicely Courtneidge zusammenleben, deren Platte mit dem Lied über zwei Dutzend doppelte Damastservietten ihn immer wieder begeisterte, ganz gleich, wie oft er sie schon gehört hatte.

Clary schrieb ihre Vorsätze, die sie für ausgesprochen langweilig hielt, auf und holte dann einen Hut aus der Abstellkammer, in den alle ihre Zettel werfen konnten.

»Beeilt euch«, sagte sie zu denen, die sich mehr Zeit gelassen hatten.

»Die Zeit ist um.« Archie legte seinen Zettel in den Hut und reichte ihn herum.

Er war der erste, der vorlas: »›Nett zu alten Leuten sein‹«, las er. »›Mein ganzes Geld weggeben. Jemandem das Leben retten‹.«

»Das sind meine«, sagte Lydia, was jeder auch an ihrer selbstzufriedenen Miene erkannt hätte.

»Idiotisch«, sagte Neville. »Du willst doch nicht *irgendwem* das Leben retten. Und Hitler? Würdest du sein Leben retten?«

»Nein. Aber es ist auch ziemlich unwahrscheinlich, daß *der* mir je über den Weg läuft. Natürlich meine ich nur gute Menschen.«

»Und wenn jemand aus einem Flugzeug fällt, dann wirst du erst fragen: ›Sind Sie ein guter Mensch?‹, und je nachdem, was er antwortet – und natürlich wird niemand die Wahrheit sagen, ganz gleich, wie böse er ist –, rettest du ihn dann? So was Blödes hab' ich in meinem ganzen Leben noch nicht gehört.«

»Ich glaube nicht, daß sie es so gemeint hat«, wandte Archie sanft ein.

»Und die Sache mit dem Geld ist auch blöd. Sie hat ihr ganzes Weihnachtsgeld schon ausgegeben, also wäre es sowieso nur ein Schilling die Woche. Und wie willst du mir was zum Geburtstag schenken, wenn du dein ganzes Geld weggibst? Oder«, fügte er tolerant hinzu, »wie willst du überhaupt jemandem was schenken?«

Lydia biß sich auf die Unterlippe.

»Du bist viel zu eklig, als daß dir jemand was schenken möchte«, sagte sie. »Jetzt seht ihr, wie schwer es ist, gut zu sein, wenn jemand wie Neville in der Nähe ist«, appellierte sie an die anderen.

»Ich denke, wir sollten die Zettel einfach nur vorlesen.« Archie reichte den Hut an Polly weiter.

»›Weniger rauchen. Geduldiger sein. Der Duchy im Garten helfen‹. Das mußt du sein, Dad.« Sie schwieg einen Augenblick, und dann sagte sie: »Ich finde, du hast schon furchtbar viel Geduld. Das finde ich wirklich.«

Archie bemerkte, wie sie einander zulächelten: sie bemüht, ihn zu trösten, er anerkennend, aber untröstlich; es breitete sich eine ähnlich schmerzliche Stimmung aus wie zuvor, als Clary auf abwesende Freunde trinken wollte und damit natürlich ihren Vater meinte – die Anspielung hatte mehr ausgelöst, als sie beabsichtigt hatte.

»Du bist dran, Clary«, sagte er schnell.

Clary faltete den Zettel, den sie gezogen hatte, auseinander und las mit verächtlicher Stimme: »›Den Krieg beenden! Die Schule verlassen! Mit Cicely Courtneidge essen gehen.‹ Wir wissen natürlich, von wem das stammt. Wieder mal alles falsch verstanden. Also wirklich, Neville. Es geht nicht darum, was du gern tun würdest. Oder um so was wie den Krieg beenden, was du überhaupt nicht könntest!«

»Das nehme ich mir aber vor. Ich werde meine Vorsätze deinetwegen nicht ändern.«

»Du kannst nicht von der Schule abgehen, bis du nicht Jahre und Jahre älter bist«, sagte Lydia. »Und da du Gott sei Dank nicht Premierminister bist, kannst du auch den Krieg nicht beenden. Und Cicely Courtneidge würde nicht mal im Traum daran denken, mit einem völlig unbekannten *Junge*n essen zu gehen. Da bin ich ganz Clarys Meinung.«

»Wir wollten doch keine Kommentare mehr zu den Vorsätzen abgeben«, mahnte Archie. »Hugh?«

»›Zeichnen lernen. Gedichte schreiben lernen. Etwas erfinden.‹ Himmel, Poll, sind das deine?«

»Meine«, sagte Simon. Er war knallrot geworden.

»Meine Güte. So interessante Dinge, Simon«, bemerkte Polly.

»Es ist sehr schwierig, Gedichte zu schreiben«, sagte Clary. »Ich habe das Gefühl, dazu muß man geboren sein. Und ich denke, wir hätten es inzwischen bemerkt, wenn du auch nur eine Spur von Talent hättest.«

»Clary, das ist aber ziemlich niederschmetternd.«

«So war es nicht gemeint.«

Aber Polly sagte: »War es doch.«

»Kommt schon, machen wir weiter«, schlug Archie vor. »Es ist Zeit, daß wir ins Bett kommen.«

»Führen wir keine Scharaden mehr auf?«

»Du bist die einzige, die das will. Komm schon, du bist dran.«

»›Französisch lernen. Nicht mehr Nägel beißen. Meine Kleider flicken, solange es noch sinnvoll ist‹«, las Lydia. »Das müssen deine sein, Clary. Du bist die einzige, die hier *ernsthaft* Nägel kaut.«

»Nur ihre eigenen«, wandte Neville ein. »Ich finde, das sollte sie tun dürfen. Wenn sie die von anderen abknabbern würde, wäre es schlimmer.«

»Jetzt bist du dran, Neville«, sagte Archie.

»›Schwimmen gehen. Russisch lernen. Ein bißchen zeichnen.‹ Ich sehe nicht ein, wieso Schwimmen ein guter Vorsatz sein soll.« Er ging gern schwimmen – wieso um alles in der Welt war *ihm* das nicht eingefallen?

»Das sind deine, Archie, nicht wahr?«

»Ja. Ich kann es nicht ausstehen, ins Schwimmbad zu gehen. Aber es ist angeblich gut für mein Bein. Ich komme mir vor wie ein Tiger im Käfig. Auf und ab, immer auf und ab.«

»Wenn wir nach London ziehen, gehe ich mit dir«, sagte Clary. »Wir können uns unterhalten, und dann merkst du gar nicht, wie langweilig es ist.«

»Also, ich wäre dafür, jetzt schlafen zu gehen«, erklärte Hugh, als habe er nur auf den frühestmöglichen Zeitpunkt für dieses Satz gewartet.

»Oooh, müssen wir wirklich?«

»Niemand hat meine Vorsätze vorgelesen«, sagte Polly.

»Arme Poll!« Er setzte sich wieder. »Also lies. Ich will es unbedingt wissen.«

»Ich sollte sie nicht selbst vorlesen«, meinte Polly. »Aber es hat sowieso nicht viel Sinn, weil alle wissen, daß es meine sind.«

»Wir wollen sie trotzdem wissen«, meinte Archie.

»*Ich* hab noch keine vorgelesen«, sagte Simon und griff nach dem Papier.

»›Kochen lernen. Wills lesen lehren. Die Wahrheit sagen.‹«

»Seht ihr. Es war überhaupt nicht interessant.« Sie war sichtlich verletzt.

»War es doch«, erklärte Simon mit peinlich offensichtlicher Loyalität.

»Ab ins Bett«, sagte Archie. »Und vorher noch alles für die Nacht vorbereiten. Den Ofenschirm vors Feuer stellen. Die Katze rauslassen. Auf der Treppe ruhig sein. Hilfst du mir auf, Polly? Nein, danke, Lydia, Polly kann das besser.«

»Was meint er mit der Katze? Flossy ist bestimmt in der Küche und wird gar nicht erfreut sein, rausgeworfen zu werden.«

»Das sagt man so, Lydia«, meinte Hugh. Er hatte Polly einen Kuß gegeben und legte jetzt die Hand auf Simons Schulter. »Gute Nacht, alter Junge.« Seine Kinder zu küssen brachte ihn wieder dem Weinen nahe. Letztes Jahr um diese Zeit war sie hier gewesen. Es war ihr gerade wieder ein wenig schlechter gegangen, aber sie war *hier* gewesen.

»Glauben Sie denn, daß uns ein gutes Jahr bevorsteht?«

»Oh, ich denke, es muß einfach besser werden. Und jetzt haben wir die Deutschen erst mal in die Flucht geschlagen. Monty hat das wirklich hervorragend hingekriegt. Es würde mich in der Tat überraschen, wenn sich El Alamein nicht als Wendepunkt erwiese. Und in Rußland kommen sie auch nicht weiter. Niemand, der in Rußland einmarschiert, rechnet mit dem Winter. *Und* wir zeigen ihnen auch auf ihrem eigenen Territorium, was eine Harke ist. Ja, ich glaube, man kann mit einiger Sicherheit behaupten, daß neunzehnhundertdreiundvierzig besser sein wird. Für uns.« Er lächelte sie freundlich an und fragte: »Ist Ihr Mann auch im Krieg?«

»Jetzt nicht mehr. Er war kurz bei der Luftwaffe, aber dann mußte er sich um die Firma kümmern.« Und dann fügte sie hinzu: »Natürlich hat er im letzten Krieg mitgekämpft ... In der Fünften Armee.«

»Beim guten alten Geoffy? Wirklich ein netter Bursche. Es muß schön für Sie sein, ihn zu Hause zu haben.«

Das wäre es, dachte sie, wenn er denn zu Hause wäre. Sein Nichterscheinen auf Hermiones Party hatte sie zunächst geärgert, dann verlegen gemacht, und jetzt war sie nur noch beunruhigt. Wo *steckte* er bloß? Er war nicht in seiner Wohnung, und sein Rasierzeug hatte er mitgenommen. Zu Hause war er auch nicht, denn dort hatte sie angerufen, unter dem Vorwand, allen ein frohes neues Jahr zu wünschen; wenn er dort gewesen wäre, hätten sie es selbstverständlich erwähnt. Aber Rachel hatte nur gesagt: »Ich wünsche euch eine schöne Party. Ihr habt es verdient, euch mal wieder zu amüsieren.« Sie hatte ihnen nicht gesagt, daß er gar nicht hier war. Aber natürlich hatte sie mit Hermione sprechen müssen. Sie hatte sie von der Wohnung aus angerufen.

»Liebling, wie lästig für dich. Aber mach dir keine Sorgen, vielleicht taucht er ja einfach noch hier auf. Ach, mach dir *deswegen* keine Gedanken. Es sind sowieso zwei Männer zuviel.«

Und jetzt saß sie neben einem davon. Oberst Chessington-Blair war ein rundlicher, rosiger kleiner Mann Anfang Sechzig. Er erinnerte sie an einen Korken, der bei jeder Konversation oben schwamm, weil es ihm gelang, all die Dinge, die auch anderen sofort einfielen, schneller und prägnanter auszusprechen, so daß sie beinahe originell wirkten. Er arbeitete im Kriegsministerium, das er das ›Kriegshaus‹ nannte; man konnte ihn sich wirklich nicht in Uniform vorstellen.

Als die Damen sich zurückgezogen hatten, die meisten von ihnen in Hermiones Schlafzimmer, hatte Hermione sich bei ihr eingehakt, um sie einen Augenblick zurückzuhalten, und gesagt: »Es war reizend von dir, so nett zum alten Piggy zu sein. Man konnte sehen, daß er einfach hingerissen war.« Und dann meinte sie: »Mach dir keine Sorgen wegen Edward. Irgendwas muß ihm dazwischengekommen sein, und ich nehme an, er hat vergeblich versucht, dich zu erreichen. Du weißt ja, wie das heutzutage mit dem Telefonieren ist.«

»Ich mache mir keine Sorgen.«

»Warum übernachtest du nicht hier? Es macht überhaupt keine Umstände, und du weißt, wie schwierig es ist, an solchen Tagen ein Taxi zu bekommen.«

Sie lehnte dankend ab, sie wollte lieber in die Wohnung zurück. (Was um Himmels willen konnte »dazwischengekommen« sein?)

Es war angenehm, wieder einmal Abendgarderobe zu tragen und in London zu sein, auf einer Party, aber jedesmal, wenn sie anfing, das zu genießen, kam ihr Edwards geheimnisvolle Abwesenheit wieder in den Sinn, und sie reagierte gereizt und nervös. Und wenn ihm wirklich etwas Schreckliches zugestoßen war? Sie wußte nicht einmal, ob sie sich eher wünschte, es wäre seine Schuld, daß er nicht hier war, oder ob es ihr lieber wäre, wenn er überhaupt nichts dafür könnte.

Polly und Clary

Frühjahr 1943

Es gab zwischen tiefem Schlaf und Aufwachen eine kleine, verzauberte Zeitspanne, die sie erst wahrnahm, seit sie in London war. Die Länge dieser Zeitspanne war ungewiß, aber sie war immer quälend kurz, da der Zustand verflog, sobald sie sich seiner bewußt wurde. Manchmal dachte sie, es müsse das allerletzte Stück eines Traums sein, denn nicht nur ihr Herz und ihre Gedanken, sondern auch ihr Körper schienen in diesem Moment praktisch schwerelos zu sein – eine Art heiterer innerer Losgelöstheit, die immer noch freudig auf etwas reagierte, das bereits geheimnisvoll in die Vergangenheit überglitt, sich in Erinnerung und Nebel auflöste, in etwas, das sie entweder bereits vergessen oder nie gewußt hatte. Träume konnten sich so anfühlen, daß wußte sie. Sie konnten wie Telegramme sein oder wie die wichtigste Zeile eines Gedichts – so durchdrungen von einem Fragment der Wahrheit, daß sie für einen Augenblick grelles Licht auf die Wahrheit selbst warfen. Aber Träume enthielten nicht immer freudige Botschaften, sie konnten alles vermitteln, von Unruhe bis zum nackten Alptraum – auch das wußte sie. Ihr immer wiederkehrender Alptraum – von dem sie nur Clary einmal erzählt hatte – bestand darin, daß sie versuchte, ihre Mutter auf die Stirn zu küssen, diese aber einfach mit dem Kissen verschmolz, und das Entsetzen, das dieser Traum hervorrief, wurde auch durch zahlreiche Wiederholungen nicht gemildert. Aber diese Zeitspanne vor dem Erwachen war eher, als flöge sie in einem sonnendurchfluteten Element, stieße dort auf ihren eigenen Körper und stellte, wenn sie wieder hineinschlüpfte, fest, daß ihre Flügel verschwunden waren. Sie war wieder nur Polly, die in ihrem Bett lag, im obersten Stockwerk ihres Elternhauses in London. Im Nebenzimmer lag Clary, tief schlafend, bis man sie fast gewaltsam wachrüttelte. Vielleicht, dachte sie, passiert das nur, weil ich jetzt allein schlafe. In Home Place hatte sie immer ein Zimmer mit Clary geteilt, und manchmal auch noch mit Louise. Wenigstens hatte Clary jetzt ihr eigenes Zimmer – Wohn-Schlafzimmer nannte man so etwas –, aber da sie hier im Haus von Pollys Vater waren, mit der Küche unten im Souterrain, war es anders, als wenn sie ihre eigene Wohnung hätten, was sie sich doch immer gewünscht hatten. Aber irgendwann hatte sie bemerkt, daß Dad immer davon ausgegangen war, daß sie bei ihm wohnen würden; als er entdeckte, daß sie lieber eine eigene Wohnung wollten, hatte sie gesehen, wie er seine ungeheure Enttäuschung hinter aufgesetzter Zustimmung zu verbergen suchte, und da hatte sie ihre alten Pläne nicht weiterverfolgen können. »Du kannst dir eine Wohnung suchen«, hatte sie zu Clary gesagt, »aber ich bringe es einfach nicht übers Herz. Es ist das erstemal, daß Dad sich überhaupt über etwas gefreut hat, seit Mummy gestorben ist. Es ist so schrecklich für ihn, allein im Haus zu sein, ohne sie. Das siehst du doch ein, oder?« Und Clary hatte ihr einen Blick zugeworfen, in dem Enttäuschung, Groll und Zuneigung sich mischten, und sofort gesagt: »Aber sicher. Und ich denke nicht im Traum daran, mir ohne dich eine Wohnung zu nehmen.« Ihre Miene zeigte immer all ihre Empfindungen, ganz gleich, wie sorgfältig sie ihre Stimme beherrschte.

Und Dad war so lieb gewesen! Sie sollten das oberste Stockwerk ganz für sich haben. »Ihr könntet euch Wohn-Schlafzimmer einrichten, die Räume sind groß genug«, hatte er gesagt. »Und ihr habt euer eigenes Bad auf dem Treppenabsatz. Und ich werde ein zweites Telefon oben installieren lassen. Ich nehme an, ihr wollt oft mit Freunden telefonieren. Und wenn ihr Leute einladen wollt, kann ich immer noch verschwinden. Ihr müßt mir sagen, was ihr euch an Möbeln vorgestellt habt. Und die Zimmer müssen wohl auch gestrichen werden. Sucht euch Farben aus, die euch gefallen.« Er hatte darüber geredet wie ein Wasserfall, und als Clary fragte, ob sie all ihre Bücher mitbringen dürfe, hatte er gesagt, aber selbstverständlich, und als er sah, wie viele es waren, hatte er Bücherregale dafür einziehen lassen. Es war, als wolle er, daß sie für immer blieben.

Sie hatten sich die Möbel aus dem ganzen Haus zusammengeholt. Tante Rach hatte gemeint, sie könnten Gardinen aus dem Haus an der Chester Terrace haben, weil die alten so dünn und verschlissen waren, daß sie sich nicht zur Verdunklung eigneten.

Und nun, nach kaum drei Monaten, war schon vieles an ihrem Leben in London zur Routine geworden. An fünf Tagen in der Woche besuchten sie den Sekretärinnenkurs bei Pitman's, an vier Tagen fuhren sie mit dem Rad, freitags aber mit dem Bus, weil sie direkt nach der Arbeit den Zug nach Sussex nahmen. Clary wäre an den Wochenenden gern in London geblieben, und manchmal tat sie das auch, aber Polly fühlte sich verpflichtet, nach Hause zu fahren und Wills zu besuchen. Er war nicht besonders froh, sie zu sehen, aber sie hatte das Gefühl, wenn sie nur nicht aufgab, würde sich das vielleicht ändern. Er akzeptierte sie, solange sie alles tat, was er wollte, und so verbrachte sie ganze Nachmittage damit, sein Kinderrad zu schieben, merkwürdige Figuren aus dem Meccano-Baukasten zu bauen und »Pu der Bär« vorzulesen. Er hatte sich zu einem untröstlichen Tyrannen entwickelt, entschlossen, auch das noch zu bekommen, was er eigentlich gar nicht wollte, und die zahllosen erfüllten Wünsche wie Blätter über seine unermeßliche Trauer zu häufen. Er bestand zum Beispiel darauf, eine rote und eine blaue Socke zu tragen; er weigerte sich, seinen Kartoffelbrei anders als aus einer Tasse zu essen; er packte sein Bett voll mit Kiefernzapfen, denen er geheimnisvolle Namen gab; und er erlitt schreckliche Anfälle, bei denen er einfach nur ununterbrochen Türen aufriß und wieder zuknallte. Tante Villy brachte ihm Lesen bei, aber er machte nur mit, wenn er dabei einen Hut aufsetzen durfte. Es war nun beinahe ein Jahr vergangen, aber sie wußte, daß seine Mutter ihm immer noch fehlte, auch wenn die Tanten anscheinend annahmen, er komme langsam darüber hinweg. Also fuhr sie seinetwegen heim. Und auch wegen ihres Vaters. Er genoß es, sich am Bahnhof mit ihr zu treffen und ihr eine Zeitung zu kaufen (wenn Clary dabei war, kaufte er auch ihr eine). Normalerweise schlief er im Zug ein, während sie versuchte, Kurzschriftkürzel auswendig zu lernen. Die Wochenenden verliefen immer gleich. Sie wurden von Tonbridge abgeholt, der über sämtliche kleinen Mißgeschicke berichtete, die sich im Lauf der Woche ereignet hatten – manchmal schlossen sie schon im Zug Wetten ab, was es diesmal sein würde –, und dann teilte er ihnen seine Ansichten über den Krieg mit, indem er sie als Fragen tarnte. Im Haus drangen die vertrauten Gerüche auf sie ein, die ihr gar nicht aufgefallen waren, als sie noch dort gewohnt hatte: feuchte, nur widerwillig brennende Holzfeuer, die Pfeife des Brig, Bienenwachs und bisweilen Schwaden von Essensgeruch, wenn Eileen zwischen Küche und Eßzimmer hin- und herlief, um den Tisch zu decken, und dabei die Verbindungstür immer wieder öffnete und schloß. Oben roch es dann nach Lavendel, nach Wrights Teerseife, nach Schuhwichse und nach Kleidern, die vor dem Feuer im Kinderzimmer trockneten; und die Geräusche waren entweder die von Kindern im Bad oder von Erwachsenen, die besagte Kinder zum Baden zu bewegen suchten. Sie ging dann in ihr Zimmer, um sich zum Essen einen wärmeren Pullover anzuziehen; zum Abendessen zogen sie sich nicht mehr um, nur noch samstags, und dann trug sie immer ihr hellgrünes Hauskleid aus Gardinenbrokat, das die Tanten ihr zum letzten Geburtstag genäht hatten. Nach dem Essen hörten sie sich die Nachrichten an, und dann spielten sie und Clary Karten. Clary fehlte ihr immer, wenn sie in London blieb, und außerdem beneidete sie sie an solchen Tagen; Clary ging dann mit Archie ins Kino, manchmal auch ins Theater, und wurde zum Essen ausgeführt. Von Kino oder Essen einmal abgesehen, war Clary auch noch mit Archie allein, was in Pollys Augen bereits einen Luxus darstellte, aber dann erinnerte sie sich immer daran, daß sie eben Verantwortung zu tragen hatte und Clary nicht. Trotzdem, der Groll über diese Ungerechtigkeit nagte an ihr. Sie wußte natürlich inzwischen, daß Ungerechtigkeit nicht zu vermeiden war, aber das hielt sie nicht im geringsten davon ab, es sich anders zu wünschen.

Heute war Freitag, und sie fuhren beide nach Hause, weil auch Archie kommen würde, denn am Samstag jährte sich der Todestag ihrer Mutter – eine Tatsache, die Dad nicht erwähnte, derer sich aber alle nur zu deutlich bewußt waren. Das Gegenteil eines Geburtstags, dachte sie, ein Todestag, aber daß ihre Mutter jetzt seit dreihundertfünfundsechzig Tagen tot war, war eigentlich nicht schlimmer, als wenn es dreihundertvierundsechzig oder -sechsundsechzig gewesen wären. Sie war froh, daß Simon noch in der Schule war. »Aber nur, weil es anders für ihn noch schlimmer wäre; *froh* bin ich eigentlich überhaupt nicht. Ich freue mich über gar nichts«, sagte sie zu Clary, als sie auf den Bus zu Pitman's warteten.

Clary war ganz ihrer Meinung.

»Ich auch nicht. Ich finde das Leben schrecklich deprimierend. Wenn es beinahe allen noch schlechter geht als uns, verstehe ich nicht, was das Ganze soll.«

»Ich hoffe ja, es liegt wirklich am Krieg«, sagte sie.

»Woher sollen wir das wissen? Wir haben keine Ahnung, wie es ohne den Krieg wäre.«

»Wir können uns immerhin daran erinnern. Es ist nur dreieinhalb Jahre her.«

»Ja, aber damals waren wir noch Kinder und all diesen kleinlichen Regeln unterworfen, die *sie* sich ausgedacht haben. Und jetzt, da wir langsam dazugehören, scheint es nur noch mehr Regeln zu geben.«

»Zum Beispiel?«

»Na ja«, überlegte Clary, »keine von uns will wirklich schrecklich gut in Schreibmaschine und Kurzschrift sein. Wir haben uns nicht gerade unsere ganze Kindheit danach gesehnt, sechzig Wörter in der Minute tippen zu können.«

»Aber es könnte nützlich sein, wenn du Schriftstellerin werden willst. Denk doch mal an Bernhard Shaw.«

»Er erfindet seine eigene Schrift, glaube ich. Und das nur, weil er es eben will. Aber im allgemeinen brauchen Männer nicht tippen zu lernen.«

»Sie müssen zur Armee und Leute umbringen«, sagte sie traurig. »Das Problem ist, daß wir immer noch nicht wissen, woran wir glauben. Wir machen einfach nur weiter in diesem langweiligen Durcheinander, und so recht glauben tun wir an nichts.«

Dann kam der Bus. Als sie sich Plätze gesucht hatten, sagte Clary: »An was glauben wir den *nicht*?«

»An den Krieg«, sagte Polly sofort. »Ich glaube einfach nicht an den Krieg.«

»Das hilft nur überhaupt nichts, weil wir trotzdem Krieg haben.«

»Na ja, du wolltest es doch wissen. Und wie sieht es bei dir aus?«

»Gott«, antwortete Clary. »Ich glaube nicht an Gott. Obwohl es mir manchmal so vorkommt, als gäbe es eine ganze Menge Götter und sie allein wären schuld an diesem Durcheinander – weil sie sich über nichts einigen können.«

»Ich kann *gegen* den Krieg sein«, fügte Polly nach einigem Nachdenken hinzu. »Die Tatsache, daß wir Krieg haben, ändert daran nichts. Ich bin schon gegen die bloße Idee. Wie Christopher.«

»Christopher denkt nicht mehr so. Er wollte Soldat werden. Sie haben ihn nur nicht genommen, weil etwas mit seinen Augen nicht stimmt.«

»Er glaubt weiterhin nicht daran, aber er hat sich melden wollen, weil er dachte, er habe kein Recht, andere Leute die Dreckarbeit machen zu lassen. Er hat Prinzipien.«

»Aha. Glaubst du denn an Prinzipien? Und an welche?«

Aber nun hatten sie Lancaster Gate erreicht und damit das stuckgeschmückte Haus, von dessen Portikus-Säulen der Anstrich abblätterte und in dem sie während der folgenden sechs Stunden auf ihre Schreibmaschinen eindreschen würden, zu einer Musik, die Clary als »Hastings-Pier-Musik« bezeichnete; sie würden Briefe wie »Sehr geehrte Herren, wir danken Ihnen für Ihr Schreiben vom 10. diesen Monats« in rätselhaften Hieroglyphen notieren und sich mit Buchhaltung abplagen, was sie beide haßten. »Es kommt mir einfach verrückt vor«, hatte Clary schon am ersten Tag gesagt. »Entweder man hat kein Geld, das man in den Büchern aufführen könnte, oder man hat Massen davon, und dann braucht man so was nicht.«

»Es ist doch nicht unser Geld, über das wir Buch führen, du Dummchen, sondern das unseres reichen, mächtigen Arbeitgebers.«

Die Arbeit wurde unterbrochen von der Mittagspause, in der sie Sandwiches mit Frühstücksfleisch aßen und dazu rosabräunlichen Tee tranken, der nach dem Metall der Kanne schmeckte. Es gab ein Zimmer im Souterrain, in dem die Schülerinnen ihre Mittagspause verbringen und Sandwiches kaufen konnten, wenn sie nicht selbst welche mitgebracht hatten. Bisher hatten sie keine ihrer Mitschülerinnen sonderlich interessant gefunden; alle schienen ihre Arbeit zutiefst ernst zu nehmen, und da die Kurse sehr intensiv waren, gab es wenig Gelegenheit, sich zu unterhalten. Für gewöhnlich gingen sie in der Mittagspause nach draußen und aßen ihre Sandwiches im Park. An diesem Morgen war jedoch eine neue Schülerin aufgenommen worden, die anders aussah als die anderen. Zunächst einmal war sie erheblich älter, aber auch alles andere an ihr schien ungewöhnlich. Sie war ungeheuer groß – sie überragte alle –, aber sie hatte lange, schlanke Hände und Füße und elegante Knöchel. Ihr eisengraues Haar war nachlässig zu einem Pagenkopf geschnitten, die Stirnfransen auf einer Seite kürzer als auf der anderen, und sie trug eine schwarze Strickjacke, die unregelmäßig mit Mohn- und Butterblumenblüten bestickt war. Aber es war ihr Gesicht, das beide Mädchen faszinierte. Im Gegensatz zu allen anderen trug sie kein Make-up, ihre Haut war bräunlich, und feingezeichnete Brauen bogen sich über Augen, über deren Farbe sich Polly und Clary nicht einigen konnten.

»Eine Art helles gräuliches Grün«, sagte Clary.

»Nein, es ist blauer. Aquamarin, findest du nicht auch?«

»Vielleicht, aber es wäre sinnlos, es in einem Buch so zu formulieren. Das *beschreibt* die Farbe einfach nicht.«

»Ich würde wissen, was es bedeutet.«

Sie beschlossen, diesmal in dem Raum im Souterrain zu essen, in der Hoffnung, die Neue näher kennenzulernen, aber sie war nicht dort. Ihre Abwesenheit beflügelte die Neugier der beiden nur noch.

»Ich glaube, sie ist Ausländerin.«

»Das wissen wir doch. Wir haben gehört, wie sie sich bei Miss Haltin bedankt hat.«

»Also, ich finde, sie könnte eine Adlige aus einem mitteleuropäischen Königshaus sein.«

»Oder vielleicht hat ein amerikanischer General sie mitgebracht. Ich wette, die dürfen ihre Mätressen mit ins Ausland nehmen. Weißt du, wie Stanley kistenweise Portwein mitgenommen hat, als er Afrika erforschte.«

»Das ist nun aber wirklich nicht dasselbe, Clary!«

»Sie könnte adlig sein *und* jemandes Geliebte.«

»Wie eine Ehefrau sieht sie wirklich nicht aus.«

»Vielleicht hat man sie, als sie noch jung war, gezwungen,

so einen schrecklich brutalen Preußen zu heiraten. Und dann sind all ihre Kinder an TB gestorben, weil es im Schloß so kalt war, und sie ist geflüchtet.« Clary hatte vor kurzem für einen Penny an einem Bücherstand antiquarisch einen Roman von Marie Louise de la Ramée gekauft und interessierte sich jetzt sehr für Ouidah, was all ihre Beobachtungen beeinflußte. »Sie ist wochenlang über Land gewandert, verkleidet als Bäuerin, und hat sich dann auf einem Schiff versteckt, um herzukommen.«

»Ich glaube nicht, daß sie sich gut verstecken kann«, sagte Polly. »Ich meine, sie ist ein bißchen zu auffällig. Und zu groß.«

Als sie zur zweiten Schreibmaschinenstunde zurück in den Unterrichtsraum kamen, war die Neue immer noch nicht da.

»Wenn wir sie das nächstemal sehen, fragen wir sie einfach, ob sie mit uns essen will.«

»Na gut. Glaubst du, sie könnte sich mit Dad verstehen?«

»Du hast doch gesagt, er wolle ausgehen, wenn wir Freunde einladen.«

»Ich weiß, aber ...«

»Ach, Poll, wir müssen endlich unser eigenes Leben leben.«

»Na gut. Aber sie ist ziemlich alt ... in seinem Alter. Wenn sie wirklich richtig nett ist, wäre sie vielleicht eine passende Frau.« Und als Clary nur abwehrend schnaubte, fügte sie hinzu: »Ich meine ja auch nicht, daß er sie gleich beim ersten Mal kennenlernen sollte. Ich meine nur, wenn sie nett ist, könnten wir sie ihm irgendwann vorstellen.«

»Das halte ich wirklich nicht für besonders sinnvoll. Sie sind ja wohl beide zu alt für Sex.«

»Das weißt du doch überhaupt nicht. Meinst du denn, daß auch Archie zu alt ist für Sex?«

Tödliches Schweigen trat ein, währenddessen sich Clarys Stirn leicht rötete. Dann antwortete sie schließlich: »Archie ist anders.«

Das ist er wirklich, dachte sie. Er war anders als alle Menschen, denen sie je begegnet war.

13. März 1943
Jetzt ist Sonntag nachmittag, Dad, und es regnet, und es ist ziemlich kalt, also sitze ich auf meinem Bett in Home Place unter der Daunendecke und schreibe an dich. Es ist schrecklich: Mir ist gerade klargeworden, daß ich seit vor Weihnachten nicht mehr geschrieben habe. Das liegt teilweise daran, daß wir nach London gezogen sind – Poll und ich wohnen jetzt bei Onkel Hugh, was unser Leben so verändert hat, daß es mir so vorkam, als hätte ich nicht mehr viel Zeit. Aber das stimmt nicht, ich hatte schon Zeit, nur war mir nicht besonders nach Schreiben zumute. Weihnachten war wohl ganz in Ordnung. Roly und Wills und Jules fanden es toll, und Lydia und Neville auch, aber ich glaube, mich langweilt es langsam ein bißchen. Neville hat versucht, mir eine Ratte zu schenken, die ihn nicht mehr interessiert. Wer will schon eine Ratte, *die er aufgezogen hat*? Das habe ich ihm auch gesagt. Polly hat er ein Puzzle geschenkt, von dem wir wußten, daß fünf Stücke fehlen. Er weigert sich einfach, sein Taschengeld für Geschenke auszugeben, und er selbst hat sich von allen nur Geld gewünscht. Von einigen hat er auch welches bekommen, aber es hing doch eine gewisse Mißbilligung in der Luft.
Nach Weihnachten sind wir dann nach London gezogen, weil wir dort bei Pitman's einen Intensivkurs in Schreibmaschine und Kurzschrift machen, damit wir zu etwas gut sind, wenn wir einberufen werden. Ich habe mich wie verrückt auf eine eigene Wohnung gefreut, aber am Ende mußten wir zu Onkel Hugh ziehen, weil Poll sagte, er freue sich so auf uns; sie glaubt, daß er ohne Tante Syb schrecklich einsam ist. Das habe ich eingesehen ... wenn du es gewesen wärest, Dad, hätte ich ebenso wie Poll emp-

funden, also habe ich mich natürlich gefügt. Wir haben jede ein Zimmer im obersten Stock und unser eigenes Bad, aber wir müssen im Souterrain kochen, also ist alles immer schon kalt, bis wir es nach oben getragen haben. Wenigstens können wir im Bad Tee kochen, das ist besser als nichts. Onkel Hugh war sehr freundlich und hat uns die Zimmer neu streichen *und* Bücherregale für mich bauen lassen, die sich über eine ganze Wand ziehen, was ganz gut ist, weil ich mir das falsche Gelb für die Wand ausgesucht hatte und keine Lust habe, das Zimmer noch mal zu streichen. Tante Rach meinte, wir könnten ein paar Gardinen aus der Chester Terrace haben, weil Tante Syb nie dazu gekommen ist, im obersten Stock welche anzubringen, und sie hat uns mit in die Chester Terrace genommen, damit wir uns welche aussuchen konnten. Sie sagte, sie würde sie für unsere Fenster passend machen, was ich sehr anständig von ihr finde. Es war merkwürdig, dort wieder hinzugehen, Dad. Alles ist zugedeckt – die ganzen Möbel –, und die Läden sind zu, und in den meisten Lampen sind keine Birnen mehr. Als wir reinkamen, roch es irgendwie muffig und düster wie alte Gebetbücher. Die Gardinen waren alle im Arbeitszimmer des Brig, in Teekisten verpackt; auf jeder Kiste stand, was drinnen war, aber ich konnte mich natürlich nur an die Wohnzimmergardinen erinnern, die aus grünem glänzenden Chintz mit den riesigen Rosen drauf, und an die hellbeigen mit blauen Vögeln, die in meinem Schlafzimmer hingen, als ich dort gewohnt habe; als ich neun war und du Zoë geheiratet hast. Ich habe es dir damals nicht gesagt, Dad, aber das war die schrecklichste Zeit meines Lebens. Ich habe einfach nicht glauben wollen, daß du zurückkommst und mich wieder abholst, weißt du; ich dachte, du wolltest es mir nur leichter machen, als du gesagt hast, du würdest wiederkommen. Ich habe eine halbe Krone aus der Tasche der Duchy gestohlen, für eine Busfahrkarte nach

Hause, aber dann ist mir eingefallen, daß Ellen Neville mit zu ihren Verwandten genommen hat und niemand dasein würde, um mich reinzulassen. Das alles ist mir im Flur eingefallen, als ich gerade gehen wollte – und dann wurde mir klar, daß ich kein Zuhause mehr hatte. Das was das Allerschlimmste. Ich war so wütend, daß ich am liebsten alles kaputtgemacht hätte, und da habe ich den Degenstock des Brig aus dem Ständer geholt und durch das schmiedeeiserne Gitter an der Haustür gestoßen, um das Glas dahinter zu zerbrechen. Ein Stück ist auch kaputtgegangen, aber ich habe so geweint, und dann haben sie mich gefunden. Tante Rach ist gekommen, und ich habe sie getreten und geschrien, ich sei gefangen und könne nirgendwohin und wäre am liebsten tot. Sie hat mich nicht bestraft, obwohl ich das sogar irgendwie wollte; ich wollte, daß alles weiter schrecklich ist. Sie hat mich mit ins Arbeitszimmer des Brig genommen, das nächstgelegene Zimmer, und hat mich festgehalten, bis ich aufgehört habe zu weinen, und mit mir darüber gesprochen, daß du heiratest und daß Eheleute Flitterwochen machen, was bedeutet, daß sie einige Zeit miteinander allein sind, und dann hat sie mir einen Kalender gegeben – ich erinnere mich noch, daß *Holzhandelsjournal* draufstand –, und dann hat sie den Tag angestrichen, den wir gerade hatten, und den, an dem du zurückkommen würdest, und hat mir einen roten Stift geschenkt, um die Tage durchzustreichen – noch zehn mehr –, und das hat mich irgendwie überzeugt, da konnte ich ihr glauben. Am Nachmittag hat sie mich dann mit zu Gunter's genommen, zu einem ganz aufwendigen Tee, es gab Eis und heiße Schokolade, und sie hat mir eine Tüte ihrer besonderen Zitronenbonbons gekauft, die ich mit nach Hause nehmen durfte. Das alles ist mir eingefallen, weil die Kisten mit den Gardinen im Arbeitszimmer des Brig standen und das ganze Glas von der Haustür entfernt und durch Holzplatten ersetzt war. An diesem Abend – nach dem Tee bei Gunter's – hat die Duchy mir ein Stück Leinen zurechtgeschnitten, damit ich eine Schlafanzugtasche für dich sticken konnte, aber ich war so ungeschickt, und sie ist nie fertig geworden. Nun, die Gardinen mit den blauen Vögeln wollte ich auf keinen Fall, und Polly, die die mit den weißen Rosen genommen hat, hat vorgeschlagen, ich sollte welche aus blauem Samt nehmen. Es ist komisch, Dad, auch damals warst du in Frankreich, aber du bist zurückgekommen. Und am Ende wirst du selbstverständlich auch diesmal zurückkommen. Aber du bist nun wirklich schon sehr lange weg. Es hat keinen Zweck, wieder mit einem Kalender anzufangen, weil es gut noch ein weiteres Jahr dauern könnte. Ich werde so weiterschreiben wie bisher, sowohl für dich als auch für mich, weil es mir hilft, mich an dich zu erinnern – ich meine, mich an mehr von dir zu erinnern. Eine der Schwierigkeiten dabei, daß du schon so lange weg bist – jetzt sind es zwei Jahre und neun Monate –, ist, daß ich zwar viel an dich denke, mich aber offenbar an immer weniger erinnern kann. Ich gehe alles immer wieder durch, aber ich habe ständig das Gefühl, daß es noch so viel anderes gibt, woran ich mich nicht mehr erinnern kann. Es ist, als gingest du langsam rückwärts von mir weg. Ich *hasse* das. Wenn die Leute *das* meinen, wenn sie sagen, die Trauer läßt nach, dann will ich es nicht. Ich möchte mich an dich so vollständig und deutlich erinnern wie an dem Abend, als der Mann angerufen hat, um zu sagen, daß du vermißt wirst; so sehr wie an dem Tag, als Pipette diesen wunderbaren Zettel gebracht hat, den du für mich geschrieben hast und den ich im Geheimfach des Schreibpults aufbewahre, das Poll mir geschenkt hat. Erinnerst du dich daran, wie du die Haut von meiner heißen Milch gefischt und sie gegessen hast? Ich muß oft daran denken.

Heute ist Sonntag. Ich glaube, ich habe noch nicht er-

wähnt, daß Archie heute hier ist, was ich gut finde, weil er mit allen gut auskommt und die Leute aufheitert, sogar den armen Onkel Hugh, den du wohl schrecklich verändert finden würdest. Er ist ganz still und zugleich sehr unruhig geworden – er nimmt immer wieder Dinge in die Hand und legt sie dann zurück, als sei er überrascht, was er da in der Hand hat, und selbst wenn er lächelt oder jemand einen Witz gemacht hat, schaut er erschrocken und ein bißchen gequält drein. Ich glaube, sein Herz ist gebrochen, aber Poll meinte gestern, sie hoffe, daß er wieder heiratet. Ich hätte gedacht, in seinem Alter wäre das sehr unwahrscheinlich. Das Problem ist aber auch, daß wir wegen des Krieges nicht viele Leute kennenlernen – und sicherlich keine so freundliche und ein wenig farblose Frau, wie sie meiner Meinung nach am besten zu ihm passen würde.
Einmal bin ich am Wochenende nicht heimgefahren – genauer gesagt sogar mehrmals, aber einmal habe ich das ganze Wochenende mit Archie verbracht. Das hatten wir nicht so geplant, es hat sich einfach so ergeben. Er hat mich am Samstag abend ins Kino eingeladen. Genauer gesagt, hat er mich nicht wirklich eingeladen, sondern als er zum Essen zu Onkel Hugh und Poll und mir kam, habe ich gesagt, ich wolle mal sehen, wie ein Wochenende in London sei, und ich müsse zugeben, es würde mir bestimmt Spaß machen, mit ihm ins Kino zu gehen; und er sagte gleich, warum nicht, gehen wir Samstag nachmittag. Aber am Freitag abend, als ich ganz alleim zum Haus zurückkam – Poll hat sich in Charing Cross mit Onkel Hugh getroffen –, war es schon ziemlich einsam. Ich habe mich ein bißchen komisch gefühlt, weil ich auch noch vergessen hatte, Brot zu kaufen, es war nur noch ein Rest sehr trockenes da, das ich mit meiner Käseration essen konnte; ich bin im Dunkeln rumgeschlichen und hab' die Verdunklungen angebracht, weil die Luftschutzwarte verflixt

pingelig sind, wenn irgendwo Licht durchschimmert, sie schreien von der Straße aus »Licht ausmachen!« und klingeln dann, um es einem noch mal zu sagen. Jedenfalls, das Telefon hat geklingelt, und ich bin rangegangen, und es war Archie. Er meinte, er hätte mich wohl beim Umziehen für eine Party unterbrochen. Welche Party? habe ich gefragt, und er sagte: »Ich dachte, du würdest übers Wochenende bleiben, weil du zu einer Party wolltest.«
Ich habe gesagt, ich würde niemanden kennen, also könnte ich auch auf keine Party gehen, und dann sagte er: »Dann komm und feiere eine ziemlich kleine Party mit mir. Nimm dir ein Taxi und komm nach sieben bei mir vorbei, wann immer du willst.« War das nicht unglaublich nett von ihm? Ich habe Poll vermißt, weil sie so viel besser weiß als ich, was man zum Ausgehen anziehen muß, aber ich habe tatsächlich ein ziemlich brauchbares Kleid, das Zoë mir zu Weihnachten geschenkt hat; es ist aus flaschengrünem Baumwollsamt, ein bißchen Abwechslung von dem dunkelblauen, das ich schon jahrelang hatte, und es hat einen rechteckigen Ausschnitt und Ärmel nur bis zu den Ellbogen, so daß es ein bißchen erwachsener aussieht als das alte blaue. Ich hab mir die Haare geschnitten, um eine Dauerwelle loszuwerden, die ganz kraus geworden ist, wenn es regnete, und außerdem konnte ich auf diesen schrecklichen Lockenwicklern, die sich einem nachts in den Kopf bohren, nicht schlafen, und jetzt sind die Haare wieder glatt wie immer, und Polly hat mir eine Hornspange zu Weihnachten geschenkt, die sie beim Trödler gefunden hat und die viel hübscher ist, als es sich anhört. Polly hilft mir normalerweise mit dem Make-up, und ich mußte mehrere Versuche unternehmen. Zum Schluß habe ich nur ein bißchen grünen Lidschatten von Poll benutzt, der ihr nicht steht, weshalb ihr das nichts ausmacht, und ihre dunkelblaue Wimperntusche, die so schwierig aufzutragen ist – man kommt so leicht mit der

Bürste ins Auge –, und Lippenstift in einer Farbe namens Signalrot, und das ist es auch tatsächlich, aber es geht wieder ab, sobald man auch nur einen Keks ißt. Das mit dem Rouge habe ich aufgegeben, weil ich schon so viel Make-up wieder abgerieben hatte, daß mein Gesicht sowieso ganz rot war – ich mußte sogar das Licht ausmachen und den Kopf aus dem Fenster strecken, damit es wieder seine normale Farbe annahm – keine besonders gute Gesichtsfarbe, so eine Art helles Khaki. Polly hat wirklich Glück, so unglaublich hübsch zu sein.

Archie ist in eine neue, viel nettere Wohnung in South Kensington gezogen. Sie liegt in einem großen dunkelroten Haus, von dem aus man auf einen Platz schaut, und ist wirklich sehr hübsch. Er hat ein Grammophon wie die Duchy, mit einem gewaltigen Schalltrichter aus schwarzem und goldenem Zeug, ähnlich wie Pappmaché, glaube ich, und er benutzt diese dreieckigen Holznadeln, die man nach jeder Platte neu anspitzen muß. Sehr modern und ganz schön teuer, kann ich mir vorstellen. Jedenfalls hat er gerade Musik gehört, als ich ankam. Wir haben Gin getrunken – ich mit Limettensaft –, und er hat das Schubertquartett aufgelegt, das die Duchy so gern mag. Als er mich umarmt hat, hat er gesagt, ich sähe sehr gut aus, also hat er es wenigstens registriert. Er hat mich zum Essen in ein Restaurant ausgeführt, das er als sein Stammlokal bezeichnet; ein zypriotisches Restaurant, wo es Lammkoteletts und Reis gibt und dann einen köstlichen Nachtisch aus kleinen gebackenen Honigbällchen und türkischen Kaffee – man muß aufpassen, daß man nicht den schlammigen Teil mittrinkt. Aber wir haben uns ausgesprochen interessant unterhalten, über eine neue Idee von jemandem namens Sir William Beveridge: den sogenannten Wohlfahrtsstaat. Es geht darum, daß alles viel gerechter und angenehmer für alle sein soll, mit kostenlosen Schulen und kostenlosen Ärzten und Krankenhäusern. Ich finde, das ist eine ausgesprochen gute Idee, weil Wohltätigkeit wirklich nicht immer funktioniert, und obwohl unsere Familie vergleichsweise reich ist, gibt es Leute, die praktisch gar nichts haben. Wir sind auf dieses Thema gekommen, weil ich gesagt habe, wenn ich erst mal Geld verdiente, würde ich die Hälfte davon weggeben, an Arme (als ich das zum erstenmal erwähnt habe, hat Neville gemeint, ich könne es ihm geben, weil er immer arm sei). Aber Archie sagte, wir würden alle höhere Steuern zahlen, und das bedeutete dann, daß wir schon unseren Anteil leisteten. Er sagte, nach dem Krieg würden sogar die Konservativen einsehen, daß es mehr Gerechtigkeit geben müsse und daß es mehr kluge und nützliche Leute gäbe, wenn alle die gleichen Chancen hätten. Ich habe ihn gefragt, ob er Sozialist sei, und er sagte, ja, das sei er tatsächlich, auch wenn er in Home Place, was er als eine Brutstätte des Konservativismus bezeichnet, nicht viel darüber spricht. Er sagte, er habe großen Respekt vor Mr. Attlee und hoffe, er werde Premierminister, was ich für ausgesprochen unwahrscheinlich halte, weil Mr. Churchill so beliebt ist. Nach dem Essen meinte Archie, er werde mich nach Hause zum Ladbroke Grove bringen, aber auf dem Weg wollte er wissen, ob ich allein im Haus sei, und als ich ja sagte, meinte er, das gefalle ihm überhaupt nicht und vielleicht sollte ich lieber bei ihm übernachten. Das war natürlich eine viel angenehmere Aussicht, also hab' ich mir zu Hause nur ein paar Sachen geholt, während er im Taxi wartete. Wir sind zurückgefahren, und er hat Kakao gekocht, aus Trockenmilch, die gar nicht so schlimm ist, wenn man ein bißchen Zucker reintut – das hat er jedenfalls gesagt, und ich fand es köstlich –, und dann hat er mich gefragt, ob es mir in London gefällt. Ich sagte, es sei nicht das, was ich erwartet hätte – bei Onkel Hugh zu wohnen sei nicht dasselbe, wie eine eigene Wohnung zu haben. Außerdem sei uns aufgefallen, daß wir abgesehen von der Familie nicht viele Leute kennen, und er konnte nachfühlen, daß uns das stört. Ich habe ihn zum Beispiel darauf hingewiesen, daß er vermutlich der erste Sozialist ist, den ich kennengelernt habe, was, wenn man mein Alter bedenkt, doch ziemlich erbärmlich ist. Dann versprach er, mich am nächsten Abend zu einem Essen bei Freunden mitzunehmen – der Mann ist Bildhauer und lebt mit einer Spanierin zusammen. Er hat sie kennengelernt, als er im Spanischen Bürgerkrieg gegen Franco gekämpft hat. Ich fragte, ob er dir je begegnet sei, und Archie sagte, ja, er glaube, ihr hättet euch einmal getroffen, als du ihn besucht hast, aber er war nicht ganz sicher. Dann meinte er, wir sollten lieber schlafen, weil wir am nächsten Tag eine Menge vorhätten. Das war am Freitag. Es war einer der schönsten Abende meines Lebens, und das Beste daran war, daß es eben nicht nur ein Abend war – wir hatten noch den ganzen nächsten Tag vor uns.

Am nächsten Morgen haben wir ziemlich verbrannten Toast gegessen, mit Marmite und Tee, und Archie wollte wissen, was ich getan hätte, wenn ich allein gewesen wäre, und ich sagte, ich wäre zur Charing Cross Road gegangen, die voller Buchläden ist und voller Antiquariate. Poll mag so etwas nicht, sie geht lieber in Geschäfte, in denen es alles mögliche gibt. Archie meinte, das sei eine gute Idee, und wir sind mit dem Bus hingefahren.

Hier hielt sie inne. Plötzlich kam ihr die Kluft zwischen dem Tag mit Archie und dem, was sie bei der Erinnerung daran empfand, gewaltig vor. Es war ihr damals nicht so erschienen, sonst wäre sie in der Beschreibung für ihren Vater nicht so weit gekommen. Erst jetzt, als sie in Home Place auf ihrem Bett saß und sehr schnell schrieb und ihr Geist den Worten auf dem Papier immer davonrannte, dachte sie an mehr als die heiteren Stunden zwischen den Reihen alter Bücher, die eng gedrängt auf den wackligen Tischen der

Buchläden standen; an mehr als den Besuch in der Redfern-Galerie, wo Archie ihr Bilder eines Malers namens Christopher Wood gezeigt hatte, den er sehr bewunderte; sie dachte an das Mittagessen, Spaghetti in einem italienischen Restaurant, wo die Männer sich die Serviette in den Hemdkragen stopften, und sie gelangte zu dem Moment, als Archie eine neue Schachtel Zigaretten geöffnet, sich eine genommen und dann innegehalten hatte: »Entschuldige, liebste Clary, möchtest du eine?« Und sie hatte von dem Päckchen zu seinen freundlichen, aufmerksamen Augen aufgeblickt, den Kopf geschüttelt und gesagt: »Onkel Hugh hat mir und Polly goldene Uhren versprochen, wenn wir nicht rauchen, bis wir einundzwanzig sind.«

»Aha«, hatte er geantwortet. »Wie alt bist du jetzt?«

»Im August werde ich achtzehn.«

»Das sind noch dreieinhalb Jahre. Ich vergesse immer wieder, wie jung du bist.«

»Siebzehneinhalb ist nicht gerade besonders jung.«

»Natürlich nicht. Nun, ich finde, du hast dich wirklich großartig gehalten.« Er gab dieses merkwürdig gedämpfte Krächzen von sich, das, wie sie wußte, bedeutete, daß er sich amüsierte, aber bevor sie beleidigt sein konnte, begann er sie zu necken.

»Wirklich großartig«, sagte er. »Ich meine, schon den ganzen Morgen auf den Beinen und immer noch wacker, du hast noch deine eigenen Zähne, hörst noch gut – du bist für dein Alter wirklich ein *wunderbares* altes Ding.«

So weit, so gut. Wenn sie sich nur daran erinnert hätte, wie der gute alte Archie die gute alte Clary neckte, wäre das ganz vertraut und einfach gewesen. Aber nun bemerkte sie, daß sich andere Aspekte hinzugesellt hatten und immer weitere hinzugesellten, mit überraschender Geschwindigkeit und Dichte, jedesmal, wenn sie die Szene noch einmal durchging. Es konnten keine Erinnerungen sein, denn das alles war ihr in der Situation überhaupt nicht aufgefallen – es mußte an ihrer Phantasie liegen, sie verwandelte die Wirklichkeit in etwas ganz anderes. »Entschuldige, liebste Clary, möchtest du eine?« Und dann von den Zigaretten zu seinen Augen aufzublicken, hellgrau, liebevoll, direkt auf sie gerichtet. Das war der Teil, zu dem sie immer wieder zurückkehrte, und jedesmal prägten sich ihr sein Tonfall, der Ausdruck seiner Augen, die Art, wie er den schmalen Mund nicht ganz zu einem Lächeln verzogen hatte, fester ein und weckten ein Glücksgefühl in ihr, so ungetrübt, so strahlend, so vollkommen, daß sie an gar nichts anderes mehr denken konnte. Wenn sie sich davon erholt hatte, dachte sie über dieses reine, so heftige Gefühl nach, das ihr vollkommen neu war; in ihrem ganzen Leben hatte sie nichts Vergleichbares empfunden – und wenn, dann hatte sie jedenfalls nicht darüber nachgedacht. Aber dann wollte sie mehr davon und spielte die Szene noch einmal durch. Als es passiert war, hatte sie überhaupt nichts gespürt, oder jedenfalls nicht viel: Zuneigung zu Archie und Dankbarkeit, wie eine Erwachsene behandelt zu werden und die Gelegenheit zu erhalten, sich selbst entscheiden zu können, ob sie nun rauchen wollte oder nicht. Aber im Lauf der Wochen, die seit diesem Tag vergangen waren, hatte sie langsam erfaßt, daß tatsächlich etwas Neues und Merkwürdiges geschehen war; es war, als habe sie für den Bruchteil einer Sekunde das Herannahen von etwas gespürt, das ihr das Bewußtsein rauben würde, so schnell und mächtig wie eine Flutwelle, und als habe sie dem gerade noch rechtzeitig ausweichen können.

Ich hab' ein paar wirklich gute Bücher gefunden [schrieb sie], alle schon älter, daher kennst du sie vielleicht auch. Romane: »Irgendwo in Tibet« von James Hilton, »Heldentod« von Richard Aldington – über den Ersten Weltkrieg –, »Die Flamme« von Charles Morgan und »Evelina oder Eines jungen Frauenzimmers Eintritt in die Welt« von Fanny Burney. Außerdem habe ich noch ein Penguin-

Buch über jemanden namens Mustafa Kemel gekauft, und die Briefe von Keats und ein sehr *dünnes* Buch mit Gedichten von Hausmann. Dann mußte ich aufhören, weil ich nicht mehr tragen konnte, und Archie, der in Uniform war, sagte, es gebe ein Gesetz, das Marineoffizieren das Herumtragen von Päckchen verbiete. Das hast du wahrscheinlich schon gewußt, Dad.
Am Abend hat Archie mich zum Essen mit zu diesem Bildhauer und seiner spanischen Frau genommen. Sie ist nicht wirklich mit ihm verheiratet, aber sie leben zusammen. Er ist ziemlich alt (ich meine älter als du und Archie) und Jude, weshalb er Frankreich verlassen hat. Er mußte zunächst auf die Isle of Man, ebenso wie Teresa, weil sie Ausländer sind. Sie ist dunkel und gar nicht schlank, aber auf eine irgendwie fruchtige Weise ziemlich faszinierend; sie hat mich mit ihren langen, baumelnden Ohrringen an eine schwarze Kirsche erinnert. Ich finde Ohrringe wirklich sehr schön, es ist schade, daß nicht mehr Frauen welche tragen. Sie hat ein erstaunliches Gericht aus Muscheln und Reis und Huhn gekocht, der Reis war gelb und hat köstlich gerochen und geschmeckt, und wir haben Wein dazu getrunken. Sie wohnen in nur einem einzigen, aber riesigen Zimmer, das eine Feuerstelle mit Glastüren davor hat. Louis heißt er. Louis Kutschinsky. Das Interessanteste an ihnen ist, daß sie Kommunisten sind, was ich sehr aufregend fand, weil ich noch nie zuvor welche getroffen hatte. Er gehört einer Vereinigung namens Peace Pledge Union an, aber trotzdem ist er ganz versessen darauf, daß wir uns mit den Russen verbünden. Archie neckte ihn und meinte, Krieg sei wohl nur dann erlaubt, wenn die Russen mitmachten, und er sagte, seine Ansichten hätten sich geändert, seit er gehört habe, was die Deutschen mit den Juden in Polen und sonstwo machen. Er sagte, sie wollten die Juden ausrotten, aber das können sie doch nicht, oder? Ich meine, man kann doch kein ganzes Volk um-

bringen – es muß Tausende und Abertausende geben –, wie könnten sie das tun, selbst wenn sie so schrecklich wären und es wirklich wollten? Ich fragte ihn, ob er religiöser Jude sei, und er sagte nein, aber deshalb fühle er sich trotzdem wie ein Jude, ebenso wie ein Engländer nicht weniger Engländer sei, wenn er den Protestantismus aufgebe. Aber die meiste Zeit hat er sich mit Archie unterhalten (und erheblich mehr gesprochen als Archie), und ich habe einfach zugehört, und Teresa hat genäht. Er hat ein schlimmes Bein wie Archie; er ist in Spanien verwundet worden, und Archie meinte, zusammen könnten sie bei einem Dreibeinrennen starten, aber davon hatte er noch nie gehört. Archie fragte ihn, woran er gerade arbeite, und er meinte, er habe die Bildhauerei aufgegeben, weil es keine Aufträge mehr gebe und das Material so schwierig zu beschaffen sei, also habe er angefangen zu zeichnen. »Eine Enzyklopädie der Hände«, sagte er. Er zeigte uns eine ganze Sammlung von Zeichnungen, überwiegend Kohlezeichnungen, von Händen – gefaltet, verschränkt, betend, Klavier spielend, einfach auf dem Tisch liegend, manchmal die Handrücken, manchmal die Handflächen, und nicht immer die derselben Person, sondern ganz verschiedene. Außer den Kohlezeichnungen hatte er noch welche mit Bleistift und mit verschiedenfarbigen Tuschen. Es waren Dutzende von Bildern, und manchmal mehrere auf einem Blatt. Archie hat sie sich eine Ewigkeit lang angesehen, und Louis hat währenddessen kein Wort gesagt, aber ich habe bemerkt, daß er ihn die ganze Zeit beobachtet hat, weil er wissen wollte, was Archie dachte, und ich habe ihm angesehen, daß ihm das sehr wichtig war. Manchmal hat Archie ihn gefragt, wessen Hände das seien, und dann sagte er: »ein Pianist«, »ein Chirurg, den ich kenne«, »die Frau aus dem Papierladen«, »ein Nachbarskind«, »jeder, der sich dazu hergibt«. Zum Schluß erklärte Archie, er bewundere die Zeichnungen *zutiefst* und dies sei eine neue

Art des Porträts. Als wir gingen – es war schon ziemlich spät – umarmte Mr. Kutchinsky Archie und schüttelte ihn und sagte: »Du solltest mindestens einmal in der Woche zum Essen kommen – mein einziges Publikum.«

Hier hielt sie wieder inne und erinnerte sich, wie Archie auf der Straße ihren Arm genommen hatte; dann waren sie auf die King's Road gegangen und hatten sich auf die Suche nach einem Taxi gemacht, aber keines gefunden, bis sie so weit gelaufen waren, daß es sich, wie Archie meinte, nicht mehr lohnte zu fahren. Er hatte ihr von Louis erzählt, der Ungar war, und Teresa, die nicht mit ihm verheiratet war, weil sie schon verheiratet gewesen war, als sie Louis kennengelernt hatte, aber ihr Mann habe sie geschlagen, also habe Louis sie entführt und mit nach Frankreich genommen. Sie hatten ein Kind gehabt, aber das war gestorben, und jetzt konnte sie keine mehr bekommen, aber Archie meinte, sie seien glücklich miteinander und paßten gut zusammen. Louis könnte ziemlich anspruchsvoll und anstrengend sein, aber ihr gefalle es, sich um ihn zu kümmern. Halb hatte sie zugehört, und halb hatte sie einfach den Spaziergang genossen, durch die dunklen, leeren Straßen, mit Archie, der neben ihr herhumpelte. »Jetzt hast du also deine ersten Kommunisten kennengelernt«, sagte er. »Gar nicht so anders als andere Leute, wie?«

Sie schrieb: »Ach übrigens, Dad, er war dir nicht begegnet. Es hat ihm sehr leid getan. Er sagt, er freue sich schon darauf, dich nach dem Krieg kennenzulernen. Ich fand das sehr nett von ihm.«

Nein, da hatte sie sich falsch ausgedrückt: Es ging nicht darum, daß er Dad kennenlernen wollte, vor allem war es nett gewesen, daß er akzeptiert hatte, daß Dad nach dem Krieg wieder dasein würde, so daß man ihn kennenlernen konnte. Manchmal verließ sie der Mut, was das anging: Es war nun schon so lange her, daß er verschollen war – und es konnte noch lange dauern, bis der Krieg zu Ende ging. Es wurde über eine zweite Front geredet, was eine Invasion in Frankreich bedeuten würde, aber dann geschah doch nichts, und selbst wenn, würde das nicht das *Ende* des Krieges sein, allenfalls der Anfang vom Ende. Was hatte Mr. Churchill doch vor einiger Zeit gesagt? »Nicht der Anfang vom Ende, aber vielleicht das Ende vom Anfang«? Sie konnte sich nicht genau erinnern. Das schlimme daran war, daß sie es einfach nicht mehr mit ansehen konnte, wie alle in der Familie jede Nachrichtensendung verfolgten und die Zeitung von der ersten bis zur letzten Seite lasen und dann über das redeten, was sie gehört und gelesen hatten.

Sie wollte nicht mehr schreiben. Am nächsten Tag waren sie und Archie in den Richmond Park gegangen, und dann hatte er in seiner Wohnung gekocht, Steak-und-Nierenpastete aus der Dose – absolut köstlich. Dann waren sie in ein Kino in der Oxford Street gegangen, in dem »Lebensabend« mit Jean Gabin gezeigt wurde, den sie noch nie gesehen hatte; ein wunderbarer Film, und sie hatte gedacht, der beste Weg, Französisch zu lernen, sei, sich französische Filme anzusehen. Als sie zu einem frühen Abendessen im Corner House am Marble Arch saßen, hatte sie Archie gefragt, was er von dieser Idee halte.

»Ich fände es gut, wenn ihr beide außer Schreibmaschine und Kurzschrift noch etwas lernen würdet«, hatte er gesagt. »Poll sollte zum Beispiel zeichnen. Wenn sie auf eine Kunstschule ginge – zum Beispiel am Abend –, würde sie auch Leute in ihrem Alter kennenlernen.« Und was ist mit mir? hatte sie gedacht, es aber nicht erwähnt. Statt dessen hatte sie gesagt: »Polly ist so hübsch, sie wird einfach jemanden heiraten, glaube ich. Ich denke eigentlich nicht, daß sie wirklich Malerin werden will.«

Und er hatte geantwortet: »Sie ist wirklich bildschön, das muß ich zugeben.«

Sie hatte ihn dann gefragt, ob er Schönheit oder Hübschsein für wichtig halte, und er hatte erwidert, es habe schon einen gewissen Wert. Dann hatte er sie nachdenklich angesehen: »Aber zum Glück wird es nicht zu einem wirklich lebenswichtigen Maßstab, weil alle unterschiedliche Vorstellungen davon haben, was Schönheit oder Hübschsein, wie immer du es nennen willst, ausmacht. Es ist einer der kleinen Tricks der Natur, damit die Menschen zueinander finden, aber andererseits kann ich mir nicht vorstellen, daß ich den Verstand verliere wegen einer Dame, die vierzehn Ringe um ihren Giraffenhals hat.« (Sie hatten sich an diesem Tag beim Frühstück eine Kolumne von Ripley im *Sunday Express* angesehen.)

»Das zählt nicht. Das ist etwas, was Leute tun, weil es modern ist – genau wie Korsetts oder die Frauen in China mit ihren eingeschnürten Füßen. Ich meinte einfach, wie jemand von Anfang an ausgesehen hat.«

»Aber die meisten bleiben nicht so, oder? Natürlich hast du recht – die Giraffendamen sind kein gutes Beispiel. Gut pariert, Clary. Aber du hast dir zum Beispiel vor einiger Zeit eine Dauerwelle machen lassen – und ich muß sagen, mit glattem Haar siehst du viel besser aus. Und wo wir gerade bei diesem Thema sind, ich glaube eigentlich nicht, daß es wirklich zu dir paßt, dir das Gesicht anzumalen.«

»Das sagst du nur, weil du was gegen Make-up hast.«

»Nein. Ich denke, zu manchen Frauen paßt es ...«

»Polly sieht reizend aus, ob sie welches trägt oder nicht.«

»Ja, das muß ich zugeben. Aber sie *braucht* es nicht.«

»Du meinst also«, hatte sie gesagt und war plötzlich vollkommen verzweifelt gewesen, »daß es zwei Arten von Leuten gibt, bei denen man es erst gar nicht versuchen sollte – die ganz besonders Schönen und solche wie mich.«

Schweigen war eingetreten. Sie hatten einander an dem kleinen Tisch mit der Marmorplatte gegenüber gesessen, und sie hatte sich erhitzt und elend gefühlt und zu ihrem Schrecken bemerkt, daß ihr Tränen in die Augen traten.

»Clary, ich würde dich auf keinen Fall anders haben wollen. Ich mag dich so, wie du bist. Für mich siehst du genau richtig aus.«

»Dann mußt du einen sehr schlechten Geschmack haben, was Menschen angeht«, hatte sie gesagt, so patzig sie konnte.

»Das war ziemlich hart. Ich möchte dich nur an das erinner – denn ich bin sicher, Miss Milliment würde das auch tun –, was Congreve gesagt beziehungsweise einer seiner Figuren in den Mund gelegt hat, einem Mann, der es zu einer Dame sagte: daß sie ihn ebenso bewundern möge für die Schönheit, die er an ihr lobt, so als besäße er sie selbst. Darüber kannst du dir jetzt den Kopf zerbrechen.«

Sie hatte einen Augenblick damit zu kämpfen gehabt. »Du meinst, sie sollte ihn für seine Urteilsfähigkeit bewundern? Also, ich denke, du versuchst nur *taktvoll* zu sein oder so was. Dad hat einmal gesagt, ich sei schön, und für kurze Zeit hätte ich ihm beinahe geglaubt, weil er, wie du ja weißt, einen schrecklich guten Geschmack hat – aber eigentlich wollte er mir nur das Gefühl geben, weniger ... *durchschnittlich* zu sein.«

Sie hatte aufgeblickt und gesehen, daß er sie beobachtete.

»Und, hatte er damit Erfolg?«

«Ich hab' dir ja gesagt, für einen Augenblick ... Ich möchte nicht, daß du jetzt denkst, ich würde Poll beneiden oder ihr übelnehmen, daß sie so wunderschön anzuschauen ist. Es ist nur, daß ich mir manchmal wünsche ...« Sie hatte die Achseln gezuckt, um es weniger gewichtig erscheinen zu lassen. »Ach, du weißt schon. Ich meine, die Leute werden sich an meinen Charakter halten müssen, der nicht besser ist als der von Poll, genaugenommen sogar wahrscheinlich schlechter, aber gewöhnliche Leute müssen einen besseren Charakter haben, um ihr durchschnittliches Äußeres auszugleichen. Weißt du, wie du einmal gesagt hast, jemand, der Cockney-Dialekt spreche, müsse besser sein als andere, um

Offizier bei der Marine zu werden? Und ich bin nicht sicher, ob ich mir das zutraue.«

Sie hatte einen Moment geschwiegen, aber er hatte nichts erwidert, und daher war sie fortgefahren: »Einmal, als ich etwa sechs war, habe ich mit Neville ein Spiel gespielt, bei dem man sagen mußte, was man am liebsten sein wolle. Und ich habe gesagt, ich wäre gern tapfer. Und Neville hat die Augen verdreht, als hätte ich ihm die größte Lüge erzählt, und gemeint, *er* wolle lieber reich und schön sein. Und sofort wußte ich, daß ich, wenn ich ehrlich war, das auch sein wollte; ich hatte das andere nur erfunden, damit es einen guten Eindruck macht.«

Da war er wieder, vor ihrem geistigen Auge, und sah sie abermals an, diesmal jedoch anders; diesmal lag in seinen Augen ein Ausdruck, den sie nicht ertragen konnte (einen schrecklichen Augenblick lang hatte sie geglaubt, sie tue ihm leid – eine so erniedrigende und widerwärtige Vorstellung, daß sie sie sofort wieder verdrängt hatte, ohne über eine Alternative nachzudenken). Gesagt hatte sie damals: »Du siehst furchtbar rührselig aus. Was um alles in der Welt denkst du gerade?«

Und er hatte sofort geantwortet: »Ich versuche nur, nicht zu lachen.«

Sie war so dankbar dafür gewesen (wenn er sich anstrengen mußte, nicht über sie zu lachen, hatte er sicher kein Mitleid mit ihr), daß sie es ohne weiteres geschafft hatte, das Thema zu wechseln. »Erzähl mir doch bitte«, hatte sie ihn gebeten, »alles, was du über *Bordelle* weißt. Sie werden offenbar nur in ziemlich alten Büchern erwähnt. Gibt es sie immer noch? Du weißt doch, wie meine Verwandten sind, wenn es um solche Dinge geht. Sie weigern sich einfach, darüber zu sprechen. Also habe ich nichts in Erfahrung bringen können.«

Aber manchmal – wie jetzt, als sie auf dem Bett saß, die Daunendecke um die Schultern – kehrten ihre Vermutungen über Archies Blick wieder, und das Gefühl der Demütigung ließ sie jedesmal aufs neue erröten. Wenn sie ihm jemals leid täte, wäre das das Ende von allem. »Es wäre eine so ungeheuerliche Unverschämtheit, daß ich mich nie davon erholen könnte«, schrieb sie, ohne lange zu überlegen, in ihr Tagebuch, und dann las sie es mißmutig. Sie wollte auf keinen Fall, daß Dad es sah, denn es paßte nicht zu allem anderen, was sie geschrieben hatte; andererseits jedoch schien es eine ziemlich interessante und *erwachsene* Bemerkung zu sein, eine, die sie nicht so schnell verwerfen sollte. Schließlich strich sie den Satz sehr sorgfältig durch und notierte ihn dann in einem Büchlein, das Poll ihr zu Weihnachten geschenkt hatte und in dem sie sich Ideen für Bücher aufschrieb.

Die Familie

Sommer 1943

Daß sie etwas hatte, worauf sie sich freuen konnte, schien nur noch deutlicher zu machen, was für eine nichtssagende Einöde ihr Leben geworden war, und ein Mittagessen mit ihrem Schwager, was früher höchstens eine geringfügige – eine sehr geringfügige – Ablenkung gewesen wäre, nahm nun die Proportionen eines regelrechten Abenteuers an. Sie beschloß, einen frühen Zug zu nehmen und sich bei Mr. Baley in der Brook Street das Haar schneiden zu lassen, und dann würde sie zu Liberty's gehen, wo Zoë kürzlich eine sehr hübsche gestreifte baumwollene Tagesdecke gekauft hatte, um daraus Kleider für sich und Juliet zu nähen. Für Bettwäsche und Möbelstoffe wurden keine Marken verlangt, aber es war nicht einfach, etwas Passendes zu finden. Sie hatte beschlossen, nicht über Nacht zu bleiben; seit Edward damals die Dinnerparty bei Hermione schlicht und ergreifend vergessen hatte, haßte sie seine trostlose kleine Wohnung. Sie konnte sich beim besten Willen nicht erklären, wieso er sie überhaupt behielt. Es war ein schäbiges, modernes, enges Domizil; die Einrichtung erinnerte sie an die Kapitänskajüte eines Kriegsschiffs (auch wenn sie selbst nicht wußte, wie um alles in der Welt sie auf diesen Vergleich gekommen war – sie war nie in der Kajüte eines Kapitäns gewesen). Jedenfalls waren die Wände alle in nichtssagendem Grau gestrichen, und die Teppichböden hatten die Farbe und Konsistenz von Haferschleim. Die minimale Möblierung war »modern«, was bedeutete, daß sie mit dem Ziel entworfen war, um jeden Preis ungewöhnlich auszusehen. Die

Schubladen hatten keine Griffe, sondern Nischen, aber so flache, daß es unmöglich war, sie fest genug zu fassen, um sie herausziehen zu können; die Wasserhähne hatten ebenfalls keine greifbaren Zapfen, sondern abgerundete Griffe, die man nicht fest genug auf- oder zudrehen konnte. Edward hatte zwar statt des Diwans ein größeres Bett besorgt, aber es war immer noch nicht groß genug für sie beide; sie hatten die ganze Nacht Körperkontakt, etwas, das sie nie besonders gemocht hatte. Edward war ohnehin nicht in der Stadt – er war in Southampton, wo sie kürzlich Teile einer Kaianlage erworben hatten –, also machte es nicht viel Sinn, hier zu bleiben. Trotzdem hatte sie sich gefreut und freute sich immer noch darauf, auch nur für einen einzigen Tag von Home Place wegzukommen. Obwohl das Haus voller Leute war, fühlte sie sich isoliert. Sybil fehlte ihr viel mehr, als sie es erwartet hätte; auch Rupert, den sie, wie der Rest der Familie, insgeheim für tot hielt, fehlte ihr – und vor allem ihr Leben in London, das ihr früher einmal langweilig vorgekommen war; sie vermißte sogar ihre Schwester Jessica und die langen Sommerbesuche, die sie in Sussex gemacht hatte, als sie noch ärmer und irgendwie zugänglicher gewesen war.

Nicht, daß sie viel Zeit für Nostalgie oder Nabelschau gehabt hätte. McAlpines Arthritis bedeutete nicht nur, daß ihm der Garten jetzt endgültig zuviel wurde, sondern auch, daß er so aufbrausend geworden war, daß keiner der ohnehin immer rarer werdenden Jungen, die man einstellte, länger als ein paar Wochen blieb. Im letzten Sommer hatte sie sich beigebracht, wie man eine Sense benutzt, und das Gras im Obstgarten geschnitten, was er widerwillig anerkannt hatte. »Hab' schon Schlimmeres gesehen«, hatte er erklärt. Seitdem verbrachte sie zwei Nachmittage in der Woche mit Arbeiten im Garten: Sie hatte gelernt, wie man Obstbäume beschneidet; sie hatte eines der Gewächshäuser abgeschmirgelt und neu angestrichen; und an Regentagen gab es natürlich immer Holz, das gesägt und gestapelt werden mußte. »Du darfst dich nicht so erschöpfen«, hatte die Duchy gesagt, aber genau das lag in ihrer Absicht, das ganze vergangene Jahr über, seit dem letzten Frühjahr, das nun schon so lange zurückzuliegen schien. Aber *davon* (sie gestand sich nicht mehr zu, auch nur seinen Namen zu erwähnen) abgesehen, waren die vergangenen Monate auch anderweitig hart gewesen. Nach dem Streit mit Edward wegen der vergessenen Neujahrsparty, bei dem sie die klassische Anschuldigung erhoben hatte, er interessiere sich nicht genug für sie, hatte er ungewöhnlich lange Zeit damit verbracht, mit ihr zu schlafen, und sie war so nervös und dann so ermüdet davon gewesen, so zu tun, als gefalle es ihr, daß ihr erst am nächsten Morgen bewußt geworden war, daß sie vergessen hatte, Vorsichtsmaßnahmen zu ergreifen. Als im nächsten Monat ihre Periode ausgeblieben war, hatte sie sich natürlich für schwanger gehalten, und diesmal, anders als bei Roly, hatte sie sich darüber gefreut. Es würde ihr letztes Baby sein, und sie würde das Erlebnis der Schwangerschaft mit Louise teilen können, die ebenfalls ein Kind erwartete. Aber als sie es Edward erzählte, spürte sie, daß er alles andere als begeistert war, auch wenn er keine Gegenargumente anführte. »Guter Gott! Also, ich weiß nicht ... Meinst du wirklich wir sollten ...« So und ähnlich waren seine Äußerungen ausgefallen. Als sie nachhakte, hatte er schließlich behauptet, *selbstverständlich* freue er sich, er frage sich nur, ob es nicht ein wenig spät für sie sei, noch ein Kind zu bekommen. Natürlich wäre das ein Problem, wenn es ihr erstes wäre, hatte sie gesagt, aber sie war vollkommen gesund, und es gab keinen Grund, wieso sie nicht ... Sie spielte mit dem Gedanken, nach London zu Dr. Ballater zu fahren, aber schließlich ging sie zu Dr. Carr. Sie vermied einen Hausbesuch, weil sie nicht wollte, daß die Familie etwas erfuhr, solange sie nicht absolut sicher war, aber es war nun schon der zweite Monat, und sie hatte das Gefühl, es einfach zu *wissen*. «Ich bin ganz sicher«, sagte sie zu Dr. Carr, »ich wollte nur, daß Sie es bestätigen.«

Er warf ihr unter seinen buschigen Brauen hervor einen schrägen Blick zu und merkte an, dafür sei es noch ein bißchen zu früh …

Nachdem er sie untersucht und ihr eine Reihe Fragen gestellt hatte, meinte er, es werde ihr vermutlich nicht gefallen, aber es sei erheblich wahrscheinlicher, daß sie am Beginn der Wechseljahre stehe. Er könne sich irren, fügte er hinzu, aber es war deutlich, daß er das nicht ernstlich annahm.

»Immerhin, Mrs. Cazalet, sind Sie siebenundvierzig und haben schon vier großartige Kinder. Meinen Sie nicht, daß es ohnehin ein bißchen spät wäre, noch mal damit anzufangen?«

»Aber *dafür* ist es doch sicher viel zu früh!« Sie war bestürzt.

»Das ist unterschiedlich. Sie haben mir erzählt, daß Sie erst spät begonnen haben zu menstruieren, und bei denen, die spät damit anfangen, hört es für gewöhnlich früher auf.«

Sie spürte, wie sie rot wurde; es machte sie verlegen, von dieser widerwärtigen Sache auch nur zu *hören*. Er hielt ihren Widerwillen für Enttäuschung und sprach ermutigend über ihre Aussichten, Großmutter zu werden (Louise hatte ihn zweimal konsultiert). »Sie sind jung genug, wirklich Freude an Ihren Enkeln haben zu können«, sagte er, aber Villy hatte Trost immer als den Versuch betrachtet, die Echtheit ihrer schmerzlichen Empfindungen in Zweifel zu ziehen, und reagierte daher eher ablehnend, wenn nicht gar feindselig.

Natürlich folgte auf diesen Besuch bald der unwiderlegbare Beweis, daß sie nicht schwanger war, und sie war den Rest des Winters über ausgesprochen deprimiert. Edwards Erleichterung angesichts der Neuigkeit hatte sie geärgert, und sie hatte mehrmals betont, wie froh er doch sein müsse, aber nie die widerwärtige Alternative erwähnt.

Jedenfalls war es gut, sich auf diesen kleinen Ausflug freuen zu können. Sie würde natürlich auch Louise besuchen, die immer noch in der Entbindungsklinik war, in der sie in der Woche zuvor ihr Baby bekommen hatte. Michael hatte es ihr am Telefon erzählt – er hatte ein paar Tage Urlaub –, und sie hatte angeboten, sofort vorbeizukommen, aber er hatte gemeint, es sei besser, noch zu warten, bis sein Urlaub vorbei sei und Louise sich vielleicht einsam fühlen würde. Und dann hatte Raymond sie angerufen. Die Verbindung war sehr schlecht gewesen, und Raymond hatte sich in ominösen Andeutungen ergangen; er würde sie wirklich gern einmal sehen, hatte er gleich zweimal gesagt; sie sei der einzige Mensch, der ihm vielleicht einen Rat geben könne ... Diese Bemerkung hatte im doppelten Sinn ihren Zweck erfüllt – ihrer Eitelkeit geschmeichelt und ihre Neugier gereizt – und dazu geführt, daß sie sich mit ihm um Viertel vor eins im Arts Theatre Club in der Great Newport Street verabredet hatte. Sie hatte das blaue Kostüm vom letzten Jahr angezogen, dazu die Chiffonbluse (es war ein recht sonniger und warmer Tag), und sich in den Zug gesetzt.

Sie war früh dran und er noch nicht da, also saß sie in dem sehr kleinen, düsteren, überfüllten Bereich im Erdgeschoß, der halb Flur, halb Zimmer war, und beobachtete Leute, die Theaterkarten bestellten und sich mit anderen zum Essen trafen, bis Raymond plötzlich neben ihr auftauchte, sich vorbeugte und ihr sein großflächiges, bleiches Gesicht entgegenreckte, das in dem finsteren Raum beinahe leuchtete.

»Meine Liebe! Der Zug hatte Verspätung. Tut mir furchtbar leid.« Seine Wangen waren feucht, sein Schnurrbart stach wie eine Distel. Er nahm ihren Arm. »Sollen wir gleich raufgehen? Noch etwas trinken und so?«

Er führte sie zu dem weitläufigen, angenehmen Speiseraum.

»Ein Tisch für zwei – auf den Namen Castle«, sagte er mit jener bemühten Höflichkeit, die er jenen vorbehielt, die er als untergeordnet einstufte. Sie hatte das lange nicht bemerkt, aber jetzt fiel ihr auf, daß er diese Gewohnheit schon immer gehabt hatte.

»Und wir sollten die Getränke vielleicht sofort bestellen – wenn du so freundlich sein könntest.«

Die Getränke wurden serviert, er bot ihr eine Zigarette an, erkundigte sich ausführlich nach der Gesundheit sämtlicher Familienmitglieder und nahm ihre Antworten entgegen, als seien sie exakt das, was er erwartet habe. Langsam wurde ihr bewußt, wie nervös er war.

»Ich nehme an, es hat keinen Sinn, dich nach deiner Arbeit zu fragen«, meinte sie.

»Ich fürchte nicht. Natürlich ist es angenehm zu wissen, daß ich gebraucht werde. Und ich habe das Gefühl, daß wenigstens *einer* in meiner Familie in diesen Zeiten einen Beitrag zum Allgemeinwohl leisten sollte.«

»Oh, Raymond! Christopher arbeitet immerhin bei einem Gemüsebauern, und Gott weiß, wie dringend wir Nahrungsmittel brauchen, und Nora soll einfach eine wunderbare Krankenschwester sein, und arbeitet Angela jetzt nicht im Informationsministerium? Judy ist immerhin noch ein Kind. Und ...« Aber hier war sie am Ende angelangt. Ihr wollte wirklich nichts Nützliches unter Jessicas Tätigkeiten einfallen, und jetzt erst fiel ihr auf, daß er ihre Schwester bisher ohnehin nicht erwähnt hatte.

»Was Jessica angeht«, sagte er, als habe er ihre Gedanken gelesen, »scheint ihr Beitrag in Ehebruch zu bestehen.« Schweigen trat ein: Das Wort lag wie ein Skorpion zwischen ihnen auf dem Tisch.

Dann sagte er: »Einen schrecklichen Augenblick lang habe ich gedacht, du könntest vielleicht Bescheid wissen. Daß alle es wüßten, außer mir. Aber du hattest keine Ahnung, nicht wahr?«

Nein, sagte sie, sie habe nichts gewußt. Sie war so entsetzt – sie hatte immer angenommen, daß Jessica und sie im Hinblick auf solche Dinge ähnlich empfanden –, daß ihr Kopf zwar vor Fragen schier überkochte, jede einzelne aber zu belanglos schien, als daß sie sie hätte aussprechen können.

»Bist du denn *sicher*?« gelang es ihr schließlich zu fragen.

»Absolut.« Und dann begann er, all ihre Fragen zu beantworten, ohne daß sie eine einzige hatte stellen müssen.

Er wußte es jetzt seit fast einem Monat. Als er es herausgefunden hatte, war sein erster Impuls gewesen, sie damit zu konfrontieren, aber dann hatte er es nicht gewagt. »Ich hätte sie am liebsten umgebracht«, sagte er, »und ich hatte wirklich Angst vor dem, was ich tun würde. Sie hat mich so belogen! Ich kam mir unglaublich dumm vor. Und es gab ein paar Dinge, die ich gar nicht wissen wollte. Angenommen, sie glaubt, diesen Dreckskerl zu *lieben*, zum Beispiel, oder angenommen, es ist nicht mal das, sondern nur eine belanglose Affäre – ich weiß nicht, was ich schlimmer fände. Und dann habe ich entdeckt, daß es schon eine ganze Zeit so lief …«

»Wie lange?«

»Oh, seit über einem Jahr – ich weiß nicht, vielleicht auch noch länger. Sie hat ihn kennengelernt, als wir noch in Frensham wohnten. Du hast inzwischen natürlich erraten, um wen es geht, nicht wahr?«

Sie wollte sagen, nein, sie wisse es nicht, aber bevor sie auch nur den Mund geöffnet hatte, überkam sie ein schrecklicher Verdacht, der innerhalb einer Sekunde zu übelkeiterregender Gewißheit wurde.

»Oh, *nein*!«

»Meine Liebe! Es tut mir leid, wenn ich dich schockiert habe, obwohl ich diese Reaktion gut verstehen kann. Es *ist* schockierend! Eine anständig erzogene Frau, die siebenundzwanzig Jahre verheiratet ist – *glücklich* verheiratet, wie ich immer angenommen habe …«

Sie trank einen Schluck Wasser, während er weitersprach, und sein Gesicht, das kurzfristig zu einer verschwommenen Maske geworden war, stand nun wieder deutlich vor ihr. Ebenso wie alle möglichen Einzelheiten – Dinge, die gesagt oder nicht gesagt worden waren, die Tatsache, daß Jessica sie nie gebeten hatte, bei ihr zu übernachten, daß sie nie nach

Home Place kommen wollte, daß sie sich dagegen gewandt hatte, Louise bei sich aufzunehmen, und dann jener merkwürdige Vorfall, als sie unangekündigt in St. John's Wood vorbeigekommen war und Jessica sich so seltsam benommen hatte ...

Er sprach jetzt darüber, was er von Clutterworth hielt – plötzlich konnte er sich offenbar nicht mehr bremsen und wiederholte den Namen praktisch ununterbrochen: »Wenn *Mr.* Clutterworth sich einbildet, bloß weil er ein Musiker ist, wäre solches Verhalten zu tolerieren ... und wenn Mr. Clutterworth darüber hinaus in dem Wahn lebt, damit davonkommen zu können, dann steht Mr. Laurence Clutterworth ein erheblicher Schock bevor. Ich bin drauf und dran, mich mit seiner unglücklichen Frau in Verbindung zu setzen, damit sie erfährt, was los ist ...«

Wenn dieses Verhältnis schon seit über einem Jahr andauert, war ich nicht einmal seine erste Wahl, dachte sie, und die Erniedrigung, die sie seit jenem ekelhaften Abend in Soho begraben wähnte, kehrte urplötzlich zurück. Oh, Gott! Man stelle sich vor, daß er *ihr* hinterher davon erzählt hatte!

Aber es sollte noch schlimmer kommen.

»Jetzt sag mir nur«, meinte er und beugte sich über den Tisch zu ihr, »sag mir bloß, wie um alles in der Welt kann eine anständige Frau – beinahe hätte ich *Dame* gesagt – auch nur einen Augenblick lang in Erwägung ziehen, sich in so einen schmierigen kleinen Wurm zu verlieben? Von ...«, hier wurde er rot vor Verlegenheit, »von körperlichen Beziehungen zu so einer Kreatur gar nicht zu reden. Kannst du so etwas verstehen? Ich meine, bin ich denn beschränkt oder was?«

Zum Glück schien er keine Antwort zu erwarten; er war so in seine zornigen Grübeleien versunken, daß die Frage rhetorisch war: Sie mußte nur dasitzen und über sich ergehen lassen, was Wut und Schock – denn trotz seiner ungeschickten, klischeebeladenen Ausdrucksweise konnte sie, dank ihrer Rot-Kreuz-Ausbildung, erkennen, daß er sich tatsächlich in einer Art Schockzustand befand – aus ihm hervorpreßten, bis das Essen irgendwann vorüber sein würde. Sie gab gar nicht mehr vor, etwas zu sich zu nehmen, sondern steckte sich statt dessen eine Zigarette an, starrte auf ihren Teller und versuchte, die ungeheure Demütigung, jemanden, von dem sie immerhin einmal geglaubt hatte, sie liebe ihn, in so schroffen und brutal realistischen Worten beschrieben zu hören, über sich hinwegbrausen zu lassen. Aus dieser stumpfen Versunkenheit wurde sie plötzlich aufgeschreckt, weil er sie offenbar etwas gefragt hatte …

»… glaubst du, soll ich jetzt tun?«

»*Tun*? Was meinst du damit?«

»Ich meine, wie ich mit ihr reden soll. Ich muß zugeben, ich habe wirklich keine Ahnung, wie ich das am besten angehen sollte.«

Erstaunt starrte sie ihn an. Seine Wut schien verflogen zu sein; er war immer noch nervös, verhielt sich aber geradezu verschwörerisch und anbiedernd. Bevor sie antworten konnte, rief er mit gekünstelter Spontaneität aus: »Ich weiß es! Ich meine, glaubst du nicht, daß du … mit ihr reden könntest?«

Er blieb dabei, ganz gleich, was sie dagegen einwandte. Was sollte sie sagen? Was erwartete er, daß sie sagte? Was erwartete er überhaupt? Er meinte, sie könnte vielleicht herausfinden, was Jessica *wirklich* empfand – vielleicht könnte sie sogar mit der Frau von diesem Kerl reden – sie dazu bringen, mitsamt ihrem Mann zu verschwinden oder so. Sie erkannte, daß er hinter all seiner Großtuerei – von der keine Spur mehr zu bemerken war – nervös war, zaghaft und sehr ängstlich. Schließlich erklärte sie, einfach, um sich entziehen zu können, sie wolle darüber nachdenken, und er schrieb ihr die Adresse und Telefonnummer auf, unter der er in Woodstock zu erreichen war. Als sie sich vor dem Club verabschiedeten, war es schon vier Uhr, und sie mußte sich beeilen, um ihren Zug noch zu erwischen.

Neville und Lydia hatten den Fehler gemacht, sich zu beklagen, daß sie nichts zu tun hätten, und waren ausgeschickt worden, die Tränke auf der Pferdeweide aufzufüllen. Das bedeutete, jeweils zwei Eimer am Schlauch vor den Ställen zu füllen und sie dann den schmalen Kiespfad am Gartenschuppen, am Komposthaufen und dem kaputten Hundezwinger vorbei entlangzuschleppen, zu einem grasüberwucherten Weg, dessen Boden von der Hitze und Trockenheit ausgedörrt und rissig war, und dann durch das Tor weiter bis zur Pferdeweide zu gehen: ein anstrengender Weg. Sie hatten ihn schon viermal zurückgelegt, und die Tränke war erst halb voll.

»Das liegt auch daran, daß Marigold alles wieder wegtrinkt, sobald wir ihr den Rücken zudrehen«, beschwerte sich Neville.

Sie hatten, wie üblich und beinahe mechanisch, widersprochen, nachdem ihnen die Arbeit aufgetragen worden war – sich darüber ausgelassen, wie ungerecht es sei, in den Ferien arbeiten zu müssen, besonders an einem so heißen Nachmittag, an dem sonst, darauf wären sie jede Wette eingegangen, niemand etwas tat. Neidisch zählten sie die kaum nennenswerten Aktivitäten der Erwachsenen auf: Die Duchy saß an der Nähmaschine, Tante Zoë las den Kranken im Pflegeheim vor, Tante Rachel flickte Wäsche, Tante Dolly (Bully) *ruhte* – sie verdrehten die Augen in sarkastischer Belustigung –, Tante Villy war mit dem *Auto* unterwegs, um dies oder das zu besorgen ... »Und alle *sitzen* sie dabei«, sagte Neville.

»Das kann ja wirklich nicht anstrengend sein, mein Lieber«, stimmte ihm Lydia zu. »Wieso holt Mr. Wren eigentlich kein Wasser? Warte auf mich, ich muß mal kurz absetzen.«

»Er tut praktisch gar nichts, außer ein bißchen Holzhacken und abends in den Pub gehen. Manchmal muß Tonbridge ihn dann abholen, weil er nicht mehr richtig laufen kann.«

»Er ist ganz vergiftet vor lauter Alkohol«, sagte Lydia.

»Aber was macht er die ganze Zeit? Ich finde, das sollten wir mal rausfinden.«

»Oh, Nev! Er kann einem ziemliche Angst einjagen – besonders wenn man ihn gerade aufgeweckt hat.«

»Aber er kann auf seinen kleinen dürren Beinchen längst nicht so schnell rennen wie wir.«

Sie waren wieder an der Weide angekommen. Die alte Braune trank gerade. Sie riß plötzlich den Kopf hoch und warf dabei Lydias Eimer um, so daß das Wasser auf die festgebackene Erde lief und sofort versickerte.

»Oh, verflixt!«

»Du hättest erst ihren Kopf aus dem Weg schieben sollen. Wir werden praktisch den ganzen Nachmittag beschäftigt sein, und du mußt noch eine Extrarunde drehen.«

»Vielleicht auch nicht.«

»Das werden wir sehen«, erklärte er in Ellens Tonfall.

Sie machten sich auf den Rückweg, der mit leeren Eimern leichter zu bewältigen war und ihnen Gelegenheit bot, andere Dinge zu bemerken; den alten Schmetterlingsstrauch beim Tor zum Küchengarten zum Beispiel, der vor Schmetterlingen nur so wimmelte; Flossy, die auf einem erstaunlich schmalen Stück Mauer lag und schlief, wobei ihr Schwanz herunterhing, »wie das gefleckte Band«, sagte Neville – er war derzeit ganz begeistert von Sherlock Holmes. Als sie schließlich den Stall wieder erreicht hatten und damit den Wasserschlauch, der dort am Hahn befestigt war, ließen sie sich erst einmal zu einer Rast auf dem Steigblock nieder.

»Also, dieser Nachmittag hat es mir wieder mal klargemacht – wenn ich erwachsen bin, werde ich nur selbständig arbeiten.«

»Was bedeutet denn das?«

»Es bedeutet, daß man nichts tun muß, was einem nicht gefällt.«

»Und was tut man statt dessen?«

Er hatte nicht die geringste Ahnung, aber auf keinen Fall würde er sie das wissen lassen.

»Ich könnte auch Miss Milliment fragen«, sagte sie, während er noch nach einer Erklärung suchte.

»Das würde ich nicht tun. Ich hatte immer den Eindruck, daß Miss Milliment von den praktischen Dingen des Lebens nicht viel weiß.« Jetzt verwendete er eine andere Stimmlage – vielleicht die irgendeines Lehrers an seiner Schule. Sie wollte ihn gerade darauf hinweisen, daß es nicht sehr komisch war, die Stimmen von Leuten zu kopieren, die ohnehin niemand kannte, aber dann überlegte sie es sich anders, denn wenn sie sich gut mit ihm stellte, würde er das mit dem Extraeimer vielleicht vergessen.

»Was hältst du eigentlich von Mussolini?«

»Ich denke kaum über ihn nach, und jetzt, wo wir ihn los sind, sowieso nicht mehr. Hör mal, ich hab' eine Idee.«

Sie seufzte. Sie wußte, es würde etwas mit Mr. Wren zu tun haben. Und tatsächlich ...

»Ich schleiche mich die Leiter zum Heuboden hoch, und wenn er schläft, werde ich ihn mit dem Wasserschlauch naßspritzen und ihn fragen, wieso *er* eigentlich nicht die Tränke füllt. Du kannst zusehen.«

»Und wenn er *nicht* schläft? Er könnte ...«, sie flüsterte jetzt, »er könnte uns belauschen.« Sie stellte sich vor, wie er boshaft vor sich hin lächelte und sich bereit machte, die Leiter umzustoßen, wenn Neville fast oben war... »Er könnte dich runterschubsen.«

»Ich werde vorsichtig sein. Ich werde erst nach ihm rufen. Wenn er antwortet, steige ich eben nicht rauf.«

»Laß uns erst den Trog weiterfüllen.« Vielleicht würde das bis zur Teezeit dauern, und Neville hatte immer Hunger, also würde er sich den Tee nicht entgehen lassen.

»Du kannst ja weitermachen, wenn du willst.« Er stand auf und griff nach dem Wasserschlauch. Die Stalltür war angelehnt. Er schob sie auf und verschwand im Dunkeln.

»Mr. Wren! Hallo, Mr. Wren!

Sie hörte ihn rufen. Dann wurde es still. Sie stand auf und folgte ihm.

»Wickel den Schlauch ab. Ich klettere jetzt hoch.«

Sie tat wie geheißen, und dann veranlaßte ihre Angst sie, in den Boxen nachzusehen, ob Mr. Wren sich dort versteckte. Aber sie waren leer, bis auf ein Nest in einer der alten eisernen Futterkrippen an der Wand. Die geweißten Wände waren mit beeindruckenden Spinnweben überzogen, so groß wie die Fischernetze in Hastings; sie waren lange schon nicht mehr gestrichen worden. Sie schaute in alle vier Boxen. Jede hatte ein kleines rundes Fenster, ziemlich weit oben in der Wand – nicht dazu gedacht, daß die Pferde hinausschauen konnten –, bei den meisten war das Glas schmutzig und hatte Risse; es herrschte ein staubiges Zwielicht. Neville war inzwischen oben angekommen; sie konnte seine Schritte auf den Dielen des Heubodens hören.

»Er ist nicht da. Er muß ausgegangen sein. Nimm den Schlauch, ja?«

Als sie zum Fuß der Leiter ging, bemerkte sie, daß die Tür zur Futterkammer geschlossen war: Vielleicht versteckte er sich da drinnen. Als Neville ihr den Schlauch reichte, zeigte sie schweigend auf die Tür und zog sich dann zur Stalltür zurück, damit sie flüchten konnte, falls Mr. Wren sich plötzlich auf sie stürzen würde. Aber nichts geschah.

Als Neville unten war, nahm er ihr den Schlauch wieder ab. »Ich wette, er hat die ganze Zeit dort drinnen gesteckt«, sagte er.

Die Türklinke ließ sich nur schwer bewegen und quietschte.

»Genau! Er schläft, wie immer.«

Sie wagte sich zögernd bis zur Tür. Die Futterkammer hatte einen gefliesten Boden. Es gab einen kleinen Kamin mit Aufsatz, auf dem ein Spiegel mit einem Sprung stand. An die Wände daneben waren verblichene Rosetten geheftet, die wohl Louise gewonnen hatte, als sie noch geritten war. Vor das Fenster war ein Stück Sackleinen genagelt, aber es war zu großen Teilen verrottet, so daß es als Gardine kaum noch taugte. Hier roch es anders als im eigentlichen Stall; nach feuchtem Leder und muffigen alten Kleidern. Mr. Wren lag auf einem Feldbett. Er hattte sich mit einer Pferdedecke zugedeckt, aber seine Beine, die in braunen Ledergamaschen und dunkelbraunen Stiefeln steckten, ragten darunter hervor.

»Mr. Wre-hen!«

»Neville, nein ...«, warnte sie, aber es war zu spät. Er schenkte ihr einen dieser kühlen, glitzernden Blicke, bei denen sie wußte, daß sie verloren hatte; er bediente den Drücker am Schlauch und sprühte über den reglosen Mann. Der bewegte sich nicht.

»Er schläft ja wirklich tief«, sagte Neville, aber er ließ zu, daß Lydia ihm den Schlauch aus der Hand nahm.

Sie trat näher ans Bett.

»Tut er *nicht*«, sagte sie. »Seine Augen sind weit offen. Glaubst du, er könnte ... vielleicht *tot* sein?«

»Mein Gott! Das weiß *ich* doch nicht. Er sieht eigentlich nicht blaß genug aus. Faß ihn mal an.«

»Tu du's doch!«

Er beugte sich vor und legte die Hand vorsichtig auf Wrens Stirn. Es waren Wassertropfen drauf, und die Haut fühlte sich kalt an. »Ich fühle lieber mal seinen Puls«, erklärte er und versuchte, ruhig zu klingen, aber seine Stimme zitterte. Er zog die Decke zurück: Wren trug sein schmutziges, gestreiftes kragenloses Hemd, Hosenträger und Reithosen, in der rechten Hand hielt er ein vergilbtes Stück Papier. Als Neville nach seinem Handgelenk griff, fiel das Papier zur Seite, und sie sahen, daß es ein altes Foto war, ein Zeitungsausschnitt, der ihren Großvater zeigte, auf einem Pferd, und einen jungen Mann mit Tweedmütze, der die Zügel hielt. »Mr. William Cazalet auf Ebony mit seinem Pferdepfleger« stand darunter. Wrens Handgelenk, nur Haut und Knochen, war ebenfalls kalt. Als Neville es losließ, fiel es so schnell aufs Bett zurück, daß er erschrak. Tränen traten ihm in die Augen.

»Er muß tot sein«, sagte er.

»*Armer* Mr. Wren! Er muß furchtbar plötzlich gestorben sein, wenn er nicht mal mehr die Augen zumachen konnte.« Lydia weinte, worüber er froh war, weil es ihn vom Weinen abhielt.

»Wir müssen es ihnen sagen«, meinte er.

»Ich denke, wir sollten erst ein Gebet für ihn sprechen. Ich finde, Leute, die einen Toten finden, müssen das tun.«

»*Du* kannst ja hierbleiben und beten, wenn du willst; ich gehe Tante Rach holen.«

»Ach nein, ich glaube, ich komme mit«, sagte sie schnell, »ich kann ja unterwegs beten.«

Sie suchten Tante Rach und erzählten es ihr, und sie und Tante Villy gingen in den Stall, und dann kam Dr. Carr und dann ein schwarzer Wagen aus Hastings, der Mr. Wren abholte, und Lydia und Neville trug man auf, sich fernzuhalten, »spielt doch ein bißchen Tennis oder Squash oder so«. Das erzürnte sie. »Wann hören sie endlich auf, uns wie Kinder zu behandeln?« fragte Lydia mit ihrer herablassendsten Erwachsenenstimme.

»Wenn wir nicht gewesen wären, hätte er da Tage und Wochen und Monate liegen können. Vielleicht sogar *Jahre*. Bis er nur noch ein Skelett gewesen wäre«, sagte Neville und fragte sich anschließend, was eigentlich aus dem Rest einer Leiche wurde.

»Sie hätten ihn schon gefunden, weil Edie ihm jeden Tag sein Essen gebracht hat, einen Teller mit einem Deckel drauf. Ihr wäre es aufgefallen, wenn er die Teller nie abgeholt hätte«, wandte Lydia ein. Sie hätte gern gewußt, was überhaupt aus dem Körper eines Toten wurde. Aber ich werde auf keinen Fall Neville fragen, entschied sie. Er würde es sowieso nicht wissen und dann etwas ganz Ekelhaftes erfinden. Übereinstimmend beschlossen sie, durch die grüne, filzbespannte Tür zur Küche zu gehen und dort die Dienstboten mit einer höchst dramatischen Version ihres Abenteuers zu unterhalten.

»... und dann haben wir uns beide gefragt«, sagte Neville, als ihm schließlich überhaupt nichts mehr einfiel, »wie man einem Toten die Augen schließt.«

Mrs. Cripps erklärte, das sei keine sehr angenehme Frage, aber Lizzie verkündete in jenem rauhen Flüsterton, dessen sie sich bei den (seltenen) Gelegenheiten bediente, da sie in Gegenwart von Mrs. Cripps die Stimme erhob, man lege Pennystücke auf die Lider.

Eine wirklich nützliche Information, stellte Lydia fest, als sie sich vor dem Essen die Hände wuschen, aber Neville meinte, das sei es wohl kaum, weil man nicht allzuoft Tote fand.

»Ich bin jetzt dreizehn«, sagte er, »oder doch beinahe, und das war der erste, dem ich je begegnet bin. Und Clary hat noch nie einen gesehen. Sie wird vor Neid platzen.«

Lydia, die sich schon einige Zeit darüber Gedanken gemacht hatte, sagte nun, wie entsetzt sie von seiner Herzlosigkeit gegenüber dem armen Mr. Wren sei.

»Ich bin nicht unbedingt herz*los*, aber ich muß zugeben, daß ich ihm gegenüber keine besonders herz*lichen* Gefühle hege. Es tut mir leid für ihn, daß er tot ist, aber es tut mir nicht leid für *mich*.«

»Ich weiß genau, was du meinst«, sagte Lydia. »Er war meistens ziemlich schlecht gelaunt und hat kein Wort gesagt. Aber Mummy hat erzählt, er sei schrecklich traurig gewesen, als der Brig statt der Pferde ein Auto angeschafft hat. Und besonders darüber, daß der Brig zu blind geworden ist, um zu reiten. Ich kann mir schon vorstellen, daß so was sein Leben nicht angenehmer gemacht hat.«

Die Beerdigung fand eine Woche später statt, und der Brig und die Duchy und Rachel und Villy gingen alle hin.

Im September war es für Zoë wieder einmal an der Zeit, ihre Mutter auf der Isle of Wight zu besuchen. Sie fuhr alle drei Monate und blieb drei oder vier Tage oder auch eine Woche, wenn sie es aushalten konnte. Im Frühjahr und im Sommer hatte sie die Kleine mitgenommen, aber je älter Juliet wurde, desto schwieriger wurde das. Ihre Mutter konnte ein lebhaftes Kleinkind nicht länger als eine halbe Stunde ertragen, und Jules, jetzt drei Jahre alt, war viel zu klein, um sich selbst überlassen zu bleiben; also wurde es für Zoë zunehmend schwierig, ihre Zeit zwischen beiden aufzuteilen.

Diesmal hatte sich Ellen bereit erklärt, sich um das Kind zu kümmern, und Villy würde ja auch dasein und ein Auge auf sie haben.

»Ich werde nur drei Tage bleiben«, sagte Zoë.

Die Duchy hatte einmal vorgeschlagen, Zoës Mutter könne doch auch nach Home Place kommen, aber Zoë – entsetzt über diese Vorstellung – hatte schnell erklärt, ihre Mutter könne allein nicht so weit reisen, und wenn sie, Zoë, hinfahren müsse, um sie zu holen, könne sie auch gleich dort bleiben; und die Duchy, die sehr wohl verstand, daß Zoë ihre Mutter aus irgendeinem Grund nicht in Sussex haben wollte, und die auch wußte, daß alte Menschen sich immer weniger gern aus ihrer vertrauten Umgebung entfernten, hatte das Thema sofort fallenlassen.

Jetzt packte sie – Winternachthemden, weil es in Cotter's End, dem Cottage, das Mrs. Witting, der Freundin ihrer Mutter, gehörte, immer kalt war; eine Wärmflasche, weil das Bett, in dem sie schlief, sich den größten Teil des Jahres klamm anfühlte (sie erinnerte sich noch gut an ihren ersten Besuch, als Dampf aus dem Bett aufgestiegen war, nachdem sie die Wärmflasche hineingelegt hatte); ein Päckchen Ingwerkekse, weil die Mahlzeiten extrem spärlich ausfielen, und einen Regenmantel für die Spaziergänge, die sie hin und wieder unternahm, um dem Haus zu entfliehen. Sie packte auch eine Schachtel Marshmallows ein, die immer das Lieblingskonfekt ihrer Mutter gewesen waren. Sie nahm Näharbeiten mit, Strickzeug und »Anna Karenina«, ein Buch, das Rupert ihr kurz vor seiner Einberufung empfohlen hatte und das ihr zu ihrer Überraschung sehr gut gefallen hatte. Zu diesen Besuchen nahm sie immer ein Buch mit, um sich an den langen Abenden beschäftigen zu können, wenn ihre Mutter und Maud zu Bett gegangen waren. Außerdem packte sie eine Flasche Sherry für Maud ein, da bei jedem ihrer Besuche eine kleine Sherryparty arrangiert wurde, um Zoë den Nachbarn und Freunden vorzuführen. Für diese Gelegenheit brauchte sie auch ein besonderes Kleid und ein Paar ihrer kostbaren Strümpfe – sie hatte nur noch zwei ungetragene Paare.

Der Koffer war zum Schluß furchtbar schwer, und seitdem Krieg war, gab es kaum Gepäckträger, aber Tonbridge trug ihn ihr wenigstens vom Auto zum Zug.

Es war eine Erleichterung, unterwegs zu sein. Jules zu verlassen fiel ihr immer schwer: Früher hatte die Kleine so etwas kaum bemerkt, nur sie, Zoë, hatte darunter gelitten. Aber jetzt störte es Jules schon, wenn ihre Mutter nur für einen Tag nach London fuhr, obwohl Ellen erklärte, sie beruhige sich immer ziemlich schnell. Und dank Wills und Roly war sie kein Einzelkind. Obwohl sie wahrscheinlich *mein* einziges Kind bleiben wird, dachte Zoë. Die Aussicht, mehrere Stunden am Stück allein sein zu können, praktisch der einzige Aspekt dieser Fahrten, auf den sie sich freute, war angenehm: Sie konnte sich den Luxus leisten, nur an sich zu denken, etwas, das von diversen Mitgliedern der Familie Cazalet als selbstsüchtig oder morbid oder beides betrachtet wurde. Was sollte aus ihr werden? Sie war achtundzwanzig; sie konnte nicht den Rest ihres Lebens in Home

Place verbringen, als Teilzeit-Aushilfsschwester arbeiten, für Jules sorgen, der Duchy helfen, Kleider flicken, neue nähen, waschen, bügeln, sich um die Invaliden im Haus kümmern – den Brig und Tante Dolly – und sich ständig im Radio die Kriegsnachrichten anhören. Der Krieg, von dem jeder behauptete, er werde in einem oder zwei Jahren vorüber sein, würde irgendwann nach Etablierung der zweiten Front zu Ende gehen, auch wenn niemand vor dem nächsten Frühjahr damit rechnete – aber trotzdem, ein Ende, das einmal so unvorstellbar gewesen war, schien nun in Sicht. Und was sollte sie dann tun? Jahre der Gewöhnung an das ständige warme Pulsieren des Familienlebens, das für ihre Verwandten scheinbar so natürlich und so notwendig war, hatten ihr die Initiative geraubt; der Gedanke, zusammen mit Jules zurück in das Haus am Brook Green zu ziehen, bedrückte sie. Sie erwartete nicht mehr, daß Rupert zurückkehren würde, und nun, allein im Zug, hatte sie die Freiheit, das wenigstens vor sich selbst einzugestehen. Zu Hause war sie von Menschen umgeben, die vielleicht im geheimen sogar ihrer Meinung waren, es aber nicht zugeben konnten, und sei es, weil Clarys unbeugsamer Glaube, Rupert sei noch am Leben, sie davon abhielt. Das konnte nur mit dem Kriegsende aufhören, wenn er dann nicht zurückkehrte und selbst Clary akzeptieren müßte, daß er tot war. Sie war selbstverständlich unendlich erleichtert gewesen, als der Franzose Nachricht von ihm gebracht hatte und die beiden kleinen Briefe für sie und Clary. Sie hatte vor Aufregung und Freude geweint. Aber das war nun zwei Jahre her – zwei Jahre ohne ein weiteres Lebenszeichen. In diesem Sommer war der Anführer der französischen Résistance von der Gestapo zu Tode gefoltert worden. Sie hatte davon in den Neun-Uhr-Nachrichten gehört; niemand hatte ein Wort gesagt, aber die unausgesprochenen Ängste hatten die Atmosphäre um so mehr belastet. Sie erinnerte sich, darüber nachgedacht zu haben, wie lange die Leute ihn wohl noch verstecken würden, wenn sie damit Tod und Folter riskierten. Clary war an diesem Abend nicht dagewesen.

Von diesem Tag an hatte sie – mit einigem Erfolg – versucht, sich alle Gedanken an ihn aus dem Kopf zu schlagen. Sie hätte das niemals gegenüber irgendeinem Familienmitglied zugegeben, weil sie wußte, daß man ihr entweder nicht glauben oder sie für unnatürlich kalt und selbstsüchtig halten würde. Vielleicht bin ich das ja, dachte sie nun. Aber es war eine Tatsache, daß sie sich in einem offenbar endlosen Zustand der Unsicherheit befand; sie war weder eine Witwe noch, was die Familie, in ironischer Imitation des Brig, eine »tapfere kleine Frau« nannte, deren Mann Kriegsgefangener war. Mit höchster Wahrscheinlichkeit war sie eins von beiden, aber was konnte sie tun oder empfinden, wenn sie nicht wußte, welches? Also hatte sie Zuflucht in der Gegenwart gesucht, in den Einzelheiten des Alltagslebens, das wahrhaftig genügend Probleme barg, um sie zu beschäftigen und zu erschöpfen. Entkommen war sie dem nur durch das Lesen von Romanen – am liebsten älteren, sehr langen. Es gab eine ganze Menge davon im Haus, sorglos überall auf Regale gestopft; es war nie ein Versuch unternommen worden, die Bücher zu sortieren, und niemand wußte, wo sich ein bestimmter Band befinden mochte, außer den Mädchen, die ihre eigenen Regale in ihrem Zimmer hatten; also war jedes Buch eine Entdeckung, manchmal enttäuschend, manchmal zutiefst begeisternd, manchmal unerträglich langweilig. Zu Anfang hatte sie die Vorstellung gehabt, all diese Bücher müßten – als Klassiker – selbstverständlich gut sein, und sie war verwirrt gewesen, weil einige sich als ausgesprochen anstrengend erwiesen hatten. Ein Gespräch mit Miss Milliment hatte jedoch Abhilfe geschaffen: Von der Gouvernante hatte sie erfahren, daß auch das neunzehnte Jahrhundert einen gewissen Anteil an Langweilern gehabt habe, Bücher, die Miss Milliment als bestenfalls mittelmäßig bezeichnet hatte, solche, die für ihre soziologische Bedeutung gerühmt worden waren, ebenso wie einige wenige Meisterwerke, »obwohl auch Meisterwerke, wie Sie sicher längst wissen, manchmal ausgesprochen langweilig sein können«. Seitdem fragte sie Miss Milliment nach dem jeweiligen Buch, bevor sie sich darauf stürzte. »Man muß sich auch in Erinnerung rufen«, hatte die Gouvernante mit ihrer sanften, schüchternen Stimme hinzugefügt, »daß selbst *gute* Schriftsteller Arbeiten unterschiedlicher Qualität abliefern, so daß es möglich ist, daß man einen Roman sehr bewundert und einem anderen überhaupt nichts abgewinnen kann.« Zoë fragte sich, ob sie, hätte es keinen Krieg gegeben und wäre Rupert nicht weggegangen, jemals herausgefunden hätte, wieviel Freude ihr Lesen machte – wahrscheinlich nicht.

Archie hatte sie gebeten, wenn sie durch London kam, mit ihm essen zu gehen, aber sie mußte noch einiges für ihre Mutter einkaufen, und daher hatten sie vereinbart, sich erst zu treffen, wenn sie auf dem Heimweg wieder in die Stadt kam. Es wäre schön, Archie mal ganz allein zu haben, dachte sie, und wirklich aufregend, in einem Restaurant zu essen. Sie hatte ihren neuen grünen Tweedrock und den passenden selbstgestrickten Pullover für diesen Anlaß eingepackt. Sie hatte Archie wirklich gern, obwohl sie ihn nicht attraktiv fand – Gott sei Dank, dachte sie, denn es wäre eindeutig furchtbar dumm, sich in den besten Freund des eigenen Mannes zu verlieben, und seit jenem widerwärtigen Vorfall (im Lauf der Zeit war es dazu geschrumpft) mit Philip Sherlock war sie schon allein vor der Vorstellung, mit jemandem zu flirten, heftig zurückgeschreckt. Nein, Archie war beinahe so etwas wie ein Verwandter; er wußte alles über alle, weil jeder sich ihm anvertraute, und er allein wußte auch, daß sie Rupert tot glaubte, und gab ihr trotzdem nicht das Gefühl, deshalb besonders herzlos zu sein.

Um die speziellen Mieder und Hemden kaufen zu können, die ihre Mutter wollte, mußte sie entweder zu Ponting in der Kensington High Street oder zu Gaylor & Pope in Marylebone. Ihre Mutter hatte gesagt, wenn das Gewünschte in einem der beiden Geschäfte nicht zu finden sei, dann doch sicherlich im anderen, und diese Alternative präsentiert, als würde es dadurch einfacher für Zoë. Dabei lagen beide Geschäfte so weit auseinander, daß sie ohne Auto gar nicht in der Lage gewesen wäre, beide aufzusuchen; sie entschied sich für Ponting, weil sie dort mit der Buslinie Neun hinfahren konnte, eine lange Fahrt, die nur vier Pence kostete. Sie ließ ihr Gepäck am Bahnhof. Die Kensington Gardens wirkten ohne die Eisengeländer viel größer und sahen viel mehr wie ein Garten auf dem Land aus. Sie erinnerte sich an langweilige Spaziergänge, die sie dort mit einer ganzen Reihe von Frauen unternommen hatte, an deren Namen sie sich kaum erinnern konnte und die auf sie aufgepaßt hatten, wenn ihre Mutter arbeitete, und dann fragte sie sich, ob sie wohl je mit Jules dort spazierengehen würde – zum Bootfahren vielleicht, auf dem Round Pond, oder um an der Serpentine die Vögel zu füttern. Aber wahrscheinlich werde ich auch irgendeine Arbeit annehmen müssen, dachte sie. Die Parallele zwischen ihrem Leben und dem ihrer Mutter traf sie hart und plötzlich. Es hatte früher schon Anflüge davon gegeben, die sie beiseite gewischt hatte; aber jetzt schien ihr eigenes Leben dem ihrer Mutter in jeder schrecklichen Einzelheit immer ähnlicher zu werden. Ihre Mutter war im letzten Krieg Witwe geworden. Sie, Zoë, war ihr einziges Kind gewesen. Als ihre Mutter sich schließlich von der Arbeit bei der Kosmetikfirma zurückzog, für die sie beinahe zwanzig Jahre gearbeitet hatte, hatte sie dreihundert Pfund und ein Silbertablett erhalten, das für Visitenkarten gedacht war. Sie erinnerte sich an die kläglichen Versuche ihrer Mutter, männliche Gesellschaft zu finden (ohne Zweifel in der Hoffnung auf eine Ehe), und an ihre eigenen intensiven Bemühungen, diese zu sabotieren. Seit Zoë sich erinnern konnte, war ihre Mutter um sie gekreist, hatte ihr Kleider genäht, ihr Haar jeden Abend hundert Bürstenstrichen unterzogen, ihr beigebracht, auf ihr Äußeres zu achten, sie auf Schulen geschickt, die sie sich, das wurde Zoë im nachhinein klar, kaum hatte leisten können; und dann, als Zoë Rupert geheiratet hatte, hatte sie die kleine Wohnung verkauft, die bis dahin ihr Zuhause gewesen war, um in eine noch kleinere zu ziehen. Und sie, die gelernt hatte, alles, was ihre Mutter ihr gab, als selbstverständlich hinzunehmen, war vollkommen verliebt in ihr Äußeres aufgewachsen. Sie war mit dem Gefühl erzogen worden, *sie*, Zoë, sei die Wichtige, die Schönheit, die es weit bringen werde. An der Schule war es praktisch dasselbe gewesen. Die anderen Mädchen hatten sie um ihre reizende glatte Haut, ihr glänzendes Haar mit den Naturlocken, ihre langen Beine und ihre grünen Augen beneidet; sie hatten sie *beneidet*, aber auch verehrt – und verwöhnt – und ihr in den kleinen Aufführungen zum Trimesterende immer die besten Rollen gegeben; sie hatten sie ihren Eltern vorgestellt, wenn diese die Schule besuchten, und einige ganz besonders vernarrte Mädchen hatten sogar angeboten, die Matheaufgaben für sie zu machen. So darf ich Jules nicht aufwachsen lassen, dachte sie. Jules mußte auf eine Schule gehen, auf der sie wirklich etwas lernte. Vier Jahre in Home Place hatten ihr gezeigt, daß für ihre Verwandten Äußerlichkeiten überhaupt nicht zählten; es wurde nie davon gesprochen, und zumindest die Duchy gestattete sich hin und wieder eine Andeutung, daß Eitelkeit – ob in bezug auf das Aussehen oder irgend etwas anderes – völlig indiskutabel sei. Sie dachte an Jules, die dasselbe dicke, glänzende Haar, dieselbe seidige Haut, dieselben schrägen, dichten Brauen hatte. Nur ihre Augen waren anders, blau wie Ruperts und die der meisten Cazalets. Sie war das hübscheste Kind, das Zoë je gesehen hatte, aber das interessierte die Familie nicht. Ellen nannte sie eine kleine Madam, wenn sie Wutanfälle bekam; sie wurde genauso behandelt wie Wills und Roly. »Wie würde es dir gefallen, wenn jemand deinen Teddy nehmen und aus dem Fenster werfen würde?« hatte sie Ellen einmal sagen hören. »Du wärst ziemlich böse darüber, und du müßtest weinen. Nun, du solltest anderen nichts antun, das dir selbst auch nicht gefallen würde.« Niemand hatte je so mit Zoë gesprochen. Wenn ich Rupert und seine Familie nicht kennengelernt hätte, dachte sie, wäre ich vielleicht nie erwachsen geworden. Sie fühlte sich so anders als die verwöhnte, eitle, oberflächliche Neunzehnjährige, die Rupert geheiratet hatte. In zwei Jahren würde sie dreißig sein, ihre Jugend wäre vorüber, und niemand würde eine Frau mittleren Alters mit einem Kind heiraten wollen – dreißig war ihr immer als der Beginn mittleren Alters erschienen.

Bei Pointing gab es die Mieder, aber nicht die Unterhemden. Da das bedeutete, daß im Markenbuch ihrer Mutter noch ein paar Kleidermarken übrig waren, und weil sie sich an die Kälte in Cotter's End erinnerte, kaufte sie ihr statt dessen eine kurze blaßrosa Wolljacke. Es war halb eins – Zeit, zurück nach Charing Cross zu fahren, irgendwo etwas zu essen, ihr Gepäck abzuholen und zum Waterloo-Bahnhof zu bringen, wo der Zug nach Southampton abfuhr.

Sie aß bei Fuller: zwei graue Würstchen, gehüllt in etwas, das sich wie Regenmantelstoff anfühlte, einen Klecks hellgrauen Kartoffelbreis und Möhren. Das Wasser, das sie dazu trank, schmeckte intensiv nach Chlor. Zum Nachtisch standen Siruppudding und Götterspeise zur Auswahl. Beim Gedanken an das Essen bei Maud entschied sie sich für den Siruppudding. Sie war nicht daran gewöhnt, allein in Restaurants zu essen, und wünschte, sie hätte ihr Buch mitgebracht. Aber ich bin ja auch nicht zum Vergnügen hier, dachte sie. Es geht nur darum, für Mummy zu tun, was ich kann. Wie schon bei anderen Gelegenheiten mußte sie daran denken, daß eine andere Tochter vielleicht das Haus ihrer Schwiegereltern verlassen hätte, um für die Dauer des Krieges mit ihrer Mutter zusammenzuziehen. Schon der Gedanke daran ließ sie schaudern. Die passive, ergebene Haltung ihrer Mutter dem Leben und besonders ihrer Tochter gegenüber machte sie unerträglich wütend. Ihre ebenso trostlosen wie kleinlichen Erwartungen bezogen sich darauf, daß sich Dinge als geringfügig besser erwiesen, als sie angenommen hätte: Ein gutes Beispiel wäre, daß die Milch am nächsten Morgen noch nicht sauer geworden war oder daß der Friseur um die Ecke tatsächlich genug Lösung hatte, um ihr eine Dauerwelle zu machen. Wenn Zoë Juliet mitbrachte, ließ sich ihre Mutter ununterbrochen über das Aussehen des Kindes aus – und das in Juliets Gegenwart – und erklärte Zoë immer wieder, sie müsse der Kleinen das Haar ausgiebig bürsten und nachts Vaseline auf ihre Wimpern geben: »Du willst doch eine hübsche kleine Dame werden, nicht wahr, Juliet?« Aber selbst ohne Jules war die Situation noch nervenaufreibend genug, den Mummy und ihre Freundin Maud existierten als eine Art Gesellschaft zur gegenseitigen Bewunderung, brachen in heftige Debatten aus, wenn jede die Attribute abstritt, die ihr die andere zugeschrieben hatte, und jede appellierte dann an Zoë, ihre Ansichten zu unterstützen. Zoës erster Ärger darüber wich regelmäßig den Schuldgefühlen, aber nach vierundzwanzig Stunden in Cotter's End begann sie stets, die Stunden bis zu ihrer Befreiung zu zählen.

So war es auch diesmal. Nach dem Zug und der Fähre und dem Bummelzug wurde sie von Maud in ihrem kleinen Austin abgeholt.

»Warte, bis ich drin bin, meine Liebe. Die Beifahrertür geht nur von innen auf. Deine Mutter ist so aufgeregt wegen deines Besuchs, daß ich ihr gesagt habe, sie solle sich nach dem Tee erst einmal hinlegen. Ja, es geht ihr gut – den Umständen entsprechend –, aber natürlich kann man das nie so genau sagen, denn du weißt ja, daß sie sich nie beschwert. Erst letzte Woche ist sie ausgerutscht, als sie aus der Badewanne stieg, und hat sich grün und blau geschlagen, aber das hätte ich nie erfahren, wenn mir nicht aufgefallen wäre, daß sie nach Salbe suchte.«

Sie drückte den Anlasser, und der Austin vollführte einen erschrockenen Sprung, bevor der Motor wieder ausging.

»Oje! Ich hab' den Gang dringelassen. Wie dumm von mir. Ich nehme an, nach der langen Reise bist du sehr erschöpft. Ich werde dich erst gar nicht nach Neuigkeiten fragen, denn ich weiß, Cicely brennt darauf, alles zu hören. Also los.«

Bis zum Ende ihrer Fahrt, die sich nur über anderthalb Meilen erstreckte, hatte Zoë bereits von allen hiesigen Neuigkeiten gehört: Commander Lawrence hatte sich den Arm gebrochen, den *rechten* Arm, was ihm das Bridgespielen erheblich erschwerte; es gab fast keine Kartoffeln mehr – im Laden waren sie rationiert; Lady Harkness war so unhöflich zur Frau des Vikars gewesen, daß der Vikar es einfach nicht über sich brachte, im Herrenhaus vorzusprechen, obwohl Spenden für die Renovierung des Gemeindehauses dringend notwendig waren und Lady Harkness immer so *großzügig* gewesen war; Prim, die getigerte Katze, die sie für einen Kater gehalten und Patrick getauft hatten, hatte plötzlich vier Junge bekommen. »Also heißt sie jetzt Primrose, abgekürzt Prim. Sie hat sie auf Cicelys Bett bekommen, was ein schrecklicher Schock für deine Mutter war, aber natürlich hat sie wunderbar reagiert. Ich glaube, das ist alles, was *wir* an Neuigkeiten zu bieten haben«, schloß sie. »Du weißt natürlich, daß sich die Italiener ergeben haben.«

Zoë hatte es im Waterloo-Bahnhof auf einem Plakat gelesen.

Schließlich erreichten sie Cotter's End; das Auto wurde, nachdem Zoë ausgestiegen war und ihr Gepäck herausgezerrt hatte, in den unglaublich schmalen Schuppen am anderen Ende des Häuschens manövriert, der als Garage diente.

Ihre Mutter kam aus dem Wohnzimmer, um sie zu begrüßen. Sie trug ein Wollkleid in einem matten Rosa und ihre Zuchtperlenkette. Sie hatte sorgfältig Make-up aufgelegt, blauen Lidschatten und Wimperntusche, einen leuchtenden Lippenstift und pfirsichfarbenen Puder, der an Zoë hängenblieb, als sie ihr einen Begrüßungskuß gab. Es war, als küsse man eine pelzige Motte.

»Wie reizend, daß du gekommen bist«, sagte sie matt, so daß Zoë sich wie eine ziemlich enttäuschend ausgefallene Überraschung vorkam.

Man erwartete von ihr, daß sie ihr Gepäck nach oben bringen, auspacken und »sich frisch machen« wollte, bevor sie ins Wohnzimmer kam, also tat sie das. »Dasselbe Zimmer wie immer«, rief Maud ihr noch nach – als gäbe es eine Auswahl. Bei drei Schlafzimmern ziemlich unmöglich, dachte Zoë, als sie an der Türklinke zerrte, die immer beim erstenmal klemmte, und kalte, feuchte, salzige Luft auf sie eindrang. Das Fenster stand weit offen: Wenn sie wieder nach unten kam, würden sie ihr erzählen, daß sie das Zimmer gelüftet hätten und jede angenommen habe, die andere hätte das Fenster wieder geschlossen. Sie würde es nicht erwähnen. Das Zimmer war klein und eng und bot nur Platz für ein Bett, eine Kommode und einen Stuhl. Am Fenster gab es dunkelblaue Vorhänge, die sie jetzt vorzog, und in der Ecke eine Gardine, hinter der man ein paar Kleider unsicher aufhängen konnte. Über dem Bett hing ein großer Farbdruck eines sentimentalen viktorianischen Gemäldes, und auf der Kommode stand der ewiggleiche Krug mit denselben Trockenblumen. Sie ging auf die Toilette, hängte ihre Sachen auf, holte die Geschenke aus dem Koffer und nahm sie mit nach unten.

Sie ließen sich, mit je einem Glas Sherry in der Hand, vor dem kleinen, widerwillig brennenden Kaminfeuer nieder; Zoë beantwortete Fragen nach der Gesundheit von Juliet und diversen Mitgliedern der Familie Cazalet, und ihre Mutter erzählte ihr, die Katze habe auf ihrem Bett Junge bekommen. Schließlich erklärte Maud, sie müsse sich ums Abendessen kümmern, und es entstand eine kurze Debatte darüber, ob sie Hilfe brauche oder nicht. »Ihr beiden unterhaltet euch weiter. Ich komme in der Küche schon zurecht.« Sie schloß die Tür hinter sich, und Schweigen trat ein, währenddessen beide intensiv überlegten, wie sie es brechen könnten.

»Maud ist wunderbar«, verkündete ihre Mutter, bevor Zoë etwas eingefallen war.

»Sie macht einen netten Eindruck.«

»Sie ist immer ganz reizend zu mir gewesen. Ich weiß nicht, was ich ohne sie angefangen hätte.« Und dann, als ihr deutlich wurde, das dies auch als Tadel aufgefaßt werden konnte, fügte sie hinzu: »Natürlich wäre ich zurechtgekommen. Ich fürchte, es wird dir hier sehr ruhig vorkommen«, begann sie wieder. »Commander Lawrence hat sich den Arm gebrochen, also wird unser Bridgeabend wohl nicht so lebhaft sein wie üblich. Es ist passiert, als er auf seinen Heuboden steigen wollte.«

»Du weißt doch, Mummy, daß ich nie eine besonders gute Bridgespielerin war.«

»Aber ich dachte, bei dieser großen Familie hast du jetzt viel Gelegenheit zum Üben.«

»Sie spielen nicht oft.«

»Oje.« Eine Pause entstand. Ein Stück Holz fiel aus dem Kamin, und Zoë stand auf, um es zurückzulegen.

»Zoë, Liebes, ich hoffe, es stört dich nicht, wenn ich frage, aber natürlich habe ich mir um deinetwillen schreckliche Sorgen gemacht ...«

»Es gibt nichts Neues von Rupert«, sagte sie schnell. »Überhaupt nichts.« Jedesmal, wenn sie kam, stellte ihre Mutter dieselbe Frage, auf exakt dieselbe Weise, und das gehörte zu den Dingen, die sie am schwersten ertragen konnte. »Ich hätte es dir schon gesagt, wenn es Neuigkeiten gäbe. Ich habe doch versprochen, dich anzurufen, wenn das der Fall sein sollte, erinnerst du dich?« Der angestrengte Versuch, nicht ärgerlich zu klingen, verlieh ihrer Stimme einen hysterischen Unterton.

»Liebling, sei nicht böse. Ich wollte dich nicht aufregen. Es ist nur, daß …«

»Es tut mir leid, Mummy. Ich möchte einfach lieber nicht darüber reden.«

»Selbstverständlich. Das verstehe ich.«

Wieder schwiegen sie, und dann sagte sie: »Erinnerst du dich an Lady Harkness? Sie ist *einmal* zum Sherry gekommen, als du hier warst, im vergangenen Jahr, glaube ich. Eine sehr große Frau mit sehr schöner Haut? Nun – sie war … ziemlich offen mit unserem Vikar, muß ich sagen, und er hat es genauso aufgenommen, wie es gemeint war, was die Dinge ziemlich schwierig macht. Gesellschaftlich, meine ich.«

In diesem Augenblick streckte Maud den Kopf herein und verkündete, das Essen sei fertig.

Gegessen wurde in einem winzigen Zimmer neben der Küche, an einem wackligen kleinen Gateleg-Tisch; es gab Frikadellen von der Größe einer zusammengeschnürten Maus – eine pro Person – mit Kartoffelbrei und Kohl. Während sie aßen, beschrieb Maud in allen Einzelheiten, wie die Frikadellen gemacht wurden, aus nur vier Unzen Fleischbrät, Semmelbröseln und Kräutern, und ihre Mutter bemerkte, wie einfallsreich Maud mit den Rationen umgehe. Es folgten gedünstete Pflaumen auf kleinen Glastellerchen; man wußte nicht, wo man die Kerne hintun sollte. Zoë hatte ihr Markenbuch mitgebracht, nachdem sie vorher Mrs. Cripps' fachliche Meinung über die angemessene Menge für einen Dreitagesbesuch eingeholt hatte. Dankbar dachte sie an die Ingwerkekse in ihrem Zimmer. Das Eßzimmer hatte keinen Kamin, und vor lauter Feuchtigkeit blätterte die weiße Farbe von den Wänden. Nach dem Essen gab es einen kleinen Streit wegen des Abwaschs, der damit endete, daß sich alle drei in die kleine dunkle Küche zwängten und einander anrempelten, als sie versuchten, das Geschirr vom Abendessen hereinzutragen und das fürs Frühstück ins Eßzimmer zu bringen –

Maud meinte, sie stelle am liebsten schon abends alles bereit, es sei so viel einfacher. Als sie ins Wohnzimmer zurückkamen, war das Feuer ausgegangen. Jetzt wurde debattiert, wer vorm Schlafengehen noch ein Bad nehmen wollte: Das heiße Wasser reichte nur für eine Person, und beide Gastgeberinnen waren darauf bedacht, es Zoë zu überlassen. Dann stellte sich die Frage, wer etwas Heißes trinken wollte, und selbstverständlich mußten Wärmflaschen gefüllt werden. Der Kessel war so alt und verkalkt, daß es Ewigkeiten brauchte, bis das Wasser kochte, und so klein, daß es nur jeweils für eine Flasche reichte. Alles in allem beanspruchten die Vorbereitungen zum Schlafengehen den ganzen Abend, und es war weit nach zehn, als Zoë sich endlich in ihr Zimmer zurückziehen konnte. Und das war erst der Mittwoch, dachte sie; sie hatte noch Donnerstag und Freitag und den halben Samstag vor sich, und als sie im Bett lag und Kekse aß, die Wärmflasche auf den Bauch gedrückt, begann sie die Stunden zu zählen.

Dieser Besuch unterschied sich von den vorigen nur insofern, als sie Jules nicht dabeihatte; es war einfacher, aber auch erheblich langweiliger. Sie unternahmen, was ihre Mutter als »kleine Ausflüge« bezeichnete, und sie hatten Commander Lawrence mit Frau und Labrador zum Tee. Der Labrador erhob sich höflich, als er angesprochen wurde, wedelte mit dem Schwanz und fegte das Gebäck vom Tisch, das er so schnell verschluckte, als hätte es nie existiert. Der Commander meinte, er sei ein unartiger Junge, normalerweise aber ganz brav, es gebe einfach keinen treueren Freund als einen Hund. Er trug den Arm in einer Schlinge, und nachdem er Zoë ausführlich die Umstände seines Unfalls erläutert hatte, erklärte er, er fühle sich dadurch irgendwie wie Nelson.

Ihre Mutter war erfreut über die Mieder, aber weniger glücklich mit der Strickjacke. »Davon würde ich eigentlich zwei brauchen«, sagte sie, »um sie wirklich nutzen zu können. Ansonsten könnte ich mich erkälten, wenn sie gewaschen wird.«

Sie machten sich zu dem üblichen Besuch bei Miss Fenwick und ihrer Mutter auf, die sich, wie Maud nicht müde wurde zu wiederholen, für ihr Alter ganz wunderbar hielt. Sie war zweiundneunzig. Miss Fenwick brauchte beinahe den ganzen Morgen, um sie zu waschen, anzuziehen und sie auf einen gewaltigen Sessel zu quetschen, wo sie dann wie ein riesiger Sandsack ruhte. Sie war praktisch kahl und trug immer einen roten Hut mit einem Straßpfeil an der Seite. Unter ihrem weiten Strickrock konnte man ihre Füße auf einem Schemel ruhen sehen, in Pantoffeln, die, wie die Cazalets es ausgedrückt hätten, die Form dicker Bohnen hatten. Es war schwierig, sich mit ihr zu unterhalten, weil sie stocktaub war und sich nicht erinnern konnte, wer die anderen waren; hin und wieder unterbrach sie die Konversation mit einer ziemlich gereizten Frage nach der nächsten Mahlzeit. »Mutter genießt ihre Mahlzeiten«, sagte Miss Fenwick dann jedesmal.

Das Gespräch konzentrierte sich wie bei jedem dieser Besuche – wenn es sich nicht um Mrs. Fenwicks erstaunliches Alter drehte - auf das, was man aus Friedenszeiten am meisten vermißte, und endete beinahe zwangsläufig bei den Lebensmitteln. Frische Sahne, erklärte Maud; sie habe Sahnetorte so geliebt, von Erdbeeren mit Sahne gar nicht zu reden. Zitronen, warf Zoë ein, aber niemand nahm sonderlich Notiz von ihr. Apropos Sahnetorte, meinte ihre Mutter, ihr fehle am meisten der Walnußkuchen von Fuller, und Mama, informierte Miss Fenwick, vermisse *wirklich* ihre Bananen.

Schließlich nahm der Besuch ein Ende, als Miss Fenwick erklärte, Mama wolle ihr Abendessen auf keinen Fall zu spät. Mein Gott, dachte Zoë, wie schrecklich es ist, alt zu sein. Sie hätte lieber tot sein wollen als so wie Mrs. Fenwick; aber diese Ansicht tat sie nicht kund.

Zur Sherryparty erschienen die Lawrences und der Vikar mit seiner Nichte. Zoës Sherry wurde geöffnet, und Maud servierte kleine Toaststücke mit Schinken-und-Huhn-Pastete darauf. Sie gingen mit Zoës Markenbuch einkaufen und erwarben eine Dose Frühstücksfleisch, »für alle Fälle«, und Mrs. Cripps hatte auch die Verwendung der Käseration zugestanden. Drei Unzen Käse, meinte Maud, seien eine wirkliche Gottesgabe und reichten, wenn man sie geschickt verlängerte, für drei Mahlzeiten. Das nahm den Donnerstag und den Freitag in Anspruch. Morgen fahre ich nach Hause, dachte sie, und auf dem Rückweg werde ich mit Archie essen gehen. Sie hatte erklärt, wegen Juliet nicht länger bleiben zu können, die sie, wie die beiden Damen meinten, das nächstemal *unbedingt* wieder mitbringen solle. Beim letzten Abendessen – winzige Stückchen Kabeljau in einer Soße mit Milchpulver und pürierten Rüben – wiederholten sie ständig, wie schade es doch sei, daß sie schon wieder fahren müsse; besonders Maud betonte, wie sehr ihre Mutter diese Besuche genieße, auch wenn Zoë dafür keinerlei Anzeichen erkennen konnte, da sie einander offenbar wirklich nichts zu sagen hatten. »Ich lasse euch beide allein und laufe schnell ins Dorf Brot holen«, verkündete Maud am nächsten Morgen nach dem Frühstück.

»Sie ist so rücksichtsvoll«, sagte ihre Mutter, als sie hörten, wie die Haustür ins Schloß fiel. Mauds Freundlichkeit war eine Art Notbehelf, wenn es an Gesprächsthemen fehlte.

»Kann ich in London noch etwas für dich tun, Mummy?« fragte Zoë verzweifelt.

»Ach, ich glaube nicht, Liebes. Es sei denn, du würdest mir noch eine Jacke kaufen wollen. Oh – und das habe ich schon beim letztenmal vergessen, aber ich wäre sehr dankbar für ein neues Haarnetz. Für die Nacht, weißt du. Ich benutze immer die Marke Lady Jayne. Ich bin sicher, bei Pointing oder Gaylor & Pope wirst du eines finden. Aber nur, wenn du ohnehin in diese Gegend kommst. Ich weiß doch, wieviel du zu tun hast.«

»Nun, diesmal werde ich es nicht schaffen, aber nächstesmal, wenn ich nach London fahre, denke ich daran. Ich könnte es dir mit der Post schicken.«

»Aber du wirst doch sicher bald wiederkommen?«

«Na ja ... wahrscheinlich erst nach Weihnachten. Ich muß an meine Arbeit im Pflegeheim denken, weißt du.«

«Aber paß auf deine Hände auf, mein Liebes. Pflegearbeit ist nicht gut für die Hände. Und du hattest so hübsche Hände. Hast sie immer noch«, fügte sie eilig hinzu.

»Du fühlst dich doch wohl hier, oder?«

»Oh, ja. Ganz bestimmt. Maud ist die Freundlichkeit selbst, wie du ja weißt. Und selbstverständlich trage ich zum Haushalt bei. Ich möchte niemandem eine Last sein.«

»Du hast doch genug Geld, Mummy?« Sie wußte, daß Rupert das Geld vom Verkauf der Londoner Wohnung sicher investiert hatte, obwohl das nicht viel einbringen konnte, aber ihre Mutter hatte auch noch ihre Witwenpension.

Aber ihre Mutter, die Geld für ein vulgäres Thema hielt, sagte rasch: »Kein Anlaß zur Sorge. Wir führen ein ruhiges Leben und kommen sehr gut zurecht. Was mich daran erinnert, daß ich dir noch das Geld für die Unterwäsche geben muß.«

»Nein, laß das nur. Es war ein Geschenk.«

»Auf keinen Fall.« Sie suchte in ihrer alten Lederhandtasche nach ihrem Geldbeutel.

«Bitte laß das, Mummy, wirklich.«

«Ich würde dir das Geld lieber zurückgeben. Kannst du dich noch erinnern, wieviel es war?«

Was für ein Theater, dachte Zoë und registrierte hilflos, wie sie immer wütender wurde. Ihre Mutter wollte genau wissen, was jedes einzelne Teil gekostet hatte, und sie konnte sich nicht erinnern, und dann glaubte ihre Mutter ihr nicht, wenn sie einfach einen Preis erfand, und dann hatte sie nur einen Fünfpfundschein – es dauerte, bis Maud zurück war. Maud hatte Kleingeld, und ihre Mutter meinte, an den Miedern sei vermutlich noch ein Preisschild, wenn vielleicht jemand schnell raufspringen und nachsehen könne, und Maud, die wußte, wo alles aufbewahrt wurde, bot sich an. Aber inzwischen war ihre Mutter störrisch geworden, und Zoë schmollte. Die Mieder hatten jeweils acht Shilling und Sixpence gekostet, also verlangte ihre Mutter nach Bleistift und Papier, damit sie den Betrag addieren konnte. »Ich war nie gut mit Zahlen«, und dann war da noch die Frage der Strickjacke: »Das wären dann fünfundzwanzig und sechs und?«

»Dreißig Schilling«, sagte Zoë.

»Also macht es ingesamt ...« Sie schrieb, und ihre Lippen bewegten sich, während sie zählte, und Zoë bemerkte die feinen Linien von Lippenstift, die von der Oberlippe aufwärts verliefen, während Maud beinahe dramatisch verkündete, sie müßten jetzt wirklich aufbrechen.

»Zwei Pfund fünfzehn und Sixpence! Maud! Kannst du darauf rausgeben?«

»Mummy, ich muß los! Ich darf die Fähre nicht verpassen.«

»Ich gebe es ihr am Bahnhof, Cicely.«

»Aber ich wollte doch mitkommen! Ich muß nur noch andere Schuhe anziehen.«

»Wir müssen *fahren*«, rief Zoë. »Dazu ist keine Zeit mehr.«

Also blieb sie zurück, und Zoë drückte ihr einen Kuß auf das in resignierte Falten gelegte, gepuderte Gesicht.

»Ich muß, wie sie im Kino immer sagen, Vollgas geben«, bemerkte Maud, als sie den Austin aus dem Schuppen manövrierte. »Du solltest dir das Geld lieber gleich aus meiner Tasche nehmen. Cicely wird mir nie verzeihen, wenn ich es dir nicht gebe.«

»Ich *möchte* es aber nicht haben.«

»Das hätte ich auch nicht angenommen, meine Liebe. Aber wir dürfen sie nicht aufregen – ihr Herz ist ein bißchen empfindlich, weißt du.«

»Warum hat sie uns nicht früher gesagt, daß sie mitkommen will?«

»Ich glaube, das war ein plötzlicher Impuls. Sie findet es

schrecklich, wenn du fährst, weißt du. Es wird ihr schon wieder gutgehen, wenn ich zurückkomme. Wir trinken eine nette Tasse Horlick's und spielen Karten und gehen deinen Besuch noch einmal ausführlich durch, und dann sorge ich dafür, daß sie sich ein bißchen hinlegt – die letzten Tage waren ziemlich aufregend für sie. Sie ist so stolz auf dich.«

Im Zug, der praktisch leer, und auf der Fähre, die nur halb voll war, mußte sie immer wieder an diese Worte denken, wieder und wieder kamen sie ihr in den Sinn. Sie hatte geglaubt, eine Last würde von ihr genommen sein, sobald sie den Besuch hinter sich hätte und im Zug säße, aber ihre bedrückende Langeweile und ihr Zorn wichen nun Schuldgefühlen, als sie an all die Möglichkeiten dachte, die sie gehabt hätte, netter, freundlicher und geduldiger zu sein. Wie kam es, daß sie trotz all der Jahre, in denen sie von einem verwöhnten und selbstsüchtigen Kind zu einer ihrer Ansicht nach erwachsenen Ehefrau und Mutter und einem verantwortlichen Mitglied einer großen Familie geworden war, nur *Minuten* mit ihrer Mutter zusammensein mußte, um zu ihrem früheren, unangenehmen Selbst zurückzukehren? Es war schließlich *ihr* Verhalten, das ihre Mutter so ängstlich und nachgiebig machte, das sie zu all dem veranlaßte, was sie, Zoë, so furchtbar reizte. Als sie in dem leeren Abteil saß und darauf wartete, daß der Zug nach London endlich anfuhr, dachte sie: Was, wenn Jules, wenn sie einmal erwachsen ist, mir gegenüber ebenso empfindet? Der Gedanke trieb ihr die Tränen in die Augen. Sie schlug »Anna Karenina« auf, aber sie war gerade bei der Szene angekommen, in der Anna beschließt, ihren Sohn mit nach Moskau zu nehmen. Sie wußte, daß es Anna nicht erlaubt sein würde, ihren Sohn *und* Wronskij zu behalten, und der bloße Gedanke an eine solche Wahl ließ ihre Augen erneut feucht werden, und eine Träne fiel auf das Buch. Sie suchte in ihrer Tasche nach einem Taschentuch. Der Zug setzte sich in Bewegung, und in diesem Augenblick wurde die Abteiltür aufgerissen, und ein Armeeoffizier trat ein. Er setzte sich ihr schräg gegenüber, nachdem er eine kleine, sehr elegante Tasche und seine Mütze ins Gepäcknetz geschoben hatte. Jetzt kann ich nicht einmal in Ruhe zu Ende weinen, dachte sie. Eine Sekunde später hatte er ein Päckchen Zigaretten herausgeholt und bot ihr eine an.

»Ich rauche nicht.«

»Stört es Sie, wenn ich rauche?«

Sie schüttelte den Kopf. »Überhaupt nicht.«

»Sie klingen, als hätten Sie sich erkältet«, sagte er mit so mitfühlender Vertraulichkeit, daß sie ganz erstaunt war. Aber er war Amerikaner, das wußte sie, nicht nur wegen seiner Aussprache, sondern auch wegen der Uniform, einer viel hübscheren hellgrünen Version des englischen Khaki.

»Hab' ich nicht. Ich habe nur gerade eine ziemlich traurige Stelle in diesem Buch gelesen, das ist alles.« Sie hatte geglaubt, das werde herablassend klingen, aber es hörte sich überhaupt nicht so an.

»Tatsächlich.«

»Na ja, eigentlich nicht.«

»Vielleicht haben Sie etwas gelesen, das Sie an etwas aus Ihrem eigenen Leben erinnert hat, und das hat Sie traurig gemacht.«

Sie blickte von ihrem Taschentuch auf und stellte fest, daß er sie ansah. Er hatte sehr dunkle, beinahe schwarze Augen. Er zündete sich die Zigarette mit einem großen, ziemlich zerbeulten Blechfeuerzeug an. Dann sagte er: »Sehen Sie sich selbst als russische Romanheldin? Als Anna?«

»Woher wußten Sie ...«

»Ich bin so gebildet, daß ich sogar verkehrt herum lesen kann.«

Sie war nicht sicher, ob er sich über sie lustig machte, und sagte schnell: »Haben Sie es gelesen?«

»Vor langer Zeit. Als ich auf dem College war. Ich erinnere mich an genug, um Sie warnen zu können: Anna nimmt ein trauriges Ende.«

»Das weiß ich. Ich lese es nicht zum erstenmal.«

»Tatsächlich? Wie ist das, einen Roman zu lesen, wenn man schon weiß, was passieren wird?«

»Wenn man die Geschichte kennt, fallen einem andere Dringe auf.«

Er schwieg einen Augenblick lang. Dann sagte er: »Ich heiße Jack, Jack Greenfeldt. Würden Sie mit mir zu Mittag essen, wenn wir in London sind?«

»Ich bin schon mit jemandem verabredet.«

»Mit Ihrem Mann?«

»O nein. Mit einem Freund.« Sie blickte auf ihren Ehering. Er stellt viele Fragen, dachte sie, aber das lag vielleicht daran, daß er Amerikaner war – sie hatte noch nie einen kennengelernt. Wenn er das kann, kann ich es auch.

»Sind Sie verheiratet?«

»Ich war ... Ich bin geschieden. Wie viele Kinder haben Sie?«

»Woher wissen Sie, daß ich überhaupt welche habe?«

»Nun, wenn Sie verzeihen, ich sehe, daß Sie über achtzehn sind und nicht in Uniform; also ist es sehr wahrscheinlich, daß Sie Kinder haben. Sie könnten natürlich auch eine sehr wichtige Beamtin sein, aber irgendwie sind Sie nicht der Typ dafür.«

»Ich habe ein Kind, eine Tochter.«

»Zeigen Sie mir ein Bild von ihr.«

Es kam ihr merkwürdig vor, daß er das Foto des Kindes einer vollkommen Fremden sehen wollte, aber warum nicht? Sie holte die Brieftasche heraus, die ihre beiden Lieblingsfotos enthielt: Juliet auf dem Steigeblock im Hof, mit einem der Gartenhüte der Duchy (sie liebte Hüte über alles), und Juliet im hohen Gras neben dem Tennisplatz, in ihrem besten Sommerkleidchen. Auf dem ersten Foto lachte sie, auf dem zweiten schaute sie sehr ernst drein.

Er betrachtete die Fotos sehr aufmerksam. Dann klappte er die Mappe zu, reichte sie ihr und sagte: »Sie sieht Ihnen sehr ähnlich. Vielen Dank, daß Sie sie mir gezeigt haben. Wo ist sie jetzt?«

»Auf dem Land.«

»Also wohnen Sie nicht in London?« Seine Enttäuschung war so offensichtlich, daß sie sich irgendwie gütig und alt vorkam.

»Nein. Darf *ich* Sie etwas fragen?«

»Ich kann es mir wohl nicht leisten, mich daran zu stören. Was wollen Sie wissen?«

»Hat es damit zu tun, daß Sie Amerikaner sind, daß Sie einer vollkommen Fremden so viele Fragen stellen?«

Er dachte einen Moment lang nach. »Ich glaube nicht. Ich bin immer schon neugierig gewesen, jedenfalls, was Leute angeht. Wie Sie sehen, habe ich genau die Art Nase, die man wunderbar in anderer Leute Angelegenheiten stecken kann.« Das bewirkte, daß sie sein Gesicht ansah. Er lächelte, und seine Zähne sahen blendend weiß aus, selbst vor seiner blassen Haut. »Ich hatte gehofft, daß Sie mich etwas Persönlicheres fragen würden«, sagte er.

Ein unbehagliches Schweigen entstand. Früher einmal hätte sie gewußt, daß er mit ihr flirtete, und sie hätte auch genau gewußt, was sie tun oder nicht tun sollte, hätte den nächsten Zug voraussehen können. Jetzt war sie vollkommen unsicher – sie hatte keine Ahnung, welches Spiel hier gespielt wurde, nur das unbehagliche Gefühl, daß er sich darin besser auskannte, was auch immer es sein mochte.

«Es ist schwer, in einem Krieg glücklich zu sein.«

»Wieso sagen Sie das jetzt?«

»Weil ich spüre, daß Sie Schuldgefühle haben, weil Sie nicht glücklich sind. Wieso um alles in der Welt sollten Sie es auch sein? Wenn die ganze Zeit Menschen umgebracht werden, ermordet, niedergemetzelt und manchmal vorher noch gefoltert, wenn Familien auseinandergerissen, Paare getrennt werden, wenn alles, was das Leben einfacher macht, rationiert ist, das Leben monoton wird und alles, was auch nur im entferntesten Freude machen könnte, fehlt – wieso sollten Sie oder irgend jemand sonst auf dieser Insel *glücklich* sein? Sie mögen es ertragen – die Briten scheinen darin sehr gut zu sein –, aber auch noch *genießen*? Ich weiß, es gehört zu den Grundpfeilern des Britischseins, Haltung zu bewahren, aber kann man mit einer steifen Oberlippe auch noch lächeln?«

Bei diesen allgemeineren Bemerkungen fühlte sie sich sicherer.

»Wir haben viel Übung«, sagte sie. «Wir sind inzwischen daran gewöhnt.«

»Ich finde, es kann sehr gefährlich sein, sich an Dinge zu gewöhnen.«

»Ganz gleich, an was?«

»Ja – ganz gleich, an was. Man bemerkt es nicht mehr, was immer es sein mag, und, was noch schlimmer ist, man hat die Illusion, etwas erreicht zu haben.«

»So komme ich mir überhaupt nicht vor«, sagte sie im selben Augenblick, als sie es feststellte.

»Nein?«

»Na ja, ich nehme an, es hängt davon ab, was Sie meinen mit ›Dinge nicht bemerken‹ oder ›sich daran gewöhnen‹ ...«

»Nehmen Sie nicht weiter wichtig, was ich sage«, unterbrach er sie sanft.

»Ich finde, man kann sich an etwas gewöhnen und es trotzdem immer noch wahrnehmen«, meinte sie. Sie dachte an Rupert.

»Das klappt aber nur bei sehr ernsten Dingen.«

«Ja. So ist es.« Sie bekam sofort Angst, daß er nachfragen und aus dieser unfreiwilligen Vertraulichkeit Kapital schlagen würde, aber das tat er nicht. Er stand auf und ließ sich auf dem Platz direkt ihr gegenüber nieder.

»Ich weiß immer noch nicht, wie Sie heißen.«

Sie stellte sich vor.

»Zoë Cazalet. Würden Sie heute abend mit mir essen gehen? Ich sehe schon, Sie werden ablehnen. Tun Sie es nicht. Das ist eine sehr ernstgemeinte Einladung.«

Diverse Gründe, wieso sie nicht zusagen sollte, stürmten auf sie ein. Was sollte sie der Familie sagen? »Ich werde mit einem Amerikaner essen, den ich im Zug kennengelernt habe?« Wo sollte sie in London übernachten, denn es war unwahrscheinlich, daß es so spät noch einen Zug gab? Wo sollte sie die Zeit zwischen Mittag- und Abendessen verbringen? Warum um alles in der Welt zog sie es überhaupt in Erwägung?

Was sie schließlich sagte, war: »Ich habe nichts anzuziehen.«

Louise

Oktober 1943

»Ist er denn noch nicht fertig?«

»Er schläft immer wieder ein.«

Mary, die neue, sehr junge und äußerst kompetente Kinderfrau, schaute mißbilligend drein. »Zwicken Sie ihn in die Wange«, sagte sie.

Louise zwickte sanft. Das Baby wand sich, schob den Kopf gegen ihre Brust und fand die Brustwarze wieder, aber nachdem er ein- oder zweimal gesaugt hatte, gab er auf.

»Ich glaube nicht, daß auf dieser Seite noch Milch ist.«

«Na gut. Hat er schon ein Bäuerchen gemacht?«

«Ich hab' es versucht, aber ich fürchte, es ist nicht viel passiert.«

Mary beugte sich vor und nahm ihr das Baby ab. »Dann komm zu Mary«, sagte sie mit veränderter, viel freundlicherer Stimme. Sie legte sich das Baby an die Schulter und tätschelte seinen Rücken. Er rülpste mehrmals.

»Braver Junge. Ihr Tee steht hier.«

»Danke, Mary.«

»Sag Mummy auf Wiedersehen.« Sie hielt das Baby so, daß Louise ihm einen Kuß geben konnte. Das Gesicht des Kleinen war bleich, von zwei rosigen Flecken auf den Wangen einmal abgesehen, sein Mund rosa und feucht, die Lippen leicht vorgeschoben, und an der Oberlippe hing noch ein winziges Milchtröpfchen. Er roch nach Milch und hatte die Augen geschlossen. Als sie weg waren, knöpfte Louise ihren Still-BH zu und schob frische Kissen hinein. Ihre Brustwarzen waren wund, aber nicht mehr so schlimm wie am Anfang. Sie griff nach der Teetasse und trank dankbar. Das morgendliche Stillen war immer das schlimmste. Mary riß sie aus tiefem Schlaf, manchmal war es sechs Uhr, manchmal aber auch erheblich früher, und das Stillen selbst, das sonst nicht länger als eine halbe Stunde dauerte, zog sich immer doppelt so lange hin, weil das Baby nicht richtig trinken wollte. Am Ende war Louise erschöpft, aber schrecklich wach. Es dauerte eine Ewigkeit, bis sie wieder einschlafen konnte, und meist geschah das erst, wenn es schon wieder Zeit war, zum Frühstück aufzustehen. Zu Hause wäre sie einfach im Bett geblieben, aber in Hatton, wo sie sich derzeit aufhielt, kam so etwas nicht in Frage. Sie mußte aufstehen, baden, sich anziehen und mit Zee und Pete frühstücken, und bald danach würde es Zeit fürs nächste Stillen sein.

Michael hatte sie vor einer Woche hergebracht und ihr deutlich gemacht, daß er zwar nicht lange bleiben könnte, daß aber Zee ihren Enkel »richtig kennenlernen« wolle. Also sollten sie sich drei Wochen hier aufhalten, von denen eine nun beinahe vorüber war. Michael war nicht sicher gewesen, wann er es wieder schaffen würde vorbeizukommen, und Zee meinte, es sei doch sicher das beste, wenn Louise und das Baby blieben, bis er sie wieder abholen könne. Das, so dachte Louise, kann noch Wochen, wenn nicht Monate dauern. Es war zwanzig vor sieben – sie sollte lieber noch ein bißchen schlafen. Sie knipste die Nachttischlampe aus, aber wie immer schien die Dunkelheit alles an die Oberfläche zu bringen, was sie bei Tageslicht und in der Gegenwart anderer unterdrücken konnte. Manchmal, so wie jetzt, dachte sie, wenn sie sich diesem Prozeß nur überließe, würde sie es vielleicht besser verstehen.

Es begann immer mit einer Litanei über ihr Glück: Sie war verheiratet mit einem berühmten Mann, der sie erwählt hatte, obwohl er, wenn man Zee glauben durfte, jede hätte haben können; sie hatte ein gesundes Kind, was auch alle von ihr erwartet hatten. Sie hatte ihr eigenes Haus in London (das von Lady Rydal in St. John's Wood, da ihre Tante Jessica wieder nach Frensham ziehen würde, sobald Nora verheiratet war). Sie hatte eine Kinderfrau, was die meisten jungen Frauen sich nicht leisten konnten. Was wollte sie mehr? Sie war zwanzig, sie war nun genau dreizehn Monate verheiratet, und bisher war Michael nicht gefallen, nicht einmal verwundet worden. Sie mußte wirklich dankbar sein. Sie drehte sich auf die Seite, so daß sie ihr Schluchzen im Kissen ersticken konnte. Zee, so hatte sie herausgefunden, schlich manchmal in der Nacht im Haus umher und hatte mehr als einmal die Tür zu ihrem Schlafzimmer geöffnet, einmal, als Michael bei ihr gewesen war, und zweimal nach seiner Abreise. Sie hatte diese Besuche nie angesprochen, aber abgesehen davon, daß sie Louise angst machten, stellten sie ein Eindringen in ihre Privatsphäre dar, die Louise mit ihrem Gefühl der Isolation doch so nötig brauchte. Auch wenn sie vollkommen allein war, konnte sie an diese unnatürlichen Gefühle nicht einmal *denken*; und den Rest der Zeit spielte sie die Rolle der glücklichen jungen Frau und Mutter – besorgt um Michael, aber ansonsten wunschlos glücklich. Das Schreckliche war, daß sie nicht eines der Gefühle hatte, die *sie* für natürlich hielten und die angeblich alle anderen in ihrer Situation hatten. Sie wußte, das war irgendwie ihre Schuld, aber obwohl sie sich ehrlich schämte, ein solcher Mensch zu sein, wußte sie nicht, wie sie es ändern konnte. Während ihrer Schwangerschaft hatte sie ein- oder zweimal versucht, mit Michael darüber zu reden, daß sie sich davor fürchtete, ein Baby zu haben, nicht vor den Wehen, nicht vor seiner Geburt (von Anfang an waren alle davon ausgegangen, daß es ein Junge war), sondern von seiner bloßen Anwesenheit. Michael hatte ihre Bedenken beiseitegeschoben und ihr gesagt, sie werde sich nach der Geburt ganz anders fühlen. Am Ende hatte sie sich an diesen Gedanken geklammert. Aber sie *hatte*, seit er an Bombenangriffen auf Deutschland teilgenommen hatte (dem ersten derartigen Unternehmen waren weitere gefolgt), mehr und mehr Angst gehabt, wenn er auf See war und in Kämpfe geriet. Andere Offiziere der Küstenwache, die sie kennengelernt hatte, waren inzwischen tot, darunter sehr erfahrene Männer, und es schien immer weniger Gründe zu geben, wieso es Michael nicht ebenso ergehen sollte. Einmal, als sie für ein paar Wochen in einem möblierten Haus in Seaford gewohnt hatten und er zu Hause übernachtet hatte, war er eines Abends wiedergekommen und hatte angekündigt, die Flotille werde verlegt. Sie war in Tränen ausgebrochen: »Dann müssen wir das Haus aufgeben!« hatte sie geschluchzt, unfähig, ihren schlimmsten Ängsten Ausdruck zu verleihen.

»Es ist kein besonders nettes Haus«, hatte er gesagt. »Wir haben es doch nie wirklich gemocht. Eines Tages werden wir ein viel hübscheres haben. Jetzt komm schon, Liebling, sei ein tapferes Mädchen.«

»Nie haben wir Zeit füreinander; wir führen gar kein richtiges Eheleben. Wir haben nie Zeit, uns zu unterhalten.«

»Aber natürlich haben wir das«, hatte er erwidert. »Und überhaupt kann ich nicht mit dir reden, wenn du weinst – dann hörst du ja gar nicht, was ich sage. So ist es nun mal in Kriegszeiten. Das geht anderen ebenso.« Dann hatte das Telefon geklingelt, und seine Nummer eins hatte gefragt, wann er wieder an Bord sein werde. »Sie laden die Torpedos«, meinte er. »Ich muß dabeisein und dafür sorgen, daß sie anständig gelagert werden. Wenn du das Haus übergeben hast, fahr doch für eine Weile zu deiner Familie, Liebling. Das wäre das beste, bis ich weiß, wie es weitergeht.«

»Kannst du nicht mal zum Essen bleiben?«

»Nein, das habe ich dir doch gesagt, ich muß gehen. Ich sollte jetzt lieber mein Zeug zusammenpacken. Komm schon, Liebling, hilf mir dabei. Sparky schickt in einer halben Stunde einen Wagen.«

Also war er gegangen, und sie hatte gepackt und versucht, die Speisekammer zu leeren, in der es ohnehin nicht viel gab, und dann hatte sie in Home Place angerufen und sich angekündigt. Schließlich hatte sie die Reste von einem Stück Corned Beef gegessen, das irgendwie übriggeblieben war, und hatte sich die ganze Nacht übergeben müssen und Durchfall gehabt. Sie hatte sich sterbenselend gefühlt. Am Morgen hatte sie zu Hause angerufen und es ihrer Mutter erzählt, und die hatte sie mit dem Auto abgeholt. Danach hatte sie nicht mehr versucht, mit Michael über die Dinge zu reden, vor denen sie sich fürchtete, die ihr Sorgen machten oder die sie nicht verstand. Sie klammerte sich an den Gedanken, daß sich alles ändern würde, wenn das Kind erst geboren wäre. Sie war bis einen Monat vor dem Geburtstermin zu Hause geblieben, und dann war sie mit Hilfe ihrer Mutter in die Hamilton Terrace gezogen. Das war ziemlich aufregend gewesen: Es gab noch ein paar Möbel, die ihrer Großmutter gehört hatten, aber das Haus war heruntergekommen und mußte renoviert und neu eingerichtet werden. Sie hatte auch endlich die Hochzeitsgeschenke auspacken und ihre eigenen Sachen, vor allem ihre Bücher, aus Home Place mitbringen können. Sie war eifrig darauf bedacht, vor der Geburt des Babys noch alles in Ordnung zu bringen, und Stella, die wunderbarerweise eine Woche Urlaub bekommen hatte, hatte ihr geholfen, das Wohnzimmer und das Kinderzimmer anzustreichen. Nach einer Woche war ihre Mutter nach Home Place zurückgefahren und Stella nach Bletchley, wo sie eine Stelle hatte, die so geheim war, daß man nicht mal dran denken durfte. Es war wunderbar gewesen, sie wieder einmal zu sehen. Dann war Michael für eine Woche gekommen. Sie waren ins Kino gegangen und zum Essen, und dann, als sie im Bett lagen, hatte er mit ihr schlafen wollen. »Ich bin zu dick!« hatte sie gesagt – sie wollte es einfach nicht, es war nicht nur der übliche Widerwille, sie konnte schon den Gedanken daran nicht ertragen.

»Unsinn, du dummes kleines Ding, das macht mir doch überhaupt nichts aus!« Er hatte einfach weitergemacht, und es war extrem unangenehm gewesen. Am nächsten Morgen war er zur Admiralität gefahren, hatte aber angekündigt, er werde am Abend wieder zurücksein. Die Wehen hatten um die Mittagszeit begonnen, gerade als ihre Mutter mit einem Professor der Königlichen Musikschule da war, der die verbliebenen Manuskripte ihres Großvaters abholen wollte. Sie hatte das Mittagessen für die beiden gerichtet, was anstrengend war, aber Michael hatte sein Markenbuch mitgebracht, also hatte sie eine Dose Frühstücksfleisch kaufen können, das sie mit Nelken gespickt, mit Zucker bestreut und im Backofen gebacken hatte. Dazu gab es Pellkartoffeln und einen Salat, damit würden sie sich begnügen müssen. Nach dem Essen, als der alte Herr die Stapel von Papier im Arbeitszimmer ihres Großvaters durchsah, hatte sie ihrer Mutter gesagt, sie glaube, etwas sei passiert, es habe allerdings nicht weh getan und die merkwürdigen Bewegungen, wie sie es nannte, seien nur hin und wieder zu spüren. Ihre Mutter hatte gemeint, es sei noch drei Wochen zu früh für das Baby und höchst unwahrscheinlich, daß das schon die Wehen sein sollten. »Und Michael wird bald zurückkommen – ansonsten würde ich bei dir bleiben.«

»Ach nein, das brauchst du nicht. Es war vermutlich nur eine Magenverstimmung.«

Nachdem ihre Mutter und der alte Herr gegangen waren, hatte sie gespült. Dann wußte sie nicht mehr, was sie tun sollte; sie wanderte im Haus umher. Es war kein großes Haus: zwei kleine Zimmer unter dem Dach – in einem hatte sie einmal übernachtet, als sie ihre Großeltern besucht hatte. Die Tapete hatte ein Muster aus weißen Wolken vor blauem Himmel, und Lady Rydal hatte Papiermöwen unterschiedlicher Größe gehabt, die man ausschneiden und aufkleben konnte, aber sie hatte ihr pro Besuch nur eine Möwe erlaubt. Im Stockwerk darunter lagen ein Badezimmer und drei Schlafzimmer. Das sonnigste und größte davon sollte das Kinderzimmer werden, mit einem Bett für die Kinderfrau und der Familienwiege für das Baby, auch wenn es zunächst einmal in einem Körbchen schlafen würde. Das andere große Zimmer war für sie und Michael gedacht. Es ging nach Norden hinaus und war ziemlich düster. Früher einmal war dies das Arbeitszimmer ihres Großvaters gewesen, wo er komponiert hatte. Im dritten Zimmer, einem sehr kleinen Raum, der gerade eben Platz für ein Bett und eine Kommode bot, hatte er geschlafen, und dort war er auch gestorben. Im Erdgeschoß gab es ein großes Wohnzimmer mit einer Glastür, die in den kleinen, quadratischen Garten führte, und einer Doppeltür zum Eßzimmer, das durch einen Speisenaufzug mit der Küche im Souterrain verbunden war. Die Küche selbst war geräumig und hatte einen altmodischen Herd und einen uralten Gaskocher. Neben der Küche lagen noch zwei enge, feuchte, stockfinstere Zimmerchen mit schwer vergitterten Fenstern, in denen Lady Rydals unglückliche Dienstboten gehaust hatten. Außerdem gab es eine Speisekammer, eine Spülküche und eine Toilette. Louise haßte das Souterrain und verbrachte so wenig Zeit wie möglich dort.

Nachdem sie ihren Rundgang beendet hatte, tat ihr der Rücken weh. Der Julitag, der mit einem hellblauen Himmel und strahlendem Sonnenschein begonnen hatte, war inzwischen diesig geworden, grau, feucht und drückend heiß. Sie beschloß, sich einige Zeit aufs Sofa zu legen und zu lesen, aber das Buch, das sie gerade angefangen hatte, lag im Schlafzimmer, und sie hatte keine Lust, die Treppe hinaufzugehen und es sich zu holen. Diese merkwürdigen Bewegungen hatten wieder angefangen, aber sie waren nicht regelmäßig und taten überhaupt nicht weh. Am Ende beschloß sie, ein bißchen Klavier zu spielen; das Instrument ihres Großvaters stand immer noch im Wohnzimmer, und es gab ganze Regale voller Noten. Aber dann stellte sie fest, daß sie zu weit von der Tastatur entfernt sitzen mußte, wegen ihres – nach ihrer Ansicht – monströsen Umfangs, und das verursachte ihr nur noch größere Rückenschmerzen.

Sie konnte sich nicht besonders gut daran erinnern, wie sie den Rest des Tages verbracht hatte. Sie hatte für sich und Michael Kedgeree zubereitet, aber der Reis war verkocht und der Fisch hart und salzig geblieben; es hatte nicht besonders gut geschmeckt, aber Michael hatte gemeint, das mache ihm nichts aus, er sei ohnehin zu dick, womit er nicht ganz unrecht hatte. Sie konnte sich nicht erinnern, was sie nach dem Essen getan und worüber sie gesprochen hatten. Sie hatte schließlich erklärt, sie sei müde; es war immer noch heiß, und sie hatte Kopfschmerzen, und Michael hatte gemeint, es werde bald ein Gewitter geben. Sie hatte sich tatsächlich dazu durchgerungen, ihm zu sagen, daß sie lieber nicht mit ihm schlafen wolle (die merkwürdigen Bewegungen im Bauch hatte sie nicht erwähnt), es gehe ihr nicht gut, und er hatte das akzeptiert. Sie waren schlafen gegangen, und irgendwann später war sie wach geworden, weil es nun doch weh tat und die Schmerzen etwa alle zehn Minuten wiederkehrten. Sie weckte Michael, der sich mit unglaublicher Geschwindigkeit anzog und in der Entbindungsklinik anrief, bei der sie angemeldet war. Dort sagten sie, es sei viel zu früh für Wehen, aber sie solle lieber vorbeikommen, für alle Fälle. Während Michael das Auto holen ging, zog sie den Rock und die Bluse an, die sie den ganzen Tag getragen hatte, und versuchte dann, ihren Koffer zu packen. Er hätte längst bereitstehen können, aber ihre Mutter hatte gemeint, es sei nicht nötig, so früh damit anzufangen. Sie legte zwei Nachthemden hinein, ihre Kulturtasche und Pantoffeln, aber jedesmal, wenn die Schmerzen wiederkehrten, mußte sie unterbrechen. Zu diesem Zeitpunkt fühlte sich alles ausgesprochen unwirklich an, sie war weder aufgeregt noch ängstlich, sie empfand eigentlich überhaupt nichts.

Die Entbindungsklinik lag zwischen der Cromwell Road und der Kensington High Street, ein riesengroßes Gebäude, zu dessen Haupteingang eine breite Treppe führte. Sie wurden von einer Schwester in Empfang genommen, die Louise sofort das Gefühl gab, sie mache nur hysterisches Theater um etwas, das sich höchstwahrscheinlich als nichtig herausstellen würde. »Sie sollte heute nacht besser hierbleiben«, sagte sie zu Michael, »und dann kann der Doktor sie morgen früh untersuchen, wonach er sie sehr wahrscheinlich wieder heimschicken wird.«

»Also gut. Hier ist ihr Koffer, Schwester.« Er war offenbar versessen darauf, verschwinden zu können. Sie wünschte sich plötzlich verzweifelt, er möge bleiben, aber er drückte ihr nur schnell einen Kuß auf die Wange, sagte, sie sei jetzt in guten Händen, und ging, noch bevor sie etwas sagen konnte.

»Wir werden Sie ganz nach oben bringen müssen; wir haben Sie schließlich erst in drei Wochen erwartet.«

Louise folgte ihr die vier Treppen hinauf. Auf halbem Weg setzten die Schmerzen wieder ein, aber sie wagte nicht stehenzubleiben, denn sie hatte ein wenig Angst vor der Schwester.

Sie sollte sich ausziehen und ins Bett legen. »Ich werde Sie mir mal ansehen. Wie lange haben Sie die Schmerzen schon?«

»Seit heute mittag.«

«Schade, daß Sie nicht früher angerufen haben.«

»Tut mir leid. Ich hab' zunächst nicht gedacht, daß es was mit dem Baby zu tun hätte.«

Die Schwester gab darauf keine Antwort, sondern blieb nur demonstrativ wartend stehen, bis Louise im Bett und zur Untersuchung bereit war; ihre Feindseligkeit stand ihr ins Gesicht geschrieben, und es war Louise äußerst unangenehm, sich von ihr berühren zu lassen.

Nachdem das vorüber war, versuchte sie es noch einmal: »Könnten Sie mir vielleicht sagen, was als nächstes passiert? Ich meine, Sie wissen sicher so viel darüber, und ich habe gar keine Ahnung.«

»Was als nächstes passieren wird, junge Dame: Da Sie nun

schon mal hier sind und ich auf Nummer Sicher gehen will, werde ich Sie rasieren, und dann werde ich Ihnen was zum Schlafen geben.«

Sie ging hinaus und kam mit einer kleinen Schüssel Wasser, ein wenig Seife und einem Rasierapparat wieder, dessen Klinge ausgesprochen stumpf war; es tat weh, und die Laune der Schwester verschlechterte sich noch mehr. Louise wagte nicht zu fragen, wieso sie rasiert werden mußte. Als es vorüber war, schluckte sie eine große Pille, und die Schwester verschwand, wobei sie das Licht ausknipste.

Das beste würde wirklich sein, wenn sie schlief. Dann würde sie niemandem zur Last fallen, und morgen könnte sie wieder nach Hause. Dann tauchte der beunruhigende Gedanke auf, daß sie irgendwann hierher würde zurückkehren müssen, aber es konnten ja wohl nicht alle Schwestern so sein wie diese. Bald war sie fest eingeschlafen.

Sie erwachte plötzlich und von einem heftigen Schmerz. Das Bett war naß und klebrig. Sie schaltete die Nachttischlampe ein, um nachzusehen, was passiert war. Das Bett war voller Blut, und sofort glaubte sie, daß Baby sei in ihr gestorben. Auf dem Nachttisch, neben der Lampe, gab es eine Klingel, und sie läutete. Vielleicht ist es tot und ich sterbe auch, dachte sie, als die Schmerzen wieder begannen. Niemand kam. Sie klingelte noch zweimal, diesmal länger, aber nur Schweigen war die Antwort. Inzwischen hatte sie furchtbare Angst. Sie schleppte sich aus dem Bett und zur Tür. »Bitte! Ist denn niemand hier?« rief sie. Schließlich schrie sie laut, und dann hörte sie Schritte, und im Flur ging das Licht an. Die Schwester erschien, und bevor sie etwas sagen konnte, zeigte Luise auf das Blut.

»Scht. Wecken Sie die anderen Patienten nicht auf. Und jetzt setzen Sie sich auf den Stuhl da, und ich mache das Bett.« Sie ging auf den Flur, an einen Schrank, und kam mit frischer Bettwäsche wieder.

»Was ist denn *los*?«

»Es könnte sein, daß das Baby sich ankündigt.«

Die Schmerzen kehrten jetzt etwa alle vier Minuten wieder, und an ihrer Schmerzhaftigkeit bestand kein Zweifel mehr. Ihre Mutter hatte ihr gesagt, daß man während der Wehen keinen Ton von sich gab, und das fiel ihr jetzt wieder ein.

»Ich schicke Ihnen jemanden. Keine Sorge. Es wird noch Stunden dauern.«

Sie legte sich wieder ins Bett. In ihrem ganzen Leben hatte sie sich nicht so einsam gefühlt. Wie hatte Michael sie hier allein lassen können?

Während der ganzen schrecklichen Nacht schrie und weinte sie kein einziges Mal. Die Schwester kam zurück und brachte eine zweite mit, eine ältere Frau, die mürrisch und unfreundlich war, weil man sie geweckt hatte. Louise fragte, wann der Doktor käme, und sie meinten, erst gegen Morgen, wenn überhaupt, Sie gaben ihr ein Gerät mit einer Gummimaske, die sie sich aufs Gesicht drücken und in der sie atmen sollte, wenn die Schmerzen zu schlimm wurden, aber als sie es versuchte, spürte sie keinen Unterschied.

»Ich glaube, es funktioniert nicht.«

Die Hebamme, die sich den Stuhl so weit wie möglich vom Bett weggezogen hatte, kam herüber und sah sich das Gerät an.

»Es ist kaputt«, sagte sie und räumte es weg.

Draußen gab es ein Gewitter und enorme Donnerschläge. Zwischen den Wehen kämpfte sie gegen das quälende Bedürfnis zu schlafen, das die Tablette hervorgerufen hatte. Jedesmal, wenn sie dabei war zu versinken, setzten neue Schmerzen ein, und sie wurde wach vor Qual. Wenn sie nur mit mir *reden* würde! dachte sie, aber die Schwester las weiter in der Zeitung. Als sie durch eine Ritze in der Verdunklung sehen konnte, daß der Himmel heller wurde, und der Donner ferner klang, fragte sie, wie lange es noch so weitergehen werde.

Die Schwester blickte nicht einmal von ihrer Zeitung auf

und erwiderte, sie können diese Frage nicht mehr hören. Danach schien es sinnlos zu sein, etwas anderes zu fragen.

Schließlich kamen die Dinge in Gang: Eine andere Schwester erschien und sah sie sich an, und dann kam der Doktor und sagte, sie solle pressen, und dann schienen mindestens drei Leute um das Bett zu sehen. Ihr Mund war so trocken, daß sie wagte zu sagen, sie sei durstig, woraufhin der Doktor ihr ein Glas an die Lippen hielt, es aber wieder wegzog, bevor sie mehr als einen kleinen Schluck trinken konnte. «Nur noch einmal pressen«, sagte er, »und dann gebe ich Ihnen etwas, daß Sie nichts mehr spüren werden.« Und genau das geschah. Das letzte Pressen tat so furchtbar weh, daß sie glaubte, schreien zu müssen, doch der Schrei wurde abgeschnitten, weil man ihr eine Maske aufs Gesicht drückte, und dann verschwand sie, oder jedenfalls fühlte es sich so an – sie hörte einfach auf zu sein. Als sie wieder zu sich kam, war die Schwester hektisch beschäftigt, und der Doktor lächelte und sagte, es sei ein hübscher kleiner Junge, aber sie konnte nichts sehen. »Er wird gerade gebadet«, verkündeten sie. Alle lächelten jetzt. Sie fragte, wie spät es sei, und sie sagten, Viertel vor zwölf, und jemand gab ihr eine Tasse Tee. Dann kam Michael und hatte das Baby auf dem Arm und reichte es ihr, als wäre es ein Geschenk, das er ihr machte, und sie sah in seiner Miene, daß er erwartete, sie müsse vor Entzücken überwältigt sein. Sie sah sich das fest gewickelte weiße Bündel an, das kleine, faltige, tomatenrote Gesicht – unnahbar und ernst und in tiefem Schlaf versunken – und empfand überhaupt nichts.

»Sechs Pfund zwölf Unzen«, sagte Michael stolz. »Du bist wirklich ein *kluges* Mädchen.«

Sie hatten ihr noch eine Tasse Tee gebracht, aber sie wollte ihn nicht, sie wollte einfach nur schlafen. »Sie müssen erst etwas trinken«, sagten sie, »damit Sie Milch bekommen.« Also trank sie den Tee; Michael erklärte, er werde ihre Eltern anrufen, und sie brachten das Baby wieder weg.

Als sie aufwachte, weinte sie. Michael kam abends noch einmal und sagte, er werde nach Hatton fahren, da Zee wolle, daß er den Rest seines Urlaubs mit ihr verbringe. Man nötigte sie zu trinken, bis ihre Brüste quälend geschwollen waren, aber das Baby wollte, weil es zu früh zur Welt gekommen war, nicht saugen; es schlief immer wieder ein – in jenen ersten Tagen sah sie ihn nur schlafend oder weinend. Schließlich brachte man ihr eine Milchpumpe, aber schon die leiseste Berührung war ihr unerträglich. Sie sagten, was für ein Glück sie doch habe, genügend Milch zu haben; es seien Mütter in der Klinik, die praktisch gar keine hätten. Ob sie dann nicht eines dieser Kinder stillen könne, fragte Louise, aber sie sahen sie nur entsetzt an und erklärten, das gehöre sich nicht. Sie weinte drei Tage lang, vor Erschöpfung, vor Schmerzen – von den Brüsten einmal abgesehen, mußte sie genäht werden –, vor Durst – eine Möglichkeit, ihre Milch zu reduzieren, bestand darin, überhaupt nichts mehr zu trinken –, vor Heimweh – obwohl sie nicht wußte, nach welchem Heim – und weil sie sich von Michael allein gelassen fühlte – und zwar gleich zweimal, einmal, als er sie in der Klinik gelassen hatte, bei diesen feindseligen Fremden, und dann, als er sich entschlossen hatte, den Rest des Urlaubs lieber mit seiner Mutter als bei ihr zu verbringen –, und am schlimmsten war die immer deutlicher werdende Gewißheit, daß etwas mit ihr nicht stimmte, da sie ihr Baby eindeutig nicht so liebte, wie es zu erwarten war; im Gegenteil, sie empfand ihm gegenüber überhaupt nichts als vage Angst. Sie nannten es postnatale Depressionen und erklärten, darüber werde sie schnell hinwegkommen, und nach ein paar Tagen hieß es dann, sie solle sich jetzt endlich zusammenreißen.

Vierzehn Tage später schickte man sie nach Hause, nach St. John's Wood, zusammen mit einer geschwätzigen Kinderschwester mittleren Alters, die ihr beibrachte, wie man Tampons benutzte, und darauf achtete, daß sie nie in Kontakt mit dem Baby kam, außer wenn er weinte oder sie ihn stillte. »Bei *mir* ist er immer vollkommen ruhig!« rief sie dann aus. Sie brachte Stunden damit zu, Louise von ihrer letzten Anstellung bei einer adligen Dame in einem großen Haus auf dem Land zu erzählen, wo es anständige Dienstboten gegeben habe und sie keine Tabletts mit Essen die Treppe hatte hinauf- und hinuntertragen müssen. Louises Personal, das war lediglich eine sehr alte Frau, die Zee praktisch gezwungen hatte, den Ruhestand noch einmal aufzugeben und einen Monat lang für Louise zu kochen. Sie kam nach dem Frühstück zu ihr, um die Mahlzeiten zu besprechen, aber sie kochte nie, was Louise anordnete, entweder, weil es die betreffenden Lebensmittel in den Läden nicht gab, oder, wie Louise argwöhnte, weil Mrs. Corcoran es einfach nicht wollte. Schwester Sanders erwies sich nicht nur als Snob, sie zeigte auch eine beträchtliche Neigung, andere zu schikanieren: Sie bestand darauf, daß Louise zwei der vier Wochen im Bett blieb, und selbst danach verordnete sie ihr noch langweilige Mittagsruhe. Sie hatte auch die schreckliche Angewohnheit, den Kleinen hereinzubringen, wenn er hungrig war und weinte, und ihn ins Körbchen auf der anderen Seite des Zimmers zu legen und dort noch volle fünfzehn Minuten schreien zu lassen, bevor Louise ihn stillen durfte. »Er soll sich müde schreien, dann schläft er hinterher besser«, sagte sie und überließ die beiden ihrem Elend. Louise konnte das nicht ertragen, aber wenn sie aufstand und das Kind hochnahm, hörte es nicht auf zu schreien, und sie hatte zu große Angst vor Schwester Sanders, als daß sie es gewagt hätte, den Kleinen vor der vorgeschriebenen Zeit zu stillen. Er schien sie nicht besonders zu mögen; selbst wenn sie ihn stillte, sah er sie selten an, und er wandte sich ab, wenn sie (wenn Schwester Sanders nicht im Zimmer war) versuchte, ihm einen Kuß zu geben. Mitten während des Stillens packte ihn Schwester Sanders und schlug ihm auf den Rücken, bis sein Kopf wackelte und er schließlich rülpste.

»Tut das nicht seinem Rücken weh?« hatte Louise beim erstenmal gefragt.

»Weh tun? Was glauben Sie denn, wer ich bin? Ihm weh tun? Er muß doch Bäuerchen machen. Mummy versteht das nicht, nicht wahr? Armes kleines Kerlchen.« Louise zählte die Tage, bis die Schwester gehen würde. Die Kinderfrau, die sie ablösen sollte, konnte auf keinen Fall noch schlimmer sein; erstens war sie jung, und außerdem war sie in Tante Rachs Babyhotel ausgebildet worden. Vielleicht würde sie sogar angenehme Gesellschaft sein. Aber als Mary dann auftauchte, schüchterte ihre ruhige Selbstsicherheit Louise ein, und weil sie etwa im selben Alter war, fiel es beiden schwer, mit der Position der jeweils anderen zurechtzukommen. Mary war sofort entzückt von dem Baby, und er schien sie zu mögen; immerhin etwas. Und Mary wies sie nicht zurecht. »Er hat mich angelächelt!« hatte Louise an deren letztem Morgen im Haus zu Schwester Sanders gesagt. »Er hat nur aufstoßen müssen!« hatte die Schwester barsch erwidert. Sie ging nach dem Mittagessen, und Louise fühlte zum erstenmal seit Monaten, wie ihre Lebensgeister zurückkehrten. Stella wollte übers Wochenende vorbeikommen, Mary würde sich um das Kind kümmern, und zwischen den Stillzeiten würden sie ausgehen können. Inzwischen würde sie das Stillen um zwei zum erstenmal ganz für sich allein haben.

Traurig erinnerte sie sich nun daran, wie sie nach oben gerannt war, voll guter Vorsätze: Sie wollte ihn stillen und hätscheln, und ohne die Gegenwart der feindseligen Schwester Sanders würde er ihre Freundlichkeit erwidern. Er schlief, also machte sie alles bereit, bevor sie ihn weckte. Dann nahm sie ihn vorsichtig aus dem Körbchen. Er war klatschnaß und fing an zu weinen, bevor sie ihn auch nur auf dem Schoß hatte. Ihm die nassen Windeln abzunehmen war einfach, ihn neu zu wickeln eine andere Sache. Inzwischen schrie er schrill, verkrampfte sich und zappelte. Schließlich legte sie ihn auf die vorbereiteten Windeln, aber sie brauchte eine Ewigkeit, um die Windeln zu wickeln und festzustecken, weil sie Angst hatte, ihn zu stechen. Zum Schluß war er dunkelrot angelaufen und, das spürte sie, wütend auf sie – so wütend, daß er am Anfang die Milch verweigerte, nur immer wieder den Kopf gegen ihre Brust schlug und weiterbrüllte. Gerade als sie sich zu fragen begann, ob Schwester Sanders ihn, um sie zum Abschied noch einmal zu demütigen, mit der Trockenmilch gefüttert hatte, die sie unbedingt hatte kaufen müssen, packte er plötzlich ihre Brustwarze quälend fest und begann zu saugen, die schrägen Augen mit vorwurfsvollem Blick auf sie gerichtet. Dann klingelte das Telefon, sie legte ihn sich an die Schulter und ging an den Apparat. Es war Michael. Er konnte ein paar Abende nach Hause kommen und würde rechtzeitig zum Abendessen zurücksein.

»Stella kommt auch«, sagte sie.

»Oh, schön«, meinte er vergnügt. »Es wird nett sein, sie wieder einmal zu sehen. Was macht Sebastian?«

«Sebastian? Oh! Gerade hat er auf meine Schulter gespuckt.«

»Armer Kerl! Also, dann bis später, Schatz. Ist der Drache weg?«

»Ja, seit ein paar Minuten. Die Kinderfrau kommt am Nachmittag.«

»Hervorragend. Ich führe euch beide aus, wenn du willst.«

Sie ging zurück ins Kinderzimmer und stillte zu Ende. Es kam ihr lächerlich vor, jemanden von dieser Größe Sebastian zu nennen. Sie war ohnehin nicht besonders versessen auf den Namen gewesen, aber Michael hatte erklärt, es sei ein alter Familienname.

Mary war bald danach eingetroffen, und schon kurze Zeit später hatte sie ihr fliederfarben und weiß gestreiftes Baumwollkleid angezogen und das Baby gebadet. Aber das Wochenende hatte irgendwie überhaupt keinen Spaß gemacht. Sie hatte an diesen Tagen gemerkt, daß sie in zwei Personen zerfiel, daß sie in Stellas Gesellschaft ein anderer Mensch war als mit Michael, und wenn beide anwesend waren, wußte sie nicht, wer sie sein sollte. Sie hatte auch gehofft, mit Stella über ihren schrecklichen Mangel an mütterlichen Gefühlen reden zu können; Stella war der einzige Mensch, dem gegenüber sie ein solches Risiko eingegangen wäre. Aber sie kam nicht weiter, als ihr zu erzählen, wie schrecklich die Entbindungsklinik gewesen war, und Stella hatte sich sehr mitfühlend geäußert und gemeint, ihr Vater behaupte, alle guten Schwestern seien in den großen Krankenhäusern oder in Übersee und die Privatkliniken müßten mit dem kläglichen Rest auskommen. Das gab ihr ein besseres Gefühl; endlich erkannte jemand an, wie schlecht sie behandelt worden war.

»Hat es sehr weh getan?« hatte Stella gefragt, und sie war ehrlich gewesen und hatte die Frage bejaht. Dann war es Zeit zum Stillen gewesen, und währenddessen war Michael eingetroffen. Sie hatte das ganze Wochenende über das Gefühl gehabt, daß Stella und Michael wirklich nichts gemeinsam hatten, wenngleich beide viel guten Willen zeigten. Michael hatte am ersten Abend seine Mutter angerufen und sich lange mit ihr unterhalten. »Mummy will unbedingt, daß du Sebastian nach Hatton bringst«, hatte er gesagt, als sie später im Bett lagen. «Ich könnte dich morgen runterfahren, falls Stella nichts dagegen hat.«

Sie hatte erklärt, sie könne das neue Haus nicht so plötzlich verlassen; sie müsse sich noch um so vieles kümmern, und Mrs. Corcoran werde nicht mehr lange bleiben, sie könne das Haus nicht leerstehen lassen. Also waren sie übereingekommen, noch einen Monat zu warten. Der war nun vorüber, und jetzt war sie in Hatton.

Das eigentliche Problem bestand darin, daß zwar alle in Hatton – angefangen von Zee und Pete bis hin zu den

Dienstboten, was sogar Crawley, den Chauffeur, und Bateson, den Gärtner, einschloß – den kleinen Sebastian abgöttisch liebten, aber sie, seine Mutter, von der man noch viel mehr Zuneigung erwartete, nichts dergleichen empfand. Früher hatte sie gedacht, sie wolle zwar Kinder, aber erst, wenn sie sich ans Verheiratetsein gewöhnt habe, aber nun kam sie zu der Ansicht, daß sie überhaupt kein Kind hätte haben sollen, und ihre Unwürdigkeit in jeglicher Hinsicht lastete schwer auf ihr. Sie fühlte sich schuldig, schämte sich, und manchmal kam sie sich regelrecht schlecht vor. Wenn sie mit dem Kleinen allein war, versuchte sie, eine Art Verbindung zwischen sich und ihm herzustellen, aber er hatte sich offenbar der allgemeinen Verschwörung angeschlossen: Er mochte es eindeutig nicht, wenn sie ihn küßte oder umarmte, und wenn sie mit ihm sprach, betrachtete er sie mit einer Art unnahbarer Gleichgültigkeit. Er schien zu wissen, daß sie eine schlechte Mutter war; sie nahm an, zu seinen frühesten Erinnerungen werde eines Tages zählen, wie seine Mutter sich bei ihm entschuldigte. Also brachte sie die Tage damit zu, die erwartete Rolle zu spielen, und in den Nächten – früh am Morgen – rang sie mit ihrer Verwirrung.

Heute war Freitag, was bedeutete, daß Wochenendbesuch ins Haus stand. Ein endloser Strom von Gästen erschien in Hatton; zum Mittagessen, zum Abendessen und über Nacht, für einen kurzen Urlaub oder um sich ein paar Tage von London zu erholen. Viele dieser Leute waren alt und ehrwürdig, einige jung und vielversprechend, und fast alle waren Männer. Es fiel Zee leicht, Männer um sich zu versammeln, und indem sie schlichtweg ignorierte, daß viele von ihnen verheiratet waren, brachte sie sie offenbar dazu, allein zu Besuch zu kommen. Von den Älteren waren die meisten einmal in sie verliebt gewesen – und soweit Louise das beurteilen konnte, waren sie das immer noch.

Von jedem wurde erwartet, daß er etwas zur Unterhaltung beisteuerte – daß er spielte, sang, bei Scharaden mitmachte

–, und wer das nicht konnte, mußte wenigstens aufregende und ungewöhnliche Geschichten zu erzählen haben (das war für gewönlich das Vorrecht der sehr Alten, die, wie Louise dachte, lange genug gelebt hatten, daß ihnen tatsächlich äußerst merkwürdige Dinge widerfahren waren). Wer zum erstenmal herkam, üblicherweise die jüngeren Gäste, war anfangs häufig still und schüchtern, aber es gelang Zee bald, jeden aus sich herauszulocken und ihm das Gefühl zu geben, er sei ganz besonders interessant; sie lernten schnell, an den Spielen teilzunehmen, über die Scherze zu lachen und sich allgemein dem Geist des Hauses anzupassen. Es war gut, daß Louise bei den Scharaden brillieren konnte, denn – und das war ihr erst bei diesem Besuch aufgefallen, nachdem Michael wieder abgereist war – es gab einiges, was man ihr vorwarf. Zum Beispiel, als sie angekommen waren. Sie waren mit dem Zug gefahren, weil Michael nicht genug Benzin im Tank hatte, und der Zug hatte wegen Reparaturarbeiten an den Gleisen gewaltige Verspätung gehabt. Sebastian hatte Hunger gehabt und war nicht mit Wasser in einem Fläschchen zufriedenzustellen gewesen, also hatte sie ihn schließlich gestillt, obwohl das Abteil voller Leute gewesen war. Als dies in Hatton bekannt wurde (durch Michael, der es ziemlich gewagt und reizvoll gefunden hatte), war nicht zu übersehen, daß Zee alles andere als angetan war. »Und es waren *Soldaten* im Abteil?« sagte sie. »Oje, oje, so etwas nennt man wohl bohémienhaft. Was für eine unangenehme Situation; so hätte *ich* es jedenfalls empfunden.«

Sie hatte Louise bei diesen Sätzen angesehen und die Nase spöttisch gekraust, aber ihre Ablehnung, ja sogar Verachtung war Louise sehr deutlich geworden. Außerdem rauchte Louise, was Zee, die das nicht tat, nicht mochte. Sie konnte allerdings nicht viel dagegen einwenden, da fast alle ihre Gäste rauchten, ebenso wie Pete und Michael. Sie *trank* auch, nicht nur Wein, sondern Gin, und das, so wurde ihr deutlich gemacht, gehörte sich für ein Mädchen nicht. Louise wußte inzwischen, daß das eigentliche Problem darin bestand, daß Zee Frauen im allgemeinen nicht ausstehen konnte, was irgendwie noch schlimmer war, als wenn sie nur gegen ihre Schwiegertochter etwas gehabt hätte. Es bedeutet einfach, dachte Louise, als sie sich das Haar bürstete, daß ich keine Chance habe. Was immer ich auch tue, sie kann mich nicht leiden; bestenfalls toleriert sie mich, wegen Michael und weil sie so versessen auf Enkel ist. Es bestand kein Zweifel daran, daß sie Sebastian schlichtweg anbetete. Sie verbrachte Stunden mit ihm, hielt ihn entweder auf dem Schoß oder schob ihn in Michaels altem Kinderwagen durch den Garten. Als Michael dagewesen war, hatte er das schlafende Baby gezeichnet; Zee hatte eine exquisite Wachsnachbildung seines Kopfes hergestellt, und der Richter, Pete, hatte sich entschuldigt, weil er nicht zeichnen konnte, und ihm ein Sonett gewidmet. Zee war inzwischen mit etwas beschäftigt, das sie »eins meiner zusammengestoppelten Bilder« nannte; sie verwendete alle möglichen Materialien, um mittels Applikation und Stickerei ein Bild herzustellen. Das neueste würde eine Art Rousseauscher Wald werden, aus dem wilde Tiere hervorlugten. Es war ganz reizend und eindeutig die angemessene Dekoration für ein Kinderzimmer.

Michaels Anrufe waren ein weiterer Anlaß für vage, aber deutlich wahrzunehmende Mißstimmungen. Da Zee den größten Teil des Tages auf dem Sofa saß und das Telefon neben sich hatte, sprach sie für gewöhnlich als erste und ausführlich mit ihm, bevor sie Louise den Hörer weiterreichte, mit der Bemerkung: »Er soll noch nicht auflegen. Wenn du fertig bist, möchte ich noch einmal mit ihm sprechen.« In Zees Gegenwart fand Louise es schwierig, mit Michael zu reden, und hörte selbst, wie geistlos und langweilig sie klang. Ja, dem Baby gehe es gut, und er habe ein halbes Pfund zugenommen, seit Michael weg sei, ja, Mary habe sich als zufriedenstellend erwiesen, ja, *ihr* gehe es auch gut, sie sei längst nicht mehr so müde. Es sei wunderschönes

Herbstwetter … wie es ihm gehe? Darauf folgte ein langer Bericht über seine letzten Unternehmungen auf dem Ärmelkanal und der Nordsee, dann wurde Zee langsam ungeduldig, und Louise verabschiedete sich und sagte, er solle noch nicht auflegen, und die beiden stürzten sich in ein langes Gespräch über Michaels Schiff und seine Mannschaft und über den Krieg im allgemeinen – war es nicht wunderbar, daß sie es geschafft hatten, die Tirpitz zu torpedieren? Jemand namens Jimmy – ein Marineoffizier, der Sohn eines alten Anbeters von Zee – hatte den ganzen Sommer in Welwyn Garden City verbracht, in einem Miniatur-U-Boot in einem Bassin, konnte er derjenige gewesen sein? Und wenn, dann mußte sie seinem Vater ein Telegramm schicken. Und so weiter. Louise tat dann so, als lese sie, manchmal verließ sie auch einfach das Zimmer, aber was immer sie tat, sie hatte das Gefühl, abgeschlagen und ausgeschlossen zu sein. Immerhin waren Briefe ein wenig privater, und sie schrieb gern, mindestens zweimal pro Woche, und Michael war wirklich sehr nett und schrieb mindestens einmal in vierzehn Tagen zurück, aber eines Morgens entdeckte Louise, daß sie selbst die Briefe nicht unversehrt erhielt. Beim Frühstück lag ein Brief von Michael an ihrem Platz, aber er war geöffnet worden. Nicht, daß der Umschlag aufgegangen wäre – jemand hatte ihn mit einem Brieföffner aufgeschlitzt. Zee war an diesem Morgen nicht zum Frühstück erschienen; Louise war mit dem Richter allein.

»Jemand hat meinen Brief geöffnet!«

»Meine Liebe?« Er blickte von seiner *Times* auf.

»Mein Brief von Michael. Jemand hat ihn aufgemacht.«

»Oh, ja. Zee hat mich gebeten, dir auszurichten, daß sie ihn aus Versehen geöffnet hat. Sie ist so daran gewöhnt, Briefe von ihm zu bekommen, sie hat einfach nicht genau nachgesehen, an wen er gerichtet war.«

Louise legte den Brief wieder auf den Tisch. Ihre Hände zitterten, und sie war so wütend, daß sie kaum sprechen konnte.

»Es tut mir leid. Ich sehe dir an, daß dich das ärgert«, sagte der Richter. Auf seinem römischen Senatorengesicht erschien ein Ausdruck der Sorge. »Es wird Zee auch leid tun, wenn du dich aufregst, und das wird wiederum sie aufregen, was, wie du selbstverständlich weißt, nicht gut für ihr Herz ist. Verzeih ihr, und wenn es nur um meinetwillen ist.« Er lächelte freundlich, und dann glättete sich seine Miene wieder.

Als Zee später am Morgen erschien, erwähnte sie den Brief mit keinem Wort. Louise war außer sich vor Wut und sicher, daß sie ihn gelesen hatte, und sie glaubte keine Sekunde, daß es ein Versehen gewesen war, aber am verwirrendsten fand sie, wie sich der Richter verhalten hatte. Er war ihr immer – und da konnte sie sich kaum getäuscht haben – wie ein ehrenhafter Mann erschienen, jemand, der unfähig wäre, zu lügen oder jemanden zu betrügen. Und dennoch hatte er seine Frau entschuldigt, so weitgehend, daß er eine Entschuldigung von seiten Zees kaum als notwendig erachtet hatte. Unbehaglich kam sie zu dem Schluß, daß Hatton Zees Welt war und daß ihre Schwiegermutter hier die Regeln bestimmte.

Zwei weitere Vorfälle ereigneten sich während ihres Aufenthalts in Hatton, die sie erheblich mehr verstörten, als ihr im ersten Moment bewußt wurde. Am Samstag, bevor sie zurückfahren sollte, gab es ein Essen für jene Art von Gästen, die Louise bei sich immer »die ehrenwerten Tattergreise« nannte: ein Admiral, ein Botschafter (im Ruhestand), ein General – mit Gattin – und ein sehr zittriger alter Knabe, der sich zu ihrer Überraschung als ehemals berühmter Forschungsreisender erwies. »Aber jetzt reise ich nicht mehr«, erklärte er ihr bei der Suppe. »Heutzutage fällt es mir schon schwer, im Dunkeln mein Schlafzimmer zu finden.«

»Und was tun Sie tagsüber?« Sie hatte gelernt, daß man von ihr erwartete, die Konversation weiterzuführen und nicht einfach nur allem zuzustimmen, was man ihr erzählte.

»Eine gute Frage.« Er beugte sich zu ihr und erklärte in

lautem Bühnenflüstern: »Ich erforsche die Löcher in meinen Zähnen. Das ist alles, was mir geblieben ist. Immerhin habe ich noch nicht alle verloren, aber das wird zweifellos nicht mehr lange auf sich warten lassen. Bei Gott, Sie sind wirklich ein hübsches Mädel!« Etwas an seinem Blick bewirkte, daß ihr heiß wurde, und sie gab keine Antwort.

Als sie zum Kaffee ins Wohnzimmer gingen, sagte Zee: »Louise muß jetzt ihr reizendes Baby stillen gehen. Louise, wieso bringst du Sebastian nicht ins Wohnzimmer und stillst ihn hier? Ich bin überzeugt, alle werden entzückt sein, ihn kennenzulernen und euch beide zu sehen.«

»Nein, ich glaube, das tue ich lieber nicht.«

Zunächst, das sah sie deutlich, ging Zee einfach davon aus, daß sie ihre Ablehnung nicht ernst gemeint hatte; sie neckte Louise nur, wenn auch ein wenig gereizt, und appellierte an ihre Gäste. Diese stimmten ihr nachdrücklich zu, und Louise bemerkte, daß die triefenden Äuglein sowohl des Forschers als auch des Admirals auf ihre Brust gerichtet waren. Sie sprang so schnell auf, daß sie ihre Kaffeetasse umstieß; dann gelang es ihr irgendwie, sich zu entschuldigen, den Kaffee aufzuwischen und dem Zimmer zu entfliehen.

In ihrem Schlafzimmer wartete Mary schon und ging mit dem weinenden Sebastian auf und ab.

»Tut mir leid, daß ich so spät bin.« Offenbar war sie nur noch damit beschäftigt, sich zu entschuldigen; dabei war es erst Viertel nach zwei.

Als Mary ihr das Baby gereicht und das Zimmer verlassen hatte, flossen die Tränen – auf das Kind, auf ihre Brust und den linken Arm entlang, mit dem sie den Kleinen hielt. Als er auf einer Seite fertig war, legte sie beide Arme um ihn und drückte die Lippen auf seinen kleinen runden Kopf, aber er zog eine Grimasse und wandte sich ab. Zwischen uns besteht keine Zuneigung, dachte sie, als sie ihn an die Schulter legte, damit er rülpsen konnte; aber sie wußte nicht, wieso, und es gab niemanden, den sie hätte fragen können.

Als Mary kam, um den Kleinen zu holen, lag sie auf dem Bett, überwältigt von den Empfindungen, die sie immer als Heimweh bezeichnet hatte, nur daß es inzwischen etwas weniger Greifbares zu sein schien – es ging nicht mehr um einen bestimmten Ort ... Michael, sie wollte, daß er bei ihr war, sie hier wegholte, ihr half, damit sie ihr Kind nicht vor ekelhaften alten Männern stillen mußte; er sollte seiner Mutter verbieten, seine Briefe zu öffnen und nachts in ihr Zimmer zu spähen, aus was für einem Grund auch immer ... Aber gerade, als ihr wachsender Ärger dazu führte, daß sie sich besser fühlte – was ihr merkwürdig vorkam, aber den Tatsachen entsprach –, erinnerte sie sich an Michaels Miene, als er ihr das neugeborene Baby gebracht hatte. Er erwartete ganz offensichtlich, daß sie für Sebastian so empfand wie seine Mutter für ihn. Verzweiflung schnürte ihr die Kehle zu: Er hatte keine Ahnung, wie schrecklich anders sie war, und wenn, dann würde er der erste sein, der sie verurteilte, und wenn sie es *ihm* nicht sagen konnte, wie konnte sie dann so verräterisch sein, mit einer anderen Person darüber zu sprechen? Vielleicht ändere ich mich ja wirklich noch, dachte sie. Wenn Sebastian älter ist, wenn ich mit ihm reden kann und mit ihm spielen, wenn er eine Person ist. Aber ihre Angst lähmte sie so, daß sie diese Perspektive nicht weiterverfolgte, und wieder dachte sie an Michael und daran, wie sie ihm erklären könnte, wieso sie so verwirrt war. Aber wann würde sie ihn wiedersehen? Und wie lange würden sie allein sein können? Und selbst wenn sie darauf bestand – sich zum Beispiel weigerte, mit nach Hatton zu kommen, wenn er Urlaub hatte –, wie konnte sie ihm diese schrecklichen, widernatürlichen Dinge erzählen, die sie so durcheinanderbrachten und ihn sicherlich schockieren würden, wenn er doch schon nach ein paar Tagen wieder wegmußte, zurück auf sein Schiff, wo er vielleicht sogar sterben würde? Soldaten sollten sich im Urlaub erholen können; man sollte ihnen ein ruhiges, angenehmes Heim schaffen, wo sie sich ausruhen konnten und an das sie glückliche Erinnerungen banden, wenn sie wieder in den Krieg mußten. Wenn sie schon keine gute Mutter war, mußte sie sich um so mehr anstrengen, eine gute Ehefrau zu sein.

Der letzte Vorfall ereignete sich am Morgen, bevor sie Hatton verließ. Michael war nicht wiedergekommen, aber sie hatte darauf bestanden, nach drei Wochen wieder nach London zu fahren. Zee hatte überraschend vorgeschlagen, sie sollten einen Waldspaziergang machen. Es war ein wunderschöner, sonniger Tag, kühl und klar, mit ein wenig Bodenfrost. Michael hatte am Vortag angerufen und erzählt, er werde für seine Teilnahme an den Gefechten im Sommer einen Verdienstorden erhalten, und Zee sagte ihr, sie müsse zu Grieves gehen und das entsprechende Band besorgen, um es auf seine Uniformen zu nähen. »Und«, fügte sie hinzu, »ich werde natürlich nach London kommen und ihn zum Palast begleiten, und ich denke, wir sollten hinterher eine Party geben.« Bevor Louise etwas einwenden konnte, sprach sie weiter: »Oh, meine Liebe, natürlich wirst du auch mitkommen. Er darf zwei Leute mitbringen. Ich habe erst gestern zu ihm gesagt, daß ich dich eigentlich gern bei Hofe vorstellen würde, aber wir haben beschlossen, damit zu warten, bis du das nächste Baby bekommen hast.«

»*Wie bitte?*«

»Setzen wir uns, Louise, ich bin weit genug gelaufen.« Praktischerweise lag ein umgestürzter Baum ganz in der Nähe.

»Du bist keine besonders gute Mutter, nicht wahr? Ich erinnere mich, als Michael zur Welt kam, war ich monatelang nicht imstande, an etwas anderes zu denken. Aber Mary sagte mir, du seist kaum je im Kinderzimmer anzutreffen. Daher ist es sehr wichtig, daß er einen Bruder bekommt, mit dem er spielen kann. Das siehst du doch sicher ein?«

Sie zwang sich zu sagen: »Darüber habe ich noch nicht mit Michael gesprochen«, aber ihr Hals war trocken, und sie war nicht sicher, ob Zee sie gehört hatte.

»Michael ist sehr für eine große Familie. Aus diesem Grund hat er dich geheiratet. Das wußtest du doch sicher?«

»Nein.«

«Ich habe ihm gesagt, du seist zu jung, aber er war sicher, daß du die Richtige bist, und natürlich konnte ich mich nicht gegen etwas wenden, von dem er glaubte, daß es ihn glücklich machen würde.« Sie erhob sich. »Das würdest du doch auch nicht wollen, oder? Aber sollte ich je den Eindruck gewinnen, daß du ihn – ganz gleich, womit – unglücklich machst, dann werde ich dich erdolchen. Und zwar mit Vergnügen.« Ihr Lächeln konnte die Eiseskälte hinter dieser Bemerkung nicht verbergen. Aus irgendeinem Grund fiel Louise ein historischer Roman von Conan Doyle ein – »Die Hugenotten«? –, in dem in den kanadischen Wäldern mörderische Irokesen gelauert hatten; frohlockend bei der Aussicht zu töten, waren sie durch das von Lichtflecken gesprenkelte Unterholz gestreift. Der Wald, in dem sie sich jetzt befand, kam ihr nicht weniger gefährlich vor; das Herz schlug ihr bis zum Hals, und sie schauderte vor Kälte.

Sie gingen zurück in Richtung Haus und traten aus dem Wald auf den Rasen, wo Herbstzeitlose aus dem nackten Boden wuchsen.

»Wie würdest du die Blüten beschreiben?« wollte Zee wissen.

»Sie sehen aus wie Leute, die am Morgen schon Abendkleidung tragen«, sagte sie.

»*Sehr* gut! Das muß ich Pete erzählen.«

Schon kam ihr die Szene im Wald unwirklich vor – so bizarr, daß sie fast glaubte, sie hätte nie stattgefunden.

Die Familie

Dezember 1943

»Liebling! Ist das deine einzige Hose?«

»Ja. Außer dieser hab' ich nur eine Reithose, zum Arbeiten.«

»Aber die hier ist Jahre alt! Sie ist mindestens fünfzehn Zentimeter zu kurz.«

Christopher schaute an seinen Beinen entlang zu der Lücke zwischen Hosensaum und Socken – die voller Löcher waren, aber er hoffte, das würde seine Mutter nicht merken – und zu den unbequemen Schuhen, die er ebenfalls schon seit Jahren besaß, kaum je getragen hatte und die jetzt viel zu eng waren.

»Sie ist ein bißchen kurz«, stimmte er ihr zu und hoffte, damit die Diskussion zu beenden.

»Du kannst auf keinen Fall so zu Noras Hochzeit erscheinen! Und die Ärmel deiner Jacke sind auch zu kurz.«

»Das ist bei mir doch immer so«, erklärte er ungeduldig.

»Na ja, jetzt ist es zu spät, um noch etwas zu kaufen. Ich werde fragen, ob Hugh dir etwas leihen kann. Ihr seid etwa gleich groß.« Aber keiner könnte dünner sein, dachte sie, als sie nach unten ging, um Hugh zu suchen.

Sie waren in Hughs Haus, das er der Familie Castle freundlicherweise für die Nacht vor der Hochzeit zur Verfügung gestellt hatte (Polly und Clary waren kurzfristig bei Louise untergebracht). Genauer gesagt, der Familie mit Ausnahme von Raymond, der angerufen und erklärt hatte, er schaffe es nicht, werde aber am nächsten Morgen den ersten Zug nehmen. Angela war noch nicht eingetroffen, aber sie würde mit ihnen essen gehen – um all das hatte sich der freundliche Hugh gekümmert. Was ein Segen war, denn auf Villy hätte sie sich keinesfalls verlassen können. Sie nahm an, daß Villy hinter dem Starrsinn steckte, mit dem Raymond sie gezwungen hatte, nach Frensham zurückzukehren, statt in London zu bleiben. Die Ausrede, daß sie das Haus für Louise brauchten, war ihr absurd erschienen: Michael Hadleigh hatte wahrhaftig genug Geld, ein Haus zu mieten oder auch zu kaufen und brauchte das der Rydals nicht, aber es gehörte ihr und Villy gemeinsam, und Raymond hatte erklärt, er sei einfach nicht bereit, für zwei Häuser aufzukommen. Nach einem bitteren Telefongespräch mit ihm hatte sie sich gefragt, ob Raymond vielleicht von ihr und Lorenzo erfahren hatte, aber sie sah eigentlich nicht, wie das hätte passiert sein sollen; sie waren insgesamt sehr vorsichtig gewesen, auch wenn Lorenzo einmal gestanden hatte, er bringe es nicht übers Herz, ihre Briefe zu verbrennen. Danach war sie vorsichtiger gewesen mit dem, was sie ihm schrieb, und sie hatte all seine Zeilen – er schickte immer nur flüchtige Notizen – im Geheimfach ihres Nähkästchens aufbewahrt. Seit sie wieder in Frensham wohnte, verbrachte sie viel Zeit in Zügen nach und von London, aber von nun an würde das schwierig werden, weil Nora und ihr Mann bei ihr wohnen sollten, und Nora hatte vor, das Haus in eine Art Pflegeheim zu verwandeln. Vielleicht konnte sie sich eine kleine Wohnung in London nehmen, das wäre besser; Lorenzo hatte so viel zu tun und mußte so schwer arbeiten, daß sie manchmal schon die Fahrt nach London ganz umsonst angetreten hatte. Sie könnte Raymond sagen, es sei besser, wenn Nora das Haus für sich hätte, denn immerhin würde ihre Ehe nicht leicht werden – aber das wäre vollkommen unzutreffend gewesen, denn Nora war finster entschlossen, das Haus in eine Art Heimstatt für Leute umzuwandeln, die im selben Zustand waren wie der arme Richard, und um die sie sich kümmern wollte. Wenn es notwendig werden sollte, konnte sie immer noch vorschlagen, daß Villy oder Michael Hadleigh ihr ihren Anteil an Mamas Haus abkaufte, was ihr sicher genug für eine kleine Wohnung einbringen würde. Sie wurde in diesem Jahr sechsundvierzig, und sie hatte über zwanzig Jahre nur für andere gelebt, Kinder aufgezogen, gekocht, gewaschen, all die schrecklichen kleinen Häuser geputzt, in denen sie hatten wohnen müssen, bevor Raymonds Tante gestorben war und ihnen das Haus in Frensham und einiges an Geld hinterlassen hatte. Sie hatte nicht auf dem Land wohnen wollen, schon gar nicht in diesem viktorianischen Museum, aber Raymond hatte darauf bestanden. Ein wenig Geld zu haben und Dienstboten einstellen zu können wie andere Leute (wie Villy sie immer gehabt hatte), sich vernünftige Kleider kaufen und zum Friseur gehen zu können, ein neues Auto statt eines gebrauchten zu fahren – all das war ihr am Anfang wie ein Wunder erschienen. Aber als dann ihre chronische Müdigkeit nachgelassen hatte – Gott, ihr war erst dadurch klargeworden, wie erschöpft sie all die Jahre gewesen war! – und Raymond aus dem Weg gewesen war, so daß sie nicht mehr als Prellbock zwischen ihm und den Kindern hatte dienen müssen, war etwas in ihr eingerastet, als hätte sich ein Schmetterling aus dem häuslichen Kokon befreit: Von nun an wollte sie ihren Spaß haben, wollte nichts mehr tun, das ihr kein Vergnügen bereitete. Die Kinder führten, mit Ausnahme von Judy, für die sie sich nun ein Internat leisten konnten, inzwischen ihr eigenes Leben. Sie wußte, daß Villy sie für frivol hielt und sie vollkommen mißbilligen würde – nun, das *tat* sie ja wohl auch, soweit sie überhaupt Bescheid wußte. Villy war der Ansicht, daß sie entweder mit Raymond in Woodstock leben oder eine Kriegsarbeit annehmen sollte. Wenn Villy von Lorenzo erführe, würde sie in die Luft gehen. Das hatte sie auch einmal zu ihm gesagt, und er hatte erwidert, ihre Schwester sei kalt wie ein Fisch, ein sehr englischer Typus, was Sex angehe. (Zu den Eigenschaften, die sie an ihm besonders liebte, gehörte auch diese beinahe feminine Wahrnehmungsfähigkeit.) Wenn der Krieg zu Ende war, würde sie wohl zu Raymond zurückkehren müssen, was immer das bedeuten mochte, aber in der Zwischenzeit würde sie aus dem, was sie als ihren Altweibersommer bezeichnete, das Beste machen.

Hugh, der in seinem ziemlich staubigen Wohnzimmer saß und sich die Sechs-Uhr-Nachrichten anhörte (drei Deutsche waren in Charkow für Kriegsverbrechen gehängt worden), drückte seine Zigarette aus und erklärte, er werde sicher etwas für Christopher finden; warum sie es nicht ihm überlasse, den Jungen auszustaffieren, und in der Zeit einen Schluck trinke?

»Du bist ein Engel. Ein Tropfen Whisky wäre mir sehr recht.«

»Bedien dich. Wo ist Christopher denn?«

»Ganz oben, fürchte ich. Aber ruf nur nach ihm, er kann ja in dein Zimmer kommen.«

Sie hatte gerade erst begonnen, sich vorsichtig einen Schluck aus der halbvollen Flasche Johnny Walker abzumessen, als sie ein verzweifeltes Jammern hörte, das unzweifelhaft von Judy kam, die eigentlich ein Bad nehmen sollte.

»Mum! *Mum!* Mum, komm doch bitte! Ich bin hier drin.« Sie öffnete die Badezimmertür und schloß sie wieder, sobald Jessica den Raum betreten hatte. »Ich möchte nicht, daß Onkel Hugh oder Christopher mich sehen.«

Sie steckte halb in ihrem gelben Brautjungfernkleid und zerrte am Mieder, das ominöse Reißgeräusche von sich gab.

»Es ist zu *klein*, Mummy. Ich kann mich überhaupt nicht reinzwängen.«

»Halt *still*! Dummchen, du hast es wahrscheinlich nur hinten nicht aufgeknöpft. Halt *still.*«

Aber selbst nachdem sie es Judy wieder ausgezogen und die Haken und Ösen am Rückenteil gelöst hatte, zeigte sich, daß das Kleid eindeutig zu klein war.

»So was *Dummes*! Ich kann nichts dafür! Und ich kann Gelb sowieso nicht ausstehen.«

»Das muß Lydias Kleid sein, also hat sie sicher deines. Keine Sorge. Ich werde Tante Villy anrufen, und wir tauschen sie aus. Aber wir werden das hier flicken müssen. Ich wünschte, du hättest gewartet und nicht versucht, dich mit Gewalt reinzuzwängen.«

»Dann wäre es viel zu spät gewesen, um mich noch umzuziehen. Lydia wäre in meinem Kleid zur Kirche gegangen, und ich hätte in meiner scheußlichen Schuluniform hingehen müssen. Es ist einfach *ungerecht*!«

Bei vielem, was sie sagt, hört Judy sich an wie eine Schauspielerin, die in einem Melodram ein Kind spielt, dachte Jessica und versuchte, sich nicht aufzuregen. Judy machte gerade eine schwierige Phase durch, wie *ihre* Mutter es ausgedrückt hätte. Das Essen in der Schule, das vermutlich überwiegend aus Kohlehydraten bestand, hatte sie in einen Pudding verwandelt – und zwar in einen ziemlich pickeligen. Sie war im vergangenen Jahr ordentlich gewachsen, aber dennoch mollig geblieben; ihr Haar war immer fettig, und sie hatte einen Flaum auf der Oberlippe, der sie so ärgerte, daß ihre treue Freundin Monica ihn mit Peroxid behandelt hatte, mit dem Ergebnis, daß er jetzt glitzerte wie Messingspäne, hinter denen die Akne weiterwütete. Natürlich wird sich das alles auswachsen, dachte Jessica, und insofern ist es gut, daß Judy derzeit im allgemeinen nicht besonders auf Äußerlichkeiten achtet.

»Zieh dein Sonntagskleid an«, sagte sie, »und räum hier auf. Es sieht aus wie eine Mischung aus Altkleiderladen und Sumpf.«

»Mummy, du hörst dich an wie Miss Blenkinsopp in der Schule. Mein Sonntagskleid ist unter den Armen auch ziemlich eng«, fügte sie hinzu.

»Ich will sehen, ob ich etwas rauslassen kann, aber für heute abend nicht mehr. Und jetzt wisch den Boden und bring all deine Sachen in dein Zimmer. Du verläßt das Bad so, wie du es auch gern vorfinden möchtest.«

»Schon *gut.* Hast du an meine Süßwasserperlen gedacht?«

»Ja.«

»Und meine Taufbrosche?«

»Ja. Jetzt mach schon.«

Weitere Fragen verfolgten sie, während sie nach oben flüchtete, um sich für das Essen im Restaurant umzuziehen.

Selbstverständlich war sie froh, daß Nora heiratete; sie hatte das lange für unwahrscheinlich gehalten. Genaugenommen war sie sicher gewesen, daß Nora von ihren vier Kindern am wahrscheinlichsten als alte Jungfer enden würde – vielleicht als Oberschwester eines Krankenhauses. Aber nachdem sie Christopher jetzt nach langer Zeit wiedergesehen hatte – er kam selten nach Hause und hatte sie nie in London besucht, als sie dort gewohnt hatte –, sorgte sie sich auch um seine Zukunft. Er war furchtbar dünn und sah nicht besonders glücklich aus. Er war nicht einberufen worden, zum einen wegen seines Zusammenbruchs und der Elektroschockbehandlung, aber auch, weil er sehr kurzsichtig war und eine Brille mit sehr dicken Gläsern tragen mußte. Er war braungebrannt, weil er draußen arbeitete, und hatte immer winzige Narben, wo er sich beim Rasieren geschnitten hatte. Beinahe seine erste Frage bei der Ankunft war gewesen: »Ist Dad hier?« Und als sie ihm gesagt hatte, Raymond werde erst am nächsten Tag eintreffen, hatte er genickt, aber sie hatte das Glitzern der Erleichterung in seinem Blick bemerkt. Raymond war als Vater kein besonderer Erfolg gewesen; die drei anderen Kinder reagierten zwar nicht so extrem wie Christopher, aber sie hatten ihn alle auf ihre eigene Art abgeschrieben – Angela verachtete ihn, und Nora verhielt sich herablassend; Christopher dagegen fürchtete ihn immer noch. Allein Judy war in der Lage, ihn als ihren lieben Daddy zu betrachten, der sehr wichtige und höchst geheime Kriegsarbeit leistete; Jessica konnte sich gut vorstellen, daß in ihrer Schule ein gewisser Wettbewerb in bezug auf Väter herrschte; der Vater von Judys bester Freundin, Monica, war Fliegermajor und auf Umwegen die Quelle aller Informationen, die sie über den Krieg hatte. »Monicas Vater sagt, es sei nicht recht, Oswald Mosley freizulassen«, hatte sie im letzten Trimester geschrieben. »Er sagt, es sei vollkommen unverantwortlich.« Um mithalten zu können, hatte Judy ihren Vater vermutlich zum Geheimagenten gemacht. Das mußte sie Raymond erzählen, es würde ihm sicher gefallen.

Drei Meilen entfernt feierte Richard Holt das, was sein bester Freund, sein Arzt, seine Eltern und seine Schwester immer wieder als »Polterabend« bezeichneten. Vermutlich der ruhigste Polterabend aller Zeiten, dachte er erschöpft. Der Rücken tat ihm weh; die Wirkung der Medizin, die er vor dem Essen bekommen hatte, ließ langsam nach, und er sehnte sich danach, sich flach hinlegen zu können, aber sie waren gerade erst beim Dessert angelangt. Er sah über den Tisch hinweg Tony an, der seinen Blick sofort auffing, also lächelte er, und Tony lächelte zurück, so ein liebenswertes Lächeln – Richard ging es gleich besser, wenn er ihn nur ansah.

»Richard hätte gern die Schokoladenmousse«, sagte seine Mutter.

»Am liebsten hätte ich die Wahl«, sagte er und strengte sich an, gierig und interessiert zu klingen.

»Aber natürlich, Liebling«, sagte sie und legte die Speisekarte vor ihn hin.

»Reispudding, Apfelkuchen, Käse und Biskuits«, las er.

»Und Schokoladenmousse.«

»*Und* Schokoladenmousse. Du hast recht. Die nehme ich.«

Sein Stuhl stand neben dem seiner Mutter, damit sie ihn füttern konnte. Von morgen an wird Nora das übernehmen, dachte er, dreimal am Tag, und zwar für immer. Vor seiner Verwundung hatte er gern gegessen; seine Eltern hatten einen Bauernhof in Suffolk, und das Essen war einfach, aber gut gewesen. Sie hatten eigene Lämmer gehabt, und er hatte Wasservögel gejagt; Ente oder Gans hatte oft auf dem Speiseplan gestanden, im Winter Hasen, aus denen seine Mutter Hasenpfeffer oder Pastete gemacht hatte. Bei der Armee hatte er nicht ans Essen gedacht; es war einfach Brennstoff gewesen, und die Mahlzeiten waren die einzigen Gelegenheiten gewesen, zu denen man seine Ruhe gehabt hatte. Aber jetzt war er achtzehn Monate lang mit dem Löffel gefüttert worden, das Essen war ohnehin immer halb kalt gewesen, bis es auf der Station angelangt war, und das Ganze schien bei den Schwestern verdrängte mütterliche Impulse freizusetzen und vor allem das Bedürfnis, andere zu schikanieren; wann immer er gesagt hatte, es sei nun genug, ging dieses »Noch-einen-Löffel-für-mich«-Gerede los, und das hatte ihm das Essen wirklich verleidet (obwohl es eigentlich eine der wenigen Abwechslungen im Alltag der Patienten darstellen sollte). Trinken war in Ordnung, weil er das mit Hilfe eines Strohhalms tun konnte und er dabei von niemandem abhängig war.

Es war eine kleine Familienfeier, nur seine Eltern, seine Schwester – die gleich zu Beginn des Krieges verwitwet war – und Tony, der sein Trauzeuge sein würde. Er hätte ihn nicht darum gebeten, aber Tony hatte sich angeboten. Dieses Angebot war ein letzter Beweis seiner Großzügigkeit und Liebe gewesen.

Jetzt kam die Schokoladenmousse. Seine Mutter strich die Serviette über seinen Knien glatt.

»Ich habe nicht mehr viel Hunger«, sagte er, was bedeutete: Bitte zwingt mich nicht, alles zu essen.

»Du ißt nur, soviel du magst«, sagte sie beruhigend. »Es hat keinen Zweck, dich mit Essen vollzustopfen, wenn du nicht willst.« Ihre Augen, die von einstmals intensivem Blau zu einem hellen Vergißmeinnichtton verblaßt waren, hatten denselben Ausdruck, an den er sich aus seiner Kindheit erinnern konnte, eine Mischung aus Weisheit und Unschuld, die irgendwie gut in ihr wettergegerbtes Gesicht paßte – lauter kleine Falten, wie ein bräunlicher Apfel. Ihren eigenen Berichten und denen seines Vaters zufolge war sie ein wildes Mädchen gewesen (was in jenen Tagen aber wohl nur bedeutet hatte, daß sie sich weigerte, im Damensattel zu reiten und ein Korsett zu tragen), und nun sah sie aus, als habe sie aus allem, was sie wußte und gelernt hatte, das Beste gemacht, wobei ihre Unschuld ihr zugute gekommen war. Sie war nun Anfang Sechzig, und infolge eines, wie sie es bezeichnete, winzigen Anflugs von Angina zog sie sich langsam aus dem aktiven Leben zurück. Er hätte sich ihr auf keinen Fall aufdrängen können.

»Schade, daß Nora nicht hiersein kann«, sagte seine Schwester gerade.

»Oh, Susan, du weißt doch, daß es Unglück bringt, wenn Braut und Bräutigam einander am Vorabend der Hochzeit sehen.«

»Das weiß ich, aber ich finde es trotzdem schade. Für dich mag das in Ordnung sein, Dad, du hast sie ja schon kennengelernt, aber ich noch nicht.«

»Sie ist ein wunderbares Mädchen«, sagte sein Vater, und das nicht zum erstenmal.

Sie ist wunderbar, weil sie einen Krüppel wie mich heiratet, dachte Richard, nachdem sie ihn schließlich zu Bett gebracht hatten. Aber sie hatte es unbedingt gewollt. Er hatte sie kennengelernt, als sie das erstemal versucht hatten, ihn am Rücken zu operieren. Sie hatte an einem Abend Dienst gehabt, als er nicht schlafen konnte, als die Schmerzen ihn wahnsinnig machten und er die Minuten zählte – hundertzehn, bis er die nächste Dosis bekam. Sie hatte sofort gespürt, wie verzweifelt er war, hatte ihm ein paar Tabletten und ein heißes Getränk gebracht und ihn gestützt, während er trank. Dann hatte sie seine diversen Kissen gerichtet, so daß sich, als sie ihn wieder hingelegt hatte, alles ganz anders und viel bequemer anfühlte. »Ich komme wieder, wenn ich mit der Runde fertig bin«, sagte sie, »und sehe noch mal nach den Kissen.« Sie war sanft, selbstsicher, geschickt und wunderbar *un*fröhlich gewesen. Eine erstklassige Schwester. Nie schien sie in Eile zu sein, wie viele der anderen, und nichts war ihr zuviel. Das war der Anfang gewesen. Monate später hatte er sie gefragt, wie sie es geschafft habe, ihm außer der Reihe Schmerzmittel zu geben. »Es waren gar keine Schmerzmittel«, sagte sie, »nur ein paar Arnikatabletten. Du mußtest einfach das Gefühl haben, daß etwas passiert.«

Damals hatten sie einander schon recht gut gekannt. Als er nach Monaten in ein anderes Heim verlegt werden sollte – so nannten sie es, aber er wußte, daß es ein weiteres Krankenhaus war – und ihr das sagte, war sie ganz still geworden. Sie hatte seinen Rollstuhl durch den Garten geschoben; es war ihr freier Tag, und sie verbrachte viele ihrer freien Tage so. Er spürte, obwohl er sie nicht ansehen konnte, daß sie erschüttert war, und als sie an dem riesigen Baum ankamen, um den sich eine Bank zog, machte sie halt und setzte sich – sackte regelrecht zusammen.

»Du wirst mir fehlen«, sagte er. Das stimmte tatsächlich.

»Wirklich, Richard? Ganz ehrlich?«

»Natürlich. Ich kann mir gar nicht vorstellen, wie es ohne dich sein wird.« Das stimmte nicht so ganz, aber er spürte, daß sie das hören wollte.

»Du wirst mir auch fehlen«, sagte sie, so leise, daß er sie kaum hören konnte. Und dann machte sie ihm einen Heiratsantrag, das letzte, was er erwartet oder sich gar gewünscht hätte. Er war entsetzt und gerührt zugleich gewesen.

»Liebe Nora, ich bin kein Mann zum Heiraten«, sagte er. »Ich könnte dir nicht geben, was du dir wünschst.«

»Ich könnte für dich sorgen.«

»Das weiß ich. Aber das wäre keine Ehe.«

Sie hatte sprechen wollen, aber dann hatte sie plötzlich die Hände vors Gesicht geschlagen und angefangen zu weinen. Es war schrecklich gewesen, denn er hatte nicht einmal die Hand ausstrecken können, um sie zu trösten – er konnte verdammt noch mal überhaupt nichts tun.

»Nicht«, sagte er nach einer Weile. »Ich kann es nicht aushalten, wenn du weinst und ich einfach dasitzen und zusehen muß.«

Sie hörte sofort auf. »Entschuldige. Ich sehe ein, daß das ungerecht ist – dir gegenüber, meine ich. Ich mußte es dir aber sagen. Weil, du hättest vielleicht denken können – na ja, selbst wenn du es für eine gute Idee gehalten hättest, wärst du vielleicht der Ansicht, daß ich nicht – jedenfalls wollte ich, daß du weißt, daß ich dich liebe.«

Das war ihr erstes Gespräch zu diesem Thema gewesen. Er war in die neue Klinik verlegt worden, und an ihren freien Tagen hatte sie ihn besucht. Das komische war, daß sie ihm wirklich fehlte. Sie schien immer zu wissen, was er brauchte: Sie las ihm stundenlang vor, wenn er das wollte; sie fragte ihn nach seiner Kindheit und seiner Familie aus, und einmal begegnete sie seinen Eltern, die die lange Reise unternommen hatten, ihn zu besuchen. Nachdem sie wieder weg waren, fragte sie ihn nach Tony. (Die Eltern hatten sich erkundigt, ob Tony es geschafft habe, ihn zu besuchen, und er hatte gesagt, ja, aber nur selten.) Ein alter Freund, hatte er geantwortet.

»Ich dachte schon, es könnte eine alte Freundin sein. Du weißt, manchmal werden Mädchen, die Antonia heißen, Tony gerufen.«

»Nein.«

»Na gut«, sagte sie, und er spürte, wie sie sich anstrengte, nicht zu ernst zu klingen, »also habe ich keine Rivalin.«

Er würde ihr nie von Tony erzählen können. Sie wußte

seitdem, daß Tony ihn hin und wieder besuchte, und bemühte sich, nicht an denselben Tagen zu erscheinen. »Es ist doch angenehmer, wenn dein Besuch gut verteilt ist«, hatte sie gesagt. Tony konnte ohnehin so gut wie nie kommen. Seine Arbeit führte ihn durchs ganze Land: Seit er als Invalide aus der Armee ausgemustert worden war und man ihn zum Elektroingenieur ausgebildet hatte, übernahm er Montagen in Fabriken. Er hatte Tony gesagt, es habe keinen Sinn, ihm zu schreiben, da ihm alle Briefe vorgelesen werden mußten, aber Tony schickte Postkarten, und wenn er ihn besuchte, schob er den Rollstuhl so weit in den Park hinein, daß sie möglichst außer Sicht und allein miteinander waren. Es war eine Ironie des Schicksals, daß sie einander kennengelernt hatten, weil sie so gute Sportler waren; sie waren immer entweder in derselben Spitzenmannschaft oder Gegner gewesen, obwohl sich auch Unterschiede ergeben hatten: Tony war zum Beispiel Sprinter und Richard Langstreckenläufer. Tony hatte es früher erwischt, aber er war vergleichsweise geringfügig verwundet; er hinkte jetzt stark und hatte Probleme mit der Lunge. Als es ihm besserging, hatten sie Richards Urlaub gemeinsam verbracht: zehn unvergeßliche Tage in Nordwales. Es hatte fast die ganze Zeit geregnet, und noch heute mochte er Regenwetter.

Kurz danach war er abgestürzt, als ihn ein feindlicher Jagdflieger angegriffen hatte, und eine Kugel hatte ihn an der Wirbelsäule erwischt, so daß er den Fallschirm nicht hatte benutzen können. Alle anderen Verletzungen stammten vom Sturz selbst; es sei ein Wunder, daß er überlebt habe, erklärten sie immer wieder. Er war bewußtlos gewesen und erst im Krankenhaus wieder zu sich gekommen, unter schweren Betäubungsmitteln und scheinbar körperlos; am Anfang hatte er geglaubt, er sei tot und dies sei der Anfang von etwas Neuem. Es brauchte einige Zeit, bis ihm klargeworden war und sie ihm gesagt hatten, wie schwer er verletzt war, und noch länger, bis er es Tony hatte mitteilen können.

Damals hatte er zum erstenmal verstanden, wieviel Hände mit Zärtlichkeit und Liebe zu tun hatten: Er hatte Tony nicht berühren, nicht trösten oder beruhigen können – hatte nur daliegen und es ihm sagen müssen. Das macht nichts, hatte Tony sofort gesagt, überhaupt nichts. Mit dreiundzwanzig, so glaubte Richard, hätte er vermutlich dasselbe gesagt. Aber er war zehn Jahre älter, und zu dem Zeitpunkt waren ihm noch gar nicht alle Folgen seiner Verwundung deutlich gewesen. Er hatte noch glauben können, wenn es ihm erst einmal besserginge, würde er weniger Pflege brauchen, auf die eine oder andere Art unabhängiger werden. Erst, als die Monate sich dahinschleppten, war ihm klargeworden, daß nichts sich bessern würde. Aber selbst damit hatte er Tony nicht abschrecken können oder es vielleicht auch nicht gewagt, weil er Angst gehabt hatte, ihn dann womöglich nie wiederzusehen. Als man ihn aus der ersten Klinik entlassen und in eine andere gebracht hatte, hatte er schließlich gewußt, wie seine Aussichten waren. Seine Eltern wollten, daß er nach Hause kam; seine Mutter hatte erklärt, sie werde sich um ihn kümmern. »Ich bin sicher, sie können mir zeigen, was ich tun muß«, hatte sie gesagt, »und dein Vater würde mir helfen, dich zu heben.« Aber er hatte gewußt, daß das unmöglich war. Er konnte und wollte nicht erwarten, daß Tony das alles auf sich nahm; es würde ihn um alle Berufsaussichten bringen, um Freunde, um jedes Vergnügen und natürlich, und das war bei weitem nicht das Unwichtigste, um Sex. Er konnte nicht zulassen, daß jemand sich mit vierundzwanzig derart verpflichtete; er konnte einen Menschen, der ihn so liebte, nicht zu einem solchen Schicksal verdammen. Tony war Waise, er hatte seine gesamte Kindheit in Heimen zugebracht und, bevor er Richard begegnet war, nie so etwas wie Familie gekannt, gar nicht zu reden von Liebe. Er, Richard, war seine erste Liebe gewesen; er würde darüber hinwegkommen. Diese Überlegungen waren mit Noras Antrag zusammengefallen. Zunächst hatte er die Idee als unmöglich verworfen; er liebte sie nicht, und er war nicht in der Position, irgendeine Art von Partnerschaft einzugehen. Es war viel sicherer, sich auf die staatliche Fürsorge zu verlassen, wo man nichts von ihm erwartete und Leute bezahlt wurden, damit sie dafür sorgten, daß er von einem Tag zum nächsten überlebte. Aber seine Ansichten, seine Meinung, seine Entschlüsse schienen auf Nora ebensowenig Eindruck zu machen wie auf Tony. Tonys Besuche begannen, ein bestimmtes Muster anzunehmen. Tony redete über ihre Zukunft und widersprach Richard, wenn er sagte, es gebe so etwas für sie beide nicht – manchmal führte das beinahe zu einem Streit. Dann strengte er sich an, das Thema zu wechseln; Schweigen trat ein, erfüllt von heftiger Sehnsucht, von Erinnerungen an etwas, das einmal gewesen war, und der Erkenntnis, daß diese Erinnerungen alles waren, was sie je haben würden, und dann sahen sie einander an und schwiegen weiter. Einmal, an einem dieser Nachmittage, hatte Tony gesagt: »Es gibt etwas, das ich gern tun würde. Nur ein einziges Mal.«

»Und?«

»Ich könnte dich aus dem Stuhl heben und dich auf den Boden legen.«

»Das würde nicht helfen, Liebster. Ich kann nicht …«

»Das weiß ich. Ich möchte nur neben dir liegen und dich in den Armen halten.«

Er hatte seine Jacke ausgezogen und sie zu einem Kissen gefaltet, und dann hatte er ihn aus dem Stuhl gehoben und ihn so sanft hingelegt wie ein Blatt, das zu Boden segelt. Dann hatte er die Arme um seine Schultern mit den elenden Stümpfen gelegt, die alles waren, was von seinen Armen übrig war, und geweint, bis Richard Angst hatte, daß ihrer beider Herzen brechen würden. »Das war's also«, hatte Tony schließlich gesagt. Er hatte seine Tränen von Richards Gesicht abgewischt und ihn geküßt. Dann hatte er ihn wieder in den Stuhl gehoben, seine Jacke genommen und ihn zurück in sein Zimmer gebracht. Damals war Richard klargeworden, daß Tony nun akzeptiert hatte, daß es keine Zukunft für sie gab. Einen Monat später hatte er der Ehe mit Nora zugestimmt.

Aber nun, da die Hochzeit unmittelbar bevorstand, hatte er Angst. Nicht um Noras willen; sie wußte besser als irgend jemand sonst, wen sie da heiratete; sie war praktisch veranlagt, sie hatte ihn schon Monate gepflegt, sie konnte keine Illusionen über seine Aussichten haben. Sie sagte, sie liebe ihn, und er glaubte ihr. Sie hatten ein paar ziemlich schwierige Gespräche darüber geführt, daß es in ihrer Ehe keinen Sex und keine Kinder geben könne, und sie hatte nur wiederholt, das wisse sie alles, sie verstehe das, und es mache ihr nichts aus. »Für dich ist es wahrscheinlich schlimmer«, hatte sie gesagt. Nein, hatte er erwidert, mit seiner Libido sei praktisch nichts mehr los. Das einzige, was er ihr einfach nicht hatte sagen können, war, was er – immer noch – für Tony empfand. Sie dachte, ebenso wie seine Eltern, Tony sei ein Freund aus Universitätstagen. Wenn er Nora heiratete, tat er – so hoffte er zumindest –, was für alle Beteiligten das beste war, aber er konnte Tony, der ihn weiterhin besucht, sich um ihn gesorgt und ihm geholfen hatte und der die Ankündigung der bevorstehenden Ehe so sanftmütig aufgenommen hatte, nicht betrügen. »Ich verstehe«, hatte er gesagt. »Klingt ganz, als wäre sie die Richtige für dich. Ich bin froh, daß sie dich liebt.« Dann hatte er gelächelt und hinzugefügt: »Ich müßte im Lotto gewinnen, um mit ihr gleichziehen zu können.« (Inzwischen hatte er von ihrer Familie und dem Haus in Frensham und all dem erfahren.) Und selbst das hatte nicht bitter geklungen, obwohl es verständlich gewesen wäre. Später hatte er gesagt: »Du wirst einen Trauzeugen brauchen.«

»Das werde ich wohl.«

»Wenn du willst, werde ich dein Trauzeuge sein«, hatte er gesagt. Er hatte abermals gelächelt, und Richard hatte sich wieder einmal gefragt, ob er lächelnd schöner war oder mit ernster Miene.

»Das werde ich dir nie vergessen«, war ihm herausgerutscht, bevor er sich bremsen konnte. »Hört sich ziemlich sentimental an, fürchte ich.«

Und Tony hatte ihren meistgehaßten Tutor imitiert und gesagt: «Ich fürchte, Richard, das tut es wirklich.«

Tony übernachtete nicht im Hotel, Gott sei Dank. Richard war von seinen Eltern nach oben und ins Bett gebracht worden. Das bedeutete, er würde die ganze Nacht in derselben Position bleiben müssen – normalerweise drehte ihn jemand irgendwann um, aber er hatte das nicht erwähnen wollen. »Du brauchst deinen Schlaf«, hatten sie gesagt, und wieder war ihm klargeworden, daß sie, wenn er zu ihnen zurückgegangen wäre, nie mehr hätten in Ruhe durchschlafen können. Für Stunden lag er noch wach und nahm sich vor, gut zu Nora zu sein, aber am Ende gab er auf und kehrte mit Tony nach Wales zurück.

Christopher stand nun seit zwanzig Minuten in der Kirche, wo es nicht ganz so beißend kalt war wie draußen, aber dafür war es erheblich finsterer. Die Flammen der Kerzen auf den Messingleuchtern sahen im Zwielicht gelb aus. Es war erst kurz nach zwei, aber der Tag schien schon wieder zu Ende zu gehen. Er war dafür zuständig, daß alle die richtigen Plätze einnahmen, aber es war keine große Hochzeit, und die wenigen Gäste verloren sich eher in der höhlenartigen Kirche. Er hatte Mr. und Mrs. Holt zu ihren Plätzen in der ersten Bank geführt, auf die richtige Seite. Es ist merkwürdig, wie ungelenk viele Leute in ihren besten Kleidern aussehen, dachte er. Selbst er konnte erkennen, daß Mrs. Holt normalerweise keine Hüte trug und Mr. Holt keine dunklen Anzüge. Der Bräutigam wurde in einem Rollstuhl durch den Mittelgang gefahren, von einem umwerfend aussehenden Burschen mit rotgoldenem Haar und dunklen Augen, der stark hinkte. Verglichen mit ihm, sah der Mann im

Rollstuhl – sein zukünftiger Schwager – ziemlich durchschnittlich aus, sein Gesicht zumindest, den Rest konnte man kaum so bezeichnen. Tante Villy traf mit Wills, Lydia und Neville ein. Lydia umarmte ihn: »Ich bin parfümiert«, sagte sie, »ich laß dich mal riechen.« Sie trug ihren Wintermantel über einem langen gelben Kleid. Neville ging entschlossen weiter, während Tante Villy Christopher einen Kuß gab und sagte, wie froh sie sei, ihn wieder einmal zu sehen; Wills versuchte, sich ihrem Griff zu entwinden. Dann kam Neville zurück.

»Ich hoffe, Nora *weiß*, daß er keine Arme hat«, sagte er. »Sie haben den Mantel irgendwie drübergehängt, aber man sieht doch, daß beide weg sind.«

»Das ist eine sehr persönliche Bemerkung«, erklärte Lydia vernichtend.

»Kinder! Still jetzt.«

Wills war es nicht gelungen, sich Villys Hand zu entziehen, also versuchte er jetzt, sich auf den Boden zu setzen. »Wann gehen wir denn wieder?«

»Wo ist Roland?« fragte Christopher.

»Er hatte Halsweh, deshalb habe ich Wills mitgebracht, um Ellen zu entlasten. Die Duchy läßt dich herzlich grüßen und ausrichten, du solltest wieder einmal zu Besuch kommen. Wir finden unseren Weg schon. Bleib du bei Christopher, Lydia.«

Die Orgel begann mit einem ziemlich verschlungenen Stück von Bach, und plötzlich trafen eine ganze Menge Leute gleichzeitig ein, Krankenschwestern, die Richard gepflegt hatten, seine Schwester, eine dicke, traurig aussehende Frau, und dann die drei Cousinen, Louise und Polly und Clary, alle sehr erwachsen mit ihren leicht schräg sitzenden Hüten. Es war schön, sie wiederzusehen, es erinnerte ihn an die Sommer in Home Place. Dann kam Mum mit Judy, die genau so ein Kleid anhatte wie Lydia. »Ich bin die Brautjungfer.«

»Du bist nur eine davon«, meinte Lydia.

Sie beäugten einander.

»Ich trage meine Süßwasserperlen. Und ich hab' eine Dauerwelle.«

»Das sehe ich.« Lydias Haar, glatt und glänzend und von der Farbe dunklen Honigs, hing ihr bis über die Schultern, von einer gelben Samtschleife aus der Stirn gehalten. Dahinter saß der schmale Kranz von Butterblumen und Gänseblümchen wie eine Krone. Bei Judy sah derselbe Kopfputz peinlich unpassend aus. Aber Nora hatte die Kränze ausgewählt und entschieden, woraus sie bestehen sollten. Judy tat ihm leid, und er nahm sie ungeschickt in den Arm.

»Vorsicht, mein Kleid«, sagte sie.

Mum kam zurück und packte den Brautstrauß aus.

»Sie wird jeden Moment hier sein«, sagte sie.

Angela kam. Es war eine Ewigkeit her, daß er sie gesehen hatte. Sie trug eine smaragdgrüne Jacke, die ihre Schultern sehr breit aussehen ließ, und einen sehr kurzen engen Rock, der viel von ihren hübschen langen Beinen in Filmstarstrümpfen zeigte. Sie zupfte ihre Brauen nicht mehr so stark, also sah sie weniger herablassend aus, und ihr Mund, der dem ihrer Mutter so ähnlich war, war nun rosa angemalt und nicht mehr leuchtend rot wie bei ihrer letzten Begegnung.

»Du duftest wunderbar«, sagte er, als sie ihn küßte (Lydias Parfum war Lavendelwasser gewesen). »Ich wünschte, du wärst gestern abend mitgekommen.« Sie war nicht aufgetaucht.

»Tut mir leid, Chris. Mir ist was dazwischengekommen. Wo sitze ich?«

»Wo du willst, auf dieser Seite. Ich komme in einer Minute nach.«

Er wandte sich wieder der Tür zu, und dort stand sein Vater neben Nora, die ein langes weißes Kleid trug und einen Schleier, der ihr Gesicht beinahe vollständig verbarg. Er tauschte ein unbehagliches, höfliches Lächeln mit seinem Vater. »Wirklich, Nora, du siehst umwerfend aus.«

Sie nickte – er konnte sehen, wie ihre Augen hinter dem Schleier vor Aufregung glitzerten. Ihre Mutter schob die Brautjungfern hinter Nora, dann nahm die Braut den Arm ihres Vaters, und die Orgel setzte mit der üblichen Musik ein. Auf den Altarstufen stand der Geistliche. Mum nahm seinen Arm, und sie schlüpften durch den Seitengang auf ihre Plätze, er zu Angela in die zweite Reihe, seine Mutter nach vorn.

Während des Gottesdienstes fragte er sich, ob sie wirklich wußte, was sie tat. Er erinnerte sich an die Zeit, als sie Nonne werden wollte, »eine Braut Christi«. Er hoffte, daß sie nicht das Gefühl hatte, ein Opfer zu bringen – ein geringfügigeres vermutlich, denn Richard war nicht Gott, aber vielleicht trotzdem ein Opfer. Diese Vorstellung war ihm unangenehm; er hatte das Gefühl, selbst bestenfalls ein sehr kurzfristiges Opfer bringen zu können, und was Nora hier tat, würde andauern, bis entweder sie oder Richard starb. Er mußte an Oliver denken, der jetzt ungefähr acht Jahre alt war, und Hunde wurden für gewöhnlich nicht älter als zwölf oder vierzehn. Es war nicht gut, an so etwas zu denken. Manchmal erwiesen sich Dinge, um derentwillen er sich jahrelang gesorgt hatte, irgendwann als gar nicht so schlimm, und manches trat auch überhaupt nicht ein. Wie seine Einberufung: In dem Moment, als er sich entschieden hatte, Soldat zu werden, hatten sie ihn nicht gewollt. Er war zu kurzsichtig, und außerdem hatte er die Elektroschockbehandlung gehabt. Also hatte er angefangen, bei einem Bauern zu arbeiten, der Gemüse anbaute, dazu ein wenig Salat und Obst. Der Bauer überließ Christopher den Wohnwagen, in dem er früher Urlaub gemacht hatte, für eine sehr niedrige Miete. Er und seine Frau hatten den jungen Mann ziemlich liebgewonnen und ihm angeboten, er könne bei ihnen im Haus wohnen, aber er blieb lieber im Wohnwagen, der für ihn und Oliver zu einem Heim geworden war. Der Hof lag in der Nähe von Worthing, und er hatte ein Fahrrad, mit dem er zum Einkaufen fahren konnte, wenn er etwas brauchte. Er ernährte sich überwiegend von Gemüse, Kartoffeln und Brot. Er war Vegetarier geworden, weil er erkannt hatte, daß er Tiere unmöglich so sehr lieben und trotzdem essen konnte, also bekam Oliver seine Fleischration. Einmal in der Woche aß er bei den Hursts, ansonsten bereitete er sich sein Essen auf einem Spirituskocher. Er hatte eine Petroleumlampe und ein Paraffinöfchen und einen Schlafsack, also war es recht gemütlich, sogar im Winter, und Mum hatte ihm ein Radio zu Weihnachten geschenkt. Es ging ihm gut. Er arbeitete hart, und es störte ihn nicht, allein zu sein; allerdings war ihm, als er sie heute gesehen hatte, aufgefallen, daß ihm Polly irgendwie fehlte. Mein Gott, sie hatte hinreißend ausgesehen, als sie in die Kirche spaziert war! Louise, mit der er eigentlich nie so recht gesprochen hatte, sah in einem grauen Eichhornmantel ziemlich alt aus (der Mantel gefiel ihm überhaupt nicht – es mußte ungeheure Mengen von Eichhörnchen gebraucht haben, ihn zu machen), Clary eigentlich wie immer, nur größer und ein bißchen albern mit ihrem Hut, aber Polly, in einem Mantel von der Farbe dunkelblauer Hyazinthen und mit einem blauen Strohhut über der weißen Stirn und dem kupferfarbenen Haar, hatte unnahbar schön ausgesehen – sie war plötzlich so erwachsen geworden, daß er das Gefühl hatte, gar nicht mehr zu wissen, worüber er mit ihr sprechen sollte.

Dad hatte Nora jetzt stehenlassen und ging zur ersten Bank, um sich neben Mum zu setzen. Es muß schrecklich für Richard sein, dachte er, keine Hände zu haben und den Leuten ständig dankbar sein zu müssen. Er starrte auf seine eigenen Hände, die er auf die Knie gelegt hatte, um seine Beine ein bißchen zu wärmen – er war nicht daran gewöhnt, so dünne Sachen zu tragen. Mum war ganz entsetzt über seine Hände gewesen, als sie versucht hatte, ihn mit Onkel Hughs

Sachen auszustaffieren; sie sahen aus wie die Hände eines Menschen, der die meiste Zeit draußen verbringt und viel arbeitet: Er konnte die Erde unter den Nägeln nie so richtig entfernen, und er hatte ziemlich üble Frostbeulen – auch an den Füßen, aber inzwischen war er daran gewöhnt. Sie wurden im Frühling wieder besser, jetzt war einfach die schlimmste Jahreszeit. In der ersten Zeit auf dem Bauernhof hatte er auch Blasen gehabt, aber nicht für lange. Trotzdem, es waren nicht unbedingt Hände für eine Feier …

Beide hatten ihr Jawort gesprochen; er hatte Richard kaum hören können, aber Noras Stimme war laut und deutlich gewesen. Er fragte sich, ob er wohl je heiraten würde; vermutlich nicht. Er konnte sich nicht vorstellen, daß jemand *ihn* haben wollte, aber es lag ihm ohnehin nicht, sich die Zukunft vorzustellen – er konnte sich nicht einmal ausmalen, wie es nach Kriegsende sein würde, falls der Krieg je zu Ende ging. Zu heiraten, wenn man nicht an Gott glaubte, war vermutlich falsch. Und er war ohnehin ziemlich sicher, daß man seine Cousine nicht heiraten durfte.

Alle regten sich wieder. Richard wurde nach hinten gefahren, Nora blieb an seiner Seite, und Mum und Dad und Richards Eltern folgten ihnen. Bald würden sie alle zu einem Empfang in ein Hotel fahren, und dann würden Nora und Richard nach Frensham ziehen, auf jeden Fall, bis der Krieg vorüber war, und Nora würde Geld verdienen, indem sie noch einen oder zwei Verwundete pflegte. Es war ein ziemlich großes Haus, aber er nahm an, sie würden alle im Erdgeschoß wohnen müssen.

Jetzt kamen sie zurück. Er hoffte, es würde bald vorbei sein, denn er fror und hatte schrecklichen Hunger.

»Wieso war Archie denn nicht da?«

»Er war sicher nicht eingeladen. Nora kennt ihn überhaupt nicht, und selbst Tante Jessica kennt ihn kaum.«

»Oh.«

»Ist dir auch so traurig zumute? Komisch, daß es einem bei Hochzeiten immer so geht. Selbst nach Louises Hochzeit war ich traurig, und die war viel spektakulärer.«

»Ich finde, das hier war eine besonders tragische.«

»Clary, es war nicht tragisch. Nora *mußte* ihn schließlich nicht heiraten. Sie hat noch nie etwas getan, das sie nicht wollte, also tut sie es jetzt offensichtlich auch nicht.«

»Was nicht?«

»Sich opfern.«

»Aber Poll, genau das tut sie! Und das will sie auch. Erinnerst du dich nicht, daß sie Louise einmal erzählt hat, sie wolle Nonne werden?«

«Das war doch nur so eine Phase, wie die Tanten immer sagen. Das weibliche Gegenstück dazu, Lokomotivführer werden zu wollen.«

»Neville war schrecklich«, sagte Clary, die diesem Gedankengang weiter folgte. »Er hat Richard gefragt, was er tut, wenn es ihn juckt.«

»Nein!«

»O doch. Ich habe ihm gesagt, es sei ebenso gefühl- wie taktlos, und er meinte, wenn er in Richards Lage wäre, wäre es ihm lieber, so etwas gefragt zu werden, als wenn alle täten, als sei er genau wie die anderen. Aber«, fuhr sie fort, »er hat natürlich nicht die geringste Vorstellung davon, wie Richard sich fühlen muß.«

»Na ja, die habe ich auch nicht. Wenn ich versuche, es mir vorzustellen, macht mein Kopf einfach nicht mit. Ich kann mir nicht denken, daß einem das Leben noch lebenswert erscheint. Armer Richard! Mein Gott, ist es nicht gut, daß Archie so etwas nicht passiert ist?«

»Ich glaube, am schlimmsten sind die dran, die mit dem Flugzeug abstürzen. Denk doch nur an den armen Kerl, um den Zoë sich auf der Mill Farm gekümmert hat.«

«Ist er eigentlich noch da?«

«Ich glaube nicht. Wahrscheinlich ist er inzwischen in einem anderen Krankenhaus. Was machen wir heute abend?«

»Am wärmsten wäre es im Kino. Nach diesen ganzen Sandwiches habe ich keinen großen Hunger. Wir könnten Archie anrufen«, meinte sie, als sei ihr das gerade erst eingefallen.

Clary sah sie abschätzend an. »Könnten wir ... aber wahrscheinlich hat er zu tun – es lohnt sich vermutlich garnicht ...«

»Wir könnten es wenigstens versuchen«, sagte Polly, wie Clary es vorausgesehen hatte.

Also riefen sie Archie an, der meinte, es sei viel zu kalt, um auszugehen, aber in seiner Wohnung sei es angenehm warm, sie könnten doch zum Abendessen vorbeikommen. »Ich weiß, wie schrecklich einem nach Hochzeiten zumute ist«, meinte er. »Man muß ein bißchen aufgemuntert werden.«

»Spatz, am besten hörst du jetzt auf zu weinen und erzählst mir davon.«

Er reichte ihr ein Glas Bourbon und ein Taschentuch.

Dankbar putzte sie sich die Nase. »Ich weiß eigentlich wirklich nicht, wieso ich weine. Schließlich war es eine *Hochzeit.*«

»Dann überleg mal«, sagte er ruhig und setzte sich neben sie aufs Sofa.

»Natürlich wird bei jeder Hochzeit geweint«, meinte sie. »Und es ist nicht mal so, daß ich Nora besonders gern hätte. Wir sind nie gut miteinander ausgekommen. Sie hielt mich für oberflächlich und ich sie für säuerlich. Sie war auch furchtbar herrisch. Einmal hat sie mir erzählt (es sollte ein Geheimnis sein), sie wolle Nonne werden, und ich dachte nur, was für ein Glück, dann wird sie wenigstens nicht ewig hier sein und an mir rummeckern. Wir haben uns immer nur zusammengerottet, wenn Dad wirklich eklig zu Christopher war. Dauernd hat er ihn schikaniert und an Mummy rumgenörgelt. Ich stamme aus einer furchtbaren Familie, das kann ich dir sagen. Snobistisch und immer auf die Wirkung nach außen bedacht. Aber mein Vater hat nie viel Geld verdient, und die arme Mummy mußte kochen und alles; zu so einem Leben war sie überhaupt nicht erzogen. Und als Dads Tante starb und ihm das Haus und eine Menge Geld hinterlassen hat, war sie zu alt, um es noch genießen zu können. Jedenfalls, Dad hat erwartet, daß Christopher ein Kriegsheld wird und daß Nora und ich eine gute Partie machen.«

»Und wie würde die aussehen? In die königliche Familie einzuheiraten oder so?«

»Nicht ganz. Aber jemanden mit einem Titel heiraten oder einen berühmten Mann, wie meine Cousine.«

»Lieber Himmel! Aber ich nehme an, die meisten Eltern haben großen Ehrgeiz, was ihre Kinder betrifft.«

»Bei uns hat das nicht funktioniert. Christopher arbeitet auf einem Bauernhof, und Nora hat einen Gelähmten geheiratet ...«

»Und du hast ein Verhältnis mit einem Amerikaner, der dein Vater sein könnte.«

»Oh, *das* wissen sie natürlich nicht«, sagte sie. »Ich meine, nicht, weil du Amerikaner bist und so, es ist die Sache mit dem Verhältnis, die ihnen nicht gefallen würde. Leute ihrer Generation haben einfach keine Verhältnisse.« Sie war rot geworden.

Er legte ihr einen bärenhaften Arm um die Schultern.

»*Amerikaner* aus dieser Generation manchmal schon, wie du weißt«, sagte er. »Vielleicht weißt du doch nicht alles über sie.«

Sie lehnte sich an den warmen Wall seiner Schulter. »Ich bin sicher, in Amerika ist das anders. Und dann noch der Krieg und alles.«

»Du hast mir immer noch nicht gesagt, wieso du Noras Hochzeit so traurig fandst.«

«Oh! Nein. Ich denke, es lag an all dem, was es *nicht* war. Ich meine, sie hatte ein weißes Kleid und so, und Judy und Lydia – das ist noch eine Cousine von mir – waren Brautjungfern. Aber als es vorbei war und sie den Mittelgang entlangging, wollte sie seinen Rollstuhl schieben, und der Trauzeuge hat sie nicht gelassen. Er hatte natürlich recht, es hätte ausgesehen wie eine Schwester mit ihrem Patienten. Aber es war so *traurig*!« Wieder traten ihr Tränen in die Augen. »Ich meine, sie wird nie – Kinder haben können. Sie wird immer nur für ihn sorgen müssen.«

»Vielleicht liebt sie ihn«, sagte er. »Vielleicht liebt sie ihn und weiß, daß er sie braucht, und sie möchte gern gebraucht werden.«

»Du siehst immer das Beste an den Dingen.«

»Nein, ich weise dich nur darauf hin, Spatz, daß es auch seine gute Seite haben könnte.«

»Aber nimm nur an, sie lernt einen anderen kennen, irgendwann in der Zukunft, und verliebt sich in ihn.«

»Das kann jedem passieren.«

»Oh, Liebling! Es tut mir so leid! Ich wollte dich nicht ...«

»Das ist schon lange her, und ich weiß, daß du es nicht so gemeint hast.«

Aber immer wieder im weiteren Verlauf des Abends – als sie sich zum Ausgehen fertig machten, als sie tanzten (er war ein sehr guter Tänzer), als sie draußen in der Kälte standen und auf das bestellte Taxi warteten, als sie im Taxi in seinen Armen einschlief, als sie in dem kleinen Fahrstuhl zu seiner Wohnung im dritten Stock standen, als er die Tür öffnete und sie von dem (für ihn tröstlich vertrauten, für sie hinreißend exotischen) Duft der Chesterfield-Zigaretten, die er ununterbrochen rauchte, und des White-Lilac-Parfums, das er ihr aus New York hatte schicken lassen, empfangen wurden, als sie im Bett lagen und miteinander schliefen, als er ihr einen letzten Kuß gab und die Hand ausstreckte, um die Nachttischlampe auszuknipsen, die er auf den Boden gestellt hatte, damit das Licht romantischer und gemütlicher war, und als sie ihm zum Schlafen ihren glatten, schmalen Rücken zuwandte –, immer wieder während dieses Abends trat Marion Black aus der Vergangenheit heraus und ihnen entgegen. Angela sah sie als hochgewachsene Frau mit dunklen Augen, rabenschwarzem Haar und blendend weißer Haut, üppig und mit rauchiger Stimme. Er wußte, daß sie rothaarig gewesen war, kurzsichtig und schrill. »Ein braves Mädchen«, hatte seine Mutter gesagt, als er sie mit nach Hause gebracht hatte. »Ein guterzogenes Mädchen.« Gerade die Tatsache, daß sie nicht hübsch war, hatte sie für seine Mutter interessant gemacht; und mit Sicherheit hatte ihr Aussehen ihn nicht darauf vorbeitet, daß sie ihn mit einem anderen Mann verlassen würde, einem Mann, dem er nie begegnet war, von dem er nie zuvor auch nur gehört hatte, und das ohne jede Vorwarnung, ohne daß sie sich jemals über ihre Ehe oder seine Qualitäten als Ehemann beklagt hätte. Und dann, zwei Jahre später, hatte er gehört, sie sei gestorben – er hatte angenommen, sie müsse einen Autounfall gehabt haben, aber es war ein sehr überraschender und heftiger Ausbruch von Diabetes gewesen. Erst nach ihrem Tod wurde ihm klar, daß er sie nie geliebt hatte, und er begann, sich schuldig zu fühlen. Acht Jahre hatten sie zusammengelebt, und er hatte nie gewußt, was sie wirklich dachte oder empfand, nur, daß es sie störte, daß sie keine Kinder haben konnte. Er hatte sich in diesen Jahren halb totgeschuftet, zunächst als Medizinstudent und dann, nach dem Examen, in einem Krankenhaus in der Bronx. Sie arbeitete als Sprechstundenhilfe für einen Psychiater, aber trotzdem hatten sie nie genug Geld gehabt. Nachdem Marion ihn verlassen hatte, hatte er sich gesagt, er wisse nicht genug über die Menschen, und sich entschlossen, zusätzlich Psychiatrie zu studieren. Die Analyse hatte ihm erklärt, wieviel von seinem Leben durch seine Mutter bestimmt worden war, und erst nach *ihrem* Tod – kurz vor Pearl Harbor –

hatte er akzeptieren können, daß sie nach *ihrem* Verständnis versucht hatte, das Beste für ihn zu tun. Ihr Tod erst hatte ihn von der endlosen Kampagne erlöst, die sie angestrengt hatte, eine andere, passendere Frau für ihn zu finden (Marions Popularität hatte dramatisch gelitten, als sich herausgestellt hatte, daß sie nicht in der Lage war, ein Enkelkind zu produzieren). Ihm war es inzwischen recht gut gegangen; er war in eine größere Wohnung in einem besseren Teil der Stadt gezogen, teilte sich mit zwei Kollegen eine Sprechstundenhilfe und hatte ein paar unwesentliche Affären gehabt (aber nie mit Patientinnen). Marions Untreue jedoch hatte ihn immer noch verfolgt: Wenn sie nicht gestorben wäre, hätte er sie vielleicht aufsuchen und mit ihr reden können, obwohl er nie ganz sicher war, ob er sich tatsächlich der Mühe unterzogen hätte, sie ausfindig zu machen, und ob sie dann einer solchen Analyse ihrer Ehe zugestimmt hätte. So hatte der Gedanke an sie ihm immer das Gefühl gegeben, etwas sei noch offen; er konnte seine Schuldgefühle zwar verstehen, aber nicht beruhigen. In die Armee einzutreten und nach England zu kommen, mit der Aussicht auf eine Invasion in Frankreich, hatte ihm das Gefühl gegeben, frei zu sein und ganz von vorn anfangen zu können, was sein Privatleben anging – ohne jede Verantwortung. Zunächst war er, obwohl es in London von Mädchen offenbar nur so wimmelte, allein geblieben. Er war mit anderen Offizieren ausgegangen, hatte diese schreckliche Küche kennengelernt und den Paaren beim Tanzen zugesehen. Manchmal hatten die anderen Mädchen mitgebracht, einmal auch eine für ihn, aber sie waren nicht miteinander zurechtgekommen: Sie hatte ihm schmutzige Geschichten erzählt, die ihn verlegen machten, und sie hatte ihm leid getan. Dann war er eines Abends mit John Riley ausgegangen, der in seiner Einheit war, und nach dem Essen waren sie im Astor gelandet – erst nachher war ihm klargeworden, daß John an einer Frau interessiert war, die häufig dort auftauchte –, und John hatte selbstverständlich seine Dame gefunden und getanzt. Er hatte ihnen ein wenig zugesehen, und gerade, als er ans Heimgehen gedacht hatte, war ihm dieser Mistkerl Joe Bronstein aufgefallen, der mit einem großen, schlanken blonden Mädchen in einem grünen Seidenkleid tanzte. Als sie näher an seinen Tisch kamen, hatte er mitbekommen, daß Joe sie von oben herab behandelte und sie es sich gefallen ließ. Er war auf demselben Schiff wie Joe herübergekommen und hatte ihn sofort als einen herrschsüchtigen Mistkerl erkannt, der sich auf alle stürzte, die schwächer waren als er. Als sie nur einen knappen Meter von seinem Tisch entfernt waren, hatte er gesehen, daß Joe betrunken war und daß das Mädchen ihn kaum auf den Beinen halten konnte. Eine Sekunde lang schien sie ihn anzusehen, und ihr Gesicht, blaß, mit einem dunkelroten Mund und dunkel geschminkten Augen, hatte den verwundbaren Ausdruck einer Clownmaske gehabt ... Dann war der Tanz zu Ende gewesen, und Joe hatte ihren Arm gepackt und war mit ihr zu ihrem Tisch geschlurft. Dort hatte er sie auf einen Stuhl geschubst; sie hatte etwas gesagt und war wieder aufgestanden, woraufhin er sie wieder packte und so heftig zurückstieß, daß sie am Stuhl vorbei zu Boden stürzte. Das hatte genügt. Er war aufgestanden und zu ihnen gegangen. »Zeit, daß Sie nach Hause gehen, Lieutenant«, hatte er gesagt, aber er hatte nicht viel mehr tun müssen, weil die Rausschmeißer schon da waren und Bronstein entfernten. So hatte er Angela kennengelernt. Er hatte sie gefragt, ob sie etwas trinken wollte, und sie hatte gesagt, nein, sie wolle nur noch nach Hause. Aus der Nähe sah sie jünger aus, als er angenommen hatte. Sie hatte sich ausgiebig bei ihm bedankt, mit ihrer hübschen, korrekten englischen Aussprache, aber mittendrin war sie von einem so gewaltigen Gähnen überwältigt worden, daß sie es kaum hatte verbergen können. Sie entschuldigte sich und erklärte, sie sei ziemlich müde. Inzwischen war das bestellte Taxi vorgefahren. Als ihr klargeworden war, daß er mitkommen würde, war sie in ihre Ecke gesunken und hatte ihre Adresse angegeben, in einem Tonfall, der distanziert klingen sollte, sie aber nur verschreckt wirken ließ. Er erklärte, er wolle sie nur sicher nach Hause bringen, und sie entschuldigte sich noch einmal für ihre Müdigkeit (bis sie ihre Wohnung erreicht hatten, hatte sie sich noch viermal entschuldigt).

Am nächsten Tag hatte er ihr ein paar Rosen geschickt und eine Karte, auf der stand, er hoffe, sie habe gut geschlafen, und ob sie ihn vielleicht anrufen würde? Er war ein wenig überrascht gewesen, als sie sich tatsächlich meldete. Am Silvesterabend hatte er sie ausgeführt, und sie hatten ziemlich viel getrunken und waren in einem Nachtclub gelandet, wo sich ihr Gin als schrecklicher Fusel erwiesen hatte: Sie war ohnmächtig geworden.

Mit ihr zu schlafen war beim ersten Mal eine Enttäuschung gewesen: Sie hatte etwas Geübtes und Unpersönliches an sich, das ihn traurig machte, und er spürte, daß sie nicht nur von Joe Bronstein verletzt worden war. Sie benahm sich im Bett wie jemand, der wußte, daß er am nächsten Mogen den Acht-Uhr-Zug nehmen und die ganze Fahrt über stehen muß. Aber den Rest der Zeit, wenn sie gemeinsam London erforschten, das sie offenbar ebensowenig kannte wie er; wenn er einen Wagen bekommen konnte und sie aufs Land rausfuhren oder bei schlechtem Wetter ins Kino gingen; wenn sie abends in seiner Wohnung blieben und Truthahnbrust oder Steak aus Dosen aßen, die er im PX erstehen konnte, oder wenn er ihr Schach beibrachte, blühte sie auf. Er blieb immer sehr ruhig und geduldig und sanft; er wollte nicht, daß sie Dankbarkeit mit Liebe verwechselte. Er nahm an, sie sei in einen Mann verliebt gewesen, der gefallen war, aber sie sagte nichts davon, und er stellte keine Fragen.

Er nahm den letzten Zug nach Oxford, und sie erwartete ihn auf dem Bahnsteig, wie er es vermutet hatte. Es war bitter kalt, die Bahn hatte Verspätung gehabt, und er humpelte über den Bahnsteig und stolperte ihr beinahe in die Arme. Er küßte sie: Ihr Gesicht war eiskalt, und sie roch nach Pfefferminze. In dem zerbeulten alten MG, den ihre Eltern ihr vor Jahren zum einundzwanzigsten Geburtstag geschenkt hatten, küßten sie sich ein wenig ernsthafter.

»Oh, Raymond, du hast mir so gefehlt!«

Er war nur vierundzwanzig Stunden weggewesen.

»Ich bin zurückgekommen, so schnell ich konnte.«

»Das weiß ich doch! Ich gebe dir doch auch keine Schuld daran!«

Es war unerträglich kalt im Auto, und die Scheiben beschlugen von ihrem Atem.

»Laß uns losfahren, Liebling.«

»Ja, natürlich. Du mußt ganz durchgefroren sein.« Sie wischte mit ihrem ziemlich fusseligen Schal die Windschutzscheibe ab. Sie hatte es gern, wenn er sie Liebling nannte.

»Ist denn alles gut gegangen?« fragte sie so unbeteiligt sie konnte, dabei starb sie fast vor Neugier, sie wollte jede Einzelheit wissen. Nicht, daß sie eifersüchtig gewesen wäre oder so etwas Dummes; sie interessierte sich einfach für alles, was mit ihm zu tun hatte.

»Sehr gut, denke ich.«

»War die Braut in Weiß?«

»Oh, ja. Es hatte alles seine Richtigkeit. Brautjungfern, Kirche ...«

»Es muß reizend gewesen sein.« Ich werde so etwas nicht haben, dachte sie. Sie hatte sich so oft vorgestellt, wie sie langsam den Mittelgang einer Kirche entlangschritt, ihr glückliches Strahlen halb verborgen von Metern von Spitze, wie am Ende der Sorte von Filmen, die sie am liebsten mochte. Wenn Raymond nach dem Krieg diese schreckliche Frau endlich verlassen konnte, würde es jedoch nur eine standesamtliche Trauung geben. Aber was bedeutete schon so ein geringfügiges Detail im Vergleich zu ihrer wunderbaren, einzigartigen Beziehung?

»Es muß trotzdem ziemlich quälend für dich gewesen sein«, sagte sie. Das war erheblich später, nachdem sie den Wagen vor dem riesigen dunklen Backsteinhaus abgestellt hatten, in dem sie beide wohnten. Am Anfang hatten sie, wie all die anderen auch, im Keble College Zimmer gehabt, aber nachdem insgesamt vier Leute in ihr Zimmer eingebrochen waren, weil sie mit ihr schlafen wollten, war es Raymond auf wunderbare Weise gelungen, ihnen Zimmer außerhalb zu beschaffen. Ein Bus holte sie jeden Tag ab und brachte sie nach Blenheim. Ihre Kollegen waren davon überzeugt, daß sie miteinander schliefen, aber das war nicht der Fall. Sie lebten in einem Zustand tugendhafter romantischer Spannung, was sie Raymond nur noch mehr bewundern ließ, weil sie es selbst so unerträglich fand. Sie hätten es beinahe einmal getan, aber er achtete ihre Jungfräulichkeit viel zu sehr. Ihr wäre es lieber gewesen, er hätte sich trotz aller Ehrenhaftigkeit schließlich von Begierde überwältigen lassen. Dann hätte er es hinterher bedauern und sie hätte zärtlich und großzügig sein können – sie hatte jede Einzelheit dieser Szene geprobt, aber zu ihrem Bedauern war sie noch nicht in die Verlegenheit der Premiere gekommen.

»Ich meine – die ganze Situation«, fuhr sie fort. Sie waren in ihrem Zimmer, und sie kochte Kakao, da Raymonds Whiskyration aufgebraucht war. Sie hatte ein kleines Gasfeuer entzündet, aber beide trugen noch ihre Mäntel. »Ich nehme an, du mußtest dich ständig verstellen.«

»Wie meinst du das?«

»Nun ja ...« Sie wurde unsicher. »So tun, als wäre alles vollkommen in Ordnung.« Sie malte sich aus, wie er neben seiner Frau stand, ein frostiges Lächeln auf den Lippen, und Hände schüttelte.

»Ach, das. Ja.« Er erinnerte sich plötzlich daran, wie sich der Trauzeuge vorgebeugt hatte, um Nora den Ring anzustecken, da der Bräutigam nicht dazu in der Lage war – ein quälender Augenblick, der ihm Noras Zukunft deutlicher vor Augen geführt hatte als irgend etwas sonst. Unwillkürlich waren ihm Tränen in die Augen getreten. »Ja, es war schwer«, sagte er leise.

»Oh, *Liebling*!« Sie warf sich vor seinem Sessel auf die Knie. »Ich wollte dich nicht aufregen! Laß uns über etwas anderes reden.«

»Du kennst doch Meccano?« fragte Neville, als sie auf dem Heimweg nach Home Place waren.

»Natürlich, du Dummkopf. Hat mich nie besonders interessiert.«

»Also, wenn man lange Stücke bauen würde, könnte man die an seinen Stümpfen befestigen – er hat welche, ich habe sie unter der Jacke gesehen – und einen kleinen Motor anbringen und so was wie Hände machen, *Klauen* oder so, und dann könnte er Gegenstände hochheben. Ein bißchen wie ein Kran«, fügte er hinzu; Lydia hatte nie viel von Technik verstanden.

»Ich finde es schrecklich, so über den armen Richard zu reden.«

»Völlig falsch«, gab er zurück. »Ich versuche, mir etwas auszudenken, das ihm hilft, und das ist mehr, als du tust. Dein Mitleid nützt ihm überhaupt nichts.«

Das brachte sie zum Schweigen, und er dachte den Rest der Fahrt darüber nach, ob er nun Erfinder werden sollte oder nicht.

»... und Daddy ist so froh, daß wir nach Frensham ziehen wollen. Gott weiß, was aus dem Haus geworden wäre, wenn man es beschlagnahmt hätte, und er meint sowieso, unsere Ideen seien viel besser als die der Regierung.«

Sie waren wieder im Hotel, wo er schon die letzte Nacht verbracht hatte, und Nora sollte das Zimmer bewohnen, in dem seine Eltern übernachtet hatten. Das Hotel hatte Blumen geschickt, rote und rosa Nelken mit Gipskraut dazwischen, in einer Kristallvase. Außerdem einen Teller Trauben, von denen sie die meisten bereits gegessen hatten. Morgen würden sie nach Frensham fahren.

»Du bist müde«, sagte sie, bevor er es konnte. »Ich bringe dich ins Bett.«

Eine halbe Stunde später war alles erledigt – sein Rücken eingerieben, seine Zähne geputzt, er hatte sich in eine Flasche erleichtert, seine Medizin genommen, das kurzärmelige Nachthemd angezogen – viel praktischer als ein Schlafanzug, hatte sie gesagt, als sie es gekauft hatte –, und seine Kissen, besonders sein Spezialkissen, waren ordentlich arrangiert. Sie beugte sich über ihn und gab ihm einen Kuß.

»Ich komme um drei und drehe dich um«, sagte sie, »und ich lasse meine Tür offen, damit du rufen kannst. Ich werde dich immer hören.« Nachdem sie das Licht ausgemacht hatte und nach nebenan gegangen war, hörte er, wie sie sich ins Bett legte, und war plötzlich unendlich gerührt, weil sie sich benahm, als habe sich im Grunde nichts verändert.

Tony wartete, bis Richard und Nora den Empfang verließen, so daß er Richard noch ins Auto heben konnte. Zusammen mit den anderen sah er zu, wie der Wagen um die Ecke bog und verschwand, dann kehrte er ins Hotel zurück, holte sich seinen Mantel, verließ das Hotel endgültig und ging in einen Pub, wo er sich fürchterlich betrank.

Dritter Teil

Die Familie

Januar 1944

Das Haus kam ihm ohne Polly und Clary schrecklich leer vor. Schon morgens, wenn sein Wecker klingelte, spürte er es. Er lag im Bett und lauschte der Stille; keine Schritte, kein Rumpeln von oben, kein Fluchen, kein eiliges Trippeln im Treppenhaus. Er stand schnell auf und zog seinen blauen Morgenmantel – den hatte Sybil ihm geschenkt, am ersten Weihnachtsfest nach Kriegsbeginn – und die Lederpantoffeln an. Trotzdem war die Kälte nur zu deutlich zu spüren. Er hatte sich in dem Badezimmer auf dem Treppenabsatz über seinem Schlafzimmer einen Durchlauferhitzer installieren lassen, weil niemand tagsüber im Haus war, der den Kessel hätte heizen können. Das Gerät gestand ihm widerwillig ein kleines Bad zu, aber das Wasser lief so langsam ein, daß es im Winter bestenfalls lauwarm war. Er mußte sich zum Rasieren extra noch Wasser in einem Kessel aufsetzen. Wenn er gebadet, sich rasiert und angezogen hatte, konnte er das Licht ausmachen, die Verdunklung entfernen und den trübsinnigen grauen Tag hereinlassen. Dann ging er ins Souterrain, wobei er unterwegs den Viertelliter Milch einsammelte, der jeden zweiten Tag geliefert wurde, und die Zeitung, die jeden Tag vor der Haustür lag. 2300 TONNEN BOMBEN AUF BERLIN war die Schlagzeile dieses Morgens. Er versuchte, sich 2300 Tonnen Bomben vorzustellen, aber seine Phantasie verweigerte ihm den Dienst. Wenn man sich überlegte, was eine einzige Bombe anrichten konnte ... Er frühstückte am Küchentisch, das war bequemer, und nachdem er sein Brot getoastet hatte, ließ er den Gasgrill noch wegen der

Wärme an. Sein Frühstück bestand aus Toast und Tee und dieser Margarine, deren widerlicher Geschmack zumindest teilweise von Mrs. Cripps Marmelade oder von Marmite überdeckt wurde. Früher hatten er und Sybil im Eßzimmer nebenan gefrühstückt und zum Beispiel Melonen gegessen und gekochte Eier und – sein absolutes Lieblingsgericht – Räucherhering. Sybil hatte immer mit dem Rücken zur Terrassentür gesessen, und an sonnigen Tagen hatten Strähnen ihres Haars im Licht geglänzt. Erinnerungen dieser Art waren inzwischen nicht mehr so quälend, aber unverrückbar: Er konnte nicht existieren, ohne an sie zu denken, sich an einen kleinen Scherz zu erinnern, an etwas zu denken, das sie gedacht oder gemocht oder worüber sie sich Sorgen gemacht hatte. Bei jeder dieser Erinnerungen überflutete ihn eine kleine Welle der Liebe zu ihr, und es dauerte einen Augenblick, bis Trauer und Verzweiflung folgten. Es hält mich am Leben, sagte er sich. Viel mehr als das gab es für ihn nicht mehr. Er verbrachte die meiste Zeit in der Firma, aber seit der Alte nicht mehr dabei war – und darauf lief es praktisch hinaus, auch wenn er noch zweimal die Woche ins Büro kam und dasaß und wartete, daß jemand hereinkam und sich mit ihm unterhielt – und er und Edward sich wegen der neuen Kaianlage in Southampton in den Haaren lagen, machte es kaum mehr Spaß. Es war Edward, der auf der neuen Anlage bestanden hatte: Der Boden war sehr günstig angeboten worden, das stimmte, aber trotzdem bedeutete es, daß sie alles Geld investieren mußten, das sie an Schadensersatz erhalten hatten, und darüber hinaus auch alles andere überzählige Kapital. Edward hatte argumentiert, es werde nach dem Krieg einen Bauboom geben, und mit mehr Gelände würden sie viel eher imstande sein, die Harthölzer, mit denen die Firma sich einen Namen gemacht hatte, zu lagern und zu verarbeiten, aber es kam Hugh unwahrscheinlich vor, daß sie bis dahin die riesige Summe zusammenhaben würden, die solche Lagerbestände kosteten. Sie hatten sich deswegen gestritten – mehrmals sogar –, aber der Alte hatte sich auf Edwards Seite geschlagen, und so war die neue Anlage gekauft worden. Und dann war da dieses große und nun so leere Haus. Es war wohl das Vernünftigste, es zu verkaufen, aber er mußte doch irgendwo wohnen, und hier hatte er mit *ihr* gewohnt. Wenn Poll nur geblieben wäre! Aber er selbst hatte darauf gedrungen, daß sie ging. Louise hatte die beiden gebeten, mit in ihr Haus zu ziehen. Clary hatte gehen wollen, Polly nicht. »Ich bleibe bei dir, Dad«, hatte sie gesagt. Aber er hatte sofort gewußt, daß sie das eigentlich nicht wollte, auch wenn sie immer wieder das Gegenteil behauptet hatte. Schließlich hatte er sie zum Essen ausgeführt, um einmal in Ruhe mit ihr darüber reden zu können. Er nahm sie mit in seinen Club, weil er das Gefühl hatte, es sei der geeignete Ort für ein solches Gespräch, aber auch, weil er so stolz auf sie war und es genoß, sie seinen Bekannten vorzustellen. »Also wirklich!« sagten die immer. »Was für eine hinreißende Tochter!« Sie war ja auch hinreißend: Ihr Haar war wie das von Sybil, als sie einander kennengelernt hatten, leuchtend kupferrot; sie hatte dieselbe weiße Haut, dieselbe kurze Oberlippe und einen schmalen, gebogenen Mund, der ebenso bezaubernd war wie der von Sybil; ihre hohe Stirn dagegen und ihre blauen Augen stammten von der Cazalet-Seite und waren Rachel und der Duchy sehr ähnlich. Merkwürdig, dachte er, es wäre nie jemand darauf gekommen zu behaupten, sie habe die Augen der Duchy, die Leute sahen immer nur die Verbindung zu Rachel, aber Rachel wiederum hatte eindeutig die Augen ihrer Mutter. Anders als Sybil oder ihre Tante hatte Polly jedoch einen Blick für Kleider; es gelang ihr immer wieder, aus dem Einfachsten etwas beinahe Exotisches zu machen. Sie kam direkt von der Arbeit, in einem weißen Pullover und einem dunklen Faltenrock. Der Pullover hatte einen hohen Rollkragen, und sie hatte die Ärmel bis unter die Ellbogen hochgeschoben, so daß man das breite Silberarmband sehen konnte, das er ihr zu Weihnachten geschenkt hatte. Sie sah bildhübsch aus. Sie setzte sich in einen großen Ledersessel ihm gegenüber, trank den Bristol Cream Sherry, den er ihr bestellt hatte, und erzählte von ihrem und Clarys Vorstellungsgespräch beim Hilfskorps der Marine.

»Es war so albern, Dad, all die Fragen, sie sie uns gestellt haben; entweder hatten wir nicht, was sie wollten – zum Beispiel Abschlußzeugnisse –, oder wir hätten es gar nicht haben können, zum Beispiel Referenzen von unserer letzten Arbeitsstelle. Als Clary sagte, sie sei Schriftstellerin, zählte das einfach nicht. Außerdem war eine gewaltige Schlange von Bewerberinnen da, und sie meinten, es gebe ohnehin nicht viel freie Stellen. Ehrlich gesagt, war ich ziemlich erleichtert. Ich möchte eigentlich nicht weg – von allem von hier.«

»Und was hast du als nächstes vor?«

»Na ja, Clary meint, es gebe Hunderte langweiliger Jobs. Sie sagt, London ist voll von Schreibbüros, also nehme ich an, daß wir in einem davon landen werden. Wenn man Glück hat, bekommt man dann eine Stelle als Aushilfssekretärin bei jemandem, dessen richtige Sekretärin Grippe hat oder so, und wenn man besonders gut ist, behalten sie einen vielleicht.« Sie hielt einen Augenblick inne, dann fügte sie hinzu: »Archie meint, ich sollte versuchen, von einer Kunstakademie angenommen zu werden. Es gibt auch Abendkurse. Ich würde nicht ständig studieren, nur am Abend. Aber ich bin nicht sicher, ob man nicht in einem bestimmten Teil von London wohnen muß, um zugelassen zu werden.«

»Das hört sich gut an«, sagte er. Warum war ihm das nicht eingefallen?

»Es wären auch nur zwei Abende in der Woche«, meinte sie. »Ansonsten wäre ich zu Hause bei dir.«

»Darüber wollte ich mit dir sprechen.«

»Oh, Dad! Wir haben doch schon darüber gesprochen.«

»Ja, aber noch nicht genug. Ich habe nachgedacht und bin

zu dem Schluß gekommen, daß es keine gute Idee ist. Du solltest mit Leuten deines Alters zusammensein. Abgesehen davon, muß ich demnächst vielleicht zwei oder drei Nächte pro Woche in Southampton verbringen, und es wäre mir nicht wohl dabei, dich allein zu Hause zu wissen.«

»Mir passiert schon nichts.«

»Die andere Sache ist«, improvisierte er, »daß ich ernsthaft darüber nachdenke, das Haus vorerst aufzugeben. Es ist viel zu groß für mich, selbst für uns beide. Und wenn ich jedes Wochenende nach Home Place fahre und zwei Nächte die Woche in Southampton bin, lohnt es sich wirklich nicht, das Haus zu halten.«

»Oh! Aber du mußt doch in London übernachten können!«

»Ich könnte zum Beispiel hier wohnen. Oder mir eine kleine Wohnung nehmen. Aber«, fügte er, tapfer eine kleine List verwendend, hinzu, »wenn ich mich noch um *dich* kümmern muß, wird alles viel komplizierter. Dann müßte ich eine größere Wohnung mieten und so weiter.«

Er sah ihr an, daß er sie überzeugt hatte; nun konnte sie tun, was sie wirklich wollte, ohne sich dabei selbstsüchtig vorzukommen.

»Ich finde eigentlich, Dad«, begann sie und strengte sich an, vernünftig und sachlich zu klingen, »*du* solltest mehr ausgehen. Leute deines Alters kennenlernen«, fügte sie ein wenig zimperlich hinzu.

Solche Andeutungen hatte er auch schon von anderen gehört, mehr oder weniger einfühlsam hatten sie vorgeschlagen, er solle wieder heiraten, und er spürte, wie sich in ihm der übliche Ärger über diese Einmischung in sein Privatleben regte, der noch schlimmer wurde, wenn sein Gegenüber verallgemeinerte. Dann sah er seine Tochter an. Sie meinte es nur gut, und wahrscheinlich versuchte sie nur, mit dieser Äußerung ihre Freude darüber zu verbergen, daß sie zu Clary und Louise ziehen konnte. Sie ist nicht besorgt um mich, dachte er, gleichzeitig erleichtert und enttäuscht, sie gibt einfach nur von sich, was sie für eine erwachsene Bemerkung hält.

»Ich hab' nur Spaß gemacht«, sagte sie. »Aber wir kriegen so was ständig zu hören, und Clary meint, manchmal sollten *wir* zur Abwechslung solche Sätze von uns geben. Nicht daß *du* es ernst gemeint hättest, Daddy.«

»Na ja, aber eines Tages wirst du dich verlieben und heiraten, Poll. Und du mußt unter Menschen kommen, um den Richtigen zu finden.«

Er bemerkte, daß sie ein wenig rot wurde. »Komm, gehen wir in den Speisesaal«, sagte er.

Auf der Treppe sagte sie: »Ich glaube, meine Chancen, jemanden zu heiraten, sind ausgesprochen gering. Wirklich.«

»Tatsächlich?« meinte er. »Da bin ich anderer Ansicht.«

Eine Woche darauf waren sie und Clary ausgezogen, und das Haus kam ihm ohne sie trostlos vor, aber er war sicher, auch Sybil wäre der Ansicht gewesen, daß er das Richtige getan hatte. Im Grunde war das noch die einfachere Entscheidung gewesen; die über das Haus fiel ihm erheblich schwerer. Es war vermutlich vernünftig, aber alle Alternativen erschienen ihm so unbefriedigend, daß er nicht sicher war, ob er sich ihnen stellen konnte. Es würde bedeuten, daß er eine weitere Verbindung zu ihr verlor, denn er war ziemlich sicher, wenn er das Haus jetzt verließ, würde er nach dem Krieg nicht mehr hierher zurückkehren wollen. Wie oft diese Wendung jetzt auftauchte! Jahrelang hatten alle nur darauf gewartet – nach dem Krieg würde das Leben neu beginnen, Familien würden wieder vereint sein, die Demokratie würde sich so bewährt haben, daß die Ungerechtigkeiten der Vorkriegszeit ein Ende fänden. Kinder aller Klassen würden besser ausgebildet werden, eine Gesundheitsbehörde würde die ärztliche Versorgung gewährleisten; Tausende neuer hygienischerer Häuser würden gebaut; es gab so viel, worauf man hoffte, was man sich wünschte für den Moment, da der Frieden endlich kam. Nur für ihn – und er mußte zugeben, daß dies ein egoistischer Gedanke war – besaß diese Aussicht keinen Zauber mehr; er sah nur Jahre und Aberjahre vor sich, die er ohne sie würde verbringen müssen, und er hatte das Gefühl, daß ihm ohne sie nichts geblieben war. In mancher Hinsicht war das Unsinn, wie er sich immer wieder sagte: Er hatte seine Arbeit, seine Familie, drei Kinder, die ihn mehr denn je brauchten – aber darüber hinaus, oder bei all dem, blieb ihm das Gefühl, daß alles vergeblich war. Er fühlte sich jetzt ganz ähnlich wie damals, am Ende des anderen Krieges, *seines* Krieges, der ihn die Gesundheit und eine Hand gekostet hatte. Und dann hatte er sie kennengelernt, und alles war anders geworden. Es war vorbei, er hatte sein Wunder gehabt; damals hatte er nur darauf gewartet (obwohl er das selbstverständlich nicht einmal gewußt hatte), daß sie auf diese verblüffende, wunderbare Weise in sein Leben trat. Er hatte unglaubliches Glück gehabt. Aber das gehörte der Vergangenheit an. Den Rest seines Lebens sollte, *mußte* er darauf verwenden, das Beste für seine Kinder zu tun, für die Firma und für den Rest der Familie. Obwohl Polly ihm so sehr fehlte, war er überzeugt, das Richtige getan zu haben, als er sie gehen ließ. Mit ihren Cousinen zusammenzuwohnen war für sie eine gute Zwischenstufe zur vollkommenen Unabhängigkeit. Louise, eine junge verheiratete Frau, hatte sicher oft Freunde ihres Mannes zu Besuch, und auf diese Weise würde Polly mit Leuten ihres Alters zusammenkommen. Simon, der an Ostern aus der Schule kommen sollte, machte ihm viel mehr Sorgen. Simon war von jeher mehr Sybils Kind gewesen, so wie Polly das seine. Seit ihrem Tod hatte er sich Mühe gegeben, aber irgendwie hatte ihm das nur gezeigt, wie wenig er seinen Sohn kannte und wie schwer es sein würde, diese Unwissenheit zu verringern. Simon wies all seine Anstrengungen ab, indem er allem zustimmte, was sein Vater sagte, indem er sich sofort jedem Vorschlag anschloß und durch seine distanzierte Höflichkeit den Mangel an Vertrautheit nur noch unterstrich. »Ich nehme an, das stimmt«, sagte er zum Beispiel, oder: »Das macht mir nichts aus.« Er würde in diesem Jahr einberufen werden, da er im September achtzehn wurde, und als Hugh ihn gefragt hatte, welcher Waffengattung er sich anschließen wolle, hatte er nur gesagt: »Es macht im Grunde doch keinen Unterschied, oder? Ich meine, es ist alles dasselbe – man lernt, wie man Leute tötet.« Hugh hatte weitergebohrt: Was er denn nach dem Krieg gern tun würde?

»Ich weiß nicht. Salter, mein Freund, will Arzt werden, und das könnte ich mir für mich auch ganz gut vorstellen. Falls er kein Restaurant aufmacht, was eine andere Idee wäre. Er ist ganz versessen auf Essen und Kochen und so. Und er weiß absolut alles über Mozart. Also könnte er auch einige Bücher über ihn schreiben. Er könnte alles mögliche tun.«

»Klingt, als wäre er ein interessanter Mensch.«

»Das ist er, aber ich glaube nicht, daß du ihn besonders mögen würdest. Er ist Sozialist, und er stottert ziemlich schlimm, und einmal hatte er einen Anfall, und die Hausmutter dachte, er spiele nur Theater, was wirklich typisch ist – dabei hätte er sterben können.« Er hielt einen Augenblick inne, dann fügte er hinzu: »Er wird deshalb auch nicht einberufen werden – wegen der Anfälle, meine ich –, aber ich schon, also hat es überhaupt keinen Zweck, gemeinsam Pläne zu schmieden. Aber ich habe mir überlegt, Dad, ob er mich eine Woche in London besuchen könnte; er wohnt in Dorset, und es gibt so vieles, was er in London unternehmen möchte, in Konzerte gehen und so. Er würde auch nicht über Politik reden – er weiß, daß du politisch unreif bist, aber das versteht er, seine Verwandten sind auch so. Er meint, das habe ebensoviel mit Generationen wie mit Klassen zu tun.«

Er hatte erwidert, natürlich könne Simon seinen Freund einladen, solange er wolle. Er war so erfreut gewesen, daß Simon überhaupt einen Freund hatte – nie zuvor hatte er jemanden erwähnt – und daß es etwas gab, das er, Hugh, ihm geben konnte; er hatte sogar gehofft, das Eis sei vielleicht endlich gebrochen, und tagelang hatte er sich erheblich besser gefühlt. Aber nach diesem Ausbruch von Geschwätzigkeit hatte Simon auf die alte Taktik zurückgegriffen, jeden Konversationsversuch seines Vaters höflich abzuweisen.

Mit Wills fühlte er sich auf ganz andere Art unsicher. Er bekam einfach nicht genug von ihm zu sehen: Ein paar Abende pro Woche reichten nicht aus, und obwohl er an den Wochenenden versuchte, mit ihm zu spielen, hatte Wills lieber mit den Frauen zu tun, mit Ellen natürlich, mit Villy und Rachel, und mit Polly, wenn sie in Home Place war. Er hatte schreckliche Angst vor dem Brig, der einmal den Fehler gemacht hatte, einen Löwen zu spielen. Er war jetzt beinahe sechs und ziemlich verwöhnt, ein richtiger kleiner Tyrann. Es war immer Sybils Aufgabe gewesen, sich um die Kinder zu kümmern, vor allem, als sie in Wills' Alter und jünger gewesen waren; bei den Großen hatte sich das erst geändert, als sie sieben oder acht wurden, wobei er zu Poll immer schon eine ganz besondere Beziehung gehabt hatte. Villy war ihm bei Wills eine große Hilfe. Sie war es, die ihm Lesen beibrachte, ihn an Ellens freien Tagen übernahm, ihm das Haar schnitt und seine Kleider kaufte oder nähte. Aber wenn Hugh an Villy dachte, kam er unweigerlich auch zu Edward. Er hatte immer geahnt, daß Edward nicht treu war, aber das Ausmaß und die Dauer seiner Affäre mit Diana Macintosh hatten ihn entsetzt; natürlich hatte er das nur nach und nach erfaßt. Er hatte geglaubt, Edward beinahe überredet zu haben, sie aufzugeben, aber dann hatte Edward sich doch anders entschieden, und als letzten Tiefschlag hatte er seinem Bruder von dem Kind erzählt, das Diana von ihm hatte. Danach hatte Hugh nicht mehr gewußt, was er sagen sollte. Er haßte es, von Diana zu wissen, weil er Villy so dankbar war und sie so gern hatte. Er würde ihr nie verraten, was er wußte, aber es zu wissen und nichts zu sagen gab ihm das Gefühl, unehrlich zu sein – ein armseliger Dank für ihre Freundlichkeit gegenüber seinem Kind. Er nahm an, sie würde verzweifelt sein, wenn sie es erführe, und er fürchtete, daß Edward nicht vorsichtig genug war, dieses Verhältnis auf Dauer geheimzuhalten. Als er versucht hatte, mit ihm darüber zu reden, hatten sie schon bald eine hochgradige Spannung erreicht, die sich in einem sinnlosen Streit entlud: Edwards Augen wurden starr wie blaue Murmeln, und mit einer Stimme, die vor Wut und Kälte zitterte, teilte er Hugh mit, er solle sich um seine eigenen Angelegenheiten kümmern. Also hatte er es aufgegeben, aber die ungelöste Situation gärte zwischen ihnen und verhinderte die alte, liebevolle Vertrautheit, die er heute mehr denn je vermißte. Er fragte sich manchmal sogar, ob er und Edward sich wegen der neuen Kaianlagen nicht hätten einigen können, wenn ihr Verhältnis allgemein besser gewesen wäre.

Er fuhr zum Büro; er war gerade erst aufgestanden, und schon war er wieder müde. »Wir sind alle müde, alter Junge«, hatte sein Freund Bobby Beecham am Abend zuvor im Club gesagt. »Wenn Adolf sich zu einem neuen Blitzkrieg aufrafft, könnte die Situation ziemlich brenzlig werden. Wir haben alle die Grenze unserer Belastbarkeit erreicht. Alles ist entweder trostlos oder schrecklich. Es dauert einfach schon zu lange. *Wir* brauchen diese verdammte zweite Front ebenso dringend wie die Russen. Wir müssen die Mistkerle fertigmachen, solange wir noch einen Rest von Kraft haben. Das ist jedenfalls meine Meinung.« Er hatte Hugh eingeladen, mit ihm in einen Nachtclub zu kommen. »Ein bißchen weibliche Gesellschaft wird dir nicht schaden. Wird dich ein bißchen ablenken.« Aber Hugh war nicht mitgegangen. Das hatte gar nichts mit Moral zu tun, er hatte einfach nicht die geringste Lust, mit einer Fremden zu schlafen, ganz gleich, wie attraktiv sie sein mochte. Er konnte sich nur zu gut vorstellen, wie er versagte und das Mädchen ihn dann dazu brachte, über sich zu reden. Selbst

»meine Frau ist gestorben« konnte womöglich Schleusen öffnen, an die er nicht einmal denken mochte. Nichts würde ihn dazu bringen, einer vollkommen Fremden von Sybil zu erzählen.

»Liebling, wenn du damit sagen möchtest, daß du Thelma gern dabeihättest, dann *verstehe* ich das.«

»Nein, nein, das habe ich nicht gemeint.« Der Gedanke allein entsetzte sie. »Ich meinte nur, daß es ein bißchen ungelegen kommt, weil ich versprochen habe, mit ihr ein paar Tage nach Stratford zu fahren, und sie hat sich schon Urlaub genommen.«

»Das Problem ist, daß *ich* in der darauffolgenden Woche nicht kann, weil Ellen dann Urlaub hat und ich zu Hause wirklich gebraucht werde.«

»Das verstehe ich ja. Es ist nur schade, daß du es mir nicht vorher erzählt hast.« Und bevor Rachel erklären konnte, wieso sie das nicht getan hatte, fügte Sid hinzu: »Ich bin sicher, Thelma kann ihre Urlaubspläne noch ändern. Ich werde mit ihr reden.«

»Ja, tu das, aber vergiß bitte nicht, daß ich wirklich verstehen würde, wenn es nicht geht; dann würden wir eben zu dritt fahren, was am Ende vielleicht das einfachste wäre.«

O nein, das wäre es nicht, dachte Sid, nachdem sie den Hörer aufgelegt hatte. Ganz bestimmt nicht. Thelma und Rachel hatten einander kennengelernt, aber das war vor einem Jahr gewesen, als die Situation noch ganz anders und Thelma einfach nur ihr Schützling gewesen war, mit allen Qualifikationen für eine solche Position: jung, arm, ohne Freunde und einigermaßen begabt. Sie war aus Coventry gekommen, mit der Hoffnung, von der Academy aufgenommen zu werden (Geige und Klavier als zweites Instrument), aber diesen Plan hatte sie aufgeben müssen, als ihre Mutter bei einem Luftangriff getötet wurde. Das Reihenhaus, in dem sie gewohnt hatte, war nur noch ein Haufen Schutt gewesen. Sie hatten es nur gemietet gehabt, und die kleine Rente ihrer Mutter hatte zusammen mit ihr ein Ende gefunden. Kurz nachdem Sid Thelma kennengelernt hatte, hatte die Sanitätsstation ein Konzert für eine Wohltätigkeitsorganisation gegeben, und Sid hatte sie gefragt, ob sie sie am Klavier begleiten werde. Damals war deutlich geworden, daß Thelma keinen Zugang zu einem Instrument hatte, und Sid hatte ihr einen Schlüssel zu ihrem Haus gegeben, damit sie üben konnte. Am Anfang hatte Thelma großen Wert darauf gelegt, nur dann aufzutauchen, wenn Sid im Dienst war, und sie hatte sich auch auf andere Weise sehr bemüht. Als Sid das erstemal nach einer solchen Übungsstunde nach Hause gekommen war, hatte sie das Wohnzimmer aufgeräumt vorgefunden, das Tablett mit dem Geschirr vom Abendessen des vorigen Tages entfernt, alles abgestaubt, selbst das schmierige Glas der Terrassentür, die zum Garten führte, war geputzt, und (das hatte sie am meisten gerührt) in einer Vase auf dem Kaminsims stand ein Strauß schon ziemlich verblühter Margeriten aus dem Garten. Als sie Thelma am nächsten Tag in der Kantine gesehen und sich bedankt hatte, hatte Thelma gesagt: »Oh! Ich hatte schon Sorge, es könnte dich stören – es war vielleicht ein bißchen unverschämt von mir«, und war rot geworden. »Ich wußte einfach nicht, wie ich dir sonst danken sollte«, hatte sie schließlich noch gestammelt. Während sie für das Konzert probten, hatte Thelma allerlei kleine häusliche Pflichten übernommen: Sie hatte eine Unmenge Haare aus dem Teppichkehrer gezerrt, so daß das Gerät jetzt tatsächlich wieder einsatzfähig war; sie hatte eine Dichtung für den Heißwasserhahn im Bad aufgetrieben, damit dieser nicht mehr tropfte, und sie hatte erklärt, sie bügele sehr gern. Es war angenehm, fand Sid, so verwöhnt zu werden von jemandem, der auch noch behauptete, die Arbeit zu mögen, und regelrecht dankbar dafür war. »Es ist so schön, in einem richtigen *Heim* zu sein«, betonte

Thelma immer wieder. Und: »Ich hatte noch nie ein Klavier, das auch nur halb so gut war wie dieses.«

Wenn Rachel über Nacht kam, was nicht sehr oft geschah, putzte das Mädchen das Gästezimmer und schien vollkommen zu verstehen, daß Sid das Haus für sich haben wollte, solange ihre Freundin zu Besuch war. Rachel erkundigte sich immer nach ihr und war vollkommen damit einverstanden, daß Sid ihr Stunden gab und sich mit ihr anfreundete. Eines Tages hatte sie erfreut festgestellt, wie sauber die Küche geworden sei (sie saßen am Tisch und aßen die köstliche Gemüsesuppe, die Thelma für sie vorbereitet hatte), und sie hatte gefragt: »Was zahlst du ihr für all diese Arbeit?«

»Gar nichts.«

»Überhaupt nichts?«

»Na ja, sie bekommt eine kostenlose Geigenstunde pro Woche, und sie hat den Schlüssel zum Haus, damit sie hier üben kann, wann immer sie möchte.«

Rachel nahm eine Passing Cloud aus dem hübschen emaillierten Zigarettenetui, das Edward ihr geschenkt hatte. Sie reichte Sid das Etui und beugte sich über den Tisch, um nach Sids Feuerzeug zu greifen; Sid nahm den leichten Veilchenduft wahr, den Rachel bei besonderen Gelegenheiten benutzte.

»Glaubst du, ich sollte ihr etwas geben?«

»Nun, ich denke, es wäre schön für sie, etwas dazuzuverdienen. Du hast doch gesagt, sie sei ziemlich arm dran.«

»Du hast selbstverständlich recht. Ich hätte selbst daran denken sollen. Die ganze Sache hat sich einfach so langsam entwickelt, daß es mir nicht in den Sinn gekommen ist. Liebling! Was würde ich nur ohne dich machen?«

Und Rachel hatte gelächelt und gesagt: »In die Verlegenheit wirst du nie kommen.«

»Doch. Die meiste Zeit sogar.« Es war bitterer herausgekommen, als sie es gemeint hatte – eigentlich hatte sie so etwas überhaupt nicht aussprechen wollen.

»Ich denke jeden Tag an dich«, sagte Rachel mit jener bemüht unbeteiligten, aber leicht zitternden Stimme, die bei ihr immer auf tiefe Gefühle schließen ließ, und Sid erlebte wieder einmal die Freude – als würde ihr Herz plötzlich von Sonne durchflutet –, die solche Erklärungen, selten wie sie waren, in ihr auslösten.

Aber als sie Thelma in der darauffolgenden Woche ein Pfund und zehn Shilling in die Hand gedrückt hatte, reagierte die junge Frau anders als erwartet.

»Wofür ist das denn?«

Sid erklärte, das sei für die Arbeit, die sie leistete.

»Ich will es aber nicht!«

Sid wandte ein, sie könne sie nicht all die Hausarbeit umsonst machen lassen.

»Ich dachte, wir wären Freunde! Wie *kannst* du nur!« Sie starrte Sid an, verletzt und verblüfft. »Ich dachte, du – du hättest mich gern!«

Sid begann zu erklären, daß sie sie selbstverständlich gern habe, daß das aber nichts miteinander zu tun habe.

»Für mich schon.« Sie hatte die Scheine auf den Küchentisch gelegt. »Ich will nicht wie ein Hausmädchen behandelt werden.«

Sid hatte den Arm um sie gelegt, und Thelma war in Tränen ausgebrochen. »Du hast mein ganzes Leben verändert, und ich kann dir gar nichts geben. Dabei würde ich *alles* für dich tun. Ich dachte, du wüßtest das, und da du eine so phantastische Musikerin bist, hast du natürlich für diese Haushaltsangelegenheiten keine Zeit, und ich dachte, ich könnte wenigstens ...«

Sid sagte, es tue ihr leid, und das war ernst gemeint. Sie lud Thelma zum Essen ein – sie wollten in ein Restaurant gehen, aber dann blieben sie doch zu Hause, denn sie nahm Thelma mit nach oben und schenkte ihr einen Gin ein und fragte sie zum erstenmal nach ihrem Leben, und als Thelma mit ihren Erzählungen zu Ende war, war es spät und der Gin alle. Schließlich hatten sie sich Omeletts aus Trockenei gemacht, dazu Cider getrunken und dann Tee, und inzwischen war es so spät gewesen, daß Sid vorgeschlagen hatte, Thelma solle über Nacht bleiben. Sie lieh ihr einen ihrer Schlafanzüge und brachte das jetzt wieder glückliche und ein wenig angesäuselte Mädchen im Gästezimmer unter. In dieser Nacht dachte sie lange über Thelma nach: Sie hatte den Tod ihrer Mutter, der ihr so plötzlich alles genommen hatte, eindeutig noch nicht verwunden; sie war schrecklich einsam und schien in London nicht eine einzige Freundin zu haben, und sie war ihr, Sid, vollkommen ergeben. Das rührte sie, obwohl sie versuchte, es als die Schwärmerei eines Schulmädchens, wenn auch in etwas heftigerer Ausprägung, abzutun. Daß jemand zu ihr aufblickte und sie bewunderte – besonders als Musikerin –, war Balsam auf einige der Wunden, an denen sie litt, weil ihre Liebe zu Rachel in so wichtigen Aspekten unerwidert blieb. Auch ihr Beschützerinstinkt war geweckt, und Rachel war selten da, um beschützt zu werden: Dieses Mädchen reagierte dankbar auf jeden Beweis der Zuneigung. Ihre Jugend hatte etwas Rührendes, und obwohl sie – wie Sid es ausdrückte – nach konventionellen Begriffen keine Schönheit war, hatten ihre braunen Augen mit den großen dunklen Pupillen, die einen so intensiv und leidenschaftlich ansehen konnten, etwas Anziehendes. Thelma mußte zum Notenlesen eine Brille aufsetzen, und Sid nahm an, daß sie ohne diese Brille auch ansonsten nicht viel sah. Ihr glattes braunes Haar trug sie in der Mitte gescheitelt, immer wieder mußte sie sich Strähnen aus dem Gesicht streichen. Sie war blaß, außer wenn sie rot wurde, was ziemlich häufig geschah und wobei sie sich jedesmal verhielt, als sei es eine völlig neue und zutiefst peinliche Erfahrung. Sie war klein und dünn und hatte eine hohe, klare Stimme, die man – wenn man sie nicht sah – für die eines Kindes hätte halten können.

Und es gab nichts, was dieses Mädchen nicht für sie tun

würde! Im Lauf weniger Wochen verwandelte sie das Haus, das ziemlich vernachlässigt und heruntergekommen war, vollkommen. Gardinen wurden abgenommen und gewaschen oder in die Reinigung geschickt. Möbel wurden poliert, Wände frisch gestrichen, Küchenschränke ausgeräumt, Teppiche im Garten ausgeklopft, selbst Sids Kleider und die abgenutzten Notenblätter wurden sorgfältig geflickt, und ihre für gewöhnlich eher spärlichen Mahlzeiten (wenn sie allein war, aß sie selten mehr als ein Brot, manchmal machte sie auch eine Dose auf) wurden opulenter. Thelma kochte jetzt an drei Abenden in der Woche und blieb zum Essen, nachdem sie zusammen Sonaten für Geige und Klavier gespielt hatten, und oft blieb sie auch über Nacht. Sid hatte bald bemerkt, daß Thelma nicht die Begabung zur Konzertpianistin hatte, aber sie entwickelte sich zu einer hervorragenden Begleiterin und machte stetige, wenn auch wenig bemerkenswerte Fortschritte auf der Geige. Da die Arbeit in der Sanitätsstation jetzt weniger aufreibend war, hatte Sid begonnen, wieder zu unterrichten, an zwei Tagen in der Woche, in einem großen Mädcheninternat in Surrey. Das führte dazu, daß sie eine Nacht außer Haus war, und Thelma hütete während ihrer Abwesenheit ihr Heim.

Dann, im vergangenen September, hatten sie und Rachel den schon lange geplanten Kurzurlaub in Exmoor antreten wollen, und am Donnerstag bevor sie sich mit Sid in London treffen sollte, hatte Rachel angerufen und gesagt, der Brig habe Bronchitis und sie könne ihn nicht allein lassen. »Der Arzt meint, es könne sogar eine Lungenentzündung werden, wenn er nicht im Bett bleibt und genau tut, was man ihm sagt, und ich fürchte, ich bin die einzige, die ihn dazu bringen kann.«

Der Schock, die Enttäuschung darüber, daß dieser Urlaub mit Rachel, auf den sie sich seit Wochen gefreut hatte, nun ausfallen sollte, war so groß, daß sie einen Augenblick lang nicht imstande war zu antworten.

»Liebling, bist du noch da?«

»Es sind doch nur drei Tage! Es sind doch bestimmt genug Leute im Haus, die sich mal *drei Tage* um ihn kümmern können?«

»Ich bin mindestens so enttäuscht wie du.«

Aber selbst das Wissen darum, daß Rachel tatsächlich sehr enttäuscht war, versöhnte Sid nicht, wie es in der Vergangenheit so oft geschehen war. Am liebsten hätte sie getobt und geschrien: »Du hast ja keine Ahnung, *wie* enttäuscht ich bin – du *weißt* es einfach nicht!« Was sie dann tatsächlich sagte, war: »Aber wir haben doch schon die Zimmer gebucht.«

»Dafür werde ich selbstverständlich aufkommen.«

Eine kurze Pause trat ein, dann hörte sie sich selbst sagen: »Spar dir die Mühe.«

»Liebling! Ich höre, daß du wütend bist, und es tut mir so leid! Ich kann einfach nicht anders.«

Als sie den Hörer auflegte, stellte sie fest, daß sie weinte. Sie hatte das Gefühl, dies sei die schlimmste Enttäuschung ihres ganzen Lebens. Sie versuchte, sich ähnliche Erfahrungen in Erinnerung zu rufen: als Evie ihr ihre geliebte Stoffpuppe gestohlen und im Küchenofen verbrannt hatte; als ihre Mutter ihr gesagt hatte, daß nicht mehr genug Geld für die Geigenstunden da sei, die sie ihr versprochen hatte; als sie ihre erste Lehrerstelle nicht bekommen hatte, obwohl sie so sicher gewesen war; als sie so lange gespart hatte, um sich Karten für Hubermann leisten zu können, und dann hatte sie Mumps bekommen und Evie war an ihrer Stelle gegangen … Aber all das war nichts im Vergleich mit dem, was sie jetzt empfand. Sie würde für Rachel nie an erster Stelle stehen. Sie würde sie nie für sich haben. Selbst diese jämmerlichen, rationierten kleinen Oasen, auf die sie sich wochenlang freute, konnten sich mit einem Schlag als Fata Morgana erweisen …

Das Telefon klingelte. »Liebling, ich habe mit der Duchy

gesprochen. Sie fragte, wieso du nicht einfach für die drei Tage hierherkommst?«

Dieses Angebot betonte nur noch die hoffnungslose Kluft zwischen ihnen: Jahre der Sehnsucht, der Verzweiflung und der Mühen, es Rachel so einfach wie möglich zu machen, gerannen zu einer undurchdringlichen Masse in ihrer Kehle; ihr wurde übel.

»Ich denke, ich werde allein fahren; ich brauche einfach die frische Luft und die Spaziergänge. Aber ich danke der Duchy für ihr freundliches Angebot.« Ihr war übel vor *Wut*. »Vielleicht nehme ich Thelma mit«, fügte sie hinzu.

»Das ist doch eine gute Idee! Es wäre viel angenehmer für dich, wenn du Gesellschaft hättest. Ich hoffe, daß du schöne ruhige Tage hast, Liebling. Ruf an, sobald du wieder hier bist.«

Also hatte sie Thelma mitgenommen. Eigentlich hatte sie vor allem Rachel zeigen wollen, daß sie nicht die Absicht hegte, ihr Leben auf ewig von Rachels Eltern und ihrer Vorstellung von töchterlichen Pflichten durcheinanderbringen zu lassen. Und dennoch, dachte sie nun, früher wäre ich dankbar für diese Einladung der Duchy gewesen, ich wäre hingekrochen, glücklich, wenigstens ein paar Minuten mit Rachel verbringen zu können, wann immer sich die Gelegenheit dazu ergeben hätte. Früher einmal hätte ich nicht im Traum daran gedacht, einen Plan, den ich für uns beide geschmiedet hatte, allein auszuführen. Früher wäre ich verzweifelt und traurig gewesen, aber nicht wütend. Und sicherlich hätte ich keinen Augenblick daran gedacht, ein Mädchen, das über zwanzig Jahre jünger ist als ich, mit in den Urlaub zu nehmen. Schon gar nicht eines, das in mich verliebt ist. Denn während der folgenden drei Tage hatte Thelma ihre Liebe so deutlich erklärt, daß Sid nicht länger so hatte tun können, als hätte sie nichts gemerkt. Sie hatte Thelmas Gefühle immer als die übliche Schwärmerei einer Schülerin für ihre Lehrerin betrachtet – oder als Dankbarkeit für ihre Hilfe und Unterstützung. Aber an jenem warmen Septembertag, im Heidekraut, hatte sie diese Selbsttäuschung nicht länger aufrechterhalten können. Sie war so ausgehungert gewesen, daß es ihr wie ein Wunder erschienen war, daß jemand sie begehrte, eine so junge Frau, deren Unschuld nur noch von ihrer Leidenschaft übertroffen wurde.

Diese drei Tage lang war ihr alles ziemlich unkompliziert vorgekommen: Sie nahmen sich Brote aus dem Gasthaus mit, in dem sie die einzigen Gäste waren, und ausgerüstet mit einer Karte wanderten sie den ganzen Morgen und suchten sich dann ein abgelegenes Plätzchen, wo sie durch Felsen und Heidekraut vor Blicken geschützt waren und es sich, nachdem sie gegessen hatten, auf dem weichen Boden bequem machten. Nie wurden sie gestört. Am Abend gab es nahrhaftes Essen – die Besitzer des Gasthauses hatten auch einen Bauernhof, und es gab Delikatessen wie Eier und Huhn und selbstgeräucherten Schinkenspeck und Brombeerkuchen –, dann spielten sie Bezik, und Sid brachte Thelma Schach bei, worin sie sich als erstaunlich gut erwies. Sie gingen früh in ihre Zimmer, und Sid lag im Bett und wartete, bis Thelma hereingeschlüpft kam, in ihrem Morgenmantel, unter dem sie nackt war. Diese drei Tage lang war es ihr leichtgefallen, alles anzunehmen, was ihr so bereitwillig geboten wurde. Thelma all die Aufmerksamkeit zu schenken, nach der sie sich sehnte, und es zu genießen, daß dieser hinreißend junge, glatte weiße Körper ihr gehören sollte. Es tat ihr wohl zu hören, wie sehr sie geliebt wurde, und mit jemandem zusammenzusein, der alles, was sie sagte und tat, wunderbar fand. »Ich bete dich einfach an«, flüsterte Thelma, wenn sie in Sids Armen lag. »Ich bin so glücklich – dich einfach nur für mich zu haben ist das Paradies.« Es war in jenen drei Tagen leicht gewesen, Begierde mit Liebe zu verwechseln. Am Anfang war ihr das nicht klar, sie war einfach glücklich, nachdem all ihre Bitterkeit wegen Rachel von ihr abgefallen war und sie sie nur noch bemitleidete: Sie war gefangen von den Pflichten einer unverheirateten Tochter gegenüber Eltern, die noch viktorianischen Vorstellungen anhingen. Sie wußte, Rachel mußte schrecklich enttäuscht gewesen sein; sie wußte, wie sehr die Freundin sich auf die kurzen Atempausen freute, die ihr mit dem Menschen vergönnt waren, mit dem sie »von allen auf der Welt am liebsten zusammen war«. »Ich bin mindestens so enttäuscht wie du«, hörte sie Rachel sagen. Das war am letzten Morgen der Ferien mit Thelma; sie wollten mit dem Nachmittagszug zurückfahren, und Thelma wollte noch einmal jenen Spaziergang wiederholen, den sie an ihrem ersten Morgen unternommen hatte. Sid wies sie darauf hin, daß dazu nicht mehr genug Zeit sei; sie hatten fast drei Stunden gebraucht, um an ihr Ziel zu gelangen, also würden sie, wenn sie die Tour wiederholten, den Zug um zwei Uhr achtunddreißig nicht mehr erreichen. Thelma hatte das so verstanden, daß Sid nicht mitkommen wollte. Sie hatten einen kleinen, fruchtlosen Streit. »Warum willst du denn unbedingt noch einmal *dahin*?« fragte Sid.

Thelma, die aus dem Fenster gestarrt hatte, wandte sich ihr plötzlich wieder zu. »Weil – weil ich dort erfahren habe, daß du meine Liebe erwiderst!« sagte sie. »Weil du dort gesagt hast, daß du mich liebst.« Sie wurde rot, löste aber den kurzsichtigen Blick nicht von Sids Gesicht.

Sid wollte ihr erklären, sie habe nie gesagt, daß sie sie liebe – und tat es nicht, konnte es nicht. Sie liebte sie tatsächlich nicht, aber es wäre brutal gewesen, das auszusprechen. Damit war die Realität wieder über sie hereingebrochen.

»Es tut mir wirklich leid, daß wir nicht mehr genug Zeit haben«, meinte sie schließlich.

Im Zug zurück nach London – Thelma schlief auf dem gegenüberliegenden Sitz in dem ansonsten leeren Abteil – bemerkte Sid erste Anzeichen von Unruhe und Schuldgefühlen. Sie liebte nicht Thelma, sie liebte Rachel. Sie hatte sich gegenüber diesem jungen und verwundbaren Geschöpf vollkommen verantwortungslos verhalten. Diese Beziehung durfte auf keinen Fall so weitergehen. Irgendwie mußte sie dem Mädchen erklären, daß sie sich zu etwas hatte hinreißen lassen, das für sie beide falsch war. Sie konnten Freundinnen bleiben, wie sie es vor diesem Urlaub gewesen waren, aber auf keinen Fall durften sie wieder miteinander schlafen. In diesem Augenblick war ihr das vollkommen realistisch vorgekommen: Sie war Rachel untreu gewesen, und damit würde sie leben müssen; sie würde sich selbstverständlich weiter um Thelma kümmern, sie unterrichten, mit ihr musizieren, sie zu Konzerten mitnehmen, aber sie würde dem Mädchen nicht erlauben, sich weiter an die Vorstellung von einer engeren Beziehung zwischen ihnen zu klammern ...

Nun, ein Jahr später und mit dem Dilemma konfrontiert, entweder ein paar Tage mit Rachel zu versäumen oder Thelma zu enttäuschen, fragte sie sich, wie sie je hatte so naiv sein können. Pläne, die andere mit einschlossen, waren alles andere als einfach; sie kamen einem so vor, wenn man sie schmiedete, aber in dem Augenblick, da die Mitspieler auf der Szene erschienen, wurden die einfachsten Absichten plötzlich von Konflikten korrumpiert. Es war ihr absolut nicht gelungen, ihre Beziehung zu Thelma abkühlen zu lassen, obwohl sie es wahrhaftig versucht hatte. Aber Thelma verfügte über eine ganz eigene Art von Zähigkeit – sie schien nach außen hin alles zu akzeptieren, was Sid sagte oder tat, und wendete es dann zu ihren Gunsten. Nachdem Sid also ihren Spruch über die Beendigung des Verhältnisses aufgesagt hatte, beginnend mit der nicht ganz ehrlichen Begründung, es werde Thelma nur schaden, war diese in Tränen ausgebrochen, aber dann hatte sie schließlich gemeint, es sei ihr gleich, was aus ihr werde, wenn sie nur zusammenbleiben könnten. Als Sid versucht hatte, ihr mit aller Vorsicht zu erklären, daß sie sie nicht liebte und daß sie auf solch ungleichen Gefühlen nichts Dauerhaftes aufbauen könnten, war Thelma abermals in Tränen ausgebrochen und hatte gesagt, ja, das sei sicher ein Fehler. Aber dann war sie zurückgekehrt und hatte verkündet, sie habe noch einmal darüber nachgedacht und (a) sei es ihr gleich, ob Sid ihre Liebe erwidere, und (b) glaube sie, Sid liebe sie mehr, als sie zugeben wolle, denn sonst würde sie sich nicht so um sie sorgen. Sie wiederholte immer wieder, sie werde alles tun, was Sid wolle – und sie lebten mit diesem unbehaglichen Kompromiß weiter –, aber meist kam dabei das heraus, was Thelma wollte. Sie blieb einen Abend pro Woche im Haus, und manchmal schliefen sie miteinander. Sie kümmerte sich weiter um den Haushalt, übte, bekam ihre Stunden und spielte Sonaten. Einmal hatte Sid versucht, sie loszuwerden, und erklärt, die ganze Sache müsse zu einem Ende kommen. Damals hatte Thelma gefragt, ob sie eine andere liebe, »zum Beispiel deine Freundin Rachel Cazalet?«, und Sid hatte gelogen. Sie hatte das Gefühl, es könne ausgesprochen gefährlich werden, Thelma etwas davon zu erzählen, aber diese Lüge schwächte ihre Position nur noch mehr. Sie versuchte, die beiden voneinander fernzuhalten, obwohl sie spürte, daß Thelma ungemein neugierig auf Rachel war. Das bedeutete, daß es unsicher wurde, Rachel einzuladen; sie konnte sich nie ganz darauf verlassen, daß Thelma wirklich wegblieb, denn einmal war sie aufgetaucht, als Rachel da war, und nur ganz zufällig hatte Sid entdeckt, wie sie durch den Vorgarten gekommen war. Es war früh am Morgen gewesen, und Rachel war im Bad gewesen. Sid war nach unten gelaufen und hatte Thelma an der Haustür abgefangen.

»Ich hatte nicht vor zu kommen, weil du es nicht wolltest, aber ich habe meine Handtasche mit meinem ganzen Geld in der Küche liegenlassen. Ich springe nur schnell runter und hole sie.« Dann hatte sie Sids Ablehnung gespürt und gesagt: »Ich hätte dich sonst wirklich nicht belästigt, aber ich kann einfach nicht drei Tage ohne Geld auskommen.«

Nachdem sie gegangen war, war Sid der Verdacht gekommen, sie habe die Handtasche vielleicht absichtlich liegengelassen – ein schändlicher Gedanke, aber nicht ganz von der Hand zu weisen.

Nein, es gab keine einfache Lösung, und es würde auch keine geben. Die Situation schien im Gegenteil eine eigene Dynamik entwickelt zu haben, und der einzige Ausweg bestand offenbar darin, Thelma zu sagen, sie solle gehen und nie wiederkommen. Was hielt sie nur davon ab? Jedesmal, wenn sie daran dachte, fielen ihr alle möglichen Einwände ein; mit jedem einzelnen hätte sie vielleicht umgehen können, aber in ihrer Gesamtheit stellten sie eine unüberwindliche Barriere dar. Einer dieser Einwände war, daß es ihre eigene Schuld war; sie hätte Thelma nur widerstehen und Rachel treu bleiben müssen; mit Schülerinnen, die in sie verliebt waren, hatte sie schon öfter zurechtkommen müssen. Aber sie mußte es auch von Thelmas Warte aus betrachten; sie verstand, was es bedeutete, so unzweifelhaft verliebt zu sein, und sie kannte die Qualen unerwiderter Liebe besser als die meisten Menschen. Und, was noch schlimmer war, sie mußte sich eingestehen, daß auch ihre Eitelkeit eine Rolle spielte: Es war sowohl tröstlich als auch beruhigend, so geliebt und begehrt zu werden. Die Jahre mit ihrer Schwester Evie hatten alle weiteren Freundschaften verhindert; vor Thelmas Erscheinen hatte sie ein vollkommen einsames Leben geführt, wenn man von ihrer Arbeit einmal absah; jetzt war sie verwöhnt – die Aussicht, Abend für Abend in ein leeres Haus zurückzukehren, das unschätzbare Vergnügen zu verlieren, mit jemandem musizieren zu können, mit dem man über alles reden konnte, von Schumann bis zu den alltäglichen Einzelheiten, war trostlos ... Es war eine neue und sehr verführerische Erfahrung, daß jemand so viel Anteil an ihr nahm und sich um sie kümmerte, wie Thelma es tat.

Trotzdem nahm sie sich vor, rücksichtslos zu sein: Sie würde Thelma nicht mit nach Stratford nehmen, sie würde mit Rachel hinfahren und einfach sagen, Rachel brauche diese Ferien. Sie würde fest und bestimmt sein und nicht weich werden, wenn Thelma, was mit Sicherheit passieren würde, in Tränen ausbrach. Wenn sie Thelma erst einmal zugestand, sie um diese kostbaren Tage mit Rachel zu bringen, gab es nur noch eine Möglichkeit: Thelma mußte gehen. Die Aussicht auf dieses bißchen Wahrheit in einer so unbehaglich von Unehrlichkeit durchtränkten Situation war furchterregend und ermutigend zugleich. Sie beschloß, Rachel anzurufen und zu erklären, sie habe alles mit Thelma abgesprochen, und sich dem Mädchen dann am Abend zu stellen, und sofort wurde ihr klar, daß dies schon wieder eine Lüge war – sie *hatte* ja noch gar nicht mit Thelma darüber geredet. Betrug, so stellte sie fest, war ihr zur zweiten Natur geworden.

Archie stand, wie man ihn gebeten hatte, um halb acht vor der Tür, was eine Leistung war, wenn man bedachte, wie selten sonntags Busse fuhren. Der Weg von der Haltestelle der Linie 53 in der Abbey Road hatte ihn ermüdet – mit seinem Bein wurde es einfach nicht besser. Er trat durch das klapprige Holztor und hinkte den Pfad hinauf, der von alten Irispflanzen gesäumt war. Die Haustür hatte ein Fenster, und obwohl Buntglas eingesetzt war und man daher nichts sehen konnte, hörte man doch, daß das Haus voller Geräusche war. Klaviermusik erklang – jemand spielte sehr gut, wahrscheinlich eine Schallplatte, dachte er; ein Baby weinte; in dem Abflußrohr neben der Haustür plätscherte Badewasser, das jemand abgelassen hatte; Stimmen, jemand lachte – so viele Geräusche, daß ihm Zweifel kamen, ob die Türklingel überhaupt zu hören sein würde. Es gab auch einen Klopfer, also benutzte er den.

»Archie! Schön!« Das war Clary. »Du bist tatsächlich pünktlich«, fügte sie hinzu, als habe sie das nicht erwartet. Wie immer umarmte sie ihn flüchtig.

»Wer spielt denn da Klavier?«

»Peter Rose. Der Bruder von Louises Freundin Stella.«

Am Ende des Flurs saß Louise auf der Treppe. Sie trug einen ziemlich hübschen Hausmantel aus gestreiftem Stoff. Das Haar fiel ihr bis auf den Rücken, und ihre Füße waren bloß. Sie warf ihm eine Kußhand zu.

»Du siehst aus wie eine Operndiva«, sagte er.

»Ich höre nur Peter zu«, erklärte sie. »Wenn wir reingehen, wird er aufhören.«

Ein Mädchen tauchte auf der Treppe zum Souterrain auf. »Wo ist der Dosenöffner?«

»Keine Ahnung.«

»Oh!« sagte Clary. »Ich hab' ihn ins Klofenster geklemmt, damit es offenbleibt.«

»Wo? Hier?« Das Mädchen zeigte auf die Tür gegenüber.

»Nein, oben. Und Poll badet gerade.«

»Dann wirst du sie stören müssen, Clary. Sonst bekommst du kein Abendessen.«

Louise fragte: »Hilft Piers dir beim Kochen?«

»Na ja, er ist in der Küche. Helfen ist nicht ganz das richtige Wort. Ich glaube, er ist der letzte Mensch, mit dem ich auf einer einsamen Insel stranden möchte.«

»Vollkommen falsch. Ich bin ein wunderbarer Gesprächspartner, und du würdest dich wundern, wie schnell dir *das* fehlt.« Er war hinter Stella auf der Treppe aufgetaucht.

»Das ist Archie«, sagte Clary. »Piers. Und Stella.«

Piers schenkte ihm ein müdes Lächeln. »Ich warne Sie, in diesem Haus gibt es außer Korkmatten nichts zu essen.«

Clary war nach oben gestürmt, um den Dosenöffner zu holen. Archie sah sich nach einem Stuhl um. Sein Bein tat weh. Louise zeigte neben sich auf die Treppe. »Komm und setz dich hierher, Archie.«

»Nein, dann komme ich nie wieder hoch, und wenn ihr das Haus verkauft, müßt ihr mich mit anbieten.«

»Dein Baby weint«, bemerkte Piers, lehnte sich über das Geländer und strich Louise übers Haar.

»Er zahnt, meint Mary. Aber ich werde lieber mal nachsehen, was sie mit ihm macht.«

»Mutterliebe. Ist das nicht wunderbar? Wenn ich wählen müßte, was ich in diesem Haus am schlimmsten finde, würde mir die Entscheidung zwischen Sebastian und dieser schrecklichen Specksteinstatue mit den Affen sehr schwerfallen.«

»Sie hat Louises Großmutter gehört«, sagte Stella.

Archie hatte einen Stuhl gefunden, nur lagen etwa sechs Mäntel darauf. Er deponierte sie auf dem Boden und setzte sich. Die Klaviermusik hatte aufgehört.

Clary tauchte wieder auf und reichte den Dosenöffner Stella, die fragte: »Haben wir wirklich nur eine Dose Corned Beef?«

»Ich fürchte, ja; die andere haben wir für die Sandwiches gebraucht, die wir mit nach Hampstead Heath genommen haben. Wir haben gestern ein Picknick gemacht«, sagte sie zu Archie, »und sind zu diesem niedlichen kleinen Dorf gelaufen. Piers kennt einen Maler, der dort wohnt, aber er war nicht zu Hause.«

»Aber es war trotzdem nett«, sagte Piers. »Wir haben den ganzen Weg über gesungen. So eine Art Händel-Rezitativ, nur mit ziemlich bissigen Bemerkungen über andere Spaziergänger.«

»Wir haben auch ein paar nette Chorstücke erfunden. Aber die anderen haben nie gemerkt, daß es sich auf sie bezog«, meinte Clary.

»Wolltet ihr das denn?« fragte Archie.

»Na ja, es hätte schon Spaß gemacht, sie ein bißchen zu schockieren.«

Louise erschien wieder, das Baby auf dem Arm. »Mary will zu Abend essen, also meinte sie, ich solle ihn nehmen.«

»Wie wäre es eigentlich, wenn wir ins Wohnzimmer gingen?« schlug Piers vor. »Treppen sind eigentlich nicht zum Wohnen gedacht.«

»Wer wird das Essen fertig machen?« fragte Clary. »Eigentlich solltest du das tun, Louise, du kannst es mit Abstand am besten.«

»Nicht besser als Stella – wir haben dasselbe gelernt. Und außerdem habe ich Sebastian. Und ich hab' schon die Kartoffeln geschält.«

»Also gut«, meinte Stella, »Clary und ich kümmern uns um den Rest. Sag mir nur noch mal, was es eigentlich werden sollte.«

»Du sollst die Zwiebeln anbraten, die Kartoffeln zu Brei verarbeiten und dann das Corned Beef dazugeben.«

»Wird eine Dose denn reichen? Kommt mir ein bißchen spärlich vor.«

»Ich hab' eine Dose Pfirsiche mitgebracht. Direkt aus dem sonnigen Bletchley.«

»Das hast du. Aber zum Corned Beef werden die wenig helfen. Wir müssen sie zum Nachtisch essen.«

»Polly hat ihren Milchpulverpudding gemacht.«

»Mein Gott! Das klingt ja widerwärtig!«

»Ist es aber ganz und gar nicht. Eher eine Art Schlagsahne. Man würde kaum glauben, daß es aus Trockenmilch gemacht ist.«

Das Wohnzimmer war leer bis auf einen jungen Mann, der am Klavier saß. Er sprang auf, als sie hereinkamen, und Archie sah, daß er eine Luftwaffenuniform trug. »Flieger Rose«, stellte Louise vor. »Das hier ist Archie Lestrange, und Piers kennst du natürlich.«

Das Baby, das Archie bis dahin so starr angesehen hatte, daß er es schon fast ein wenig verunsichernd fand, verzog plötzlich das Gesicht und fing an zu weinen.

»Gib ihn mir«, sagte Peter und streckte die Arme aus; seine ziemlich ernste Miene leuchtete auf. Er trug den Kleinen zum Klavier zurück, packte ihn sich auf den Schoß und fing an, ein Kinderlied zu klimpern. Sebastian hörte auf zu weinen.

»Spiel doch die Variationen, Peter«, rief Louise.

Archie setzte sich auf das kleine, harte Sofa und fragte sich, ob ihm wohl jemand etwas zu trinken anbieten würde. Clary war mit Stella in der Küche verschwunden, und Piers führte Louise gerade durch die Terrassentür die Stufen hinab in den Garten.

Dann tauchte Polly auf, das kupferrote Haar frisch gewaschen und glänzend. Sie trug ihren dunklen Faltenrock und darüber einen weiten enzianblauen Pullover, der ihre Augen ebenso blau wirken ließ. »Tut mir leid, daß es so lange gedauert hat. Ich mußte warten, bis Sebastian gebadet war, und dann war überhaupt kein heißes Wasser mehr da. Sieht aus, als hätte dir niemand was zu trinken gegeben; ich sehe mal, was noch da ist.«

Sie ging durch die Doppeltür ins Eßzimmer. »Hier ist noch ein bißchen Gin, aber offenbar nichts zum Mixen.«

»Wasser tut's auch.«

Sie kam mit einem Zahnputzglas und der Ginflasche zurück. »Bedien dich, ich hole noch ein bißchen Wasser.« Nachdem sie das erledigt hatte, setzte sie sich nicht weit von ihm entfernt auf den Boden.

»Bin ich der einzige, der hier was trinkt?«

»Heute abend ja. Wir sind nicht so schrecklich versessen darauf, und die Flasche ist so gut wie leer, weil Louise vorgestern eine Party gegeben hat. Wir bekommen im Laden nur eine Flasche pro Monat.« Sie lächelte, dann senkte sie den Blick auf ihre gefalteten Hände.

»Wie läuft's in der Kunstschule?«

»Oh! Die Kunstschule. Gut. Sehr interessant. Offenbar sind die merkwürdigsten Leute bereit, Modell zu stehen. Ich kann natürlich nicht besonders gut zeichnen.«

»Kannst du das denn überhaupt schon beurteilen?«

»Ich weiß nicht«, antwortete sie höflich.

Die Musik hatte aufgehört, und das Baby fing wieder an zu weinen. Peter stand auf und ging, den Kleinen in den Armen wiegend, auf und ab. »Mozart mag er nicht besonders«, sagte er, »er bevorzugt Kinderlieder.«

»Er zahnt«, sagte Louise, die gerade aus dem Garten hereinkam. Piers hielt ihre Hand. »Ich bringe ihn rauf zu Mary.«

Es dauerte noch lange, bis das Abendessen endlich fertig war und sie es in der Küche im Souterrain einnahmen; danach erklärte Peter, er müsse so langsam zurück nach Uxbridge, und Archie, der beschlossen hatte, für den Rückweg ein Taxi zu nehmen, meinte, er könne ihn bis zur U-Bahn mitnehmen. Er habe achtundvierzig Stunden Urlaub gehabt, erzählte Peter, und Louise lasse ihn immer in ihrem Haus übernachten, aber davon mache er nur Gebrauch, wenn auch Stella frei habe, da seine Eltern ihn lieber zu Hause hätten. »Wir erzählen ihnen nichts davon«, sagte er, »aber Sie kennen sie ja nicht, also geht das in Ordnung. Sie würden ein schreckliches Theater machen, wenn sie es wüßten.«

»Ich würde es ihnen sowieso nicht erzählen.«

Peters blasses, hageres Gesicht wurde weicher, wie in den Momenten, da er sich mit Sebastian beschäftigt hatte. »Tut mir leid, so etwas wollte ich auch nicht andeuten«, sagte er. »Es ist nur, daß es schrecklich wäre, wenn sie es erführen.« Er hatte dunkle Ringe unter den Augen, die wie blaue Flecke aussahen, und seine Uniform wirkte wie eine Verkleidung.

»Louise ist wunderbar«, sagte er nach kurzem Schweigen. »Sie hat dieses Haus so freundlich und angenehm gemacht. Und sie läßt mich so viel üben, wie ich will, wenn ich dort bin.«

»Sie sind im Orchester der Luftwaffe, nicht wahr?«

»Ich weiß, das klingt nach einem unglaublichen Glücksfall, aber es hat seine Schattenseiten. Sie akzeptieren dort einfach nicht, daß man auch üben muß. Ich bin immer unterwegs, komme irgendwo an und muß sofort spielen, irgendwas, das ich vorher nie geprobt habe, und meistens auf einem schrecklichen Klavier, das ich vor dem Konzert nicht mal zu sehen bekomme.«

»Ich fürchte, in einem Krieg hat man bestenfalls die Wahl zwischen Angst und Langeweile.«

»Und was haben Sie sich ausgesucht?«

»Na ja, anfangs habe ich etwas von der Angst abbekommen, und jetzt bin ich dazu verdonnert, mich zu langweilen.«

Nachdem er Peter abgesetzt hatte, dachte er über diese Alternativen nach: Seine Arbeit langweilte ihn tatsächlich überwiegend. All die Stunden und Tage und Monate, die er inzwischen in Besprechungen verbracht haben mußte, mit dem Lesen von Kampfberichten und überschwemmt von Aktennotizen, die alle paar Minuten in seinem Eingangskorb landeten. Er war eine Art glorifizierter Bürohengst – faßte Informationen für seine Vorgesetzten zusammen, traf unzählige unwesentliche Entscheidungen über die Auswahl von Material, das zur richtigen Abteilung geschickt werden mußte, und manchmal gelang es ihm, Leute, die von einer fixen Idee besessen waren, zu überreden, sich von dieser zu verabschieden. Nachdem das Fenster in seinem Büro zu Bruch gegangen war, hatten sie es durch ein viel kleineres ersetzt, das sich nicht mehr öffnen ließ – er hatte das Gefühl, schon seit Jahren dieselbe Luft zu atmen. Trotzdem, er hatte Glück, noch am Leben zu sein und eine Beschäftigung zu haben, die einigermaßen nützlich war. Er mußte nicht, wie Louise, um jemanden bangen, der aktiv am Krieg teilnahm. Er hatte seine Jugend nicht so verbringen müssen wie die Mädchen: Polly hatte eine Stelle als Schreibkraft im Informationsministerium gefunden, und Clary arbeitete erstaunlicherweise für einen sehr jungen Bischof. »Er hat mich nie gefragt, ob ich an Gott glaube, also sage ich einfach nichts zu diesem Thema«, hatte sie erzählt. Aber in Louises Haus hatten sie wenigstens ein bißchen Spaß. Sie hatten ein viel benutztes Grammophon und das Klavier, und sie gingen ins Kino und unternahmen Ausflüge wie den nach Hampstead Heath. Trotz des merkwürdigen Essens – und es war wirklich nicht gerade viel gewesen – und des Mangels an Getränken hatte es eine Menge alberner Scherze gegeben, Louise feierte immerhin Partys. »Und mit wem?« hatte er gefragt. »Oh, wir lernen manchmal Leute in der U-Bahn kennen, und Michael bringt Freunde von der Marine mit, wenn sie Urlaub haben, und *die* bringen dann ihre Freunde – jede Menge Leute«, hatte Clary leichthin geantwortet. Anfangs hatten sie eine Köchin gehabt, eine Mrs. Weatherby, die Villy in Sussex für sie engagiert hatte, aber sie war nicht mit den Arbeitszeiten zurechtgekommen – oder mit dem Durcheinander oder dem Krach – und war wieder gegangen. »Ohne sie macht es sowieso mehr Spaß, und außerdem haben wir ihr Bett für Leute gebraucht, die hier übernachten wollen.« Alles in allem, dachte er, ist es gut, daß die Mädchen zu Louise gezogen sind. Zum einen wurde es Zeit, daß sie unabhängiger wurden, und zum anderen hatte er das Gefühl, daß sie einander nicht mehr so nahestanden wie zuvor. Das war ihm schon vor Monaten aufgefallen; es schien nicht mehr geraten, sie zusammen zum Essen oder ins Kino einzuladen. Clary war ziemlich offen gewesen. »Ich würde viel lieber nur mit *dir* ausgehen«, hatte sie gesagt. »Und Polly hat Dutzende von Leuten, die in sie verliebt sind – sie könnte jeden Abend ausgehen, wenn sie wollte. Das ist auch eine der Schattenseiten meiner Arbeit für den Bischof. Ich kann mir nicht vorstellen, daß er mich irgendwohin einlädt, es sei denn, zu einem Kirchenbasar.«

»Bist du neidisch auf Polly?« hatte er sie eines Abends gefragt.

»Ich? Neidisch? Guter Gott, nein. Ich könnte diese Langweiler, die sich nach ihr verzehren, nicht ertragen! Schrecklich alte Männer in Anzügen – viel älter als du«, hatte sie eilig hinzugefügt, »die im selben Ministerium arbeiten, und ziemlich viele Freunde von Louises Mann – alle sind verrückt nach ihr. Es liegt an ihrem Aussehen – in der U-Bahn starren die Leute sie an, und einmal, als wir mit Louise und Michael essen waren, hat ein Mann ihr tatsächlich einen Zettel an den Tisch geschickt. Er kann doch überhaupt nicht gewußt haben, was für ein Mensch sie ist, oder? Er hat sie nur *gesehen*. Er wußte nicht mehr von ihr als zum Beispiel von mir. Oder als er von dir gewußt hätte, Archie.« Sie hatte ihn bei dieser Äußerung herausfordernd angesehen, aber er hatte sich entschieden, ihr nicht zu widersprechen. Danach war er dazu übergegangen, sie abwechselnd einzuladen, obwohl ihm aufgefallen war, daß sie immer beide kamen, wenn er übers Wochenende nach Home Place fuhr. Bei diesen Gelegenheiten verhielt Clary sich ziemlich besitzergreifend, und Polly zog sich zurück. Aber dort war immer so viel los, daß keines der Mädchen ihn allein für sich beanspruchen konnte. Er war eine Art Verwandter geworden und dadurch all jenen kleinen Beschwerden und Vertraulichkeiten ausgesetzt, die mit einer solchen Position zusammenhingen. Villy gefiel es nicht, wie oft Zoë nach London fuhr, um sich mit einer alten Schulfreundin zu treffen, die kürzlich dorthin gezogen war; es sei ungerecht Ellen gegenüber, sagte sie, die nicht jünger und zudem von Wills ziemlich beansprucht werde. Die arme Rachel wurde beinahe zerrissen zwischen den Anforderungen, die ihre alte Tante Dolly und der Brig an sie stellten, die eine ohne Gedächtnis und der andere ohne Augenlicht und beide unfähig einzusehen, daß Rachel nicht den ganzen Tag mit ihnen allein verbringen konnte. Lydia beschwerte sich, weil sie nicht wie Neville auf eine richtige Schule geschickt, sondern immer noch wie ein Kind behandelt wurde. »Immerhin bin ich dreizehn, und denen ist offenbar nicht klar, daß ich niemanden habe, der mitgeht, wenn sie mich ins Bett schicken. Meine blöde Cousine Judy, die auf eine richtige Schule geht, lernt tanzen und Kunst und all so was, und immer erzählt sie von Teamgeist, und ich weiß nicht mal, was sie damit *meint*!

Du könntest sie ja mal darauf hinweisen, Archie, *dir* hören sie wenigstens zu. Ich will auf keinen Fall auf dieselbe Schule wie *Judy*, aber jede andere wäre in Ordnung.«

Einmal, nachdem er mit den Mädchen besonders angestrengt Patiencen gelegt hatte, hatte Lydia plötzlich gefragt: »Nach dem Krieg, Archie, wirst du dann wieder in dein Haus nach Frankreich ziehen?«

»Ich weiß nicht. Vielleicht.«

»Wenn du das machst, komme ich mit. Allerdings müßte ich schon genau wissen, was du vorhast, weil, wenn du es nicht tust, werde ich mich auch nicht groß mit Französisch abgeben. Im Moment scheint mir das eine ziemlich langweilige Sprache zu sein, und ich weiß bestenfalls ein paar Sätze, die man auf eine Postkarte schreiben könnte.«

Die anderen beiden zerrissen sie beinahe in der Luft.

»Also wirklich, Lydia, du bist das letzte! Du kannst dich doch nicht einfach so aufdrängen!« sagte Clary.

»Er will vielleicht gar niemanden mitnehmen, und ganz bestimmt kein *Kind*!« fügte Polly hinzu.

»Und wenn, dann wäre es seine Sache, das zu sagen, und nicht deine.« Das war wieder Clary.

»Und überhaupt, vielleicht geht er gar nicht nach Frankreich zurück«, meinte Polly.

»Und er würde bestimmt nicht mit jemandem zusammenwohnen wollen, der so viel jünger ist als er«, sagte Clary.

»Hört auf, auf mir rumzutrampeln! Wie alt bist du eigentlich, Archie? Wir kennen dich so gut, ich denke, ich sollte das wissen.«

»Ich werde dieses Jahr neununddreißig.«

»Das heißt, du bist sechsundzwanzig Jahre jünger. Du siehst ja wohl ein, daß das zuviel ist.«

»Wieso? Ich hatte ja nicht vor, ihn zu *heiraten*! Ich möchte einfach eine Abenteuerin sein – wie in ›Bulldog Drummond‹. Ich werde mit ihm zusammenleben, und er wird mir Kleider kaufen und exotische Parfums, und ich werde Partys feiern.«

»Hört doch auf, über mich zu reden, als wäre ich nicht da!« protestierte Archie in der Hoffnung, das werde die Situation entschärfen. Aber es half nicht.

»Er würde keine so unhöfliche und taktlose Person bei sich haben wollen«, gab Clary zurück. »Aber wenn du dir Gesellschaft wünschst, jemanden, mit dem du dich an den Abenden unterhalten kannst – ich könnte jederzeit mitkommen und bei dir bleiben.«

Sie schwiegen. »Und was ist mir dir, Poll?«

»Ich weiß nicht.« Sie zuckte die Achseln. »Ich hab' wirklich nicht die leiseste Ahnung. Der Krieg ist ja noch nicht mal vorbei. Ich denke, es ist albern, über so etwas auch nur zu reden, solange er nicht vorbei ist.«

»Mr. Churchill sagt, die Stunde unserer größten Anstrengung rückt näher«, meinte Clary. »Es könnte tatsächlich so gut wie vorüber sein.«

»Nur in Europa«, wandte Polly ein. »Vergiß die Japaner nicht.«

Sie war so blaß geworden, daß Archie wußte, daß sie vorher errötet war. Sie bemerkte seinen Blick und fing an, die Karten aufzuheben.

Dann legte Clary den Arm um sie und sagte: »Schon in Ordnung, Poll. Die Japaner werden nie hierherkommen.«

Aber Polly antwortete nur mit dünner, unfreundlicher Stimme: »*Das* weiß ich. Selbstverständlich weiß ich das.« Und Archie sah, daß Clary sich zurückgewiesen fühlte, und verspürte plötzlich den Impuls, sie in die Arme zu nehmen.

Als er an diesem Abend im Bett lag, erschien das Haus in Frankreich lebhaft vor seinem geistigen Auge. Er war eines Morgens in solcher Eile abgereist (ein Freund des Cafébesitzers hatte sich angeboten, ihn im Lastwagen mit nach Norden zu nehmen, zusammen mit einer Ladung Pfirsiche, und eine Art Instinkt hatte ihm gesagt, er solle die Gelegenheit sofort wahrnehmen), daß er nur ein paar Kleidungsstücke hatte packen können; er hatte nicht einmal sein Bett gemacht; Töpfe und Pfannen hatten noch auf der Spüle gestanden, und die Pinsel hatte er auch nicht gereinigt – vielleicht standen sie immer noch steif und verklebt und nutzlos in ihrem Marmeladenglas, und das Terpentin war längst verdunstet … Er hatte sich ein letztes Mal in der Küche umgesehen, diesem Raum mit den weit zurückgesetzten Fenstern, von denen aus man auf Oliven- und Aprikosenbäume blickte und auf die rankenüberwachsene Veranda des Cafés im Erdgeschoß. Die Geranien und das Basilikum, die er auf dem Fensterbrett zurückgelassen hatte, waren sicher bald vertrocknet. Er hatte sogar das Buch zurückgelassen, das er gerade gelesen hatte – einen dicken amerikanischen Roman, wie hatte er noch geheißen? »Antonio Adverso«. Er hatte das Buch weniger gelesen als sich hindurchgekämpft, und es hatte aufgeschlagen auf dem Birnenholztisch gelegen, in den einmal jemand, ein Kind vielleicht, seine Initialen geschnitzt hatte. Er war durch die breite Türöffnung gegangen, die er selbst herausgebrochen hatte, um die Küche mit dem großen Zimmer zu verbinden, in dem er arbeitete. Das Zimmer lag nach Norden hinaus, zum Tal hin, das um diese Tageszeit in heißes goldenes Licht getaucht war. Es war kein richtiges Haus; er hatte nur zwei kleine Zimmer und eine selbstinstallierte Dusche im obersten Stock, dazu eine steile Treppe, die zu einer Tür auf die Dorfstraße hinaus führte. Aber dieser separate Eingang hatte es wie ein eigenes Haus wirken lassen, und er hatte die Geräusche und Gerüche des Cafés gemocht, in dem er auch oft aß. So hatte er sich weniger einsam gefühlt, und nach etwa zehn Jahren hatten sie ihn als vernünftigen Ausländer akzeptiert. Er hatte den Schlüssel zur Wohnung im Café gelassen, und vielleicht hatte die alte Frau, die bei ihm geputzt hatte, die Pflanzen ja mit zu sich nach Hause genommen, obwohl sie seine Pinsel sicher nicht angerührt hätte. Merkwürdig. Das Haus fehlte ihm – er sehnte sich sehr danach, aber was die Einsamkeit anging, war er inzwischen ziemlich verwöhnt. Es würde hart werden, auf ganz andere Art als seine erste Zeit dort. Damals war er nach Frankreich gegangen, um Rachel zu vergessen – er hatte nur sie gewollt, und wenn er sie nicht haben konnte, wollte er lieber ganz allein bleiben. Jetzt würde er zurückgehen, ohne vor etwas flüchten zu müssen, aber er würde diese Familie zurücklassen, die ihn aufgenommen hatte und die zu einem festen Bestandteil seines Lebens geworden war. Dieser Sommer ... eine Invasion war praktisch sicher ... es würde der Anfang vom Ende des Krieges sein. Und wenn Frankreich erst befreit war, würden sie erfahren, was aus Rupert geworden war. Es war immer noch möglich, wenn auch nicht sehr wahrscheinlich, daß er lebte, aber wenn nicht, würde er sich um Clary kümmern müssen. Er konnte sie mit nach Frankreich nehmen, um ihr in ihrer Trauer zu helfen, wie er Jahre zuvor Rupert geholfen hatte, nachdem Clarys Mutter gestorben war. Das Ganze hatte eine Art Symmetrie. Es war das mindeste, was er für Rupert tun konnte – so verteidigte er sich, und er merkte, daß er im Dunkeln lächelte.

Clary

Mai/Juni 1944

Es ist Wochenende, aber ich fahre nicht nach Hause, weil ich gerade Luftschutzwart geworden bin und Kurse besuchen muß, die meist am Wochenende stattfinden, damit auch Leute, die arbeiten, hingehen können. Es gab in der letzten Zeit keine Bomben, aber offenbar denken alle, daß es bald wieder losgeht – besonders wenn die Invasion beginnt, was nun jeden Tag der Fall sein könnte. Louise ist nach Hatton gefahren, weil Michael Urlaub hat und den nicht gern in London verbringt. Sie hat das Baby und Mary mitgenommen, aber Mary wird bald heiraten und aufhören zu arbeiten. Wir hoffen alle sehr, daß Louise schnell eine andere Kinderfrau findet, denn als Mary Urlaub hatte, war das ganze Haus ein einziges Chaos, und Louise hat praktisch ununterbrochen Windeln gewaschen und Fläschchen sterilisiert, und Sebastian hat schrecklich viel geschrien. Er hat Zähne bekommen, und auf seinem Gesicht waren lauter tomatenrote Flecken. Ansonsten sieht er ungefähr so aus wie Mr. Churchill, von dem es ja heißt, alle Babys sähen ihm ähnlich, also kannst du dir denken, daß mein Bild nicht sonderlich originell war. Jedenfalls, es ist Samstag morgen, und das Haus ist sehr ruhig, weil Polly immer noch schläft. Sie schläft in letzter Zeit an den Wochenenden länger und länger. Also sitze ich auf der Treppe zum Garten hinter dem Haus, trinke ziemlich kalten Tee und schreibe mein Tagebuch für dich weiter. Ich fürchte, wenn du erst wieder hier bist, wird es so viel sein, daß du Jahre brauchen würdest, alles zu lesen,

und daß es dich wahrscheinlich ziemlich langweilt, was ich dir nicht übelnehmen könnte, obwohl es doch ein bißchen weh täte. Ich hab' dir noch nichts von meiner Stelle erzählt – meiner ersten richtigen Stelle. Es ist eigentlich ziemlich enttäuschend: Ich arbeite für einen Bischof namens Peter. Er ist angeblich jung für einen Bischof, aber so schrecklich jung auch wieder nicht. Er hat eine ziemlich knotige Frau – eigentlich ist sie eher ein Klößchen, aber einen Knoten hat sie auch, und sie lächelt ständig, aber es sieht nicht so aus, als mache ihr irgendwas wirklich Spaß. Sie wohnen in einem großen Haus, das mit Möbeln vollgestopft ist, die sie offenbar nie benutzen, und überall riecht es nach sehr altem Essen und alten Kleidern. Ständig kommen Leute vorbei, und seine Frau kocht ihnen Tee, manchmal gibt es auch Gebäck dazu, aber das ist eher selten. Dann bleiben die Teesachen irgendwo auf einem Tisch stehen, bis ich sie wegräume, weil sie keine saubere Teekanne mehr hat. Der Garten ist voller Disteln und Weiderich und ziemlich heruntergekommenen immergrünen Gewächsen. Sie haben keine Zeit, sich um den Garten zu kümmern, sagen sie. Ich arbeite an einem Ende des Eßzimmertischs – jedenfalls steht dort meine Schreibmaschine, aber der Bischof diktiert mir seine Briefe in seinem Arbeitszimmer. Ich sitze auf einem unbequemen Sessel, der aussieht, als wäre er mit *Moos* bezogen, und er spaziert im Zimmer herum und reißt ziemlich flaue Witze, die ich immer aus Versehen mit in die Briefe schreibe.
Sie haben zwei Kinder, Leonard und Veronica, aber die habe ich noch nicht kennengelernt, weil sie nie da sind. Jedenfalls gehe ich morgens so hin, daß ich um halb zehn ankomme, und normalerweise esse ich mittags in einem Café in der Nähe, Pommes frites und ein Spiegelei oder ziemlich gräßliche Würstchen, die schmecken, als wären sie aus einem Tier gemacht, das im Zoo gestorben ist; dann gehe ich zurück und arbeite bis fünf, und dann fahre

ich mit dem Rad heim. Ich muß auch Telefongespräche annehmen, aber der Apparat steht im Flur und nicht neben meiner Schreibmaschine. Immerhin ist es Arbeit, und ich bekomme zwei Pfund die Woche. Der Bischof beschreibt jeden, den er kennt, als einen Heiligen oder als verrückt, aber ungemein interessant, wenn diese Leute dann auftauchen, sind sie jedoch weder das eine noch das andere. Also lerne ich nicht viel über Menschen, was ich schade finde.
Dieses Haus hier ist merkwürdig, vor allem, weil man nie so recht weiß, wem es eigentlich gehört. Es stehen immer noch einige von Lady Rydals Möbeln rum, und Louise hat ihre Hochzeitsgeschenke dazugestellt, und dann haben wir – Polly und ich – ein paar von unseren Sachen mitgebracht. Besuch, der übers Wochenende kommt, muß im Eßzimmer schlafen, weil es nur fünf Schlafzimmer gibt und Louise und das Baby und die Kinderfrau schon zwei davon belegen. Polly und ich haben je ein kleines Zimmer unterm Dach.
Die Ehe scheint Louise nicht sehr verändert zu haben, aber eigentlich führt sie auch kein richtiges Eheleben, weil Michael fast immer weg ist. Eine Menge der Leute, die hier vorbeikommen, sind ein bißchen in sie verliebt, und ich denke, das gefällt ihr.
Um Polly mache ich mir ziemliche Sorgen. Es ist schwierig geworden, mit ihr zu reden. Ich weiß, daß sie ihre Arbeit furchtbar langweilig findet, aber ich glaube nicht, daß das alles ist. Sie hat Schuldgefühle, weil sie Onkel Hugh in seinem Haus allein gelassen hat, aber auch *das* allein kann es nicht sein. Ich glaube, sie ist verliebt, aber sie regt sich furchtbar auf, wenn man das Thema nur anspricht, was ich sechs- oder siebenmal mit ungeheurem Takt versucht habe. An zwei Abenden in der Woche besucht sie eine Kunstschule, und es muß wohl jemand sein, den sie dort kennengelernt hat. Daß sie es mir nicht erzählt, bedeutet

wahrscheinlich, daß er verheiratet ist und damit die ganze Sache zum Scheitern verurteilt. Aber früher hat sie über *alles* mit mir gesprochen, und daß sie es jetzt nicht mehr tut, läßt *sie* viel gereizter werden als mich – es klingelt an der Tür, einer von Louises Verehrern, fürchte ich, aber ich werde wohl aufmachen müssen.

Jetzt ist es *Tage* später, weil es nicht einer von Louises Männern war, sondern Neville! Er trug seine Schuluniform (ich hatte dir ja schon erzählt, daß er für die Grundschule zu alt war und sie ihn nach Tonbridge geschickt haben). Ich weiß, daß er es dort schrecklich fand, also habe ich gleich gedacht, daß er ausgerissen ist, obwohl er meinte, er sei nur zum Frühstück gekommen. Er hatte einen kleinen Koffer dabei, der ihm nicht gehörte, aber ich dachte, das beste wäre, ihm erst mal Frühstück zu machen (er ist ziemlich mager geworden und sieht immer aus, als wäre er am Verhungern, selbst wenn er gerade was gegessen hat), also habe ich wegen des Koffers nichts gesagt. Er kam mit in die Küche, und ich habe ihm Toast gemacht, und er hat Margarine und Bovril draufgetan, und dann hat er die Reste des Nudelauflaufs gegessen, den wir am Abend zuvor gemacht hatten, und ein bißchen Apfelkompott, und dann hat er eine Dose Sardinen entdeckt, von der ich nicht mal wußte, daß sie noch da war, und wollte auch die noch. Die ganze Zeit hat er über Laurel und Hardy und die Marx Brothers geredet. Aber schließlich sind ihm die Geschichten ausgegangen, und er hat nur dagesessen und Tee getrunken. Dann hat er gesagt: »Wußtest du, daß man nicht mehr nach Irland fahren kann? Es ist verboten. Idiotisch. Ich habe es erst erfahren, als ich schon in London war.« Mir ist eingefallen, daß er, als er früher einmal ausgerissen war, erzählt hatte, er habe nach Irland gewollt, also war ich nun sicher, daß es darum ging. Ich sagte es ihm auf den Kopf zu, und er hat es nicht geleugnet.

»Ich hasse die Schule, daran läßt sich einfach nichts ändern«, sagte er, »und es ist ziemlich idiotisch, irgendwo zu bleiben, wenn man es derart haßt.« Dann warf er mir einen überraschend liebenswerten Blick zu und sagte: »Du hast dich in deinem Leben auch schon total elend gefühlt, also dachte ich, du könntest mich verstehen. Deshalb bin ich hergekommen.«
Aber wenn du nach Irland gekonnt hättest, dachte ich, wärst du einfach verschwunden. Er hat seinen Charme auf ziemlich ekelhafte Weise benutzt, Dad, und er kann schrecklich nett sein. Ich sagte: »Und wenn ich nicht hiergewesen wäre? Was hättest du dann getan?«
»Gewartet«, antwortete er. »Ich hab' Haferflocken im Koffer. Ein Junge in der Schule füttert damit eine Katze, die er versteckt hält. Davon hab' ich mir welche genommen.«
»Natürlich hast du denen zu Hause nichts gesagt.«
»Natürlich nicht. Sie würden nur versuchen, mich zurückzuschicken. Ich bin hergekommen, weil ich dachte, du wärst anders. Oder bist du«, er kniff die Augen ein wenig zusammen, aber seine Stimme blieb ausdruckslos, »eine von *ihnen* geworden?«
Ich fand die Frage reichlich schwierig, weil ich nicht wußte, was er anderes tun sollte, als zurückzugehen. Andererseits kam es mir auch falsch vor, ihn zu verraten. Schließlich sagte ich, ich wisse es nicht, versprach ihm aber, nichts hinter seinem Rücken zu tun. »Dann werde ich dir ständig den Rücken zudrehen«, meinte er, aber er sah erleichtert aus, und erst da ist mir aufgefallen, daß er in der letzten Zeit immer etwas Gehetztes an sich hatte – fast so, als würde er von etwas verfolgt.
Dann ist mir Archie eingefallen. *Er* würde wissen, was zu tun war. Am Anfang wollte Neville nicht, daß ich ihn anrufe, aber als ich garantiert habe, daß Archie sich anständig benehmen würde, meinte er, na gut.

Archie kam mit einem Taxi. Bis er hier eintraf, überlegte Neville die ganze Zeit, wovon er in Zukunft leben könnte, aber es kam nur dummes Zeug dabei heraus – zum Beispiel Taxifahren (Tonbridge hat ihm angeblich Autofahren beigebracht, aber natürlich ist er noch viel zu jung) oder als Wärter im Zoo arbeiten (er weiß ziemlich viel über Schlangen, aber ich glaube nicht, daß das viel helfen würde), oder Kellner werden, oder Busschaffner, was ihm, wie er glaubt, einige Zeit ziemlich viel Spaß machen würde: alles absolut hoffnungslos für einen Jungen von – er sagt vierzehn, aber er ist nicht mal das.
Als Archie ankam, hat er mich wie üblich umarmt und mir einen Kuß gegeben, und dann hat er mit Neville dasselbe getan, und Neville hat irgendwie gescheut wie ein Pferd und furchtbar die Stirn gerunzelt, und ich habe gesehen, daß er ziemlich bewegt war – er mußte sich zwingen, nicht zu weinen. Archie schien das nicht zu bemerken, er holte ein kleines Päckchen aus der Tasche und meinte, das sei Kaffee, ob ich welchen kochen könnte? Während ich das tat, erschien Polly, im Morgenmantel und mit Lockenwicklern. Sie blieb in der Tür stehen, als sie Archie und Neville sah, und sagte, sie wolle sich lieber schnell anziehen. Ich glaube, sie wollte nicht, daß Archie sie mit Lockenwicklern sieht. Aber er meinte, sie solle ruhig frühstücken; er wolle sich mit Neville unterhalten, und sie könnten ja nach oben gehen. Neville meinte, er wolle keine Predigt hören, und Archie erwiderte: »Ich will nicht predigen, ich will dir nur zuhören.« Und damit war offenbar alles in Ordnung, denn sie verschwanden zusammen im Wohnzimmer.
»Wieso hast du mir nicht gesagt, daß er hier ist?«
»Ich wollte ihn nicht allein lassen. Er ist ausgerissen.«
»Ich meine nicht Neville, sondern Archie.«
»Er ist gerade erst gekommen. Ich hab' ihn angerufen, weil ich nicht wußte, was ich tun sollte.« Dann habe ich

ihr erzählt, wie schwierig ich es finde, mich auf die eine oder andere Seite zu schlagen, und sie war sehr verständnisvoll und meinte, ihr würde es sicher genauso gehen. »So ähnlich ist es mit Simon«, sagte sie, »er ist schrecklich allein.«

»Wenn du glaubst, *er* sei allein, was denkst du, wie es für Neville ist? Er hat niemanden, jetzt, wo Dad ... weg ist, und Zoë ist als Mutter nicht zu gebrauchen, und ich glaube nicht, daß ich für ihn zähle.«

Als der Kaffee fertig war, nahm sie sich eine Tasse mit nach oben und ging sich anziehen. Ich trug ein Tablett für Archie und Neville zum Wohnzimmer, aber die Tür war zu. Ich mußte das Tablett abstellen, um die Tür zu öffnen, und dabei habe ich gehört, wie Archie Neville sehr leise etwas fragte, und als ich das Tablett wieder aufnahm, brach Neville in Schluchzen aus, es war einfach schrecklich. Archie sah mich und gab mir ein Zeichen, ich solle das Tablett hinstellen und dann wieder gehen, was ich auch tat.

Sie waren Stunden da drin. Ich bin wieder in die Küche gegangen und hab' abgewaschen und alle möglichen Dinge saubergemacht, die eine Ewigkeit nicht mehr saubergemacht worden waren, weil ich so unruhig war und mir nichts einfiel, was ich sonst tun könnte. Er muß furchtbar unglücklich sein, dachte ich immer wieder, und ich hatte das Gefühl, überhaupt keine gute Schwester gewesen zu sein – viel zu egoistisch; ich habe die ganze Zeit nur an mich gedacht und mir nie vorgestellt, wie es ihm wohl gehen mochte. Ich habe nur herausgefunden, Dad, daß Grübeleien dieser Art vollkommen *sinnlos* sind: Mir selbst vorzuwerfen, wie falsch ich mich verhalten habe, bewirkt nur, daß es mir schlechtgeht, und was immer passiert ist, kommt mir nur noch schlimmer vor. In diesem Fall habe ich mich nicht genug um Neville gekümmert – ich hab' ihn eigentlich nie besonders gern gehabt. Insgeheim habe ich

ihn gehaßt, weil ich ihm die Schuld am Tod deiner Frau (das strich sie durch und schrieb »ersten Frau«) gegeben habe. Sie war immerhin meine Mutter, und ihm hat es nicht annähernd so viel ausgemacht, weil er sie nie gekannt hat. Dann hab' ich ihn irgendwie toleriert, und als du in Frankreich zurückgeblieben bist (und ich hätte dich an Pipettes Stelle nicht allein gelassen; ich muß sagen, daß bestimmte Einzelpersonen – in diesem Fall du – mir lieber sind als das Land als Ganzes), hab' ich mir solche Sorgen gemacht und dich so vermißt, daß ich nie daran gedacht habe, wie Neville das alles empfindet. Denn danach hatte er niemanden mehr – nicht mal einen Jungen seines Alters, wie ich Polly hatte. Also habe ich vor, ihn von jetzt an gern zu haben. Da du nicht hier bist, werde ich das wenigstens so lange tun, bis du zurückkommst. Das Problem ist nur, daß er eine Art Exzentriker geworden ist, und nach meiner Erfahrung sind Exzentriker nur beliebt, wenn sie tot sind oder weit genug weg. Viele Leute wären selbst gern Exzentriker, aber auf keinen Fall wollen sie einen in ihrem trauten Heim, wie sie es ausdrücken. »Unser gemütliches Heim« – so nennen wir dieses Haus immer, wenn es ganz besonders durcheinander und schmutzig ist, weil wir keine Hausmädchen haben und keine von uns gern Hausarbeit macht. Also, von nun an wird sich meine Politik gegenüber Neville ändern.
Jedenfalls, Archie war umwerfend. Er rief in der Schule an und erklärte, er werde am Sonntag abend mit Neville zurückkommen, und das schien ihnen recht zu sein. Es war ihnen noch nicht einmal aufgefallen, daß er verschwunden war, also hatten sie auch noch nicht in Home Place angerufen – was für ein Glück! Archie meinte, er wolle uns alle zum Essen einladen, aber danach werde er Neville über Nacht mit zu sich nach Hause nehmen. Und zu mir sagte er, er glaube, die Schule sei nicht die richtige für Neville, und er wolle ihm eine bessere suchen. Wir gin-

gen in zwei Laurel-und-Hardy-Filme, und Neville lachte so sehr, daß sich die Leute im Kino nach ihm umdrehten, und dann machte er seine ganzen Radioimitationen für Archie, als wir bei Lyons Tee tranken. Er war ziemlich komisch – nein, er war sogar *sehr* komisch; er hat mich an dich erinnert, Dad, wenn du Leute nachmachst. Dann wurde ihm übel, was eine Schande war, denn der Tee war nicht billig gewesen. Ich wäre mit ihm gegangen, aber ich konnte nicht, weil er ja auf die Herrentoilette mußte. Aber Archie begleitete ihn, und als sie wiederkamen, sah Neville zwar ziemlich blaß aus, war aber wieder ganz vergnügt, und er bestellte sich noch einmal was, unter anderem gebackene Bohnen und Battenberg-Kuchen, du weißt, dieses schreckliche Zeug, das mit rosa- und cremefarbenen Quadraten dekoriert ist. An der Tottenham Court Road haben wir uns verabschiedet; Polly und ich haben den 53er Bus genommen, und Neville und Archie sind zu Archies Wohnung gefahren. Archie sagte, er werde mich am Sonntag abend anrufen, was er auch getan hat. Er sagte, man habe Neville an der Schule schrecklich schikaniert. Daß sein Freund aus der Grundschule, der mit ihm dorthin gegangen war, auch angefangen hatte, sich gegen ihn zu wenden, habe das Faß schließlich zum Überlaufen gebracht. Archie meinte, er habe denen an der Schule gesagt, Neville werde Ende des Trimesters abgehen, und offenbar kennt er jemanden, der den Rektor einer schrecklich guten Schule namens Stowe kennt, von der er glaubt, es sei die richtige für Neville, und er wird hinfahren und mit ihnen darüber reden. Normalerweise nehmen sie so kurzfristig niemanden auf, aber Archies Freund meinte wohl, sie würden im Fall von Neville vielleicht eine Ausnahme machen. Archie ist bei Onkel Hugh zum Essen, um die Zustimmung der Familie zu bekommen, aber da alle ihm vertrauen, ist er seiner Sache ganz sicher. Ich frage mich, was wir ohne Archie tun würden. Das habe ich auch Poll gefragt, im Bus auf dem Heimweg, und sie sagte: »Du mußt ja nicht ohne ihn auskommen, oder?« Wir stiegen gerade aus dem Bus aus, und ich habe meine Handtasche fallen lassen, aber danach habe ich mich gewundert, weil sie »du« gesagt hat, aber als ich sie fragte, meinte sie, das habe sie gar nicht. Sie hat, aber ich wollte mich nicht mit ihr streiten.

6. *Juni*. Heute früh hat die Invasion begonnen. Oh, *Dad*! Ich hoffe, sie finden dich, wo immer du auch sein magst, und du wirst bald frei sein. Alle sind aufgeregt, sogar der Bischof hat das Radio an, um die Nachrichtensendungen zu hören. Sie sind noch nicht mal in der Nähe der Gegend, wo du zuletzt warst, aber ich wette, sie werden hinkommen. Sie gehen in der Normandie an Land, aber das ist erst der Anfang. Louise ist wieder da, und Michael ist bei der Invasion dabei, und sie macht sich schreckliche Sorgen. Sie ist am Abend zuvor auf eine Party gegangen und die ganze Nacht nicht heimgekommen. Sie sagte, die Party habe außerhalb von London stattgefunden, was sie nicht gewußt habe, und sie habe keine Rückfahrgelegenheit mehr gehabt und sei über Nacht geblieben. Mr. Churchill hat im Parlament gesagt, alles ginge gut, aber Archie hat erzählt, sie hätten ziemlich schlechtes Wetter. Er sagt, es müsse schrecklich gewesen sein in den Schiffen, weil die meisten ziemlich klein sind, und die Leute waren schon Stunden vor der Abfahrt drin, und viele müssen seekrank geworden sein. Ich kann mir nichts Schlimmeres vorstellen, als seekrank zu sein und mich dann an Land schleppen und kämpfen zu müssen (genauer gesagt, habe ich mir das auch gar nicht vorgestellt, sondern Archie hat es für mich getan). Michael ist auf einer Fregatte. Wir hatten schon am Abend zuvor das Gefühl, daß irgend etwas los war, weil die ganze Nacht Flugzeuge über die Stadt flogen. Dad, wo immer du bist, ich hoffe, du weißt, daß es passiert, weil es dir sicher Mut macht.

Eine lange Zeit danach schrieb sie nichts mehr in ihr Tagebuch. Sie brachte es einfach nicht über sich, weil sie anfangs so *sicher* gewesen war, daß er frei sein würde, sobald die Alliierten in Frankreich einrückten. Aber nichts war passiert. Immer noch hatten sie nichts von ihm gehört, kein Wort. In diesem Sommer begann sie wirklich die Hoffnung zu verlieren, und die Vorstellung, daß er vielleicht schon die ganzen Jahre nicht mehr am Leben gewesen war, ließ es sinnlos und makaber erscheinen, weiter an ihn zu schreiben. Sie sprach mit niemandem darüber, nicht einmal mit Polly. Jeden Morgen wachte sie voller Optimismus auf und verlor im Lauf des Tages immer mehr von dieser Hoffnung, bis sie quälend sicher war, daß er nicht wiederkommen würde. Nachts versuchte sie, sich an den Gedanken zu gewöhnen, daß er tot war, und weinte um ihn. Und am Morgen wurde sie wieder wach, dachte, es sei albern und falsch, so etwas anzunehmen, und stellte sich vor, wie er plötzlich auftauchte. Manchmal sehnte sie sich danach, mit jemandem darüber sprechen zu können, mit Poll zum Beispiel, oder mit Archie, aber sie hatte zu große Angst, daß sie nur ihre schlimmste Befürchtung bestätigen würden, und da sie längst begriffen hatte, daß sie der einzige Mensch war, der noch an sein Überleben glaubte, kam es ihr wie Verrat vor, in diesem Glauben zu wanken.

Sie verlor ihre Arbeit, aus dem vollkommen verständlichen Grund, daß die Cousine der Frau des Bischofs am ersten Tag der Invasion Witwe geworden war; der Bischof und seine Frau luden sie ein, bei ihnen zu wohnen, und er meinte, die Sekretärinnenarbeit werde sie ein wenig ablenken. Clary störte das überhaupt nicht. Sie hielt ihr Versprechen, an Neville zu schreiben.

Ziemlich bald nach der Invasion begannen die V1-Angriffe. Clary sah die erste, als sie und Polly eher unlustig im Garten Unkraut jäteten. Es hatte Alarm gegeben, und sie hatten das entfernte Ploppen der Flak gehört, als würden irgendwo Flaschen entkorkt. Dann entdeckten sie etwas, das wie ein sehr kleines Flugzeug aussah, das ganz allein über die Stadt flog – äußerst ungewöhnlich.

»Es brennt«, sagte Polly, und tatsächlich waren am hinteren Ende Flammen zu sehen. »Das kann kein Bomber sein, es ist zu klein«, sagte sie. Es war etwas merkwürdig Unmenschliches daran, daß das Ding seinen Kurs behielt. Dann geriet es außer Sicht, die Motorengeräusche wurden leiser und leiser und verebbten schließlich ganz. Aber kurz darauf gab es eine Explosion. »Es muß mindestens eine Bombe an Bord gewesen sein«, meinte Polly.

In den folgenden Tagen gab es viele dieser nicht von Piloten gelenkten Flugzeuge, Taumelkäfer nannten die Leute sie, und alle gewöhnten sich an das leise mechanische Dröhnen und lernten den Augenblick zu fürchten, in dem der Motor stillstand, weil das bedeutete, daß sie jetzt mitsamt ihrer explosiven Fracht abstürzten.

Lieber Neville [schrieb sie]

Ich nehme an, du hast auch schon eine V1 über deine Schule fliegen sehen. Als Luftschutzwart muß ich dafür sorgen, daß die Leute Bunker aufsuchen, wenn es Alarm gibt, das heißt, ich muß sie zählen und, wenn nicht alle da sind, fragen, wer fehlt. Wenn jemand das weiß, muß ich zu den Häusern dieser Leute gehen und sie holen. Alte Leute gehen erheblich öfter in die Bunker als jüngere. Man sollte eigentlich meinen, es wäre genau umgekehrt. Die Station für Luftschutzwarte ist in einem Zimmer in einem Souterrain in der Abbey Road (die Straße, durch die der Bus fährt). Es ist immer kochend heiß wegen der Verdunklung und weil die Fenster nie aufgemacht werden, und es riecht nach Koks, und wir trinken Tee und warten auf den nächsten Angriff. Wenn wir im Dienst sind, tragen wir sehr kratzige dunkelblaue Hosen und eine Jacke und einen Blechhelm mit einem Gummiband unter dem Kinn.

Manchmal haben wir Unterricht. Im letzten Herbst ging es zum Beispiel darum, ob uns schon aufgefallen sei, daß die Briefkästen jetzt alle oben in einem komischen hellen Grün angestrichen sind. Natürlich war uns das aufgefallen. Sie haben es gemacht, weil die Deutschen angeblich ein schreckliches neues Gas einsetzen wollen, und man hat uns erzählt, wir würden wissen, wann es eingesetzt würde, weil sich dann die Farbe der Briefkästen verändert. Wir hörten alle ruhig zu, und zum Schluß habe ich mich gemeldet und gefragt, was man gegen das Gas tun könne, wenn man denn wisse, daß es da sei, und der Mann entgegnete – ziemlich gereizt –, daß man gar nichts dagegen tun könne, weil es absolut tödlich sei und unsere Gasmasken dagegen nicht helfen würden. *Ich habe Polly nichts davon gesagt*, weil sie vor Gas so besonders große Angst hat, aber ich weiß, daß ich dir vertrauen kann, du wirst dieses Geheimnis vor ihr bewahren. Polly überlegt, ob sie auch Luftschutzwart werden soll, obwohl ich ihr davon abgeraten habe. Louise hat ihr Kind wegen der V1 nach Home Place geschickt. Seit ich nicht mehr für den Bischof arbeite, habe ich nicht viel zu tun; ich habe nur mal ein Theaterstück für einen Freund von Louise abgetippt – kein besonders gutes Stück, aber Schreibkräfte sollten sich wohl kein Urteil anmaßen über das, was sie schreiben. Luftschutzwart zu sein kostet mich einen großen Teil meiner Zeit. Wir sind dazu übergegangen, im Souterrain auf Matratzen zu schlafen, die alle in Reihen liegen – es macht eigentlich ziemlich Spaß, nur die Silberfische, die nachts rauskommen, sind eklig. Wenn du in den Ferien herkommst, können wir oft ins Kino gehen, und sonntags machen wir wunderbare Picknicks in Hampstead Heath oder im Richmond Park. Manchmal kommt auch Archie mit. Er sagt, das mit deiner neuen Schule geht in Ordnung, und er will mit dir hinfahren, damit du sie dir schon mal ansehen kannst. Ich wünschte, ich könnte auch mitkommen, aber ich werde nicht fragen, wenn du nicht einverstanden bist. Louise kennt jemanden, der auf Stowe war, und er hat ihr erzählt, es sei eine ziemlich erträgliche Schule, viel zivilisierter und angenehmer als die meisten, und ich bin sowieso sicher, daß Archie viel mehr als unsere Verwandten darüber weiß, ob eine Schule für jemanden geeignet ist oder nicht. Ich frage mich manchmal, ob es für Dad und die Onkel so schrecklich war, daß sie einfach denken, das gehöre dazu und fertig. Archie ist irgendwie *moderner* – das ist eine seiner wirklich guten Seiten. Es gibt wieder Alarm, ich muß los. Bitte schreib mir. Ich weiß nicht, ob du nach dem Krieg mit einem Laden, in dem du Schlangen verkaufst, so furchtbar erfolgreich sein würdest, weil nicht besonders viele Leute Schlangen so sehr mögen wie du. [Dann fand sie das doch ein wenig zu entmutigend und fügte hinzu:] Aber ich nehme an, Leute, die als Soldaten in Afrika und Asien waren, haben vielleicht ihre Ansichten darüber geändert, vielleicht vermissen sie sie sogar, und du könntest recht haben.

Eines Tages rief Archie an und bat sie, mit ihm essen zu gehen. Sie hatte ihn wochenlang nicht gesehen, weil er dienstlich außerhalb Londons zu tun hatte. »Meinst du, nur mit mir oder mit mir und Poll?«

»Ich denke, diesmal nur mit dir. Außerdem war ich erst letzte Woche mit Polly essen.«

»Tatsächlich? Das hat sie mir gar nicht erzählt.«

Als Polly von der Arbeit kam, fragte Clary, ob sie ihr eine Bluse leihen könne.

»Na gut; aber du solltest deine wirklich besser sauberhalten.«

»Darum geht es nicht; die meisten sind einfach in einem Zustand, daß es ganz egal ist, ob ich sie wasche oder nicht, sie sehen immer ungewaschen aus. Also trage ich fast immer die, die noch am erträglichsten ist.«

»Schon gut, du kannst meine blau-grünkarierte haben.«

»Wie wäre es denn mit der cremefarbenen? Ich wollte meinen leinenen Trägerrock anziehen – es ist das einzig Vernünftige, das ich für so heißes Wetter habe.«

»Wohin willst du denn?« fragte Polly, während sie darüber nachdachte.

»Zu Archie. Er hat mich zum Essen eingeladen.«

»Das hast du gar nicht erzählt.«

»Er hat auch gerade erst angerufen. Und du warst letzte Woche mit ihm essen und hast es auch nicht erwähnt. Ich wasche und bügle die Bluse auch, nachdem ich sie anhatte.« Sie folgte Polly nach oben zu ihren Zimmern.

»Du bügelst so schlecht, daß ich es sowieso noch mal machen muß. Mein Gott, ist das heiß hier!«

Es war wie in einem Backofen. Zu Beginn der Woche hatte eine weitere Hitzewelle eingesetzt. Zunächst hatten die Leute noch gesagt: »Was für schönes Wetter!«, aber nach ein paar Tagen schon wurden ihnen das Schlangestehen an Bushaltestellen in der Sonne, die Arbeit in heißen Büros, Milch, die sauer wurde, und die Tatsache, daß selbst das Leitungswasser nicht mehr kalt war, zuviel. Busschaffner fauchten die Fahrgäste an, Leute bekamen schon Sonnenbrand, wenn sie nur ihr Mittagessen im Park einnahmen, Taxifahrer beschimpften Fußgänger, in den Pubs gab es kein Eis mehr, und die Getränke wurden nur noch lauwarm serviert, und über allem drohten am bleiernen Himmel Dutzende kleiner automatischer Flugzeuge allen Londonern unterschiedslos mit Tod und Vernichtung. Die Leute warteten auf das Abbrechen des Motorgeräusches, und sie schwitzten nicht nur wegen der Hitze.

»Es ist gut, daß wir nicht mehr hier oben schlafen«, sagte sie, weil sie Polly wegen der Bluse bei Laune halten wollte. Aber es half nicht.

»Das Problem ist, daß du auch in der Bluse schwitzen wirst, und dann wird sie nie mehr so sein wie zuvor.«

»Wahrscheinlich«, meinte sie betrübt.

»Könntest du nicht einfach den Trägerrock ohne was drunter anziehen? Das wäre noch kühler.«

»Wenn ich ihn anprobiere, sagst du mir dann, ob es geht?«

»Du wirst dir die Achselhöhlen rasieren müssen«, sagte Polly, als Clary den Trägerrock vorführte. »Ansonsten ist es vollkommen in Ordnung.«

Also lieh sie sich Pollys Rasierapparat und zog ihre besten Sandalen an und schrubbte sich die Nägel – sie knabberte nicht mehr soviel daran herum wie früher – und machte sich auf den Weg nach South Kensington, was bedeutete, in der Baker Street umzusteigen. Als sie vor Archies Wohnung stand und wartete, daß er auf ihr Klingeln reagierte, dachte sie daran, daß ihr Gesicht von dem Weg vom U-Bahnhof South Kensington bis hierher bestimmt knallrot angelaufen war, was überhaupt nicht gut zu dem Terrakottaton des Trägerrocks paßte, aber ...

»Bin ich froh, dich zu sehen!« rief er, als er die Tür öffnete, und sie wurde vor Freude ganz rot: Zum Glück war ihr so heiß, daß er es nicht bemerken würde.

Er hatte zwei Stühle auf seinen kleinen Balkon gestellt, der auf den Garten hinausging, und brachte ihr einen Gin mit Limone. Eigentlich mochte sie das Zeug nicht, aber alle tranken es.

»Und nun«, sagte er, »erzählst du mir, was es Neues gibt. Hast du Arbeit gefunden?«

»Nein. Ich hab' ein bißchen was für einen Freund von Louise getippt. Ein ziemlich schlechtes Theaterstück, aber das habe ich natürlich nicht gesagt.«

»Du könntest das besser, nicht wahr? Wieso machst du es eigentlich nicht?«

»Ich? Ein Stück schreiben?«

»Was schreibst du denn sonst?«

»Nichts.«

»Oh.«

»Ich habe an etwas geschrieben, aber dann wieder aufgehört. Was hältst du vom Sozialismus?« fragte sie, um das Thema zu wechseln, aber auch, weil sie ihn das ohnehin hatte fragen wollen.

»Ich nehme an, die Zeit ist jetzt reif dafür.«

»Glaubst du?«

»Ich denke, es steht jetzt an. Der Krieg ist ein ziemlicher Gleichmacher, weißt du. Wenn das Leben von praktisch allen auf dem Spiel stand, reagieren die Leute nicht mehr besonders tolerant gegenüber einem Klassensystem, in dem das Leben einiger weniger als wertvoller betrachtet wird.«

»Aber das haben sie doch früher nicht wirklich gedacht, oder? Das kann doch nicht sein. Glaubst du, daß die Leute nach dem Krieg auch *Frauen* ernster nehmen werden?«

»Keine Ahnung. Werden sie denn jetzt nicht ernst genommen?«

»Selbstverständlich nicht. Denk doch nur mal daran, daß Frauen immer die langweiligsten Arbeiten bekommen, und ich glaube nicht mal, daß sie dafür genauso bezahlt werden wie Männer. *Wenn* Männer solche Arbeiten machen würden.«

»Hast du vor, Frauenrechtlerin zu werden, Clary?«

»Könnte schon sein. Es geht beim Sozialismus doch um mehr Gerechtigkeit. Und dafür bin ich auch.«

»Das Leben *ist* ungerecht.«

»Das weiß ich – manchmal. Aber das sollte uns nicht aufhalten, es gerechter zu machen, so gut wir nur können. Ja. Ich denke, ich werde eine.«

»Sozialistin oder Frauenrechtlerin?«

»Ich könnte doch beides sein, oder? Mehr Gerechtigkeit für Frauen zu wollen gehört schließlich dazu, wenn man insgesamt mehr Gerechtigkeit will. Oder? Archie, bist du meiner Meinung, oder lachst du nur über mich?«

»Ich habe das unbehagliche Gefühl, daß ich deiner Meinung bin. Natürlich würde ich viel lieber lachen. Du kennst mich ja.«

Sie sah ihn an. Er hatte die langen Beine steif ausgestreckt und die Arme verschränkt, und er betrachtete sie mit dem üblichen Ausdruck unterdrückten Amüsements, aber sie bemerkte auch den klugen Blick, mit dem er sie bedachte, als sähe er sie tatsächlich ganz neutral.

»Eigentlich nicht«, sagte sie. »Plötzlich wundere ich mich darüber, wie *wenig* ich dich kenne.«

Viel später – sie saßen immer noch auf dem Balkon und aßen Dosenlachs und einen Salat, den Archie gemacht hatte – ging sie noch einmal darauf ein. »Das Problem ist, daß ich dich einfach für selbstverständlich gehalten habe. Das tun wohl alle Cazalets. Ich meine, überleg doch mal, wie du das Problem mit Neville gelöst hast. Ich kann mir keinen anderen vorstellen, der das geschafft hätte. Onkel Edward hätte einfach nur gemeint, alle Schulen seien schrecklich und damit müsse er leben. Onkel Hugh wäre hingefahren und hätte sie dazu gebracht zu *sagen*, sie würden dafür sorgen, daß die Schikanen aufhören. Und natürlich wäre alles so weitergegangen wie bisher. Tante Rach hätte mit ihm in den Ferien einen besonders schönen Ausflug gemacht.«

»Und was ist mit Zoë? Was hätte sie getan?«

»Absolut *gar nichts*. Sie fährt immer öfter nach London, und ansonsten verbringt sie ihre ganze Zeit mit Jules und damit, ihre Kleider zu ändern. Neville und ich rechnen einfach nicht mit ihr.«

»Und was *wirst* du nun machen? Ich meine, außer dich mit neuen Ideen zu befassen?«

»Keine Ahnung. Eine andere langweilige Stelle suchen, vermute ich.«

»Wieso kannst du nicht arbeiten *und* schreiben?«

»Ich weiß nicht mehr, worüber ich schreiben soll.«

»Was ist mit dem Tagebuch?« Er wußte davon, aber gezeigt hatte sie es ihm nie.

»Ich hab' irgendwie damit aufgehört.« Er wußte, daß sie es für ihren Vater geführt hatte.

Er schwieg einen Moment, dann sagte er: »Na ja, ein wichtiger Punkt an einem Tagebuch ist, daß es vollständig sein sollte. Du solltest wenigstens den Krieg bis zum Ende dokumentieren.«

»Mir ist einfach nicht danach.«

»Ha! Falls du das nicht weißt: Einer der Unterschiede zwischen Profis und Amateuren besteht darin, daß Amateure nur arbeiten, wenn ihnen danach ist, und Profis weitermachen, ganz gleich, wie sie sich fühlen.«

»Dann bin ich wohl kein Profi. So einfach ist das.« Sie sagte das, so aggressiv sie konnte. »Ich muß aufs Klo«, verkündete sie und ergriff die Flucht. Auf dem Klo weinte sie. »Wenn ich mit ihm über Dad rede, wird er nur versuchen, mit freundlichen Lügen zu verschleiern, was er wirklich denkt. *Er* glaubt nicht daran, daß Dad je wiederkommen wird. Und ich möchte gar nicht hören, was er *nicht* denkt.« Sie mußte sich die Nase mit Klopapier putzen, von dem sie aus Erfahrung wußte, daß es zu fest und ungeeignet dafür war.

Als sie zurück ins Wohnzimmer kam, hatte er schon abgeräumt und eine Lampe eingeschaltet. Er bat sie, sich aufs Sofa zu setzen, und er hockte sich am anderen Ende auf die Armlehne.

»Hör mal, Clary«, sagte er. »Ich weiß, wieso du aufgehört hast, Tagebuch zu schreiben, oder jedenfalls glaube ich es zu wissen. Du hast gedacht, er würde in dem Augenblick wiederkommen, in dem die Invasion begonnen hat. Ich glaube, das hätte ich an deiner Stelle auch angenommen, aber wenn man es mal von außen betrachtet, ist das sehr unwahrscheinlich. Die Alliierten sind nicht mal bis dahin gekommen, wo Pipette ihn zurückgelassen hat, und außerdem kann es ihn in all der Zeit Gott weiß wohin verschlagen haben. Die Nachrichtenübermittlung in Frankreich wird für einige Zeit eher noch schwieriger werden als besser. Ich versuche nicht, dich zu trösten«, sagte er scharf, »also brauchst du mich gar nicht so böse anzustarren. Ich sage dir, was ich *denke* – nicht, was ich empfinde. Also, wenn du die ganzen Jahre so sicher warst, was ihn angeht, gibt es jetzt keinen Grund, das zu ändern, nur weil wir jetzt in Frankreich sind. Wir haben das verflixte Land noch nicht befreit, und selbst wenn, wird doch erst mal Chaos herrschen.«

»Du versuchst nur, mir Hoffnung zu machen«, sagte sie.

»Ich versuche dir klarzumachen, daß es keinen triftigen Grund gibt, weniger Hoffnung zu haben als bisher.«

»Aber könnte er denn nicht einfach dahin gehen, wo die Alliierten sind, und sich melden? Er muß doch *wissen*, daß sie da sind – es ist jetzt schon Wochen her. Diese Frau, die ihnen geholfen hat – sie ist doch sicher bei der Untergrundbewegung. Sicher würde sie etwas für ihn tun können?«

Er stand auf, um sich seine Pfeife vom Kaminsims zu holen. »Na ja, abgesehen davon, daß er mit Sicherheit von der Invasion weiß, lautet die Antwort auf alle anderen Fragen nein oder sehr wahrscheinlich nein. Die Invasion bedeutet, daß alle, die im Untergrund arbeiten, Überstunden machen. Sie werden einfach nicht die Zeit haben, sich um einzelne zu kümmern. Es ist viel besser, wenn er sich ruhig verhält und bleibt, wo er ist, bis sich alles ein bißchen beruhigt hat.«

»Du glaubst es wirklich! Liebster Archie, du denkst dasselbe wie ich, nicht wahr?«

»Ich glaube nicht ...«, begann er, aber als er ihr Gesicht sah, hielt er inne. Sie konnte ihn nicht sehen, weil sie blind vor Tränen war. Er trat zu ihr und strich ihr über die Schulter.

»Clary. Es ist vollkommen egal, was ich denke. Du hast so lange durchgehalten, also gib jetzt nicht auf.«

»Erbärmlich von mir.«

»Ja, das wäre es.«

»Und außerdem ungerecht Dad gegenüber.«

»Jetzt fängst du schon wieder damit an. Mit Gerechtigkeit hat das nichts zu tun. Wir reden hier von Glauben, nicht von Politik. Magst du einen Tee?«

»Ich finde eigentlich«, sagte sie später, als sie ihm beim Abwasch half, »daß so manches im Leben gerechter ist, als die Leute glauben. Denk nur an die klassischen Tragödien. Schlechte Taten rächen sich – selbst Menschen, die Fehler gemacht haben, wie König Lear, müssen dafür zahlen. Mir macht die andere Seite Sorgen. Ich meine, wenn man auf das Gute setzt, wird man je dafür belohnt?«

»Das kann schon sein, aber vielleicht erkennst du es dann nicht«, erwiderte er und freute sich, weil sie sich so schnell gefaßt hatte. »Und jetzt werde ich dich ins Taxi setzen.«

Zum Abschied fragte er noch: »Hast du auch deinen Schlüssel dabei?«

»Aber natürlich, Archie. Ich bin neunzehn, ich bin kein Kind mehr.«

»Ich hab' ja nur gefragt. Ich weiß, daß du kein Kind mehr bist.«

Am nächsten Tag nahm sie ihr Tagebuch wieder auf.

Die Familie

April – August 1944

»Lieber Himmel! Ich wünschte *wirklich*, er würde nicht mehr ans Telefon gehen.«

Rachel warf ihrer Mutter einen erschrockenen Blick zu. Sie war vollkommen außer sich und zerknüllte ihr winziges Spitzentaschentuch mit ihren weichen mauvefarbenen Fingern (sie hatte Schwierigkeiten mit der Durchblutung).

»Was hat er denn jetzt wieder angestellt?«

»Er hat Brigadier Anderson und seine Frau *schon wieder* zum Abendessen eingeladen.«

»Sie waren doch erst vor zehn Tagen hier!«

»Das hat sie nicht davon abgehalten, die Einladung anzunehmen. Mrs. Anderson hat im Moment keine Köchin, also ist sie natürlich ganz versessen darauf auszugehen.«

»Und er vermutlich auch, weil sie ihn zu Tode langweilt. Keine Sorge, Liebes. Wir können wieder Kaninchen machen, und im Garten gibt es eine Menge Gemüse.«

»Glaubst du, wir könnten das Telefon woanders hinstellen? Würde ihm das auffallen? Denn wenn es nicht mehr in seinem Arbeitszimmer stünde, würde so etwas überhaupt nicht mehr passieren. Mrs. Cripps hat schon genug zu tun.«

»Das würde ihn aber sehr stören. Er glaubt, es sei *sein* Telefon. Wir könnten ein anderes besorgen und es woanders anschließen, denke ich.«

»Ach, so weit sollten wir dann doch nicht gehen.« Die Duchy hatte Telefone immer als dekadenten Luxus betrachtet und war eigentlich dafür gewesen, den Apparat in dem kleinen Flur zu installieren, der zur Kellertreppe führte, damit die Benutzer dem schlimmsten Durchzug im ganzen Haus ausgesetzt waren. Der Brig hatte sich allerdings durchgesetzt, und seitdem er blind war, lag er den ganzen Tag auf der Lauer nach einem Klingeln.

»Na gut, ich werde es eben mit Mrs. Cripps aufnehmen müssen. Es geht ja nicht nur um zwei Esser mehr, es bedeutet auch, daß sie mindestens noch einen Gang zusätzlich vorbereiten muß.«

»Soll ich deine Briefe einwerfen?«

»Das sind nicht meine. Dolly hat geschrieben. Sie ist dazu übergegangen, an all ihre Freundinnen aus der Jugendzeit zu schreiben, von denen einige verheiratet sind, aber ich weiß nicht mehr, welche, und die meisten sind tot. Sieh doch nur: Mabel Green, Constance Renishawe, Maud Pemberton – und bei manchen hat sie nicht mal die Adresse angegeben.«

»Aber sie ist wenigstens zufrieden und beschäftigt, Liebes.«

»Nur, daß nie jemand zurückschreibt! Und sie fragt mich – mehrmals täglich –, ob sie keine Post bekommen hat. Es ist so traurig, ich habe mir schon überlegt, ob *ich* ihr nicht schreiben sollte. Ich hoffe wirklich, mein Liebes, daß ich einmal nicht so senil werde und dir solche Probleme bereite.«

Rachel beruhigte sie, weil ihr selbstverständlich, wie sie auf dem Weg die Einfahrt und dann die Straße entlang zum Briefkasten dachte, gar nichts anderes übrigblieb. Aber Tatsache war, daß die Anzahl der Alten und Gebrechlichen im Haus langsam die der Jungen und Gesunden überstieg. Alle wurden aufs heftigste beansprucht: Ellens Rheuma war stetig schlimmer geworden, und nun hatte sie schon Schwierigkeiten, auch nur die Treppe hinauf- und hinunterzugehen, und war kaum mehr agil genug, sich um die Kinder zu kümmern. Mrs. Cripps hatte Probleme mit ihren Beinen; selbst die dicken Stützstrümpfe, die sie neuerdings trug, halfen nicht viel gegen ihre Krampfadern, und die Duchy lebte in ständiger Angst, die Köchin könne eines Morgens bei der

Haushaltsbesprechung verkünden, es werde ihr alles zuviel. McAlpine war nicht nur von Arthritis geplagt, sondern hatte auch noch praktisch sämtliche Zähne verloren, und da er sich weigerte, das Gebiß zu tragen oder wenigstens bei seinen Eßgewohnheiten auf diesen Zustand Rücksicht zu nehmen, hatte er häufig schwere Magenverstimmungen, die seine ohnehin schlechte Laune nicht eben besserten. Der Brig war nicht nur blind, sondern hatte auch zunehmend Probleme mit der Lunge, was von den Zigarren, die er auf keinen Fall aufgeben wollte, nicht besser wurde; im Winter hatte er regelmäßig mit Bronchitis im Bett gelegen und zweimal Lungenentzündung gehabt, und nur diese neue amerikanische Wunderarznei hatte ihn retten können. Die Duchy schien sich erstaunlich gut zu halten; trotz ihrer vierundsiebzig Jahre war ihr Haar immer noch dunkelgrau und ihr Rücken gerade wie eh und je, aber Rachel war aufgefallen, daß sie sich schneller über Kleinigkeiten aufregte und die Nachteile der Haushaltsführung in Kriegszeiten beklagte. Miss Milliment, deren Alter niemand genau wußte, die Rachel aber für über achtzig hielt, was offenbar ziemlich plötzlich sehr schwerhörig geworden, ein Zustand, den sie angestrengt zu verschleiern suchte. Sie leistete zweifellos noch viel, unterrichtete am Morgen die kleineren Kinder und las nachmittags dem Brig vor, aber nach dem Abendessen ging sie sofort ins Bett, und an Sonntagen verbrachte sie oft auch den Morgen dort. Sie trottete immer noch umher, wenn auch etwas unsicher, aber Rachel war aufgefallen, daß sie manchmal das Gesicht verzog, wenn sie an Möbelstücke stieß, als tue ihr etwas – wahrscheinlich die Füße – ziemlich weh. Zum Haushalt gehörten immer noch vier Kinder: Wills, Roly und Juliet, jetzt sechs, fünf und vier Jahre alt, von ihnen konnte man nicht erwarten, daß sie bei der Arbeit halfen, auch wenn Ellen ihnen hin und wieder kleine Aufträge erteilte; und dann war da noch Lydia, mittlerweile dreizehn, die während der Schulzeit ziemlich allein war; nur wenn Neville in den Ferien heimkam, hatte sie jemanden zum Spielen. Man konnte sich bei ihr nie darauf verlassen, daß sie zwei Tage hintereinander dieselben Arbeiten erledigte. Dazwischen waren Villy, die vollkommen unentbehrlich geworden war, Tonbridge, der eine Anzahl kleiner Arbeiten übernommen hatte, die normalerweise nichts mit den Aufgaben eines Chauffeurs zu tun hatten. (Es machte ihm überhaupt nichts aus, für Mrs. Cripps die Speisekammer neu zu streichen, aber er konnte es nicht ausstehen, mit den Pferden zu tun zu haben, vor denen er sich schlichtweg fürchtete. Nachdem der arme alte Wren von ihnen gegangen war, hatten sie sich vor der Alternative gefunden, entweder jemand anderen für die Pferde zu suchen oder sie abzuschaffen, und von letzterem hatte der Brig kein Wort hören wollen.) Zoë war zu nicht viel nütze; sie hatte Rachel immer leid getan, weil sie hier auf dem Land festsaß und mit der schrecklichen Unsicherheit wegen Rupert leben mußte. Einige Zeit hatte sie im Pflegeheim unten an der Straße gearbeitet, aber aus irgendeinem Grund hatte sie damit aufgehört und fuhr jetzt häufig nach London, um dort eine verheiratete Freundin zu besuchen. Juliet überließ sie bei diesen Gelegenheiten Ellen, und Rachel hielt das für ein wenig egoistisch, obwohl sie immer wieder Entschuldigungen für Zoë fand – sie war noch nicht einmal dreißig, hatte nicht viel Spaß im Leben gehabt und natürlich das Recht, auch außerhalb der Familie Freunde zu haben. Trotzdem, schon allein Juliet war im Grunde zuviel für Ellen, und wenn Zoë von ihren Besuchen in London zurückkam, schlief sie morgens sogar noch länger als sonst und erklärte oft, sie sei zu müde, um mit den Kindern einen Nachmittagsspaziergang zu machen.

Immerhin hatten sie noch Eileen, die wirklich nicht mit Gold zu bezahlen war, und Lizzie, die auch im Haus helfen mußte, wenn sie nicht für Mrs. Cripps schuftete – also waren sie immer noch erheblich besser dran als viele andere.

Und ich tue mein Bestes, dachte sie, und könnte so viel mehr tun, wenn mein verflixter Rücken nicht wäre. Tatsächlich wäre es ihr jedoch schwergefallen, noch mehr in ihren Tagesablauf einzuflechten, selbst mit gesundem Rücken. Sie kümmerte sich um Tante Dolly, die ein Stadium erreicht hatte, in dem praktisch vollständiger Gedächtnisverlust, kombiniert mit einer relativ guterhaltenen Beweglichkeit, sie zu einer Gefahr für sich selbst werden ließ. Seit einiger Zeit neigte sie dazu, nachts aufzustehen und umherzuwandern. Sie hatte um vier Uhr morgens den Frühstücksgong geläutet, weil, wie sie erklärte, die Dienstboten nicht gekommen seien, als sie gerufen habe, und sie hungrig gewesen sei. Um diese Jahreszeit konnte es auch passieren, daß sie die Einfahrt entlangspazierte, um sich mit Leuten zu treffen, die dann natürlich nie erschienen. Dann wurde sie weinerlich, aber mit einer Süßigkeit war sie wieder zu trösten. Rachel und Villy wechselten sich damit ab, sie morgens anzuziehen und die Treppe hinunter ins Morgenzimmer zu bringen, was, wie Villy immer sagte, der Verlegung eines Bataillons gleichkam. Sie brauchte eine zusätzliche Strickjacke, das Buch, das sie gerade las, ihr Schreibetui, ihre Handarbeitstasche, ihre Pantoffeln, für den Fall, daß die Schuhe zu eng wurden, einen Hut, falls sie in die Sonne hinausgehen wollte, und ihre Brille. Ihre Schere mußte von dem Stuhl losgebunden werden, auf dem sie in ihrem Schlafzimmer immer saß, und an dem befestigt, den sie unten benutzte. Wenn man Scheren anband, wurde sie nie müde zu erläutern, konnten sie nicht verlorengehen. Nachdem sie die Todesanzeigen in der *Times* gelesen hatte, raffte sie sich, wenn man Glück hatte, zu einer Handarbeit auf und konnte einige Zeit allein gelassen werden. An schlechten Tagen spazierte sie umher, und für jemanden, der sich nur sehr langsam und zittrig fortbewegte, kam sie dabei erstaunlich weit. Den Kindern hatte man eingeschärft, sie sollten, wenn sie sie fanden, sagen, Kitty wolle sie unbedingt sprechen, und sie dann nach Hause begleiten.

Als Rachel nun etwas langsamer den Hügel hinauf zurückging, dachte sie darüber nach, daß Dolly wohl dem Ende ihres Lebens sehr nahe war, unter anderem auch, weil sie nach Flos Tod niemanden mehr hatte, für den sie leben wollte. Sie war zwei Jahre älter als die Duchy und fünf Jahre jünger als der Brig. Aber ganz gleich in welcher Reihenfolge, sie werden alle in den nächsten paar Jahren sterben, dachte Rachel. Dann bin nur noch ich übrig. Dann werde ich mit Sid zusammenleben können. Sie war sich vage bewußt, daß diese Aussicht eher einen Trost als ein Ziel darstellte, und schob die unguten Gefühle darauf, daß sie deprimiert war. Es war ein warmer und sehr windiger Tag – überhaupt kein richtiges Juniwetter. Montage waren immer trostlos, weil Edward und Hugh frühmorgens nach London fuhren. In der Einfahrt begegnete sie Tonbridge, der mit einer Schubkarre voller Flaschen zur Quelle fuhr, um dort Trinkwasser zu holen. Er trug Ledergamaschen, die irgendwie seine krummen dünnen Beine betonten, seine graue Chauffeurhose und ein kragenloses Hemd, dessen Ärmel er aufgerollt hatte. Früher einmal hätte er sich nicht im Traum in solch einem Aufzug vor einem Familienmitglied sehen lassen, und auch heutzutage bestand er darauf, sie in vollständiger Uniform zu fahren, aber jetzt mußte er so vieles tun, wofür er eigentlich gar nicht zuständig war, und er wollte auf keinen Fall seine gute Jacke dabei ruinieren. Er erwiderte ihren Gruß mit dem etwas dümmlichen Lächeln eines Mannes, der sich bei einer erniedrigenden Arbeit ertappt findet. »Was würden wir nur ohne Sie anfangen!« rief sie und sah, wie seine bleiche, feuchte Stirn vor Freude rosarot anlief. Seine Mutter kann nicht sehr nett zu ihm gewesen sein, dachte sie, und dann diese schreckliche Frau. Es gab Gerüchte um eine Scheidung, und Lydia behauptete, er hege Absichten in bezug auf Mrs. Cripps. »Ich habe mal gesehen, wie er ihr den Arm um die Taille gelegt hat. Nicht ganz rum, das könnte niemand schaffen, aber ein ganzes Stück weit.«

Als sie wieder ins Haus kam, geriet sie sofort in die Fänge des Brig, der in seinem strategisch äußerst günstig gelegenen Arbeitszimmer gelauert hatte.

»Bist du das, Rachel?« rief er. »Kannst du mal eine Minute reinkommen? Genau die Frau, auf die ich gewartet habe!«

Er saß an seinem riesigen Schreibtisch und hatte nichts zu tun.

»Sehr merkwürdig«, meinte er. »Wirklich sehr merkwürdig. Das Telefon hat geklingelt. Eine Frau namens Eileen oder *Isla*, jedenfalls hat es sich so angehört – verdammt alberner Name! –, sagte, sie wolle mit Mr. Cazalet sprechen. ›In Dianas Cottage hat es gebrannt‹, hat sie gesagt. Ich meinte, sie müsse die falsche Nummer haben, aber sie schien ganz sicher. Dann stellte sich heraus, daß sie mit Edward reden wollte. Wohnt in Wadhurst. Sie sagte, sie wolle rüberfahren und diese Diana retten – keine Ahnung, was das alles mit Edward zu tun haben soll. Ich hab' nach Villy gerufen, aber sie ist offenbar nicht in Hörweite ...«

Rachel meinte: »Es hört sich nicht an, als habe es irgend etwas mit Villy zu tun. Ich rufe Edward an, wenn du willst.«

»Na gut, erzähl's ihm, aber was um alles in der Welt er gegen ein Feuer im Haus einer ihm unbekannten Frau ausrichten soll, ist mir schleierhaft. So eine Unverschämtheit! Na, ruf ihn lieber an.«

Sie wünschte, sie könnte ihn für ein paar Minuten loswerden und in Ruhe mit Edward reden, aber sie wußte, daß dazu keine Hoffnung bestand. Sie sprach mit Miss Seafang, die erklärte, Mr. Edward sei im Augenblick nicht in seinem Büro, aber sie werde ihn suchen. Ob er zurückrufen solle? »Ich hoffe, bei Ihnen ist alles in Ordnung?« fügte sie in einem Tonfall hinzu, der nicht ganz verbarg, daß sie das Gegenteil viel interessanter fände.

»Ja, Miss Seafang, vielen Dank«, erwiderte Rachel und fügte dann zur Sicherheit noch hinzu: »Aber es wäre mir recht, wenn er so bald wie möglich anrufen würde. Würden Sie ihm ausrichten, es sei ziemlich dringend?« Aber selbstverständlich.

»Brig, Lieber, ich glaube, es wäre ganz gut, diesen Anruf Villy gegenüber nicht zu erwähnen.«

»Ach ja?« sagte er. »*Ach ja?*« Dann erhob er sich knurrend. »Reich mir mal diesen albernen Stock«, sagte er. »Ich glaube, ein bißchen frische Luft würde mir ganz guttun.«

Als Edward zurückrief, nur Minuten später, erstattete sie Bericht und sagte, es habe sich eher nach einem Sturm im Wasserglas angehört, aber Edward fragte sofort: »Hat er Villy davon erzählt? Der Brig, meine ich.«

»Nein. Ich hab' ihn gebeten, das nicht zu tun.«

»Gut. Was für ein Chaos! Ich kann nicht verstehen, wie diese verflixte Schwägerin auf die Idee gekommen ist – Villy hat Diana selbstverständlich kennengelernt, aber das ist Jahre her, und wahrscheinlich erinnert sie sich nicht mehr daran. Ihr Mann ist gefallen, das arme Ding, und sie steht ziemlich allein da.«

»Edward, ich möchte eigentlich nicht mehr darüber wissen.« Sie konnte nicht ertragen, wie er versuchte, sich aus der Affäre zu ziehen.

»Gut. Also, danke, daß du mir Bescheid gesagt hast.« Er legte auf.

Edward hat immer geflirtet, mit jeder attraktiven Frau, die ihm begegnet ist, dachte Rachel, aber ihr war unbehaglich zumute. Ihre Erfahrungen, was Edward und Frauen anging, lagen weit zurück, stammten überwiegend noch aus seiner Junggesellenzeit, als er, gerade aus dem Krieg zurückgekehrt, ständig unterwegs gewesen war, auf Tanzveranstaltungen und zum Tennis, und ununterbrochen kleine Geschenke für Dutzende von Mädchen gekauft hatte. Nach seiner Heirat hatte sie angenommen, er sei ruhiger geworden, aber sie konnte ihrer eigenen Reaktion entnehmen, daß sie irgendwie immer gewußt hatte, daß dies nicht der Fall war. Natürlich konnte es nichts *Ernstes* sein – aber er hatte sich doch ziemliche Sorgen gemacht, das Villy davon hören könnte ... Die Tatsache, daß er an den Wochenenden nicht immer nach Hause kam, erhielt plötzlich eine andere Bedeutung – etwa jedes vierte Wochenende blieb er in London. Aus Gründen, die ihr nie so recht klargeworden waren, wohnte er dort auch nicht mehr bei Hugh. Damals hatte es niemanden gewundert, weil Polly und Clary zu Hugh gezogen waren ... Villy hatte einmal in seiner Wohnung in London übernachtet und berichtet, es sei eine schreckliche, kleine, anonyme Absteige, aber sie war ein- oder zweimal hingefahren ... Obwohl sie Villy nie besonders umgänglich gefunden hatte, hatte sie sie doch sehr liebgewonnen und bewunderte die Schwägerin, weil sie so hart arbeitete. Sie war sicher, es würde Villy furchtbar aufregen, wenn sie herausfand, daß Edward mit einer anderen flirtete. Vielleicht, dachte sie, wäre es gut, wenn Hugh einmal mit ihm reden würde. Als sie sich auf die Suche nach der Duchy machte, um zu sehen, ob sie die Besprechung mit Mrs. Cripps überstanden hatte, fiel ihr plötzlich auf, daß sie an diese Person namens Diana, deren Mann gefallen war und deren Cottage brannte, noch keinen Gedanken verschwendet hatte. Diese Eileen oder Isla mußte sich schreckliche Sorgen gemacht haben, sonst hätte sie sicher nicht versucht, Edward zu erreichen. Immerhin bestand auch die Möglichkeit, daß Diana die Witwe eines von Edwards Offizierskollegen bei der Luftwaffe war. Es würde zu ihm passen, wenn er versprochen hätte, sich ein bißchen um sie zu kümmern. Und Edward hatte vielleicht einfach nur Angst, Villy könne eifersüchtig werden, selbst wenn dazu kein Grund bestand ... Der Gedanke, daß jemand sich um andere kümmerte, machte die ganze Episode für sie gleich viel erträglicher.

»Das hat man mir gesagt.«

»Wie meinst du das?«

»Deine Schwägerin hat heute früh in Home Place angerufen, um Bescheid zu sagen.«

»Das *kann* nicht sein!«

»Ich versichere dir, sie hat es getan. Sie hatte meinen Vater am Apparat – zum Glück hat er es meiner Schwester erzählt, nicht meiner Frau. Rachel hat mich angerufen.«

»Wie ist sie nur auf die Idee gekommen?«

»Wie war das überhaupt möglich? Du mußt ihr die Nummer gegeben haben.«

»Edward, natürlich habe ich das nicht getan! Sie muß sie von der Auskunft bekommen haben.«

»Aber du hast ihr von dem Feuer erzählt.«

»Sicher. Es ist so ein Durcheinander, ich mußte sie bitten, die Kinder zu nehmen, während ich versuche, hier wieder Ordnung zu schaffen.« Sie schwieg einen Augenblick, dann sagte sie: »Das Wohnzimmer steht einen Fuß tief unter Wasser.«

»Wie konnte so etwas überhaupt passieren?«

»Es war der Kamin. Ein großer Dachbalken hat Feuer gefangen, genauer gesagt, war es ein Schwelbrand. Ich bin raufgegangen, weil ich glaubte, Susan zu hören, und das Kinderzimmer war voller Qualm. Es war unglaubliches Glück, daß ich raufgegangen bin. Sie hätten beide tot sein können.«

»O Gott! Was für ein furchtbares Pech. Wo bist du denn jetzt?«

»Im Pub hier im Dorf. Mein Telefon funktioniert nicht. Isla ist vorbeigekommen und hat Gott sei Dank die Kinder mitgenommen.«

»Ich hoffe, du hast ihr eingeschärft, daß sie auf keinen Fall wieder bei mir zu Hause anrufen soll.«

»Das konnte ich doch nicht! Erstens hab' ich noch nichts davon gewußt, als sie hier war, und zweitens würde sie Verdacht schöpfen.«

»Das tut sie ja wohl ohnehin, sonst hätte sie nicht versucht, Ärger zu machen. Du *mußt* es ihr verbieten.«

»Edward, ich habe letzte Nacht kein Auge zugetan. Ich bin vollkommen fertig, die Kinder hätten tot sein können, und das Haus ist in einem unbeschreiblichen Zustand. Ich finde wirklich, du solltest ein bißchen ...« Die Verbindung brach ab. Er hatte doch wohl nicht aufgelegt? Sie wartete eine Minute, ob er zurückrufen würde, dann wurde ihr klar, daß er ja die Nummer nicht wußte. Aber irgendwie hielt ihr Stolz sie davon ab, *ihn* noch einmal anzurufen – nicht zuletzt hatte sie Angst, daß er, wenn sie es täte, Dinge sagen würde, die sie nur noch wütender machen würden. Das wäre dann wirklich zuviel für mich, dachte sie müde, als sie gegen den Wind zum Cottage zurückradelte.

Im Cottage roch es nach verbranntem Holz. Ein Teil des Wassers war abgeflossen, aber überall im Erdgeschoß standen noch schmutzige Pfützen – im Wohnzimmer, der kleinen Küche und der Toilette. Sie holte sich den Mop und einen Eimer und machte sich an die Arbeit.

Sie wischte und wischte, schob Möbel hin und her und stolperte immer wieder mit zahllosen Eimern schmutzigen Wassers nach draußen. Ihre Wut auf Edward verlieh ihr Kraft: Ihr fiel auf, daß alle Vorteile des Cottages (seine abgeschiedene Lage und so weiter) nur für ihn Vorteile gewesen waren, sich jetzt aber in Nachteile für sie verwandelten. Sie hatte keine nahen Nachbarn und konnte daher nicht erwarten, daß jemand ihr Hilfe anbot, außerdem kannte sie niemanden in dem eine Meile entfernten Dorf gut genug, um darum bitten zu können oder auch nur das Telefon irgendwelcher Leute zu benutzen. Das Cottage, ursprünglich für einen Jagdaufseher gebaut, lag am Ende eines Feldweges, und dahinter begann der Wald. Es gab keinen elektrischen Strom, und Wasser wurde von einer lauten, widerspenstigen kleinen Motorpumpe aus dem Brunnen gepumpt, aber dafür war die Miete kaum der Rede wert, der Hauptgrund dafür, daß sie das Haus genommen hatte. Angus' Eltern zahlten zwar die Hälfte des Schuldgelds für die älteren Jungen, aber es blieben immer noch die Kleider – Schuluniformen, Sportsachen – und die Zahnarztkosten, das Taschengeld, die Fahrkarten nach Schottland in den Ferien und all das – und dann hatte sie noch nicht einen Pfennig für sich und Jamie und Susan bezahlt. Geld war wirklich äußerst knapp, und es bestand keine Aussicht, daß das jemals besser würde. Und obwohl es langsam danach aussah, als ginge der Krieg zu Ende, war sie einer Heirat mit Edward nicht näher als an jenem Tag, als sie ihn kennengelernt hatte. Sie war vierundvierzig und saß in diesem isolierten Versteck fest, und er, mittlerweile achtundvierzig (für einen Mann war das etwas ganz anderes) lebte, praktisch von Villy getrennt, allein in London, und es war sehr wahrscheinlich, daß er irgendwann eine Frau finden würde, die jünger und zugänglicher war. Edward besuchte sie jede Woche auf dem Weg nach Home Place, und etwa einmal im Monat richtete er es ein, daß sie ein Wochenende zusammen verbringen konnten. Aber bei diesen Gelegenheiten wurde sehr deutlich, daß er das Cottage unbequem und langweilig fand; jedesmal wollte er, daß sie mit ihm nach London kam. Das wiederum konnte sie nur, wenn sie jemanden hatte, der auf die Kinder aufpaßte: Isla half ihr hin und wieder, wenn sie ihr lange genug schmeichelte, manchmal auch eine alte Kinderfrau, die sich schon um die älteren Jungen gekümmert hatte, als diese noch klein gewesen waren. Aber oft genug wurde nichts aus ihren Plänen, und Edward mußte sich mit dem Cottage und selbstgekochten Mahlzeiten zufriedengeben und mit dem Umstand, daß sie nur allein sein konnten, wenn die Kinder endlich im Bett waren. An diesem Punkt fiel ihr auf, daß Isla ihre Informationen vermutlich Jamie entlockt hatte, der von Edwards Besuchen im Cottage erzählt haben mußte – eigentlich hätte sie das voraussehen müssen.

Als sie das Wasser aufgewischt hatte, sah sie, daß der Fußboden noch geschrubbt werden mußte, aber ihr war flau vor Erschöpfung und Hunger. Sie riß alle Fenster und die Hintertür auf, um das Haus zu lüften, und ging in die Speisekammer, um sich etwas zu essen zu holen. Es war nicht viel da – sie hatte heute früh eigentlich ihren allwöchentlichen Einkauf erledigen wollen –, es gab nur noch einen Brotkanten und die Reste einer Packung Frühstücksflocken, aber keine Milch, weil sie die Jamie und Susan zum Frühstück gegeben hatte. Sie kochte sich Tee und aß die Frühstücksflocken mit Wasser, was ziemlich eklig schmeckte. Sie würde einkaufen müssen, wenn sie am Abend etwas essen wollte, aber jetzt war sie stur darauf fixiert, erst einmal den Boden zu putzen. Als sie zur Hälfte fertig war, kam kein Wasser mehr aus dem Hahn in der Küche, und als sie versuchte, die Pumpe anzulassen, stellte sie fest, daß sie nicht mehr arbeitete. Wahrscheinlich ist das Wasser in die Batterie gelaufen, dachte sie, aber das hieß auch, daß sie den Boden nicht sauber bekommen würde und nicht einmal baden konnte, und sie war wirklich verdreckt. Außerdem war es beinahe sechs, und die Läden hatten schon lange zu. Als sie den Putzlumpen und den Schrubber holen wollte, die sie im Wohnzimmer gelassen hatte, rutschte sie auf der Putzseife aus und verstauchte sich den Knöchel. Auf dem Boden sitzend, brach sie in Tränen aus.

So fand sie Edward – sie hatte wegen der vielen Flugzeuge, die über das Cottage donnerten, seinen Wagen nicht gehört.

»Mädchen! Diana, Liebes! Was ist denn?«

Der Schreck darüber, daß er so plötzlich vor ihr stand, ließ sie nur noch mehr weinen. Er beugte sich vor, um ihr auf die Beine zu helfen, aber als sie versuchte zu stehen, tat ihr Knöchel so weh, daß sie vor Schmerz aufschrie. Er hob sie aufs Sofa.

»Du hast dir den Knöchel verstaucht«, sagte er, und sie nickte – ihre Zähne klapperten.

»Es war kein Wasser mehr da. Ich konnte nicht fertig putzen.« Das kam ihr so traurig vor, daß sie wieder weinte.

Er holte ihren Mantel, der an einem Haken neben der Tür hing, und deckte sie damit zu.

»Hast du Whisky im Haus?«

Sie schüttelte den Kopf. »Den haben wir letztes Mal ausgetrunken.«

»Ich hab' welchen mitgebracht. Er ist im Wagen. Bleib, wo du bist.«

Die ganze Zeit, während er den Whisky holte, ein Glas suchte, ihr sein dunkelgrünes Seidentaschentuch reichte und sich einen Stuhl zu ihr hinzog, gab er ermutigende, tröstliche kleine Sätze von sich: »Arme Kleine, du *hast* es aber auch schwer! Ich bin gekommen, so schnell ich konnte. Bis ich endlich die Telefonnummer von diesem Pub herausgefunden hatte – ich konnte mich einfach nicht mehr daran erinnern, wie er heißt –, warst du schon weg. Ich weiß nicht, warum die Verbindung plötzlich weg war. Ich war so ekelhaft zu dir – und das nach allem, was du durchgemacht hattest. Kein Schlaf, und ich wette, du hast auch nichts gegessen. Was du brauchst, wenn du das hier getrunken hast, ist ein schönes heißes Bad, und dann lade ich dich zum Essen ein.«

Sie erwiderte ziemlich gereizt: »Ich kann nicht! Ich könnte gar nicht in die Wanne steigen. Und außerdem ist kein Wasser mehr da. Nicht ein Tropfen.«

»Na, dann setze ich dich ins Auto und fahre mit dir in ein Hotel.«

Sie spürte, wie ihr Unmut, der sich bei seinem Auftauchen zunächst in reine Erleichterung aufgelöst hatte, zurückkehrte. Er glaubte immer, daß alles mit ein paar vorübergehenden Bequemlichkeiten gelöst werden konnte. Er würde sie ausführen und dann wieder an diesen gottverlassenen Ort bringen, wo sie außer den Ladeninhabern und dem Mann, der hoffentlich die Pumpe reparieren würde, keine erwachsenen Gesprächspartner hatte. Alles würde bleiben, wie es gewesen war: Sie würde einsam sein, arm und mit zunehmendem Alter immer ängstlicher, was ihre Zukunft anging, und eines Tages, das wußte sie, würde er sie verlassen. Sie wollte sagen: »Und was dann?«, aber instinktiv hielt sie sich zurück. Sie hatte das Gefühl, daß es hier buchstäblich um ihr Leben ging, und beschloß, lieber der Falschheit zu vertrauen als einen entscheidenden Fehler zu machen.

Sie blickte zu ihm auf, die hyazintenblauen Augen tränenfeucht: »O Liebling, das wäre wirklich wunderbar!«

Seit ihrer ersten Begegnung damals im Zug hatte Zoë das Gefühl, ihr Leben sei zerrissen, nicht in gleichmäßige Hälften, aber in zwei Teile. Auf der einen Seite waren Juliet und das Cazaletsche Familienleben mit all seinen Entbehrungen, seiner Routine, seinen Pflichten und all der Wärme und Anteilnahme – und auf der anderen war Jack. Jacks Anteil war der kleinere, ein paar gestohlene Tage und Nächte hier und da, aber sie waren so angefüllt mit Erregung, Liebe und ihr bis dahin unbekannten Annehmlichkeiten, daß er den größeren Teil ihrer Gedanken in Anspruch nahm und ihre Aufmerksamkeit jederzeit von allem anderen ablenken konnte. Am Anfang war es natürlich nicht so gewesen; sich dafür zu entscheiden, nicht direkt nach Hause zu fahren, sondern in London zu bleiben und mit ihm essen zu gehen, mit einem attraktiven Fremden, der sein Interesse an ihr so deutlich gezeigt hatte, war aufregend und, so hatte sie sich gesagt, vielversprechend gewesen – es war Jahre her, daß sie mit einem Mann in einem Restaurant gewesen war, und sie hatte es als einen etwas verruchten Luxus betrachtet. Nicht mehr. Die Tatsache, daß sie mit Archie zum Mittagessen verabredet war – etwas, worauf sie sich aus fast demselben Grund gefreut hatte –, schien plötzlich nicht mehr zu zählen. Sie hatten zusammen gegessen, aber nachdem sie einem vorübergehenden Drang, ihm alles zu beichten, widerstanden hatte, war ihr nicht mehr viel eingefallen, was sie hätte sagen können. Archie war die Freundlichkeit selbst gewesen: Er hatte ein Geschenk für Juliet dabeigehabt und geduldig ihren Klagen über den langweiligen Besuch bei ihrer Mutter gelauscht. Als sie im Kaffeezimmer seines Clubs saßen und bitteren Kaffee aus kleinen Täßchen tranken, hatte er nach längerem Schweigen schließlich gesagt: »Arme Zoë! Du befindest dich in einem schrecklichen Schwebezustand, nicht wahr? Möchtest du darüber reden? Mir ist ziemlich klar, daß du das zu Hause nicht kannst.«

»Ich weiß nicht, was ich sagen soll. Außer – du glaubst doch auch nicht, daß Rupert noch lebt, oder?«

»Nein, das glaube ich nicht. Es ist schon zu viel Zeit vergangen. Er *könnte* natürlich ...« Er ließ den Satz in der Luft hängen.

»Ich habe immer das Gefühl, ich *sollte* glauben, daß er noch lebt. Und ich kann es nicht. Ich wünschte, ich wüßte etwas Konkretes. Das alles macht mich so – ach, ich weiß nicht ...«

»Wütend, würde ich annehmen«, sagte er. »Tut mir leid, daß dieser Kaffee so schrecklich ist. Möchtest du einen Cognac, um ihn runterzuspülen?«

Das Bedürfnis, ihm alles zu erzählen, kehrte zurück. Sie akzeptierte den Cognac.

Sie wartete, bis der Kellner ihnen die Getränke gebracht hatte, dann berichtete sie. »Mir war einfach danach, mit ihm essen zu gehen«, schloß sie. »Es kam mir wie ein kleines Abenteuer vor.«

»Ja.«

»Findest du das schlimm?«

»Nein.«

»Das Problem ist nur, ich werde den letzten Zug verpassen.«

Er suchte in der Jackentasche und hielt ihr einen Schlüssel hin. »Du kannst bei mir übernachten, wenn du willst. Falls es nötig sein sollte.«

»Archie, das ist nett von dir. Du wirst es doch niemandem erzählen, nicht wahr?«

»Ganz bestimmt nicht.«

Auf der Treppe zum Club hatte er gefragt: »Und was hast du bis zum Abendessen vor?«

»Oh, ich dachte, ich versuche, irgendwo ein Kleid zu finden. Ich habe keins mit zu Mummy genommen – kein passendes, meine ich.« Sie spürte, wie sie errötete.

»Und dein Gepack?«

»Ist bei der Gepäckaufbewahrung in Charing Cross. Bis auf einen kleinen Koffer.« Sie hatte in der Damentoilette des Bahnhofs umgepackt, so daß sie zumindest ihre Make-up-Utensilien und ihre guten Schuhe dabeihatte.

»Wenn du dich in meiner Wohnung umziehen möchtest, kannst du das gern tun. Hast du überhaupt meine Adresse?«

»Gut, daß du daran gedacht hast! Natürlich nicht.«

Er holte einen kleinen Kalender aus der Tasche, hielt ihn gegen die Säule des Portikus und schrieb ihr die Adresse auf.

»Elm Park Gardens. In der Nähe von South Kensington. Paß auf den Schlüssel auf, ja? Du brauchst nicht zu klingeln. Komm einfach oder bleib weg, ganz wie es sich entwickelt.« Er beugte sich zu ihr hinab und gab ihr einen Kuß auf die Wange. »Ich wünsche dir einen schönen Abend.«

Danach, in einem Taxi unterwegs zu Hermione, dachte sie darüber nach, daß er es auch für möglich gehalten hatte, daß sie gar nicht bei ihm übernachtete. Hielt er sie für eine Frau, die die Nacht mit einem vollkommen Fremden verbrachte, mit dem sie nur zum Abendessen verabredet war? Das empörte sie ein wenig.

Aber sämtliche Zweifel, die Archie gehegt haben mochte, erwiesen sich als sehr begründet. Sie verbrachte die Nacht – oder was davon übrigblieb – in einer kleinen Wohnung in Knightsbridge. »Meine Absichten«, hatte Jack während des Essens gesagt, »sind durch und durch ehrenhaft. Ich möchte Sie verführen.«

Beim Essen noch empfand sie das als verrückt, wenn auch schmeichelhaft; sie hatte nicht vor, ihm Erfolg zu gönnen.

»Ich schlafe für gewöhnlich nicht mit Männern, die ich gerade erst kennengelernt habe«, hatte sie erklärt.

»Und ich möchte mit Ihnen nichts von dem tun, was Sie für gewöhnlich tun«, hatte er gleichmütig erwidert.

Nach dem Essen waren sie ins Astor gegangen, wo sie weiter Champagner getrunken und getanzt hatten. Das Kleid, das sie bei Hermione gekauft hatte, erwies sich als hervorragende Wahl; schmal geschnitten und aus weicher schwarzer Seide, bis knapp über die Knie geschlitzt, mit tiefem, quadratischem Halsausschnitt und breiten Trägern; es war kühl und aufregend und, wie sie fand, jedes einzelne der zweiundzwanzig Pfund wert, die es gekostet hatte. Sie hatte Archies Angebot, sich in seiner Wohnung umzuziehen, angenommen und anderthalb wunderbare Stunden mit Baden und Anziehen und dem Auflegen von Make-up verbracht, sie hatte sich das Haar aufgesteckt, die Frisur wieder gelöst und es schließlich doch aufgesteckt und ihre Perlenkette – den einzigen Schmuck, den sie dabeihatte – in den Knoten geflochten. Sie hatte weder Parfum noch eine Abendtasche und nur ihren Wintermantel zum Drüberziehen, aber der mußte eben genügen. Sie genoß diese Vorbereitungen ebensosehr wie die Aussicht auf den Abend, und als Archie nach Hause kam, paradierte sie vor ihm wie ein junges Mädchen, das vor seinem ersten Tanzabend die Komplimente des Vaters hören möchte.

»Also wirklich!« sagte er. »Das ist mehr als ein Kleid, oder man könnte auch sagen, es ist weniger als das. Jedenfalls siehst du ausgesprochen hübsch darin aus. Möchtest du etwas trinken, bevor du gehst?«

Sie verneinte. Sie war um sieben mit ihm verabredet. Sie ließ ihren Koffer bei Archie und nahm ein Taxi zum Ritz.

Er erwartete sie bereits, erhob sich vom Sofa und begrüßte sie mit einem nervösen Lächeln.

»Ich hatte schon angefangen, mich an den Gedanken zu gewöhnen, daß Sie nicht kommen würden«, sagte er.

»Sie haben sieben gesagt.«

»Und hier sind Sie.« Er nahm ihren Arm und führte sie an die Bar.

Während des Aperitifs und des darauffolgenden Essens stellte er ihr Dutzende von Fragen – über ihre Familie, ihre Kindheit, Freunde, Interessen, wohin sie schon gereist war, wie sie sich als Kind ihr Erwachsenenleben vorgestellt hatte –, und diese Fragen verknüpfte er mit anderen: Was wollten sie essen? Wie war das Essen im Kriegsengland überhaupt? Wie sah sie den Krieg? Hatte sie sich bei den Luftangriffen gefürchtet? Nein, hatte sie geantwortet, sie habe viel mehr Angst vor Spinnen, und er hatte gelacht – seine beinahe schwarzen Augen, die immer blitzten, wenn er sie ansah (und das tat er fast ununterbrochen), nahmen einen weicheren Ausdruck an, er schwieg einen Augenblick, und sie wurde sich einer flüchtigen Zärtlichkeit bewußt, die sie unmittelbar ins Herz traf. Es gab mehrere solcher Situationen, und jede löste einen kleinen Schock von Intimität in ihr aus.

Nach dem Essen bot er ihr eine Zigarette an, und als sie ablehnte, sagte er: »Ich war mir einfach nicht sicher, ob Sie tatsächlich nicht rauchen oder nur keine Zigaretten von fremden Männern annehmen.«

»Sie *sind* mir ziemlich fremd! Sie haben mir nicht viel über sich erzählt.«

»Ich beantworte Ihre Fragen.«

»Ja, aber ...« Sie wußte inzwischen, daß er Reporter und Fotograf war, daß er der amerikanischen Armee angehörte und in New York aufgewachsen war; er war verheiratet gewesen, jetzt geschieden (das hatte er schon im Zug erwähnt), und seine Eltern waren ebenfalls geschieden. »Sie *erzählen* mir nichts.«

»Was wollen Sie denn wissen?«

Aber dann fiel ihr nichts ein. Genauer gesagt, es gab einiges, was sie gern gewußt hätte, was sie aber jemanden, den sie kaum kannte, nicht zu fragen wagte. Sie spürte, wie sie rot wurde, und zuckte die Achseln.

Als der Kellner den Kaffee brachte, bat er um eine große Tasse und ein wenig heiße Milch und bot ihr einen Likör an.

»Und nun«, sagte er, nachdem der Kellner die Sachen gebracht hatte, »muß ich Sie etwas fragen. Ist Ihr Mann Kriegsgefangener?«

»Wie kommen Sie darauf?«

»Ich weiß nicht. Nur so ein Gefühl. Sie sprechen überhaupt nicht von ihm. Das ist ungewöhnlich. Die ganze Zeit haben Sie von Ihrer Familie erzählt, aber ihn haben Sie nicht erwähnt.«

»Das liegt daran, daß ich nicht weiß, was ich sagen soll.«

Er schwieg einen Moment, und dann sagte er beiläufig: »Wie wäre es, wenn Sie mir einfach erzählten, was passiert ist?«

Und das tat sie. Sie begann mit Dünkirchen und Ruperts Zurückbleiben in Frankreich, erzählte von ihrer Hoffnung, er sei gefangengenommen worden, und dem zwei Jahre andauernden Schweigen, der schwindenden Zuversicht ... schließlich habe sie geglaubt, er sei tot, da sei plötzlich dieser Franzose mit seinen guten Nachrichten aufgetaucht, und alle hätten sich schrecklich gefreut. Und danach weitere zwei Jahre ohne ein Wort oder auch nur ein Zeichen.

»Er hat seine Tochter nie gesehen«, sagte sie. »Wenn er sich nicht den Fuß verstaucht hätte, als er in den Graben gesprungen ist, damit ihn die Deutschen nicht entdecken, wäre alles anders gekommen. Aber jetzt weiß ich – gar nichts. Ich nehme an, ich habe mich irgendwie an diesen Zustand gewöhnt.«

Sie blickte auf und begegnete wieder diesem ruhigen, ausdrucksvollen Blick. Und seinem Schweigen.

»Aber im Grunde gehe ich wohl davon aus, daß er tot ist.«

Wieder schwieg er einen Augenblick, dann sagte er: »Ich verstehe jetzt, was Sie gemeint haben, als Sie davon sprachen, daß man sich an etwas gewöhnen und es trotzdem noch bemerken kann.«

»Habe ich das gesagt?«

»Im Zug, heute früh. Eine unklare Situation, nicht wahr? Sie können nicht trauern, und Sie können sich wohl auch nicht frei fühlen – ein teuflischer Schwebezustand.«

Ja, hatte sie gesagt. Sie fand es merkwürdig, daß er dasselbe Wort benutzt hatte wie Archie, nachdem es all die Jahre niemand ausgesprochen hatte – über ihre Situation war nie gesprochen worden, und erst recht hatte sich niemand der Mühe unterzogen, sie zu definieren.

Dann beugte er sich vor. »Zoë? Wollen Sie mit mir tanzen gehen?« Und bevor sie auch nur antworten konnte, hatte er ihre Hand ergriffen und sagte: »Also dann los.«

Viel später an diesem Abend hatte er erklärt, der Nachtclub habe ihm die einzige legitime Möglichkeit geboten, sie in die Arme zu nehmen.

Sie tanzten stundenlang und sprachen nicht mehr viel. Schon nach Sekunden merkte sie, daß er ein sehr guter Tänzer war; sie überließ sich ganz seiner Führung und versuchte, jede seiner Bewegungen vorauszuahnen. Sie hatte beinahe vergessen, wie gern sie tanzte – das letztemal hatte sie lange vor Juliets Geburt Gelegenheit dazu gehabt. Er war kaum größer als sie – manchmal spürte sie seinen Atem auf ihrem Gesicht –, und wenn ihre Blicke einander begegneten, schenkte er ihr ein zerstreutes, abwesendes Lächeln. Als die Musiker Pause machten, gingen sie an den Tisch zurück und tranken von dem Champagner, der in seinem Kübel mit schmelzendem Eis langsam wärmer wurde. Auf dem Tisch, auf jedem Tisch, stand eine kleine Lampe mit dunkelrotem Schirm; sie spendete genügend Licht, daß sie einander sehen konnten, aber die Gesichter der Leute an den anderen Tischen waren nicht genau auszumachen; so entstand eine Art romantischer Intimität, als säßen sie am Strand einer winzigen Insel. Auf der Tanzfläche ließen Spots von unterschiedlicher Helligkeit die Gesichter der Tanzenden und die nackten Schultern der Frauen aufstrahlen; Augen glitzerten, Diamanten und Orden blitzten und verschwanden wieder im Dunkel, wenn die Tänzer sich in die Kegel rauchigen Lichts schoben und dann weiterbewegten.

Die Musik setzte wieder ein. Sie wandte sich ihm zu, bereit aufzustehen, aber er hob die Hand, um sie zurückzuhalten. »Jetzt werde ich dir den Hof machen«, sagte er. »Ich habe dir bisher nicht gesagt, wie schön du bist, weil du es ohnehin weißt. Du blendest mich – ich bin wie blind von deiner Schönheit, aber solche Sätze wirst du schon tausendmal gehört haben. Seit etwa elf Uhr heute vormittag bin ich dabei, mich in dich zu verlieben – und das ist eine lange Zeit. Ich bin nicht über den Ausdruck hinweggekommen, der vor ein paar Stunden auf deinem Gesicht lag, als du mir von Rupert erzählt hast. Du siehst aus wie die Art Mädchen, die Spielchen spielt, die flirtet, um ihrer Eitelkeit zu schmeicheln. Aber du tust es nicht. Ich habe den ganzen Abend auf so etwas gewartet, aber du tust es einfach nicht.«

»Ich habe es getan«, sagte sie – auch sie hatte die Veränderung bemerkt. »Früher habe ich es getan.« Sie hielt inne – die Erinnerung traf sie mit verwirrender Wucht. Damals, das wußte sie, hätte sie an einem solchen Abend nur die Reaktionen ihres Partners auf ihr Äußeres registriert. Wenn diese nicht zufriedenstellend ausgefallen wären, hätte sie kleine Haken ausgeworfen, um extravagantere Komplimente hervorzulocken. Schon daran zu denken war ihr inzwischen zuwider.

»... wirst du? Ich wollte dich nicht so direkt fragen, aber ich muß es einfach wissen.«

Sie wollte sagen, sie wisse nicht, was sie fühle, sie hätten einander gerade erst kennengelernt, aber die Worte brachen in sich zusammen, verloren ihre Bedeutung. Sie schwieg und reichte ihm einfach die Hand.

Als sie am nächsten Morgen erwachte, war es hell, das Telefon klingelte, und von Jack war nichts zu sehen. Sie war noch verschlafen, und alles tat ihr weh, vom vielen Tanzen und von der Liebe. Sie wandte sich dem leeren Kissen neben sich zu, und dort lag ein Zettel: »Wenn das Telefon klingelt, bin ich es. Ich mußte zur Arbeit.« Als sie aufstand, um an den Apparat zu gehen, bemerkte sie, daß sie nackt war, aber er hatte seinen Bademantel über den Stuhl neben dem Telefon gehängt.

»Ich wecke dich ungern, aber ich dachte, du mußt vielleicht wissen, wie spät es ist.«

»Wie spät ist es denn?«

»Kurz nach zehn. Hör mal – kann ich dich zu Hause erreichen?«

»Erreichen? Es ist meilenweit weg – in Sussex, das hab' ich dir doch erzählt.«

»Anrufen, meinte ich.«

»Das könnte schwierig sein. Das einzige Telefon steht im Arbeitszimmer meines Schwiegervaters, und er hält sich beinahe ununterbrochen dort auf.«

»Kannst du mich anrufen?«

»Das könnte gehen. Im Pub im Dorf gibt es einen Münzfernsprecher, aber man ist da nicht wirklich ungestört.«

»Kannst du das nächste Wochenende mit mir verbringen? Dann können wir weiter verabreden, wie wir miteinander in Verbindung bleiben. Könntest du? Was meinst du?«

»Ich könnte es versuchen. Ich werde dir Bescheid sagen.«

»Ich gebe dir meine Nummer im Büro. Du müßtest ziemlich förmlich tun. Ich bin Captain Greenfeldt, falls du nach mir fragen mußt. Ist das nicht lächerlich? Sich benehmen zu müssen wie Spione oder Kinder, die etwas anstellen wollen?«

»Aber es geht nicht anders.«

»Hast du meinen Morgenmantel angezogen? Ich habe ihn für dich bereitgelegt.«

»Ja, ich hab' ihn mir über die Schultern gehängt.«

»Bitte komm am Wochenende. Ich habe nicht oft frei.«

»Ich versuche es. Ich denke mir irgendwas aus.«

»Du bist das einzige Mädchen auf der Welt«, sagte er, und dann: »Ich muß los.«

Das war der Anfang gewesen. Der Anfang von Lügen und erfundenen Geschichten (sie hatte von einer alten Schulfreundin mit drei Kindern erzählt, die sie schon so oft zu sich eingeladen habe – die Duchy hatte sie freundlich angesehen und gesagt, die Abwechslung werde ihr guttun). Es war der Anfang von verschlüsselten Telegrammen, Anrufen in seinem Büro, bei denen er manchmal eisig formell war, und nach dem erstenmal hatte er gesagt, er werde sie immer mit John ansprechen, wenn noch andere Leute im Zimmer seien. Sie schrieb ihm, an die Adresse seiner Wohnung, wenn die Abstände zwischen ihren Begegnungen unerträglich wurden – er antwortete nur einmal. Seine Energie verblüffte sie. Er arbeitete hart – häufig war er mit dem Flugzeug unterwegs, um amerikanische Truppen zu besuchen, die überall im Land stationiert waren. Wenn sie sich für ein seltenes Wochenende trafen, fielen sie sofort miteinander ins Bett, und ihr wurde bewußt, wie sehr sie sich sowohl nach Liebe als auch nach Sex gesehnt hatte. Dann badeten sie und zogen sich an und gingen aus – manchmal ins Theater, aber häufiger zum Essen und dann in einen Nachtclub, wo sie bis drei oder vier Uhr am Morgen tanzten. Wieder in der Wohnung, einem kahlen Raum mit einem Klavier, einem niedrigen, wackligen Diwan, einem Tisch mit zwei Stühlen und einem riesigen Nordfenster, das immer halb von der Verdunklung bedeckt war, zog er sie langsam aus, nahm ihr die Nadeln aus dem Haar, streichelte sie und erzählte ihr, was er alles mit ihr tun wollte, bis sie verrückt nach ihm war. Sie hatte vergessen, wie es danach war, oder vielleicht hatte sie es auch nie gekannt – wenn der Körper befriedigt war, das Gewicht so gleichmäßig auf dem Bett verteilt, daß sie sich schwerelos fühlte, und der Schlaf so schleichend kam, daß sie hinüberglitt, ohne es recht zu spüren. Der Samstagmorgen war eine aufwendige Angelegenheit: Wer immer zuerst erwachte, beobachtete den Schlafenden mit solch zärtlicher Intensität, daß dieser es einfach bemerken mußte. Am Morgen miteinander zu schlafen hatte eine andere Qualität – es war unbeschwert, spielerisch, voller zärtlicher Intimität; die Aussicht auf zwei volle Tage miteinander bewirkte, daß sie sich reich fühlten – es war eine Zeit reinen Glücks. Als der Herbst dem Winter wich, wurde es in der Wohnung sehr kalt; sie hatten zwar einen Ofen, aber kein Brennmaterial, und Jack murrte gutmütig vor sich hin, weil es weder Heizung noch eine Dusche gab; im Bad war nur ein Boiler eingebaut, der in unsicheren Intervallen kleine Mengen warmen Wassers spendete. Sie ernährten sich aus Dosen, die er im PX kaufte – Gulasch, Corned Beef, Truthahn – und von Schokoladenriegeln. An schönen Tagen spazierten sie durch ganz London, und er machte Fotos – von ausgebombten Kirchen, ausgebombten Häusern, verlassenen Geschäften, deren Fenster mit Sandsäcken geschützt waren, von Bunkern, getarnten Flakbatterien, dem Häuschen der Taxifahrer an der Hyde Park Corner, wo sich die Fahrer, wie er sagte, zum Kartenspielen trafen – er liebte solche Informationen und sammelte sie begeistert. »Sie fahren zur Warwick Avenue, wenn sie gutes Essen wollen«, sagte er, »und hierher zum Spielen.« Und er machte Fotos von ihr, Dutzende und Aberdutzende, und einmal erlaubte er, daß sie ihn fotografierte. Das Bild war nicht sehr gut, sie hatte keine besonders ruhige Hand, und er hatte die Augen wegen der Sonne halb zugekniffen, aber sie hatte immer einen Abzug davon in einem Umschlag in ihrer Handtasche. Nachmittags gingen sie ins Kino und hielten im Dunkeln Händchen. An den Wochenenden trug er tagsüber Zivil, aber abends zog er die Uniform an. Nach und nach brachte sie einige ihrer Kleider mit in die Wohnung. Sie verbrachten den Sonntagmorgen im Bett, lasen Zeitung, und er kochte Kaffee, für den er ebenfalls eine Bezugsquelle hatte. Aber am Sonntag hing schon der Schatten der Trennung über ihnen, und das erzeugte jedesmal eine gewisse Spannung. Er konnte in Depressionen versinken, und dann stimmte er ihr in allem zu, schien sich aber völlig von ihr zurückzuziehen. Einmal stritten sie sich wegen Juliet. Er wollte, daß sie die Kleine für ein Wochenende mitbrachte, aber sie weigerte sich. »Sie ist schon zu alt. Sie würde über dich reden – ich könnte es nicht verhindern.«

»Wäre das denn so schrecklich?«

»Ich denke, es würde schwierig sein. Ich kann ihnen nicht von dir erzählen. Sie wären schockiert.«

»Würde es ihnen nicht passen, daß du einen Juden liebst?« Es war das erstemal, daß er darauf anspielte.

»Aber nein, Jack, natürlich nicht. Das ist es nicht.«

Er schwieg. Sie gingen an der Serpentine entlang. Es war ein bitterkalter Sonntag nachmittag, und plötzlich blieb er neben einer der schmiedeeisernen Bänke am Ufer stehen.

»Setz dich – ich möchte das jetzt wissen. Kannst du mir ganz ehrlich versichern, daß du mich auch dann nicht mit zu deinen Verwandten nehmen würdest, wenn ich irgendein britischer – Lord oder Earl, oder was ihr hier auch immer habt, wäre? Auch jetzt noch nicht? Wir kennen uns jetzt fast drei Monate, und du hast es nicht ein einziges Mal auch nur vorgeschlagen.«

»Es hat damit überhaupt nichts zu tun«, sagte sie. »Es ist, weil ich mit Rupert verheiratet bin.«

»Ich dachte, du liebst *mich*.«

»Das tue ich. Es ist, *weil* ich dich liebe. Sie würden das sofort merken, und – siehst du das denn nicht ein? Sie hätten das Gefühl, ich hätte ihn verraten. Sie sind der Ansicht, ich müßte warten, für den Fall, daß Rupert doch noch zurückkommt.«

»Aha. Und wenn er wiederkommt, ist es mit uns zu Ende? Du versuchst, dir alle Möglichkeiten offenzuhalten.«

»Du *versuchst* nicht mal, mich zu verstehen ...«

»Im Gegenteil, ich fürchte, ich verstehe dich nur zu gut. Entweder es geht *darum*, und wenn du die Wahl hast zwischen deinem Oberklasse-Leben in einem großen Herrenhaus mit Dienstboten und allem Drum und Dran und einem Juden aus der Mittelschicht, der nichts besitzt außer einer guten Kamera ... oder du hast schon eine Alternative im Hinterkopf. Du wirst diesen Freund von Rupert heiraten, Archie oder wie er heißt, und *damit* werden deine kostbaren Verwandten sicher einverstanden sein. *Er* wird doch eingeladen, oder? Das hast du mir erzählt – daß er schon fast zur Familie gehört.«

Sie zitterte vor Kälte – und vor Angst; so hatte sie ihn noch nie erlebt, so wütend und verbittert und unversöhnlich und, wie sie fand, ungerecht.

Sie sagte: »Als ich dir an unserem ersten Abend von Rupert erzählt habe, hatte ich den Eindruck, daß du verstehst, ganz genau verstehst, in was für einer Situation ich mich befinde. Was hat sich seitdem verändert?«

Er drehte sich zu ihr um und packte ihre Hände so fest, daß es ihr weh tat. »Ich werde dir sagen, was sich verändert hat. Oder was ich glaubte, das sich verändert hat. Wir lieben uns. Dachte ich jedenfalls. Liebe. Das gilt nicht nur für heute, sondern fürs ganze Leben. Dachte ich jedenfalls. Ich möchte dich heiraten. Ich möchte Kinder mit dir haben. Ich möchte mit dir zusammenleben, möchte, daß du mein bist. Ich kann nicht mal den Gedanken ertragen, daß ein anderer dich berührt. Du bist kein Kind mehr, Zoë. Du bist eine erwachsene Frau, du kannst selbst entscheiden – du mußt dein Leben nicht so führen, wie es andere von dir erwarten. Oder wie stehst du dazu? Ich muß es wirklich wissen.«

Sie war so verblüfft über seine Wut und den so plötzlich und heftig zum Ausdruck gebrachten Unmut und so durcheinander, weil er von einer Zukunft sprach, über die nachzudenken sie immer angestrengt vermieden hatte, daß sie ihn einen Augenblick lang nur sprachlos anstarren konnte.

»Ich liebe dich wirklich«, sagte sie schließlich. »Das weißt du ganz genau. Und es stimmt, daß ich nicht über die Zukunft nachgedacht habe – kein bißchen. Aber es stimmt *nicht* ...« Ihre Stimme zitterte, und sie setzte noch einmal an: »Ich habe *keine* Alternativen im Hinterkopf, wie du es ausgedrückt hast. Und was das andere angeht, bin ich mir überhaupt nicht sicher. Ich glaube, ich habe mit dir auf einer Art Insel gelebt – ich habe an nichts und niemanden sonst gedacht.« Einen Moment lang schwieg sie, dann sagte sie, kaum hörbar: »Von jetzt an wird das anders sein.«

Er ließ ihre Hände los, und sie vergrub ihr Gescht darin und weinte, wandte sich von ihm ab, als sei er ein Fremder. Sie weinte und weinte, als brächen alle Trauer, Unsicherheit und schiere Qual der vergangenen Jahre mit einem Schlag aus ihr heraus, als habe eine Welt ihr Ende gefunden, ohne daß eine andere bereitstand, die sie hätte ersetzen können. Er nahm sie in die Arme und hielt sie fest. Am Ende war er sanft und zärtlich – und zerknirscht –, nahm ihre Hände wieder in seine, folgte den Spuren der Tränen mit dem Finger, küßte sie, bat sie, ihm zu verzeihen. Sie versöhnten sich: zu verzeihen war der einfachere Teil, aber die reine, ungetrübte Freude, die sie zuvor empfunden hatte, war flüchtig und unsicher geworden, verschwand – erdrückt von der Gegenwart der Zukunft – schon in der Vergangenheit. Der Streit hatte ihr gezeigt, wie sehr sie ihn liebte, und gleichzeitig, wie wenig sie ihn doch kannte.

An Weihnachten fühlte sie sich besonders gespalten, unfähig, die Familie zu verlassen, aber bedrückt, weil sie wußte, daß er allein sein würde. »Hast du keine Freunde in der Armee, mit denen du feiern könntest?« fragte sie, und er bejahte, erklärte aber, er wolle das nicht. »Weihnachten bedeutet mir ohnehin nicht allzuviel.« Aber er kaufte ein Geschenk für Juliet – ein kleines Herz aus Türkis an einer Goldkette. Sie verbrachten Silvester zusammen, und er überschüttete sie mit Geschenken – Strümpfe und eine schwarze Abendtasche und ein Parfum namens Beige von Hattie Carnegie, alles aus New York, und ein Strauß roter Rosen und ein Herrenmorgenmantel aus Seide, der vermutlich ein Vermögen gekostet hatte, und zwei Romane von Scott Fitzgerald. Sie hatte Wochen darauf verwandt, ihm ein Hemd zu nähen: Es hatte sich als überraschend schwierig erwiesen, und natürlich hatte sie es auch vor der Familie geheimhalten müssen. »Du hast es selbst genäht?« fragte er verblüfft. »Du hast es tatsächlich selbst genäht?« Er war sehr gerührt und zog es sofort an.

Das schien der richtige Moment zu sein, ihm einen Besuch bei Archie vorzuschlagen. Sie wollte vor allen Dingen seine Eifersucht zerstreuen, aber sie hatte auch das Bedürfnis, ihren Geliebten jemandem vorzustellen, und Archie war vertrauenswürdig und diskret und ohnehin der einzige, der von Jack wußte.

Also saßen sie später in Archies Wohnung (wo sie zuvor nur ein einziges Mal gewesen war, als sie sich für den Abend mit Jack umgezogen hatte – es kam ihr vor, als seien seitdem Jahre vergangen), und Jack und Archie kamen wunderbar miteinander aus. Sie hörte nicht zu, als sie sich unterhielten, weil es um die üblichen Kriegsthemen ging. Statt dessen sah sie sich Archies Zimmer an – die blendend weißen Wände, das Gemälde einer halbnackten Frau auf einem Sofa neben einer Vase mit Rosen: eine häßliche Person, aber die Farben waren überwältigend. Auf dem Tisch stand ein Topf mit Hyazinthen und daneben eine Lampe, deren Fuß aus einer alten Flasche gemacht war. Die Regale links und rechts des Kamins bogen sich unter dem Gewicht von Büchern, und an der Wand neben der Tür stand eine wurmstichige Eichentruhe, in der er, wie sie wußte, das Gästebettzeug aufbewahrte. Darüber war ein Stück Seide gebreitet, ein lila-grüner Stoff mit winzigen applizierten Spiegeln. Links und rechts des Fensters und der Balkontür hingen ziemlich schmutzige rot und cremefarben gestreifte Vorhänge. An jenem Abend, als sie hier das schwarze Kleid angezogen hatte, war ihr nichts von all dem aufgefallen.

Sie brachen schließlich auf, weil Archie in Chelsea zum

Essen eingeladen war, »ein sehr spätes Essen, denn die Gastgeberin kommt aus Spanien, aber selbst für sie ist es schon reichlich spät.«

Er hatte sie auf die Wange geküßt und sich für ihren Besuch bedankt, und ihr war aufgefallen, daß er nicht ein einziges Mal auf Home Place oder die Familie Cazalet angespielt hatte oder auf irgend etwas anderes, das Jack das Gefühl gegeben hätte, ein Außenstehender zu sein.

Auf der Straße nahm Jack ihren Arm und sagte: »Ich bin froh, daß wir ihn besucht haben. Es ist schön, jemanden aus deiner Familie zu kennen.«

»Er ist nicht direkt ein Verwandter.«

»Aber er macht den Eindruck. Und er ist dir wirklich ein guter Freund.«

Das neue Jahr begann mild, es regnete praktisch überhaupt nicht. Später konnte sie sich nicht erinnern, wann sie zum erstenmal darüber gesprochen hatten, sie redeten nicht oft über den Krieg – aber nun stand die Invasion in Frankreich bevor, und in Home Place, in den Zeitungen und überall, wo Leute zusammentrafen, war die zweite Front *das* Thema schlechthin. »Wann, glaubst du, wird es losgehen?« fragte sie ihn eines Tages.

»Bald, hoffe ich. Aber wir werden gutes Wetter brauchen. Und hier bedeutet das anscheinend, auf den Sommer zu warten. Keine Sorge, Liebling, es wird noch dauern.«

»Sorge? Wieso? Wirst du denn dabeisein?«

»Ja«, sagte er.

»In Frankreich?«

»Selbstverständlich.«

»Und wie lange?« Eine dumme Frage.

»So lange, wie es eben dauert«, sagte er. »Mach dir keine Sorgen. Ich bin nur Reporter – nur eine Art Zeuge. Ich werde nicht kämpfen.«

»Aber du könntest ...« Entsetzen überwältigte sie; sie konnte nicht weitersprechen.

»Ich war im Januar in Italien, um die Landung zu fotografieren.«

»Das hast du mir nie erzählt!«

»Nein. Aber ich bin gesund zurückgekehrt. Das ist nun mal meine Arbeit. Wir wären uns nie begegnet, wenn ich diesen Job nicht hätte.« Er packte sie an den Schultern und schüttelte sie. »Das reicht jetzt aber.«

»Wirst du es mir rechtzeitig sagen ... wenn du gehst?«

Er schwieg.

»Jack! Wirst du – bitte?«

»Nein«, erwiderte er barsch. »Das werde ich nicht tun.«

Dann sagte er: »Wenn wir nicht aufpassen, werden wir uns deswegen nur streiten. Laß uns lieber nicht darüber sprechen.«

Zwei Monate waren vergangen, drei, und der Sommer hatte begonnen. Auf dem Land blühten die wilden Rosen, auf den Trümmergrundstücken in der Stadt wucherte der Weiderich. Als der Zug über die Brücke rollte, wurde er wie immer langsamer, und sie beobachtete, wie die silbrigen Sperrballons am Himmel hin und her schwangen, vor langgezogenen, dahinhetzenden Wolkenfeldern, die hektische Schatten auf den zinnfarbenen Fluß unter ihr warfen. Der Zug fuhr um sechs Uhr abends ein; sie hatte ausreichend Zeit, einen Bus der Linie 9 nach Knightsbridge zu nehmen und noch vor Jack in der Wohnung zu sein. Es war Montag, kein Tag, an dem sie üblicherweise in die Stadt kam, aber ihre Pläne fürs Wochenende hatten sich zerschlagen: Er hatte länger arbeiten und kurze Reisen zur Südküste unternehmen müssen – und das Wochenende vierzehn Tage zuvor war unterbrochen worden, weil man ihn unvermittelt zum Dienst gerufen hatte. Aber am kommenden Dienstag ganz früh hatte sie einen Zahnarzttermin, und bei ihrem Telefonat in der vergangenen Woche hatten sie vereinbart, daß sie die Nacht bei ihm verbringen würde.

An der Haltestelle hatte sich die übliche Schlange gebildet, und als der Bus schließlich kam, wurde einer alten Dame vor ihr von einem plötzlichen Windstoß der Hut weggeweht, und sie mußte ihm hinterherrennen, aber der Schaffner wartete auf sie. »Ohne das gute Stück können wir ja wohl nicht losfahren«, sagte er, lächelte und zeigte dabei sein glänzendes, aprikosenfarbenes künstliches Zahnfleisch; dann ließ er den Blick zu ihren Beinen wandern, wo er den Rest der Fahrt verweilte.

Die Wohnung roch staubig. Das große Fenster ließ sich nicht öffnen; sie mußte die kleinen in der Küche und im Bad aufmachen, um ein wenig zu lüften. Jack öffnete die Fenster nie; er mochte warme Häuser, wie er sagte, und kalte Drinks – er konnte gar nicht darüber hinwegkommen, wie wenig Eis und Eisschränke es in diesem Land gab. Alles war sehr aufgeräumt: Das Bett war gemacht, kein schmutziges Geschirr stand herum, nur in dem kleinen Schrank, der als Speisekammer diente, war eine halbe Flasche Milch sauer geworden. Zoë kochte sich einen dünnen Tee. Dann beschloß sie, noch zu baden und sich umzuziehen, bevor er nach Hause kam. Die Wohnung war für sie tatsächlich zu einem Zuhause geworden. Sie war weniger kahl als früher, er hatte Bücher angeschafft, ihre Kleider hingen im Schrank, an den Wänden waren ein paar Kunstdrucke angebracht – ein Ted McKnight Kauffer und ein Barnet Friedmann.

Bis sie sich umgezogen hatte, war es fast halb acht, und sie ließ die Tür angelehnt, damit sie seine Schritte auf der Treppe hören könnte. Es gab einen ganzen Stapel *New Yorker* – er ließ sich die Zeitschrift nachsenden –, und sie versuchte zu lesen, aber sie wurde langsam unruhig. Sie wartete bis acht und versuchte dann, ihn unter der Büronummer zu erreichen. Es war eine Durchwahl, sie brauchte sich nicht verbinden zu lassen, aber obwohl sie es lange klingeln ließ, nahm niemand ab. Er ist sicher schon auf dem Weg, sagte sie sich, aber sie glaubte selbst schon nicht mehr daran.

Sie wartete und wartete, aber er kam nicht. Um halb

neun goß sie sich einen steifen Bourbon ein, suchte nach dem Päckchen Lucky Strike, das er immer in der Tasche des Morgenmantels hatte, und rauchte eine davon, weil sie den Geruch irgendwie tröstlich fand. Er war wohl abberufen worden – er würde nicht mehr kommen. Der Himmel färbte sich lavendelblau, der Wind hatte offenbar nachgelassen, aber es war immer noch bewölkt. Sie saß am Fenster und sah zu, wie es langsam dunkler wurde. Erst als sie sich in der Küche einen zweiten Whisky eingoß und durch das Küchenfenster in jemandes Radio Big Ben schlagen hörte, fiel ihr ein, daß es mit der Invasion zu tun haben könnte. Der Gedanke daran, die Vorstellung, daß er gegangen war, ohne sich von ihr zu verabschieden, daß er nun für unbestimmte Zeit Gott weiß welchen Gefahren ausgesetzt sein würde – sie machte sich keine Illusionen, was das anging –, war schrecklich. Wie konnten Tausende von Männern – wo doch die Deutschen nur darauf warteten – aus Booten steigen und an Land gehen, ohne daß es zu furchtbaren Verlusten kam? Und wie sehr er auch darauf beharrt hatte, nur als Zeuge dabeizusein, sie würden auf ihn genauso schießen wie auf alle anderen. Sie wußte, sie konnte mit dieser Ungewißheit nicht die ganze Nacht allein in der Wohnung sitzen. Sie würde in den Pub an der Ecke gehen, etwas trinken und sich nach Neuigkeiten erkundigen; irgend jemand würde sicher etwas wissen. Sie war noch nie allein in einem Pub gewesen, und normalerweise wäre es ihr wie Spießrutenlaufen vorgekommen, aber sie war zu verzweifelt, um sich darum zu kümmern, und als sämtliche Männer in der kleinen verräucherten Bar sie mit jener Mischung aus Neugier und Verachtung beäugten, die sie Frauen vorbehielten, die ohne Begleiter einen solchen Ort aufsuchten, ignorierte sie sie einfach, ging direkt zur Theke, bestellte einen kleinen Whisky und fragte, nachdem sie bezahlt hatte, den Mann hinter der Theke, ob es Neuigkeiten gebe. Nicht unbedingt *Neuigkeiten*, meinte dieser, sie wisse doch sicher, daß sie inzwischen in Rom seien. König Victor Emanuel, oder wie der Kerl heiße, habe abgedankt, zugunsten von jemandem, an dessen Namen er sich überhaupt nicht erinnern könne. »Nicht daß es mich interessieren würde. Für mich sind ausländische Königshäuser ein Buch mit sieben Siegeln.«

Keine Neuigkeiten. Sie wäre ihm am liebsten um den Hals gefallen. Sie trank ihren Whisky und ging. Wieder in der Wohnung, zog sie sich aus, wickelte sich in Jacks Morgenmantel und schlief.

Erst als sie am nächsten Morgen auf dem Zahnarztstuhl saß, den Mund voller Watte, erfuhr sie, daß die Invasion tatsächlich begonnen hatte. Sie schloß die Augen, um nicht in Tränen auszubrechen, aber es war vergebens.

»Aber, aber, Mrs. Cazalet, es wird überhaupt nicht weh tun, und ich habe ja noch nicht einmal angefangen! Nur eine kleine Spritze, und Sie werden nichts mehr spüren.«

Louise

Winter 1944/45

»Bleib liegen. Es wäre vollkommen unsinnig aufzustehen. Ich rasiere mich nur, ziehe mich an, und dann verschwinde ich.«

»Soll ich dich nicht hinbringen?«

»Lieber nicht. Es könnte uns jemand am Zug sehen.«

Er verschwand, und sie hörte Wasser laufen. Die Wohnung war aus einem einzigen riesigen Zimmer entstanden, und die Trennwände waren sehr dünn. Sein Wecker klingelte, es war halb sechs – er hatte es nicht riskieren wollen, den Zug zu versäumen. Sie tastete danach und brachte den Wecker zum Schweigen. Ich werde warten, bis er weg ist, dachte sie, dann stehe ich auf, wasche mich, ziehe mich an – und gehe.

Als er zurückkam, halb angekleidet – seine schwarzen Socken hatten Löcher an den Zehen, und die Hose war völlig abgetragen –, sagte sie: »Wann sehe ich dich wieder?«

»Ich fürchte, nicht so bald. Wahrscheinlich wird es jetzt einige Zeit ziemlich rundgehen.« Er griff nach seinem nicht mehr sehr sauberen weißen Hemd, schlüpfte hinein und fing an, es zuzuknöpfen. »Und ich fürchte, es hängt auch ein bißchen von deinem Mann ab.«

»Ach ja? Wieso?«

»Er ist mein Boß. Jedenfalls für die nächsten paar Monate. Eine Situation, der es nicht an Ironie mangelt, findest du nicht auch? Wo zum Teufel ist meine Krawatte?«

»Auf dem Boden.« Ein speckiges schwarzes Ding, abgewetzt, weil sie schon zu oft an derselben Stelle geknotet worden war. Er kratzte mit dem Daumennagel daran herum. »Verdammt! Ich hab' wohl irgendwas draufgekleckert. Komisch, findest du nicht, daß es immer nach Ei aussieht, obwohl es seit Ewigkeiten keine Eier mehr gibt.« Er trat ans Bett. »Liebling! Ich hoffe, du wirst mich immer so ansehen – vor allem, wenn andere zugegen sind.« Häufig wiederholte Zeilen aus dem Stück, das Thema ihres allerersten Gesprächs gewesen war.

»Nun«, meinte sie in dem Versuch, die passende Antwort zu geben, »diese Spannung ist jedenfalls unerträglich, und ich hoffe nur, das gibt sich wieder.«

Jetzt zog er seine Jacke an, abgetragen und glänzend wie der Rest der Uniform, die linke Seite dicht mit Ordensbändern bestückt. Er hatte ein DSC und war fünfmal in Berichten lobend erwähnt worden. Er öffnete seinen ramponierten Aktenkoffer, verschwand mit einer Kulturtasche im Bad, tauchte wieder auf und stopfte die Kulturtasche zusammen mit einer Dose Haarcreme zurück in den Koffer.

»Dein Wecker.«

»Gut gemacht.« Er griff in die Jackentasche, holte einen zerbrochenen Kamm heraus und zog ihn sich durch das schwer pomadisierte Haar. Sie konnte den Geruch dieses Zeugs nicht ausstehen, hatte das aber nicht ansprechen wollen. Dann kam er wieder zum Bett und setzte sich, um sie zu küssen. Er hatte sich beim Rasieren geschnitten, und sie sagte ihm, er habe kleine Blutströpfchen auf dem Wangenknochen, wie eine gekrümmte Linie von Punkten.

»Das passiert, wenn man sich mit kaltem Wasser rasiert«, sagte er. »Und die Klinge ist auch nichts mehr wert.« Er legte ihr die Hände auf die nackten Schultern, strich ihr langes Haar nach hinten und sah sie an – er hatte wunderbar große, kluge Augen.

»Es war schön, nicht wahr? Paß auf dich auf.«

»Du auch.«

»Ganz bestimmt. Ich hätte angenommen, nach der vergangenen Nacht wüßtest du das.« Wieder küßte er sie. Sein Mund schmeckte nun nach Pfefferminz statt nach Whisky. »Ich fürchte, ich muß jetzt los und den Krieg gewinnen.«

»Viel Erfolg«, sagte sie und verspürte plötzlich das Bedürfnis zu weinen, aber es verging wieder.

»Im Zug werde ich daran denken, wie du jetzt aussiehst – so sinnlich, wie ein schlanker Renoir. *Sehr* hübsch.« Er richtete sich auf, strich sich das Haar aus der Stirn, griff nach der Aktentasche und ging.

Sie hatte angenommen, danach würde sie weinen müssen, aber nun merkte sie, daß ihr gar nicht danach war. Sie fühlte sich einfach nur traurig. Als Rory am Abend zuvor angerufen und sie sich ausgehfertig gemacht hatte, war sie ganz aufgeregt gewesen und hatte sich verwegen und leichtsinnig gefühlt, erregt von dem Gedanken, sich mit ihrem Geliebten zu treffen und die Nacht mit ihm in einer unbekannten Wohnung zu verbringen. Obwohl sie es versuchte, konnte sie es immer noch nicht genießen, mit einem Mann zu schlafen, und sie hatte festgestellt, daß dies der Liste ihrer Fehler einen weiteren Punkt hinzufügte: schlechte Mutter, unnahbare Ehefrau, unfähige Schauspielerin – eine überhaupt nicht häusliche und vollkommen nutzlose Person, in die sie sich da während der letzten zwei Jahre verwandelt hatte. Sie brauchte offenbar ihre gesamte Energie dafür, die Rolle von Mrs. Michael Hadleigh zu spielen, Halsschmerzen zu haben (das wurde immer schlimmer) und überhaupt so zu tun, als sei sie eine vergnügte, glücklich verheiratete junge Frau. Aber genaugenommen ging es mit Michael seit einer Ewigkeit immer schlechter.

Angefangen hatte alles wohl damit, daß es eines Tages zu Hause in London an der Tür klingelte und ein sehr schlaksiger, dunkelhaariger junger Mann in Armeeuniform davorstand.

»Entschuldigen Sie – wohnt hier Michael Hadleigh?«

»Na ja, wenn er gerade mal Urlaub hat, tut er das.«

»Wann hat er denn wieder Urlaub?«

»Ich weiß nicht genau ...«

»Na gut, ich werde warten«, sagte er, trat in den Flur und stellte seine Tasche ab. »Sie müssen Louise Hadleigh sein. Ich habe ein Foto von Ihrer Hochzeit in der *Times* gesehen. Ich war in Übersee, als Sie geheiratet haben, sonst wäre ich schnell wie der Blitz erschienen.« Er schenkte ihr ein liebenswertes Lächeln und fügte hinzu: »Ein in letzter Zeit ziemlich überbeanspruchtes Bild, finden Sie nicht? Also wirklich. Hätten Sie vielleicht was zu essen? Im Zug gab es eine Art Giftpastete, und ich dachte, ich könnte mich daran gewöhnen, aber sie ist nicht lange genug dringeblieben. Ich bin übrigens so eine Art Cousin – mein Name ist Hugo Wentworth.«

Sie war entzückt. Sie nahm ihn mit in die Küche und machte ihm Toast mit Bovril und Unmengen Tee. Er schwatzte weiter, schien in der Lage zu sein, drei Gespräche gleichzeitig zu führen, erzählte, er komme geradewegs aus einer katholischen Festung im Norden, und unterbrach diesen Bericht mit Parodien auf die Kriegsnachrichten und sehr persönlichen Geständnissen. »Züge sind dieser Tage entweder glühend heiß oder eiskalt, ist Ihnen das schon aufgefallen? Also wirklich, Sie sind faszinierend schön – ich nehme an, wenn ich kräftiger gebaut wäre, hätte ich die Giftpastete vielleicht bei mir behalten können«, und dann zog er ein irrsinnig komisches Gesicht und meinte: »Göring mit einer geringfügigen Magenverstimmung. Bovril ist schon eine komische Sache, finden Sie nicht? Ich meine, ist es der *ganze* Bulle oder nur dieses ungemein vertrauenswürdige Gesicht, das man auf den Gläsern sieht? Sie sehen überhaupt nicht aus, als hätten Sie ein Kind, aber vielleicht war Ihres ja außergewöhnlich klein ... Haben Sie noch mehr Toast? Eigentlich hätte ich ja lieber Hummer. Das Leben in Yorkshire bei meiner lieben Mama war ein einziges Kriegsrosinenbrötchen, und da sie vor dem Krieg nie gekocht hat, waren die Dinger immer wie Handgranaten. Es stört Sie doch nicht, wenn ich ein bißchen bleibe? Ich kann auf dem Boden pennen, ich bin beklagenswert gut an Unbequemlichkeiten gewöhnt. Ich kann Ihnen gar nicht sagen, wie froh ich bin, daß Michael Sie geheiratet hat. Ich dachte schon, er würde nie heiraten ...«

»Er hat ein Porträt von Ihnen gemalt, nicht wahr? Jetzt fällt es mir wieder ein.«

»Mehrere. Ich bin während meiner Oxford-Zeit oft in Hatton gewesen. Der Richter war ein großartiger Patenonkel. Haben Sie ein Klavier hier? Wir könnten sentimentale Duette singen, dieses ganze zuckersüße Herz-Schmerz-Zeug – schauerlich, wenn Sie mich fragen.«

»Ich glaube nicht, daß man viel Gelegenheit bekommt, Sie etwas zu fragen.«

»Ah! Das ist mein südländisches Temperament. Meine Mutter ist Französin, eine winzig kleine schwarze Witwe, und natürlich nenne ich sie *maman*. Aber mein Vater war Engländer – eine Art Cousin des Richters. Es hat ihn im letzten Krieg ziemlich übel erwischt, und er ist kurz nach meiner Geburt gestorben, also war ich immer schon ein frühreifes Einzelkind. Sie sind keines, nicht wahr? Sie stammen aus einer großen Familie, hat man mir erzählt.«

»Wir sind vier, aber ich habe eine Menge Cousins und Cousinen.«

»Dann wird einer mehr ja kaum ins Gewicht fallen, oder? Sollte ich mir jetzt Ihr Kind ansehen?«

»Er ist nicht da. Er ist auf dem Land, bei meinen Verwandten. Wegen der V2s.«

»Na, dann geht das natürlich nicht. Ich bin sowieso nicht besonders scharf auf Babys. Sie sind immer feucht, und sie sehen so deprimierend aus. Ich verstehe eigentlich nicht, wieso sie so beliebt sind.«

»Bei mir sind sie das auch nicht unbedingt«, sagte sie und fühlte sich gleich ein wenig erleichtert, weil sie es endlich einmal ausgesprochen hatte.

»*Wirklich?* Wie interessant.« Er ergriff ihre Hand. »Dann muß es schlimm für Sie sein, eins zu haben.«

Obwohl er die meiste Zeit redete – und überwiegend Unsinn –, fiel ihr bald auf, daß er vieles wahrnahm und längst nicht so zerstreut war, wie er tat. Als Polly und Clary von der Arbeit kamen, hatte sie bereits das Gefühl, ihn schon seit Jahren zu kennen, und sie hoffte, er werde wochenlang bleiben. Er machte sich sofort auch bei den anderen beliebt, und nach einem ausgelassenen Abendessen verbrachten sie den Abend damit, die Wochenschau darzustellen, Bilder und Musik, ohne Worte – Hugo war brillant bei diesem Spiel: Rennkommentatoren, Königin Mary, Kriegsreporter, sogar Mr. Churchill, der siebzig Kerzen auf seinem Geburtstagskuchen ausblies, und wenn er selbst nicht in Aktion war, spielte er die passende heroische Musik auf einem mit Klopapier umwickelten Kamm.

Beim erstenmal blieb er etwa eine Woche, aber danach tauchte er in unregelmäßigen Abständen wieder auf und wurde ein Mitglied der Familie und vor allem ein unermüdlicher Begleiter für Louise. Sie gingen ins Old Vic im New Theatre, und meist bezahlte sie die Karten – er schien nie Geld zu haben, vor allem, wie ihr später auffiel, weil er ihr dauernd Geschenke machte. Er hatte ein Auge für gute Angebote in Trödelläden, und einmal stand er mit einem Pembroke-Tisch vor der Tür, den er meilenweit geschleppt hatte. »Er hat nur neun Pfund gekostet und ist ziemlich hübsch – schöner als dieses schreckliche Ding mit der grünen Filzbespannung«, sagte er. Ein anderes Mal hatte er sich das Haar in die Stirn frisiert und sich einen kleinen schwarzen Bart angeklebt.

»*Heil*, meine Eva!« rief er und schloß sie in die Arme. »Ich wollte einfach mal sehen, was passiert«, erklärte er. »Aber die Leute im Bus haben mich nur angestarrt, wurden furchtbar verlegen und wandten sich ab. Komisch, ich hätte gedacht, die Damen würden schreien und die Männer würden versuchen, mich zu verhaften.« An diesem Tag war er in Zivil. »Es gibt bestimmt eine Vorschrift, Nummer tausendsiebenhundertvierundsechzig Strich fünf neun, die besagt, daß man sich nicht als der Feind verkleiden darf.«

Als Michael während Hugos ersten Aufenthalts im Haus anrief und sie ihm sagte, daß sein Cousin da sei, wirkte seine Begeisterung ein wenig gekünstelt. »Na prima! Tut mir leid, daß ich ihn verpasse. Sag ihm, er soll sich benehmen und daß ich ihn grüßen lasse.« Mehr hatte er sich zu diesem Thema nicht abgerungen.

Einmal begegneten sie einander – für einen Abend, und ihr fiel auf, wie all die Albernheiten, die sich zwischen ihnen eingespielt hatten, in Michaels Gegenwart verkümmerten; entweder reagierte er mit einem etwas starren wohlwollenden Lächeln, oder, was peinlicher war, er versuchte mitzumachen, was entweder pflichtbewußtes Gelächter hervorrief oder zu einem Themenwechsel führte. Er und Hugo wirkten ein wenig unbeholfen im Umgang miteinander; Hugo versuchte, ihn aufzuziehen, und Michael behandelte ihn von oben herab und dann wieder versöhnlich. »Wieso bist du so oft in London?« fragte er Hugo, der erwiderte, er habe im Kriegsministerium zu tun.

»Und du wohnst hier?«

»Na ja, solange der Auftrag dauert. Louise war so freundlich, mich einzuladen.«

Als sie an diesem Abend schlafen gingen, sagte Michael: »Du hättest mich wegen Hugo vielleicht fragen sollen. Er kann ein ziemlicher Parasit sein.«

»Tut mir leid. Ich dachte, du würdest dich freuen. Außerdem ist er kein Parasit, er bringt immer nette Sachen mit. Diese Gläser, aus denen wir beim Abendessen getrunken haben zum Beispiel, und die reizende Glaskuppel mit den Blumen darunter. Er ist unheimlich geschickt, wenn es darum geht, Sachen aufzustöbern, und immer schenkt er sie mir – uns, meine ich.«

»Sei nur vorsichtig, daß er dich nicht aufstöbert.«

»Was für eine blöde Idee«, hatte sie gereizt geantwortet. Sie war wütend gewesen – und unschuldig.

Das war etwa um Weihnachten gewesen. Ihre Halsschmerzen ließen nicht nach – im Gegenteil, im Winter wurden sie immer schlimmer –, und dazu kamen Depressionen, die sie kaum mehr verbergen konnte.

Eines Abends kam Hugo früher als gewöhnlich aus dem Büro zurück und fand sie in Tränen aufgelöst. Sie hatte versucht, sich mit einem ekelhaften braunen Zeug den Hals zu pinseln; es hatte weh getan, und sie hatte den Pinsel zu tief in den Hals gesteckt, so daß ihr übel geworden war. Er fand sie über das Waschbecken im Bad gebeugt, fiebrig und in Tränen. Er brachte sie ins Bett, holte ihr etwas Heißes zu trinken und Aspirin und setzte sich dann zu ihr. »Ich werde dir vorlesen«, sagte er. »Dann mußt du deinen Hals nicht noch mehr anstrengen, indem du redest.« Er war freundlich und vernünftig und las ihr so wunderbar vor, daß es ihr nicht nur besserging, sondern sie sich regelrecht glücklich fühlte und friedlich einschlief.

Als sie aufwachte, war er immer noch da.

»Wie spät ist es?«

»Die Geisterstunde ist längst vorbei«, sagte er. »Du hast schön lange geschlafen.« Er maß ihre Temperatur, und sie hatte beinahe kein Fieber mehr.

»Bist du die ganze Zeit hier gewesen?«

»Fast. Polly hat mir ein Sandwich gebracht. Ich habe gelesen. Aber ich habe nicht geschummelt und mit »Hadrian« weitergemacht, sondern was anderes gelesen.«

»Hugo, du bist der freundlichste Mensch, der mir je begegnet ist.«

»Du bist der Mensch, den ich am meisten liebe.«

Tiefes, angespanntes Schweigen.

Es war kein Schock; es schien das Natürlichste der Welt zu sein. Es war, was auch *sie* empfand, und sie sagte es ihm.

In den darauffolgenden Wochen war sie auf eine fröhliche, unbeschwerte Art glücklich, die ihr vollkommen neu war. Er ging morgens zur Arbeit, und das Wissen, daß er abends zurückkehren würde, hielt sie den ganzen Tag lang aufrecht. Ihre Energie kehrte zurück: Sie richtete das Haus ein, und sie strengte sich viel mehr an, gute Mahlzeiten zu kochen (er hatte einen gewaltigen Appetit – aß alles, was in Sicht war, und blieb dennoch hager). Manchmal fuhr sie mit dem Rad in die Stadt, um mit ihm zu Mittag zu essen, und ließ sich auf dem Rückweg von Lkws die Edgeware Road hinaufziehen. An den Wochenenden gingen sie zusammen in Trödelläden und suchten nach Dingen für das Haus – es erinnerte sie daran, wie sie vor dem Krieg manchmal mit Polly in der Church Street gewesen war. Tatsächlich hatte sie das Gefühl, viel jünger geworden zu sein, sie fühlte sich überhaupt nicht mehr erwachsen: Er war ihr Bruder, ihr Freund, der beste Begleiter der Welt – und sie liebte ihn. Einmal nahm sie ihn am Wochenende mit nach Sussex, wo er sich als voller Erfolg erwies. Sie hatte sich angewöhnt, Sebastian, der jetzt anfing zu laufen und aussah wie Michael, alle zwei oder drei Wochen zu besuchen. Diese Besuche quälten sie im allgemeinen sehr, sie war nervös und voller Schuldgefühle; sie wußte, man erwartete von ihr, daß sie sich nicht von ihrem Kind trennte, und eigentlich gab es dafür ja auch keinen stichhaltigen Grund. Sie mußte nicht in London wohnen; es war angenehm für Michael, sie dort zu haben, aber insgeheim wußte sie, wenn sie gesagt hätte, sie müsse bei ihrem Kind sein, hätte er zugestimmt. Aber das hätte auch längere und regelmäßige Besuche in Hatton zur Folge gehabt, und die wollte sie um jeden Preis vermeiden.

Während dieser Wochen sprachen sie nicht von Liebe – das setzten sie stillschweigend voraus –, aber sie erzählte ihm, wie sehr sie Zees Feindseligkeiten fürchtete. Er hörte ihr zu; er wisse, daß sie Frauen nicht möge, sagte er, also solle sie es nicht allzu persönlich nehmen. »Und ich vermute, daß Michael dich nach dem Krieg vor ihr beschützen wird«, fügte er hinzu. Und als sie schwieg, brauste er plötzlich auf: »Das wird er nicht tun, nicht wahr? Er tut nur, was sie will.«

Sie starrte ihn an, erkannte die schreckliche Wahrheit. »Ja? Aber natürlich.«

»Louise! Ich hab' dich nie gefragt – hab' mir geschworen, es nicht zu tun –, aber jetzt tue ich es doch: Liebst du ihn?«

»Ich *weiß* es nicht!« sagte sie. »Ich dachte es, aber ich weiß es nicht mehr. Ich habe immer das Gefühl, alles, was ich empfinde, ist falsch oder schlecht. Also versuche ich, gar nichts zu fühlen, aber es wird schlimmer und schlimmer. Als er letztesmal Urlaub hatte, konnte ich es kaum ertragen, mit ihm ...« Überwältigt von Scham, konnte sie nicht weitersprechen.

Liebevoll sah er sie an. »Ich hab' es irgendwie gewußt«, sagte er. »Wirklich – von dem Tag an, als ich dich zum erstenmal gesehen habe ...« In seiner Stimme schwang unterdrückter Schmerz mit. Er räusperte sich. »Na ja, jetzt hast du ja mich«, sagte er.

»Nein, habe ich nicht!« rief sie und warf sich in seine Arme. Damals hatte er sie zum erstenmal geküßt, er hatte damit angefangen und nicht mehr aufhören können. Sie klammerten sich aneinander, um sich gegenseitig zu trösten und zu beruhigen, aber daraus entwickelte sich eine Leidenschaft, die für sie ein Schock war, als entdeckte ihr ganzer Körper zum erstenmal so etwas wie Begierde. »So kann es also sein!« stellte sie irgendwann verblüfft fest. »*Beide* wollen es.«

»Mein armer Liebling! Ja. Beide.«

Aber sie schliefen nicht miteinander. Ein paar Nächte lang trafen sie sich, wenn die Mädchen im Bett waren, im Wohnzimmer, lagen miteinander auf dem Boden vor dem Kamin, hielten einander in den Armen und küßten sich, bis ihre Lippen wund waren und sie ganz erschöpft vor Begehren. Aber in schweigender Übereinstimmung gingen sie nie weiter, und spät in der Nacht schlichen sie dann nach oben, barfuß und Hand in Hand, bis sie die Türen ihrer jeweiligen Zimmer erreichten, wo sie sich ohne ein Wort trennten.

In der darauffolgenden Woche – sie machten gerade einen Spaziergang – erklärte er, so könne es nicht weitergehen, und das einzig Ehrenhafte sei, mit Michael zu sprechen. Zunächst war sie entsetzt und vollkommen dagegen. Sie war sicher, daß das nicht zu einer Lösung verhelfen würde, aber er gab nicht nach, und langsam ließ sie sich überzeugen – obwohl ihr bei der Vorstellung angst und bange wurde. Immerhin erwies sich das, was sie dachte und fühlte, im allgemeinen als falsch; also vertraute sie ihm, und auch sie wußte, daß es so nicht weitergehen konnte. Sie liebte ihn, und er wußte es wohl besser als sie.

Michael hatte in der folgenden Woche achtundvierzig Stunden Urlaub. Sie und Hugo hatten ausgemacht, daß sie in die Küche gehen würde, während er mit Michael sprach.

Den ganzen Tag über hatte sie sich in einem Zustand nervöser Euphorie befunden; sie konnte sich nicht ausmalen, wie Michael reagieren würde, und das machte ihr angst; aber andererseits wußte sie, solange Hugo bei ihr war, konnte es eigentlich nur gut ausgehen.

Es dauerte nicht lange, bis sie Michael von oben rufen hörte, sie solle heraufkommen. Sie ging ins Wohnzimmer. Hugo stand am Fenster – er wandte sich ihr zu, als sie hereinkam, und sie sah, daß er sehr blaß war – und Michael am Kamin, den Unterarm auf den Sims gestützt; er war rot angelaufen, und in dem Moment, als er zu sprechen begann, wußte sie, daß er sehr, sehr wütend war. Was er sagte, klang forsch, von oben herab und verächtlich. So einen Unsinn habe er in seinem ganzen Leben noch nicht gehört – sie benähmen sich wie verwöhnte Kinder, obwohl er eigentlich angenommen hätte, zumindest Hugo sei alt genug, es besser zu wissen (er war ein Jahr älter als sie, dreiundzwanzig). Was um alles in der Welt er zu einem derart blödsinnigen Vorschlag sagen solle? Und so weiter. Es sei schon merkwürdig, wenn man selbst unterwegs sei, im Krieg – es sei ihnen vielleicht bewußt, daß immer noch Krieg herrsche –, und nach Hause komme und feststelle, daß einem der eigene Cousin, der so oft Gast der Familie gewesen sei, die Frau ausspannen wolle und daß auch sie erstaunlicherweise vollkommen vergessen habe, in welcher Situation sie sich befinde ...

An dieser Stelle sagte Hugo: »Hör doch endlich auf, von Louise zu reden, als wäre sie gar nicht da.«

Er werde überhaupt aufhören, darüber zu reden, erklärte Michael. Die Sache sei es einfach nicht *wert*, weiter darüber zu reden. Er müsse jetzt gehen, sonst würde er zu spät zum Essen kommen.

Welches Essen? Die Frage war ihr herausgerutscht.

Essen mit Mummy und dem Richter. Er habe es ihr doch wohl gesagt: Als Mummy gehört habe, daß er nur so kurz Urlaub haben würde, habe sie angekündigt, daß sie nach London kommen würde, um sich mit ihm zu treffen. Unter den derzeitigen Umständen sei ihm nicht danach, Louise mitzunehmen. Er schloß damit, Hugo zu sagen, dies sei sein Haus und nach dem, was man ihm gerade mitgeteilt habe, gehe er selbstverständlich davon aus, daß Hugo es sofort verließe. »Ich erwarte, daß du verschwunden bist, wenn ich zurückkomme. Und verschwende keinen Gedanken an weitere Besuche!«

Nachdem Michael gegangen war, wurden ihnen die Konsequenzen dieser Szene nach und nach klar. Hugo sagte, er müsse gehen, er könne keinesfalls in Michaels Haus bleiben. Das wäre vollkommen unehrenhaft. Ob sie nicht mitkommen könne? Nein, sagte er. Er hatte nicht genug Geld, um für sie sorgen zu können, und sie hatten keine Wohnung, und er war an die Armee gebunden. »Ich muß der kleinen schwarzen Witwe ein bißchen Geld schicken«, sagte er. »Das hätte ich sonst nicht erwähnt, aber sie hat nicht genug, und mir bleibt wirklich nur noch ein Taschengeld.«

Michael war einfach schrecklich, sagte sie; sie hatte das Gefühl, ihre Ehrlichkeit hätte irgendwie belohnt werden müssen. »Wir haben ihm die Wahrheit gesagt«, wiederholte sie mehrmals. »Genauer gesagt, du hast es getan.«

»Die Wahrheit ist für andere nicht immer angenehm«, erwiderte er. »Und er liebt dich. Das darfst du nicht vergessen.«

»Woher weißt du, daß er mich liebt?«

»Sonst wäre er nicht so wütend geworden.«

»Wir hätten es ihm lieber nicht sagen sollen«, meinte sie etwas später.

»O Liebling, wir mußten einfach. Alles andere hätte nur in Lügen geendet, in Betrug – schrecklich ...«

Sie waren nach unten gegangen, in die Küche, aber ihnen war nicht nach Essen zumute. Hugo erklärte, er müsse jetzt packen, und einige Zeit suchten sie nach seinen Sachen und etwas, worin man sie verpacken konnte, und dann stellte sich die Frage, wohin er eigentlich gehen sollte. Er habe noch nicht darüber nachgedacht, meinte er, er werde schon etwas finden – sie solle sich keine Sorgen machen. Aber das tat sie natürlich. Konnte er vielleicht zu Onkel Hugh ziehen? Aber wie sollten sie das den Mädchen erklären? Zum Glück waren sie an diesem Wochenende nicht da. Als er mit dem Packen fertig war, fiel ihr Archie ein. Hugo hatte Archie kennengelernt, und sie hatten sich gut verstanden. »Ich kenne ihn wirklich nicht gut genug, um ihm einfach auf die Bude zu rücken«, wandte Hugo ein. *Sie* aber, meinte sie. Als sie bei Archie anrief, ging niemand an den Apparat. Inzwischen war es beinahe drei, und Hugo meinte, er wolle lieber gehen.

»Ich kann immer noch in einem Türkischen Bad unterkommen«, sagte er. »Und am Montag kann ich im Büro jemanden fragen; irgendwem wird schon was einfallen. Du brauchst dir wirklich keine Sorgen zu machen.«

»Aber du wirst mich anrufen und mir sagen, wo du bist, ja?«

»Ich rufe dich Montag abend an – wenn Michael weg ist. Das verspreche ich dir.«

Jetzt konnten sie den Abschied nicht länger aufschieben. Hugos Gepäck stand im Flur – sie wußten nicht genau, wann Michael zurückkommen würde, und Hugo meinte, er wolle nicht riskieren, noch einmal rausgeworfen zu werden. Er nahm sie in die Arme und küßte sie sanft.

»Ein furchtbares Durcheinander, nicht wahr?« sagte er. Er hatte Tränen in den Augen.

»Soll ich dich noch zum Bus bringen?«

»Lieber nicht, ich verabschiede mich besser hier von dir.«

»Ich liebe dich so sehr.«

»Du bist der Mensch, den ich am meisten liebe«, sagte er. Er strich ihr das Haar aus der Stirn und küßte sie noch einmal. »Auf Wiedersehen, liebste Louise.«

Erst fiel die Haustür zu, dann schnappte das Schloß des Gartentors ein. Seine Schritte entfernten sich, und das Haus war still. Sie ging nach oben in das kleine Zimmer, das seines gewesen war, warf sich auf sein Bett und weinte, bis ihr der Hals weh tat.

Aber das war erst der Anfang einer Zeit, die sich als die finsterste ihres Lebens erweisen sollte.

Als Michael zurückkam, wußte sie, ohne daß er es erwähnen mußte, daß er mit seiner Mutter und seinem Stiefvater darüber gesprochen hatte. Er strahlte eine kühle, schulmeisterliche Entschlossenheit aus. Sie würde mit ihm in den Hafenort kommen, wo er das Kommando über einen neuen Zerstörer übernehmen sollte. Sie würde in einem Hotel wohnen, und er würde an Land übernachten. Sie würden am Sonntag nachmittag abreisen. Und er verlangte ansonsten nur eines von ihr: Sie dürfe Hugo nie wieder schreiben oder anderweitig Verbindung mit ihm aufnehmen. Das war alles. Sie war so verblüfft, daß sie zustimmte – und erst dann wurde ihr klar, daß sie überhaupt nicht mehr da sein würde, wenn Hugo am Montag abend anriefe. Sie fragte, ob sie ihm nicht wenigstens einen einzigen Brief schreiben dürfe und erklären, daß sie weggegangen sei, aber das lehnte er ab. »Der Richter wird ihm klarmachen, was los ist«, sagte er. »Es ist vollkommen unnötig, daß du etwas unternimmst.«

Und so fand sie sich vierundzwanzig Stunden später in der dunklen Empfangshalle des Bahnhofshotels in Holyhead wieder und wartete apathisch, während Michael sie einschrieb und den Schlüssel zu ihrem Zimmer entgegennahm. Der Gepäckträger führte sie zum Fahrstuhl, in den ersten Stock und einen breiten dunklen Flur voller Türen entlang, bis er schließlich vor einer dieser Türen stehenblieb, den Schlüssel ins Schloß steckte und sie öffnete. Nachdem er das Gepäck abgestellt und seinen Shilling von Michael entgegengenommen hatte, ging er. Wieder waren sie allein – deutlicher als im Zug, in dem noch andere Reisende gewesen waren und nicht so eine bedrückende Stille geherrscht hatte wie hier.

»Ich überlasse dir das Auspacken«, sagte er, nachdem er sich gewaschen hatte – es klang wie ein Zugeständnis. »Wir treffen uns in einer halben Stunde im Restaurant.« Die Tür fiel mit einem lauten Klicken ins Schloß. Einen Augenblick lang blieb sie einfach auf ihrer Seite des Bettes sitzen. Das Zimmer kam ihr schon jetzt wie ein Gefängnis vor. Ihr Kopf tat weh, von der langen Fahrt in einem verqualmten Abteil; sie hatte ein wenig geschlafen, weil sie in der Nacht zuvor kein Auge zugetan hatte – Michael hatte darauf bestanden, daß sie mit einem anderen Marineoffizier und seiner Frau ausgingen. Die Männer hatten während des Essens über die Marine gesprochen, die Frauen über Kinder und darüber, was für ein Glück sie – Louise – doch habe, daß sie in einem Hotel wohnen und ihr Mann jede Nacht sicher zu Hause sein würde. Dann waren sie tanzen gegangen – Louise war es wie eine Ewigkeit erschienen. Sie hatte geglaubt, sie werde froh sein, wenn dieser schreckliche und schier unendlich lange Tag zu Ende ginge, aber nachdem Michael wortlos und mechanisch mit ihr geschlafen hatte, war sie nicht mehr in der Lage, sich in den Schlaf zu flüchten – und dabei hatte sie den ganzen Abend nur darauf gewartet. Sie hatte im Dunkeln gelegen, starr und hellwach. Seit dem Augenblick ihres Abschieds hatte sie nicht aufgehört, an Hugo zu denken, aber es war, als habe der Schock der plötzlichen Trennung ihr Herz erfrieren lassen und ihre Gedanken gelähmt, so daß der Schmerz den ganzen Tag über in der Ferne geblieben war; sie wußte, es tat weh, aber sie war sozusagen außer Hörweite. Aber nachdem Michael eingeschlafen war, löste sich die Starre, und ihr ganzes Elend brach über sie herein. Er fehlte ihr, sie liebte ihn, sie konnte sich nicht vorstellen, wie sie ohne ihn überleben sollte – es war ganz ähnlich wie das verzehrende Heimweh, das sie in ihrer Kindheit gequält hatte. Wenn ich nur bei ihm sein könnte, dachte sie, würde mich alles andere nicht stören. Tagsüber gelang es Michael irgendwie, ihr Schuldgefühle zu vermitteln; aber ihr Leid war schließlich doch mächtiger. Es kam ihr unerträglich quälend vor, daß sie zu spät erfahren haben sollte, was Liebe ist.

Das Essen nahmen sie in einem Speiseraum ein, der so riesige Fenster und eine derart hohe Decke hatte, daß es unmöglich war, ihn angemessen zu heizen. Sie saßen an einem Tisch mit einer roten Nelke und Frauenhaarfarn in einer Vase und aßen Tomatensuppe aus der Dose, kalten Schinken, Kartoffeln und rote Beete, gefolgt von wahlweise Apfelkuchen oder Pudding mit gedünsteten Pflaumen. Michael meinte, die beste Mahlzeit sei das Frühstück. Die anderen Gäste waren Leute von der Marine und Zivilisten, die, wie Michael erklärte, um Mitternacht die Fähre nehmen würden. Nach dem Essen saßen sie in einem anderen, ebenso riesigen Raum, wo man nach längerem Warten Kaffee oder Tee oder Gin und Tonic bekommen konnte. Sie tranken Kaffee,

Michael erzählte ihr von seinem neuen Schiff, und sie dachte daran, daß Hugo jetzt in der Hamilton Terrace anrief und erfuhr, daß sie nicht mehr da war. Es war ihr gelungen, Polly und Clary eine Nachricht zu hinterlassen, in der sie erklärte, Michael habe plötzlich darauf bestanden, sie am Sonntag mitzunehmen, und Hugo habe ebenfalls abreisen müssen, werde aber anrufen, und sie sollten ihm doch bitte am Telefon mitteilen, wo sie sei. Das war besser als nichts: Sie war sicher, Hugo würde wissen, daß sie nicht freiwillig weggefahren war, und wenn er wußte, wo sie sich aufhielt, würde er ihr vielleicht schreiben können, selbst wenn sie nicht antworten durfte.

Sie brachte den Abend hinter sich, indem sie so tat, als spiele sie in einem ziemlich langweiligen Stück; vollkommen distanziert, als habe das alles nichts mit ihr zu tun, stellte sie fest, daß Michael reagierte, als sei ihr Verhalten keine Schauspielerei. Er erwartete einfach, daß sie sich ebenso wie er selbst für alles interessierte, was mit seinem Schiff zu tun hatte, und er wäre vermutlich höchst erstaunt gewesen, hätte er herausgefunden, wie sehr sie sich langweilte. Als sie wieder in ihr Zimmer gingen, war er erheblich weniger schulmeisterlich und ein bißchen herzlicher und freundlicher. Im Bett geschah das Übliche, aber nach anfänglichem Widerwillen beschloß sie, die Vorstellung fortzusetzen, und entdeckte, daß sie auf diese Weise überhaupt nichts empfinden mußte. Erst später, als sie so gut wie allein war, weil er schlief, kehrte die Woge von Heimweh, von Sehnsucht nach Hugo, zurück: Sie erinnerte sich an seine Stimme, an seine Worte am ersten Tag: »Also wirklich, Sie sind faszinierend schön ...« – »Eigentlich hätte ich ja lieber Hummer ...«; an den Tag, als er den Tisch mitgebracht hatte und sie den ganzen Nachmittag damit verbracht hatten, ihn mit Bienenwachs zu polieren; an den Tag, als er die Glaskuppel aufgestöbert hatte – »Miss Havishams Brautstrauß«, hatte er gerufen, »den durften wir uns doch nicht entgehen lassen!«

Wie freundlich er doch gewesen war, als ihr vom Halspinseln übel geworden war und sie sich so furchtbar gefühlt hatte – noch nie war jemand so freundlich zu ihr gewesen: Ihre Mutter hatte sich zwar immer darum gekümmert, daß sie gepflegt wurde, wenn sie krank war, aber dabei auch stets angedeutet, das alles wäre nicht geschehen, wenn Louise nicht so unvernünftig gewesen wäre; ihr Vater war immer vorbeigekommen, wenn sie krank im Bett gelegen hatte – und so weit sie zurückdenken konnte, war sie dieser Aufmerksamkeit immer mit Undankbarkeit und Unbehagen begegnet ... aber Hugo war dagewesen, als sie in der Nacht aufgewacht war, nachdem er ihr stundenlang vorgelesen hatte, aus diesem außergewöhnlichen Buch über einen ganz durchschnittlichen Mann, der Papst geworden war, einer sehr eigenwilligen, persönlichen Interpretation des Autors, wie Hugo gesagt hatte, als er ihr von diesem merkwürdigen Schriftsteller namens Baron Corvo erzählte. Er hatte »Hadrian der Siebte« an einem Marktstand für antiquarische Bücher gefunden, er stöberte immer irgendwelche Bücher auf – grundsätzlich welche, von denen sie nie zuvor gehört hatte –, brachte sie mit nach Hause und las ihr daraus vor. Und dann hatte er gesagt, daß er sie liebte, »der Mensch, den ich am meisten liebe« – zweimal hatte er das gesagt, das zweitemal während ihrer letzten gemeinsamen Sekunden. Und dann: »Was für ein furchtbares Durcheinander!« Er war nie zuvor verliebt gewesen, das hatte er ihr einmal erzählt, als er ihr beim Haarewaschen half. »Es gab ein paar Mädchen, die ich ganz gern hatte, und manchmal fand ich sie auch alles andere als häßlich, aber meine Gefühle für sie waren ziemlich geringfügig.«

»Du riechst nach Äpfeln«, hatte sie eines Abends festgestellt, als sie zusammen auf dem Boden lagen, und sie erinnerte sich, wie sie sich, nachdem er gegangen war, auf sein Bett geworfen hatte, und sein Kissen hatte denselben schwachen Geruch ausgeströmt. In jeder Nacht rief sie sich diese

Stunden mit ihm ins Gedächtnis, und wenn sie schließlich einschlief, hielt sie ihre eigene Hand und stellte sich vor, es wäre seine.

Die trostlose Routine des Hotelalltags nahm ihren Lauf. In den folgenden Wochen machte sie einsame – und häufig verregnete – Spaziergänge, sie aß allein zu Mittag und las dabei, und manchmal – denn obwohl sie nichts zu tun hatte, war sie ununterbrochen müde – ging sie dann nach oben, legte sich aufs Bett, weinte und schlief schließlich ein. Vor dem Abendessen gab es oft Aperitifs an Bord eines der Schiffe; sie kletterte mühsam glitschige Eisenleitern hinunter auf das leicht schaukelnde Deck eines Kanonenbootes, von Michaels altem Zerstörer oder einer der Fregatten, die ebenfalls im Hafen vor Anker lagen. Dann ging es andere Leitern hinab zu Salons diverser Größen, in denen es aber unweigerlich nach Diesel roch, nach Zigaretten und klammem Uniformstoff. Schließlich kehrten sie zum Essen ins Hotel zurück; ziemlich bald kannte sie die Speisekarte auswendig. An den Abenden zeichnete Michael – andere Offiziere und manchmal deren Frauen, wenn sie für ein paar Tage zu Besuch kamen, und wenn sonst niemand da war, zeichnete er Louise. Und Abend für Abend nahm er sie wieder in Besitz, offenbar, ohne daß es ihm besonderes Vergnügen bereitet hätte, es schien eher ein notwendiges Ritual zu sein.

Der gesamte Januar verging auf diese Weise, ohne ein Wort von Hugo. Wenn Michael an den Wochenenden nicht auf See war, fuhr er auf einen nahegelegenen Landsitz, um zu jagen. Der Besitzer, ein alter Schulfreund, war im Krieg, aber er hatte seinem Verwalter aufgetragen, Michael zu Diensten zu sein. Sie lernte den Verwalter, Arthur Hammond, eines Abends kennen, als er Michael nach der Jagd zurückbrachte. Er war ein sanftmütiger, dunkelhaariger, melancholischer Mann mit einem altmodischen, an den Seiten nach unten gezogenen Schnurrbart. Louise mochte ihn; seine Frau sei schwanger, erzählte er, was sie überraschte, weil er mindestens wie fünfzig aussah. Dann fand sie diese Überlegung kindisch, aber sie hatte häufig solche Ideen. Während der vergangenen Wochen mit Michael in diesem Hotel war sie sich häufig wie ein Kind vorgekommen, das mit einem Erwachsenen zusammenlebt (auch Michael hatte sich anscheinend verändert, vielleicht sah sie ihn auch zum erstenmal, wie er war), dessen Verhalten und Sprache ihm größtenteils unverständlich sind und daher langweilig. Er hatte die Kontrolle über ihr Leben, und sie war zu unglücklich, als daß sie das hätte in Frage stellen oder sich wehren können.

Als er eines Abends vom Landsitz zurückkehrte und erzählte, Arthur sei von seinem Arbeitgeber, dessen Urlaub für eine Fahrt nach Anglesey zu kurz sei, nach London gerufen worden und mache sich Sorgen um seine Frau, er habe gefragt, ob Louise so nett sein und die Nacht in seinem Haus verbringen könne, fragte sie deshalb als erstes, ob Michael damit einverstanden sei.

»Ja, ich denke, du solltest hingehen. Der arme Kerl ist ganz außer sich vor Sorge. Das Kind ist da, aber es scheint ihr überhaupt nicht gutzugehen.«

»Also gut. Natürlich gehe ich hin.« Sie hatte sagen wollen, daß sie sich mit Babys nicht auskenne, ließ es dann aber lieber bleiben.

»Gut. Dann spring doch gleich rauf, Liebling, und hol alles, was du für eine Nacht brauchst, und ich sage es ihm. Er ruft einen Nachbarn ihrer Mutter an. Wenn er sie erreichen kann, wird sie sicher gleich morgen kommen. Aber eil dich, weil er dich hinfahren und gleich wieder zurückkommen muß, um den Zug noch zu erwischen.«

Zehn Minuten später saß sie neben Arthur im Wagen, und sie fuhren durch dunkle, schmale, kurvenreiche Straßen.

»Das Kind ist zu früh gekommen, und sie hatte Fieber, wissen Sie. Sehr deprimiert. Keine Ahnung, woran das liegt. Aber der Arzt wird morgen kommen, ihre Mutter auch, also geht es nur um diese eine Nacht. Schrecklich nett von Ihnen.«

»Aber ich kenne mich mit Babys nicht besonders gut aus«, sagte sie.

»Ich kenne mich *überhaupt nicht* mit ihnen aus«, erwiderte er. »Hab' ziemlich spät geheiratet. Es ist ihr erstes Kind.«

»Wie heißt sie eigentlich?«

»Myfanwy.«

Er hielt neben einem hohen schmiedeeisernen Tor, das zu einer Einfahrt führte. Ohne die Scheinwerfer war alles stockfinster, und er nahm ihren Arm, um sie durch ein Seitentor zu dem kleinen Verwalterhäuschen zu führen. Durch die Haustür kam man direkt in ein Wohnzimmer mit offenem Kamin; das Feuer war beinahe niedergebrannt, aber eine Lampe auf einem kleinen Schemel beleuchtete den Raum. Als sie hereinkamen, surrte eine große Standuhr, die beinahe bis zur Decke reichte, bevor sie würdevoll die Viertelstunde schlug.

»Sie ist oben«, sagte er.

Sie folgte ihm eine schmale, steile Treppe nach oben zu einem rechteckigen Treppenabsatz, der kaum Platz genug für zwei Personen bot. Eine Tür war nur angelehnt, und er klopfte leise an, bevor sie ein Schlafzimmer betraten, das praktisch nur mit einem alten Messingdoppelbett möbliert war, beleuchtet von einer Lampe, die daneben auf dem Boden stand.

»Myfanwy, ich habe Louise mitgebracht. Sie wird heute nacht bei dir bleiben.«

Das Mädchen, das mit dem Rücken zur Tür gelegen hatte, fuhr mit einer plötzlichen, unruhigen Bewegung zu ihnen herum.

»Du hast gesagt, du holst meine Mutter!« sagte sie. Ihr Gesicht war gerötet, in ihren Augen glitzerten Tränen. Sie versuchte, sich hinzusetzen, dann warf sie sich wieder in die

Kissen. »Ich will, daß sie herkommt, das habe ich dir doch gesagt.«

Er ging zum Bett und strich ihr über das dunkle, wirre Haar.

»Sie kommt ja. Sie wird morgen früh hier sein. Louise wird sich heute nacht um dich kümmern. Du erinnerst dich doch, ich habe dir gesagt, daß ich heute abend noch nach London muß.«

»Zu seiner Hoheit«, sagte sie. Sie schob die Decke weg, und ein Träger ihres Nachthemds fiel über ihren weißen Arm und enthüllte ihre Brust, rund und straff vor Milch, und ein winziges Baby, das fest in einen Schal gewickelt, still und reglos wie eine Puppe neben ihr lag.

Es bekommt unter der Decke doch gar keine Luft, dachte Louise, und einen schrecklichen Augenblick lang glaubte sie, es wäre bereits tot.

Jetzt erst schien sie Louise zur Kenntnis zu nehmen. »Er will einfach nichts. Er will mich nicht«, sagte sie, und Tränen liefen ihr über die Wangen.

»Der Doktor hat heute früh eine Arznei dagelassen, die sie alle vier Stunden nehmen soll.« Er zeigte auf eine Flasche neben dem Bett. »Werden Sie darauf achten, daß sie sie einnimmt? Sie hat Fieber, sie denkt vielleicht nicht daran. Ich muß jetzt gehen«, fügte er dann lauter hinzu, aber sie schien ihn nicht zu hören. Er beugte sich über sie und küßte sie, aber sie wich ihm mit einer weiteren ruckartigen Bewegung aus.

»Es ist vielleicht besser, das Baby einige Zeit dort wegzunehmen«, sagte er ruhig. »Aber das wissen Sie natürlich am besten.«

Dann ging er. Sie hörte, wie er die Haustür schloß, und kurze Zeit später, wie er das Auto anließ und davonfuhr. Einen Augenblick lang wurde sie von Panik befallen, sah das Baby bereits tot und die Mutter vor Fieber und Trauer dem Wahnsinn nahe. Sie sah Myfanwy an, die an ihrem Nachthemd zupfte und leise wimmerte, wenn sie dabei ihre Brüste berührte. Erst jetzt fiel ihr auf, daß das arme Mädchen kaum älter sein konnte als sie selbst. Lieber Gott, laß mich alles richtig machen, dachte sie spontan. Sie trat neben das Bett und nahm das Baby. Es war erheblich kleiner, als Sebastian je gewesen war, aber es war nicht tot. Die geschwollenen, beinahe transparenten Lider flatterten, dann bewegten sie sich nicht mehr.

»Owen«, sagte Myfanwy. »Er wird sterben. Das weiß ich«, und dann begann sie, sich hin und her zu wiegen und zu weinen.

»Nein«, erwiderte Louise. »Ich werde Ihnen Ihre Medizin geben, und Sie schlafen sich richtig aus.«

»Wenn ich schlafe, wird er *bestimmt* sterben«, erklärte sie so überzeugt, daß Louise, die bisher von Mitgefühl praktisch gelähmt gewesen war, plötzlich so etwas wie Kraft verspürte.

»Ich werde mich um ihn kümmern, während Sie schlafen, er wird nicht sterben«, versprach sie mit fester Stimme.

Myfanwy schien ihre Worte tatsächlich zu akzeptieren; sie nickte, den Blick vertrauensvoll auf Louise gerichtet.

»Haben Sie einen Löffel für Ihre Medizin?«

»Ich muß sie in Wasser nehmen. Das Bad ist nebenan.«

Louise nahm das klebrige, von Fingerabdrücken bedeckte Glas, das neben der Flasche stand, mit ins Bad, spülte es und maß die Dosis ab. »Zwei Teelöffel«, stand dort, »alle vier Stunden.« Als sie zurückkam, versuchte Myfanwy gerade, das Baby zu stillen, aber er wandte den Kopf von der Brustwarze ab und stieß dünne, quäkende Schreie aus. Louise nahm ihn ihr ab und legte ihn ans Fußende des Bettes. Er weinte immer noch, aber sie hatte das Gefühl, als erstes der Mutter die Arznei verabreichen zu müssen. Sie half ihr, sich aufzusetzen, strich ihr das Haar aus der glühenden Stirn und reichte ihr das Glas. Nachdem Myfanwy die Medizin eingenommen hatte, drehte Louise die Kissen um und zupfte das Leintuch unter den Decken zurecht.

»Owens Zimmer ist neben dem Bad«, sagte Myfanwy. »Seine Sachen sind alle dort, meine Mam und ich haben alles selbst genäht; dort steht auch ein elektrischer Kessel, falls Sie Tee kochen wollen. Aber Sie werden doch nicht einschlafen? Sie passen für mich auf ihn auf?«

»Ja, das tue ich. Ich werde wach bleiben, wenn Sie versprechen, daß Sie schlafen.«

Beinahe lächelte sie, und erst jetzt sah Louise, wie schön sie war.

»Ich stelle Ihnen ein wenig Wasser ans Bett, falls Sie Durst bekommen«, sagte sie. Aber als sie mit dem Glas zurückkam, war Myfanwy schon eingeschlafen.

Die Nacht allein mit dem Kind begann. Sie kochte Wasser ab und gab etwas davon in ein Fläschchen, dazu einen Teelöffel Glukose. Dann schüttete sie den Rest des Wassers in eine Emailleschüssel und legte die Flasche hinein, bedeckt mit einer Serviette, um sie warmzuhalten. Das Zimmer war winzig und enthielt nur ein Feldbett, das Körbchen des Babys und einen Tisch, auf dem Talkumpuder und Sicherheitsnadeln bereitlagen. Sie fühlte nach, ob er naß war, und das war er tatsächlich, also legte sie ihn auf das Feldbett und kniete sich davor, um ihn zu wickeln. Er war so jämmerlich klein, daß sie Angst hatte, ihm weh zu tun, und er begann wieder zu schreien, als sie ihn säuberte. Sie schloß die Tür und betete, daß Myfanwy ihn nicht hören möge. Sie hatte ihn in den Korb legen wollen, aber er war so blaß und seine Hände und Füße so kalt, daß sie es sich anders überlegte. Sie zog ihren Pullover aus und legte sich aufs Bett, errichtete einen Keil aus ihrem Mantel und dem Kissen. Dann wickelte sie das Baby wieder aus dem Schal und nahm es in den Arm, so daß es etwas von ihrer Körperwärme abbekam. Aber das Zimmer war so kalt, daß sie wußte, das würde nicht genügen, also mußte sie noch einmal aufstehen und ins Bad gehen, wo sie eine Wärmflasche gesehen hatte. Sie füllte sie, wickelte sie in den Babyschal und dann, weil sie Angst hatte, den Kleinen zu verbrennen, noch in ihren Pullover. Im Bett hielt sie das Baby so, daß es zwischen ihr und der Wärmflasche lag. Sobald sie sich selbst nicht mehr rührte, wurde die Stille nur alle Viertelstunde vom Schlag der Standuhr unterbrochen. Sie ließ das Licht an, damit sie den Kleinen beobachten konnte. Es war so kalt im Zimmer, daß sie ihren Atem sehen konnte. So saß sie, starrte das winzige verhutzelte Gesicht an und versuchte, den Kleinen durch reine Willenskraft zum Überleben zu zwingen, und nach einer Weile, als er langsam wärmer wurde und sich seine Haut ein wenig rosiger färbte, schlug er die Augen auf. Eine Sekunde wanderte sein Blick, dann kam er zur Ruhe, und sie sahen einander an. Sie sprach zu ihm: liebevoll, aufmunternd, sie bewunderte seine Kraft, und er sah sie ernst und geradezu feierlich an. Sie spürte, wie er sich bewegte, sein Fuß berührte unsicher ihren Brustkorb, die Finger seiner freien Hand öffneten sich und schlossen sich wieder, fest wie eine Knospe. Als er begann, mit seinem Mund zu experimentieren, schmatzte und murmelte, versuchte sie, ihm das Zuckerwasser einzuflößen. Er wollte nicht saugen oder den Sauger auch nur in den Mund nehmen, aber wenn sie ein paar Tropfen auf seine Lippen träufelte, akzeptierte er sie, obwohl der Geschmack ihm ein heftiges, unwilliges Stirnrunzeln entlockte. Er trank sehr wenig, nicht einmal eine Unze, aber es war wenigstens etwas. Als er danach die Hand wieder öffnete, gab sie ihm ihren Finger und wurde belohnt, als er den Griff sofort darum schloß; er lockerte ihn erst wieder ein wenig, als er einschlief.

Dasselbe Muster setzte sich im Lauf der Nacht fort: Sie horchte auf die Schläge der Standuhr – zwei, drei, vier. Einmal stand sie auf, um sich zu überzeugen, daß Myfanwy immer noch schlief, aber sie behielt das Baby bei sich, und einmal setzte sie Wasser auf und füllte die Wärmflasche neu und wärmte seine Zuckerlösung. Noch zweimal ließ er es zu, daß sie ihm ein paar Tropfen einflößte, und wenn er wach war, sah er sie beinahe ununterbrochen an, aber meist schlief er.

Je später es wurde, desto schwerer fiel es ihr, wach zu bleiben, aber sie war entschlossen, und das Wissen, daß ihm sofort wieder tödlich kalt werden würde, half ihr; sie wagte nicht, sich hinzulegen, obwohl ihr von dem langen Sitzen in der immer gleichen Position der Rücken weh tat. Vor allem aber hielt sie die Überzeugung wach, daß sein Leben an einem seidenen Faden hing, daß er nicht nur ihre Wärme und Pflege brauchte, sondern auch ihre beständige Entschlossenheit, ihn am Leben zu erhalten. Sie liebte ihn längst.

Kurz nach sieben hörte sie, wie Myfanwy aufstand und ins Bad ging, und dann stand sie in der Tür und fragte nach ihm. »Oh, er sieht gut aus!« sagte sie. »Ich habe so gut geschlafen, dank Ihnen. Ich brauche jetzt unbedingt eine Tasse Tee. Ich gehe runter und mache welchen.«

»Sie legen sich wieder ins Bett und nehmen Ihre Medizin. Dann bringe ich Ihnen das Baby und gehe Tee kochen.«

»Also gut.«

Er schlief, als sie ihn wieder in seinen Schal wickelte. Halb wünschte sie sich, er werde aufwachen, damit sie einander noch einmal ansehen konnten, aber das tat er nicht. Sie trug ihn zu seiner Mutter. »*Sie* ist seine Mutter«, sagte sie sich, als sie nach unten ging, um Tee zu kochen. Es war immer noch dunkel, und sie hörte den Regen gegen die kleinen, spitz zulaufenden gotischen Fenster schlagen.

Um acht kam die Gemeindeschwester angeradelt. Louise ging nach unten, als es klopfte; vor ihr stand eine Frau, die sich gerade ihres Regenmantels und der Kapuze entledigte.

»Gießt wie aus Kübeln«, sagte sie. Sie klang, als sei Englisch nicht ihre Muttersprache. »Dr. Jones hat gesagt, ich soll so früh wie möglich kommen. Kindbettfieber, hat er gesagt. Sie ist oben, nicht wahr? Keine Sorge, ich finde es schon.«

Und das war alles. Sie nahm die Dankesbezeugungen entgegen und das Angebot, sich für den Rückweg ein Fahrrad zu leihen. Als sie sich über das Baby beugte, um ihm einen Kuß zu geben, bat die Schwester, sie solle ihn nicht wecken, aber er wurde nicht wach. »Ich bin Ihnen so dankbar«, sagte Myfanwy, aber sie war in Gegenwart der Schwester schüchtern geworden.

»Keine Ursache«, versicherte Louise.

Als sie sich durch Regen und Wind zurückkämpfte, um den Kopf den Schal geschlungen, der bald durchnäßt war, fühlte sie sich zwar vollkommen erschöpft, aber auch irgendwie belebt. Während der gesamten fünf anstrengenden Meilen stand sein Blick vor ihrem geistigen Auge, so voller Vertrauen und Würde. Ich werde ihn wiedersehen, dachte sie. Ich muß sowieso das Rad zurückbringen. Dann wurde ihr bewußt, daß sie für Sebastian nie so empfunden hatte, aber der Gedanke daran tat weh, und sie war zu müde, ihn weiterzuverfolgen.

Sie hatte vorgehabt, direkt in ihr Zimmer zu gehen, aber der Geruch nach Frühstück ließ sie innehalten, und sie stellte fest, daß sie am Verhungern war. Sie erinnerte sich, am Abend zuvor nichts gegessen zu haben.

Im Speisesaal saß der Kapitän eines der Torpedoboote in Michaels Flottille und frühstückte mit seiner Frau. Sie trug immer prüde Kleidchen mit Bubikragen – sie kam etwa einmal im Monat vorbei, und Louise hatte sie nie leiden können.

»Lieber Himmel!« rief sie quer durch den Saal. »Sie sehen ja aus, als wären Sie versumpft. Ich hab' mich schon gefragt, wieso Ihr armer Mann allein frühstücken mußte.«

»Er läßt Ihnen ausrichten, daß er schon früh zu einer Besprechung mußte«, fügte ihr Mann hinzu.

»Oh. Vielen Dank.« Sie hatte ihren triefnassen Mantel über den zweiten Stuhl gehängt und schmierte Margarine auf ein Stück Toast, das Michael übriggelassen hatte. Der Toast war ledrig, und die Margarine schmeckte furchtbar, aber sie hatte solchen Hunger, daß sie sich nicht daran störte.

»Wo sind Sie denn gewesen? Oder wollen Sie das lieber nicht erzählen?«

Sie widerstand der Versuchung, eine wilde Geschichte von Tanz und Orgien zu erfinden, und erklärte, sie habe die Nacht bei einer Freundin verbracht, die gerade ein Baby bekommen habe. Das beschwichtigte Barbara, die so etwas murmelte wie, sie habe gedacht, Louise habe nicht viel für Babys übrig.

Nachdem sie gegessen hatte, was die Speisekarte nur hergab, ging sie nach oben. Sie wollte ein heißes Bad nehmen und dann schlafen. Aber auf dem Bett lag ein Zettel von Michael: »Liebling, ich hoffe, alles ist gutgegangen. Arthur hat sich wirklich Sorgen gemacht, aber ich bin sicher, du hast ihr gutgetan. Bin zum Abendessen zurück. Grüße, Michael.« Sein Vertrauen, daß sie zu etwas nütze gewesen war, wärmte sie, als sie sich ihrer klammen Kleider entledigte. Michaels Morgenmantel war wärmer als ihrer, und sie beschloß, ihn anzuziehen, während ihr Bad einlief; sie hatte begonnen zu zittern. Selbst ihre Hände waren kalt. Also steckte sie sie in die Taschen und spürte Papier. Sie zog es heraus und erkannte, daß es ein Brief von Zee war. Sie wußte, daß er ihr häufig schrieb, aber ihre Briefe gingen direkt auf sein Schiff, daher bekam sie sie nie zu sehen, und nun war sie neugierig.

Nach ausführlichen Kommentaren zu seinen Marineaktivitäten und Mitteilungen über Leute, die sie kaum kannte, endete der Brief mit: »Wie immer in Liebe – Mummy.« Aber da war noch ein Blatt.

Gerade habe ich Deinen Brief vom 10. erhalten und dachte, es könnte Dich vielleicht interessieren, daß Hugo wieder zu seinem Regiment in Deutschland geschickt worden ist; er ist also aus dem Weg. Ich hoffe, mein Liebling, daß Dich das erleichtert, denn obwohl Pete ihm das Versprechen abgenötigt hat, daß er *in keiner Weise* versuchen wird, sich mit Louise in Verbindung zu setzen, mußt auch Du das Gefühl haben, daß keinem von beiden wirklich zu trauen ist. Pete war schockiert, als er hörte, daß Hugo ihr trotz seines Versprechens geschrieben hatte. Wie gut, daß Du den Brief abfangen konntest. *Selbstverständlich* war es richtig, das zu tun – diese ganze Angelegenheit muß äußerst bedrückend für Dich sein und ist es natürlich auch für mich, da, wie Du ja weißt, Deine Sorgen meine Sorgen sind. Noch einmal – Liebe und Segen. Mummy.

Sie las diese Zeilen zweimal, aber der Aufruhr ihrer Gefühle war beim zweitenmal nicht geringer: Schmerz, weil er das Land verlassen hatte und sie es nicht einmal wußte; Angst, daß er umkommen könnte; Erleichterung, daß er sich nicht den Befehlen der Familie gefügt und ihr trotzdem geschrieben hatte; und quälende Ungeduld, weil sie diesen Brief sofort finden und lesen wollte. Sie fing an, danach zu suchen – in der Kommode, in den Taschen von Michaels Sachen, die im Kleiderschrank hingen –, aber sie fand nichts. Ihr kam der Gedanke, er könne den Brief vernichtet haben, aber das wollte sie einfach nicht wahrhaben. Sie wünschte sich diesen Brief so sehr, daß es ihn einfach geben *mußte* – irgendwo. Als ihr nicht mehr einfiel, wo sie noch suchen könnte, warf sie sich aufs Bett und weinte, bis sie keine Tränen mehr hatte und Erschöpfung sie wie Nebel umschloß.

Sie erwachte davon, daß Michael ihr sagte, es sei Zeit zum Essen. »Du mußt Stunden geschlafen haben«, meinte er.

Das war der Beginn des ersten und schlimmsten Streits, den sie je gehabt hatten. Sie erzählte ihm, daß sie den Brief seiner Mutter gelesen hatte.

Das hätte sie nicht tun dürfen.

Wieso nicht? *Sie* las ja auch anderer Leute Briefe.

Schweigen.

Sie wisse von Hugo. Sie wolle den Brief, den er geschrieben habe.

Das sei nicht möglich. Er habe ihn verbrannt.

Nachdem er ihn gelesen habe, nahm sie an.

Nein, das wäre unehrenhaft gewesen. Er habe ihn einfach verbrannt. Hugo habe immerhin ein Versprechen abgegeben.

Sie habe versprechen müssen, nicht zu schreiben; nicht, keine Briefe entgegenzunehmen. Es sei doch nur ein einziger Brief gewesen, flehte sie. (Sie hatte nie einen Brief von ihm bekommen; es wäre ein Andenken gewesen – ein Trost in einer ansonsten trostlosen Situation.)

Es sei viel besser, wenn sie vollständig mit Hugo breche. So werde sie leichter darüber hinwegkommen.

Woher er wisse, daß sie darüber hinwegkommen *wolle*? Sie *liebe* Hugo. In all diesen Wochen habe er offenbar nicht einmal in Erwägung gezogen, daß sie Hugo liebte.

Was sie denn glaube, wie es ihm dabei gehe? Sie habe *ihn* geliebt – genug, um ihn zu heiraten und ein Kind mit ihm zu haben. Ob sie das etwa nicht mehr ernst nehme? Diese Wochen seien auch für ihn nicht einfach gewesen. Er habe versucht, Zugeständnisse zu machen – er wisse, daß sie noch sehr jung sei. Eine Ehe sei schwierig, wenn ein Partner so viel unterwegs sei. Sie *werde* über Hugo hinwegkommen – aber das ginge viel schneller, wenn sie sich ein bißchen anstrengte und nicht allem so leicht nachgebe.

Ob er den Brief wirklich verbrannt habe?

Um Gottes willen, *ja*! Er sei kein Lügner – das wisse sie doch wohl?

Er sei kein Lügner, sagte sie, aber die Wahrheit sage er auch nicht.

Das höre sich sehr schlau an; er habe keine Ahnung, was sie damit meine.

Sie meine, daß er ihr manches einfach nicht sage.

Was denn?

Ob sie ihm das auch noch *sagen* müsse?

Schweigen.

Sie sah ihn an, als sei es das erstemal in ihrem Leben.

»Ich werde dir nie verzeihen, daß du meinen Brief verbrannt hast.«

Wie alle schlimmen Auseinandersetzungen war der Streit nicht an einem bestimmten Punkt beendet, er endete überhaupt nicht: Sie bemerkte, daß die kühle Ablehnung, mit der sie ihm mitgeteilt hatte, sie werde ihm nie verzeihen, ihn mehr getroffen hatte als all ihr Flehen, alle Bekundungen, wieviel der Brief ihr bedeutete. Er hatte sie wie ein Kind behandelt – ein ungezogenes Kind –, sie für ihre Fehler bestraft und sich nie gefragt, worauf ihr Verhalten zurückzuführen war. Sie nahm an, daß sogar der allnächtliche Sex eine Art von Strafe war, da selbst er es nicht zu genießen schien. Sie weigerte sich, mit ihm in den Speisesaal zu gehen, und als er viel später am Abend zurückkam, tat sie so, als schliefe sie schon.

Am nächsten Morgen erwachte sie mit Kopfschmerzen, einem sehr rauhen Hals und Fieber, und mehrere Tage lang war das Nachspiel ihres Streits überlagert von ihrer Krankheit und seinen Anstrengungen, sich um sie zu kümmern, wenn er nicht im Dienst war. Er rief einen Arzt, der die übliche ekelhafte Medizin zum Halspinseln verschrieb, dazu Aspirin, und sagte, sie solle viel Flüssigkeit zu sich nehmen. Er erklärte auch, daß ihre Mandeln heftig entzündet seien und sie seiner Meinung nach operiert werden müsse. Michael brachte ihr Bücher und Blumen. »Ich liebe dich wirklich, weißt du», sagte er. Er meinte auch, da sie sich so schlecht fühle und ihre Krankheit wahrscheinlich ansteckend sei, werde er lieber an Bord schlafen. Also hatte sie drei Nächte lang das Bett für sich, doch es ging ihr so schlecht, daß Tage und Nächte sich zu einer endlosen Zeitspanne verbanden, in der sie entweder gnädig betäubt war oder beim Gedanken an Hugo in eine Art Starre verfiel – wo war er, würde sie ihn je wiedersehen, vermißte er sie, liebte er sie immer noch? Aber was nutzte es, wenn er das tat? Sie war mit Michael verheiratet und hatte ein Kind von ihm, also konnten sie im Grunde nichts ändern. Meist jedoch war sie zu schwach, auch nur darüber nachzudenken, und wenn sie weinte, dann weil sie seinen Brief nicht hatte – es war, als erwarte sie gar nicht mehr, *ihn* je wiederzusehen.

Michael kam jeden Abend vor dem Essen und erzählte ihr alle möglichen Neuigkeiten. »Die Alliierten nähern sich Berlin«, und: »Ich habe in Home Place angerufen, und deine Mutter hat gesagt, Sebastian habe zwei neue Zähne und die neue Kinderfrau sei wirklich gut. Sie läßt dich grüßen und hofft, daß es dir bald wieder bessergeht, Liebling.«

Am vierten Abend schlug er vor, sie solle aufstehen und mit ihm essen.

»Ich habe die neue Nummer eins von Martins Boot gebeten, zu uns zu stoßen. Es wird dir guttun, ein bißchen Gesellschaft zu haben. Du kannst danach ja sofort wieder ins Bett gehen.«

So hatte sie Rory kennengelernt. Sie hatten sich lange über Oscar Wilde unterhalten, und sie hatte ihn sofort gemocht.

Polly

1945

In dem Jahr, das sie jetzt bei Louise wohnte, hatte sie es geschafft, ihr kleines Zimmer unter dem Dach mehr oder weniger so einzurichten, wie sie es wollte. Sie hatte die alte Tapete mitsamt den daran klebenden Möwen abgerissen, die Wände grün und die Möbel weiß gestrichen. Es wirkte nun luftig und erfrischend, auch wenn es im Sommer dank der Lage und der Tatsache, daß es nur ein einziges, ziemlich kleines Pik-As-förmiges Fenster hatte, sehr stickig wurde; sie mußte nachts die Tür öffnen, um ein wenig Durchzug zu bekommen. Und im Winter war es natürlich umgekehrt: Es war praktisch der kälteste Raum im Haus (abgesehen von Clarys Zimmer, das nebenan lag). Hugo hatte vorgeschlagen, sie solle an einer der langen Wände einen alten Kelim aufhängen, um den Raum ein wenig wärmer zu machen, und sie hatte die Märkte abgegrast und schließlich genau das gefunden, was sie suchte: stellenweise abgewetzt, aber mit wunderschönen Orange-, Rosa- und Brauntönen. Sie hatte nach weiteren Sachen gesucht und sie so lange hin und her geschoben, bis alles genau stimmte. Hugo war sehr begabt, wenn es ums Dekorieren ging, er hatte sogar Louises Interesse daran geweckt, und das Wohnzimmer wurde langsam weniger unpersönlich. Es war Hugo, der ihr half, ein einfaches Regal für die gegenüberliegende Wand zu bauen, auf das sie ihre Delfter Leuchter und das andere Porzellan stellen konnte, das sie im Lauf der Jahre gesammelt hatte. »Wahrscheinlich bist du dabei, dich in ihn zu verlieben«, hatte Clary ziemlich anklagend gesagt, als sie das Regal besichtigen kam.

»Nein. Das ist es ja gerade. Er ist einfach einer von uns. Kein Grund zur Sorge.«

Damit spielte sie auf die verblüffende Regelmäßigkeit an, mit der sie Männer kennenlernte, die sich irgendwann in sie verliebten. Im vergangenen Jahr hatte sie dreimal die Stelle wechseln müssen (oder jedenfalls das Gefühl gehabt, es sei unumgänglich), um alltäglichen Begegnungen mit Leuten aus dem Weg zu gehen, die ihr ihre unsterbliche Liebe gestanden hatten. Es fing in der Regel damit an, daß sie mit ihr ausgehen wollten, und jedesmal war sie auf die täuschend lässige Haltung hereingefallen. Selbst wenn diese Männer sie eigentlich überhaupt nicht interessierten, hatte sie nicht das Herz, nein zu sagen. Der erste Abend, das erste Essen, der Spaziergang, der Kinobesuch oder was auch immer verlief im allgemeinen erträglich. Sie erzählten viel von sich und schlossen damit, wie sehr es ihnen gefallen habe, sich mit ihr zu unterhalten. Aber spätestens beim dritten, in einem Fall auch beim zweiten Mal veränderte sich das Klima merklich, war geschwängert von mühsam unterdrückten Emotionen, bis schließlich irgendwelche Erklärungen hervorbrachen. Zu allem Überfluß mußte sie danach noch Clarys Fragen über sich ergehen lassen. »Da *mir* niemals jemand einen Heiratsantrag machen wird, mußt du es mir einfach erzählen. Solche Szenen kommen in jedem Roman vor – ich bin auf dieses Material wirklich angewiesen.«

Sie konnte Clary ebensowenig etwas abschlagen wie allen anderen, also ging sie geduldig all die Liebeserklärungen, Anträge und Behauptungen, sie habe soeben das Leben des jeweiligen Verehrers zerstört, mit ihr durch.

»Wirklich, Poll, du bist so etwas wie eine Gefahr. Ich weiß, du willst es gar nicht, aber du *bist* es. Es kann doch nicht nur daran liegen, daß du so furchtbar hübsch bist, es muß irgendeine widerwärtige Charakterschwäche sein.«

»Ich weiß. Aber es ist so unangenehm. Und manchmal auch noch langweilig.«

»Es wäre nicht langweilig, wenn du einen von ihnen deinerseits lieben würdest.«

Unwillkürlich platzte sie heraus: »Das werde ich nie.«

»Warum *erfindest* du dann nicht einen Verlobten? Du könntest sogar deinen Smaragdring als Verlobungsring an die rechte Hand stecken.«

»Glaubst du, das würde helfen?«

»Bestimmt, es sei denn, du hast es mit absoluten *Ekeln* zu tun. Und sogar du solltest dich gegen solche Leute wehren können.«

»Nein«, meinte sie traurig, »genau das kann ich nicht. Also, erfinde mir jemanden.« Sie wußte, daß Clary so etwas genoß.

»Na gut. Also, er ist etwa fünfundzwanzig und hat wunderbar dichtes, lockiges Haar und ist sehr künstlerisch veranlagt, aber auch ein guter Sportler und leidenschaftlich in dich verliebt, seit er dich zum erstenmal gesehen hat – ja, genau, wie Dante hat er dich zum erstenmal gesehen, als du neun warst (das zeigt, wie sehr er dich liebt), und an deinem achtzehnten Geburtstag hat er bei deinem Vater um deine Hand angehalten, und natürlich seid ihr seitdem verlobt.«

»Sicher hätte ich ihn inzwischen doch geheiratet, oder?«

»Nein – dein Vater hat euch geraten, bis zum Kriegsende zu warten. Wie findest du das?«

»Mir ist gleich, ob er ein guter Sportler ist – das würde mich überhaupt nicht interessieren.«

»Aber du hast nichts dagegen, daß er künstlerisch veranlagt ist?«

»Nein, überhaupt nicht. Und er soll keine blonden Locken haben. Ich ziehe dunkle vor.«

»Ich hab' nie von blondem Haar gesprochen.«

»Locken mag ich auch nicht. Und ich denke, er sollte älter sein.«

»Also gut, dreißig.«

»Älter.«

»Wie alt?«

»So um die Vierzig, dachte ich.«

»Sei nicht dumm, Poll. Du könntest doch nicht mit einem Mann von *vierzig* verlobt sein!«

»Wieso denn nicht? Mr. Rochester. Mr. Knightly«, führte sie an.

»Jane und Emma waren beide älter als du. Jetzt hast du meinen erfundenen Mann vollkommen verdorben! Er ist ganz anders als am Anfang. Ich weiß nicht, wieso du mich überhaupt gefragt hast.«

»Wenigstens ist er immer noch Maler.«

»Das hatte ich nie erwähnt. Ich habe nur von Kunst gesprochen. Du machst ihn Archie immer ähnlicher!«

»Das tue ich nicht!«

»Vierzig, dunkelhaarig, unsportlich, Maler. Klingt genau wie Archie.«

»Und wenn; das hat doch nichts zu bedeuten! Ich meine, es ist doch nur ein erfundener Mann.«

»Ich finde schon.« Sie dachte einen Augenblick nach. »Es würde Archie vielleicht nicht gefallen.«

Sie antwortete nicht. Sie hatte plötzlich das dringende Bedürfnis, allein zu sein, was schwierig war, weil sie gerade dabei waren, ein Willkommensessen für Louise zu kochen, die an diesem Tag aus Anglesey zurückkommen würde. Sie war mit dem Schneiden der Kochäpfel fertig und schüttete sie in die Pastetenform – Clary war noch mit dem Kuchenteig beschäftigt, das konnte sie besser. Dann fiel ihr ein, daß Clary immer empfindlich reagierte, wenn ihre Ratschläge nicht angenommen wurden.

»Na gut«, sagte sie. »Wahrscheinlich hast du recht. Also ist er fünfundzwanzig, hat Locken, und ich kenne ihn schon seit Ewigkeiten, und er hat mich immer geliebt.«

»Und du ihn auch. Sonst wäre er ja nicht anders als die anderen.«

»Und ich ihn. Wie soll er heißen?«

»Henry Ascot«, sagte Clary – ihre gute Laune war wiederhergestellt.

Louise kam zurück. Sie sieht blaß aus und irgendwie *älter*, dachte Polly. Sie hatte nicht viel zu erzählen, nur, daß Hotels langweilig waren und man dort nicht viel machen konnte. Aber sie war froh, wieder dazusein. Sie wollte versuchen, eine Stelle bei der BBC zu bekommen, für Lesungen oder so, und da die V2s weniger geworden seien, meinte sie, sie sollten auch Sebastian und seine Kinderfrau wieder nach London holen. Sonst würde sie ihn bald überhaupt nicht mehr kennen, sagte sie.

Erst als alle im Bett waren und sie allein, wurde sie unruhig, weil sie daran denken mußte, was eine nähere Betrachtung ihrer Person enthüllen könnte. Seit Monaten schon, fast seitdem sie bei Louise eingezogen war, hatte sie ein geheimes Doppelleben geführt, eines mit ihren Verwandten und den Leuten, die sie kennenlernte und mit denen sie zusammenarbeitete, und eines, das nur mit ihr zu tun hatte – und ihm. Das zweite Leben konnte man eigentlich kaum als *Leben* bezeichnen, da es keine Stetigkeit hatte; es war mehr, als wiederhole man ausgewählte Filmszenen immer wieder. Es hatte mit Erinnerungen an Ereignisse aus ihrem wirklichen Leben begonnen, zum Beispiel an das erstemal, als er sie allein zum Essen eingeladen hatte, ohne Clary. »Ich habe nicht soviel von jeder einzelnen, wenn ihr zusammen seid«, hatte er gesagt. Bald hatte sie das »jeder« aus dieser Erinnerung getilgt. Und dann sein Rat, sie solle auf eine Kunstschule gehen: »Du bist begabt«, hatte er gesagt. »Ich weiß nicht genug, um sagen zu können, welche Richtung du einschlagen wirst, aber wenn du nicht anfängst, der Sache nachzugehen, wirst du selbst es auch nicht erfahren. Ich möchte nicht, daß du dich verschwendest.« Als sie ihm von Mr. Fairburn erzählte, dem ersten Arbeitskollegen, der ihr einen Antrag gemacht hatte, hatte er gesagt: »Nun, Poll, du bist tatsächlich unglaublich hübsch und attraktiv, also solltest du auf so etwas gefaßt sein.« – »Andere scheinen damit nicht solche Schwierigkeiten zu haben«, hatte sie nachgehakt. »Na ja, andere sind vielleicht auch nicht so hübsch.« Aber dieses Kompliment hatte sie herausgefordert, also war es nicht ganz soviel wert wie die freiwillig gemachten.

Einmal – nachdem Clary sich ihre Seidenbluse geliehen und einen Salatsoßenfleck draufgemacht hatte – hatte sie sich beschwert, weil Clary sich immer Sachen lieh und sie dann ruinierte, »besonders wenn sie den Abend mit dir verbringt«, hatte sie gesagt, und er hatte gelacht und gemeint, Clary betrachte ihn als eine Art Ersatzvater und wolle deshalb für ihn immer besonders gut aussehen. »Während du, die du einen eigenen Vater hast, mich einfach als einen Onkel sehen kannst, und wegen Onkeln braucht man sich keine besondere Mühe zu geben.«

Danach hatte sie die reinen Erinnerungen fallenlassen und war dazu übergegangen, Szenen zu erfinden.

Ihre Phantasie war zunächst zögerlich gewesen (Wie würde es sich anfühlen, wenn er sie in den Arm nahm? Wenn er ihr sagte, daß er sie unbedingt öfter sehen wolle? Wenn er sie fragte, ob sie ihm vielleicht ein Hemd flicken könne?), wurde aber langsam mutiger, wenn sie auch eingeschränkt blieb von der wachsenden Kluft zwischen dem, was sie sich ausmalte, wenn er nicht da war, und dem, was bei ihren Begegnungen tatsächlich passierte. So erlebte sie einen aufregend romantischen Abend mit ihm in ihrem grün-weißen Schlafzimmer, in dessen Verlauf er ihr sagte, er müsse ständig an sie denken, sie küßte (sie hatten das Kußstadium erreicht) und dann ein verzweifeltes Gespräch über das begann, was sie voneinander fernhielt – sie war nicht ganz sicher, was das sein sollte, aber es mußte etwas geben, da wahre Liebe immer auf Hindernisse stieß und so –, und danach war es nicht ganz einfach, sich mit ihm an der U-Bahn-Station Tottenham Court Road zu treffen, einen vergnügten Kuß auf die Wange zu bekommen, nach Neuigkeiten von der

Familie ausgefragt zu werden und schließlich, wenn er rasch die windige Straße vor ihr entlanghinkte, hören zu müssen: »Mach schon, Poll, oder wir verpassen die Vorfilme.« Manchmal spürte sie, wie sie rot wurde, obwohl es von seiner Warte aus dazu bestimmt keinen Grund gab. Bei ihrem letzten Treffen hatte er kaum über etwas anderes reden können als über die Versenkung des größten japanischen Schlachtschiffs durch die Amerikaner, und als sie gefragt hatte, wieso das so wichtig sei, hatte er erklärt, sobald der Krieg in Europa zu Ende sei, werde alles in den Pazifik verlegt. »Die Marine ganz bestimmt. Das mit der *Yamamoto* ist etwa so, als hätte man in einem Schachspiel die Königin geschlagen.«

»Aber *du* wirst doch nicht mitgehen, oder?«

»Ich würde schon, aber ich habe so meine Zweifel. Sag Clary bloß nichts davon. Ich möchte sie nicht unnötig aufregen.« (Damals hatte sie diese Bemerkung gestört; später hatte sie sich verwandelt in: »Ich weiß, daß ich dir ein Geheimnis anvertrauen kann; im Grunde bist du der einzige Mensch, dem ich traue.«)

Dann hatte er gesagt: »Würde ich dir fehlen, Poll?«

(Wenn sie allein war, wurde das zu: »Ich kann den Gedanken, von dir getrennt zu sein, nicht ertragen – du würdest mir zu sehr fehlen.« Sie ging dazu über, in seinen Armen einzuschlafen.)

Was er über den Krieg gesagt hatte, beruhigte sie. Es stimmte, die Leute sprachen ständig vom Kriegsende, aber sie hatte angenommen, damit sei nicht nur Europa gemeint, und die Vorstellung, daß es immer weitergehen könnte, wenn auch Tausende von Meilen entfernt, war zutiefst deprimierend. Der Krieg schien inzwischen die längste Zeit ihres Lebens anzudauern; es war schwierig, sich noch daran zu erinnern, wie es vorher gewesen war – sie hatte lediglich ein paar streiflichtartige Erinnerungen an wundervolle Sommer in Home Place, an eine Zeit, in der ihre Katze gelebt hatte und Wills noch nicht einmal geboren war. Clary erging es ähnlich.

»Obwohl ich mich manchmal frage, ob *unsere* Leben ohne den Krieg so anders verlaufen wären. Was wir tun, meine ich, nicht unsere Empfindungen. Ich nehme an, du hättest debütiert und das wäre für dich anders gewesen, aber ich hätte wahrscheinlich dieselbe Art Job wie jetzt und würde weiter üben zu schreiben.« Sie war seit kurzem Sekretärin eines Literaturagenten, der zusammen mit seiner Frau eine sehr kleine Firma betrieb, und das machte ihr großen Spaß. »Sie behandeln mich wirklich wie eine *Erwachsene*«, hatte sie nach der ersten Woche verkündet. »Er ist Pazifist, und sie ist Vegetarierin, aber von den ekligen Nußkoteletts, die sie zum Mittagessen macht, mal abgesehen, ist es furchtbar interessant. Schade, daß du nichts finden kannst, was dir mehr Spaß macht.«

»Ich kann mir nicht vorstellen, was das sein könnte«, erwiderte sie wahrheitsgemäß. »Ich meine, wenn man einfach Briefe tippt und ans Telefon geht und für Leute Termine ausmacht, ist es ziemlich egal, wo man das tut.« Sie arbeitete jetzt für einen Arzt in der Harley Street, in einem hohen dunklen Raum mit falschen holländischen Ölgemälden und einem nachgebauten antiken Eßzimmertisch, der mit uralten Zeitschriften übersät war.

»Und du bist ganz sicher, daß du nicht doch Malerin werden möchtest?«

»Absolut sicher. Ich würde nur schrecklich nette, *sorgfältig ausgeführte* Bilder malen, wie sie Leuten gefallen, die Malerei eigentlich nicht mögen.«

»O Poll, paß bloß auf, sonst gehst du noch in die Ehefalle. Denk nur an Louise!«

Beide schwiegen. Sie hatten kurz nach ihrer Rückkehr ausführlich über Louise gesprochen und waren zu keinem besonders angenehmen Schluß gelangt. Clary meinte, Louise sei deprimiert; Polly fand, sie sei unglücklich; beide waren der Meinung, daß man sich mit Michael nicht besonders gut unterhalten konnte. »Er erzählt einem immer nur, was er tut, Louise muß das längst auswendig kennen.«

»Ich glaube, die Ehe tut den wenigsten Frauen gut«, sagte Clary.

»Wer hat dir denn das erzählt?«

»Noël.« Noël war ihr Chef.

»Er ist selbst verheiratet«, wandte Polly ein.

»Nur, weil er nicht wollte, daß seine Frau einberufen wird. Eine sehr *erwachsene* Abmachung. Im allgemeinen ist er absolut dagegen.«

»Meinst du«, fragte Poll zögernd, »daß sie vielleicht ein bißchen in Hugo verliebt war? Und daß sie so traurig war, als er plötzlich wegmußte, daß sie es hier nicht mehr aushalten konnte?«

»Ich glaube, es war umgekehrt. Ich glaube, Hugo hat sich in *sie* verliebt, und da die ganze Situation hoffnungslos war, hat sie beschlossen, Michael zu besuchen, und dann wollte *er* nicht mehr hierbleiben.«

»Wie kommst du darauf, daß es umgekehrt gewesen sein könnte?«

»Weil Hugo am Telefon an jenem Abend, als wir aus Home Place zurückkamen, so komisch war. Als ich sagte, sie sei weg, wirkte er vollkommen verstört.«

»Aber sie hat ihm eine Nachricht hinterlassen.«

»Selbstverständlich«, sagte Clary. »Ich fürchte, es könnte noch schlimmer sein: Sie waren *ineinander* verliebt. So was passiert offenbar ziemlich oft, eine Menge Leute schreibt darüber. Ich wünschte, ich könnte sie fragen.«

»Tu das bloß nicht!«

»Ich bin doch nicht blöd! Aber das alles zeigt, daß die Ehe eine enorm schwierige Sache ist, und besonders du solltest vorsichtig sein, Poll.«

»Ich nehme an, es ist ganz in Ordnung, wenn man den Richtigen findet.«

»*Wenn*. Und dann findet man ihn vielleicht, und er will einen nicht. Außerdem interessieren sich Männer immer für viel jüngere Frauen ...«

»Wir *sind* viel jüngere Frauen ...«

»*Noch*.«

»Vielleicht wäre es das beste«, meinte Polly so gleichmütig wie möglich, »einen viel älteren Mann zu heiraten, solange man selbst noch jung ist.«

»Genau das hat Louise getan«, wandte Clary ein.

Das ließ Polly verstummen.

Es kam in letzter Zeit häufig vor, daß Clarys Bemerkungen sie verstummen ließen, was etwas damit zu tun hatte, daß sie sich ihr nicht mehr anvertraute – sie konnte es nicht, obwohl sie selbst nicht genau wußte, wieso. Ganz gleich, wie Clary ihre Ablehnung zum Ausdruck bringen würde – mit Spott, Unglauben, Ärger sogar –, ihr war klar, daß sie eine solche Reaktion nicht würde ertragen können; es war beinahe, als würde sich die ganze Sache in Luft auflösen, wenn sie mit Clary darüber spräche; sie würde ihm im wirklichen Leben nie wieder gegenübertreten können. Und wenn sie nicht mit Clary darüber sprechen konnte, dann noch viel weniger mit anderen. Aber diese Zurückhaltung führte dazu, daß sie sich Clary gegenüber merkwürdig nachgiebig zeigte, was die Verbindung zwischen ihnen schwächte.

Eines Freitag morgens im April, Louise lag noch im Bett, und sie und Clary machten verschlafen in der Küche Toast, klingelte das Telefon.

»Geh du dran. Ich passe auf den Toast auf.«

»Ich wette, es ist für Louise.« Clary rannte nach oben.

»Freitag der dreizehnte«, verkündete sie, als sie zurückkam. »Kein Wunder.«

»Was ist denn?«

»Zoë will, daß ich runterkomme und mich um Jules kümmere. Sie muß unbedingt nach London und auf die Kinder ihrer Freundin aufpassen, weil die Freundin krank ist oder so.«

»Kann Ellen denn nicht bei Jules bleiben?«

»Offenbar hat Wills Ohrenschmerzen, schon die ganze Woche, und sie ist kaum zum Schlafen gekommen und dementsprechend erschöpft. Und dabei wollte Noël mich zur Lesung eines unglaublich interessanten kommunistischen Theaterstücks mitnehmen, am Samstag abend. Aber er wird schrecklich wütend sein, er kann es einfach nicht vertragen, wenn jemand seine Pläne durcheinanderbringt.«

»Könnte Zoë Jules denn nicht mit nach London bringen, dann könnten wir Nanny bitten, sich um sie zu kümmern?«

»Sie fahren mit Louise nach Hatton. Einmal im Monat müssen sie hin. Oh, das ist alles so *langweilig*! Es ist ja nicht so, daß ich jeden Tag zu einer kommunistischen Lesung eingeladen werde.«

»Soll ich mit dir kommen?«

»Das ist nett von dir, aber nein. Du warst erst letztes Wochenende dort.«

Es stimmte, daß sie jedes zweite Wochenende nach Home Place fuhr, um ihren Vater und Wills zu besuchen.

»Na gut«, sagte sie, »aber ich hab' es dir angeboten. Was ist mit Anna?« Sie waren zum Essen bei Anna eingeladen, in ihrer neuen Wohnung. Clary sagte, dann müsse sie eben allein gehen – eine Aussicht, die Polly etwas beunruhigend fand.

Anna Heisig war die Dame, die für kurze Zeit ihre Mitschülerin bei Pitman's gewesen war. Sie hatte sie schließlich angesprochen, und Anna hatte sehr freundlich reagiert und amüsiert bekundet, sie freue sich, ihre Bekanntschaft zu machen. Auch über die Tatsache, daß sie tatsächlich Ausländerin war (und schon das allein war aufregend; sie kannten sonst keine Ausländer), hinaus blieb sie geheimnisvoll: Sie stammte aus Wien, hatte aber einige Zeit im Fernen Osten gelebt, in Malaysia, wo sie verheiratet gewesen war, allerdings nicht lange. Polly und Clary hatten den Eindruck, Annas Leben habe viele Stationen durchlaufen, aber immer im Eiltempo. Sie waren fasziniert von ihrem Aussehen, ihrem

Flair verarmten Adels, ihrer Stimme, die von einem Ton zärtlicher, beinahe heimlicher Vertraulichkeit – wenn sie ihnen eine ungewöhnliche Geschichte erzählte – zu einem tiefen, beinahe höhnischen Bariton werden konnte, wenn sie ihnen jegliche Zweifel an den Geschichten absprach, die sie erzählte. »Aber *ja*!« rief sie dann mit gutmütiger Ungeduld aus. (»Anna, diese Frauen können doch nicht von Holland nach Kuala Lumpur reisen, nur um dort den ersten besten Mann zu heiraten, der sie haben will!« – »Aber *ja*!«) Es schien ihr großen Spaß zu machen, sie beide zu schockieren.

»Du mußt sehr schön gewesen sein, als du jung warst«, hatte Clary einmal zu ihr gesagt.

»Ich war berüchtigt«, erwiderte sie. »Ich hätte *jeden* haben können. Ich war sehr, sehr verwöhnt«, fügte sie hinzu, und ein sinnliches, nostalgisches Lächeln umspielte ihre Lippen.

»Es ist, als wären alle wirklich aufregenden Dinge geheim«, hatte Clary sich beschwert, als sie nach einem Abend bei Anna auf dem Heimweg waren.

Anna hatte Maschineschreiben gelernt, weil sie ein Buch schreiben wollte. Sie müsse etwas Geld verdienen, sagte sie, sie habe praktisch nichts. Trotzdem bekam sie für beinahe nichts eine Reihe von Wohnungen geliehen, und sie war immer umwerfend gut angezogen, in einem ganz eigenen Stil. Manchmal kam sie zur Hamilton Terrace, und manchmal gingen sie zu ihr, wo es immer interessantes Essen gab, das ihnen ganz neu war: Joghurt, eingelegte Gurken, merkwürdige Wurst und beinahe schwarzes Brot. Einmal hatte Polly arrangiert, daß sie zusammen mit Anna und ihrem Vater in dessen Club aßen, aber das war kein Erfolg gewesen. Ihr Vater war angestrengt höflich gewesen und hatte ziemlich steife Fragen gestellt, die Anna sowohl herablassend als auch rätselhaft beantwortet hatte, so daß das Gespräch immer wieder in Sackgassen gelandet war. Danach hatte er erklärt, sie sei außergewöhnlich, und sie hatte ihn als typisch bezeichnet

– Beurteilungen, die schon den Gedanken an eine Vertiefung der Bekanntschaft im Keim erstickten.

»Na ja«, meinte Clary, »man kann sich die beiden auch einfach nicht verheiratet vorstellen. Sozialisten und Konservative heiraten nicht untereinander – stell dir nur vor, welchen Streit sie bekommen, wenn sie auch nur eine Zeitung aufschlagen. Und beide sind viel zu alt, um sich noch zu ändern – sie sind beinahe für alles zu alt, die Ärmsten. Als Noël Fenella geheiratet hat, mußte sie einfach konservativ werden, sonst hätte er es nicht getan.«

An diesem Samstag abend, als Polly allein zu Anna ging, beschloß sie, einige Fragen zu stellen, die sie nicht stellen konnte, wenn Clary ebenfalls anwesend war.

Sie nahm einen Strauß Osterglocken und Pralinen mit: Anna liebte es, mit Blumen und Süßigkeiten beschenkt zu werden; einmal hatte sie sie mit Geschichten darüber unterhalten, wie ihr Haus nach einer Tanzveranstaltung so von den Blumen ihrer Verehrer überschwemmt gewesen war, daß sie und ihre Mutter ein Taxi nehmen und all diese Sträuße ins nächste Krankenhaus bringen mußten. »Aber *ja*!« hatte sie gesagt. »Es waren Unmengen: Lilien, Rosen, Nelken, Gardenien, Veilchen – alle Blumen, die ihr euch vorstellen könnt.«

»Clary konnte nicht mitkommen«, sagte sie, als sie Anna in einem kleinen Haus, das zu einer Reihe umgebauter Stallungen gehörte, die Treppe zum Wohnzimmer hinauf folgte.

»So!«

»Sie wollte dich eigentlich anrufen und es dir selbst sagen.«

»Ich war fast den ganzen Tag nicht zu Hause.«

Ein großes Stück Sackleinen lag auf dem Boden, zusammen mit Bergen von Wollknäueln und Streifen anderen Materials.

»Ich mache gerade eines meiner berühmten Bilder«, sagte Anna.

»Kann ich dir helfen? Ich kann ganz gut nähen.«

»Du könntest ein zehn, zwölf Zentimeter langes Stück davon stricken, wenn du willst. Das soll ein gepflügtes Feld werden.«

Sie reichte Polly ein Knäuel dicker genoppter Wolle und ein paar sehr dicker Stricknadeln.

Sie hatte ein kleines Grammophon, das man aufziehen mußte, und sie legte eine Schallplatte auf, bevor sie das Essen holte. »Mahler wird hier nicht so verstanden, wie er sollte«, sagte sie. »Wahrscheinlich kennst du dieses Stück nicht mal.«

Später am Abend gelang es Polly, die zurechtgelegten Fragen loszuwerden: Sollte man, wenn es um etwas sehr Wichtiges ging, Freunden, denen man normalerweise alles anvertraute, davon erzählen, auch wenn man Angst vor dem hatte, was sie erwidern könnten?

Anna stürzte sich sofort darauf. »Hat das, was du ihnen sagen möchtest, etwas mit diesen Freunden selbst zu tun?«

»Nein – eigentlich nicht. Es geht um jemand anderen.«

»Weiß der andere etwas davon?«

»Nein, nein. Da bin ich ziemlich sicher.«

»Warum sagst du es *ihm* denn nicht?«

»Das würde ich nicht fertigbringen.« Sie spürte, wie ihr schon von dem Gedanken heiß wurde.

Anna schwieg. Dann steckte sie sich eine Zigarette an und sagte ruhig: »Wenn ich in jemanden verliebt war, habe ich es ihm *immer* gesagt. Es war jedesmal ein gewaltiger Erfolg.«

»Wirklich?«

»Aber *ja*! Viele hatten nur Angst, es mir selbst zu sagen – ihnen ist ein Stein vom Herzen gefallen. Du darfst in Liebesangelegenheiten nicht so englisch sein, Polly.«

Sie erzählte ihr mehrere Episoden aus ihrem Leben, um ihre Argumente zu belegen. Aber Anna war nicht neugierig und versuchte nicht, Polly zu Geständnissen zu veranlassen, wofür sie ihr sehr dankbar war, und diese Dankbarkeit schien Annas Meinung irgendwie noch mehr Gewicht zu verleihen. An diesem Abend kehrte Polly voll nervöser Entschlossenheit aus Swiss Cottage heim.

Zunächst schien sich alles sehr günstig für sie zu entwickeln. Sie rief ihn morgens an; er war zu Hause, er hatte Zeit, und er schlug vor, sie sollten ein Picknick am Fluß machen. »Aber nimm dir warme Sachen mit, Poll, es könnte ziemlich kalt werden.«

Sie besprachen, was jeder zum Picknick mitbringen solle, und verabredeten sich am Bahnhof Paddington. Sie wählte ihre Kleidung mit Bedacht: dunkelgrüne Leinenhose von Daks, die sie bei Simpson's im Schlußverkauf erwischt hatte, den enzianblauen Pullover, eine weiße Hemdbluse darunter, falls es warm werden sollte, und den Dufflecoat. Es war ein schöner, sonniger Morgen mit kleinen weißen Wolken – ein perfekter Tag, dachte sie, für solch einen Ausflug.

Er wartete am Fahrkartenschalter auf sie. Er trug seinen alten dunkelblauen Rollkragenpulli, eine graue Flanellhose und eine enorm alte Tweedjacke, und er hatte einen großen Korb dabei, der beinahe überquoll.

»Ich hab' ein paar Sachen mitgebracht, so daß wir beide zeichnen können, wenn uns danach ist«, sagte er.

Im Zug nach Maidenhead erzählten sie einander die letzten Neuigkeiten, und wie immer neckte er sie, weil sie nicht so gut über den Kriegsverlauf informiert war. Wußte sie zum Beispiel überhaupt, daß Roosevelt gestorben war?

»Aber natürlich.« Es hatte vor zwei Tagen an sämtlichen Zeitungsständen angeschlagen gestanden, aber sie mußte zugeben, daß sie und Clary nicht weiter darüber gesprochen hatten.

»Und, wer wird der nächste Präsident?«

»Mr. Truman. Aber über ihn weiß ich so gut wie nichts.«

»Damit stehst du wohl nicht allein da. Wirklich ein Pech, das mit Roosevelt, er hat sich so um die zweite Front bemüht, und jetzt verpaßt er den Sieg um Haaresbreite.«

»Ist es denn bald soweit?«

»Ziemlich bald. Aber es wird noch lange dauern, bis sich alles wieder normalisiert hat.«

»Ich glaube nicht, daß ich überhaupt weiß, wie ich mir das vorstellen soll.«

»Das ist wahrscheinlich besser, als wenn du allzu feste Vorstellungen davon hättest.«

»Außerdem kommt einem das eigene Leben eigentlich nie so richtig normal vor, nicht?« meinte sie.

»Nein?«

»Ein normales Leben ist etwas für andere Leute. Obwohl wahrscheinlich jeder, den man danach fragte, das abstreiten würde.«

»Du meinst diese schrecklichen Langweiler, denen immer gerade etwas ganz Außergewöhnliches passiert ist?«

»Sie sind nur deshalb langweilig, weil sie so langweilig davon erzählen. Manche Leute« (sie mußte an Hugo denken) »können darüber reden, daß sie im Bad die Seife verloren haben, und man kann gar nicht genug davon bekommen. Onkel Rupert war so jemand.«

Nach einem kurzen Schweigen, das ihre letzte Bemerkung hervorgerufen hatte, fragte er: »Setzt du Normalität denn mit Annehmlichkeit gleich?«

»Das weiß ich nicht. Wieso?«

»Weil es dann sein könnte, daß du nur deshalb so denkst, weil du wegen des Krieges nicht genügend Annehmlichkeiten hattest. In diesem Fall, mein liebes Mädchen, stehen dir ein paar freudige Überraschungen bevor.«

Sie wurde rot beim Gedanken an etwas Angenehmes und lächelte in sich hinein bei der Vorstellung, daß es eine Überraschung sein sollte.

Sie gingen zum Fluß und suchten sich einen Kahn zum Staken, »aber wir sollten auch Paddel mitnehmen, ich bin nicht gut, was Staken angeht«, dann machten sie sich flußaufwärts auf den Weg. Archie meinte, er werde als erster staken, bis sein Bein müde würde.

»Ich schlage vor, wir suchen uns ein wirklich schönes Plätzchen, und dann können wir picknicken und zeichnen.« Sie war mit allem einverstanden.

Sie fanden eine hervorragend geeignete, sanft ansteigende, grasbewachsene Uferböschung, von der aus Weiden ihr frisches Grün ins olivfarbene Wasser hängen ließen.

Erst nach dem Essen brachte sie das Gespräch darauf, was er nach dem Krieg zu tun gedenke. Er hatte über Neville gesprochen, der jetzt im dritten Trimester in Stowe war, und gemeint, es sei interessant, wie jemand sich innerhalb eines Jahres derart verändern könne – es gebe jetzt so vieles, das Neville wirklich gern tue.

»Er verliert das Interesse aber ziemlich schnell wieder«, sagte sie. »Ich weiß, daß Clary sich deshalb Sorgen macht. Sie befürchtet, daß er, bis er zwanzig ist, schon alles ausprobiert hat und daß dann nichts mehr übrigbleibt. In den ersten Ferien kam er mit einer Trompete nach Hause. Er wollte die ganze Zeit spielen, und die Duchy mußte ihn dazu in die Squashhalle schicken. Jetzt ist es das Klavier, aber er spielt nur nach Gehör, er weigert sich, Noten zu lernen. Und er ist ganz verrückt nach Häusern. Außerdem erklärt er, er wolle als Schauspieler arbeiten, wenn er nicht gerade auf Forschungsreise ist. Und in den letzten Ferien hat er einen Freund mitgebracht, der sich nur für Bach interessiert, während Neville gerade angefangen hatte, sich mit Motten zu beschäftigen. Also haben sie sich tagsüber Bach gewidmet und abends den Motten. Lydia ist ziemlich verletzt. Seit er den Stimmbruch hinter sich hat, nimmt er kaum mehr Notiz von ihr.«

»Sie werden wieder zueinander finden, wenn er ein wenig älter ist. Und es ist gut, daß er so vieles ausprobiert. Das wird ihm, wenn er erst zwanzig ist, helfen herauszufinden, was er wirklich will.«

Sie schwieg einen Augenblick, und dann sagte sie: »Er hat dich sehr gern. Das hat er Clary gesagt. Nur, falls du es nicht wußtest.«

Er füllte ihnen Cidre nach. Dann reichte er ihr ihr Glas und sagte gleichmütig: »Na ja, ich bin für ihn wohl so eine Art Vaterersatz geworden.«

Nachdem er sich eine Zigarette angezündet hatte, lehnte er sich in die schäbigen Plüschkissen. Sie saßen einander gegenüber, die Reste des Picknicks zwischen sich.

»Und was wirst du mit deinem Leben anfangen?«

»Ich bin nicht sicher. Ich bin sogar ziemlich durcheinander, was das angeht.«

»Du solltest dir keine Sorgen machen, hübsche kleine Polly. Es wird sich bestimmt ein edler Ritter finden, der dich auf seinem weißen Roß davonträgt.«

»Tatsächlich? Woher weißt du das?«

»Ich *weiß* es nicht mit absoluter Sicherheit. Und vielleicht willst du ja auch nicht einfach nur heiraten. Vielleicht willst du selbst etwas tun. Bis der edle Ritter auftaucht.«

Ihr Herz schlug heftig; sie setzte sich aufrecht hin – jetzt oder nie!

»Ach, ich würde ganz gern heiraten.«

»Aha! Und, hast du den Glücklichen schon erwählt?«

»Ja.« Sie blickte konzentriert auf seine rechte Schläfe. »Du bist es. Der einzige, den ich heiraten möchte, bist du.« Bemüht, einer Antwort zuvorzukommen, sprach sie schnell weiter: »Ich habe wirklich viel darüber nachgedacht. Ich meine es ernst. Ich weiß, ich bin ein ganzes Stück jünger als du, aber es kommt vor, daß Leute trotz eines größeren Altersunterschieds heiraten, und ich bin sicher, es wird deshalb keine Probleme geben. Ich bin nur zwanzig Jahre jünger, und wenn ich vierzig bin und du sechzig bist, wird es nichts mehr ausmachen – überhaupt nichts. Auf keinen Fall möchte ich einen anderen heiraten, und du kennst mich ziemlich gut und hast gesagt, dir gefällt, wie ich aussehe. Ich habe ein bißchen Kochen gelernt und hätte nichts dagegen, in Frankreich zu wohnen – oder sonstwo, das wäre mir ganz gleich …« Sie zwang sich, ihn wieder anzusehen.

Er lachte nicht; das war immerhin etwas. Aber an der Art, wie er ihre Hand nahm und sie küßte, erkannte sie, daß es keinen Sinn hatte.

»Oh, Poll«, sagte er. »Was für ein Kompliment! In meinem ganzen Leben hat mir noch niemand ein so großes und ernstzunehmendes Kompliment gemacht. Und ich werde mich nicht verstecken hinter irgendwelchem Quatsch, von wegen, ich wäre zu alt für dich und so, auch wenn das in so mancher Hinsicht sogar zutreffen mag. Ich habe dich sehr gern, und ich betrachte dich als gute Freundin, aber ich liebe dich nicht, und das schlimme ist, ohne das hätte die ganze Sache keinen Sinn.«

»Und du glaubst auch nicht, daß du mich je lieben könntest?«

Er schüttelte den Kopf. »Das ist eine der Sachen, die man weiß, nicht wahr?«

»Ja.«

»Liebe Polly, du hast noch dein ganzes Leben vor dir.«

»Das dachte ich auch«, antwortete sie – es kam ihr endlos vor, aber das sagte sie nicht.

»Du denkst wahrscheinlich, ich hätte das alles nicht sagen sollen«, meinte sie schließlich.

»Absolut nicht. Ich finde, es war sehr mutig von dir.«

»Aber das ändert auch nichts, nicht wahr?«

»Nun ja, du hast etwas wissen wollen und hast wenigstens gefragt.«

Und Hoffnung gegen Verzweiflung eingetauscht, dachte sie, aber auch das sprach sie nicht aus. Sie wußte nicht, wie sie es für den Rest ihres Lebens ohne ihn aushalten sollte, und ebensowenig wußte sie, wie sie es jetzt noch mit ihm ertragen konnte – gefangen in diesem elenden Kahn, irgendwo auf dem Land.

Ein heftiger Schauer rettete sie. Der Himmel war immer grauer geworden, und einige Zeit zuvor – vor Stunden, so kam es ihr jetzt vor – hatten sie sich schon gefragt, ob es wohl regnen würde. Nun konnte sie sich damit beschäftigen, alles einzupacken, sich den Mantel anzuziehen und die Fangleine von den Weidenzweigen loszumachen, während Archie stakte. Trotzdem waren sie beide durchweicht, als sie beim Bootsverleih anlegten. Die Sonne kam wieder heraus, schien aber mehr um Effekt als um Wärme bemüht zu sein; Archie wollte, daß sie in einem Pub einen Whisky tranken, um sich aufzuwärmen, aber die Pubs waren geschlossen. Ihnen blieb nur noch, zum Bahnhof zurückzugehen und dort auf einen Zug zu warten.

Auf dem Bahnsteig sagte sie: »Ich habe mit niemandem über das gesprochen, was ich dir gesagt habe. Nicht mal mit Clary.«

»Ich würde nicht im Traum daran denken, es Clary zu erzählen – oder sonst jemandem«, erwiderte er.

In dem sonntäglichen Bummelzug, der an jedem Bahnhof anhielt, hatten sie ein Abteil für sich. Er unterhielt sich mit ihr – über das Zeichnen, über Malerei im allgemeinen, über das Leben in der Hamilton Terrace, über alles mögliche, nur nicht über das, was sie ihm anvertraut hatte, oder darüber, wie sie sich jetzt fühlte. Sie nahm an, er wolle ihr helfen, ihre Würde zu bewahren, und das gefiel ihr nicht; er veranlaßte sie, sich nur noch mehr anzustrengen.

»Ich habe mir überlegt«, meinte sie, »daß ich nach dem Krieg vielleicht jemanden suchen sollte, der Häuser baut; ich könnte mich um die Inneneinrichtung kümmern. Ich meine nicht nur Farbe und Tapeten, sondern die gesamte Innenarchitektur – Türen und Böden und Kamine …« Aber dann mußte sie plötzlich weinen, also tat sie so, als müsse sie niesen, und wandte sich dem Zugfenster zu. »Oje!« sagte sie. »Ich glaube, ich habe mich erkältet.«

In Paddington fragte er sie, was sie jetzt vorhabe, und sie sagte, sie würde am liebsten nach Hause gehen. »Wird denn jemand dasein?« fragte er, und sie sagte, sie sei ziemlich sicher.

In Wahrheit nahm sie an, daß sie allein sein würde, aber sie hatte sich geirrt. Sie sah Louises Mantel auf dem Tisch im Flur liegen, und im selben Moment hörte sie sie schluchzen. Michael ist gefallen, dachte sie und rannte die Treppe hinauf.

Sie fand sie in dem kleinen Gästezimmer auf dem Bett.

Zunächst konnte sich Louise vor Trauer – oder war es Wut? – kaum verständlich machen.

»Es ist ihnen einfach rausgerutscht!« sagte sie. »Jemand, der zum Essen kam, hat es erwähnt – mit so einer Ach-wie-schade-Stimme ... Ich hab' es nicht mal *geahnt*! Und *sie* wußten es alle und haben mir nichts gesagt. Sie muß gewußt haben, was für ein Schock ... Ich *konnte* danach nicht bleiben. Ich bin einfach vom Tisch aufgestanden und weggerannt. Ach, *Polly*! Es ist so schrecklich! Und dabei soll der Krieg schon bald zu Ende sein!« Wieder wurde sie von Schluchzen geschüttelt.

Polly setzte sich auf die Bettkante und legte Louise zögernd die Hand auf den Arm. Schließlich beruhigte Louise sich ein wenig, drehte sich um und setzte sich, die Arme um die Knie geschlungen.

»Es war vor zehn Tagen«, sagte sie. »Es hat in der *Times* gestanden, haben sie gesagt, aber *sie* hat gewußt, daß ich es nicht wußte.«

»Von wem sprichst du denn jetzt?« fragte sie so sanft sie konnte.

»Zee! Sie haßt mich dafür.«

Nun wußte Polly, daß es nicht um Michael ging.

»Sprichst du von Hugo?«

Louise zuckte bei der Erwähnung des Namens zusammen, als habe man sie geschlagen. »Ich habe ihn so geliebt! Aus ganzem Herzen. Und jetzt muß ich den Rest meines Lebens ohne ihn durchstehen. Ich weiß überhaupt nicht, wie ich das schaffen soll.« Sie blickte auf. »Oh, Poll! Es ist so tröstlich, daß du mit mir weinst!«

Die Familie

April / Mai 1945

Tonbridge hatte Mrs. Rupert vom Bahnhof abgeholt und kam gerade rechtzeitig für sein zweites Frühstück mit, wie er es ausdrückte, seiner »Zukünftigen«. Er hatte auf dem Weg von Battle nach Home Place versucht, mit Mrs. Rupert ein paar interessante Bemerkungen auszutauschen, aber sie war offenbar nicht interessiert gewesen. Er hatte erwähnt, der amerikanische Präsident sei verstorben und die Alliierten hätten Wien befreit – nicht daß man erwarten konnte, daß das Briten besonders interessierte –, und dann hatte er noch hinzugefügt, daß nach seiner sorgfältig erwogenen Ansicht der Krieg nicht mehr lange dauern könne, aber Mrs. Rupert hatte sich im Grunde gar nicht richtig mit ihm unterhalten. Sie hatte die letzte Zeit sehr blaß ausgesehen – spitz, hatte Mabel es genannt, als sie miteinander darüber gesprochen hatten –, und er fragte sich, ob sie vielleicht unwohl war, aber selbstverständlich erwähnte er das nicht.

Jedenfalls, nachdem er ihren Koffer ins Haus getragen und das Auto wieder in die Garage gefahren hatte, ging er über den Hof zur Hintertür und durch die Küche ins Wohnzimmer der Dienstboten, aber obwohl dort schon alles bereitstand – Scones und zwei Stücke Ingwerbrot und ein kleiner Krug mit Schmand –, war sie nicht da. Das war komisch, weil er sie auch in der Küche nicht gesehen hatte.

Er ging zurück in die Küche, wo Lizzie an der Spüle stand, bis zu den Ellbogen im Wasser, und Frühjahrsgemüse putzte. Sie gehörte zu den Mädchen, die immer furchtbar erschraken, wenn man sie ansprach, und dann konnte man kaum verstehen, was sie antwortete. Sie wußte nicht, wo Mrs. Cripps war. Das war ärgerlich, weil er ihr etwas sehr Wichtiges zu sagen hatte; er hatte es sich aufgehoben für einen friedlichen Augenblick bei einer Tasse Tee, wie sie sie für gewöhnlich am späten Vormittag miteinander tranken. Er ging zurück ins Wohnzimmer und ließ sich auf seinem gewohnten Sessel nieder, um auf sie zu warten.

Mrs. Cripps hatte einen sehr aufregenden Morgen hinter sich. Dr. Carr, der seinen allwöchentlichen Besuch bei Miss Barlow oben machte, hatte sich auch ihre Beine angesehen. Sie hatten in der letzten Zeit ziemlich weh getan, und die Angelegenheit hatte sich während der morgendlichen Besprechung mit Miss Rachel zugespitzt – Mrs. Cazalet senior fühlte sich an diesem Tag nicht besonders wohl. Sie hatte gestanden, wie immer, wenn sie mit Mrs. Senior die Mahlzeiten besprach – nicht daß es dieser Tage viel Auswahl gegeben hätte, aber es gehörte sich einfach, daß Madam die Mahlzeiten anordnete, und schließlich gab es so etwas wie Prinzipien, also stand sie, wie üblich –, aber sie hatte es sich ein wenig leichter gemacht, indem sie sich mit dem Ellbogen auf die Lehne eines Küchenstuhls stützte. Doch als sie das Gewicht von einem Bein aufs andere verlagerte, hatte die Stuhllehne nachgegeben, war einfach abgebrochen und zu Boden gefallen, und sie gleich mit. Das hatte so weh getan, daß sie sich einen Schmerzensschrei nicht verbeißen konnte, und das und die Tatsache, daß sie zunächst nicht imstande gewesen war, wieder aufzustehen, hatte sie ihre ganze Beherrschung gekostet. Sie hatte geweint, in Gegenwart von Miss Rachel, die schrecklich freundlich gewesen war – wie immer. Sie hatte ihr aufgeholfen und sie ins Wohnzimmer gebracht und Lizzie angewiesen, ihr einen Tee zu kochen, und als sie die Beine auf einen Schemel mit einem Kissen gelegt hatte, waren sie Miss Rachel aufgefallen. Sie schämte sich dafür und war froh, daß wenigstens Frank an diesem Morgen unterwegs war.

Jedenfalls, infolge dieses Vorfalls hatte Miss Rachel darauf bestanden, daß Dr. Carr sie sich ansah, und in der Zwischenzeit war sie nach Battle gefahren und hatte ihr ein paar Stützstrümpfe gekauft, die eine große Hilfe waren. Dr. Carr hatte sie in ihrem Schlafzimmer untersucht; sie hatte Miss Rachel gesagt, es könne sein, daß die Männer jeden Augenblick ins Dienstbotenwohnzimmer kämen, und das sei ihr nicht recht. Dr. Carr hatte gemeint, sie hätte längst zu ihm kommen sollen und sie müsse unbedingt operiert werden, aber darauf hatte sie zunächst nicht viel gegeben, weil sie nicht versichert war und nicht glaubte, daß man sie operieren würde. Aber als Miss Rachel erklärt hatte, sie werde dafür aufkommen, hatte sie wirklich Angst bekommen, denn sie war bisher nur einmal in einem Krankenhaus gewesen, beim Tod ihres Vaters. Und dann hatte Dr. Carr nach ihrem Alter gefragt, und als sie es ihm sagte – im Juni würde sie sechsundfünfzig werden –, wurde sie plötzlich von Scham und Reue überwältigt, weil sie Frank nicht die Wahrheit gesagt hatte. Als er vor längerer Zeit einmal danach gefragt hatte, hatte sie behauptet, sie sei zweiundvierzig, und dabei hatte sie es später auch belassen. Er hatte ihr selbstverständlich geglaubt, obwohl sie sich mehr als zehn Jahre jünger gemacht hatte. Natürlich wollte sie einen *Arzt* nicht belügen, aber ihm die Wahrheit zu sagen gab ihr plötzlich das Gefühl, es sei falsch gewesen, ihr wahres Alter vor Frank zu verheimlichen. Sie hatte Angst gehabt, er werde sie nicht heiraten, wenn er es wüßte – sie hatte nicht einmal genau gewußt, ob er noch Kinder wollte, aber nachdem sie ihm gesagt hatte, sie sei zweiundvierzig, hatte er gemeint: »Nun, das hört sich nicht so an, als ob wir noch mit kleinen Sorgen rechnen müßten«, und dann war er rot geworden und hatte das Thema gewechselt. Nun würde sie also operiert werden, und es könnte sein, daß sie dabei starb, aber sie wollte vorher noch heiraten, und sie wollte nicht mit der Schuld sterben, ihren Mann angelogen zu haben. Also würde sie es ihm sagen müssen.

Er wartete im Wohnzimmer der Dienstboten auf sie –

hatte sich gefragt, wo sie gewesen sei, wie er sagte. Und dann, gerade als sie es ihm sagen wollte, brachte Lizzie den Tee, und als der Tee lange genug gezogen hatte und sie einschenkte, holte Frank einen braunen Umschlag aus der Tasche und sagte, er habe hier einen Brief seiner Anwälte, in dem stehe, er habe ein vorläufiges Scheidungsurteil, was immer das bedeutete. Es war schon fast die Scheidung, aber noch nicht ganz, beileibe nicht. Nach dem vorläufigen Urteil mußte man noch auf etwas warten, das er als Endurteil bezeichnete. Und *dann* erst war es vorbei. Aber das, meinte er, sei nur eine Frage von Wochen ...

Sie machte den Mund auf, um es ihm zu sagen, aber er unterbrach sie erneut und holte eine kleine Schachtel heraus und drückte auf eine Stelle am Deckel; der klappte auf und gab den Blick auf einen *Ring* frei – mit zwei Steinen, die wie Diamanten aussahen, natürlich keine großen, das erwartete man bei Diamanten ja auch nicht; sie saßen links und rechts von einem kleineren dunklen Stein.

»Rubine und Diamanten«, sagte er, »und das Gold hat neun Karat.«

Es war ein richtiger Verlobungsring, und es verschlug ihr den Atem, aber als er versuchte, ihr den Ring aufzustecken, stellte sich heraus, daß er zu klein war – er paßte nicht über den Fingerknöchel. »Ich lass' ihn größer machen«, sagte er, aber sie sah ihm an, wie enttäuscht er war.

»Er ist wirklich wunderschön«, sagte sie. »Frank, das wäre doch nicht nötig gewesen! Verlobungsringe sind was für Damen.«

»Und du bist eine Dame«, hatte er gesagt, »wenn ich je eine gesehen hab'.«

Vielleicht würde er auf den kleinen Finger passen, schlug sie vor, nur für den Augenblick, aber selbst dafür war er zu eng. »Steck ihn nicht wieder weg«, sagte sie, »ich will ihn ansehen.« Und sie legte ihn auf ihre Handfläche, wo die Diamanten blitzten, je nachdem, wie man sie ins Licht hielt.

»Und sie sind wirklich echt?« fragte sie; sie konnte es gar nicht glauben, aber natürlich waren sie das. »Sie müssen sehr, sehr wertvoll sein.«

»Na ja, sie waren nicht gerade ... billig«, stimmte er zu.

Sie war hingerissen. Der Ring war der wertvollste Gegenstand, den sie in ihrem ganzen Leben auch nur *berührt* hatte, und er war losgegangen und hatte ihn für sie gekauft.

»Oh, Frank!« sagte sie. »Oh, Frank!« Sie hatte Tränen in den Augen und mußte ein paarmal kurz, aber heftig die Nase hochziehen. »Ich freue mich so! Ich freue mich ja so. Wirklich!« Und dann sagte sie es ihm – schnell, während er noch von ihrer Dankbarkeit ganz berauscht war.

Und es schien ihm überhaupt nichts auszumachen! »Das hab' ich doch gewußt«, sagte er. »Ich meine – daß du nicht ganz so jung bist, wie du gesagt hast. Keine Dame würde einem Herrn genau sagen, wie alt sie ist.« Er schaute sie mit diesen traurigen braunen Augen an, die längst nicht so traurig waren wie sonst – die beinahe glitzerten vor Zufriedenheit über seine Großzügigkeit. »Für mich«, sagte er, »wirst du immer jung sein.«

Er nahm den Ring und legte ihn wieder in die Schachtel. »Das«, sagte er, »ist nur ein kleines Zeichen meiner Wertschätzung.«

Nach all der Mühe, die es sie gekostet hatte, so kurzfristig nach London zu kommen, hatte Jack nur Samstag nacht bleiben können, er war früh am Sonntag morgen wieder nach Deutschland geflogen. Diese Situation war nicht neu; seit Beginn der Invasion vor beinahe einem Jahr war es mehr oder weniger immer so gewesen. Er war praktisch die ganze Zeit auf dem Kontinent und kehrte nur für eine oder zwei Nächte zurück, meist kurzfristig, wenn auch selten so kurzfristig wie diesmal; er hatte tatsächlich erst am Freitag nachmittag angerufen, um zu fragen, ob sie an diesem Abend nach London kommen könne. Trotz der Tatsache, daß er die letzten Monate unversehrt geblieben war, hatte sie immer noch Angst um ihn wie am ersten Tag der Invasion, so daß jeder Abschied in zweifacher Hinsicht quälend war. Ihre Begegnungen waren immer noch von Leidenschaft geprägt, und in den ersten paar Stunden versanken sie vollkommen ineinander; die Welt und der Krieg schienen kaum zu existieren, aber irgendwie passierte jedesmal etwas – häufig etwas Geringfügiges –, das den magischen Kreis brach und sie in eine trostlose und für sie nervenzerreißende Realität zurückholte. Im Winter nach der Invasion waren es manchmal V2s gewesen. Selbst wenn sie meilenweit entfernt fielen, war es unmöglich, die Explosionen zu ignorieren; man spürte sie im ganzen Körper, das war bei keiner anderen Bombe so gewesen, wenngleich sie mit Bomben nicht viel Erfahrung hatte. Ihre Verbindung mit Jack konfrontierte sie direkt mit diesem Krieg, der bisher ein Stück trauriger Historie für sie gewesen war, da sich seit Ruperts Verschwinden nichts mehr ereignet hatte, das sie direkt betroffen hätte. Manchmal sagte Jack: »Ich muß im Büro anrufen«, und zu hören, wie er mit Unbekannten sprach, die er eindeutig sehr gut kannte, denen sie aber nie begegnet war, machte ihr klar, daß neun Zehntel seines Lebens ihr unbekannt waren.

Nur ganz allmählich erfuhr sie mehr über ihn. Einmal, ein paar Wochen nach der Invasion, hatte er ihr eine Schachtel mit hinreißend bestickter Seidenunterwäsche mitgebracht – ein Hemd, einen Petticoat und Höschen, alles aus hell türkisfarbener Seide, besetzt mit cremefarbener Spitze; seit vor dem Krieg hatte sie so etwas nicht mehr gesehen. »Die Leute in den Geschäften haben solche Sachen versteckt«, sagte er. »Sie haben sie aufgehoben, bis wir kamen.« Später, beim Essen, als sie ihn nach Paris gefragt hatte, ob es ihm dort gefallen habe, hatte er gesagt, nein, es habe ihm überhaupt nicht gefallen.

Er war gerade dabeigewesen, ein Stück Fleisch kleinzuschneiden, hatte ihren Blick gespürt und sie angesehen; für einen flüchtigen Moment hatte sie in seinen Augen einen Ausdruck äußerster Verzweiflung wahrgenommen – sie waren wie zwei schwarze, unergründliche Brunnen. Der Ausdruck verschwand so schnell, daß sie hinterher an ihrer Wahrnehmung zweifelte. Er lächelte, griff nach dem Glas und trank. »Denk einfach nicht daran«, sagte er. »Ich konnte nichts dagegen tun.«

Im Bett, im Dunkeln, hatte sie ihn in die Arme genommen. »Was ist in Paris passiert? Ich möchte es wirklich wissen.«

Er schwieg. Als sie schon dachte, sie hätte lieber nicht fragen sollen, sagte er: »Mein bester Freund in New York – ein polnischer Jude – hat mir gesagt, wenn ich je nach Paris käme, müßte ich seine Eltern aufsuchen, die seit neunzehnhundertachtunddreißig dort wohnten. Sie haben ihn nach Amerika geschickt, weil er einen Onkel dort hatte, aber seine Schwester ist bei den Eltern geblieben. Er hat mir die Adresse aufgeschrieben, und ich habe den Zettel behalten, obwohl ich nicht wußte, ob ich je die Gelegenheit haben würde, dorthin zu gehen. Also, ich bin zu dieser Straße gegangen, zu dem Haus, in dem sie gewohnt haben, und sie waren nicht da. Ich habe herumgefragt und erfahren, daß sie ein paar Monate vor der Invasion in ein Lager gebracht worden sind. Alle drei. Man hat sie in der Nacht abgeholt, und niemand hat je wieder von ihnen gehört.«

»Aber wenn sie in einem Lager in Deutschland sind, kannst du sie doch noch finden. Ich meine, wir sind schon fast in Berlin.«

Es war merkwürdig: Sie konnte sich nicht erinnern, was er geantwortet hatte, aber am nächsten Tag war er sehr in sich gekehrt gewesen, unerreichbar in einer düsteren Stimmung versunken, die sie nicht verstand und die sie irgendwie ängstigte.

Das führte zu einer stillschweigenden Zensur, was ihre Gesprächsthemen anging: Einmal hatte sie auch versucht, über seine Ehe zu sprechen, aber er hatte nur gesagt: »Sie wollte, daß ich sie herumschikaniere, daß ich alle Entscheidungen treffe, ihr Anweisungen gebe – nein, falsch, sie wollte einen *reichen*, herrschsüchtigen Mann, und das hat mich gelangweilt. Wir haben beim anderen jeweils die schlechtesten Eigenschaften an den Tag gebracht – genügt das?« Und danach war Elaine, so hieß sie, nie wieder erwähnt worden. Sie sprachen auch nie über Rupert, obwohl Jack sich immer nach Juliet erkundigte. Sie sprachen über ihre kurze gemeinsame Vergangenheit, aber seit jenem Tag an der Serpentine nie wieder über die Zukunft. Sie sprachen über Bücher, die er ihr gegeben hatte, und Filme, die sie gesehen hatten, sprachen über die Personen darin wie über gemeinsame Freunde, die sie ansonsten nicht hatten. Das Bett wurde der sicherste Ort. Dort gab es keine Zensur: Wachsende Vertrautheit machte alles nur noch schöner, und die kleinste Kleinigkeit, die sie an der Sinnlichkeit des anderen neu entdeckten, führte zu neuer Freude. Sex habe weniger damit zu tun, sich auszuziehen, als damit, sich in den Körper hineinzufühlen, hatte sie eines Abends gesagt.

Sie verbrachten ein zweites Weihnachtsfest getrennt. »Oh, ich wünschte, ich könnte dich nach Hause einladen«, hatte sie gesagt und dann gefürchtet, er werde fragen, wieso das nicht möglich sei. Aber er fragte nicht. Er müsse ohnehin arbeiten, sagte er, »damit die Jungs Fotos heimschicken können, auf denen zu sehen ist, wie sie Weihnachten verbracht haben«.

Danach hatte sie ihn fast einen Monat nicht gesehen. Ihre gemeinsamen Tage waren immer seltener geworden. Also hatte sie sich, obwohl er so kurzfristig Bescheid gesagt hatte, furchtbar angestrengt, damit Clary nach Home Place kam und sich um Jules kümmerte, so daß sie am Samstag so früh wie möglich nach London fahren konnte, und sie hatten den Tag und die Nacht miteinander verbracht. Erst nachdem sie sich zum erstenmal geliebt hatten, sagte er ihr, daß er Sonntag früh schon wieder wegmüsse.

»Es tut mir leid«, sagte er. »Aber es geht nicht anders.«

»Wohin schicken sie dich diesmal?«

»Nach Belsen; das liegt östlich von Bremen.«

Es sei im Grunde gleich, wohin er fahre, sagte sie und weinte, es sei die Tatsache, daß er überhaupt fahre. Warum er ihr das nicht erzählt habe?

Er habe es selbst nicht mit Sicherheit gewußt; er habe in letzter Minute für einen anderen einspringen müssen; es sei schon schwierig gewesen, wenigstens diesen einen Tag mit ihr herauszuschinden. Er werde wiederkommen. Der Krieg sei beinahe zu Ende, und er werde auf jeden Fall wiederkommen.

Er ging um fünf Uhr morgens; er würde nach Deutschland fliegen. Sie war ungern allein in der Wohnung. Sie stand auf und machte sauber und fragte sich dann, was um alles in der Welt sie unternehmen sollte. Sie konnte so bald noch nicht nach Sussex zurück (man erwartete sie erst am Montag wieder). Dann fiel ihr plötzlich Archie ein, und sie rief ihn an, aber niemand ging an den Apparat. Es war schrecklich, daß sie niemanden wußte, den sie hätte besuchen können. Sie verbrachte den Tag damit, in der Stadt herumzuspazieren, wie sie es manchmal mit Jack getan hatte, aß Spaghetti in einem kleinen italienischen Restaurant, in das sie für gewöhnlich zusammen gingen, und danach kehrte sie in die Wohnung zurück, legte sich aufs Bett und las, aber bald war sie eingeschlafen.

Als sie aufwachte, war es fast sieben. Es schien nicht viel Sinn zu haben aufzustehen, da sie ohnehin nicht wußte, wohin sie gehen sollte. Sie sehnte sich danach, mit jemandem über Jack zu sprechen, und fing an, Archies Nummer zu wählen, aber dann überlegte sie es sich anders. Immerhin war er Ruperts bester Freund. Sie stand auf und suchte nach etwas Eßbarem. Es gab eine halbe Schachtel Kekse und etwas von dem pulverisierten Orangensaft, den Jack morgens immer trank. Sie machte sich ein Glas davon, aß die Kekse und ging wieder ins Bett, wo sie noch Stunden wach lag und sich fragte, wo er jetzt sein mochte und ob er in Sicherheit war und wann er wiederkommen würde.

Früh am nächsten Morgen rief sie in Home Place an und sagte, sie werde den ersten Zug zurück nehmen und Tonbridge solle sie abholen.

Sie hörte in dieser Woche nichts mehr von ihm, aber am Freitag darauf rief er an – zum Glück um die Mittagszeit, was bedeutete, daß der Brig nicht in seinem Zimmer war. Rachel war ans Telefon gegangen. Sie sagte nicht, wer am Apparat war, aber Zoë wußte irgendwie, daß es sich um Jack handelte.

»Entschuldige, daß ich um diese Zeit anrufe. Glaubst du, du könntest heute abend herkommen?«

»Oh, Jack! Wieso kannst du mir nicht früher Bescheid sagen? Ich habe mich gerade bereit erklärt, mich um die Kinder zu kümmern, damit die Kinderfrau übers Wochenende freinehmen kann.«

»Es geht ja gar nicht um das Wochenende. Nur um heute nacht.« Er schwieg einen Augenblick, dann sagte er: »Ich würde dich wirklich gern sehen.«

»Du machst es so schwierig. Du weißt doch, daß ich kommen möchte. Aber ich kann nicht. Wirklich, ich kann einfach nicht.«

»Na gut. Das war's dann.«

Ein Klicken, und ihr wurde klar, daß er aufgelegt hatte. Sie rief in seinem Büro an, aber sie sagten, er sei nicht da, sei schon tagelang nicht dagewesen. Sie rief in der Wohnung an, und niemand ging an den Apparat. Sie kehrte ins Eßzimmer zurück und gab vor weiterzuessen.

Nachdem die Kinder ihren Mittagsschlaf gemacht hatten, ging sie mit ihnen spazieren, bis zum Laden in Watlington und zurück, und ihr war ganz übel, so unruhig war sie. Wenn er sie jetzt gefragt hätte, hätte sie alles stehen- und liegenlassen und wäre in den nächsten Zug gestiegen – wenn nötig, wäre sie zu Fuß zum Bahnhof gegangen. Wieso hatte er aufgelegt? Das wollte so gar nicht zu ihm passen. Aber er hatte merkwürdig geklungen, als wisse er etwas oder halte etwas vor ihr zurück – war er wütend? Auf sie? O *Gott*! Wieso hatte er nur aufgelegt?

»Wir wollen durch die Felder zurückgehen«, verkündete Wills. Sie waren an dem Tor angekommen, das vom Gelände von Home Place zur Straße führte.

»Nein, heute nehmen wir die Straße.«

»Warum denn? Warum, Mummy? Wozu ist das gut?«

»Wir wollen aber lieber hintenrum zu dem Feld mit dem Bus-Baum gehen.«

Es handelte sich um eine umgestürzte Fichte, bei der die ›Fahrgäste‹ sich auf Äste setzen konnten, während der ›Busfahrer‹ die als Lenkrad dienenden Wurzeln umklammerte und der ›Schaffner‹ vorsichtig über den Stamm balancierte und Eichenblätter als Fahrkarten verkaufte.

»Clary hat uns letztes Wochenende aber durch die Felder gehen lassen«, beschwerte sich Roly.

»Ja, und sie hat mit uns gespielt. Sie hat nicht einfach nur rumgestanden wie Ellen und über Händewaschen und Mahlzeiten geredet.«

»*Erwachsene*«, schnaubte Wills. »Sie sind einfach langweilig. Ich will nie erwachsen werden.«

»Wenn du hundert bist, wirst du ein schrecklich altes Kind sein.«

Einer kletterte schon über das Tor. Sie mußte entweder nachgeben oder ihn aufhalten.

»Na und? Das älteste Kind der Welt. Die Leute werden von Gott weiß woher kommen, um mich zu sehen. Ich werde ziemlich klein sein, aber furchtbar runzelig und eine Brille haben. Und einen weißen Bart.«

»Dann bist du ein Zwerg«, meinte Roly.

»Nein, bin ich nicht. Ich kann Zwerge nicht ausstehen. Ich mag ihre Zipfelmützen nicht.«

Sie gab nach. Wahrscheinlich war das das einfachste.

»Also gut, ihr dürft zehn Minuten Bus spielen«, sagte sie, als sie durch das hohe, nasse, leuchtend grüne Gras stapften.

»Zehn Minuten! Wir wollen aber zehn *Stunden*!«

»Zehn Tage.«

»Zehn Wochen.«

»Zehn hundert Jahre«, sagte Juliet und nahm damit jede weitere Steigerung voraus.

Sie sah ihre niedliche Tochter an, die einen Tweedmantel trug, der Lydia vor ein paar Jahren zu klein geworden war, dazu schwarze Gummistiefel und ein scharlachrotes Barett, das zur Zeit ihr Lieblingskleidungsstück war, und zum erstenmal fragte sie sich, ob sie beide wohl irgendwann einmal, in ferner Zukunft, zusammen in Amerika sein würden? Es fiel ihr schwer, sich so etwas vorzustellen, aber was sollte sonst geschehen? Eines Tages würde sie auf dieses Haus und die Familie als auf etwas längst Vergangenes zurückblicken, so wie sie Rupert schon jetzt betrachtete. Dann dachte sie an die Familie – besonders an die Duchy –, daran, wie bereitwillig sie sie aufgenommen und zu einer der Ihren gemacht hatten, wie dieses Haus, das sie früher so gelangweilt hatte, für sie zu einem Heim geworden war, ganz anders als all die Wohnungen, in denen sie mit ihrer armen Mutter gelebt hatte. Sie würde auch *sie* zurücklassen müssen – und merkwürdig, obwohl sie drei weitere Besuche dort hinter sich gebracht hatte seit jenem, bei dem sie auf der Rückreise Jack begegnet war (»Wage es nicht, dich im Zug von fremden Männern ansprechen zu lassen«, hatte er ihr eingeschärft, als sie zum erstenmal danach wieder zu ihrer Mutter gefahren war), merkwürdigerweise hatte sie das Gefühl, das werde ihr schwerfallen, weil sie wußte, daß es schwer für ihre Mutter sein würde, wohingegen *hier* wegzugehen für sie schlimmer sein würde als für irgend jemanden sonst in der Familie. Sie würde Jack mit zu ihrer Mutter nehmen, um *ihretwillen*. Und natürlich würden sie hin und wieder zu Besuch nach England kommen.

»Wie weit fahren Sie, Madam?«

»Amerika«, sagte sie geistesabwesend.

»Amerika? *Amerika?* Dort fahren wir nicht hin, Madam. Wir fahren nach Hastings und dann nach Bexhill. Sie können bis zur Endstation mitkommen, wenn Sie wollen.« Ein feuchtes Blatt wurde ihr in die Hand gedrückt.

Als sie das Gefühl hatte, daß alle einmal Fahrer, Schaffner und Fahrgast gewesen waren, erklärte sie, jetzt sei es Zeit für den Tee. Juliet, die gerade Fahrer war, maulte, das sei ungerecht, sie habe längst nicht so lange fahren dürfen wie die anderen beiden, aber die Jungen schlugen sich auf Zoës Seite und wollten ihren Tee.

»Du bist für dein Alter lange genug gefahren«, meinten sie barsch.

Als sie zurückkamen, hatten die anderen schon mit dem Tee begonnen. Er wurde in der Halle eingenommen, wo man den langen Tisch gedeckt hatte; die Duchy präsidierte am Kopfende hinter den Teekannen. Rechts von ihr saß Jack.

»Da ist sie ja«, sagte die Duchy, als sie mit den Kindern hereinkam, die sich eilig Mäntel und Stiefel auszogen. »Captain Greenfeldt ist zu Besuch, Liebes. Deine Freundin Margaret hat ihm erzählt, wo wir wohnen, und da er in der Nähe zu tun hatte, dachte er, er könnte mal vorbeischauen. Ist das nicht nett von ihm?« Und als sie dem offenen und klaren Blick ihrer Schwiegermutter begegnete, wußte sie, daß die Duchy es wußte.

Jack war aufgestanden, als sie hereingekommen war. »Nur ein kurzer Besuch«, sagte er. »Ich hoffe, es stört Sie nicht.«

»Selbstverständlich nicht.« Ihr Mund war trocken, und sie setzte sich ihm gegenüber – sie sank praktisch auf den Stuhl.

»Wenn Sie ein echter Amerikaner wären«, sagte Lydia, »wären Sie um den Tisch gerannt und hätten ihr den Stuhl zurechtgerückt. Das tun sie im Kino immer. Aber hier machen wir das nicht. Vielleicht wußten Sie das ja.«

»Mummy, meine Socken sind in den Stiefeln geblieben, kann ich zum Tee einfach meine Füße anhaben?«

»Er *ist* Amerikaner«, sagte Wills. »Das sieht man an seiner Uniform.« Er war acht und interessierte sich sehr für Soldaten.

»Man spricht von jemandem, der im Raum ist, nicht als ›er‹«, mahnte Rachel. Sie goß den Kindern Milch ein.

»Ist das Ihre Tochter?« Natürlich wußte er das längst.

»Ja.«

Juliet war auf den Stuhl neben ihr geklettert und starrte Jack aus weit aufgerissenen Augen an.

»Captain Greenfeldt hat uns erzählt, daß er gerade aus Deutschland zurückgekommen ist«, sagte die Duchy und reichte Zoë eine Tasse Tee.

Plötzlich erinnerte sie sich, daß er Belsen erwähnt hatte – der Name war im Lauf der vergangenen zehn Tage häufig in den Nachrichten genannt worden.

»Haben Sie im Lager Belsen fotografiert?«

»Ja.«

»Oh«, sagte Villy. »Das muß furchtbar gewesen sein. Die armen, armen Menschen!«

»Ich denke«, warf die Duchy ein, »wir sollten vielleicht *pas devant les entfants.*«

»Nicht vor den Kindern«, sagte Lydia, »das wissen wir alle schon seit Jahren.«

Wills, der sich oft auf den Chauffeur berief, sagte: »Tonbridge sagt, es war ein Todeslager. Aber er meinte, es wären vor allem Juden da gewesen. Was sind Juden?«

Jack sagte: »Ich bin ein Jude.«

Wills sah ihn ernst an. »Sie sehen gar nicht anders aus«, meinte er. »Ich verstehe nicht, woran sie sie erkannt haben.«

Lydia, die keine Zeitungen las und nicht mit Tonbridge sprach, fragte jetzt: »Soll das heißen, es ist ein Lager, in dem Leute *umgebracht* werden? Und was passiert mit ihren Kindern?«

Villy sagte mit eisiger Autorität: »Lydia, würdest du bitte die Kinder nach oben ins Spielzimmer bringen? Sofort!«

Und Lydia tat, nach einem Blick auf ihre Mutter, was ihr gesagt worden war. Die anderen folgten überraschend gefügig. Die Spannung im Zimmer ließ nach – aber nicht sehr. Villy bot Jack eine Zigarette an, und während er ihr Feuer gab, bemerkte Zoë, daß sie ihre Hände so fest gegen die Schnitzereien des Stuhls gepreßt hatte, daß sie sich beinahe die Haut aufgerissen hätte; nun warf sie Jack einen flehenden Blick zu, in der Hoffnung, er könne ihnen helfen zu entkommen.

Die Duchy sagte: »Zoë, Liebes, wieso gehst du nicht mit Captain Greenfeldt ins Morgenzimmer? Dort könnt ihr euch in Ruhe unterhalten.«

»Deine Tochter sieht dir sehr ähnlich.«

In dem kleinen Zimmer standen ein Gateleg-Tisch und vier Stühle. Er setzte sich auf einen davon. Jetzt konnte sie ihn ansehen, und sie war entsetzt. Sie hatte sich in seine Arme werfen, ihm sagen wollen, wie leid es ihr tat, daß sie sich nicht sofort bereit erklärt hatte, nach London zu kommen, aber statt dessen ließ sie sich auf den Stuhl ihm gegenüber sinken. Er griff in die Tasche und holte ein Feuerzeug heraus, um sich eine der Goldflakes anzustecken, die Villy ihm gegeben hatte. Sie bemerkte, daß seine Hände zitterten.

»Da drüben haben die Kinder alles miterlebt«, sagte er. »Sie haben neben einer riesigen Grube gespielt – achtzig Meter lang, zehn Meter breit –, voll mit den Leichen ihrer Mütter, Großmütter, Tanten; nackte Skelette, über einen Meter hoch aufeinandergestapelt.«

Sie starrte ihn an, und es war ihr nicht möglich, sich eine solche Szene vorzustellen. »Soll ich mit dir zurück nach London kommen?«

Er schüttelte den Kopf. »Ich fliege morgen sehr früh ab. Es wäre die Mühe nicht wert.«

»Zurück ins Lager?«

»Nein, in ein anderes. Buchenwald. Unsere Truppen sind dort. Ich war schon einmal dort, aber ich muß noch mal hin.« Er drückte die Zigarette aus.

Sie sagte: »Aber als du angerufen hast, wolltest du, daß ich nach London komme.«

»Na ja. Ich hatte plötzlich das Bedürfnis, dich zu sehen. Dann dachte ich, ich würde dich gern in deinem Heim sehen – mit deiner Familie –, bevor ich gehe.«

»Wann wirst du zurückkommen?«

Er zuckte die Achseln. Dann versuchte er zu lächeln. »Deine Schwiegermutter ist eine reizende alte Dame. Du bist in guten Händen.« Er steckte sich eine neue Zigarette an. »Trotzdem danke für das Angebot mitzukommen.«

Er legte eine derart freudlose Höflichkeit an den Tag, daß sie Angst bekam. Verzweifelt suchte sie nach etwas, das sie beide trösten könnte, und sagte: »Aber es wird diesen armen Menschen jetzt doch bessergehen, nicht wahr? Ich meine, jetzt sind sie in Sicherheit, und die Leute werden sich um sie kümmern und ihnen zu essen geben?«

»Einigen von ihnen. Jeden Tag sterben in Belsen sechshundert Menschen. Und man sagt, in Buchenwald werden noch zweitausend sterben – zu krank, zu erschöpft. Und das sind nicht die einzigen Lager. Wir haben noch nicht alle erreicht, aber sie werden ähnlich sein. Und Millionen sind bereits umgebracht worden.«

Es gab offenbar keinen Trost.

Er schaute auf seine Armbanduhr und stand auf. »Gleich wird mein Taxi hiersein. Ich darf den Zug nicht verpassen. Ich bin froh, daß ich Juliet noch gesehen habe.«

»Wirst du wirklich lange weg sein?«

»Ja. Davon solltest du ausgehen.«

Sie stellte sich zwischen ihn und die Tür.

»Jack! Du bist doch nicht böse auf mich?«

»Wie kommst du darauf?«

Sie hätte am liebsten gerufen: »Wegen allem!«, aber sie sagte nur: »Du hast mir keinen Kuß gegeben. Du hast mich nicht einmal berührt.«

Zum erstenmal wurde sein untröstlicher Blick weicher, so wie früher. Er ging auf sie zu und legte ihr die Hände auf die Schultern. »Ich bin nicht böse auf dich«, sagte er. Sanft küßte er sie auf den Mund. »Ich habe einfach vergessen, was Liebe ist«, sagte er. »Damit wirst du zurechtkommen müssen.«

»Das werde ich, das werde ich. Aber es wird doch wieder anders werden, nicht wahr?«

Die Hände noch auf ihren Schultern, schob er sie ein wenig von sich. »Sicher. Grüßt du sie bitte noch einmal von mir? Und sagst ihnen, daß ich mich für alles bedanke? Wein nicht.« Es war mehr ein Befehl als eine Bitte. »Ich habe meine Mütze in der Halle gelassen.«

»Ich hole sie dir.« Sie wollte nicht, daß andere sich einmischten. Aber die Halle war leer, und die Mütze lag einsam auf dem Tisch. Als sie damit zurückkehrte, war er schon zur Haustür gegangen und hatte sie geöffnet. Er nahm die Mütze und setzte sie auf. »Ich bin froh, daß ich hergekommen bin.« Er berührte ihre Wange mit zwei Fingern.

»Paß auf dich auf, und auf – Jules nennst du sie, nicht wahr?« Er beugte sich zu ihr und küßte die Wange, die er berührt hatte – seine Lippen waren so kalt wie seine Finger. Dann wandte er sich ab, ging sehr schnell zum Tor und verschwand aus ihrem Blickfeld. Sie blieb stehen, horchte, wie der Motor des Taxis ansprang, die Wagentür zufiel und der Wagen die Einfahrt entlangrollte, bis sie ihn nicht mehr hören konnte.

Villy, für einen Tag und eine Nacht in der Stadt, war zum Essen bei Jessica in dem kleinen Haus am Paradise Walk in Chelsea. Sie verstanden sich wieder besser, nachdem sie erfahren hatten, daß Laurence (den keine von ihnen mehr Lorenzo nannte) seine Frau verlassen hatte, um mit einer jungen Opernsängerin zusammenzuziehen. Sie hatten sogar ein wenig zaghaft darüber gesprochen, wie leid ihnen die arme Mercedes tue, und sich gefragt, was wohl aus ihr werden würde; schließlich waren sie zu dem unbehaglichen Schluß gelangt, daß sie jetzt zwar furchtbar unglücklich sein mochte, aber im Grunde ohne ihn wohl besser dran war. (Natürlich hatte Villy Jessica nie von jenem schrecklichen Abend erzählt.)

Es war Montag. Villy hatte den Morgen in der Lansdowne Road verbracht und entschuldigte sich für ihre unordentliche Aufmachung.

»Jetzt, wo die Nachrichten so gut sind, wirst du sicher bald wieder nach London ziehen, nicht wahr?« fragte Jessica, als sie ihr das winzige Bad zeigte.

»Edward meint, das Haus sei zu groß für uns, nun, da Louise verheiratet und Teddy so gut wie aus dem Haus ist. Ich finde das sehr traurig.« Sie hatte die Armbanduhr abgelegt und krempelte die Ärmel hoch. »Ich bin so schmutzig, im Grunde sollte ich ein Bad nehmen.«

»Dann tu das doch, Liebes. Das Essen kann warten – es ist sowieso nur eine Art Pastete.«

»Ich wasche mich nur schnell.«

Als sie danach die Treppe hinunter ins Wohnzimmer kam, rief sie begeistert: »Was für ein entzückendes Haus!«

»Es ist eigentlich mehr ein Puppenhaus, aber für mich ist es genau richtig. So einfach sauberzuhalten. Ich brauche nur eine Putzfrau, die ein paar Stunden am Tag kommt.«

»Hat Raymond es schon gesehen?«

»Noch nicht. Offenbar wird es für ihn immer schwieriger, aus Oxford wegzukommen. Aber er genießt es, wichtig zu sein, und er hat wohl in Oxford Freunde gefunden, und natürlich fahre ich an den Wochenenden nach Frensham, um Nora zu helfen.«

»Wie sieht es denn dort aus?«

»Recht gut, glaube ich. Ich kann nicht wirklich ein Verhältnis zu Richard entwickeln, aber sie ist ihm völlig ergeben. Der Gin ist ziemlich schwach, fürchte ich. Ich habe nicht mehr viel, und der Händler hier um die Ecke gibt nicht mehr als eine Flasche pro Monat ab.« Sie griff nach ihrem Glas und setzte sich in den zweiten Sessel.

»Die Nachrichten sind wirklich gut, nicht wahr?« meinte Villy. »Wir können jetzt praktisch jeden Tag in Berlin sein.«

»Wenn nur diese grauenvollen, schrecklichen Lager nicht wären! Ich konnte es einfach nicht glauben! So etwas ist obszön!«

»Es ist mir unbegreiflich, daß so etwas geschehen konnte und die Leute es nicht *wußten*!«

»Ich bin sicher, sie wußten es. Ich konnte die Deutschen noch nie leiden.«

»Aber Daddy hat es dort so gut gefallen, als er Student war. Erinnerst du dich, wie er immer davon geschwärmt hat? Selbst in der kleinsten Provinzstadt gab es Konzerte.«

»Ich kann mich nur Mr. Churchill anschließen: Es ist so entsetzlich, daß man es nicht in Worte fassen kann.«

»Ja.« Keiner fiel noch etwas ein, das sie über die Lager hätte sagen können, und sie schwiegen einige Zeit; Villy rauchte, und Jessica beobachtete sie. Sie war sichtlich älter geworden; ihr Haar war beinahe weiß, ihre Haut wettergegerbt und trocken, und die stahlblauen Venen auf ihren Händen zeichneten sich deutlich ab. Ihr Hals war der einer alten Frau. Sie ist nur ein Jahr älter als ich, dachte Jessica, neunundvierzig, aber sie sieht älter aus. Sie hat dem Krieg ihren Zoll entrichtet, dachte sie, aber für mich waren die letzten Jahre eine Zeit, in der ich plötzlich viel mehr Geld und weniger Arbeit hatte. Und natürlich die Affäre mit Lorenzo (insgeheim nannte sie ihn immer noch so) – selbst wenn es am Ende ziemlich unangenehm gewesen war, hatte es doch Spaß gemacht, solange es dauerte. Wenn sie ehrlich war, mußte sie zugeben, daß sie den Frieden fürchtete, weil der unweigerlich Raymond zurückbringen würde; der würde den ganzen Tag nichts mehr zu tun haben und drei regelmäßige Mahlzeiten am Tag verlangen. Für sich allein hatte sie kaum je gekocht – selbst die Pastete, die im Moment im Ofen stand, hatte sie gekauft, und wenn Judy Ferien hatte, war sie entweder bei Freunden oder in Frensham. Nora war beschäftigt, und Christopher schien sein merkwürdiges Eremitendasein zu gefallen. Angela … Das war der Grund, aus dem sie Villy hergebeten hatte – sie wollte mit ihr über Angela reden. Allerdings wartete sie, bis sie an dem kleinen gedeckten Tisch saßen.

Sie begann mit einer Frage nach Louise, der es, wie Villy berichtete, nicht besonders gut ging. Dr. Ballater, zu dem Villy sie geschickt hatte, hatte gemeint, sie solle sich unbedingt die Mandeln rausnehmen lassen – sie würde Ende der Woche ins Krankenhaus gehen. Teddy hatte seine Ausbildung zum Jagdflieger in Arizona abgeschlossen, war aber zum Glück dortbehalten worden. »Mit einigem Glück wird er gar nicht mehr in den Krieg müssen, und Lydia …« Und dann sah sie ihrer Schwester an, daß diese darauf brannte, ihr etwas zu erzählen; sie hielt inne und sagte: «Komm schon, Jess. Was ist denn? Du siehst richtig tragisch aus.«

»So fühle ich mich auch. Ich brauche wirklich deinen Rat. Ich weiß einfach nicht, was ich machen soll!«

»Was ist denn, Liebes? Natürlich werde ich dir helfen, so gut ich kann.«

»Es geht um Angela. Sie hat mich letzte Woche angerufen und gesagt, sie werde heiraten.«

»Nun ja, das ist doch eine recht …«

»Warte. Er ist Amerikaner!«

»Das scheint mir vollkommen in …«

»*Und* er ist beinahe zwanzig Jahre älter als sie, *und* er war schon einmal verheiratet. Und als ich fragte, was er denn in Friedenszeiten beruflich mache, sagte sie, er sei Psychiater!«

»Hast du ihn schon kennengelernt?«

»Sie hat ihn letzte Woche mitgebracht. Er ist ein komischer untersetzter, kleiner Mann mit einem Mopsgesicht und unglaublich *behaart*. Er nennt sie Spatz, und sie nennt ihn Earl.«

»Warum tut sie das?«

»Weil er so *heißt*! Earl C. Black. Sie möchte Mrs. Earl C. Black werden. Die Zweite.«

Ihre Verzweiflung war so theatralisch und erinnerte Villy so sehr an ihre Mutter, daß sie beinahe in Lachen ausgebrochen wäre.

»Liebes! Meinst du nicht auch, daß du ein kleines bißchen engstirnig bist?« (Snobistisch wäre noch treffender gewesen, dachte sie.) »Liebt Angela ihn denn?«

»Das behauptet sie jedenfalls«, erwiderte Jessica in einem Ton, der zu sagen schien, das mache die Sache nicht gerade besser.

»Nun, dann verstehe ich ehrlich gesagt nicht, wieso du dir Sorgen machst. Ich meine, es wird natürlich traurig sein, daß sie so weit wegzieht, aber du kannst sie ja besuchen. Und du hast dir schon Gedanken gemacht, ob sie überhaupt noch heiraten würde.«

»Aber Villy, du weißt doch! Sie war so ein reizendes Mädchen, und ich muß zugeben, daß ich große Hoffnungen darauf gesetzt habe, daß sie einmal, wie unsere Mutter das ausgedrückt hätte, eine gute Partie machen würde. Du weißt schon, wie deine Louise. Es kommt mir wie Verschwendung vor! Mummy wäre entsetzt gewesen.«

»Liebes, wir können uns doch nicht aussuchen, wen unsere Kinder heiraten, und Mummy war auch entsetzt über *unsere* Männer, erinnerst du dich nicht mehr? Ich finde, du solltest aufhören, dir Sorgen zu machen, und dich lieber für Angela freuen. Wann soll die Hochzeit denn stattfinden?«

»Sie möchte sofort heiraten, aber er will noch abwarten, ob er, wenn der Krieg hier vorüber ist, in den Pazifik geschickt wird, um gegen die Japaner zu kämpfen.«

»Er scheint ein verantwortungsbewußter Mann zu sein.« Sie argumentierte in dieser Richtung weiter, bis Jessica keine Gegenargumente mehr einfielen. Insgeheim dachte sie, Jessica müsse froh sein. Sie hatte Gerüchte über Angela gehört – Edward hatte erzählt, einer seiner Freunde von der Luftwaffe habe sie buchstäblich in einer Bar *aufgelesen*; aber als sie ihren Onkel Edward gesehen hatte, hatte sie sich schnell aus dem Staub gemacht. Es war klar, daß sie ein ziemlich zweifelhaftes Leben geführt hatte, und obwohl Villy nicht im Traum daran gedacht hätte, Jessica etwas davon zu erzählen, erteilte sie ihre Ratschläge mit größerem Nachdruck, als das sonst der Fall gewesen wäre.

»Ich bin sicher, es wird alles gut ausgehen«, sagte sie, als sie sich nach dem Essen verabschiedete, weil sie noch ein wenig einkaufen wollte, bevor sie sich mit Edward in seinem Club zum Abendessen traf. »Ich danke dir für das reizende Essen. Melde dich bald wieder. Und was Angela angeht, solltest du wirklich versuchen, das Gute an der Sache zu sehen.«

Sie hatte Grund, sich diese Mahnung mit einiger Bitterkeit wieder ins Gedächtnis zu rufen, als sie Edward vor dem Essen im Kaffeesalon zu einem Aperitif traf. Sie sah ihm sofort an, daß etwas los war, daß er ihr etwas – etwas Unangenehmes – zu sagen hatte, und einen entsetzlichen Augenblick lang dachte sie, daß Teddy …

»Es geht um Teddy«, sagte er. »Nein, nein, es geht ihm gut – o Liebling, entschuldige! Ich wollte dich nicht erschrecken. Er hat geschrieben.« Er zog einen Luftpostbrief aus der Tasche und hielt ihn ihr hin. »Aber trink einen Schluck Gin, bevor du ihn liest«, riet er.

Liebe Mummy, lieber Dad,
dies wird ein ziemlich ernsthafter Brief, und ich hoffe, Ihr erschreckt nicht zu sehr: Ich habe ein ganz wunderbares Mädchen kennengelernt, und wir wollen heiraten. Sie heißt Bernadine Heavens, und sie hat ihre Karriere in Hol-

lywood aufgegeben, um ein Ekel zu heiraten, das sie bald mit zwei Kindern sitzenließ; sie hat schreckliche Zeiten durchgemacht, bis wir uns begegnet sind. Sie ist eine wunderbare Person, sehr witzig und fröhlich, aber sie kann auch sehr ernst und tiefschürfend sein. Ihr würdet sie mögen, wenn Ihr sie kennen würdet. Das Problem ist, weil ich noch so jung bin, brauchen wir Eure Erlaubnis zum Heiraten. Sie wollte schon, daß ich Euch schreibe, als wir uns verlobt haben, was passierte, als wir zum zweitenmal miteinander ausgegangen sind, aber ich hatte das Gefühl, das wäre ein zu großer Schock für Euch. Sie ist der wunderbarste Mensch, den ich in meinem ganzen Leben kennengelernt habe. Ich habe ehrlich nie daran gedacht zu heiraten, aber dann bin ich ihr begegnet und – peng! Es hat mich einfach umgehauen, und sie auch. Sie hat ein ziemlich trauriges Leben hinter sich, denn ihr Vater hat ihre Mutter verlassen, als sie noch klein war, und ihre Mutter hat sie zu einer Tante geschickt, weil sie sie nicht haben wollte. Aber Bernadine hat das alles wunderbar verkraftet: Sie nimmt es niemandem übel, sagt sie. Sie würde Euch ja schreiben, aber sie meint, sie sei keine gute Briefschreiberin.

Das Problem ist, eigentlich *sind* wir schon verheiratet, seit letzter Woche, aber Bernadine bekommt keinen Paß, solange wir nicht mit Eurer Erlaubnis noch einmal geheiratet haben. Ist das nicht erstaunlich? Wenn man mich nicht gebeten hätte, hierzubleiben und bei der Ausbildung anderer Piloten zu helfen, hätte ich sie nie kennengelernt. Sie arbeitet hier in der Kantine, aber sie hat erst vor einem Monat angefangen, so daß ich ihr nie begegnet wäre, wäre ich früher nach England zurückgekehrt. Es läuft uns eiskalt den Rücken runter, wenn wir nur daran denken, aber sie sagt, wir müssen füreinander bestimmt gewesen sein ... versteht Ihr jetzt, wieso ich sie so bewundere? Sie ist wirklich schrecklich klug und ernsthaft – überhaupt nicht oberflächlich. Ich hoffe, daß Ihr mich versteht und mir bald schreibt.

Euer Euch liebender Sohn Teddy.

»Guter Gott!«

»Ich weiß.« Seine Augen waren wie blaue Murmeln, und sie sah, daß er ernstlich verärgert war. »Was hat sein Vorgesetzter eigentlich im Kopf gehabt, um Himmels willen? *Er* muß ihm doch die Erlaubnis erteilt haben.«

»Ich nehme an, er hat es nicht mal gewußt. Sie haben sich vielleicht einfach davongeschlichen. In Amerika ist es viel einfacher zu heiraten, glaube ich. Ich meine, in den Filmen gehen die Leute doch auch einfach zu einem Friedensrichter oder heiraten in ihrem Wohnzimmer. Oh, Teddy! Wie konnte er nur!«

»Vollkommen unverantwortlich. Er sollte alt genug sein, es besser zu wissen.«

»Ich wette, es war das Mädchen. Ich wette, sie hat ihn in die Falle gelockt. Sie ist eindeutig älter als er.«

»Ich frage mich, wieviel älter.«

»Er schreibt nicht, wie alt ihre Kinder sind.«

»Ich nehme an, er hat ihr von Home Place und dem Haus in London erzählt, und sie glaubt, sie hat einen wirklich guten Fang gemacht. Na ja – das wird sie bald anders sehen. Es wird ihr nicht gefallen, von seinem Sold leben zu müssen, und wenn der Krieg vorbei ist und er tatsächlich in die Firma eintritt, wird er ganz unten anfangen müssen, wie alle anderen auch.«

Sie hatte den Brief inzwischen noch einmal gelesen. »Er ist ihr völlig *verfallen*. Und selbst dann liest sich noch alles, was er schreibt, als wäre sie schrecklich.«

»Ich nehme an, sie *ist* schrecklich. Und was passiert, wenn wir die Erlaubnis einfach verweigern?«

»Er wird im Oktober einundzwanzig. Er braucht nur bis dahin zu warten.«

Er schnippte mit den Fingern nach dem Kellner.

»Zwei große Martini bitte, George. *Wirklich* große.«

Als sie beim Essen saßen, sagte sie: »War es das, was du heute früh angesprochen hast – worüber du mit mir reden wolltest?«

»Was? Oh – ja – ja, das war es.«

»Ich verstehe nicht, wie du es geschafft hast, das am Telefon nicht zu erwähnen.«

»Na ja«, meinte er, »ich wollte, daß du den Brief selbst siehst. Und es hätte dir nur den Tag verdorben. Übrigens, wie geht es Jessica?«

»Das ist wirklich komisch. Sie ist sehr besorgt, weil Angela einen Amerikaner heiraten will, und ich habe ihr geraten, das Gute an der Sache zu sehen. Geschieht mir recht. Ich glaube, ich hätte lieber Earl C. Black als Bernadine Heavens.«

»Lieber Himmel! Heißt er so? Wie schade, daß wir die beiden nicht miteinander verkuppeln können.«

»Na ja, Liebling, vielleicht ist sie ja wirklich ganz nett. Vom Namen kann man nicht ausgehen.«

»Wir gehen nicht vom Namen aus. Ich gehe davon aus, daß sie einen Jungen hinter dem Rücken seiner Eltern geheiratet hat, obwohl sie älter – vermutlich *erheblich* älter – ist als er. Im besten Fall ist sie auf jüngere Männer versessen, und schlimmstenfalls ist sie eine Goldgräberin. Vermutlich beides«, schloß er finster.

»Es ist wirklich verblüffend, findest du nicht? Wir kennen nicht einen einzigen Amerikaner. Ich jedenfalls nicht. Du vielleicht.« Dann fiel ihr Captain Greenfeldt ein, den sie recht charmant gefunden hatte, wenn auch ein wenig finster und bedrückt, aber sie beschloß, ihn nicht zu erwähnen.

Beim Kaffee kam er auf die Frage des Umzugs zurück. Er meinte, sie solle für ein paar Tage nach London kommen und sich nach einem kleineren und angemesseneren Haus umsehen. »Wir können die Möbel einlagern und das Haus zum Verkauf ausschreiben«, sagte er.

»Also gut.« Aus irgendeinem Grund hatte sie bei der ganzen Angelegenheit ein unbehagliches Gefühl, aber das erwähnte sie nicht. »Es hat gar nichts damit zu tun, daß sie Amerikanerin ist«, sagte sie, als sie ihnen eine zweite Tasse Kaffee nachgoß, »es ist einfach, weil er das erste beste Mädchen heiratet, mit dem er je zu tun hatte.«

»Komisch, daß du das erwähnst. Ich habe mich gerade gefragt, wie viele Eltern wohl gerade in Amerika beim Kaffee sitzen und Briefe ihrer zwanzigjährigen Söhne lesen, die schreiben, daß sie sich in Grizelda Wickham-Painswick-Wickham oder in Queenie Bloggs verliebt haben und wie sehr sie sich darauf freuen, sie der Familie vorzustellen. Ich bin sicher, wir sind nicht die einzigen, wenn das ein Trost sein kann.«

Sie lächelte ihn an. Er war nicht oft so phantasievoll – das war eine Bemerkung gewesen, wie sie der liebe Rupert früher einmal gemacht hätte ...

»Also – wo willst du suchen?«

»Suchen?«

»Nach einem Haus. Es ist eine günstige Zeit zum Kaufen, aber ich glaube, wir werden einen verdammt guten Architekten brauchen – wahrscheinlich hat mindestens ein Drittel aller Häuser in London Kriegsschäden.«

»Edward, ich finde eigentlich, wir brauchen überhaupt nicht umzuziehen. Lansdowne Road ist doch nicht *so* groß. Lydia könnte Louises altes Zimmer nehmen, und Roly und eine Kinderfrau – ich brauche unbedingt eine – können sich mit den Dienstboten das oberste Stockwerk teilen. Und Teddys Zimmer kann Gästezimmer werden.«

Aber er war fest entschlossen, und am Ende gab sie nach; und dann kam ein Freund von Edward an ihren Tisch und spendierte ihnen ein Glas zur Feier von Hitlers Selbstmord, einem Ereignis, das unter anderen Umständen *das* Thema des Abends gewesen wäre.

Michael brachte Louise am Sonntag abend ins Krankenhaus, bevor er mit dem Zug nach Portsmouth fuhr. Das bedeutete, daß er sie früher dort abliefern mußte als geplant, aber er wollte sie noch hinbringen, und er *mußte* diesen Zug erwischen.

»Wollen wir zum Essen ausgehen?« hatte er am Morgen gefragt.

»Wenn du möchtest.« Sie hatte nicht besonders begeistert geklungen, aber sie war dieser Tage für gar nichts so recht zu begeistern. Mummy hatte zwei immens lange Briefe geschrieben, weil Louise ihren Wochenendbesuch in Hatton abgebrochen hatte, in beiden hatte sie erklärt, sie habe selbstverständlich keine Ahnung gehabt, daß Louise noch nichts von Hugos Tod wußte, und er war sicher, daß Mummy so etwas nicht sagen würde, wenn es nicht stimmte, auch wenn Louise behauptete: »Sie haßt mich, und sie hat ganz genau gewußt, daß ich keine Ahnung hatte. Ich wäre überhaupt nicht hingefahren, wenn ich es gewußt hätte.« Das schrieb er alles Louises Hysterie zu. Natürlich hatte sie sich aufgeregt; man regte sich immer auf, wenn jemand starb, den man gekannt hatte. Auch er war traurig darüber – auf eine einigermaßen komplizierte Weise. Tatsächlich verspürte er jedesmal, wenn er an Hugo dachte – was öfter vorkam, als ihm lieb war, weil das eine Menge widersprüchlicher Gefühle in ihm hervorrief, auf die er sich eigentlich nicht einlassen wollte –, einen Konflikt zwischen Eifersucht, Trauer und Sehnsucht nach den glücklichen Tagen seines Lebens, vor dem Krieg, als Hugo in den Ferien wochenlang zu Besuch gekommen war und Mummy ihn wie einen zweiten Sohn behandelt und sie ermutigt hatte, viel zusammen zu unternehmen. Sie hatten Tennis und Federball gespielt, waren zusammen auf die Jagd gegangen und ausgeritten und auf dem See gerudert, und er hatte eines der besten Porträts seines Lebens von ihm gemalt. Und Mummy war so entzückend gewesen – sie hatte sich nie eingemischt, nur etwa einmal pro Woche hatte sie diverse Töchter von Freunden zum Essen oder übers Wochenende eingeladen, und sie hatten sich immer darüber lustig gemacht, wie unglaublich langweilig und unansehnlich diese jungen Frauen waren. Es hatte dazu geführt, daß er von Mädchen erst mal genug hatte, aber Mummy, freundlich wie immer, hatte erklärt, man müsse sie deshalb eher bemitleiden, die armen Dinger. Sie nannte ihn und Hugo alte Griechen. Sie war sehr nett zu Hugos armer Mutter gewesen, hatte ihr ziemlich regelmäßig Geld geschickt, was Hugo rührte: Auch er hatte Zee gern gehabt. Michael hatte sich sogar ein bißchen in Hugo verliebt, und lange Zeit hatte er mit niemandem darüber gesprochen, aber schließlich war es doch rausgekommen. Hugo hatte nicht so empfunden wie er, was ihm damals schrecklich erschienen war, und beinahe hätten sie sich gestritten. Natürlich wußte Mummy es: Sie schien von allem zu wissen, das für ihn wesentlich war. »Oh, Liebling, so ein Pech«, hatte sie gesagt, sie war wunderbar *tolerant* gewesen; die meisten Mütter hätten sich schrecklich aufgeregt, aber Mummy war eben anders. Danach war Hugo einige Zeit überhaupt nicht nach Hatton gekommen, und nachdem er Rowena kennengelernt und sich ein bißchen in sie verliebt hatte, hatte es ihm nichts mehr ausgemacht, Hugo zu begegnen. Aber es war nie wieder gewesen wie früher. Und dann hatte Hugo sich in *seinem* Haus eingenistet und seine Frau verführt – wirklich ein schmutziger Trick. Und sie wollte kein zweites Kind haben, obwohl Mummy doch so sehr dafür plädierte, daß Sebastian noch einen Bruder bekam. Aber in letzter Zeit war Louise im Bett schwierig gewesen, immer wieder hatte sie gesagt, sie wolle nicht und sie sei müde. Er führte es darauf zurück, daß diese Halsentzündungen das arme Ding wirklich erschöpften. Nach ihrer Operation würde er dafür sorgen, daß sie einen richtigen Urlaub bekam – die Scilly-Inseln würden ihr sicher guttun. Seeluft und Ruhe, und vielleicht konnte ihre Freundin Stella sie ja begleiten. Er wünschte sich so sehr, daß sie wieder gesund und glücklich war.

Er hatte zur Zeit seine eigenen Probleme. Man würde ihm sehr wahrscheinlich das Kommando über einen der neuen Zerstörer antragen und ihn in den Pazifik schicken, was ein ziemlich aufregender Gedanke war. Es würde einen triumphalen Höhepunkt seiner Offizierskarriere darstellen. Nicht viele der so gering geschätzten Marineoffiziere brachten es so weit. Aber Mummy, die schon ausgiebig über diese Sache nachgedacht hatte (und natürlich hatte sie alles mit dem Richter besprochen), meinte, jetzt sei der geeignete Augenblick, in die Politik zu gehen. Sobald der Krieg hier zu Ende war, würde es Wahlen geben; Mummy sagte, der Premierminister sei ganz versessen auf konservative Kandidaten aus dem Militär, und er hatte offensichtlich gute Chancen, gewählt zu werden, weil er sich schon ein wenig einen Namen gemacht hatte. Er war nicht sicher, ob er ins Parlament wollte, aber es könnte interessant sein, es auszuprobieren. Er erzählte Louise beim Abendessen davon – einer trostlosen Angelegenheit, da die meisten Restaurants sonntags abends geschlossen waren. Sie waren ins Savoy gegangen.

»Wenn du bei der Marine bliebest, wie lange würdest du weg sein?« hatte sie gefragt.

»Liebling, das weiß *ich* doch nicht. Bis die Japaner sich ergeben. Wir kommen inzwischen dort ganz gut zurecht, haben Rangoon eingenommen und so, aber es könnte noch bis zu anderthalb Jahren dauern, nehme ich an.«

»Und wenn du in die Politik gingest?«

»Dann würde ich aus der Marine ausscheiden, wir würden uns ein hübsches Haus in London kaufen, und du würdest, mit einigem Glück, die Frau eines Parlamentsabgeordneten sein.«

»Oh.«

»Was meinst du dazu?«

»Ich dachte, du wolltest malen.«

»Liebling, damit werde ich sicher nie aufhören. Aber wie

du weißt, bin ich ein primitiver Bursche, der auch anderswo glänzen möchte.«

»Ich weiß nicht. Das mußt du entscheiden. Immerhin ist es dein Leben.«

»Es geht um unser beider Leben«, sagte er und wünschte, er hätte das nicht betonen müssen. »Aber das wichtigste ist jetzt erst mal, daß du wieder gesund wirst.«

Im Zug konnte er sich genau an ihr Gesicht erinnern, obwohl er sie seltsamerweise nie aus dem Gedächtnis zeichnen konnte. Er wußte, welch hübsche Linien ihre Lidfalten beschrieben (aber auch, wie sie sich voneinander unterschieden), wie ihre Wangenknochen auf den oberen Rand ihrer Ohren zuliefen, daß ihr Gesicht sehr ausgeprägt wirkte, daß ihre Brauen einen Winkel bildeten und beinahe wie flache Dächer über ihren Augen lagen; er erinnerte sich an ihren geschwungenen Haaransatz, der zu ihrem Ärger ein winziges bißchen asymmetrisch war, obwohl das, wie er ihr gesagt hatte, nur eine Rolle spielen würde, wenn sie im sechzehnten Jahrhundert lebte; er wußte, wie sie sich auf die Oberlippe biß, wenn sie nachdachte, und vor allem, was für einen erstaunlichen Kontrast ihr Profil zu all dem bot, weil es von ihrer ziemlich großen, gebogenen Nase dominiert wurde. Wenn man sie von vorn sah, ahnte man nicht, wie vorspringend diese Nase war (Louise konnte ihr Profil nicht ausstehen), aber das machte es ausgesprochen reizvoll, sie im Dreiviertelprofil zu zeichnen. Er liebte ihr Äußeres, und obwohl sie sich zu einem komplizierteren Geschöpf entwickelte, als er zunächst angenommen hatte, war er froh, sie geheiratet zu haben.

Nachdem er sie im Krankenhaus allein gelassen hatte, war Louise ziemlich nervös geworden. So war es schon einmal gewesen, und sie war ganz schrecklich behandelt worden, was fast so schlimm gewesen war wie die Schmerzen. Aber dieses Krankenhaus war vollkommen anders. Man brachte sie in ein kleines, kahles Zimmer, das nichts enthielt als ein hohes Bett, eine Waschschüssel auf einem Ständer, einen kleinen Tisch daneben, einen Stuhl und einen kleinen Schrank für ihre Kleider. Sie wurde gebeten, sich auszuziehen und ins Bett zu legen. Danach kamen eine ganze Reihe Leute und kümmerten sich um sie: Eine Schwester maß ihre Temperatur und den Blutdruck, der Anästhesist wollte wissen, ob sie falsche Zähne habe, und schließlich kam die Stationsschwester, eine Person, die Respekt, aber auch Vertrauen einflößte. »Tut mir leid, daß Sie heute abend nichts essen dürfen«, sagte sie. »Aber Mr. Farquhar operiert schon um acht. Am besten versuchen Sie jetzt, so gut wie möglich zu schlafen. Dort ist die Klingel, falls Sie etwas brauchen.«

»Dauert die Operation lange?«

»Oh, nein. Es geht alles ganz schnell. Danach wird Ihnen der Hals weh tun, aber das vergeht bald wieder.«

Nachdem sie gegangen war, lag Louise im Bett und lauschte dem Verkehrslärm in der ein Stück entfernten Tottenham Court Road. Sie war überhaupt nicht mehr nervös. Diese Schwestern machten einen freundlichen und kompetenten Eindruck, und was die Operation anging – das war ihr gleich. Sie hatte das Gefühl, es würde ihr auch nicht viel ausmachen, wenn sie dabei stürbe. Seit sie von Hugos Tod erfahren hatte, war sie sich irgendwie ein bißchen verrückt vorgekommen, als wäre es einfach nicht möglich, daß sie die Verantwortung für sich selbst übernahm; wenn also ein sehr teurer Arzt sie aus Versehen umbrachte, wäre sie wenigstens befreit von der Notwendigkeit, dauernd angestrengt so zu tun, als habe sie Interessen, Meinungen und Gefühle. Sie war ziemlich gut, was dieses So-tun-als-ob anging; es war nur Schauspielerei und ihr sozusagen zur zweiten Natur geworden, es war auch nicht besonders wichtig, aber es strengte sie an, und sie war ständig müde.

Sie hatte Michael *nicht* verziehen, daß er Hugos Brief verbrannt hatte, aber im Laufe der folgenden Wochen im Hotel hatte sie eingesehen, daß er tatsächlich nicht die geringste

Ahnung hatte, wie wichtig dieser Brief für sie gewesen war; zumindest hatte er nicht gewußt, was er Schreckliches tat, was ihn irgendwie entlastete – und ihr das Gefühl gab, ihr Groll sei unvernünftig. Aber seit sie wußte, daß sie Hugo nie wiedersehen würde, daß es nie mehr einen Brief geben würde, hatte sie, gefangen in ihrem Schmerz, innerlich gegen Michael angetobt und ihm Bosheit unterstellt. Nichts davon war nach außen gedrungen, es war ihr geheimes Leben; *er* sagte ihr schließlich auch nichts, er hatte ihr nicht von Hugo erzählt, und es hatte sich inzwischen herausgestellt, daß er die Zeitung mit der Todesmeldung gesehen hatte, wenn auch nicht direkt nach ihrem Erscheinen. Seine Versuche, Zee zu entlasten, hatten sie regelrecht angeekelt, und als er eines Tages angesetzt hatte, ihr zu sagen, es tue ihm leid, daß *er* ihr nichts von Hugo erzählt habe, war sie ihm ins Wort gefallen und hatte erklärt, sie wolle nie wieder mit ihm über Hugo reden. Sie werde auch nicht mehr nach Hatton fahren, hatte sie gesagt. Er hatte diese Entscheidung überraschend friedlich aufgenommen, aber im Bett hatte er weitergemacht, als hätte sich nichts geändert.

Zu wissen, daß Hugo tot war, jene ersten schrecklichen Tage, in denen Polly und Clary wirklich nett zu ihr gewesen waren – Polly hatte am ersten Abend fast genausoviel geweint wie sie selbst –, hatten sie herzlos werden lassen; es war, als habe sie buchstäblich ihr Herz verloren. Alles schien gleichgültig geworden zu sein – nichts hatte mehr Bedeutung, bestenfalls ein amüsanter Abend oder die Tatsache, daß jemand mit ihr flirtete. Deshalb war sie, als Rory eines Tages vor ihrer Tür aufgetaucht war, weil er Urlaub hatte, und erklärt hatte, er habe sie seit ihrer ersten Begegnung begehrt, ohne Bedenken mit ihm ins Bett gegangen. Sie fand sogar, daß es im Bett half, sich für nichts mehr zu interessieren, außer vielleicht für die geringe Befriedigung, die sie daraus zog, bewundert zu werden. Rory hatte den zusätzlichen Reiz, nichts von Hugo zu wissen – und natürlich auch nicht viel von ihr. Es schien ihm auch nicht aufzufallen, daß sie nur Theater spielte. Ein paar Monate hindurch tat sie so, als habe sie eine faszinierende Affäre mit einem hinreißenden, mutigen jungen Mann, der sie wenigstens amüsierte. Sie konnten sich nicht oft treffen und meistens auch nicht lange, und kurz nach jener Nacht in der Wohnung eines seiner Freunde hatte im Arts Theatre Club eine junge Frau sie auf Rory angesprochen.

»Ich frage nur, weil das Mädchen, mit dem ich die Wohnung teile, ganz verrückt nach ihm ist. Sie fahren in seinem Urlaub zusammen nach Schottland. Ich habe das Gefühl, er ist ein ziemlicher Frauenheld, und sie nimmt ihn so ernst. Was meinen Sie?«

Das war das Ende dieser Geschichte. Er schrieb ihr nicht einmal, aber eigentlich interessierte sie das auch nicht. Nur ihre Eitelkeit war ein wenig verletzt, aber andererseits war sie der Ansicht, daß sie kaum Grund zur Eitelkeit hatte. Sie war willig gewesen, und er hatte sie gewollt. »Ich kann nicht mal einen Liebhaber halten«, sagte sie sich, in jenem höhnischen, weltgewandten Ton, den sie neuerdings in ihren Selbstgesprächen anschlug.

Am Morgen bekam sie eine Spritze, und bald fühlte sie sich wunderbar leicht und noch verantwortungsloser als zuvor. Als man sie in den Operationssaal fuhr und auf eine Art Liegestuhl verfrachtete, kam sie sich vor wie auf dem Weg zu einer Party.

Mr. Farquhar beugte sich über sie. Vor der unteren Gesichtshälfte trug er eine Maske, aber in seinen Augen lag ein Ausdruck vergnügter Jovialität. Nach weiterer Betäubung – sie spürte, wie sie davontrieb – konnte sie sein Gesicht kaum mehr ausmachen, dann gab es einen erschreckenden Moment grellen, brennenden Schmerzes – und dann nichts mehr.

Als sie wieder zu sich kam, lag sie im Bett, und ihr Hals tat so weh, daß sie nur zu gern wieder das Bewußtsein verloren hätte. Am Abend kamen Polly und Clary sie besuchen, brachten ihr »Das Tagebuch eines Niemand« und Trauben.

»Es ist ein nettes Buch, man kann es gut im Bett lesen«, sagte Clary. Sie berichtete, der Friedensvertrag sei unterzeichnet. »Eisenhower hat ihn unterzeichnet. Ich finde ja, Mr. Churchill hätte auch unterschreiben müssen, aber so ist das nun mal«, meinte Clary. »Und die Deutschen haben kapituliert – bedingungslos.«

»Anders wäre es wohl auch kaum möglich gewesen«, sagte Polly. »Und morgen gibt es überall Siegesfeiern. Die Leute draußen sind unglaublich vergnügt und freundlich – als hätten alle Geburtstag.«

»Du hast wirklich Pech, ausgerechnet jetzt im Krankenhaus zu sein, du Ärmste.«

Da sie nicht viel sprechen konnte, blieben die beiden nicht lange, aber sie versprachen, übermorgen wiederzukommen.

»Ach ja. Leute namens Hammond haben angerufen, weil sie dich besuchen wollten. Ich habe ihnen gesagt, wo du bist, und sie haben gemeint, sie würden morgen vorbeikommen, und sie hofften, daß es dir dafür schon gut genug ginge.«

»Hammond?« flüsterte sie, und dann erinnerte sie sich an den Verwalter, an Myfanwy und das Baby. Sie hatte sie beinahe vergessen, denn Myfanwys Mutter hatte sie und das Baby am nächsten Tag mitgenommen, und sie hatte die beiden nie wiedergesehen. Sie fragte sich, wieso sie sie besuchen wollten.

»Na ja, wenn dir nicht danach ist, werden sie es sicher verstehen.«

Nachdem sie weg waren, kam die Stationsschwester und sagte, Commander Hadleigh habe angerufen, um sich nach ihr zu erkundigen, und lasse sie grüßen.

»Ich habe ihm gesagt, daß alles in bester Ordnung ist«, meinte sie. »Zum Abendessen können Sie ein bißchen Pudding oder Eis bekommen.«

Wieder allein, stellte sie fest, daß sie keine Lust hatte zu lesen, sie fühlte sich fiebrig und schrecklich deprimiert. Jahrelang hatte sie sich darauf gefreut, daß der Krieg eines Tages zu Ende sein würde, weil dann alles besser, um nicht zu sagen wunderbar werden mußte. Aber jetzt schien es nur noch zwei gleichermaßen trostlose Alternativen für sie zu geben: die Frau eines Parlamentsabgeordneten zu werden (sie verband das mit stundenlangem Herumsitzen auf harten Stühlen bei Besprechungen über Bergbau oder endlosen gespreizten Teegesellschaften mit merkwürdigen Leuten) *oder* mit Sebastian und einer Kinderfrau allein zu sein und darauf zu warten, daß Michael aus dem Krieg gegen die Japaner zurückkam ... Ihr wurde klar, daß sie weder das eine noch das andere wollte. Sie war nicht die richtige Frau für Michael – nein, das war zu schwach ausgedrückt, sie war für niemanden die richtige Frau ... Sie liebte ihn nicht; er schien zu alt und gleichzeitig zu jung für sie zu sein, und sie fand seine Beziehung zu seiner Mutter sowohl verachtenswert als auch beängstigend. Vielleicht war sie nicht imstande, jemanden zu lieben – aber dieser Gedanke berührte etwas so Schmerzliches in ihr, daß alle weiteren Überlegungen ausgeblendet wurden. Irgendwie, irgendwo hatte sie einen gravierenden Fehler gemacht, hatte sich auf Dinge eingelassen, die nun nicht mehr rückgängig gemacht werden konnten ...

Am nächsten Tag nach dem Mittagessen, das wieder aus Eis bestanden hatte, kamen die Hammonds. Eine Schwester führte sie herein und sagte, sie werde noch einen Stuhl holen und eine Vase für den Strauß rosa Tulpen, den Myfanwy aufs Bett gelegt hatte. Myfanwy sah sehr hübsch aus in dem braunen Kleid mit einer Kamee am weißen Kragen, und ihr Haar, das Louise nur ungekämmt gesehen hatte, war nun ordentlich aufgesteckt.

»Wir waren ein paar Tage in London und hatten das Gefühl, wir müßten Sie einfach besuchen«, sagte er. Er hieß Arthur, aber er war so viel älter als Myfanwy, daß sie ihn im stillen immer Mr. Hammond nannte.

»Myfanwy war noch nie in London«, sagte er, »und ich habe ihr immer versprochen, daß wir einmal herkommen. Und wir haben uns ja wirklich den richtigen Zeitpunkt ausgesucht. Was für ein Pech Sie haben, am Siegestag im Bett bleiben zu müssen!«

Myfanwy wirkte sehr schüchtern, aber sie lächelte jedesmal, wenn ihr Blick dem von Louise begegnete.

Mr. Hammond fragte nach Michael und nach dem Kind. Dann sagte Myfanwy: »Ich wußte gar nicht, daß Sie auch ein Kind haben. Kein Wunder, daß Sie so gut mit Owen umgehen konnten.«

»Wie geht es ihm? Haben Sie ihn nach London mitgebracht?«

»Es geht ihm gut. Er ist bei meiner Mam – nur für ein paar Tage.«

Ihr Mann erklärte: »Es hat Myfanwy furchtbar leid getan, daß sie Sie nicht mehr gesehen hat, aber ihre Mutter hat sie mitgenommen und sich um sie und das Baby gekümmert, und später war keine Gelegenheit mehr. Sie wollte sich bei Ihnen bedanken.« Er hielt inne und sah seine Frau an, die rot wurde und plötzlich nach Louises Hand griff.

»Ich danke Ihnen wirklich. Sie waren so gut zu mir. Und der Doktor sagt, Sie haben Owen wahrscheinlich das Leben gerettet. Hinterher hat er mir erst erzählt, wie schlecht es ihm ging. Ich kann Ihnen gar nicht genug danken.«

Bald danach gingen sie wieder.

»Ich sehe Ihnen an, daß es Sie erschöpft zu reden«, hatte er gesagt. »Aber wir werden Sie nie vergessen.«

»Nein, wirklich nicht. Es ist schön, daß wir Sie besuchen konnten.« Wieder nahm sie Louises Hand. »Ich bin Ihnen so dankbar«, sagte sie, »Sie waren so nett zu mir.«

Nachdem sie weg waren, lag sie da und starrte die beiden Stühle an. *Sie* war es, die dankbar sein mußte, denn wenn die beiden nicht gekommen wären, hätte sie sich weiter vollkommen wertlos gefühlt.

Als er überzeugt war, daß Clary gut zugedeckt in seinem Bett lag und schlief, hinkte Archie unter Schmerzen ins Wohnzimmer zurück und zog die Schuhe aus. Er hatte Clary zu den Feierlichkeiten vor dem Buckinghampalast begleitet; Polly war mit ihrem Vater gegangen. »Ich verstehe nicht, wieso wir nicht alle zusammen gehen können«, hatte Clary gesagt, aber Polly wollte nicht.

»Du wirst dich eben mit mir zufriedengeben müssen«, hatte er erwidert, und sie hatte gemeint: »Das sehe ich anders. Du bist niemand, mit dem man sich zufriedengeben muß, Archie, du bist erste Wahl.« Eine Bemerkung, die ihn, besonders weil sie von ihr kam, maßlos gefreut hatte.

Er schaltete die Deckenlampe aus. Dann holte er sich einen Whisky und beschloß, ihn auf dem Balkon zu trinken, auf dem noch die beiden Stühle standen. Er konnte sich auf einen setzen und die Beine auf den anderen legen. Er war vollkommen erschöpft, was nicht weiter verwunderlich war, denn sie waren an diesem Abend meilenweit gelaufen. Den ganzen Weg zum Palast und schließlich auch wieder zurück. Und davor ... Auf die eine oder andere Art war er seit Freitag ununterbrochen unterwegs gewesen; es kam ihm wie eine Ewigkeit vor. Am Freitag morgen hatte er an seinem Schreibtisch gesessen, und alle im Büro hatten aufgeregt über die Nachrichten von der bevorstehenden Kapitulation der Deutschen in Holland, Dänemark und Norddeutschland gesprochen, als die für die Post zuständige Marinehelferin hereingekommen war.

»Das ist gerade persönlich für Sie abgegeben worden«, sagte sie. Es war ein Umschlag mit etwas darin – einem Schlüssel oder Geld, wie er annahm. Bevor er den Brief las, der mit Bleistift geschrieben war, sah er nach der Unterschrift. Jack Greenfeldt. Greenfeldt? Ach ja, der Amerikaner, Zoës junger Mann. Sie hatte ihn einmal mit zu ihm gebracht; ein finsterer, etwas gehetzt wirkender Bursche, aber er hatte ihn gemocht. Der Gegenstand, in Papier gewickelt, erwies sich als Schlüssel. O Gott, dachte er, als er ihn auspackte, ich wette, jetzt, wo das Ende in Sicht ist, kehrt er zu Frau und Kind zurück und traut sich nicht, ihr das selbst zu sagen.

Der Brief war in Dachau geschrieben und auf den 2. Mai datiert.

Archie las. Es waren nur wenige Zeilen, und er las sie zweimal.

> Es tut mir leid, Sie damit belästigen zu müssen [begann er], aber ich wußte nicht, wen ich sonst bitten sollte. Ich habe mehrmals versucht, an Zoë zu schreiben, aber ich fand keinen Weg, es ihr zu sagen.
>
> Wenn Sie diesen Brief erhalten, werde ich tot sein. Ich habe hier noch zwei Tage mit Fotografieren zu tun, dann werde ich den Film und diesen Brief am Donnerstag morgen mit dem Flugzeug abschicken, wieder hierherkommen und mir eine Kugel in den Kopf schießen. Sie wird Sie fragen, wieso. Sagen Sie ihr, daß ich mit dem, was ich in den letzten zwei Wochen gesehen habe, *einfach nicht leben konnte* – ich kann kein Überlebender dieses Völkermords sein. Ich würde wahnsinnig werden, den Verstand verlieren, weil ich nicht *bei ihnen* war. Es ist – war mein Volk. Ich könnte Zoë nicht glücklich machen – nicht nach den Tagen hier und in Buchenwald und Belsen. Der Schlüssel gehört zu der kleinen Wohnung, die ich gemietet habe, und sie möchte vielleicht ihre Sachen dort abholen. Die Miete ist bis zum Monatsende bezahlt; vielleicht könnten Sie dem Makler in der Sloane Street den Schlüssel zurückgeben – Chesterton ist sein Name. Sagen Sie ihr, daß ich sie geliebt habe und daß ich ihr danke, daß sie – o verdammt, sagen Sie ihr, was Sie für das beste halten. Ich weiß, Sie werden ihr helfen, darüber hinwegzukommen – und vielleicht kehrt ihr Mann ja tatsächlich zurück?

Danach folgte nur seine Unterschrift.

Nachdem er den Brief das zweitemal gelesen hatte, faltete er ihn unwillkürlich zusammen und steckte ihn in den Umschlag. Er war vollkommen niedergeschmettert – was bedeutete, daß er zunächst überhaupt nichts empfand. Zu Beginn des Krieges hatte er sich damit auseinandersetzen müssen, daß er möglicherweise sein Leben verlieren würde, aber die Vorstellung, sich selbst umzubringen, war ihm so fremd, daß er sich absolut nicht vorstellen konnte, wie jemand, der so etwas erwog, sich fühlen mußte. Dann dachte er: Was, wenn er diesen Brief geschrieben hat, und als er zum Lager zurückkam, hat er es sich anders überlegt, oder jemand hat ihn rechtzeitig gefunden, um ihn davon abzuhalten? Es Zoë zu sagen würde schlimm genug sein, aber es ihr zu sagen und dann zu entdecken, daß es nicht stimmte, mußte noch schlimmer sein. Oder nicht? Vielleicht sollte er versuchen, sich zu vergewissern. Er nahm den Brief wieder aus dem Umschlag und las ihn noch einmal. Diesmal weckten die Worte Unmut, Hochachtung und schließlich Mitgefühl in ihm – zu gleichen Teilen ... was für eine entsetzliche Verschwendung und wie selbstsüchtig ... aber was für ein Mut, so etwas kaltblütig zu tun, und: Armer Kerl, was muß er alles gesehen und erlebt haben, daß er dazu getrieben wurde ... aber er zweifelte nicht mehr daran. Er griff nach dem Telefon und ließ sich ein Amt geben ...

Er bat, mit der Duchy sprechen zu dürfen, und nachdem er einige Zeit mit dem Brig gerungen hatte, der offenbar weder wußte, wer er war, noch verstehen konnte, wieso um alles in der Welt jemand ausgerechnet mit seiner Frau sprechen wollte (»Ein Bursche, der mit dir über irgendwas reden will«), bekam er sie schließlich an den Apparat. Er sagte, er würde gern am Wochenende nach Home Place kommen. Sie erklärte, er sei immer willkommen, wenn es ihm nicht so wichtig sei, wo er untergebracht würde. Er erkundigte sich, ob Zoë dort sei, was sie bejahte. Dann fragte sie ganz ruhig, ob er schlechte Nachrichten habe. Nicht von Rupert, erwiderte er. Sie schwieg einen Augenblick und sagte dann: »Ah.« Wenn er mit dem Zug um vier Uhr zwanzig käme, fügte sie hinzu, könne er zusammen mit den Mädchen vom Bahnhof abgeholt werden.

Und das hatte er getan. Er hatte bis nach dem Abendessen gewartet, weil er erst dann unter vier Augen mit Zoë sprechen konnte. Er ging mit ihr ins Morgenzimmer und bat sie, sich zu setzen. Sie saß aufrecht, die Hände auf dem Tisch; er sah, daß sie zitterte.

»Was ist? Geht es um – Rupert?«

»Nein. Um Jack.«

»*Jack?* Woher weißt du das?«

»Er hat mir geschrieben.«

Stumm sah sie ihn an.

»Er ist tot.«

Einen Augenblick starrte sie ihn an, als habe sie ihn nicht gehört, dann sagte sie: »Er hat dir geschrieben – um dir zu sagen, daß er sterben wird?«

Sein Mund wurde plötzlich vollkommen trocken. Den ganzen Tag hatte er gegrübelt, was er ihr sagen solle, wieviel und wie. »Sagen Sie ihr, was Sie für das beste halten«, hatte Jack geschrieben. Als er sich vor dem Essen die Hände gewaschen und beim Kämmen in dem kleinen Spiegel angesehen hatte, war ihm der Ausdruck von Schwäche in seinem Gesicht aufgefallen, er hatte bemerkt, daß er die ganze Zeit nach Ausflüchten gesucht hatte, und dann war ihm klargeworden, daß nur die Wahrheit angemessen sein würde. Also sagte er ihr die Wahrheit – so schonend wie möglich, aber an der Tatsache war nichts Schonendes.

Sie saß still, aufrecht und schweigend, bis er sagte: »Er schrieb, ich solle dir sagen, daß er dich liebt und dir für alles dankt«; da trat ein zutiefst schmerzlicher Ausdruck auf ihre Züge und verschwand wieder. Sie schluckte und fragte, ob sie den Brief sehen dürfe, und er reichte ihn ihr und sagte, er werde ihnen beiden etwas zu trinken holen und sofort wieder zurückkommen.

Auf dem Tisch in der Halle stand ein Tablett mit zwei Gläsern und Karaffen mit Whisky und Wasser. Nach einem stummen Dank an die Duchy wartete er noch ein paar Minuten, um ihr etwas Zeit zu lassen. Als er zurückkam, saß sie genauso da, wie er sie verlassen hatte, und der Brief lag auf dem Tisch. Sie weinte nicht, wie er erwartet hatte. Er goß Whisky ein und stellte ein Glas neben ihre Hand. »Ich wußte, daß es ein schrecklicher Schock sein würde«, sagte er, »aber ich hatte das Gefühl, dir die Wahrheit sagen zu müssen.«

»Ja. Ich danke dir. Das Komische ist, daß ich es irgendwie gewußt habe – nicht daß *das* geschehen würde, aber daß es irgendwie zu Ende war. Er war vor zwei Wochen hier – tauchte ganz plötzlich auf –, und nach dem Tee saßen wir in diesem Zimmer. Als er ging, hatte ich das Gefühl, daß ich ihn nie wiedersehen würde.«

Er gab ihr das Glas in die Hand.

»Mein armer Jack«, sagte sie und fing an zu weinen.

Viel später hatte sie gesagt: »Ich nehme an, du fandest es schlimm vor mir – eine Affäre zu haben.«

Und er hatte das verneint und erklärt, er habe das sehr verständlich gefunden.

Aber sie antwortete: »Verständlich, ja, aber nicht richtig. Ich *glaube* nun mal nicht daran, daß Rupert zurückkommt. Wenn das möglich gewesen wäre, wäre er doch längst hier.«

Später sagte sie: »Ich glaube, er ist hergekommen, um sich davon zu überzeugen, daß ich in guten Händen bin.«

»Das zeigt, wie sehr er dich liebte«, sagte er.

»Ja, nicht wahr?« Sie weinte heftiger, und dann fragte sie ihn, wieso Jack seiner Meinung nach wohl so reagiert habe.

Und er hatte versucht zu antworten, hatte seine Worte nicht besonders gewählt, aber versucht, sich in Jack hineinzuversetzen: »Vielleicht glaubte er, das sei das einzige, was er diesen Menschen geben könne – um ihnen zu zeigen, daß er sie liebte ...«

»Sein eigenes Leben?«

»Mehr kann man nicht geben.«

Als sie sich trennten, um in ihre Zimmer zu gehen, war das Haus dunkel und still.

Es war halb drei, und der Krieg war offiziell vor über zwei Stunden zu Ende gegangen. Entfernt waren immer noch Feiernde zu hören, von der Straße vor dem nahegelegenen Pub – sie sangen, riefen, lachten. Er stand auf und ging wieder ins Wohnzimmer. Sein Bein tat weh, wie es von nun an wohl immer sein würde, wenn er es übertrieb. So viele Leute hatten in den letzten Monaten bei ihm übernachtet, vor allem die Kinder, daß er das Sofa als zeitweiliges Bett aufgegeben und sich einen Diwan gekauft hatte. Er zog sich aus, holte seinen Schlafanzug aus dem Bad und legte sich hin.

Lange Zeit konnte er nicht schlafen. Ihn bedrückte all das, was die Cazalets ihm anvertraut hatten – immer mit der Begründung, er sei einer von ihnen oder doch im Lauf der Zeit dazu geworden; aber eigentlich redeten sie mit ihm, weil genau das nicht der Fall war und auch nie wirklich sein würde. Er war ihnen alles mögliche, vom Katalysator bis zum Beichtvater. Für Hugh zum Beispiel. Hugh hatte ihn gebeten, mit ihm nach Battle zu fahren, um ein paar Kästen Bier zu holen. Sobald sie im Wagen waren, hatte er gewußt, daß dies nur ein Vorwand gewesen war, und er hatte gehofft, Hugh werde nicht über Polly reden wollen. Aber es war um Edward gegangen. Hugh machte sich Sorgen wegen Edward. Sie verstanden sich überhaupt nicht mehr gut, und der Hauptgrund dafür war nach Hughs Ansicht, daß Edward wußte, wie sehr sein Bruder sein Verhalten mißbilligte. Archie hatte längst mitbekommen, daß Edward Affären hatte, und er hatte sich hin und wieder gefragt, wer in der Familie noch davon wußte.

»Er ist immer so was wie ein Frauenheld gewesen«, sagte Hugh. »Aber diesmal ist es ernster. Du gehörst im Grunde zur Familie, also weiß ich, daß ich dir vertrauen kann. Die Sache ist, daß er ein Kind mit dieser Frau hat. Und obwohl er versprochen hat, die Geschichte zu beenden, hat er es nicht getan. Und jetzt redet er davon, sein Haus in London zu verkaufen und in ein kleineres zu ziehen. Wenn ich zwei und zwei zusammenzähle, gefällt mir das Ergebnis überhaupt nicht.«

Wieso, hatte er weiter argumentiert, wollte Edward ein Haus verkaufen, das vollkommen in Ordnung war und von dem er wußte, daß Villy an ihm hing, nur um ein kleineres zu erwerben, wenn er nicht beabsichtigte, sie dort allein zu lassen? Das war es, was ihm Sorgen machte. Es wurde deutlich, daß er, Hugh, wollte, daß Archie mit Edward sprach. »Es hat keinen Zweck, wenn ich es noch einmal versuche, alter Junge. Er geht einfach in die Luft, und das macht die Zusammenarbeit in der Firma nicht leichter. Aber ich dachte, du könntest vielleicht ...«

Er hatte gesagt, er werde darüber nachdenken, aber er glaube nicht, daß er entscheidenden Einfluß ausüben könne.

Dann, nachdem sie das Bier geholt hatten – der Brig hatte es bestellt, damit die Dienstboten den Frieden feiern konnten, wenn es soweit war – und im Regen wieder nach Hause fuhren, hatte Hugh plötzlich gesagt: »Was meinst du, was ist wohl mit Poll los?«

»Wie meinst du das?«

»Na ja, sie ist in einer komischen Stimmung. Ich frage mich, ob sie sich wohl in jemanden verliebt hat.«

Er hatte abgewartet: Er hatte Polly Schweigen versprochen, und das sollte sie bekommen, ganz gleich, wie viele Lügen es mit sich brachte.

»Ich habe sie gefragt, was los ist, und sie sagte, es sei nichts, in diesem Tonfall, den sie immer hat, wenn sie unglücklich ist. Wenn ich recht habe, läuft die Sache nicht besonders gut, und sie hat nicht mehr die Möglichkeit, mit Syb zu reden, die in einer solchen Situation wunderbar gewesen wäre. Ich dachte, sie hätte sich dir vielleicht anvertraut. Oder du könntest sie fragen.«

»Lieber nicht«, hatte er gemeint.

»Na ja. Es ist nur, daß ich mir so sehr wünsche, daß sie glücklich ist, und es ist schrecklich, dabeizustehen und sich so hilflos zu fühlen. Ich hoffe, es geht nicht um diesen verdammten Arzt, für den sie arbeitet«, hatte er hinzugefügt, als sie in die Einfahrt eingebogen waren. »Ich meine, erstens ist er Ausländer, zweitens viel älter und drittens mit Sicherheit verheiratet. Und wenn nicht, dann heißt das auch nichts Gutes, denn er sollte es eigentlich sein. Ich dachte nur, ich frage mal. Ich weiß, daß sie dich gern hat.«

»Ja?« Das hatte ihn erschreckt.

»Alter Junge, wir mögen dich *alle*. Du gehörst einfach zur Familie. Irgendwie.«

Ihm fiel beim besten Willen nichts ein, was er Edward sagen und was diesen hätte beeinflussen können. Also würde er sich lieber raushalten.

Zoë war zum Mittagessen nicht heruntergekommen. Sie habe schlimme Kopfschmerzen, hatte die Duchy gesagt. Nach dem Mittagessen hatte sie sich bei ihm eingehakt und ihn gebeten, sich ihren Steingarten anzusehen.

»Ich wollte dir danken, daß du der armen Zoë diese schreckliche Nachricht überbracht hast«, sagte sie. »Ich fürchte, sie ist sehr unglücklich. Natürlich habe ich gewußt, was los war – all diese Besuche in London, die ihr plötzlich so wichtig waren. Sie ist noch so jung, und sie hat wirklich sehr gelitten. Ich finde, man sollte etwas unternehmen.«

»Du meinst ...«

»Ich meine, daß sie nicht ewig so weiterexistieren kann, ohne zu wissen, ob sie nun verwitwet oder noch verheiratet ist. Natürlich wird sie hier ein Zuhause haben, solange sie möchte ...« Sie hielt inne, blieb stehen und drehte sich um.

»Oder glaubst du«, sagte sie unsicher und in einem Tonfall, der ihn sehr an Rachel erinnerte, wenn sie emotional angespannt war, »glaubst du, er könnte tatsächlich zu uns zurückkommen?«

Er sah sie an, unfähig auszusprechen, was sie gern gehört hätte. Ihr Blick blieb fest.

»Es gibt nichts auf der Welt, was ich mir mehr wünschen würde«, sagte sie. »Aber ich hatte im letzten Krieg solches Glück mit den beiden anderen, die zurückgekommen sind ...«

Er hatte ihr versprochen herauszufinden, was sie unternehmen konnten, um Klarheit zu gewinnen.

Es hatte natürlich auch einfachere Situationen gegeben. Nach dem Tee hatte Lydia ihn festgenagelt. »Archie, ich muß dich um etwas schrecklich Wichtiges bitten. Es ist eigentlich keine große Sache – in deinen Augen, meine ich –, aber für mich könnte es über Leben und Tod entscheiden.«

»Was ist denn jetzt schon wieder?«

»Du klingst, als würde ich Tag und Nacht etwas von dir wollen! Also, es geht um folgendes: Könntest du meinen Eltern nicht erklären, daß es absolut erforderlich ist, mich auf eine gute Schule zu schicken? Ich dachte an die, auf die auch Judy geht. Ich weiß, Judy ist schrecklich, aber ich glaube nicht, daß das an der Schule liegt. Sie lernt interessante Sportarten wie Lacrosse und Hockey, und sie lernen Tanzen und führen jedes Jahr zu Weihnachten ein Theaterstück auf. Und sie schwärmt für ihre Erdkundelehrerin, die einfach wunderbar ist – ich weiß, daß ihre Mutter immer sagt, das sei nur eine Phase, aber ich werde nicht mal Gelegenheit *dazu* haben, weil es vollkommen unmöglich ist, so etwas für Miss Milliment zu empfinden.«

»Wieso fragst du sie nicht selbst?«

»Das habe ich ja, aber Dad sagt immer nur, ich solle mit Mummy sprechen, und sie sagt Dinge wie: ›Wir werden sehen‹ – was nur bedeutet, daß wir es *nie* sehen werden. Du könntest ja behaupten, du wärest entsetzt darüber, wie wenig ich weiß«, fügte sie hinzu.

»Könnte ich. Aber bin ich das?«

»Ich habe auch ziemlich lange im ›Who's Who‹ gelesen – das ist so eine Art Telefonbuch, nur mit berühmten Leuten, von denen man noch nie gehört hat – und bei jedem steht da, auf welcher Schule er war.«

»Hast du etwa vor, berühmt zu werden?«

»Ich möchte es jedenfalls nicht von vornherein ausschließen. O Archie, *bitte* sprich mit ihnen; du gehörst jetzt doch praktisch zur Familie – auf dich werden sie hören ...« Und so weiter.

Und dann natürlich Clary, und das war alles andere als einfach. Diesen Abend hatten sie mit einem Essen in einem zypriotischen Restaurant ganz in der Nähe von Piccadilly begonnen, das sie liebte, weil es dort immer Lammkoteletts und zum Nachtisch diese kleinen, in Honig gebackenen Klößchen gab, und dicken, süßen Kaffee. Sie hatten sich dort getroffen, und sie hatte überraschend schick ausgesehen, mit einem schwarzen Rock und einem kragenlosen Herrenhemd, dunkelroten Sandalen und glänzendem Haar.

»Es ist noch feucht, fürchte ich«, sagte sie, als sie ihm einen Begrüßungskuß gab. »Ich dachte, ich wasche es für den Frieden, und dann hatte ich nicht mehr genug Zeit, es trocknen zu lassen.«

»Dein Hemd gefällt mir.«

»Zoë hat es mir am Wochenende gegeben. Die Kragen und Manschetten sind ziemlich abgewetzt, also könnte er sowieso nichts mehr damit anfangen, aber wenn ich die Ärmel aufrolle, fällt es gar nicht auf.«

»Du siehst sehr gut aus. Attraktiv.«

»Tatsächlich? Längst nicht so wie Poll. Sie hat ein neues Kleid, ein gelbes – eine Farbe wie Zitronenschalen –, es sieht toll aus zu ihrem Haar. Sie ist mit Onkel Hugh in den Reform Club gegangen.« Dann hatte sie ihn fragend angesehen und sich abgewandt, als er ihre Blick erwiderte. Als sie die Getränke bestellen wollten, hatte sie gefragt, ob sie etwas *anderes* als Gin und Limone haben könnte. »Ich weiß, angeblich trinken alle Mädchen das, aber ich mochte es noch nie, und ich habe beschlossen, etwas anderes zu nehmen.«

»Was denn?«

»Wozu würdest du raten? Whisky schmeckt nach Gummi, wenn du mich fragst, und das einzige Mal, als ich Wodka getrunken habe, war es wie ein elektrischer Schlag, und ich weiß nicht was es sonst noch gibt. Ach, ich weiß. Ich mag dunklen, *braunen* Sherry. Den mag ich wirklich gern.«

»Hast du heute gearbeitet?«

»Aber sicher! Noël ist nicht der Meinung, daß heute ein besonderer Tag ist. Sie feiern nicht mal. Sie verbringen den Abend, indem sie sich gegenseitig etwas von jemandem namens H. L. Mencken vorlesen. Eine sehr abgeklärte Art, mit dem Frieden umzugehen, findest du nicht?«

»Aber auch ein bißchen langweilig, würde ich sagen.«

»Ich auch. Gehen wir wirklich zum Buckinghampalast und warten, bis der König und die Königin rauskommen? Ob sie sich wirklich zeigen werden, was meinst du? Ich hab' sie nie gesehen, nur in Wochenschauen.«

»Ich dachte, das könnten wir tun. Es ist ein Abend, an den man sich noch lange erinnern wird.«

Aber als sie sich nach dem Essen (das sie doch wirklich früh genug eingenommen hatten) auf den Weg machten, war die Menschenmenge schon so groß, daß es eine Ewigkeit dauerte, bis sie auch nur in die Nähe des Palastes gelangten; allerdings waren alle so gut gelaunt, daß es möglich war, sich immer noch ein bißchen weiterzudrängeln. Schauer von goldenen Feuerwerkssternen regneten aus dem mauvefarbenen Himmel, der Palast war hell erleuchtet, und rund um die Statue von Königin Victoria tanzte eine riesige Schlange von Menschen eine Polonaise, sie sangen und stampften, und davor, nahe dem Zaun, riefen sie in Sprechchören nach dem

König. Es waren *Tausende*, und zeitweise herrschte ein solches Gedränge, daß die beiden sich den ganzen Abend an den Händen halten mußten, um nicht voneinander getrennt zu werden; manchmal mußten sie schreien, um sich überhaupt verständigen zu können, aber manchmal sangen sie auch einfach mit: »Land of Hope and Glory«, »God save the King« und natürlich Polonaisen. Nachdem sie die königliche Familie gesehen hatten, wie sie auf dem Balkon stand und winkte, dachte er, nun könnten sie vielleicht heimgehen, aber sie wollte warten, ob sie noch einmal herauskämen, und sie war so aufgeregt, daß er es einfach nicht übers Herz brachte, Einspruch zu erheben. Und sie kamen tatsächlich noch einmal heraus, als es schon lange dunkel war – diesmal nur der König und die Königin, keine Prinzessinnen. »Ich nehme an, man hat die armen Dinger schon ins Bett geschickt«, sagte Clary. Danach war auch sie der Meinung gewesen, sie sollten jetzt nach Hause gehen.

»Du kommst lieber mit zu mir«, sagte er. »Meine Wohnung ist näher, und wir werden nie ein Taxi kriegen.«

An der Hyde Park Corner erklärte er, er müsse sich einen Moment hinsetzen, also gingen sie in den Park, in den Teil, der sich bis Knightsbridge erstreckte; sie fanden eine leere Bank, und er rauchte, und dann sagte sie ihm, daß sie das mit Polly wisse.

»Es ist zur Sprache gekommen, weil ich nicht verstehen konnte, wieso wir nicht den Abend zusammen verbringen sollten«, hatte sie gesagt. »Arme Poll, ich mußte ihr versprechen, nicht zu lachen. Als ob ich das tun würde, wenn etwas so wichtig für sie ist! Es ist gut, daß sie es mir anvertraut hat; ich habe schon lange gewußt, daß etwas nicht in Ordnung war, und heute abend habe ich sie daran erinnert, daß wir einmal einen Pakt geschlossen haben – vor langer Zeit –, uns alles zu sagen, was wichtig ist. Als ihr das wieder einfiel, mußte sie es mir natürlich verraten. Komisch, nicht? Man kann etwas vollkommen lächerlich finden, aber wenn man sieht, daß es für jemand anderen nicht so ist, kommt es einem plötzlich auch ganz anders vor.«

»Fandest du es denn so lächerlich?«

»Na ja. Nicht, daß *irgend jemand* sich in dich verlieben könnte, aber diese Frau sollte doch eher dein Alter haben, findest du nicht?«

Er hatte zu einem ausführlichen Kommentar angesetzt, es dann aber vorgezogen zu schweigen. »Ich nehme an, ich komme dir unglaublich alt vor«, sagte er schließlich.

»Nein, nicht unglaublich, überhaupt nicht. Genaugenommen scheinst du, seit wir uns kennengelernt haben, überhaupt nicht älter geworden zu sein.«

»Danke.«

Sie konnten einander im Dunkeln nicht sehen, die nächste Straßenlaterne stand ziemlich weit entfernt. Nach kurzem Schweigen sagte sie: »Tut mir leid.«

»Was?«

»Ich weiß nicht, aber ich habe einfach das Gefühl, dir weh getan zu haben. Ich habe übrigens zu Poll gesagt, ich glaube, du bist kein Mann, der heiratet.«

»Ach ja?«

»Na ja, ich meine, immerhin *bist* du nicht verheiratet. Und ich wollte ihr helfen, darüber hinwegzukommen. Natürlich wird sie das schaffen, aber im Moment kann sie sich das nicht vorstellen. Aber es geht doch, oder?«

»Was? Daß man über Liebe hinwegkommt?«

»Wenn es vollkommen hoffnungslos ist?«

»O ja, ich glaube, normalerweise geht das. Das mit Poll tut mir wirklich leid. Ich habe sie sehr gern, weißt du.«

»Das weiß sie, aber sie sagt, es ist die falsche Art von Gernhaben ... Das kann ich verstehen. Ich finde sogar, in einem solchen Fall wäre heftige Abneigung besser.«

Einen Moment später sagte sie: »Du hast eine komisch krächzende Art zu lachen, Archie.«

Ohne nachzudenken, sagte er: »*Du* bist es übrigens.«

»Was?«

»Älter geworden, seit wir uns kennengelernt haben.«

»Oh«, hatte sie sofort gesagt. »Ich verstehe, was dich gestört hat. Du glaubst, ich hätte andeuten wollen, daß du alt bist. Ich meinte eigentlich nur, daß du für *Polly* zu alt bist.«

Er schlug vor, unter diesen Umständen sollten sie lieber weiter nach Hause hinken.

Als sie schließlich in seiner Wohnung waren, wollte sie noch Kakao kochen, also sagte er, sie solle sich schon mal ins Bett legen, er werde ihr welchen bringen.

Sie saß aufrecht in seinem Bett und trug eine seiner Schlafanzugjacken; ihr Gesicht sah aus, als habe sie es mit Wasser und Seife geschrubbt.

»Ich hab' ein bißchen von deiner Zahnpasta auf den Finger getan«, sagte sie. »Ich dachte, das würde dir nichts ausmachen.«

Er reichte ihr den Becher und setzte sich auf die Bettkante, um sein Bein zu entlasten.

»Weißt du, woran mich das erinnert?«

»Natürlich nicht. Woran denn?«

»Als ich noch ziemlich jung war – dreizehn oder so –, hatte Neville einen Asthmaanfall, weil ich ihn angeblich geweckt hatte; ich hatte einen Alptraum und bin zu Ellen gerannt. Also gut. Dad kam mit einem Becher heißer Milch rein, und ich wollte sie nicht trinken, weil Haut drauf war, und er hat sie rausgeholt und gegessen. Das hat doch gezeigt, daß er mich gern hat, nicht wahr?«

Er spähte in ihren Becher, streckte zwei Finger aus, fischte die Haut heraus und aß sie.

»Siehst du«, sagte er. »Es hat dich immer noch jemand gern.«

»Nachäffer«, sagte sie, aber ihre Augen glitzerten vor Freude und Wärme. Sie trank einen Schluck, dann stellte sie den Becher auf den Nachttisch.

»Es gibt da etwas«, sagte sie zögernd, beinahe, als wisse

sie selbst nicht, um was es ging, »etwas, das mit Dad zu tun hat, ich muß dich einfach danach fragen. Ich meine, ich muß mit dir darüber sprechen, verstehst du?« Sie zog die Knie hoch und schlang die Arme darum; sie reißt sich zusammen, dachte er beunruhigt.

»Na gut«, sagte er, so gefaßt und ermutigend er konnte.

»Du brauchst keine Angst zu haben, Archie. Es läßt sich nun mal nicht ändern.« Sie holte tief Luft und sagte schnell: »Nach der Invasion letztes Jahr dachte ich, jetzt *müsse* er zurückkommen. Ich meine, es waren ja keine Deutschen mehr da, die ihn aufgehalten hätten. Und als er dann nicht gekommen ist, dachte ich, er hätte vielleicht irgendwo etwas zu erledigen – ich weiß nicht, was, aber irgendwas –, was bedeutete, daß er bis zum Frieden dableiben müßte. Und jetzt ist der Frieden da. Also dachte ich, es wäre das beste, wenn ich eine Art Termin festlege, und wenn er bis dahin nicht zurückgekommen ist, werde ich begreifen müssen, daß er nie mehr kommt. Ich habe schon lange darüber nachgedacht, und als Zoë versucht hat, mir letztes Wochenende all seine Hemden zu geben, habe ich nur die wirklich abgetragenen genommen, weil es bedeutet hätte aufzugeben, wenn ich die anderen genommen hätte. Und ich dachte, ich schließe einen Pakt mit dir und setze einen Termin fest. Das wäre sicher das vernünftigste.« Beim letzten Wort traten ihr Tränen in die Augen. Sie räusperte sich. »Und ich dachte, dieses Datum können wir uns sicher leicht merken – wie wäre es mit heute in einem Jahr?«

Er nickte. »Gute Idee«, sagte er.

»Es ist komisch. Das mit ihm hat mir so viel ausgemacht, um meinetwillen. Weil er *mir* so sehr gefehlt hat. Aber das hat sich geändert. Er fehlt mir natürlich immer noch, aber jetzt finde ich es schlimmer für *ihn*, weil ich doch wollte, daß er ein schönes Leben hat, und zwar ein ganzes Leben – daß es ihm nicht zu früh genommen wird. Das heißt nicht, daß ich ihn nicht mehr gern hätte.«

»Ich weiß. Das weiß ich genau. Ich glaube«, sagte er, und es fiel ihm schwer, überhaupt zu sprechen, »du bist einfach gewachsen, und deine Liebe mit dir.«

»Du meinst, ich bin erwachsener?«

»Reifer«, sagte er und lächelte über ihr Lieblingswort. »Ich kenne eine Menge Erwachsener, die nicht gerade durch Reife glänzen.«

»Wirklich?« Er sah, wie sie diesen neuen und eindeutig erfreulichen Gedanken genoß.

Jetzt erinnerte er sich wieder daran, wie sie zum Abschied gemeint hatte: »Immerhin habe ich ja dich, lieber Archie«, und dann hatte sie den Kopf gereckt, damit er ihr einen Kuß geben konnte – viel älter als dreizehn hatte sie da nicht ausgesehen.

Sein Bein tat weh – vielleicht wurde er wirklich alt. Nun, da der Krieg vorüber war, konnte er in die Sonne zurückkehren, nach Frankreich, und malen – aber würde er das wirklich tun? So lange hatte er nun, wie wahrscheinlich alle anderen, angenommen, das Ende des Krieges würde den Beginn eines neuen und wunderbaren Lebens bedeuten, oder doch wenigstens, daß man ein altes, bequemeres wieder aufnehmen konnte. Jetzt fragte er sich, ob es für die meisten nicht ganz anders sein würde. Er dachte an das, was Hugh über Edward gesagt hatte, und versuchte sich vorzustellen, wie Villy damit zurechtkommen würde, verlassen zu werden – wenn es denn dazu kam; er dachte an die Duchy, die ihren geliebten Garten würde verlassen müssen, wenn sie wieder nach London zurückziehen wollten – und sicher würde das Haus zu groß für sie sein, wenn erst die jüngeren Familienmitglieder alle wieder in ihren eigenen Häusern wohnten. Er fragte sich, wie Zoë es verwinden sollte, daß sowohl ihr Mann als auch ihr Geliebter gestorben waren; ihre Tapferkeit hatte ihn gerührt, aber sie waren alle so tapfer: die Duchy, die stoisch akzeptierte, Rupert verloren zu haben; der Brig, der ritterlich entschlossen war, sich nicht von seiner Blindheit niederdrücken zu lassen; Polly, die ihm so mutig ihre Liebe gestanden und ebenso tapfer auf die Zurückweisung reagiert hatte ... und schließlich Clary, die nebenan schlief und deren Liebe, von Zeit und Vernunft nicht gemindert, sich doch von einem Produkt ihrer Bedürfnisse und Vorstellungskraft zu etwas Reinerem und Dauerhafterem gewandelt hatte, so daß auch sie seiner Bewunderung sicher sein konnte – und seiner Liebe.

Als er so im Dunkeln lag, schloß er einen Pakt mit sich selbst: Wenn Rupert nicht zurückkehrte, würde er sich verpflichten, so gut wie möglich seinen Platz einzunehmen. Aber sollte Rupert doch zurückkommen, war es möglich, daß er einen ganz anderen Kurs einschlug.

Er hatte das Angebot, eine Koje in einer der beiden engen Kabinen zu benutzen, abgelehnt und saß nun mit dem Rücken zum Steuerhaus, das ihn vor dem Wind schützte. Es war dunkel gewesen, als sie von Guernsey ablegten, aber das hatte sich als hilfreich erwiesen, da er keinerlei Papiere vorweisen konnte und mit einem Seemann an Bord geschlüpft war, mit dem er sich angefreundet hatte. »Halt dich einfach im Hintergrund und tu, was ich dir sage«, hatte er ihm geraten. Er war unten geblieben, bis das Boot abgelegt hatte, und es war ziemlich stickig gewesen – er hatte auf der Koje gehockt, auf einer klammen, schweren Decke, in dieser stockfinsteren Kabine, die nach Diesel, feuchter, öliger Wolle und englischen Zigaretten roch. Sie waren um vier Uhr morgens ausgelaufen, und als sie weit genug vom Hafen entfernt waren, hatte sein Freund an die Tür geklopft und erklärt, die Luft sei jetzt rein. Es war gut, wieder an der frischen, salzigen Luft zu sein, und er beobachtete, wie das kleine gelbe Licht in der Hütte des Hafenmeisters blinzelte, schwächer wurde und schließlich ganz in der Ferne verschwand. Nach etwa einer Stunde machte jemand mit dicken weißen Bechern voll Tee mit Milch und Zucker die Runde – er hatte seit fast fünf Jahren keinen Tee mehr getrunken. Als er das sagte, lächelten sie; sie hatten ihn mit einer Art besorgter Gönnerhaftigkeit behandelt, seit er Dünkirchen erwähnt hatte – er war nicht sicher, ob sie ihm glaubten, ob er ihnen leid tat oder ob sie ihn für verrückt hielten. Die Wellen schlugen kräftig, aber nicht stürmisch gegen das Boot, und das kleine Gefährt stampfte stetig vorwärts. Bald nach Tageseinbruch verfiel er in eine Art Starre; er hatte kaum geschlafen, seit er unterwegs war – inzwischen waren es sechsunddreißig Stunden; die Haut juckte ihm vor lauter Müdigkeit. Sie weckten ihn zum Mittagessen: Erbsensuppe und dazu eine dicke Scheibe ziemlich grauen Brotes. Der Himmel war bedeckt, aber am Horizont glitzerte das Meer im Sonnenlicht. Wieder schlief er ein und erwachte am späten Nachmittag bei trübem Sonnenschein und einem frischeren Wind. Sie hatten ihn mit einem Stück Öltuch zugedeckt, und er bemerkte, daß es geregnet hatte; sein Haar war naß. Er hatte unglaublichen Hunger und war dankbar für einen weiteren Becher Tee und ein riesiges belegtes Brot mit so etwas wie Dosenfleisch. Sie gaben ihm auch ein Päckchen Weights. Sie beobachteten ihn, als er sich die erste ansteckte, und einer von ihnen sagte: »Der war wirklich auf See. Braucht nur ein Streichholz.« Danach hatten sie ihn in Ruhe gelassen, und dafür war er dankbar. Er wollte nachdenken, sich vorstellen, was ihn zu Hause erwartete, sich ein Stück seiner Zukunft ausmalen, aber das fiel ihm schwer, und seine Phantasie kehrte immer wieder von Zoës Gesicht zu *ihrem* Gesicht zurück, wie es ausgesehen hatte, als er sie verließ, in dem hohen, mit Schnitzereien verzierten alten Bett, vor den quadratischen Kissen mit den festen weißen Baumwollbezügen – ihr langes dunkles Haar, gerade nach der Niederkunft gekämmt, das Baby dicht neben ihr. Sie hatte versucht, ihn anzulächeln, als er in der Tür stand, und das hatte ihn so schmerzlich an Isobel erinnert, wie sie nach Nevilles Geburt im Sterben gelegen hatte, daß er noch einmal zu ihr hingegangen war, um sie ein letztes Mal zu umarmen. *Sie* hatte ihn schließlich sanft weggestoßen, nachdem sie ihn noch einmal geküßt hatte, hatte ihn auf eine Zukunft zugeschoben, der er sich jetzt näherte. Sie hatte Wort gehalten und nicht versucht, ihn zum Bleiben zu bewegen; sie hatte nur gewollt, daß er das Kind sah. Es war nicht leicht gewesen zu gehen, und ebensowenig fiel es ihm leicht zurückzukehren, obwohl eigentlich alles, was zu einem glücklichen Ende gehörte, vorhanden war – er würde wieder bei den Menschen sein, die er liebte, von denen einige ihm aber auch fremd geworden sein mußten. Clary zum Beispiel war jetzt neunzehn, nein, beinahe schon zwanzig! Eine junge Frau – weit entfernt von dem kleinen Mädchen, das ihn so innig geliebt hatte. Und Neville war inzwischen sicher im Internat, hatte den Stimmbruch hinter sich, vielleicht kein Asthma mehr. Und Zoë – wie würde sie sein? Hatte sie all die Jahre auf ihn gewartet, oder hatte sie dem Drängen eines anderen nachgegeben? Er durfte nicht zuviel erwarten – und dann fiel ihm ein, daß er sich das immer schon gesagt hatte, wenn es um sie gegangen war. Sie würde immer noch schön sein, da war er sicher, aber er hatte gelernt, Schönheit auch in anderen Aspekten wahrzunehmen. Ob seine Eltern noch am Leben waren? Würde er es ertragen können, wieder im Holzgeschäft zu arbeiten – in sein Haus in London zurückzukehren, zu Dinnerpartys, Geschäftsessen, Wochenenden mit der Familie, hin und wieder einem Auslandsurlaub, und zum zweitenmal in seinem Leben den Gedanken ans Malen aufzugeben? *Sie* hatte ihm Material besorgt, wenigstens etwas zum Zeichnen, und eine kleine Schachtel Wasserfarben, die er restlos aufgebraucht hatte. Er wäre wahnsinnig geworden während dieser ersten Jahre, als sie ihn ständig hatte verstecken müssen und er sich nicht weit vom Haus entfernen und mit niemandem sprechen konnte, hätte er nicht wenigstens zeichnen können.

Aber bei all diesen Spekulationen war es Zoë, die immer wieder zurückkehrte und ihn am meisten beunruhigte, denn ihm wurde klar, daß dieser Teil seiner Rückkehr ihm das meiste abverlangen würde – es war der Teil, zu dem er am wenigsten beizutragen hatte. Natürlich, da ist ja auch noch ein Kind, ein Sohn oder eine Tochter, vorausgesetzt, es ist diesmal besser ausgegangen als beim letztenmal, dachte er, plötzlich voller Schuldgefühle. Merkwürdig, daß er damals um das erste Baby so wenig getrauert hatte, aber ihr war es ebenso ergangen. Damals war es ihm nicht leichtgefallen, sie zu lieben; was immer er getan oder gesagt hatte, war falsch gewesen, hatte nichts bei ihr ausgelöst als eine leichte Gereiztheit ... Mutter zu werden ist nicht einfach für sie, hatte er damals gedacht, vielleicht ist sie dafür wirklich nicht geschaffen. Und bei der zweiten Schwangerschaft war sie dann ganz anders gewesen, sehr aufgeregt, und die Beschwerden, über die sie beim erstenmal so geklagt hatte, hatte sie mit Leichtigkeit hingenommen. Aber er hatte nie erfahren, wie es weitergegangen war, und als er Pipette die kurzen Briefe an sie und Clary mitgegeben hatte (und er wußte natürlich nicht, ob sie je angekommen waren), hatte er nicht gewagt, das Baby zu erwähnen – falls sie es verloren hatte.

Die Sonne war inzwischen verschwunden, der Wind hatte sich gelegt, und See und Himmel waren dunkel; Regen fiel, so leicht wie Nebel, und er zog sich wieder die Ölhaut über. Einer von der Crew kam an ihm vorbei und kippte einen Eimer Kartoffelschalen aus – der Wind, ein schwacher Hauch nur noch, kam von achtern. Ich bin wahrscheinlich offiziell immer noch Angehöriger der Marine, dachte er und fragte sich, wie lange es dauern würde, bis er ausgemustert war. Dann überlegte er, ob man ihn während der letzten etwa zehn Monate wohl als Deserteur betrachtet hatte – ein verwirrender Gedanke. Aber es war nicht die Marine gewesen, von der er desertiert war, sondern Zoë. Und jetzt, während das Boot ihn immer weiter von *ihr* wegbrachte, war sie es, die er verließ – für immer. Er konnte nicht an sie denken, ohne tiefste Sehnsucht und Trauer zu empfinden, aber er wußte, er mußte diese Gedanken beiseite schieben; also flüchtete er sich erneut in einen unruhigen Schlaf.

In der Morgendämmerung weckte ihn die Gischt; der Wind kam jetzt von Nordosten, aber die See, von der aufsteigenden Sonne in einen hellen Zinnton getaucht, war ruhiger, nur hin und wieder hörte man steuerbord eine Welle an die Bordwand klatschen.

Sie brachten ihm einen Becher Kakao und sagten, bald käme Land in Sicht. Er steckte sich die letzte Zigarette an und hielt nach der Küste Ausschau. Die niedrige Wolkenbank am Horizont, die das Meer vom Himmel getrennt hatte, löste sich in einen helleren Nebelstreif auf. Er sah zu, wie der Nebel kompakter wurde, zu Flecken von bräunlichem Grün oberhalb der weißen Kreidefelsen gerann, und dann entpuppten sich Reihen dunklerer Flecken als Gebäude, die mit aufsteigender Sonne heller wurden, bis die Szene an ein weit entferntes Bühnenbild erinnerte. Alles tat ihm weh, weil er so lange in derselben Position gesessen hatte, und ihm war kalt vom Regen und von der Gischt. Er wandte den Blick nicht ab, und sein Herz war kalt wie die Asche eines bewußt gelöschten Feuers. Löschen kann man es, dachte er; das Wiederanzünden war es, was ihm so undurchführbar erschien. Aber wenn man auch nur die geringste Ahnung davon hat, was es heißt zu lieben, dachte er, sollte es möglich sein. Er griff nach seinem Becher. Bah! Wie ihn die Haut auf heißer Milch *anekelte*! Er fischte sie mit zwei Fingern heraus und schob sie sich, ohne recht zu wissen, wieso, in den Mund; dann trank er den Becher leer. Irgendwie, dachte er, muß ich die Kraft für einen Neubeginn finden.